DOMINIQUE STEINBERG

Das Mädchen vom Striezelmarkt

Dominique Steinberg

Das Mädchen vom Striezelmarkt

Weihnachtsmarkt-Saga

LÜBBE

Dieser Titel ist auch als E-Book erschienen.

Die Bastei Lübbe AG verfolgt eine nachhaltige Buchproduktion. Wir verwenden Papiere aus nachhaltiger Forstwirtschaft und verzichten darauf, Bücher einzeln in Folie zu verpacken. Wir stellen unsere Bücher in Deutschland und Europa (EU) her und arbeiten mit den Druckereien kontinuierlich an einer positiven Ökobilanz.

FSC www.fsc.org MIX Papier | Fördert gute Waldnutzung FSC® C014496

Originalausgabe

Textredaktion: Evi Draxl
Umschlaggestaltung: Christin Wilhelm, www.grafic4u.de unter Verwendung von Illustrationen von © Richard Jenkins Photography
Satz: hanseatenSatz-bremen, Bremen
Gesetzt aus der Sabon LT Std
Druck und Einband: GGP Media GmbH, Pößneck

Printed in Germany
ISBN 978-3-404-18870-3

2 4 5 3 1

Sie finden uns im Internet unter luebbe.de
Bitte beachten Sie auch: lesejury.de

Der Winter bringt zweierlei auf einmal:
weiße Tage und schwarze Nächte.
Volksweisheit

Der Schnitzer misst das Holz mit der Messschnur,
er entwirft das Bild mit dem Stift und schnitzt es
mit seinem Messer; er umreißt es mit seinem Zirkel
und formt die Gestalt eines Mannes, das prächtige
Bild eines Menschen.
Jesaja 44,13

Für meine Familie

Prolog

Dresden, im November 1899

Die Kälte kroch in seine Stiefel wie eine Schlange auf der Suche nach Beute. Ihr Biss tat einen Moment lang weh, doch dann lähmte sie ihn, bis er nichts mehr spürte als Müdigkeit.

Der Junge war schon den ganzen Tag draußen unterwegs. Er wusste, was mit ihm geschehen würde, wenn er sich noch länger in der Kälte herumtrieb. Allzu oft hatte er es mitansehen müssen. Erst vor zwei Wochen war der kleine Pippin blau gefroren zurückgekommen, aber mehr als eine Kanne mit warmem Wasser hatte Radek ihm nicht gegeben. Der Arzt war nicht rechtzeitig geholt worden, weshalb der kleine Kerl seinen großen Zeh verloren hatte und sich seitdem nur noch humpelnd fortbewegte. Das war schlimm, aber Pippin hatte überlebt und musste auch nicht wieder hinaus auf die Straße. Fürs Erste durfte er am Herd sitzen und die Lampen basteln, mit denen Radek, der Teufel, seine Schützlinge durch die Gassen von Dresden jagte.

Der Junge setzte seinen Bauchladen ab und sog die eisige Winterluft in seine Lungen. Er fragte sich, wie spät es inzwischen war. Auf der Straße fand er niemanden, den er nach der Uhrzeit hätte fragen können, und einen der Läden zu betreten traute er sich nicht. Die Kaufleute jagten ihn davon, sobald sie ihn auch nur die Tür öffnen sahen. Ob er es wagen konnte, einfach nach Hause zu gehen? Bei der Vorstellung, dort zu früh zu erscheinen, wurde ihm angst und bange, denn das hatte Radek ihm verboten. Vor anderen spielte er sich immer als ihr Beschützer auf, aber in Wahrheit war ihm das Wohlbefinden seiner Schützlinge völlig egal. Ihn interessierte nur, wie viele Laternen sie auf dem Weihnachtsmarkt verkauften. Und genau da lag das Problem: Der Junge hatte heute nicht eine einzige Laterne an den Mann gebracht. An Gelegenheiten hatte es nicht gemangelt, aber er hatte Dinah den Vortritt gelassen, die hustete und sich mit dem schweren Bauchladen noch mehr plagte als er. Die Erinnerung an Dinahs müdes Lächeln wärmte ihn ein wenig, doch das Gefühl hielt nicht lange an. Rasch hob er den hölzernen Kasten an, atmete aus und sah zu, wie sich das kalte Wölkchen, das seinen Lippen entwich, langsam in der Winterluft auflöste. Warum konnte sich Radek nicht ebenso in Luft auflösen? Am besten noch vor der Abreibung, die er ihm gleich vor den anderen verpassen würde.

Mühsam schleppte er sich weiter und lauschte dem Schnee, der bei jedem Schritt unter seinen Sohlen knirschte. Das lähmende Gefühl in den Beinen wurde stärker, und nun gesellte sich die gefürchtete Müdigkeit hinzu, die ihn lockte, sich in einem der finsteren Hinterhöfe in einen Winkel zu kauern und darauf zu warten, bis der Schlaf ihn übermannte. Dann wäre die beißende Schlange in seinen Stiefeln zufrieden und er von allen Sorgen befreit. Vielleicht nicht das Schlechteste.

Als er die Augustusbrücke überquerte, kam ihm eine Idee. Ganz in der Nähe kannte er einen Ort, an dem er sich möglicherweise aufwärmen konnte. Mit letzter Kraft kämpfte er sich durch das Gewirr der Altstadtgassen, dann durchquerte er zwei verschneite Höfe, in denen es streng roch. Vor einem uralten Haus mit grün angestrichener Tür blieb der Junge stehen und schaute sich vorsichtig um. Hier war niemand, nur ganz von fern trug ihm der Wind die Töne eines Leierkastens zu. Als der Junge hinter den schmutzigen Scheiben kein Licht wahrnahm, jubelte er still. Den Besitzer des Hauses kannte er flüchtig. Er war ein Möbeltischler und hatte für Radek die verfluchten Bauchläden gezimmert. Die Tage vor Weihnachten arbeitete er jedoch in einer Bude auf dem Striezelmarkt. Also war seine Werkstatt leer. Und der Junge wusste, wie sich das Fenster mit einem einzigen Handgriff öffnen ließ.

Nur einen Augenblick später stand er in einer schmalen Kammer, die von oben bis unten mit Werkzeugen, Nägeln und Schrauben vollgestopft war. Der Geruch von Holz und Leim stach ihm in die Nase. Der Raum war zwar ungeheizt, aber es war längst nicht so eisig wie draußen im Schnee, wo die Schlange darauf lauerte, ihm wieder in die Zehen zu beißen. Lautlos schlich der Junge über den knarrenden Boden und öffnete die Tür, die in die benachbarte Werkstatt führte. Eigentlich hatte er nicht vorgehabt, etwas zu stehlen, das tat er fast nie, doch als er sich an der Wand entlangtastete, überfiel ihn der Gedanke, dass der Schreiner ihm etwas schuldig war. Schließlich stammten die verfluchten Bauchläden von seiner Werkbank. Ohne sie könnte Radek ihn nicht durch die Straßen hetzen. Also, so überlegte der Junge, trug der Schreiner eine Mitschuld an seinen verfrorenen Zehen. Warum sollte er sich da nicht in den Schränken und Truhen nach einem brauchbaren Schadenersatz umschauen? Womöglich fand er ja ein paar Groschen, genug, um Radek heute zufriedenzustellen und somit einer Bestrafung zu entgehen.

Zielstrebig durchsuchte er die Werkstatt, stieß dabei aber zu seiner Enttäuschung weder auf Pfennige noch auf etwas, das sich in einem der Läden rund um den Altmarkt zu Geld machen ließ. Wütend stieß der Junge einen Kasten von der Hobelbank und erschrak, als der samt Inhalt polternd auf die Dielen fiel. Mit angehaltenem Atem lauschte er, ob sich auf dem Hof etwas regte. Wie hatte er nur so unbeherrscht sein können? Er musste so schnell wie möglich verschwinden, ehe ein Nachbar hellhörig wurde und nach einem Gendarmen rief. Zu seiner Erleichterung blieb alles still. Nicht einmal ein Hund schlug an. Dennoch ließ er sich sogleich auf die Knie nieder, um die aus dem Kasten gefallenen Gegenstände aufzusammeln. Erst jetzt bemerkte er, dass es sich dabei um geschnitzte Figuren handelte. Der Junge stieß staunend die Luft aus. Nie zuvor hatte er etwas Schöneres gesehen, nicht einmal in der Kirche, die er und die anderen Kinder aus dem Waisenhaus früher regelmäßig besucht hatten. Ein paar der Figuren waren mit Blattgold überzogen und in leuchtenden Farben bemalt worden. Sie zeigten Männer und Frauen in altertümlichem Gewand, aber auch Tiere, die ihm so täuschend echt erschienen, als würden sie jeden Moment die Mäuler öffnen und ihn anbrüllen. Die Figur einer Frau in einem langen Kleid gefiel ihm besonders. Ihr Haar war unter einem Schleier verborgen, aber was ihn vor allem faszinierte, war der Ausdruck ihres Gesichts. Freude und Erleichterung lagen darin, aber auch Spuren großer Erschöpfung und Angst vor einer ungewissen Zukunft. Der Junge berührte die Holzfigur so behutsam, als wäre sie lebendig. Er war genauso erschöpft wie die Frau. Auch er hatte Angst. Ihm war kalt, und seine Zukunft bestand aus einem verwanzten Bett und einem Teller lauwarmer Suppe.

Dann sah er sich auch die anderen Figuren näher an: bärtige Männer, frohlockende Engel mit und ohne Flügel, Schafe und ein schlafendes Kind in einer Krippe. Auf das Kind war der Junge ein bisschen neidisch, denn er glaubte nicht, dass er selbst jemals so sorglos und von anderen behütet würde schlafen können. Nicht, solange man ihn in Radeks Obhut ließ. Die Figur machte ihn noch trauriger als die der Frau, und doch war sie es, die er schließlich ins Futter seiner zerschlissenen Jacke gleiten ließ. Vielleicht würde Dinah sich darüber freuen. Sie liebte Krippenfiguren über alles. Und diese hier waren in der Tat besonders schön. Wer mochte sie wohl geschnitzt haben? Dem groben Klotz von einem Schreiner traute er so viel Kunstfertigkeit nicht zu.

Doch er kam nicht mehr dazu, dem Rätsel der Krippenfiguren auf den Grund zu gehen, denn plötzlich waren vor der Werkstatttür Stimmen zu hören. Jemand kam in die Werkstatt. Dem Jungen stockte der Atem. Die Polizei? Vermutlich hatte ihn doch jemand bemerkt. Er musste auf der Stelle verschwinden, bevor man ihn erwischte und als Einbrecher festhielt. Es gelang ihm gerade noch rechtzeitig, den Kasten mit den Schnitzereien zurück auf die Werkbank zu stellen und sich in die Werkzeugkammer zu verdrücken, als auch schon die Tür zur Werkstatt aufflog. Dem Jungen pochte das Herz bis zum Hals. Trotz der Kälte spürte er, wie seine Hände vor Aufregung zu schwitzen begannen. Er schob sie in die Tasche und berührte dabei mit der Rechten die kleine Krippenfigur. Seit man ihn zu Radek geschickt hatte, wusste er nicht mehr so recht, ob er an einen Gott glauben sollte, der auf ihn aufpasste, doch in diesem Moment hätte er alles für ein Wunder gegeben.

Nebenan waren jetzt zwei Männer, so viel konnte der Junge durch den Türspalt erkennen. Sie stritten sich, aber der Junge konnte nicht verstehen, worum es dabei ging. Das diffuse Licht der Lampe verwandelte sie in Schemen. Eines schien allerdings klar zu sein: Polizisten waren das nicht. Einbrecher auch nicht. Er wünschte, er hätte sich einfach aus dem Staub machen können, doch er fürchtete, die Unbekannten würden das Knarren der Dielen unter seinen Füßen hören.

Ein wütendes Zischen drang zu ihm herüber. Das Blut stockte in seinen Adern, als er einen der Männer in der Werkstatt aufschreien hörte. Ohne es zu wollen, drückte er die Tür weiter auf und starrte angsterfüllt durch den Spalt. Er sah kalten Stahl aufblitzen. Ein Messer. Dann stöhnte jemand und ein schwerer Körper ging zu Boden. Im Nu färbte eine Blutlache das Sägemehl auf den Dielen rot.

Der Junge taumelte zurück. Mit größter Mühe unterdrückte er ein Schluchzen. Ein Messer und Blut. Viel Blut. Mit einem Satz war er am Fenster und schob sich geschmeidig wie eine Katze durch den Rahmen. Ein Sprung in den Schnee. Ein heißer Schmerz, der sich in seinen Knöchel fraß. Aber er ignorierte ihn. Er musste fort. Es ist nichts geschehen, redete er sich ein. Gar nichts. Ich war nicht hier. Ich habe nichts gesehen.

Hastig schnappte er sich seinen Bauchladen, den er hinter einer Regentonne versteckt hatte, und verschwand humpelnd in der Dunkelheit der Gasse.

1.

Im Salon über dem Antiquitätengeschäft brannten an diesem Nachmittag nur wenige Lichter. Die Liebermanns empfingen zwar Dutzende von Gästen, doch es war keine der üblichen Geselligkeiten, die ihre Bekannten in die Eliasstraße führte. Das Kommen und Gehen und das Schlagen von Türen brachten kalte Luft und Unruhe in den geschmackvoll eingerichteten Raum. Dabei bemühte sich jeder der Neuankömmlinge um ein würdevolles Auftreten. Bärtige Herren in schwarzem Zwirn, den Zylinderhut auf dem Kopf, ließen sich schweigend auf Fußbänken oder Schemeln nieder, von denen sie sich nur mithilfe des Hauspersonals wieder erheben konnten. Ihre Ehefrauen legten die klammen Mäntel ab und scharten sich sogleich um den Kamin, wo nur ein kleines Feuer entfacht worden war. Auch für sie wurden eilig Stühle herbeigebracht. Das Dienstmädchen ging langsam durch den Raum, um den Besuchern Erfrischungen anzubieten. Es gab russischen Tee, den die meisten Gäste jedoch dankend ablehnten. Keiner wollte vor dem anderen den Eindruck erwecken, er sei nur gekommen, um zu essen und zu trinken. Geredet wurde, wenn überhaupt, nur leise, mit gesenkter Stimme. Die meisten saßen einfach ein Weilchen da und starrten ins Leere. Ehe sie sich erhoben, nickten sie den Gastgebern zum Abschied zu und verließen dann den Salon, um anderen Besuchern Platz zu machen. Damit war die Pflicht der *Schiwa*, der Totenklage für den alten Jakob Liebermann erfüllt.

Lea, die jüngste Tochter des Verstorbenen, stand ein wenig abseits und nestelte nervös an den schwarzen Perlen ihrer Kette. Sie wusste, dass die *Schiwa* zu den Traditionen gehörte, auf deren Einhaltung ihr Vater strikt gepocht hätte. Dennoch wünschte sie sich, die Leute würden endlich gehen und sie mit ihrer Trauer allein lassen. Ihr einziger Trost war, dass die Trauerzeit an diesem Abend zu Ende ging. Ab morgen würden sie alle ihr gewohntes Leben wieder aufnehmen. Das Hausmädchen würde die schwarzen Tücher von den Spiegeln nehmen und den Trauerflor von der Tür entfernen. Ihre Brüder würden den Laden öffnen und Möbel verkaufen, genauso wie sie es vor Vaters Tod getan hatten. Dora, ihre Schwägerin, würde sich weiterhin um den Haushalt kümmern. Im Grunde war Lea sogar froh, dass die Ehefrau ihres ältesten Bruders Aaron diese Pflichten übernommen hatte, denn Lea hatte nie viel Interesse für die Tätigkeiten aufgebracht, mit denen sich die anderen jungen Mädchen ihres Alters beschäftigten. Vermutlich war das der Grund gewesen, warum ihr Vater sie in das teure Pensionat im Harz geschickt hatte. Dort hatte man Lea auf eine Ehe vorbereiten wollen, und zunächst hatte sie sich auch Mühe gegeben, ihren Vater nicht zu enttäuschen. Sie hatte Klavier-, Gesangs- und Tanzunterricht genommen. Sie hatte gelernt, wie man Haushaltsbücher führt und mit Dienstboten umgeht. Mit diesen und vielen weiteren Kenntnissen war sie im Sommer nach Dresden zurückgekehrt, wo sie aber bald hatte feststellen müssen, dass ihr Wissen überhaupt nicht anwendbar war. Jakob Liebermann war trotz seines geschäftlichen Erfolgs ein bescheidener Mann gewesen, der mehr Wert auf Fleiß und die Einhaltung der religiösen Gebote gelegt hatte als auf teure Kleidung oder delikate Speisen. Niemals wäre es ihm in den Sinn gekommen, das Antiquitätengeschäft am Sabbat zu öffnen. Er hatte darauf bestanden, dass man am Freitagabend in die Synagoge ging und die Feiertage einhielt. All das war Lea in ihrem Pensionat im Harz aber nicht beigebracht worden, was ihren Vater zu dem Urteil bewogen hatte, er habe sein Geld zum Fenster hinausgeworfen.

Lea blickte trübsinnig zum Kamin, wo das Porträt ihres Vaters hing, das einzige Gemälde im Salon, das unverhüllt geblieben war. Je länger sie es betrachtete, desto unbehaglicher fühlte sie sich. Trotz seiner Strenge hatte sie den alten Mann geliebt, und sein Tod schuf eine schmerzhafte Leere in ihr. Wie gern hätte sie ihm doch vor seinem Tod gesagt, dass er sich um sie nicht sorgen müsse, dass sie mit ihrem Leben zufrieden sei. Sie hätte ihm auch gerne anvertraut, was sie wirklich glücklich machte, aber vermutlich hätte ihn das so aufgeregt, dass ihn der Schlag noch früher getroffen hätte. Also hatte sie nur stumm seine Hand gehalten.

»Lea!«, rief ihre Schwägerin.

Dora war eine große, grazile Frau, die auf der Straße bewundernde Blicke auf sich zog. Sie hatte ein ebenmäßig geformtes Gesicht mit milchig-blasser Haut und pechschwarzes, seidig glänzendes Haar, um das Lea, deren Haarfarbe an Herbstlaub erinnerte, sie beneidete. Wie gewöhnlich trug Dora auch heute einen dunklen Rock und darüber eine fast knielange Weste aus nachtblauer Seide, die mit winzigen Perlen bestickt war und sehr elegant wirkte. Dora bewegte sich anmutig an ihren Gästen vorbei, eines der beiden Dienstmädchen wie ein Gefolge im Schlepptau, bis sie vor Lea stand. Lea bekam einen trockenen Mund. So erging es ihr immer, wenn Dora sich dazu herabließ, mit ihr zu sprechen, denn ihre Schwägerin vermittelte ihr neuerdings allzu oft das beklemmende Gefühl, ein überflüssiger Esser im Haus der Liebermanns geworden zu sein.

»Wie oft muss ich dich rufen, bis du mich hörst?« Doras Frage klang vorwurfsvoll, dennoch umspielte ein sanftes Lächeln ihre geschwungenen Lippen. Eigentlich lächelte sie fast immer, selbst wenn es dafür keinen Anlass gab. »Der Notar ist endlich da. Dein Bruder und ich wollen die Schiwa nun aufheben. Es wird Zeit, die Leute heimzuschicken!« Mit einem kritischen Blick überprüfte sie, ob Leas Frisur auch saß und ihre Kleidung in Ordnung war.

Normalerweise hätte sich Lea dagegen gewehrt, doch heute ließ sie die Blicke ihrer Schwägerin unkommentiert über sich ergehen. Sie war müde und ganz und gar nicht in der Stimmung, mit Dora zu streiten. Ihr Vater hatte sie manchmal gegen Doras Sticheleien in Schutz genommen. Nicht weil er ihre Meinung nicht geteilt hätte, sondern, weil er in seinem Haus keinen Unfrieden geduldet hatte. Nun aber war er tot, und es gab niemanden mehr, der Dora hätte Einhalt gebieten können. Ihr Bruder Aaron hatte zwar nichts gegen sie, stand aber, was familiäre Angelegenheiten betraf, ganz aufseiten seiner Frau. Er teilte Doras Ansicht, dass Leas Mangel an Liebreiz und ihre Verträumtheit schuld daran waren, dass sich noch immer kein Mann für sie interessiert hatte.

Dora führte Lea zu einigen Herren, die vor der Tür zum Arbeitszimmer ihres Vaters auf sie warteten, darunter auch Leas Brüder Aaron und Oskar, die ihr höflich zunickten.

»Nun, dann wären wir ja vollzählig«, sagte Aaron, der so vernünftig und sachlich klang wie immer. »Gewiss können wir die Angelegenheit rasch abwickeln, damit der Herr Notar nach Hause kommt, bevor es wieder zu schneien beginnt. Das Wetter ist momentan wirklich unberechenbar, nicht wahr?«

Leas Bruder legte seine Hand auf die Türklinke, ganz der Herr des Hauses, der er in wenigen Augenblicken auch offiziell sein würde. Er war ein gut aussehender Mann, der, obwohl ihm die Zeit für körperliche Ertüchtigung fehlte, eine schlanke, fast schon athletische Statur besaß. Wie alle Liebermanns hatte er braunes welliges, dichtes Haar, und er hatte es sich angewöhnt, es zu scheiteln und länger zu tragen, als es der gängigen Mode entsprach. Ein Oberlippenbärtchen, welches er mit nahezu peinlicher Gewissenhaftigkeit pflegte, verlieh ihm eine dandyhafte Note, was aber keineswegs seinem Wesen entsprach. Mochte Aaron sich auch modisch kleiden und einer Vorliebe für Zigarren und guten Wein frönen, dem Wesen nach war er ein Abziehbild des alten Jakob Liebermann. Lea bezweifelte keinen Augenblick, dass Aaron die Geschäfte des Verstorbenen in dessen Sinne weiterführen würde. Nichts würde sich ändern. Weder für sie noch für die anderen, die unter diesem Dach lebten. Als sie den Notar in seinen Akten blättern sah, wurde dieses Gefühl umso stärker. Sie sah zu ihrem Bruder Oskar, der stumpfsinnig an seinen Nägeln knabberte – eine Unsitte, die ihm niemand je hatte abgewöhnen können. Oskar und Aaron waren Zwillinge, eineiige sogar. Doch trotz ihrer Ähnlichkeit hätte kaum einer die beiden Männer miteinander verwechselt. Oskar war nicht hässlich, besaß aber weder Aarons blendendes Aussehen noch eine Spur von dessen Gewandtheit. Er erweckte stets den Anschein, als wäre er soeben erst aufgestanden oder im Begriff, zu Bett zu gehen. In seinen Augen war kein Funkeln, er machte niemals einen Scherz, über den andere lachten, und fühlte sich von geistreicher Konversation überfordert. Offiziell nahm er im Geschäft dieselbe Position wie Aaron ein, aber jedem in der Familie war klar, dass er dies nur tat, weil sein Vater es so gewünscht hatte. Obwohl Oskars Miene für gewöhnlich nicht preisgab, was er fühlte oder dachte – sofern er überhaupt etwas dachte, – glaubte Lea nun, Erleichterung in den Augen ihres Bruders zu sehen. Vermutlich rechnete er schon damit, dass das Testament des alten Jakob ihn seiner Pflichten in der Geschäftsleitung enthob. Er würde natürlich in der Firma bleiben, aber keine Entscheidungen mehr treffen müssen. Ein entspanntes Leben erwartete ihn. Trist und langweilig, aber geregelt. Für Oskar würde sich alles fügen, nicht aber für Lea. Und ebendas bereitete ihr Sorgen.

Aaron gestattete dem Notar, an dessen Namen Lea sich nicht erinnerte, an Vaters Schreibtisch Platz zu nehmen, wo er sofort daranging, seine Dokumente und Akten vor sich auszubreiten. Für Lea sah es aus, als legte er eine Patience. Sie und Aaron ließen sich auf den von Dora arrangierten Stühlen nieder. Nur Oskar setzte sich nicht. Er trat zu der großen Standuhr, die kurz nach dem Tod des Vaters angehalten worden war, und setzte das Pendel wieder in Bewegung. Als Lea das Ticken vernahm, das ihr seit frühester Kindheit vertraut war, musste sie mit den Tränen kämpfen. Ihr Vater mochte seine Probleme mit ihr gehabt haben, so wie sie auch mit ihm, doch es lag auf der Hand, dass sie ihn schrecklich vermissen würde.

»Darf ich Sie bitten, nun den letzten Willen meines Vaters zu verlesen, Herr Notar!« Aaron klang ungeduldig. Er war an straffe Zeitpläne gewöhnt und hatte nichts übrig für Trödelei. »Ich glaube, meiner Schwester ist nicht wohl. Sie möchte sich so bald wie möglich zurückziehen.«

»Es tut mir außerordentlich leid, Herr Liebermann, aber ich bin verpflichtet zu warten, bis alle Geladenen erschienen sind.«

»Aber wir sind doch alle hier«, flötete Dora. »Oder sollen wir die Dienstboten als Zeugen hinzubitten?«

Der Notar lächelte nachsichtig. »Keineswegs, gnädige Frau. Aber es wurde verfügt, dass auch Madame Fleck anwesend sein muss.«

»Madame Fleck?« Obwohl Dora stets auf Haltung bedacht war, entfuhr ihr ein spitzer Schrei. »Willie? Das soll wohl ein Scherz sein, mein Herr! Der Alte … ich meine, mein Schwiegervater seligen Andenkens, hat ihr das Haus verboten. Sie gehört nicht mehr zur Familie.« Sie griff nach der Hand ihres Mannes und rüttelte sie. »Aaron, so tu doch etwas!«

Aaron Liebermann runzelte die Stirn, schwieg jedoch. Lea zweifelte indes nicht daran, dass es in seinem Kopf zu arbeiten begann.

»Willie Fleck ist unsere Schwester ... Nein, genau genommen ist sie nur unsere Halbschwester, nicht wahr? Weil nämlich ...« Oskar verstieg sich zu einer umständlichen Erklärung, verlor aber bald den Faden. Als er bemerkte, dass ihm keiner zuhörte, wandte er seine Aufmerksamkeit wieder der Pendeluhr zu, die ihn mehr zu faszinieren schien als die lebhafte Diskussion, die nun im Arbeitszimmer begann.

»Diese Person kommt mir nicht ins Haus und damit basta!«, zischte Dora, ohne die erhobene Hand des Notars zur Kenntnis zu nehmen. »Sie hat ihrem Vater das Herz gebrochen. Deshalb lebte er ja auch in der ständigen Furcht, Lea könnte eines Tages Willies schlechtem Beispiel nacheifern.«

Ja, rede nur über mich, als wäre ich gar nicht da, dachte Lea. Wobei sie nicht abstreiten konnte, dass in Doras Worten ein Fünkchen Wahrheit lag. Als Heranwachsende hatte sie sich oft gefragt, ob sie nicht deshalb mit solcher Strenge erzogen worden war, weil es vor ihr eine andere Tochter gegeben hatte. Eine, die nach ihrem Zerwürfnis mit dem Vater einfach davongelaufen war. Doch seitdem waren viele Jahre vergangen. Lea konnte sich nicht einmal mehr an die ältere Halbschwester erinnern, die ihr zuweilen als mahnendes Beispiel vorgehalten wurde, wohin Aufsässigkeit und Ungehorsam führten. Wenn sie ehrlich war, wusste sie selbst nicht, was sie von dieser Willie halten sollte. Führte diese tatsächlich das skandalöse Leben, das man ihr andichtete, oder hatten ihr Vater und Aaron nur übertrieben, um in Lea den Wunsch, sie kennenzulernen, im Keim zu ersticken? Dem Blick des Notars nach war eine Begegnung heute unvermeidlich. Aarons und Doras Protest zum Trotz bestand der alte Herr darauf, das Testament nur im Beisein der ältesten Tochter Jakob Liebermanns zu verlesen.

»Eine Farce, das ist nicht mehr als eine Farce«, schimpfte Dora leise vor sich hin.

Es vergingen noch einige wenige Minuten, bis Ilse, Doras Stubenmädchen, ins Zimmer trat und die Ankunft einer Dame ankündigte.

»Eine Dame«, brummte Dora missmutig. »Von wegen!« Da Leas Schwägerin keine Anstalten machte, einen weiteren Stuhl holen zu lassen, stand Lea auf. Sie wollte soeben Ilse darum bitten, als sich eine Frau an dem Dienstmädchen vorbeischob. Sie war etwa Mitte dreißig, trug einen weiten, dunkelblauen Mantel und einen breitkrempigen Hut mit Federschmuck. Zum Schutz vor der winterlichen Kälte hatte sie sich gleich mehrere handgestrickte Schals um den Hals gewunden. Das Bemerkenswerteste an ihrer Erscheinung war jedoch zweifellos die Hose, die unter dem Mantel hervorschaute, sowie das Paar klobiger Stiefel.

»Gott, du Gerechter«, murmelte Dora entgeistert. »Sie ist es wirklich!«

Die Geschwister Liebermann starrten ihre Schwester an, brachten aber kein Wort über die Lippen. Das war allerdings gar nicht nötig, da diese die Initiative ergriff. Mit einem freudigen Aufschrei lief sie auf Oskar zu und drückte ihm einen dicken Kuss auf die Wange.

»Wie schön, dich wiederzusehen, mein liebster Aaron. Es ist viel zu lange her, aber du hast dich keine Spur verändert. Ich dachte mir, dass aus dir einmal ein hübscher Bursche werden würde.«

»Du redest nicht mit mir, sondern mit Oskar«, sagte Aaron säuerlich. Das Stubenmädchen, das noch an der Türschwelle stand, hielt sich kichernd die Schürze vor den Mund, wurde aber durch Doras scharfen Blick aus dem Raum verbannt.

»Nun ja, bei Zwillingen kann so ein Fauxpas schon mal passieren! Ich weiß noch, wie Vater und Mutter euch ständig verwechselten.« Willie setzte den Hut ab und rückte mit der Hand ihre Frisur zurecht. »Das junge Ding hätte mir wirklich den Mantel abnehmen können, nicht wahr? Aber das Personal ist auch nicht mehr das, was es einmal war. Ich kann davon ein Lied singen. Na ja, macht nichts, dann behalte ich ihn eben an. Es ist sowieso ein wenig kühl hier. Warum heizt ihr nicht vernünftig? Eine gleichmäßige Wärme bekommt den alten Möbeln besser. Besonders der Standuhr in der Ecke. Ach, an die erinnere ich mich noch ganz genau. Wisst ihr, dass unser Vater sie meiner lieben Mama zum Geschenk gemacht hat? Das war kurz bevor die Ärmste von uns ging.«

Während die Frau munter weiterplauderte, zwang sie jeden Einzelnen der Anwesenden in eine parfümgeschwängerte Umarmung. Nur der alte Notar, der sich hinter Liebermanns Schreibtisch verschanzt hatte, blieb davon verschont.

»Dann bist du also unser Kindchen!« Mit einem wehmütigen Lächeln kniff Willie Fleck Lea in die Wange. »Das Mädchen, das die Welt wieder ins Lot bringen sollte.«

Lea gefiel diese Bemerkung nicht, denn sie klang fast so, als sei sie nur geboren worden, damit ihr Vater nach dem Verschwinden seiner Ältesten wieder eine Tochter im Hause hatte. So etwas auch nur anzudeuten war taktlos und entsprach gewiss nicht der Wahrheit. Lea war beileibe nicht auf der Welt, um die Fehler einer anderen wiedergutzumachen.

»Habe ich die Ehre mit Frau Wilhelmina Fleck, geborene Liebermann?«, ließ sich die Stimme des Notars vernehmen. Der Mann klang ungeduldig.

»Sie haben, Doktor! Oder glauben Sie, ich würde jedem Fremden ein Küsschen auf die Wange drücken?« Auf Willies Gesicht breitete sich ein Grinsen aus. »Nun ja, wenn man es genau nimmt, habe ich das nach meinen Vorstellungen von Zeit zu Zeit getan. Aber das spielt keine Rolle. Sie dürfen mich Willie nennen!«

»Ich würde Madame Fleck vorziehen, gnädige Frau, so nennen Sie sich schließlich seit Ihrer Eheschließung in Prag. Da Ihre Halbgeschwister Sie fraglos wiedererkannt haben, werde ich auf eine schriftliche Legitimation Ihrer Person verzichten. Ebenso auf die Anwesenheit Ihres Gatten. Mir genügt ein Aktenvermerk, dass Sie die älteste Tochter des kürzlich zu Dresden verstorbenen Kaufmanns Jakob Liebermann sind.«

Willie setzte sich auf den Stuhl, auf dem Lea zuvor gesessen hatte, schlug die Beine übereinander und lachte amüsiert auf. Aus ihrer Handtasche holte sie ein silbernes Zigarettenetui, verzichtete aber auf Aarons Räuspern hin, es zu öffnen. Stattdessen sagte sie: »Sie dürfen Ihrem entzückenden Aktendeckel auch anvertrauen, dass Herr Fleck nicht länger an meiner Seite wandelt. Er ist in Prag geblieben, und ich wünsche ihm Glück mit seinem Betthäschen. Mehr ist dazu nicht zu sagen.«

»Du lässt dich scheiden?« Aaron schrie seine Empörung fast heraus. »Nachdem du alles darangesetzt hast, dein Leben mit diesem Künstler zu teilen? Gegen Papas Willen!«

Willie zuckte mit den Achseln. »Nun ja, wo die Liebe hinfällt, bleibt sie nicht immer liegen. Das wirst du vielleicht auch noch feststellen. Fleck und ich haben einige aufregende Jahre miteinander verbracht. Jahre, die ich keinesfalls missen möchte, weil sie an Lebensfreude und Leidenschaft nicht zu überbieten sind. Aber nun beginnt ein neues Kapitel im Buch der Willie Fleck.«

Der Notar, der nicht so aussah, als wolle er in diesem Buch auch nur eine Seite aufschlagen, brach nun das Siegel eines Umschlags. Darin befand sich der handschriftlich aufgesetzte letzte Wille des Verstorbenen Jakob Liebermann. Dieser war, wie nicht anders zu erwarten, in knappen Worten verfasst und ließ wenig Raum für Auslegung. Nur an einer Stelle wurde der Erblasser persönlich, indem er sein Bedauern darüber bekundete, zwei gute Ehefrauen überlebt zu haben. Er erklärte, wie schwer es gewesen sei, seine drei Kinder – Willie wurde schlicht übergangen – aufzuziehen, und legte seinen Hinterbliebenen die Verpflichtung auf, seiner durch das Setzen eines Steines auf dem jüdischen Friedhof Dresdens sowie das regelmäßige Entzünden des Jahrzeitlichts zu gedenken. Ferner gab er die Anweisung, den Antiquitätenladen in seinem Sinne weiterzuführen.

»Jaja, aber was hat er uns denn hinterlassen?«, unterbrach ausgerechnet Oskar den Vortrag.

»Dazu komme ich jetzt, junger Mann, keine Sorge!« Der Notar rückte seine Brille zurecht. »Es dürfte den Herrschaften bekannt sein, dass der Firma J. Liebermann in der Zeit nach dem gewonnenen Krieg gegen Frankreich anno 1871 und der Gründung unseres Deutschen Reiches beachtlicher wirtschaftlicher Erfolg beschieden war. Der alte Herr Liebermann hat gleich nach dem Krieg damit begonnen, Antiquitäten aus Frankreich zu importieren. Die ließen sich billiger aufkaufen als Möbel aus Sachsen oder Preußen. Hinzu kamen wertvolle Bücher, die Ihr Vater zunächst nur im Nebensortiment anbot, die im Laufe der Zeit für ihn aber an Bedeutung gewannen. Insbesondere die kostbaren Erstausgaben, um die ihn jedes Dresdner Antiquariat beneidet.«

»Ja, mein Vater hatte ein gutes Händchen für das gedruckte Wort«, bemerkte Willie trocken. »Obwohl ich nicht glaube, dass er auch nur eines seiner Bücher gelesen hat.«

»Da irrst du dich gewaltig!« Aaron, der sich grundsätzlich jede Kritik an seinem verstorbenen Vater verbat, reckte angriffslustig das Kinn. »Vater mag keine Erstausgaben von Shakespeare oder Heinrich Heine auf Lager gehabt haben, dafür sammelte er aber *Siddurim*, also hebräische Gebetbücher. Er korrespondierte sogar mit dem bekannten Literaturhistoriker Leopold Zunz in Berlin, um sich vor dem Ankauf neuer Bücher beraten zu lassen.

»Leider ist das Interesse an religiösem Schrifttum inzwischen stark zurückgegangen. Es gibt nur noch wenige Sammler, die bereit sind, anständige Preise dafür zu zahlen. Dies gilt auch für die Antiquitäten, die Herr Liebermann in seinem Sortiment haben wollte. Der Louis-XV-Stil ist jetzt, an der Schwelle zu einem neuen Jahrhundert, in vielen Häusern nicht mehr so gefragt wie früher.«

Dora atmete tief durch. »Was wollen Sie andeuten, Herr Notar? Doch wohl hoffentlich nicht, dass der Pleitegeier über unseren Köpfen kreist?«

»Ich fürchte, so ist es, gnädige Frau.« Der Notar hob seufzend die Hände. »Das Geschäft steckt in wirtschaftlichen Schwierigkeiten. Ich verstehe nur nicht, dass Sie, meine Herren, davon nichts mitbekommen haben. Sie haben doch eng mit Ihrem Herrn Vater zusammengearbeitet.«

Leas Blick richtete sich gespannt auf Aaron, der sich mit einer Antwort erstaunlich viel Zeit ließ. Dass Oskar schockiert die Augen aufriss, wunderte sie nicht. Aber Aaron? Ihrem stets kühl kalkulierenden, mit allen Wassern gewaschenen Bruder sollte entgangen sein, dass sich die Firma Liebermann in der Krise befand?

Die Geschwister saßen noch im dunklen Arbeitszimmer beisammen, als sich der Notar längst verabschiedet hatte. Der Rest des Testaments bot wenig Überraschendes auf. Natürlich wurde Aaron die Geschäftsleitung übertragen. Das Haus ging zu gleichen Teilen an ihn und Oskar. Lea, die im Stillen gehofft hatte, ein wenig Geld zu ihrer freien Verfügung zu erhalten, ging leer aus. Sie wurde bis zu einer hoffentlich baldigen Eheschließung der Obhut ihres Bruders Aaron unterstellt. Geld war nur wenig übrig und sollte im Geschäft verbleiben, anstatt zu gleichen Teilen an die Erben ausgezahlt zu werden. Doch selbst dann schien das Geschäft kaum zu retten zu sein.

Schließlich stand Dora auf und zog wortlos die Vorhänge zu. Es schneite schon wieder, dicke Flocken klatschten gegen die Fensterscheibe. Von fern waren Kinderstimmen zu hören, die ein Weihnachtslied sangen. Jakob hatte für gewöhnlich ein paar Groschen hinuntergeworfen, nicht, weil ihm Weihnachtslieder gefielen, aber weil er ein Herz für Kinder gehabt hatte. Doch weder Aaron und Dora noch Oskar dachten auch nur daran, diesem Brauch zu folgen. Sie waren viel zu erschüttert über das, was sie gehört hatten.

»Dass *sie* etwas bekommen soll, setzt dem ganzen noch die Krone auf«, sagte Dora schließlich. In ihrer Verbitterung gab sie sich keine Mühe, ihre Stimme zu senken. »Das ist nicht gerecht!« Natürlich galt der Vorwurf Willie.

»Was ist schon gerecht?«, gab diese achselzuckend zurück. Lea fand es erstaunlich, mit welcher Gelassenheit sie Doras Boshaftigkeiten an sich abprallen ließ, und wünschte sich, sie besäße auch nur halb so gute Nerven. Davon abgesehen teilte sie die Meinung ihrer Schwägerin nicht. Willie Fleck war das älteste Kind ihres Vaters, und was auch immer zwischen den beiden vorgefallen sein mochte, es war Jakob Liebermanns Wunsch gewesen, dass sie seine alte Standuhr erhielt.

Willie stand auf und begutachtete das Möbelstück, das so viele Jahre in seiner Ecke gestanden und für die Familie heitere wie auch kummervolle Stunden eingeläutet hatte. In wenigen Wochen hätten die Liebermanns sich wie an jedem Silvesterabend vor ihr eingefunden, um gemeinsam auf ein gutes neues Jahr anzustoßen. Lea wurde traurig bei dem Gedanken, dass ihnen nun selbst dies verwehrt bleiben sollte. Doch wenn ihre finanzielle Lage wirklich so ernst war, wie der Notar behauptet hatte, besaßen sie vielleicht bald nicht nur keine Uhr mehr, sondern auch kein Haus.

»Besuch mich, Kindchen«, flüsterte Willie ihr ins Ohr, als sie sich kurz darauf den Hut über die Ohren zog. »Wir sollten uns unterhalten und ein wenig näher kennenlernen. Immerhin sind wir Schwestern!«

Lea stimmte zu. Aber im Grunde glaubte sie nicht recht daran, dass sie die Frau in Hosen und Männerstiefeln jemals wiedersehen würde.

2.

»Wir werden den Gürtel künftig enger schnallen müssen«, erklärte Lea am folgenden Tag, als sie ihren alten Freund und Mentor, den Schreinermeister Carl Schwarzmüller in dessen Werkstatt besuchte. Zu ihrer Erleichterung durfte sie jetzt, da die Zeit der *Schiwa* vorüber war, das Haus wieder verlassen. Natürlich bestand Dora nach wie vor auf Trauerkleidung, doch das störte Lea nicht. Hauptsache, sie konnte nach sieben Tagen völliger Zurückgezogenheit wieder durch die Stadt streifen. So war ihr erstes Ziel der Striezelmarkt gewesen. Lea liebte den berühmten Dresdner Weihnachtsmarkt, der in diesen Tagen Besucher aus aller Welt anlockte. Schon als kleines Mädchen hatte sie aufgeregt die Tage bis zur Eröffnung des Marktes gezählt, und mit den Jahren hatte sich daraus eine wahre Leidenschaft entwickelt. Nichts faszinierte Lea mehr, als an den festlich geschmückten Buden vorbeizuschlendern und sich bei einem Bratapfel und einem Becher Punsch die weihnachtlichen Auslagen mit all ihren Schätzen anzusehen. Die Atmosphäre, die auf dem Markt herrschte, war für sie so magisch, als liefe sie durch einen Zauberwald. Der Duft von gebrannten Mandeln, Rostbratwürstchen und heißem Gewürzpunsch ließ sie regelmäßig in Verzückung geraten. Der Striezelmarkt war für Lea auch ein Zufluchtsort gewesen, als ihre Mutter gestorben war. Er hatte ihr Trost gespendet und Hoffnung gemacht. Und noch heute beschirmte er sie vor den Sorgen, die der Alltag mit sich brachte.

Mit einer Mischung aus Faszination und schlechtem Gewissen betrachtete Lea die beiden Kugeln, die sie bei ihrem heutigen Rundgang über den Striezelmarkt entdeckt hatte. Beide waren aus milchigem Glas geblasen und so wunderschön, dass Lea sie einfach hatte kaufen müssen. Sie würden sie an den Striezelmarkt erinnern, lange nachdem die letzten Buden abgebaut waren.

Der Schreiner lächelte sie verständnisvoll an. Er war schon alt, über sechzig, schätzte Lea, und sein Haar war in den letzten Jahren schlohweiß geworden. Neuerdings schwankte er ein wenig beim Gehen, was vielleicht daher rührte, dass er zu viel trank. Lea wusste, dass ihm nach dem Tod seiner Frau die Einsamkeit zusetzte. Ein Gefühl, das er mit Bier und Schnaps zu bekämpfen suchte. Dennoch stand er von früh bis spät an seiner Hobelbank und versäumte kaum jemals einen Arbeitstag. Zusätzlich betrieb er auf dem Striezelmarkt einen eigenen Verkaufsstand, der ihm besonders am Herzen lag. Er galt als gutmütig und war in seiner Nachbarschaft beliebt, denn er wies keinen ab, der ihn um einen Gefallen bat. Während Lea von den Ereignissen des vorigen Tages berichtete, hörte er ihr zu, doch Lea beschlich bald das Gefühl, dass er mit den Gedanken ganz woanders war und sie nur aus Höflichkeit reden ließ.

»Ist etwas nicht in Ordnung, Carl?« Es hatte lange gedauert, bis Lea sich dazu hatte durchringen können, den Schreiner beim Vornamen zu nennen. Solange dieser noch für die Liebermanns tätig gewesen war, hätte sie das nicht gewagt, doch inzwischen war Schwarzmüller für sie zu einem Freund geworden, an dessen Rat ihr gelegen war.

Schwarzmüller klopfte vorsichtig mit dem Winkelholz gegen ein ausgeleiertes Scharnier. Die Witwe eines Oberfinanzrates hatte ihm das Nachtschränkchen zur Reparatur schicken lassen und bestand darauf, es bis zum Abend wieder abzuholen. Die Frau wohnte unweit der Brühlschen Terrasse und war als geizig verschrien. Kein Wunder, dass sie sich keinen neuen Schrank zimmern ließ. Allerdings saß das Geld in diesen Tagen auch bei den Reichen nicht so locker in der Tasche. Die Feiertage standen vor der Tür, und was das neue Jahr, genauer gesagt, das neue Jahrhundert bringen würde, konnte keiner wissen. Man wünschte sich Glück, ahnte aber, dass die Zeiten nicht besser werden würden.

Mit ein paar Hammerschlägen brachte Schwarzmüller die Türscharniere wieder in Ordnung. Dann nahm er sich die Füße vor, da seine Auftraggeberin behauptete, diese seien unterschiedlich hoch.

»Dora hat Mathilde entlassen, unsere Köchin«, fuhr Lea ein wenig bekümmert fort. Auf dem Weihnachtsmarkt hatte sie die dunklen Stunden des Vortages verdrängt, nun aber holten sie die Sorgen wieder ein. »Sie sagt, die Dienstboten würden uns zu teuer kommen, jetzt wo es um das Geschäft so miserabel steht. Nur unser Hausmädchen, die Ilse, will sie behalten.«

Carl Schwarzmüller hob kurz den Blick. »Ihr werdet schon zurechtkommen«, sagte er. »Das müssen wir doch alle irgendwie. Vielleicht wird das Jahr 1900 uns in eine bessere Zukunft führen. Ist das nicht aufregend? Wir erleben mit, wie ein neues Jahrhundert geboren wird, das zwanzigste. Das Privileg, einen Jahrhundertwechsel feiern zu dürfen, ist nur wenigen Menschen vergönnt.«

Lea musste an ihren Vater denken und auch daran, wie skeptisch er dem Ereignis entgegengeblickt hatte. Jakob Liebermann war kein Freund moderner Errungenschaften gewesen, weil er in ihnen mehr Gefahr als Nutzen gesehen hatte. Um keinen Preis der Welt hätte er auch nur einen Fuß in eine der neuen Straßenbahnen gesetzt, welche elektrisch betrieben wurden und nach und nach die alten Pferdebahnen ersetzen sollten. Noch einige Tage vor seinem Tod war eine neue Strecke am Leipziger Bahnhof eröffnet worden, und Jakob Liebermann hatte sich mächtig aufgeregt, als Lea vorgeschlagen hatte, die ganze Familie könne doch gemeinsam zur Streckeneinweihung gehen. Jakob Liebermann hatte sich verabschiedet, bevor das neue Jahrhundert ihm noch Schlimmeres hatte bescheren können als einen Fernsprecher oder ein mithilfe elektrischer Ströme angetriebener Wagen. Dafür hatte er sie mit einer Schuldenlast zurückgelassen, welche die Aussichten auf ein frohes neues Jahr empfindlich minderte.

»Was ist mit eurer Halbschwester?«, erkundigte sich Schwarzmüller. »Kann sie euch nicht aus der Misere helfen? Hat Aaron sie auf einen Kredit angesprochen?«

Lea fand diesen Gedanken abwegig. So wenig wie Aaron von Willie und deren Lebensstil hielt, hätte er sich eher die Zunge abgebissen, als die Schwester um Hilfe zu bitten. Davon abgesehen wussten die Liebermanns überhaupt nichts über Willies finanzielle Verhältnisse. Wurde man als Opernsängerin reich, oder hielt man sich gerade so über Wasser? Lea hatte keine Ahnung, wovon Willie lebte. Sie hatte ja nicht einmal gewusst, dass sie ihren Ehemann verlassen hatte und nach Dresden zurückgekehrt war. Zu Jakob Liebermanns Lebzeiten hatte das ungeschriebene Gesetz gegolten, weder über seine verstorbene erste Frau noch über die Tochter zu sprechen, die ihn so enttäuscht hatte. Aaron schien fest entschlossen, sich weiterhin daran zu halten. Dora sowieso.

Carl Schwarzmüller begab sich zu einem kleinen Schreibtisch, an dem er sein Rechnungsbuch zu führen pflegte, und kam mit einem Exemplar der *Sächsischen Zeitung* zurück. Nach kurzem Blättern tippte er auf einen Artikel mit Bild. »Eure Schwester scheint eine Berühmtheit zu sein. Jedenfalls berichtet die *Sächsische* sehr wohlwollend über ihre Karriere.«

Staunend überflog Lea den Bericht, der die Ankunft der umjubelten Opernsängerin in schillernden Farben nachzeichnete. Dresden, so stand es da, fühle sich geehrt von der Heimkehr einer Tochter der Stadt, die nicht nur Prag, Mailand und London, sondern auch New York und sogar St. Petersburg mit ihrer Stimme verzückt habe. Die Fotografie darunter war, wie in Zeitungen üblich, unscharf, zeigte aber ohne jede Frage Willie Fleck, die mit einem spöttischen Lächeln in die Kamera winkte. Generalmusikdirektor von Schuch verkündete, wie stolz er sei, eine Künstlerin von Weltruf ...

Von Weltruf? Willie Fleck? Was sagte man dazu?

Verblüfft ließ Lea die Zeitung sinken. Ihre Schwester war demnach wirklich eine Berühmtheit und würde bald ein Engagement am Königlichen Opernhaus antreten. Warum hatte keiner ihrer Angehörigen ihr davon erzählt? Nicht einmal ihr Vater, dem es wohl kaum gelungen sein konnte, die Laufbahn seiner ältesten Tochter gänzlich zu ignorieren. Allerdings begriff Lea nun, warum Jakob sich stets geweigert hatte, die Oper oder auch nur ein Konzert zu besuchen. Lea hatte angenommen, dass er einfach unmusikalisch war, doch nun drängte sich ihr der Verdacht auf, dass er nicht an Willie hatte erinnert werden wollen.

»Sie hat mich um einen Besuch gebeten«, erklärte Lea nachdenklich. »Aber jetzt, nachdem sie weiß, wie schlecht es um das Antiquitätengeschäft steht, und ich weiß, wie berühmt sie ist, würde ich mir wie eine Bittstellerin vorkommen, wenn ich zu ihr ginge. So geringschätzig, wie Dora und Aaron sie gestern behandelt haben, wird sie uns sowieso kein Geld leihen. Ich an ihrer Stelle würde es jedenfalls nicht tun.«

»Wenn ich dich richtig verstanden habe, bat sie dich um einen Besuch, bevor sie sich verabschiedet hat. Das heißt, dass sie zu diesem Zeitpunkt längst über eure Situation im Bilde war. Du solltest dir keine Sorgen machen. Sie hätte dich nicht eingeladen, wenn sie dir unterstellen würde, hinter ihrem Geld her zu sein.«

Lea zuckte mit den Achseln. Womöglich hatte Carl recht, und sie beging einen Fehler, wenn sie Willies Einladung ablehnte.

Allerdings glaubte sie nicht, dass Aaron und Dora es gutheißen würden, wenn sie mit der verstoßenen Schwester Kontakt aufnähme, Königliches Opernhaus hin oder her. Erst heute, früh am Morgen, hatte sich Aaron sorgfältig rasiert, was ihm während der *Schiwa* nicht erlaubt gewesen war, und dann hatte er sich in seinem besten Anzug zur Waisenhausstraße aufgemacht, um mit den Brüdern Arnhold zu reden. Die Arnholds führten ein Bankhaus und waren viele Jahre mit Jakob Liebermann befreundet gewesen. Aaron rechnete sich keine großen Chancen aus, von den Arnholds einen Kredit zu bekommen, aber versuchen wollte er es zumindest.

Lea stieß mit dem Fuß gegen ihren Korb. Der Einkauf war mager ausgefallen. Was sie auf dem Markt für das knapp bemessene Wirtschaftsgeld bekommen hatte, würde heute Abend nur für eine Suppe reichen. Und morgen? Und die Woche darauf? Die Adventszeit hatte begonnen. Sie wurde bei den Liebermanns zwar nur wenig beachtet, doch dafür begann schon in wenigen Tagen Chanukka, das jüdische Lichterfest, das traditionell mit vielen Kerzen und guten Speisen gefeiert wurde und nicht weniger als acht Tage dauerte. Acht Tage, an denen Freunde und Verwandte ins Haus kamen, um mit Aaron und Oskar Karten zu spielen und in Öl gebackene Speisen zu genießen. Diesen Winter konnten sie die Feierlichkeiten mit dem Hinweis auf den Trauerfall in der Familie absagen. Jeder würde das verstehen, und doch gerieten alle, insbesondere Dora, in helle Aufregung bei der Vorstellung, man könnte hinter vorgehaltener Hand über die Geldsorgen der Liebermanns reden.

Carl Schwarzmüller versuchte, Lea zu trösten. Er holte eine kleine Kiste von seiner Werkbank und stellte sie vor ihr auf den Tisch. »Vielleicht solltest du dir einmal deine neuesten kleinen Kunstwerke ansehen. Die Farbe ist inzwischen getrocknet, und ich bin der Meinung, dass sich das Ergebnis sehen lassen kann.

»Meine Krippenfiguren!«, rief Lea erfreut. Über all den Sorgen und der Trauer um ihren Vater hatte sie völlig vergessen, woran sie zuletzt gearbeitet hatte. Dabei schnitzte sie für ihr Leben gern, eine geheime Leidenschaft, die sie auch ihren Besuchen auf dem Striezelmarkt und dem reichen Angebot an Kunsthandwerk aus dem Erzgebirge verdankte. Carl Schwarzmüller hatte ihr den Umgang mit dem Schnitzmesser beigebracht, als sie kaum sechs Jahre alt gewesen war. Mit Engelsgeduld hatte er ihr erklärt, wie das Schnitzeisen beschaffen sein musste, um Ecken, Kanten, Flächen und Wellen auszuarbeiten. Er hatte sie auch in der Auswahl des richtigen Holzes unterwiesen: Lindenholz war weich, lag gut in der Hand und eignete sich somit vortrefflich für die Arbeit an filigranen Figuren. Lea dachte an ihre ersten Versuche zurück. Diese waren erwartungsgemäß noch plump ausgefallen, gerade so, als würde das Holzstück ihr den Widerstand eines ungezähmten Pferdes entgegenbringen. Doch je besser sie ihr Material kennengelernt hatte, desto leichter war es ihr gefallen, es zu bändigen und nach ihren eigenen Vorstellungen zu formen. Inzwischen wusste Lea über die Eigenarten des Holzes fast mehr als ihr Lehrmeister und behandelte jeden Werkstoff, aus dem sie etwas Neues kreieren wollte, mit der allergrößten Achtung. Hatte sie auf Schwarzmüllers Rat hin anfänglich nur große Objekte wie Schalen und Kerzenhalter geschnitzt, um ihre Fingerfertigkeit im Umgang mit verschiedenen Stichformen zu üben, galt ihr Interesse inzwischen nur mehr der Herstellung von Figuren und Puppen. Sie wollte Menschen darstellen, ganz besonders ihre Bewegungen und ihre Gesichter. Heitere und traurige Mienen, nachdenkliche und zornige – sie war wie besessen davon, dem weichen Holz die verschiedensten Ausdrucksformen des menschlichen Gemüts zu entlocken, und arbeitete oft stundenlang, bis sie mit dem Ergebnis ihrer Suche nach Ausdruck und tiefem Gefühl zufrieden war.

»Ich muss gestehen, dass ich überrascht bin«, sagte der Schreiner anerkennend. »Ich hatte meine Bedenken, ob du schon so weit bist, Krippenfiguren zu schnitzen, weil die besonders schwierig herzustellen sind. Ich kenne Holzschnitzer aus dem Erzgebirge, die nach zehn Jahren noch nicht so geschickt mit dem Schnitzeisen umgehen konnten wie du.« Vorsichtig nahm er eine kleine Figur und hielt sie zwischen Daumen und Zeigefinger prüfend ins Licht. Sie stellte einen der Weisen aus dem Morgenland dar, der sich ehrfurchtsvoll verbeugte, dabei aber den Kopf leicht schräg hielt, als wäre er von etwas zu seiner Rechten abgelenkt. In der Tat hatte Lea seinen Zügen einen Ausdruck von Überraschung verliehen. Seine Hand, an der jeder einzelne Finger zu sehen war, berührte ein kleines Spitzbärtchen, das keck vom Kinn des Mannes abstand.

»Du könntest gutes Geld mit deinen Figuren verdienen, Lea«, meinte Schwarzmüller. »Doch, doch, das meine ich ernst. Wohlhabende Familien schmücken ihre Weihnachtskrippen nur zu gern mit ausgesuchten kleinen Kunstwerken wie diesen.« Schwarzmüller stellte die Figur des Weisen aus dem Morgenland auf den Tisch, wo er ohne zu wackeln stehen blieb. »Ja, ich denke, du bist so weit, sie zum Verkauf anzubieten.«

Das Lob des alten Mannes trieb Lea vor Verlegenheit und Freude die Röte ins Gesicht. Bislang hatte er sich bei all seiner Hilfsbereitschaft eher kritisch über ihre Arbeit ausgelassen, hatte gnadenlos Mängel hervorgehoben und auf Fehler hingewiesen. Doch die harte Schule, durch die er sie geschickt hatte, war nur zu ihrem Besten gewesen. Wenn ein Mann wie Carl Schwarzmüller ihr ein gutes Zeugnis ausstellte, war ihre Arbeit womöglich doch mehr als eine bloße Spielerei.

»Natürlich musst du weiterhin fleißig an deiner Technik arbeiten, hörst du? Besonders, wenn du Falten schnitzt. Falten im Gesicht eines Greises sehen anders aus als Falten in einem Gewand. Die Falten in der Windel deines Jesuskindes in der Krippe liegen mir noch nicht natürlich genug.« Er wühlte in der Holzkiste. »Nanu, wo ist die Figur denn geblieben? Ich weiß genau, dass ich sie zusammen mit den anderen hier hineingetan habe.«

»Und du denkst wirklich, jemand könnte sich für meine Schnitzarbeiten interessieren?« Lea war längst wieder bei Schwarzmüllers Vorschlag. Wäre es nicht wundervoll, ihr eigenes Geld zu verdienen? Mit Kunsthandwerk, das sie eigenhändig geschaffen hatte? Noch nie zuvor hatte sie etwas verdient, weil dies auch unschicklich für eine Tochter Jakob Liebermanns gewesen wäre. Ein Mädchen aus gutem Hause ging zur Schule und ins Pensionat, bis sie einen Antrag erhielt. Nur die Armen waren gezwungen, einer Arbeit nachzugehen, als Hausangestellte, Ladenmädchen oder Fabrikarbeiterin. Lea würde als Künstlerin arbeiten. Wenn sie sich geschickt anstellte, würde sie womöglich genug verdienen, um den Laden ihrer Brüder zu unterstützen. Wie würde Dora wohl schauen, wenn sie ihr großzügig anbot, die Einkäufe künftig aus eigener Tasche zu bezahlen? Ein dummer Traum, gewiss. Dennoch wurde Lea ganz schwindelig vor Vorfreude.

»Ich habe zu Hause noch eine Menge Figuren«, sagte sie aufgeregt. »Auch verschiedene Tiere, Blumen und Märchenfiguren, die ganz besonders Kindern gefallen könnten. Könnte man die auch auf dem Striezelmarkt zum Verkauf anbieten?«

Schwarzmüller hob lachend die Hand. »Immer langsam mit den jungen Pferden. Bring mir vorbei, wovon du dich trennen kannst, und ich werde jedes einzelne Stück einer genauen Prüfung unterziehen. Schließlich habe auch ich einen Ruf zu verlieren. Ich kann nicht alles an meinem Stand anbieten.«

Schlagartig wich das Lächeln aus Leas Gesicht. An seinem Stand, hatte der Schreiner gesagt. Ja, natürlich, nur so ergab es einen Sinn. Ihr alter Freund war so gütig, ihre Arbeiten neben den seinen auszustellen und für sie anzubieten. Wie, um Himmels willen, war sie nur auf die Idee gekommen, sie könnte ihre Krippenfiguren persönlich auf dem Weihnachtsmarkt verkaufen?

»Warum auf einmal so betrübt?« Schwarzmüller hob irritiert die Augenbrauen. »Sagt dir mein Vorschlag doch nicht zu?«

Lea rang sich ein Lächeln ab. Sie hatte dem Schreinermeister so viel zu verdanken, da erschien es kleinlich, enttäuscht zu sein. Rasch beeilte sie sich, ihm zu versichern, wie berührt sie von seiner noblen Geste war. Doch der alte Meister war schlau genug, um zwischen den Zeilen zu lesen.

»Du hast dir wohl Hoffnungen auf einen eigenen Stand gemacht, nicht wahr?«

»Nun ja, wenn ich ehrlich sein soll ...«

Schwarzmüller seufzte. »Ist dir klar, wie schwierig es ist, in die Gemeinschaft der Händler vom Striezelmarkt aufgenommen zu werden? Der Dresdner Weihnachtsmarkt ist uralt, er besteht seit dem Mittelalter, genau gesagt seit dem Jahr 1434. Damals erließ der Kurfürst eine Bestimmung, dass fortan auf dem Alten Markt ein eintägiger Fleischmarkt abgehalten werden durfte, damit die Bevölkerung sich nach der vorweihnachtlichen Fastenzeit am Heiligen Abend einen Festbraten aussuchen konnte. Im Laufe der Jahrhunderte wurde der Markt erweitert, und die Händler haben sich strenge Gesetze gegeben, die das Beisammensein und den Verkauf von Kunsthandwerk und weihnachtlichen Speisen regeln. Vom Mittwoch vor dem ersten Adventssonntag bis zum neuen Jahr müssen wir uns diesen Regeln unterwerfen, komme, was wolle. Wir sind wie eine Familie. Manche nennen den Markt aber auch eine Stadt in der Stadt. Die meisten unserer Krämer verkaufen ihre Ware schon seit vielen Jahren auf dem Striezelmarkt und wissen genau, was von ihnen erwartet wird. Natürlich kommen auch neue hinzu, ganz besonders Handwerker aus dem Erzgebirge. Die drängen jedes Jahr in der Adventszeit auf den Markt, aber sie haben es schwer, einen Platz zu finden. Auswärtige werden immer misstrauischer beäugt, schließlich lässt sich kein Einheimischer gern vor Weihnachten die Butter vom Brot nehmen. Ein Gesuch um Aufnahme muss Monate im Voraus an die Innung und den Marktmeister gerichtet werden. Aber die meisten Anträge werden neuerdings abschlägig beschieden.«

»Ich verstehe«, sagte Lea niedergeschlagen. Schwarzmüllers Worte hatten ihren Traum vom eigenen Stand in weite Ferne gerückt. »Also ist es aussichtslos, sich jetzt noch um einen Platz zu bewerben.«

Schwarzmüller druckste herum. »Du könntest dem Marktaufseher schreiben, aber ich habe noch nie erlebt, dass er dem Gesuch einer unverheirateten jungen Frau stattgegeben hat. Als Witwe eines Standbetreibers hättest du eine Chance, aber ein unverheiratetes Mädchen, das kein Handwerk erlernt hat ...« Er schüttelte den Kopf. »Dazu kommt noch ... deine Herkunft.«

Aha, dachte Lea, als sie begriff, worauf ihr Freund anspielte. Aber was hatte sie erwartet? Eine Jüdin, die Krippenfiguren schnitzte, war wie eine Kuh, die Eier legte. Sie würde in der ganzen Stadt für Gesprächsstoff sorgen. Manche würden ihr Ansinnen bestenfalls seltsam finden, andere provozierend. Eine Anmaßung. Nein, Schwarzmüller hatte recht. Sie durfte keinesfalls etwas tun, das ihrer Familie oder der jüdischen Gemeinde schaden könnte. Nicht auszudenken, wenn am Ende auch noch die Zeitungen darüber berichteten. In der Stadt hatte sie bislang keine Anfeindungen erlebt, weil sie Jüdin war, aber sie wusste, dass es im Berliner Reichstag Abgeordnete gab, die in diesen Tagen offen judenfeindliche Parolen schwangen. Sie warfen den Juden vor, Teil einer Verschwörung zu sein und zu viel Einfluss auf die Wirtschaft und das kulturelle Leben auszuüben. Wer konnte schon voraussehen, wie rasch, sich solche Meinungen auch in Dresden ausbreiten konnten?

»Soll ich deine Figuren nun zum Verkauf anbieten?«, wollte Schwarzmüller wissen. »Ich werde allerdings nicht verraten dürfen, wer sie angefertigt hat. Schließlich wollen wir keine schlafenden Hunde wecken, nicht wahr?«

Lea nickte. Es war spät geworden. Draußen rüttelte der Wind an den Läden, und von fern drang das Geräusch einer vorbeifahrenden Pferdedroschke an ihr Ohr. Kinder spielten im Hof vor der Werkstatt im Schnee. Ihr fröhlicher Lärm hörte sich so unbeschwert an, dass Lea einen Stich in ihrem Herzen spürte.

Zu Hause stieß Lea auf lange Gesichter.

»Aaron sitzt in Vaters Arbeitszimmer und wünscht niemanden zu sehen«, erklärte Dora mit einem tiefen Seufzer.

»Die Bankiers haben uns keinen Kredit gewährt«, fügte Oskar überflüssigerweise hinzu. Obwohl es bereits Mittag war, steckte er noch in seinem Lieblingsmorgenmantel aus scharlachroter Seide, die ihn so blass wie den Tod machte. Sein Gesicht mit den ewig müden Augen war unrasiert, das Haar zerzaust, als wäre er eben erst aus dem Bett gekrochen.

»Die Gebrüder Arnhold waren wenigstens so freundlich, Aaron einige Vorschläge zu unterbreiten«, sagte Dora später in der Küche. Sie hatte sich die Schürze der entlassenen Köchin umgebunden und begutachtete den Inhalt von Leas Einkaufskorb. Bei jedem Stück, das sie ausräumte, verzog sie den Mund, als ekele sie allein der Gedanke, daraus eine Mahlzeit machen zu müssen. Aber wenigstens schien sie fest entschlossen, die Hausarbeit nicht nur Lea und dem Dienstmädchen zu überlassen, sondern selbst mit anzupacken.

»Vorschläge?« Lea nahm sich einen runzligen Apfel, besann sich dann aber und legte ihn zurück in die Obstschale. Solange das Geld knapp war, würde sie es sich abgewöhnen müssen, gedankenlos zuzugreifen.

»Er will noch nicht darüber reden. Sag mal, ist das alles, was du bekommen hast? Schreib mir auf, wie teuer das Gemüse war und wie viel Geld du ausgegeben hast.«

Lea fielen die bunt bemalten Glaskugeln ein, und sie schluckte schwer. Wie hatte sie nur so dumm sein können, dafür Geld auszugeben? Was, wenn Dora ihr auf die Schliche kam? Schweren Herzens beschloss sie, die Kugeln gleich morgen zurückzubringen. Wenn sie Glück hatte, ließ sich der Glasbläser überreden, ihr das Geld dafür zu erstatten. Bei dieser Gelegenheit konnte sie auch Schwarzmüllers Stand besuchen und nachfragen, ob schon eine ihrer Figuren verkauft worden war.

»Wo willst du denn jetzt schon wieder hin?«, rief Dora ihr nach, als sie eilig die Küche verließ.

»Ich habe vor dem Essen noch zu tun«, gab sie zurück, was auch der Wahrheit entsprach.

Sie musste einen neuen Jesus in der Krippe schnitzen.

3.

Am nächsten Morgen war das Thermometer noch weiter gefallen. Der Schnee der vergangenen Tage und Nächte war liegen geblieben und überzog die Dächer der Häuser und Kirchtürme mit einer weißen Schicht, die wie Zuckerguss aussah. An den Fenstern hatten sich dicke Zapfen gebildet. Als am späten Vormittag die Sonne durch die Wolken brach, verwandelte ihr Glanz die weiße Pracht in den Hofanlagen des Zwingers in eine Märchenlandschaft. Doch nur wenige Spaziergänger waren unterwegs, um sich daran zu ergötzen. Wer es sich leisten konnte, bestieg eine Droschke. Durch die schneebedeckten Straßen glitten Pferdeschlitten, an denen Glöckchen bimmelten.

Lea hatte sich zum Schutz vor der Kälte dick vermummt, doch kaum am Ende der Schlossstraße angelangt, begann sie auch schon zu zittern. Wenn der Frost die Stadt nicht bald aus seinen Fängen entließ, würden in diesem Jahr weit weniger Menschen den Striezelmarkt besuchen. Und das wäre vor dem Jahrhundertwechsel eine Katastrophe für die Stadt.

Begonnen hatte alles mit großen Erwartungen. Lea hatte es sich nicht nehmen lassen, der Eröffnung des Weihnachtsmarktes beizuwohnen, die in diesem Jahr vor dem Goldenen Reiter abgehalten worden war. Nach einem Gottesdienst war der traditionelle Striezel angeschnitten worden, ein Stollen von gigantischen Ausmaßen. Dem Brauch nach musste ein Zunftmeister seine Länge abmessen, die wiederum exakt der Jahreszahl zu entsprechen hatte, in der er gebacken wurde. Erst wenn der

Meister sein Einverständnis gab, durfte der Striezel angeschnitten werden.

Lea schritt schnell aus, in der Hoffnung, dass ihr so wärmer wurde und sie ohne rot gefrorene Nase bei Schwarzmüllers Stand ankam. Es war nicht leicht gewesen, sich heute aus dem Haus zu stehlen, denn Dora wachte mit Argusaugen darauf, dass Lea ihre Haushaltspflichten nicht vergaß.

Das alles hat bald ein Ende, sprach Lea sich selbst Mut zu. Aaron brütete über neuen Ideen, und da er ein kluger Kopf war, würde er gewiss noch vor dem Jahreswechsel einen Weg finden, den Antiquitätenhandel aus den roten Zahlen zu holen. Hoffnungsvoll warf sie einen Blick in ihre Handtasche und vergewisserte sich, dass sie die in Packpapier gewickelte Krippenfigur nicht vergessen hatte. Sie hatte Stunden an dem Jesuskind gearbeitet und das Licht erst in den frühen Morgenstunden gelöscht, als sie schon das Stubenmädchen Ilse auf dem Korridor gehört hatte. Der Figur war nicht anzusehen, dass sie in nächtlicher Arbeit erschaffen worden war. Augen und Nase, Bäckchen und Lippen – alles war da, wo es zu sein hatte. Lea fand allerdings, dass das Gesicht des Kleinen dem ihres Bruders Oskar erschreckend ähnlich sah. Vermutlich hatte sie vor lauter Müdigkeit an Oskars Schlafzimmeraugen denken müssen. Lea schmunzelte, als sie sich überlegte, welcher ihrer nächsten Figuren sie Doras markante Gesichtszüge verleihen konnte. Die Jungfrau Maria kam hierbei wohl kaum infrage. Eher passte ein zorniger Racheengel zu ihrer Schwägerin.

Als Lea das Reiterstandbild von Kurfürst August dem Starken vor sich aufragen sah, fühlte sie sich fast ein wenig beklommen. Die Marktbuden, an denen sie vorbeilief, waren ihr alle vertraut, und doch wuchs bei jedem ihrer Schritte das bedrückende Gefühl, eine Fremde zu sein. Eine, die hier nicht hingehörte. Woran lag das nur? Sie konnte es sich nicht erklären.

Eine dicke, grauhaarige Frau winkte sie eifrig zu ihrem Stand. Sie verkaufte »Pflaumentoffeln«, aus Backpflaumen gefertigte Männlein und Weiblein, bei deren Anblick Lea für gewöhnlich kaum widerstehen konnte. Doch heute schüttelte sie nur bedauernd den Kopf und eilte schnellen Schrittes weiter. »Wie schade«, hörte sie die Marktfrau rufen. »Aber beim nächsten Mal, ja?«

Schwarzmüllers Stand sah aus wie ein Hexenhäuschen aus den Märchen der Brüder Grimm. Er war wie die anderen aus Holz gezimmert, gewiss von Schwarzmüller selbst, wies aber deutlich mehr Zierrat auf als die Buden in seiner Nachbarschaft. So war sein Dach mit lustig bemalten Schindeln in Form von Lebkuchen bedeckt. Aufgemalte Süßigkeiten und Leckereien schmückten auch die Vorderfront mit der breiten Fläche, auf der Schwarzmüllers sauber gedrechselte Holzarbeiten ausgestellt waren: Schemel und Bänke, Kästchen von verschiedener Größe, aber auch Teller, Löffel und sogar mit Blattgold überzogene Bilderrahmen. Lea entdeckte ihre Krippenfiguren auf einem länglichen Holzbalken, über den Schwarzmüller eine dunkelgrüne Decke geworfen hatte. Rechts und links davon flackerte jeweils eine rote Kerze, von der das Wachs auf den Wollstoff tropfte.

Lea hielt gerührt die Luft an. Das war ja allerliebst.

Sie sah sich nach ihrem väterlichen Freund um, doch zu ihrer Enttäuschung war er nicht da. Den Stand hütete ein junger Bursche, dessen mürrische Miene verriet, dass er nicht sonderlich begeistert von seiner Aufgabe war. Er hieß Heinz Kulicke und arbeitete schon seit einigen Jahren als Geselle in Schwarzmüllers Werkstatt. Lea mochte den schweigsamen jungen Mann und rechnete es ihm hoch an, dass er sie niemals aufzog, wenn sie in die Werkstatt kam, um sich von Schwarzmüller etwas beibringen zu lassen. Manchmal half er ihr sogar, wenn sie mit einer schwierigen Stichform zu kämpfen hatte. Oder er bot ihr an, ihre Schnitzeisen zu schleifen. Als Lea nun vor ihm stand, unterdrückte Kulicke ein Gähnen. Dann tippte er zum Gruß an seine Schirmmütze. Wie die meisten Standbetreiber hatte er sich in der Kälte einen Schnupfen geholt. Als Lea nach seinem Meister fragte, schüttelte er bedauernd den Kopf.

»Er musste gehen, Fräulein! Kommt heute auch nicht mehr auf den Markt. In der Früh hat er einen Brief erhalten, ich glaube, von seiner Schwester aus dem Böhmischen. Morgen will er die Eisenbahn nehmen.«

»Um zu ihr zu reisen?«

»Anzunehmen, aber er hat mir keinen Grund genannt. Er sagte nur, ich solle auf den Stand aufpassen und ganz besonders die Krippenfiguren im Auge behalten. Komisch …« Kulicke rieb sich über die gerötete Nase. »Hab gar nicht mitbekommen, wie er die geschnitzt hat.«

Lea schenkte sich eine Antwort. Stattdessen geriet sie ins Grübeln. Es sah Schwarzmüller nicht ähnlich, Hals über Kopf die Stadt zu verlassen.

»Was muss ich da hören? Schwarzmüller wirft das Handtuch?«

Die tiefe Stimme, die selbst einen Eimer mit warmem Wasser hätte gefrieren lassen können, gehörte einem gut gekleideten Mann mit Vollbart, großen Tränensäcken und buschigen Brauen, der unvermittelt neben Lea am Stand aufgetaucht war und einen Teil ihrer Unterhaltung mit angehört hatte. Prüfend ließ er seine Blicke über Schwarzmüllers Waren gleiten. Als er Leas Krippenfiguren bemerkte, stieß er einen überraschten Laut aus.

»Die waren gestern noch nicht hier«, erklärte der Mann besserwisserisch. »Dein Meister hätte mich darüber informieren müssen, dass er vorhat, auch Weihnachtskrippen zu verkaufen.«

»Hat er wohl vergessen! Na und?«

»Werde bloß nicht frech, Kulicke, sonst setzt es was!« Der Bärtige stemmte beide Arme in die Hüften und bedachte Schwarzmüllers Gehilfen mit einem strengen Blick. »Noch habe ich das Sagen hier, und das wird sich auch im nächsten Jahrhundert nicht ändern. Darauf kannst du Gift nehmen!« Damit wandte er sich Lea zu, die am liebsten die Flucht ergriffen hätte. Der Mann war ihr nicht geheuer. Hatte er die Waren sämtlicher Betreiber im Gedächtnis, sodass ihm jede kleine Veränderung sofort ins Auge sprang? Oder war es allein Schwarzmüllers Stand, dem seine Aufmerksamkeit galt?

»Na, wo bleiben deine Manieren, Kulicke?« Der Bärtige versuchte sich an einem Lächeln, das Lea jedoch mehr an das Zähnefletschen eines Hundes erinnerte. »Willst du mich dem Fräulein nicht vorstellen?«

»Das ist Herr August Peregrin. Er sorgt dafür, dass die Vorschriften auf dem Striezelmarkt eingehalten werden.«

»Marktaufseher bin ich«, ergänzte Peregrin. Dann wandte er sich wieder Leas Krippenfiguren zu. »Die sind nicht schlecht«, sagte er. »Ich muss es wissen, verkaufe nämlich selbst welche. Nur beste Qualität. Ich frage mich, wie der alte Schwarzmüller mit seinen klobigen Pfoten so was Filigranes zustande gebracht haben soll.« Er nahm sich die Figur eines pausbackigen Engels, der aus Leibeskräften in eine mit leuchtendem Goldlack überzogene Posaune blies, und musterte das Werk kopfschüttelnd. »Oder hast du das geschnitzt, Kulicke?«

Schwarzmüllers Gehilfe tauschte einen bedeutungsschweren Blick mit Lea, dann schüttelte er den Kopf. »Ich doch nicht, Herr Peregrin.«

»Erstaunlich, erstaunlich«, murmelte Peregrin. Er stellte den Posaunenbläser nicht zurück auf die Auslage, sondern ließ ihn vorsichtig in seine Jackentasche gleiten. »Den Engel behalte ich erst einmal, bis geklärt ist, wie der Alte an diese Figuren gekommen ist. Schwarzmüller kann sich ja bei mir melden und sich erklären.«

Lea funkelte den Marktaufseher empört an. Schwarzmüller hatte sie gewarnt, dass auf dem Striezelmarkt archaische Regeln galten und diese von Männern durchgesetzt wurden, die keinen Spaß verstanden, aber der Marktaufseher hatte wohl kaum das Recht, die Stände anderer Händler zu plündern. »Sie können diesen Engel nicht haben«, erhob sie Einspruch. »Geben Sie ihn zurück!«

Kulicke duckte sich erschrocken. Seine Lippen formten eine stumme Warnung, den Mann nicht zu reizen. Immerhin hatte er auf dem Weihnachtsmarkt das Sagen. Er entschied darüber, wer seinen Stand öffnen durfte und wer ihn zu schließen hatte.

»Ach ja?« Peregrins Tonfall wurde schroffer. »Und warum sollte ich das tun, wertes Fräulein?«

»Weil ich gerade beschlossen hatte, den kleinen Posaunenspieler zu kaufen! Es kümmert mich nicht, wer diese Figuren geschnitzt hat.« Hastig zog Lea ihr Portemonnaie aus der Tasche und zählte dem verdutzten Kulicke einige Münzen auf das Auslagenbrett. Es war ihr letztes Geld. »Ich hoffe, das genügt?«

Kulicke blickte den Marktaufseher zögernd an, dann nickte er. »Es stimmt, das Fräulein ... hat die Figur ... gekauft«, stotterte er. »Würden Sie ihr den Engel nun bitte aushändigen?«

Vor dem Verkaufsstand waren inzwischen einige Weihnachtsmarktbesucher stehen geblieben, die dem Wortwechsel gespannt lauschten. Unter ihnen waren Kindermädchen, die ihre Zöglinge fest an der Hand hielten, aber auch zwei, drei vornehm gekleidete Damen in eleganten Pelzen. Als Peregrin ihre missbilligenden Blicke auf sich spürte, drückte er Lea den Posaunenengel in die Hand. »Viel Spaß damit«, knurrte er. Dann stapfte er durch den Schnee davon, drehte sich nach wenigen Schritten aber noch einmal um und fasste Kulicke scharf ins Auge.

»Richte dem alten Schwarzmüller aus, dass ich mit seiner Standführung nicht zufrieden bin. Ganz und gar nicht! Sollte er seinen Stand vor dem vierten Advent noch einmal im Stich lassen, kann er sich von ihm verabschieden! Dann fliegt er nämlich endgültig vom Striezelmarkt!«

Lea schüttelte den Kopf. Was für ein ungehobelter Mensch, dachte sie. Führt sich auf, als wäre er der König persönlich. Gleichzeitig fragte Lea sich, warum keiner der Krämer sich gegen Peregrin zur Wehr setzte. Irgendetwas musste man doch unternehmen können.

»Das ist aussichtslos«, seufzte Kulicke. »Jeder Mensch hat seine Fehler, und August Peregrin führt über jeden einzelnen davon Buch. Daher wagt es auch niemand, ihm zu widersprechen. Aus Angst, er könnte in Misskredit gebracht oder davongejagt werden. Peregrins Familie ist es vor langer Zeit gelungen, in der Dresdner Handelsinnung aufzusteigen. Er versteht es, für unseren schönen Striezelmarkt die Werbetrommel zu schlagen. Seit Peregrin das Sagen hat, verkaufen die Aussteller mehr Kunsthandwerk als je zuvor.«

»Solange sie ihm gehorchen«, meinte Lea trocken.

»Ja, solange sie ihm gehorchen!«

Lea fand das alles höchst verwirrend. Am unangenehmsten erschien ihr jedoch, dass sie durch die Einmischung des Marktleiters gezwungen worden war, ihre eigene Ware zu kaufen.

Während sie noch überlegte, ob sie die Figur vielleicht mit dem Schnitzeisen und einigen Pinselstrichen verändern und dann heimlich an den Stand zurückbringen sollte, tippte ihr jemand energisch auf die Schultern.

»Nein, so ein Zufall, dich ausgerechnet hier zu treffen. Ich hätte nie gedacht, dass Aaron dich auf den Striezelmarkt gehen lässt.«

Lea blickte in das grinsende Gesicht ihrer Halbschwester, die sogleich die Arme ausbreitete und sie in eine stürmische Umarmung zwang. Lea keuchte; der Duft von Tabak und einem schweren Parfüm kitzelte ihre Nase. Bevor ihr endgültig die Luft ausging, entließ Willie sie in die Freiheit, trat einen Schritt zurück und musterte Lea.

»Meine Güte, Kindchen, du siehst ja ganz verfroren aus. Mich stört die Kälte nicht. In Kanada habe ich mich an sie gewöhnt. Wir sind sogar recht gute Freunde geworden. Allerdings erst, als mein guter alter Fleck mir diesen Mantel geschenkt hat. Sozusagen als Lebensversicherung.« Sie strich mit ihren Fingern, die in teuren roten Lederhandschuhen steckten, über den dicken Pelz. Plötzlich riss sie die Augen auf. Sie hatte den Posaunenbläser in Leas Hand entdeckt. »Nein, dieses müde Engelchen ist ja allerliebst. Ich muss gestehen, dass ich immer schon eine Schwäche für solch kleine Schätzchen hatte. Mein Fleck hat jedes Jahr zu Weihnachten eine Krippe aufgestellt. Sogar, wenn wir in Übersee waren. Aber eine so hervorragende Arbeit habe ich noch nie gesehen.« Sie kicherte vergnügt. »Weißt du was, Kindchen? Das Engelchen kaufe ich dir!«

»Aber nein, das kann ich nicht annehmen«, wagte Lea zu protestieren. Das Aufsehen, das ihre Schwester vor dem Verkaufsstand verursachte, behagte ihr nicht. Schon steckten einige Leute die Köpfe zusammen und tuschelten. Willie Flecks Konterfei in der Zeitung war zwar nicht schmeichelhaft, aber deutlich zu erkennen gewesen. Lea konnte nur hoffen, dass August Peregrin nicht sogleich wieder anmarschiert kam, um die berühmte Operndiva willkommen zu heißen.

»Papperlapapp, Kindchen!« Willie Fleck erstickte Leas Widerspruch mit einer Geste, die sie vermutlich auch auf der Opernbühne vollführte. »Ich bin dir die Geburtstagsgeschenke für die letzten achtzehn Jahre schuldig.« Sie seufzte. »Du hast bestimmt sehr darunter gelitten, dass du keine große Schwester hattest, der du deine kleinen Freuden und Nöte anvertrauen konntest.«

Lea befand, dass sie ihre Sorgen vermutlich eher einem Stück Holz anvertraut hätte, zog es aber vor, zu schweigen. Stumm beobachtete sie, wie Willie eine prall gefüllte Geldbörse aus ihrem altmodischen Pompadour zog und dem verdutzten Kulicke eine goldene Zehn-Mark-Münze in die Hand drückte. Der junge Mann sah aus, als würde er jeden Moment in Ohnmacht fallen.

»Nun, dann wäre das geregelt! Lass uns einen Tee trinken gehen! Du siehst aus, als könntest du etwas Heißes vertragen!«

Lea wusste nicht, was sie sagen sollte, aber sie begriff, dass es am einfachsten war, die Einladung anzunehmen. Es gelang ihr eben noch, Kulicke mit einem verschwörerischen Blick das Päckchen mit dem geschnitzten Jesus zuzustecken, als sie auch schon von Willie energisch durch die Menge in Richtung Augustusbrücke geschoben wurde.

4.

Die Schwestern spazierten an der Elbe entlang, bis zu einem Aussichtspunkt unterhalb der Augustusbrücke. Willie hatte es sich in den Kopf gesetzt, die Stadt von derselben Stelle aus zu sehen, die der Maler Canaletto einst gewählt hatte, um eines seiner berühmtesten Gemälde zu erschaffen. Erst als sie sich an den Silhouetten des Residenzschlosses und der Hofkirche sowie des Stallhofs, der an das Georgentor grenzte, sattgesehen hatte, bemerkte sie Leas Zähneklappern und beschleunigte ihre Schritte. Um das letzte Stück nicht zu Fuß gehen zu müssen, pfiff sie auf wenig damenhafte Weise eine Pferdedroschke herbei, die sie in die Stadt bringen sollte, wegen des Schnees auf dem Pflaster jedoch nur langsam vorankam. Da half es auch wenig, dass Willie die Faust schüttelte und den Kutscher eine lahme Ente nannte.

Willie Fleck war im vornehmsten Haus Dresdens abgestiegen, dem *Hotel Bellevue*, das dem Königlichen Opernhaus gegenüberlag. Lea hatte es noch nie betreten und fühlte sich mehr als unbehaglich, als ein hoch aufgeschossener Hoteldiener in Livree ihr mit einer tiefen Verbeugung die Tür zur Empfangshalle aufhielt. Beim Anblick des glänzenden Marmorfußbodens und des Kristallleuchters, der über ihrem Kopf schwebte, wurde ihr fast schwindelig. Die Halle war mit Stilmöbeln ausgestattet, welche Lea mit dem geschulten Blick einer Antiquitätenhändlertochter als kostspielig und geschmackvoll einstufte. Auf samtbezogenen Chaiselongues saßen Damen mit geschmückten Hüten und Handschuhen, die bis zum Ellenbogen reichten, plaudernd beim Tee. Vornehm gekleidete Herren leisteten ihnen Gesellschaft, tranken Likör oder lasen Zeitung. Zur Unterhaltung spielte ein junger Mann am anderen Ende der Halle auf einem Konzertflügel. Die Atmosphäre versprühte einen gediegenen Charme, wirkte aber auch ein wenig verstaubt.

»Was hast du denn?«, wollte Willie wissen, als Lea unvermittelt stehen blieb. »Wärst du lieber in eines der kleinen Kaffeehäuser am Neumarkt gegangen?«

Lea nickte. Sie wappnete sich gegen die ersten geringschätzigen Blicke, die aber ausblieben. Tatsächlich schien sich niemand der Anwesenden für sie zu interessieren. »Ich bin nicht passend angezogen für ... so etwas«, sagte sie schließlich.

»Unsinn, Kindchen! Du siehst nett aus. Jedenfalls viel hübscher als die alten Gewitterkrähen, die dort an ihrem Tee nippen. Also, wozu sich Sorgen machen? Meine Devise lautet ›leben und leben lassen‹, und damit bin ich stets hervorragend gefahren.« Willie folgte einem der Kellner zu einem Marmortisch und wartete, bis er ihr und Lea höflich den Stuhl zurechtgerückt hatte. Dann bestellte sie mit schriller Stimme chinesischen Tee und Kuchen.

»Ich hatte eigentlich vor, in den *Europäischen Hof* zu ziehen«, vertraute sie Lea an, nachdem der junge Kellner sich entfernt hatte. »Der scheint mir moderner zu sein als dieser alte Kasten. Und er liegt in der Nähe des Bahnhofs, was mir bei früheren Besuchen immer zugutegekommen ist, wenn ich ... äh, rasch die Stadt verlassen musste.« Sie streifte sich mit einer erstaunlich grazilen Bewegung die Handschuhe ab. »Aber das *Bellevue* liegt nun einmal näher an der Oper.«

»Und du hast gar keine Bedenken, in einem Hotel wie diesem zu wohnen?«

»Bedenken?« Willie gab sich überrascht. »Aber warum sollte ich denn Bedenken haben?«

»Weil du Jüdin bist. All die vornehmen Damen mit ihren Nerzstolen und die Herren Offiziere mit ihren Orden an den Uniformen – sehen die einfach darüber hinweg?«

»Was kümmert's mich? Ich halte mich seit Jahren an keine religiösen Gebote. Es kommt auf den Menschen an, nicht auf den Mantel, den er trägt. Außerdem genießen die Juden hier seit der Reichsgründung die gleichen Rechte wie alle anderen Bürger. Es liegt an uns, etwas daraus zu machen.«

»Ja, wenn man uns lässt. Aber Schwarzmüller meint, dass wir auf der Hut sein sollten. Jetzt, wo sogar schon im Reichstag antisemitische Parolen verbreitet werden.«

Willie wollte etwas darauf erwidern, wurde aber von dem Kellner unterbrochen, der mit einem Tablett an den Tisch trat. Lea bewunderte das feine Porzellan. Es stammte aus Meißen, war mit rosa Blüten bemalt und besaß einen Goldrand. Die Servietten waren mit belgischer Spitze gesäumt, frisch gewaschen und gestärkt. Sie kostete den Kuchen, eine noch lauwarme, mit Schmoräpfeln und süßer, cremiger Sahne bedeckte Köstlichkeit, von der sie kein Krümelchen übrig ließ. Leas Lehrerin im Blankenburger Pensionat hätte über ihre Genusssucht pikiert den Kopf geschüttelt, doch wer konnte schon wissen, wann sie je wieder einen solchen Leckerbissen vorgesetzt bekommen würde? Willie aber, der jedes gouvernantenhafte Getue fernlag, bestand darauf, dass sie es sich schmecken ließ. Augenzwinkernd bestellte sie ein weiteres Stück.

»Du hast einen gesunden Appetit«, bemerkte sie nach einer Weile. »Ich hoffe, Aaron lässt euch nicht am Hungertuch nagen!«

Augenblicklich ließ Lea die Gabel sinken. Ihr Gesicht verfärbte sich dunkelrot vor Scham.

»Ich verstehe«, sagte Willie leise. »Ich dachte mir schon, dass Vaters Testament für euch nicht ohne Folgen bleiben würde. Das tut mir leid.«

»Na ja, dir bleibt wenigstens die Pendeluhr.« Lea schob den Teller weg. Der Appetit war ihr vergangen. »Wann willst du sie eigentlich abholen lassen?«

»Um sie wohin zu stellen? Vergiss nicht, dass ich im *Bellevue* aus Koffern lebe. Sollte ich mich entschließen, in Dresden zu bleiben, werde ich mir eine Wohnung nehmen, aber noch ist nichts entschieden.« Sie lachte. »Am ersten Weihnachtsabend gebe ich meine Galavorstellung, drüben im Opernhaus. *Iphigenie auf Tauris*. Obwohl ich nicht ganz dem Bild der griechischen Schönheit entspreche. Vielleicht werde ich ja ausgebuht und hinausgeworfen, dann hat sich die Sache sowieso erledigt. Wenn du möchtest, lasse ich dir Karten schicken.«

Lea stimmte vorsichtig in das Gelächter der älteren Frau ein. Sie war sich nicht ganz sicher, ob sie Willie mochte. Zu viel schien zwischen ihnen zu stehen, vor allem das Schweigen vieler Jahre. Aber sie konnte nicht umhin zuzugeben, dass ihre Schwester sie beeindruckte. Falls sie in ihrem Leben jemals gedemütigt und verletzt worden war, so verbarg sie ihre Gefühle zumindest gekonnt unter einer Maske aus Gelassenheit und Gleichmut. Sie besaß eine scharfe Zunge und liebte es, ironische Bemerkungen zu machen, wirkte dabei aber nicht verletzend. Lea hätte nur zu gern gewusst, wie und wann genau sich die Gräben zwischen ihr und den Liebermanns aufgetan hatten, aber sie traute sich nicht, die Unterhaltung in diese Richtung zu lenken. Sie wollte den Moment der Eintracht nicht zerstören. Stattdessen sprach sie noch einmal die missliche Lage an, in der sich das Antiquitätengeschäft befand.

»Ich würde Aaron ja gern aus der Patsche helfen, Kindchen«, sagte Willie. Sie hatte ihren Tee ausgetrunken und steckte sich nun eine Zigarette aus ihrem hübschen Silberetui an. »Aber ich fürchte, meine bescheidenen Mittel würden nicht reichen, um einem heruntergewirtschafteten Laden wieder auf die Beine zu helfen. Weißt du, ich kann nicht gut mit Geld umgehen. Das ist eine Schwäche von mir. Ich sehe etwas Schönes und muss es haben. Davon abgesehen, bezweifle ich, dass Aaron meine Hilfe annehmen würde. Was er braucht, ist ein großzügiges Darlehen und einen präzisen Geschäftsplan.«

»Er hat ja versucht, eines zu bekommen«, sagte Lea traurig. »Aber nicht einmal das Bankhaus Arnhold wollte ihm helfen, obwohl dessen Inhaber mit Papa befreundet waren.«

Willie zuckte mit den Achseln. »Jede Freundschaft hat ihre Grenzen. Ganz besonders, wenn Geld ins Spiel kommt. Übrigens tut es mir leid, dass ich weder bei der Beerdigung war, noch die *Schiwa* eingehalten habe. Aber ich vermute, Dora und Aaron hätten die davongelaufene Tochter nicht mit offenen Armen empfangen. Dafür habe ich heute nach dem Frühstück den Friedhof besucht. Und sobald für den alten Herrn ein Grabmal aufgestellt ist, werde ich ein paar Steinchen darauflegen.«

»Wenigstens weißt du noch, dass das auf jüdischen Friedhöfen Sitte ist.«

Willie lachte. »Na, du würdest dich wundern. Schließlich wurde ich unter Jakob Liebermanns Dach großgezogen. Wenngleich man mir das heute nicht mehr ansieht.« Plötzlich nahm ihr Gesicht einen bekümmerten Ausdruck an, und sie drückte hektisch ihre Zigarette im Aschenbecher aus. »Ich habe nie aufgehört, an Papa zu denken. Aus jeder Stadt, in der ich gastierte, schickte ich ihm ein Lebenszeichen. Keine Briefe, aber Opernprogramme oder Zeitungsbesprechungen. Ich wollte ihn damit wissen lassen, dass ich glücklich bin. Und Glück ist es doch, was sich Eltern für ihre Kinder wünschen, nicht wahr?«

Lea nickte. Aaron hatte unlängst verkündet, dass er in den nächsten Tagen Vaters Schreibtisch ausräumen würde. Ob er dabei auch auf vergilbte Artikel ausländischer Zeitungen und bunte Opernprogramme stoßen würde? Oder waren diese schon vor Jahren im Kaminfeuer gelandet? Lea wünschte sich von Herzen, ihr Vater hätte sie behalten und zuweilen hervorgeholt. Doch die Antwort auf die Frage, ob er Willie verziehen hatte und sich für sie freute, hatte er mit ins Grab genommen.

Eine Weile herrschte Schweigen zwischen den beiden Schwestern. Dann flüsterte Willie. »Ich frage mich immer noch, was du an diesem Weihnachtsmarktstand zu suchen hattest. War es der junge Bursche mit der Schirmmütze oder die hübschen Schnitzereien, die es dir angetan haben?«

Ertappt ergriff Lea den Löffel und rührte damit ihren längst erkalteten Tee um. Durfte sie es wagen, einer Person wie Willie ihr Geheimnis anzuvertrauen? Warum eigentlich nicht? Ihre Schwester hatte mit so ziemlich allen Konventionen ihres Elternhauses gebrochen, und es stand nicht zu befürchten, dass sie es so bald wieder betreten würde. Nachdem sie Willie alles erklärt hatte, stieß diese einen Schrei der Verzückung aus. Einige Köpfe wandten sich nach ihr um und tuschelten, doch das störte die Sängerin nicht.

»Die Figuren stammen wirklich von dir? Jesus, Maria, Joseph und das ganze Hirtenvolk? Eine Jüdin fabriziert die hübschesten christlichen Kunstwerke des Striezelmarkts? Das ist …«

»Nicht so laut!«, bat Lea inständig.

»Ich wünschte, ich könnte Aarons Gesicht sehen, wenn er davon erfährt. Aber keine Angst, Kindchen. Bei der lieben Willie Fleck waren dunkle Geheimnisse schon immer gut aufgehoben. Was glaubst du, warum Zar Nikolaus von Russland noch auf seinem Thron sitzt und es in den Vereinigten Staaten zu keinem weiteren Sezessionskrieg gekommen ist? Nein, im Ernst, Lea. Ich verstehe, warum du die Sache nicht an die große Glocke hängen willst. Das Weihnachtsfest ist nun mal die heilige Kuh der Christenheit, und gewiss würde es so manchem sauer aufstoßen, wenn er spitzbekäme, dass seine hochheiligen Figuren unterm Tannenbaum von einer Dresdner Jüdin stammen.«

»Ich fürchte, ich muss dir beipflichten«, sagte Lea. »Aber das wird mich nicht davon abhalten, weiterhin zu schnitzen, was mir gefällt.«

»Wenn du ein Modell brauchst, stehe ich dir jederzeit zur Verfügung!« Willie strich sich eine Haarsträhne aus der Stirn. »Solange ich meine Gesichtszüge später nicht in einem Ochsen oder Esel wiederfinden muss!«

Als Lea sich eine Weile später von ihrer Schwester verabschiedete und den Heimweg antrat, fühlte sie sich so beschwingt, als wäre ein kräftiger Schuss Cognac in ihrem Tee gewesen. Ob sie in Willie eine Verbündete gefunden hatte, vermochte sie nicht zu sagen. Aber Gefahr schien von der Opernsängerin jedenfalls nicht auszugehen. Solange diese sich nicht in ihrem Überschwang verplapperte, war alles gut.

5.

Zu Hause erwartete man Lea schon sehnsüchtig, denn es war Besuch gekommen. Im kleinen Salon, der nach der Abnahme der schwarzen Kreppttücher von Gemälden und Spiegeln wieder wohnlicher geworden war, saß ein dunkelhaariger Mann mittleren Alters, der sich leise mit Aaron unterhielt. Es war Jakob Winter, der Rabbiner der jüdischen Gemeinde. Lea blickte Dora fragend an, doch die gab ihr keine Erklärung, sondern schob sie kurzerhand ins Wohnzimmer. Sogleich erhob sich der Gast aus seinem Sessel, knöpfte sich das dunkle Jackett zu und reichte Lea dann freundlich die Hand. Er war drahtig und schlank und schien ein leutseliger Mensch zu sein, der im Umgang mit jungen Damen keinerlei Befangenheit erkennen ließ.

»Ich freue mich, Ihnen endlich einmal vorgestellt zu werden, Fräulein Lea. Bedauerlicherweise hatten wir bei der Beerdigung Ihres Herrn Vaters keine Gelegenheit, uns zu unterhalten. Möge er in Frieden ruhen.«

»Möge er in Frieden ruhen«, murmelten Aaron und Dora im Chor.

Lea erwiderte das Lächeln des Rabbiners, fragte sich aber, warum der Mann gekommen war, und vor allem, warum er ihre Bekanntschaft suchte. Die Anwesenheit eines Geistlichen im Haus bedeutete nicht immer etwas Gutes. Sofort musste sie an ihre geheime Holzschnitzerei denken. Hatte die Gemeinde etwa doch Wind davon bekommen und sie bei Rabbi Winter angeschwärzt? Dann hatten Aaron und Dora ihn womöglich hergebeten, um ihr ins Gewissen zu reden.

Auch das noch, dachte Lea müde.

Zu ihrer Überraschung drückte Dora ihr die Hand. »Wir haben dem Rabbi erzählt, wie einsam du jetzt nach dem Tod deines Vaters bist und wie sehr du dich danach sehnst, einen passenden Ehemann zu finden, der dich aus deiner Trübsal befreit.«

»Einen passenden Ehemann?« Überrumpelt riss Lea die Augen auf. »Das wäre mir neu!«

Aaron lachte verlegen. Seiner verkniffenen Miene war anzumerken, dass ihm die Unterhaltung nicht behagte und er sich nur daran beteiligte, weil dies seine Rolle als neues Familienoberhaupt verlangte. »Ach komm schon, Lea«, sagte er. »Du weißt selbst, was Vater dazu sagen würde, wäre er jetzt bei uns. Er hat deinen Aufenthalt in dem sündhaft teuren Pensionat im Harz nicht finanziert, damit du zu Hause herumsitzt und Däumchen drehst.«

Lea verschlug es vor Empörung die Sprache. Wie konnte Aaron es nur wagen, so etwas zu behaupten? Noch dazu in Anwesenheit eines Fremden. Wenn hier jemand herumsaß und nichts mit sich anzufangen wusste, dann gewiss nicht sie. Hatte Dora ihn etwa nicht darauf hingewiesen, dass sie sich nützlich machte, wo sie nur konnte? Am liebsten hätte sie ihm von ihrer Arbeit in der Werkstatt erzählt und dass sie mit ihren Schnitzereien in Kürze Geld verdienen würde. Doch vor dem Gemeinderabbiner wollte sie ihre persönlichen Angelegenheiten nicht erörtern. Aaron fasste ihr Schweigen als Zustimmung auf, fortzufahren.

»Es gibt einen Mann, der für dich infrage kommt und unserer Familie, nebenbei bemerkt, durch ein großzügiges Angebot aus der Bredouille helfen könnte.«

Lea fühlte sich, als ob ihr der Boden unter den Füßen weggezogen würde. Daher wehte also der Wind. Ihr Bruder hatte im Sinn, sie an den Meistbietenden zu verschachern. War das der brillante Vorschlag, den man ihm im Bankhaus Arnhold gemacht hatte? Sie sah zu Oskar hinüber, der am Kamin stand und Kekse in sich hineinstopfte, dabei aber so unbeteiligt wirkte, als sei er nur der Zuschauer irgendeines langweiligen Bühnenstücks. Von ihm war keine Unterstützung zu erwarten, so viel war sicher.

»Es gibt keinen Grund, aufgeregt zu sein«, sagte Dora mit ihrem üblichen seidenen Lächeln. »Deine Brüder sorgen sich nur um unsere Zukunft.«

Der Rabbi räusperte sich. Mit einem vorwurfsvollen Blick in die Runde bat er Aaron, die Katze aus dem Sack zu lassen und Lea seine Pläne zu offenbaren. Offenbar war der Besuch in der Waisenhausstraße doch nicht ganz so ergebnislos verlaufen. Einen Kredit hatten die Bankiers Aaron zwar nicht gewährt, ihm dafür aber Dokumente übergeben, die Jakob Liebermann vor langer Zeit in einem Schließfach deponiert hatte. Aus diesen Unterlagen ging hervor, dass Leas Vater einst mit einem Unternehmen in New York korrespondiert hatte, dessen Besitzer der Firma Liebermann einen Gefallen schuldete.

»Typisch Vater«, bemerkte Oskar mit vollem Mund. »Er hielt schon immer viel von dem Grundsatz ›eine Hand wäscht die andere‹.«

Dora, die ihrem Schwager am liebsten die Keksschale entrissen hätte, wischte dessen Äußerung mit einer ungeduldigen Handbewegung beiseite. »Der springende Punkt ist, dass euer Vater und der Amerikaner eine Übereinkunft unterschrieben haben, in der die zukünftige Partnerschaft durch eine Eheschließung besiegelt werden sollte. Sie müssen einmal gute Freunde gewesen sein.«

»Ich habe durch das Bankhaus Arnhold sogleich Erkundigungen einholen lassen«, sagte Aaron. »Der Mann heißt Leonard Shields und lebt noch. Er leitet *Shields Incorporated*, ein

Unternehmen in New York, das antike Möbel, Uhren und Schmuck in den Oststaaten Nordamerikas, bis hoch nach Kanada, verkauft. Er soll sogar die Residenz des Präsidenten mit Mobiliar ausgestattet haben. Und er hat einen Sohn, der noch unverheiratet ist. Er heißt Rick und soll die Firma bald nach dem Jahreswechsel übernehmen.«

Erschöpft ließ sich Lea auf eines der Sofas fallen. In ihrem Kopf brummte es, als sauste ein Bienenschwarm darin herum. Shields. Dieser Name sagte ihr überhaupt nichts. Ebenso absurd kam ihr die Verbindung ihres Vaters zu einer amerikanischen Familie vor. Natürlich hatte sie keine Ahnung davon, welche Geschäfte ihr Vater betrieben und welche Bekanntschaften er in jungen Jahren geschlossen hatte, aber sie wusste, dass ihm Reisen zuwider gewesen waren, egal ob mit der Eisenbahn oder auf dem Seeweg. Er hatte Dresden fast nie verlassen und abgesehen von ein paar Brocken Französisch auch keine Fremdsprachen beherrscht. Wie hätte ihr Vater sich mit Geschäftsleuten aus New York verständigen sollen?

»Bankier Arnhold erzählte mir, dass die Shields aus Dresden stammen«, erklärte Aaron. »Der junge Mann, um den es geht, wurde sogar noch hier geboren. Seine Familie führte einen Galanteriewarenladen in der Kleinen Klostergasse und später ein zweites Geschäft in der Prager Straße. Er war noch recht klein, als er mit seinen Eltern nach Amerika auswanderte.«

Nun ja, das erklärte zumindest, woher Leas Vater diese Leute kannte. Vermutlich hatten die Auswanderer ihren Namen geändert oder ans Englische angepasst. Allmählich dämmerte ihr auch, warum ihr Bruder und Dora den Rabbiner eingeladen hatten. »Ich nehme an, Sie können anhand von Gemeindeunterlagen nachweisen, dass diese Familie nicht der Fantasie meines Vaters entsprungen ist, sondern in Dresden gelebt hat, nicht wahr?«

Rabbi Winter nickte nervös. Aaron war offenbar nach seinem Besuch in der Waisenhausstraße schnurstracks zur Synagoge gegangen, um aus deren Registern weitere Auskünfte zu erbitten. Der Rabbi hatte entsprechend nachgeforscht.

»Dieser Leonard Shields hat ein Eheversprechen unterschrieben«, sagte er. »Bezeugt und für richtig befunden am Tag nach dem Schabbat, 29. Kislew des Jahres 5643.«

Vier verständnislose Augenpaare richteten sich auf ihn.

»Verzeihung, die Herrschaften. Das ist die jüdische Zeitrechnung. Sie werden hoffentlich nicht vergessen haben, dass wir, anders als die Christen, unsere Jahre nach der biblischen Erschaffung der Welt zählen. Nach gebräuchlicheren Kalendern trafen die beiden Herren ihre Übereinkunft im Dezember 1882, also vor achtzehn Jahren.«

Lea gab sich alle Mühe, sich ihre Wut in Gegenwart des Rabbiners nicht anmerken zu lassen. Doch ihren Bruder fasste sie scharf ins Auge. »1882? Das kann Vater doch nicht ernst gemeint haben. Damals war ich zwei Jahre alt. Und dieser Rick war vermutlich auch nicht viel älter.«

»Was auch immer er sich dabei gedacht haben mag, für uns könnte diese zufällige Entdeckung die Rettung sein«, sagte Dora ruhig. »Aaron hat schon Telegramme nach New York geschickt, um mit diesem Leonard Shields Kontakt aufzunehmen. Natürlich braucht der nicht zu wissen, wie es um unser Geschäft steht. Wir erinnern ihn lediglich höflichst daran, dass er der Familie Liebermann noch einen Gefallen schuldig ist, und schlagen ihm ein Geschäft vor, zu dem er nicht Nein sagen kann. Es geht um Ehre, Anstand und ein gutes Gewissen.«

»Die Arnholds haben gehört, dass Shields auf der Suche nach einem europäischen Partner ist«, pflichtete Aaron bei. »Aus diesem Grund hat der Alte seinen Sohn und Nachfolger schon vor zwei Jahren nach London geschickt. Er soll dort in Erfahrung bringen, wie er antike Möbel und Kunstobjekte in die Vereinigten Staaten importieren kann. Ich habe Shields von Vaters Tod in Kenntnis gesetzt und seinen Sohn zu uns eingeladen, damit er Lea kennenlernen kann.«

Der Rabbi übergab Aaron die Abschriften aus dem Gemeinderegister, um die dieser ihn gebeten hatte. Dann empfahl er sich, ohne Doras Einladung zum Abendessen anzunehmen. Lea kam es fast so vor, als könne der arme Mann gar nicht rasch genug aus dem Haus kommen. Sie verstand ihn nur zu gut.

»Stell dir doch nur einmal vor, wie gut du es in New York haben würdest«, schwärmte Dora, als sie wieder unter sich waren. »Diese Shields haben dort ihr Glück gemacht. Ihr Sohn hat eine glänzende Zukunft vor sich. Er beliefert den amerikanischen Präsidenten im Weißen Haus mit Möbeln. Hoflieferant des Sächsischen Königshauses ist nichts dagegen!«

»Mag ja sein«, erwiderte Lea. »Aber Shields' Zukunft ist nicht meine Zukunft. Ich kenne diese Leute nicht und habe auch nicht vor, ihre Bekanntschaft zu machen. Ganz bestimmt werde ich mein Leben nicht in der Fremde verbringen, an der Seite eines Mannes, der Rick heißt. Was ist das überhaupt für ein Name? Er klingt in meinen Ohren wie Schluckauf!«

Aaron funkelte seine Schwester an. »Und wenn er Nepomuk heißt, mit den Ohren wackelt und auf Händen läuft wie ein Zirkusclown – du heiratest ihn! Es wird Zeit, dass du der Familie etwas Dankbarkeit entgegenbringst.« Er zog sein Taschentuch und tupfte sich damit den Schweiß von der Stirn. Im Schein des flackernden Kaminfeuers sah seine Haut unnatürlich rot aus. »Herr Arnhold vertraute mir an, dass der alte Shields durchaus nicht abgeneigt wäre, wenn sein Sohn ein Mädchen aus der alten Heimat als Ehefrau mit nach Hause brächte. Er hat wohl so seine Vorbehalte gegenüber den Amerikanern, obwohl er schon viele Jahre unter ihnen lebt.«

Lea schloss die Augen, weil das Brummen in ihrem Kopf stärker wurde. Sie konnte sich nicht vorstellen, dass dieser Amerikaner erpicht darauf war, sie zu heiraten. Jedenfalls nicht, nachdem er erfahren hatte, wie klein ihre Mitgift ausfallen würde. Doch auf einmal packte sie eine sinnlose Angst, er könnte es doch tun. Wenn er wirklich ein Mädchen aus Europa heiraten wollte, dann kam ihm eines aus seiner Vaterstadt vielleicht gerade recht. Aber das würde bedeuten, dass sie ihre Heimat verlassen musste. Nie wieder würde sie dann über den Striezelmarkt schlendern, nie mehr den Duft von gebrannten Mandeln, Glühpunsch und Bratwürstchen schnuppern oder sich am Anblick handbemalter Räuchermännchen aus dem Erzgebirge und kunstvoll geschnitzter Lichterbögen erfreuen. Über New York wusste sie nicht viel, nur dass es dort laut und geschäftig zuging und die Menschen in Häusern lebten, die angeblich so groß waren, dass sie an den Himmel stießen. Dort gab es bestimmt weder Weihnachtsmärkte noch Stollen. Ob eine reiche Unternehmerfamilie wie die Shields ihr die Holzschnitzerei erlauben würde, war mehr als fraglich. Vermutlich würden sie derlei Zeitvertreib für unangemessen erklären.

»Vielleicht warten wir erst einmal den Besuch dieses Herrn Shields ab«, sagte Oskar. Er hatte die Keksschale geleert und kam nun mit Krümeln im Mundwinkel zu Lea, um ihr in einem seltenen Anfall brüderlicher Güte den Arm um die Schultern zu legen. »Weißt du, wie sehr ich dich beneide?«, flüsterte er ihr ins Ohr. Seine Stoppeln kitzelten sie am Kinn. »Ich wäre froh, wenn ich nach Amerika reisen könnte. Hier versaure ich doch nur.« Er verzog das Gesicht, und seine Miene spiegelte so viel Wehmut, dass Lea ihn überrascht anblickte. Nie hätte sie vermutet, dass es überhaupt etwas gab, das ihren sonst so gleichgültigen Bruder erschüttern könnte. Einen Moment lang verspürte sie sogar ein schlechtes Gewissen.

»Warten wir doch ab, bis der junge Mann in Dresden eintrifft«, sagte Dora. »Vielleicht wird er unsere Lea im Sturm erobern, sodass sie ihm mit Vergnügen nach New York folgen wird.«

Eher friert die Elbe zu, dachte Lea und vergaß dabei völlig, dass – wenn das Thermometer bis zu den Feiertagen weiter so fiel – dies gar nicht so abwegig war. So mancher See rund um die Stadt hatte bereits eine Eisdecke bekommen. Während ihre Geschwister beratschlagten, wie sie dem Amerikaner bei seiner Ankunft im Haus der Liebermanns ohne Köchin und mit nur einem Dienstmädchen ein großes Willkommen bereiten konnten, schlich sie sich aus dem Salon und ging in ihr Zimmer. Dort holte sie ein Stück Lindenholz aus ihrer Kommode. Sie hatte es ganz zuunterst versteckt, zwischen Miedern und Strumpfbändern. Mit ihrem Schnitzbesteck setzte sie sich an den Tisch und begann, das Messer über die Oberfläche des Holzes zu führen. Fort von ihrem Körper, zur Tischkante hin, so wie sie es von Schwarzmüller gelernt hatte.

Lea arbeitete bis tief in die Nacht, ohne nachzudenken, ohne auch nur ein Gesicht vor Augen zu haben, und schlief irgendwann mit dem Kopf auf der Tischplatte ein.

6.

August Peregrin hasste es, wenn er spätabends noch einmal aus dem Haus musste, vor allem, wenn die Kälte ihm so zusetzte wie heute. Doch er sah ein, dass er den Besuch bei Radek nicht länger aufschieben durfte. Rasch überlegte er, ob er Manschetten, Weste und Krawatte benötigte oder einfach so, wie er war, in den Mantel schlüpfen sollte. Für einen schmierigen Ganoven wie Radek musste er sich eigentlich nicht herausputzen. Dass er es schließlich doch tat, hatte damit zu tun, dass er dem Mann zeigen wollte, wie weit über ihm er stand. Radek sollte nicht vergessen, dass er auf Peregrins Wohlwollen und auf seine Fürsprache angewiesen war. Mehr noch, er sollte sich in seiner Gegenwart wie der Lump fühlen, der er war.

Entschlossen wählte Peregrin den burgunderroten Schlips, den er schon zur Eröffnung des Striezelmarkts getragen hatte. Unterwegs stellte er den Kragen auf und zog die Krempe des steifen Hutes tief in die Stirn, denn er verspürte wenig Lust, von Nachbarn erkannt zu werden. Es war schon spät. Das Licht der Gaslaternen glomm durch den Nebel, und die Gehsteige wurden zunehmend schmutzig, je weiter er sich von den respektablen Straßen und Plätzen entfernte.

Radeks Behausung jagte Peregrin einen Schauder über den Rücken, sooft er sie betrat. Nicht etwa weil sie schäbiger gewesen wäre als die übrigen Gebäude, die in düsteren Hinterhöfen vor sich hin rotteten, ja nicht einmal wegen des Gestanks von Abfall und Tierkadavern, der ihm in die Nase kroch. Vielmehr war es die allgegenwärtige Atmosphäre von Verfall und Trostlosigkeit, die ihm nicht behagte. Er fand, dass Kinder nicht an einem solchen Ort leben sollten, und war sich gleichzeitig der Tatsache bewusst, dass er mitverantwortlich dafür war, dass sie es doch taten.

Radek empfing ihn wie gewöhnlich mit einer Mischung aus Katzbuckeln und Prahlerei. Zu seinem Verdruss musste Peregrin feststellen, dass der Mann feinere Sachen trug als er selbst. Seine Stiefel waren frisch gewichst, während an Peregrins Sohlen schmutziger Schnee klebte, und zu allem Überfluss hatte Radek einen gestärkten Kragen sowie eine seidene Krawatte angelegt, fast im selben Farbton wie die von Peregrin. Verärgert über eine solche Anmaßung weigerte sich Peregrin, Hut und Mantel abzulegen. Nun gut, dachte er. Bringen wir es hinter uns. Schlecht gelaunt und überkorrekt inspizierte er zunächst den Aufenthaltsraum neben der Küche, in dem Radeks Zöglinge in Reih und Glied aufmarschiert waren, als zögen sie mit ihm in eine Schlacht. Alle waren von Kopf bis Fuß gewaschen, die Fingernägel der Jungen blitzten vor Sauberkeit, und die Mädchen trugen straff geflochtene Zöpfe. Eigentlich hätte sich Peregrin darüber freuen sollen. Aber er war verärgert. Ich hätte meinen Besuch nicht ankündigen sollen, überlegte er, während er sich in den Schlafsaal der Handvoll Mädchen begab. Enttäuscht und erleichtert zugleich, auf nichts Verbotenes gestoßen zu sein, kehrte er zu Radek zurück.

»Ich bin froh, dass die Kommission Sie auch weiterhin mit der Fürsorge unserer Einrichtung betraut«, sagte Radek mit einem Lächeln, das ihn jünger erscheinen ließ, als er tatsächlich war. Aus den Unterlagen der Königlich-Sächsischen Kinder- und Armenpflege wusste Peregrin, dass Radek bereits auf die fünfzig zuging. Sein Haar, das er kurz geschoren wie ein Sträfling trug, wurde allmählich grau, und um Mund und Augen zeichneten sich erste Falten ab. Dennoch machte er einen robusten, fast stählernen Eindruck. Sein Blick ruhte ohne jede Andeutung eines Gefühls auf Peregrin. Der war fest davon überzeugt, dass Radeks Weste nicht so weiß war, wie die Akten es behaupteten. Ein Mann von seinem Schlag war, so Peregrins Meinung, durchaus in der Lage, sich Papiere fälschen zu lassen. Wenn nicht in Dresden, so gewiss in Berlin. Peregrin bedauerte, dass er Radek noch keinen Regelverstoß hatte nachweisen können, aber noch viel mehr bedauerte er es, dass er mit ihm zusammenarbeiten musste. Doch es half nichts, er brauchte dessen Geld.

»Freuen Sie sich nicht zu früh, Radek«, sagte Peregrin mit gerunzelter Stirn. Er war immer noch verstimmt darüber, dass die Stiefel des Mannes im Licht der Lampe glänzten, während seine eigenen die Dielenbretter beschmutzten. »Sie haben unverschämtes Glück, dass die Herrschaften der Fürsorgekommission nicht so genau hinschauen. Das Waisenhaus ist seit Monaten überfüllt, daher lässt man Sie gewähren. Besonders jetzt, wo es auf die Feiertage zugeht, mag sich niemand Probleme aufhalsen.«

»Eine Ehre für einen bescheidenen Diener des Königs!« Das Funkeln in Radeks Augen verriet, dass er Peregrin verspottete. Offenbar fühlte er sich unangreifbar, weil hochgestellte Persönlichkeiten in ihm einen Kinderfreund sahen, der verwahrloste Jungen und Mädchen von der Straße holte und sie ausbildete oder zumindest weitervermittelte.

»Mag sein, doch ich habe auch Gerüchte gehört, die mir missfallen«, erwiderte Peregrin. Er holte tief Luft. »Ich bin für den Striezelmarkt verantwortlich, wie Sie hoffentlich noch wissen. Wenn die Kinder verfroren, zerlumpt und ausgehungert zwischen den Buden herumstreunen, macht das keinen guten Eindruck.«

»Meine jungen Freunde sind keine Streuner, sondern verkaufen Handwerkskunst«, wandte Radek ein. »Sie selbst haben uns die Erlaubnis gegeben, Herr Peregrin. Erinnern Sie sich nicht?« Er vollführte eine Geste mit der rechten Hand, die Peregrin das Blut in den Kopf schießen ließ. Nein, wie hatte er nur so dumm sein können, mit diesem Burschen ein Geschäft abzuschließen? Er machte auf dem Absatz kehrt und stapfte in das Schlafzimmer am Ende des Korridors, das sich Radeks männliche Schützlinge teilten. Im Unterschied zur Mädchenkammer, die einfach, aber auch sauber war, lief er hier gegen eine Wand aus abgestandener Luft. Die Wände waren schräg und kahl, der Putz blätterte von ihnen ab. Fenster gab es keine. Gedankenverloren öffnete Peregrin einen Schrank, klopfte dann mit seinem Spazierstock die Pritschen ab und hielt inne, als er in einem der Kopfkissen auf Widerstand traf. Zwischen den Daunen steckte etwas fest. Etwas Hartes. Na so was, dachte er, als er sah, was der Junge, der hier schlief, vor den anderen zu verstecken versuchte. Sieh mal einer an!

Mit seinem Fund in der Hand kehrte Peregrin in den Wohnbereich zurück, wo er ihn sogleich Radek unter die Nase hielt. Irritiert wich dieser vor ihm zurück, und ein Schatten legte sich über sein Gesicht.

»Können Sie mir dazu etwas sagen, Radek?«

»Was ist denn das?«

»Sind Sie blind?«, fauchte Peregrin. »Das ist eine Krippenfigur, noch dazu eine kunstvoll gearbeitete. Sie zeigt unseren Heiland, dessen Geburt wir in Kürze feiern werden. Ich frage mich nur, wie einer Ihrer Papierlaternenverkäufer an so etwas kommt! Bestimmt nicht auf ehrlichem Wege, sonst hätte er sie wohl kaum versteckt, oder? Solche Schnitzereien haben ihren Preis! Ich weiß, wovon ich rede.«

Die Bewegung, mit der sich Radek zu den erschrockenen Jungen und Mädchen umdrehte, hatte etwas Raubtierhaftes. Sogleich befahl er, der Schuldige möge sich melden und hervortreten. Einen Atemzug lang war es im Raum so still, dass man eine Stecknadel hätte fallen hören können. »Wird's bald?«

Ein schmächtiger Junge von kaum zwölf Jahren hob den Finger. Er zitterte vor Angst, als Radek ihn zu sich und Peregrin winkte.

Peregrin musterte den kleinen Burschen, der so aufgeregt von einem Bein aufs andere trat, als würde er jeden Moment die Kontrolle über seine Blase verlieren. Ein klein wenig tat er ihm leid. Er wollte ihm weder Angst noch Ärger machen, aber er musste erfahren, wie der Junge an die Figur gekommen war. Denn die, das hatte er auf den ersten Blick erkannt, stammte aus der Serie, die seit Neuestem an Schwarzmüllers Weihnachtsmarktstand angeboten wurde.

»Sag mir deinen Namen!«, begann Peregrin sein Verhör.

»Er heißt Benno, mein Herr«, sagte Radek. »Benno Hahn!«

»Sie habe ich nicht gefragt!« Peregrin befahl dem Jungen, sich auf einen Stuhl zu setzen, blieb aber selbst stehen, damit der Bursche zu ihm aufblicken musste.

»Weißt du auch, wer ich bin?«

Der Junge nickte schüchtern. Er war blass und fuhr sich mit der Zunge über die blutleeren Lippen. »Sie sind Herr Peregrin, der auf dem Striezelmarkt das Sagen hat.«

Die Antwort gefiel Peregrin. Also weiter. »Das ist richtig, mein Junge. Und da du auf meinem Markt Armin Radeks Papierlaternen verkaufen darfst, gehörst du zu unserer Gemeinschaft. Aber eine jede Gemeinschaft braucht Gesetze, damit kein Chaos entsteht. Verstehst du das?«

»Jawohl«, hauchte Benno.

»Es wäre ein schreckliches Verbrechen, über den Striezelmarkt zu laufen und jemanden aus den eigenen Reihen zu beklauen. Das wäre, als würdest du Bruder oder Schwester bestehlen.«

Der Junge hob abwehrend die Hand. »Aber das habe ich doch gar nicht getan. Ich ... habe die Figur gefunden. Ehrlich! Sie lag auf der Straße im Schnee.«

»Soso, im Schnee. Was du nicht sagst. Lag sie nicht eher in der Werkstatt von Schreinermeister Schwarzmüller? Den kennst du doch?«

Im Hintergrund schluchzte ein Mädchen mit Zöpfen. Benno schüttelte heftig den Kopf.

»Tisch uns bloß keine Lügen auf«, drohte Radek. »Natürlich kennst du den alten Schwarzmüller. Er hat deinen verdammten Bauchladen für die Papierlaternen gedrechselt.«

»Aber ich war nicht in seiner Werkstatt«, beteuerte Benno. »Ganz bestimmt nicht. Ich weiß nicht einmal mehr genau, wo die ist. Die Figur ... habe ich auf dem Striezelmarkt mitgehen lassen. Am Stand vom alten Schwarzmüller. Der war fast den ganzen Tag fort, und sein Gehilfe starrt nur Löcher in die Luft oder glotzt den Mädchen nach. Da war es ganz leicht, sich die Figur zu schnappen und schnell wegzurennen.«

Peregrin fragte sich, warum der Junge log. Er konnte die Figur gar nicht vom Stand gestohlen haben, denn unter den Stücken, die dort ausgestellt waren, hatte es kein Jesuskind gegeben. Daran erinnerte er sich so genau wie an seinen ersten Schultag. Aber warum bestand dieser Bengel darauf, dass er sie dort und nicht bei Schwarzmüller direkt entwendet hatte? Je länger Peregrin über die Sache nachdachte, desto merkwürdiger kam sie ihm vor. Er hörte kaum hin, als Radek seinen Entschluss verkündete, dem jungen Benno eine Lektion zu erteilen. Die Bestrafung sollte an Ort und Stelle und in Peregrins Beisein ausgeführt werden.

Radek riss Benno den dünnen Baumwollkittel vom Leib und warf ihn brutal über den Tisch. Den Kindern befahl er, einen Kreis um den Tisch zu bilden und zuzuschauen. Keines von ihnen wagte auch nur zu flüstern, nur das Mädchen, das vorhin erschrocken geschluchzt hatte, stöhnte leise. Radek griff nach einem breiten Lederriemen, der an einem Nagel neben dem Ofen hing und zog ihn, ein-, zweimal kräftig auseinander. Der Junge begann zu wimmern.

»Früher wurden Diebe für den Raub von Heiligenfiguren aufgehängt«, sagte Radek. »Du hast Glück, dass die Polizei nicht bei uns angeklopft hat, so können wir die Sache auf unsere Weise klären. Mit Herrn Peregrins Erlaubnis! Zehn Hiebe halte ich für angemessen.«

»Bitte nicht!«, keuchte Benno. Der Panik in seiner Stimme nach war ihm bewusst, was nun folgen würde, weil er dergleichen wohl schon oft hatte mitansehen müssen. Doch Radek zeigte sich seinem Flehen gegenüber taub. Er schob dem Jungen ein Stück Holz zwischen die Zähne, um dessen Schreie zu dämpfen, dann holte er aus. Ein hässlicher Laut zerschnitt die Luft, als sich das Leder des Riemens in die Haut des Jungen fraß. Benno zuckte zusammen, gab einen gurgelnden Laut von sich und verdrehte die Augen.

Da erfolgte auch schon der nächste Hieb.

Und dann ein weiterer. Blut spritzte auf den blank gescheuerten Tisch. Peregrin drehte es den Magen um. Das Geheul des Mädchens wurde immer lauter.

»Bitte, Herr Radek«, jammerte sie verzweifelt. »Das übersteht er nicht!«

»Halt's Maul, Dinah. Sonst bist du die Nächste!«

Radek holte erneut aus. Doch da packte Peregrin ihn am Arm. »Das genügt«, sagte er. »Hören Sie auf, bevor der Junge wirklich verreckt!«

Radeks Miene spiegelte Überraschung und Verärgerung wider. Offensichtlich gefiel es ihm gar nicht, bei einer Bestrafung unterbrochen zu werden. So etwas minderte seine Autorität.

Dennoch warf er nach kurzem Zögern den blutigen Riemen zu Boden. Schwerfällig ging er zu einem Regal und entkorkte mit den Zähnen eine Branntweinflasche. Nach einigen Schlucken verkündete er. »Wenn Sie meinen, dass der Bengel seine Lektion nach den paar Streichen schon gelernt hat. Aber vergessen Sie nicht, dass er ein Dieb und Lügner ist. Eine Schande für jedes ehrbare Haus.«

Peregrin hatte das mitnichten vergessen. Er fand die Strafe verdient, aber nicht weil der Junge Schwarzmüller eine Krippenfigur entwendet hatte, sondern weil er es ablehnte, ihm gegenüber loyal zu sein. Ein solches Verhalten duldete er von keinem, der auf dem Striezelmarkt verkaufte. Einen Augenblick lang dachte er nach, bevor er Radek in barschem Ton aufforderte, ihn mit dem Jungen allein zu lassen.

»Soll ich etwa mit den Gören draußen auf dem Hof warten?«

»Gewiss! Oder haben Sie Angst, dass Ihre blank geputzten Stiefel nass werden? Wenn ich mit dem jungen Benno allein sprechen kann, erlasse ich Ihnen heute auch … Na, Sie wissen schon!«

Radek verschwand wie ein geschlagener Hund, und Peregrin hoffte, dass sich seine Investition bezahlt machen würde. Immerhin verzichtete er auf Geld, das ihm zustand, weil er die schäbige Bande von Laternenverkäufern auf seinem Markt duldete. Aber wenn er es geschickt anstellte, würde der Junge ihm womöglich noch so manch interessante Information liefern. Vorsichtig half er Benno auf die Beine und drückte ihm ein Taschentuch in die Hand.

»Nun hör mir einmal gut zu …«, sagte er.

7.

Willie ging das Gespräch mit ihrer Schwester noch lange im Kopf herum. Sie wusste genau, wie befreiend, aber auch wie schmerzlich es sein konnte, seinen eigenen Weg zu gehen. Ein Weg, den die Familie nicht guthieß, war einsam und dornenreich, und Willie fragte sich, ob Lea stark genug dafür war. Doch wenn Lea ernsthaft das Leben einer Künstlerin führen wollte, würde Willie sie nach allen Kräften unterstützen. Vielleicht sollte sie Lea vorschlagen, sie unter ihre Fittiche zu nehmen. Das Mädchen brauchte nicht bei Aaron zu bleiben, wenn es nicht wollte. Es konnte ebenso gut bei ihr wohnen, sobald sie hier sesshaft geworden war. Allerdings war ein Leben, wie sie es führte, vielleicht nicht das Richtige für jemanden wie Lea. Davon abgesehen könnte sie ihr damit die Möglichkeit nehmen, eigene Erfahrungen zu machen. Willie wusste, wie leicht es für sie war, anderen Menschen ihre Ansichten aufzuzwingen. Daran war letztendlich auch ihre Ehe gescheitert. Bestimmt kam ihr Fleck heute besser zurecht ohne eine Frau, die ihm in alles hineinredete und wie ein Pfau bewundert werden wollte.

Willie nahm ein Bad, frisierte sich und kleidete sich an. Sie war eingeladen: Der Chefdirigent wollte sie noch vor der Abendvorstellung durch die Semperoper führen, um sie dem Orchester sowie dem Bühnenpersonal vorzustellen. Anschließend war ein Diner im kleinen Kreis vorgesehen. Willie hatte keine Ahnung, was sich der Dirigent unter einem kleinen Kreis vorstellte; vermutlich würde er sie ins Separee eines verschwiegenen Restaurants entführen, doch davor hatte sie keine Angst. Sie hatte gelernt, sich ihrer Haut zu wehren. Als sie sich jedoch schließlich im Spiegel betrachtete, kam ihr die Frau, die ihr aus dem Glas entgegenstarrte, fremd vor. Wieder musste sie an Lea denken, das jüdische Mädchen, das Krippenfiguren schnitzte. Willie hatte empört abgestritten, dass es im Deutschen Reich jemals gefährlich für ihresgleichen werden könnte. Dieses Land war ein Land von Dichtern, Denkern und Musikern. Es hatte auch Menschen wie den Liebermanns viel zu verdanken. Gewiss gab es ein paar Schreihälse im Berliner Reichstag, die es unerträglich fanden, dass es nun auch jüdische Professoren, Richter und Zeitungsreporter gab. Auch Kaiser Wilhelm II., der seit fast zwölf Jahren regierte, war nicht unbedingt ein Freund der Juden, obwohl er sich von einigen beraten ließ. Dennoch blieb Willie dabei, dass es unnötig war, sich um die Zukunft im Deutschen Reich Sorgen zu machen.

Doch wenn dem so ist, warum hast du selbst dann um deine Herkunft immer ein Geheimnis gemacht, hörte sie in Gedanken die Stimme der Frau im Spiegel. Ist es dir am Ende doch nicht so egal, was die Menschen von dir denken?

Willie wusste keine Antwort.

An diesem Abend trank sie mehr Champagner, als ihr guttat, denn sie wollte die lästige Frage ihres Spiegelbildes aus dem Kopf spülen. Zu ihrer Erleichterung war das Diner kein Rendezvous, sondern fand in einem Restaurant unweit der Frauenkirche statt, das Willie noch aus Jugendtagen kannte und in dem ein hervorragender Sauerbraten serviert wurde. An Willies Tisch saßen ausschließlich Musiker, die Gespräche drehten sich vornehmlich um die Galavorstellung am Weihnachtstag und um Willies ersten großen Auftritt. Für gewöhnlich hatte Willie nichts dagegen einzuwenden, im Mittelpunkt zu stehen. Im Gegenteil, sie forderte es oft geradezu heraus. Doch heute

Abend war ihr nicht danach zumute. Sie fragte sich, ob es mit der Rückkehr in ihre Heimatstadt zu tun hatte. Unwillkürlich blickte sie an sich hinab. Sie hatte ein für ihre Verhältnisse sittsames schwarzes Abendkleid mit einer kaum sichtbaren Silberstickerei gewählt, dazu eine Kamee und die einreihige Perlenkette, die ihr Fleck zum Zehnjährigen geschenkt hatte. Dennoch kam es ihr so vor, als trüge sie eines ihrer Bühnenkostüme aus Brokat, unter dessen Last sie zunehmend schwitzte. Davon abgesehen fand sie die Unterhaltung und die Gesellschaft ermüdend. Lediglich ein junger Violinist, der ihr vom Chefdirigenten von Schuch als Ernst Bruckmann, zweite Geige, vorgestellt worden war, schaffte es von Zeit zu Zeit, sie aus ihrer Melancholie zu holen. Er schien darauf zu brennen, mit ihr zu arbeiten, und erwies sich als charmanter und geistreicher Gesprächspartner. Es dauerte nicht lange, bis Willie an seinen Lippen hing. Als der Abend zu Ende ging, wünschte sie sich, dass nicht von Schuch, sondern Bruckmann sie zum *Bellevue* zurückbegleiten würde. Sie wollte ihn auf der Geige spielen hören. Ein Stück, das nur für ihre Ohren bestimmt war.

Dann aber schalt sie sich ein albernes Ding, dem nicht nur der Champagner, sondern das ganze Leben zu Kopf gestiegen war. Der Mann war viel zu jung für sie. Was dachte sie sich bloß? Aber unerwartet ging ihr Wunsch in Erfüllung, denn der Dirigent fühlte sich ganz plötzlich unpässlich und bat Ernst Bruckmann, für seinen Gast eine Pferdedroschke zum Theaterplatz zu holen.

»Aber Sie selbst wollen doch nicht zu Fuß nach Hause gehen, Bruckmann, zweite Geige«, sagte sie mit einer Mischung aus feinem Spott und mütterlicher Fürsorge. »Das kann ich nicht zulassen. Sie holen sich den Tod in dieser Kälte. Dann können Sie bei unserer Gala nicht spielen, und das wäre ein Jammer!« Sie lächelte. »Als ich vor Jahren in St. Petersburg gastierte, war es üblich, sich einen Schlitten zu teilen und gemeinsam unter eine Decke zu schlüpfen. Natürlich nur, um sich warm zu halten.«

Der junge Musiker erwiderte ihr Lächeln auf eine Weise, die Eis zum Schmelzen hätte bringen können. »Dann ist doch nicht alles schlecht im Zarenreich«, sagte er leise.

Während der kurzen Fahrt erfuhr Willie, dass Bruckmanns Familie aus Leipzig stammte. Eine Sippe kleinbürgerlicher Beamter, kaisertreu bis in die Knochen und gegenüber allem, was auch nur nach Moderne roch, misstrauisch eingestellt. Nur ungern hatten sie den einzigen Sohn, der das Konservatorium als Jahrgangsbester abgeschlossen hatte, ziehen lassen. Aber Bruckmann hatte sich durchgesetzt und war stolz darauf, dass er nun im renommierten Orchester der Semperoper Geige spielte.

Willie kuschelte sich in die Decke und hing ihren Gedanken nach. Der Himmel war klar und sternenreich, doch sie spürte, dass die nächsten Schneefälle nicht mehr lange auf sich warten lassen würden. Ob sie es wagen durfte, Bruckmann auf einen Schlummertrunk einzuladen? Vielleicht würde er sie auslachen. Oder ihre Einladung annehmen, um sich später vor seinen Freunden damit zu brüsten. Es war spät geworden, zu spät, um Abenteuer zu wagen. Der Theaterplatz lag in tiefer Finsternis, nur ein paar grölende Nachtschwärmer waren noch auf der Straße unterwegs. Sie torkelten über den Platz, auf das Opernhaus zu. Dort fingen zwei der Männer damit an, die Plakate von den Wänden zu reißen, die für die Gala mit der berühmten Wilhelmina Fleck aus Prag warben. Unter unflätigen Beschimpfungen zerfetzten sie die Plakate in der Luft. Wie Schneeflocken wirbelten die Schnipsel über das Pflaster und wurden vom Wind davongeweht. Immer wieder riefen die Männer ein Wort in die Nacht, das Willie erschaudern ließ.

Bruckmann wurde ärgerlich und ließ die Droschke anhalten. »Was zum Teufel rufen die da?«

»Ich fürchte, die Herren mögen *Iphigenie auf Tauris* nicht«, versuchte Willie zu scherzen. »Vielleicht hätte unser guter Kapellmeister von Schuch *Die Zauberflöte* auf den Spielplan setzen lassen sollen.«

»Aber was …«

»Sie brüllen *Judenbiest*!«, sagte Willie. Warum sollte sie es abstreiten?

Der Geiger sprang aus der Droschke, ehe Willie ihn zurückhalten konnte. »Denen werde ich Manieren beibringen!«

»Bleiben Sie um Gottes willen hier, Bruckmann«, rief Willie. Ihr Herz begann wie wild zu klopfen. »Die Kerle sind betrunken. Nichts weiter. Ach herrje, warum ist nie ein Gendarm in der Nähe, wenn man einen braucht!« Sie bekam Angst. Zum ersten Mal seit vielen Jahren kam sie sich hilflos vor.

»Ich fahre weiter, gnädige Frau«, sagte der Droschkenkutscher, während Bruckmann schnellen Schrittes den Platz überquerte. »Will keine Scherereien bekommen!« Der Kutscher ließ Willie aussteigen, die ihm kein Trinkgeld gab. Im Nu verschwand die Droschke in der Dunkelheit. Mit angehaltenem Atem hörte Willie, wie Bruckmann einen der Betrunkenen scharf zur Rede stellte. Er verlangte, dass dieser ihm das letzte noch heil gebliebene Plakat mit Willies Konterfei aushändigte.

»Diese Fleck ist ein Hurenstück«, lallte der Mann. »Alle schwärmen von ihr. Alle jubeln ihr zu. Die Zeitungen verkaufen sie uns als eine große Künstlerin, dabei ist sie nur ein Judenweib, das seinem Kerl davongelaufen ist.«

»Das Biest soll bloß nicht glauben, wir Dresdner wüssten nicht über sie Bescheid«, pflichtete sein Zechkumpan ihm bei. »Die kommt nicht aus Prag oder vom Mond, sondern aus Dresden. Aber so eine brauchen wir nicht in unserer Stadt. Ebenso wenig wie die anderen Juden, die jetzt wie die Heuschrecken aus dem Osten in unsere Städte strömen!«

Mit einem ärgerlichen Aufschrei riss Bruckmann dem Betrunkenen das Opernplakat aus der Hand, dann verpasste er ihm einen Kinnhaken, der den Mann straucheln ließ. Seine Freunde schienen darauf nur gewartet zu haben. Schlagartig ernüchtert, umringten sie den jungen Violinisten. Zwei packten ihn und hielten ihn an den Armen fest, woraufhin der Mann, dem Bruckmann einen Schlag versetzt hatte, ihm mit der Faust in den Magen schlug. Bruckmann stieß einen gurgelnden Laut aus, hörte aber nicht auf, sich zu wehren. Nun fielen auch die Übrigen über ihn her. Sie droschen auf ihn ein und traten ihn, als er schon blutend am Boden lag.

»Das hast du davon, Judenfreund«, zischte einer ihm zu. Doch plötzlich ertönte ein schriller Pfiff, der einen nahenden Schutzmann erahnen ließ. Die Betrunkenen warfen das Plakat auf den sich unter Schmerzen windenden Bruckmann. Dann suchten sie das Weite. Dass Willie nur ein paar Schritte entfernt von ihnen in der Dunkelheit stand, hatten sie nicht einmal bemerkt.

»Das ist unerhört«, meinte der Polizeiwachtmeister, der Bruckmann kurz darauf auf die Beine half. Er machte keine Anstalten, die Verfolgung der Schläger aufzunehmen. Seine Befragung fiel auch recht oberflächlich aus. Am meisten schien ihn die Ruhestörung zu ärgern. Am Ende war es Bruckmann, der verwarnt wurde, denn in den Augen des Ordnungshüters hatte er mit der Schlägerei begonnen.

Bruckmann blutete aus mehreren Platzwunden. Er hatte Prellungen erlitten, und seine Hüfte schmerzte ihn bei jedem Schritt. Wie betäubt, ließ er sich von Willie und dem Schutzmann zu Willies Hotel helfen.

»Es ist schon eine Weile her, seit sich ein Mann für mich geprügelt hat«, seufzte Willie. »Aber es war unnötig, Sie dummer Kerl! Warum zum Teufel haben Sie das getan? Nur wegen ein paar lumpiger Plakate? Die lassen sich doch ersetzen!«

»Darum geht es nicht«, sagte Bruckmann. »Oder lassen Sie sich gerne beleidigen?«

»Ach, wenn Sie wüssten, wie oft mich Kritiker in den Zeitungen ...«

»Das spielt keine Rolle«, unterbrach er sie. »Diese Männer waren keine Kritiker.«

Willie zuckte die Achseln. Zum ersten Mal seit ihrer Ankunft kam ihr in den Sinn, dass ihre Rückkehr in die Heimat vielleicht ein großer Fehler gewesen war.

8.

Am nächsten Morgen stahl sich Lea in aller Frühe aus dem Haus, denn sie wollte fort sein, bevor Aaron und Oskar den Laden öffneten. Das Dienstmädchen hantierte in der Küche, war aber zu verschlafen, um sie mit neugierigen Fragen aufzuhalten.

So rasch sie auf dem glatten Bürgersteig vorwärtskam, eilte Lea durch die Straßen, vorbei am Eliasfriedhof und an der Königlichen Kunstgewerbeschule, bis sie rechts in die Dürerstraße einbog. Als sie den Holbeinplatz erreichte und die Tür zu Schwarzmüllers Werkstatt aufstieß, klopfte ihr das Herz bis zum Hals. Doch das spielte keine Rolle. Sie musste den Schreiner unbedingt noch erwischen, bevor der sich zum Hauptbahnhof aufmachte.

»Ich finde, dieser Hirte ist deinem Bruder Oskar wie aus dem Gesicht geschnitten. Er sieht aus, als könnte er sich nur mit Mühe wach halten!« Carl Schwarzmüller betrachtete Leas neuestes Werk nur flüchtig und ging auch auf keine Einzelheiten ein. Er stand an seiner Hobelbank, trug aber weder Lederschürze noch Bleistift hinter dem Ohr, sondern Hut und Reisekleidung. Ein kleiner, abgewetzter Handkoffer stand gepackt neben der Werkstatttür.

»Dann stimmt es also. Du willst fort? Ausgerechnet jetzt in der Adventszeit?«

»Ich will nicht, aber ich muss! Es gibt da jemanden, der in ernsten Schwierigkeiten steckt. Und zu allem Überfluss hat sich mein Herr Neffe auch noch nicht hier blicken lassen. Wartet wohl auf eine Extraeinladung.« Er schnaubte. »Nun gut, die kann er bekommen.«

Lea blickte den älteren Mann erstaunt an. Schwarzmüller redete viel lieber über das Handwerk als über seine Verwandtschaft, die irgendwo in einem abgelegenen Dorf im Riesengebirge lebte. Wenn sie sich recht erinnerte, hatte er noch nie Besuch von seiner Schwester und deren Familie bekommen, nicht einmal, nachdem seine Frau gestorben war. Aber er hatte sich darüber auch nie beklagt. In letzter Zeit sprach er jedoch öfter über seinen Neffen, der allem Anschein nach in seine Fußstapfen getreten und ein tüchtiger Schreiner und Zimmermann geworden war. Er erwog sogar, ihm seine Werkstatt zu überlassen, da er der Ansicht war, der junge Mann könne in Dresden mehr aus seinen Fertigkeiten machen als in einem verschlafenen Gebirgsnest. Daher hatte er ihn aufgefordert, zu ihm nach Dresden zu kommen und erwartete dessen Ankunft jeden Tag mit Spannung.

»Es tut mir leid, dass ich gestern nicht am Stand war, um deine Figuren zu verkaufen«, sagte der Schreiner. »Aber es gab vor meiner Abreise noch eine Menge zu erledigen. Kulicke hat mir jedoch berichtet, dass deine Schnitzereien schon jede Menge Aufmerksamkeit auf sich gezogen haben.«

Aufmerksamkeit? Ja, so konnte man es auch nennen. Lea fuhr mit der Fingerkuppe über die neue Hirtenfigur. Sie hatte beschlossen, sie nicht anzumalen. Doch jetzt fielen ihr im Gesicht und am Rücken noch ein paar Unebenheiten auf. Sie nahm eine Feile vom Werktisch und begann vorsichtig, das Holz zu bearbeiten.

»Hat Kulicke dir auch erzählt, dass August Peregrin an deinem Stand herumgeschnüffelt hat? Er hat eine Menge unangenehmer Fragen über die Krippenfiguren gestellt. Woher sie stammen und wer sie geschnitzt hat. Ich konnte ihn gerade noch davon abhalten, sich mit einer von ihnen aus dem Staub zu machen. Kann es sein, dass der Mann eifersüchtig auf dich ist?«

Schwarzmüller verzog das Gesicht. »Der Mann ist unangenehmer als eine Eiterbeule. Ich habe dich gewarnt, Mädchen, und ich tue es noch einmal: Halte dich von ihm fern!«

Aber Lea war nicht bereit, das Thema so schnell fallen zu lassen. »Ich hatte den Eindruck, dass er dich loswerden will. Ich verstehe nur nicht, warum! Dein Stand ist doch eine Augenweide, bestimmt einer der schönsten auf dem Striezelmarkt.«

»Alte Geschichten alter Männer!« Schwarzmüller zog seine Taschenuhr hervor und warf einen Blick auf das Ziffernblatt. »Was denn, schon so spät?«, murmelte er nachdenklich.

»Für Peregrin scheinen diese alten Geschichten, wie du sie nennst, aber brandaktuell zu sein. Er will dir den Stand wegnehmen, wenn du ohne seine Erlaubnis die Stadt verlässt. Dass du Kulicke als Vertretung beschäftigst, scheint ihm nicht zu genügen.«

Schwarzmüller nickte. Er kannte das alte Reglement des Striezelmarkts ebenso gut wie dessen Aufseher. »Zweimal konnte ich den Weihnachtsmarkt nicht beschicken. Einmal, als meine Frau starb, und ein weiteres Mal, als ich mit Fleckfieber im Bett lag. Lasse ich mich ein drittes Mal nicht blicken, ist es aus und vorbei mit meinem Stand. Nur ein Angehöriger, den ich beglaubige, dürfte mich vertreten. Kein Lehrling, kein Geselle, keine Frau.« Müde wischte sich der alte Schreiner über die Augen, dann hob er fast trotzig den Blick. »Aber ich kann's nicht ändern, Kind. Ich kann es einfach nicht. Ich muss fahren! Für dich tut's mir leid. Ich hatte dir versprochen, deine Krippenfiguren an meinem Stand zu verkaufen, und nun wird es damit Essig.«

In Leas Kopf begann es zu arbeiten, und auf einmal blitzten ihre Augen auf. »Aber dein Neffe, dieser ...«

»Laurin.«

»Wenn ich es richtig verstanden habe, dürfte der den Stand während deiner Abwesenheit ganz offiziell weiterführen und alles verkaufen, was dort angeboten wird.«

»Schon, aber der Bursche ist noch nicht in der Stadt. Und selbst wenn er in ein paar Tagen in Dresden eintrifft, wird es zu spät sein. Peregrin wird sich nicht länger hinhalten lassen. Er wird behaupten, ich würde das Privileg, auf dem Striezelmarkt zu sein, nicht wertschätzen, und es einem anderen verleihen. Der bekommt dann meinen Stand.«

»Falls man nichts unternimmt, um das zu verhindern«, sagte Lea. Flink jagte sie die Feile über ihre Figur, bis auch die letzte raue Stelle geglättet war. Dabei kam ihr ein Gedanke, eine fast aberwitzige Idee, die ihren Puls beschleunigte, je länger sie darüber nachdachte. Sie hatte nur ein bisschen Angst davor, wie Schwarzmüller darauf reagierte. Er war kein Wichtigtuer wie Peregrin, aber er war ein grundehrlicher Mensch, der jegliche Art von Täuschung verabscheute. Vermutlich würde er sie für verrückt halten und über ihren Vorschlag lachen, doch dieses Risiko musste sie eingehen.

»Du weißt, dass es schon immer mein innigster Wunsch war, meinen eigenen Stand auf dem Striezelmarkt zu haben. Seit du mir die ersten Kniffe mit dem Schnitzmesser beigebracht hast.«

Schwarzmüller hob die Augenbrauen, als ahne er schon dunkel, worauf sie hinauswollte. »Ja, und?«

»Ich könnte dich doch vertreten!«, platzte sie heraus.

»Du?«

»Natürlich nicht als Lea Liebermann. Aber als dein Neffe Laurin. Du hast doch bestimmt in der Nachbarschaft herumerzählt, dass er bald kommen wird, um die Werkstatt zu übernehmen.«

»Das schon, aber du bist nicht mein Neffe, sondern eine

junge Dame.« Verwirrt nahm der alte Schreiner seinen Hut ab und fuhr sich durch das schneeweiße Haar.

»Aber ich könnte mich doch für Laurin ausgeben. Ein paar Hosen, eine Schirmmütze und ein dicker Wollschal ... Die meisten Krämer sind doch so dick gegen die Kälte vermummt, dass nicht einmal ihre eigenen Mütter sie erkennen würden. Du müsstest mir nur eine Beglaubigung ausstellen, in der du bestätigst, dass dein Neffe aus dem Riesengebirge dir eine Weile zur Hand gehen wird. Nicht einmal Peregrin könnte das infrage stellen.«

»Das wäre ein ungeheuerlicher Betrug, der mich teuer zu stehen kommen könnte!«, erwiderte Carl Schwarzmüller barsch. »Davon abgesehen, dass sich eine solche Posse für eine junge Dame aus der Familie Liebermann nicht schickt, könntest du Kulicke keinen Moment lang täuschen.«

»Kulicke ließe sich bestimmt überzeugen mitzuspielen«, sagte Lea. »Er hat nichts gegen mich. Im Gegenteil, ich glaube, er mag mich ganz gern. Und was meine Familie betrifft ...« Sie holte tief Luft, dann berichtete sie Schwarzmüller von den Plänen, die Aaron und Dora für sie schmiedeten.

»Vielleicht wäre das besser für dich«, murmelte Schwarzmüller. »In New York könntest du ein sorgloses Leben führen.«

Ja, vielleicht, dachte Lea. Aber konnte ein Gefühl von Sorglosigkeit Heimweh vertreiben? Zwang man sie, Dresden zu verlassen, würde sie verkümmern wie eine Pflanze, die zu wenig Wasser bekam. Das spürte sie ganz stark. Andererseits würde es ihr ohne ein Auskommen auch nicht möglich sein, in der Stadt zu bleiben. Nein, ihre einzige Chance bestand darin, ihr eigenes Geld zu verdienen.

»Bitte sag, dass du es mich versuchen lässt«, bat sie. »Ich werde vorsichtig sein und jedem Ärger aus dem Weg gehen, das verspreche ich.«

»August Peregrin wird auch so für Ärger sorgen! Er hasst mich, also wird er auch meinen Neffen hassen.« Eine Weile schwieg der Tischler, dann sah er erneut auf seine Taschenuhr. Schließlich setzte er sich an den Schreibtisch und kritzelte ein paar Zeilen auf einen Bogen weißes Papier, den er Lea reichte. Ein weiteres Schreiben richtete er an seinen Neffen. Er ließ es Lea nicht lesen, aber sie vermutete, dass er Laurin darin die Sachlage erklärte. Er verschloss das Schreiben in einem Kuvert und schob es unter die Schreibunterlage.

»Gib den Brief Laurin, sobald er auftaucht«, bat er Lea. »Ich hoffe, er wird nicht Zeter und Mordio schreien, wenn er merkt, dass schon ein ... Neffe am Stand arbeitet. Er soll dich ablösen, sobald er kann. Auf diese Weise habe ich nicht einmal gelogen.«

Lea versprach es. Sie war so glücklich, dass sie am liebsten gejubelt hätte. Doch da sie wusste, was sie ihrem alten Freund mit ihrer Bitte zumutete, entschied sie sich, ihm lediglich zu danken.

»Hätte nicht gedacht, dass ich mich einmal zu solchen Torheiten anstiften lassen würde«, sagte Schwarzmüller, als er mit seinem Köfferchen in der Hand auf den schneebedeckten Hof trat. Aus den Fenstern der Nachbarwohnung drangen Kindergeschrei und der rauchige Geruch von angebrannter Kohlsuppe.

Lea blickte ihrem väterlichen Freund voller Dankbarkeit nach. Dann dachte sie an die Tage, die vor ihr lagen. Ob sie sich nicht zu viel zutraute? Figuren auf dem Weihnachtsmarkt zu verkaufen war eine Sache. Doch dies in Verkleidung eines jungen Mannes zu tun, war eine ganz andere. Wenigstens wusste sie, wen sie um Hilfe bitten konnte.

Willie staunte nicht schlecht, als der Hotelpage ihr Lea meldete. Sie war noch nicht angezogen und hatte auch noch nicht gefrühstückt. Ihr Schlaf war unruhig gewesen. Mehrmals war sie aufgeschreckt, weil sie geglaubt hatte, wüstes Geschrei und Ernst Bruckmanns Hilferufe zu hören. Doch als ihre Schwester mit geröteten Wangen und Schneeflocken im Haar hereinstürmte, hellte sich ihre Miene auf.

»Nein, wie entzückend!« Begeistert drückte sie Leas Hand, nachdem diese erklärt hatte, was sie zu so früher Stunde zu ihr führte. »Natürlich helfe ich dir, Kindchen! Für einen amüsanten Streich ist Willie Fleck stets zu haben!« Sie begann aufgeregt in ihrem Zimmer auf und ab zu gehen. »Die Tochter Jakob Liebermanns in einer wagemutigen Hosenrolle«, rief sie dabei. Leas Plan gefiel ihr, ein richtiges Abenteuer. Ein Stoff, aus dem die schillerndsten Opern geschrieben wurden. Aber mehr als all das, lenkte es sie von ihren düsteren Erinnerungen an die vergangene Nacht ab. Sie hatte Bruckmann um eine Nachricht gebeten, weil sie wissen wollte, wie es ihm ging, hatte aber noch nichts von ihm gehört.

»Hosenrolle?«, hakte Lea nach. »Was ist das?«

Willie verschwand hinter dem Paravent, um sich anzuziehen. Da sie keine Zofe nach Dresden mitgebracht hatte, brauchte sie eine Ewigkeit, um ihr Mieder zu schnüren. »Kindchen, weißt du denn gar nichts vom Theater? Es gibt Opern und Operetten, in denen Frauen in Männerkleidung schlüpfen. So ist es beispielsweise in der *Fledermaus* oder in Verdis *Maskenball* und *Don Carlos*. Die Frau spielt meist die Rolle eines jungen Pagen.« Sie streckte ihren Kopf hinter dem Wandschirm hervor und lächelte Lea verschmitzt an. »Verlass dich ganz auf mich, wir werden schon etwas Passendes für dich finden.«

Nach einem kurzen Frühstück auf dem Zimmer überquerten die Schwestern gemeinsam den Theaterplatz. Der Pförtner des Königlichen Opernhauses war ein hagerer Mann in einem steifen Frack, der Willie sogleich erkannte und eintreten ließ. Dabei bekundete er wortreich sein Bedauern über das Malheur mit den heruntergerissenen Plakaten, welches er bei seinem Dienstantritt in der Früh bemerkt hatte. Wortreich machte er seiner Empörung über die Missetäter Luft.

»Wovon spricht der Mann?«, erkundigte sich Lea verwirrt, doch Willie tat die Sache mit einer flüchtigen Geste ab.

»Gar nichts! Eine Lappalie!« Eilig schritt sie durch die weitverzweigten Gänge hinter der Bühne und hoffte, dass sie sich den Weg zu den Requisiten und Kleiderkammern auch richtig gemerkt hatte. »Na, wer sagt's denn?«, rief sie triumphierend aus, als sie nach einigem Suchen den Raum fand, der mit Opernkostümen und den dazugehörigen Accessoires vollgestopft war. Da gab es ägyptische Leinengewänder mit breiten Halskrausen aus bunten Steinen, römische Tuniken, auf Hochglanz polierte Rüstungen spanischer Wachsoldaten und kostbare Damenkleider im Stil des Barocks und Rokokos. Auf hohen Wandregalen stapelten sich Federhüte, Helme, gepuderte Perücken und Damenfächer. Ein Glasschrank war Bühnenwaffen vorbehalten: Dolche mit einfahrbarer Klinge, Musketen, Schwerter und Degen.

Nach einer kurzen Bestandsaufnahme fand Willie für Lea einen schlichten Anzug aus grobem Wollstoff, dazu passende Socken, Schuhe und eine verstaubte Schirmmütze. Ein weiter Mantel, den sogar der verstorbene Jakob Liebermann als altmodisch bezeichnet hätte, rundete Leas neue Aufmachung ab. In diesen Kleidern würde kein Mensch sie für eine Frau halten, vorausgesetzt sie hielt ihr langes Haar unter der Mütze verborgen und ließ so wenig wie möglich von Gesicht und Händen sehen.

»Ein wenig Theaterschminke, an den richtigen Stellen verteilt, und nicht mal Dora wird dich erkennen«, meinte Willie, nachdem Lea in einem dunklen Winkel des Raumes in die Kleidung geschlüpft war. Die Jackenärmel und Hosenbeine waren etwas zu lang, aber dem ließ sich mit ein paar Stecknadeln beikommen. Als Lea sich schließlich im Spiegel betrachtete, stieß sie staunend die Luft aus.

»Habe ich es dir nicht gesagt?«, kicherte Willie vergnügt. »Du siehst aus wie der leibhaftige Bettelstudent. Vielleicht stammen die Requisiten tatsächlich aus dieser Operette!«

»Aber meinst du wirklich, dass ich sie mir einfach so ausleihen darf? Vielleicht wird man sie vermissen!«

Willie winkte ab. Bis zum Jahreswechsel stand kein Stück auf dem Spielplan der Oper, für das ein abgewetzter Herrenanzug nötig gewesen wäre. Mit dem Hinweis, dass der Direktor einer ihrer glühendsten Bewunderer sei und gewiss nichts dagegen habe, dass sie sich aus dem Fundus bedient, zerstreute Willie Leas letzte Bedenken.

»Gehst du gleich heute auf den Striezelmarkt?«, erkundigte sie sich. »Ich könnte dich begleiten und dir später meine Beobachtungen mitteilen. Vor allem darfst du dich nicht wie eine Frau bewegen. Schlenkere beim Gehen ruhig mit den Armen und schreite kräftig aus, als wärest du ständig in Eile. Und versuche, so tief wie möglich zu sprechen. Oder gib vor, einen Husten zu haben, dann macht es nichts aus, wenn deine Stimme etwas heller klingt, als man es von einem Burschen erwarten würde. Sei besonders zuvorkommend zu den Damen und geh den Männern aus dem Weg. So wirst du zwar keine Freundschaften schließen, läufst aber auch nicht Gefahr, ertappt zu werden.«

Willie wären noch weitere Ratschläge eingefallen, aber Lea drängte zum Aufbruch. Bevor sie auf den Weihnachtsmarkt ging, musste sie nach Hause. Sonst würde Dora nach ihr suchen. Rasch zog sie wieder ihre eigenen Sachen an und stopfte die Männerkleider in einen Wäschebeutel. Eine Schwierigkeit lag allerdings noch vor ihr: Sie hatte keine Ahnung, wie sie sich in den kommenden Tagen davonschleichen sollte, ohne Aarons und Doras Argwohn zu erregen.

9.

Lea atmete auf, als sie sich mit ihrem prallen Wäschebeutel zur Tür hereinschlich.

Ihre Brüder waren nicht zu Hause. Das Dienstmädchen teilte ihr mit, dass sie eine Droschke zum Hauptbahnhof genommen hatten, um eine Louis XVI-Vitrine aus Lothringen in Empfang zu nehmen. Die Abwicklung aller Formalitäten und das Verladen des Möbelstücks würden einige Zeit dauern, demnach war bis Mittag nicht mit ihnen zu rechnen. Und nein, der gnädige Herr hatte nicht nach dem Fräulein Schwester gefragt.

Lea stopfte den Sack hastig in die antike Truhe neben der Eingangstür, in der die Dienstboten Tischwäsche, Servietten und Kochschürzen verwahrten. Dann eilte sie die Treppe hinauf.

Dora saß im Salon und beantwortete Briefe. Das tat sie fast jeden Morgen. Sie hatte Lea offenbar noch nicht vermisst und hob, als diese zur Tür hineinschaute, um ihrer Schwägerin einen guten Morgen zu wünschen, nur zerstreut den Kopf.

»So höflich heute früh?«, murmelte sie, während sie den Federhalter ins Tintenfass tauchte. »Darf ich daraus schließen, dass du dich wieder beruhigt hast? Du warst reichlich schroff zu dem armen Aaron.«

Lea strich ihren Rock glatt und setzte eine unbekümmerte Miene auf. Keinesfalls wollte sie, dass Dora Verdacht schöpfte, sie könnte etwas im Schilde führen.

»Nun ja, mag sein, dass ich ein wenig zu heftig reagiert habe«, sagte sie mit einem erzwungenen Lächeln. »Das Antiquitätengeschäft war Vaters Lebenswerk, und ich werde tun, was ich kann, um den Ruin zu verhindern.«

Dora unterbrach ihre Schreibarbeit und wandte sich mit einem prüfenden Blick zu Lea um. Wie gewöhnlich sah sie aus wie aus dem Ei gepellt. Ihre weitärmelige Bluse war frisch gestärkt, der Rock rauschte bei jeder Bewegung. Um den Hals trug sie ein Medaillon, in dem sie, wie Lea wusste, ein Miniaturbildnis von Aaron in Öl verwahrte, das mehr Ähnlichkeit mit Kaiser Wilhelm aufwies als mit ihrem Ehemann.

»Es freut mich, dass du dich besonnen hast«, sagte Dora. »Wir haben uns Sorgen um dich gemacht. Große Sorgen. Seit dem Tod deines Vaters bist du nicht mehr dieselbe.«

»Ich habe Papa geliebt, auch wenn wir nicht immer einer Meinung waren!«

»Natürlich hast du das. Es ist auch verständlich, dass du noch um ihn trauerst. Vielleicht ist das auch der Grund dafür, dass du Angst hast, Dresden zu verlassen. Du fürchtest, damit auch deinen Vater und sein Andenken zu verlassen. Aber das ist falsch. Du darfst dich von deinem Kummer nicht zerstören lassen. Wir leben alle nur dieses eine Leben.«

»Es ist unnötig, mich darauf hinzuweisen!«, protestierte Lea.

Dora stand auf und kam langsam auf Lea zu, die sie um ein ganzes Stück überragte. »Da bin ich anderer Meinung. Manchmal tun wir in unserem Schmerz Dinge, die wir später bereuen. Mir ist zu Ohren gekommen, dass du dich mit deiner Schwester getroffen hast.«

Lea erschrak, dann presste sie die Lippen zusammen und sah Dora verärgert an.

»Sei nicht albern«, sagte ihre Schwägerin. »Ich hatte Ilse für ein paar Besorgungen in die Stadt geschickt, dabei hat sie dich und Willie am Canaletto-Aussichtspunkt gesehen.« Mit einer einladenden Geste forderte sie Lea auf, sich zu ihr auf die Chaiselongue zu setzen.

»Weißt du, im Gegensatz zu Aaron habe ich gar nichts dagegen, dass du sie triffst. Du hast das Recht, dir ein eigenes Bild von ihr zu machen. Ich bin mir nach wie vor nicht sicher, ob sie der passende Umgang für dich ist, aber sie ist immerhin eine weit gereiste Person, über die nur Gutes in den Zeitungen steht. Bislang, wenigstens.«

»Und sie könnte mir Amerika und den jungen Shields schmackhaft machen, das meinst du doch?«

Dora hob gleichmütig die Schultern. »Nun, einer muss es schließlich tun. Übrigens hat Aaron schon eine Antwort auf sein Telegramm aus Übersee erhalten. Der alte Leonard Shields spricht ihm und der ganzen Familie Liebermann darin sein Beileid aus.«

»Er kondoliert. Ist das alles?«

»Nicht ganz«, sagte Dora. »Er hat fest zugesagt, dass sein Sohn Rick uns besuchen kommt, um dich kennenzulernen. Shields scheint ein Mann mit Prinzipien zu sein. Es war gar nicht nötig, ihn an die Übereinkunft mit deinem Vater zu erinnern. Wie es scheint, hat Rick Shields London schon verlassen, damit er mit uns Chanukka feiern kann.«

Lea fröstelte plötzlich, obwohl es im Salon behaglich warm war. Das jüdische Lichterfest, das häufig in die Adventszeit fiel, sollte in einer Woche mit dem traditionellen Entzünden der Kerzen beginnen. So bald würde der Amerikaner also schon in Dresden sein? Was, wenn er tatsächlich um ihre Hand anhielt, um den Wunsch seines Vaters zu erfüllen? Würde sie die Jahrhundertwende dann auf einem Dampfschiff mit Kurs auf New York verbringen? Bei dem Gedanken zog sich ihr Magen zusammen. Sie musste hinaus, auf der Stelle.

»Du solltest dich auf unseren Gast vorbereiten«, rief Dora

ihr nach, als sie aus dem Raum stürmte. »Lass dir ein festliches Abendkleid nähen, am besten von der Hofschneiderin. Sie ist zwar teuer, aber ich werde die Ausgaben vor Aaron rechtfertigen. Einen neuen Hut solltest du dir auch bestellen. Schuhe. Und hübsche Handschuhe. Deine alten machen nichts mehr her!«

Für eine neue Abendgarderobe mussten geeignete Stoffe ausgesucht werden. Das bedeutete stundenlange Anproben. Dafür allerdings konnte Lea in die Stadt gehen, ohne von Dora mit neugierigen Fragen gequält zu werden. Wenn Lea es geschickt anstellte, konnte sie sich jeden Tag für ein paar Stunden davonstehlen, um auf den Striezelmarkt zu gehen. Zweifellos ein gewagtes Unterfangen, zumal Dora sie regelmäßig ausfragen würde, doch eine andere Lösung sah sie nicht.

Nach dem Mittagessen schmuggelte Lea den Wäschesack mit der geborgten Theaterkleidung aus dem Haus. Als sie wenig später in Schwarzmüllers Tischlerei erneut in die Aufmachung eines jungen Handwerksburschen schlüpfte, die Mütze über ihre widerspenstigen Haare stülpte und sich einen Schal um den Hals knotete, zitterten ihre Hände wie Espenlaub. Wieder und wieder las sie die Beglaubigung durch, die Schwarzmüller für sie aufgesetzt hatte. Dabei war ihr klar, dass es kein Zurück mehr gab, sobald die Werkstatttür hinter ihr ins Schloss gefallen war. Wenn sie zum Weihnachtsmarkt ging, durfte sie sich nicht den kleinsten Fehler erlauben. Sie musste vergessen, dass ihr Name Lea Liebermann und sie die jüngste Tochter eines jüdischen Antiquitätenhändlers war. Sie hieß nun Laurin, war Handwerker und von ihrem Onkel, Carl Schwarzmüller, nach Dresden gerufen worden, um seinen Stand zu übernehmen. Wieder und wieder ging sie in Gedanken durch, was sie August Peregrin erzählen würde, und betete, dass sie dem schrecklichen Mann keine Antwort schuldig bleiben würde.

Auf dem Markt herrschte an diesem Nachmittag ein unbeschreibliches Getümmel. Ganze Scharen von Menschen drängten sich in den mit Tannengrün, Mistel- und Stechapfelzweigen geschmückten Gassen und hielten auf den Goldenen Reiter zu, wo in wenigen Augenblicken die Kerzen der großen Weihnachtspyramide entzündet werden sollten. Das Pyramidenfest gehörte zu den beliebtesten Attraktionen des Marktes, ein Ereignis, das keiner versäumen wollte. Lea ließ sich vom Strom der Besucher mitreißen und stellte dabei rasch fest, dass sie sich mit Händen, Füßen und Ellenbogen gegen Stöße und andere Grobheiten wehren musste, die sie als Fräulein Liebermann auf keinen Fall hätte erfahren müssen. Dies bewies ihr allerdings auch, dass ihre Maskerade etwas taugte.

»Zur Seite, Kleiner«, fauchte sie ein Mann mit kurz geschorenen Haaren ruppig an. »Du stehst uns im Weg!« Bevor Lea empört widersprechen konnte, gab der Grobian ihr auch schon einen Stoß, der sie fast von den Füßen riss.

»Schon besoffen?«, lästerte jemand mit unangenehmer Stimme hinter ihr. »Wohl zu viel Glühpunsch für einen Burschen, der noch grün hinter den Ohren ist!« Einige Leute lachten.

Der Grobe stimmte nicht mit ein, sondern sorgte mit weiteren Schubsern dafür, dass sich eine Gasse bis zum Reiterstandbild auftat, vor dem auf einem hohen Sockel die Weihnachtspyramide stand. Dann winkte er einer Schar Kinder, sich zu ihm zu gesellen. Lea reckte den Hals. Sie erkannte einen kaum sechsjährigen Knirps an der Hand eines etwas älteren Jungen und vor ihnen ein bildhübsches Mädchen mit hellblonden Zöpfen, das sich vorwärtsbewegte, als träumte es. Den dreien folgte eine Handvoll weiterer Kinder, ärmlich gekleidet und dünn wie Streichhölzer, die sich ängstlich umblickten und trotz des Beifalls, der nun einsetzte, aussahen, als würden sie kaum mitbekommen, was um sie herum vorging.

Lea musste sich als Fremder präsentieren. Daher sprach sie eine dicke Frau an, die neben ihr aufgetaucht war, ohne von den frechen Burschen beschimpft oder angerempelt zu werden. »Was sind das für Kinder?« Die Frau wandte sich ihr zu. Sie hatte etwas Respekteinflößendes an sich, und Lea erinnerte sich, sie schon am Stand mit den gedörrten Pflaumenmännchen gesehen zu haben.

»Bist wohl von auswärts, was, Bürschchen?«, gab die Frau erstaunt zurück. »Sonst würdest du Radeks Laternenverkäufer doch wohl kennen. Die armen Würmchen sind allesamt Waisen. Aus diesem Grund drücken die Händler auch ein Auge zu, wenn sie mit ihren Lampions über den Markt flitzen. Besonders in der Weihnachtszeit sollte man ein Herz für seinen Nächsten haben. Siehst du die Kleine mit den Zöpfen? Sieht sie nicht wie ein Weihnachtsengel aus?«

»Sie sieht ziemlich traurig aus«, bemerkte Lea.

Die Dicke wickelte sich ihr Wolltuch straffer um die Schultern. »Würdest du auch, wenn du bei Radek hausen müsstest.« Sie rollte mit den Augen. »Dinge könnte ich dir über den berichten, da würde dir das Herz in die Hose rutschen, mein Kleiner. Aber ich halte meinen Mund. Bin schon seit vielen Jahren mit meinen Pflaumenmännlein und meinem Likör auf dem Markt und habe noch nie Ärger bekommen. Und so soll's auch bleiben!« Sie wandte sich ab und klatschte, als dem blonden Mädchen ein glimmender Span in die Hand gedrückt wurde. Allem Anschein nach fiel ihm in diesem Jahr die Ehre zu, alle Kerzen der vierstöckigen Pyramide anzuzünden und damit das Fest zu eröffnen. Die hölzerne Pyramide, welche mit ihren bunt bemalten Figuren die biblische Weihnachtsgeschichte erzählte, war indes so hoch, dass das Kind auf eine Leiter steigen musste, um mit seinem Brennspan auch die obersten Kerzen zu erreichen. Furchtsam erklomm die Kleine Sprosse um Sprosse, während die Kinder, allen voran ein etwa zwölfjähriger Junge, ihr Mut machten.

Es dauerte eine Weile, bis die aufsteigende Wärme der Flammen die hölzernen Flügel des Aufbaus berührte, doch als die Pyramide sich gemächlich in Bewegung setzte und dann, mitsamt den Figuren, sich immer schneller zu drehen begann, zog ein begeistertes Raunen durch die Menge. Jemand gab dem Kind mit dem Kienspan einen Lebkuchen, eine Dame mit ausladendem Hut kniff es in die Wange.

Auch Lea gefiel die Pyramide, sie mochte sich daran gar nicht sattsehen. Die tanzenden Lichter schufen in der Dämmerung eine feierliche Atmosphäre. Eines Tages, so nahm Lea sich fest vor, werden sich dort oben meine eigenen Figuren drehen.

»Wird Zeit, dass ich zu meinem Stand zurückkehre«, verkündete die Dörrpflaumenfrau. »Im Moment passt meine Kleine auf ihn auf, aber die sitzt nur auf ihren vier Buchstaben und bibbert.« Sie blies sich in die Hände und setzte sich keuchend in Bewegung. Mit wippenden Hüften schob sie sich durch das Getümmel. Lea folgte ihr.

»Wohin des Wegs, wenn man fragen darf?«, fragte die Frau. »Oder hängst du gern alten Weibern am Rockzipfel?«

Lea gab vor, sich im Gewirr der Menschen verlaufen zu haben. »Ich stamme aus einem kleinen Dorf im Riesengebirge«, sagte sie, so tief sie nur konnte. »So etwas wie hier habe ich noch nie gesehen. Es ist überwältigend.« Rasch erkundigte sie sich nach dem Stand des Tischlers Carl Schwarzmüller.

Die Marktfrau blieb abrupt stehen. Misstrauisch fragte sie: »Den Schreiner suchst du? Was willst du denn ausgerechnet von dem?«

»Ich ... bin sein Neffe«, stotterte Lea. Sie ballte ihre Hände in den Hosentaschen, während die Dörrpflaumenfrau sie prüfend betrachtete. Hatte sie sich unwissentlich verraten? Lea rechnete damit, dass die Frau ihr jeden Moment mit einem Aufschrei die Mütze vom Kopf reißen würde.

Doch zu ihrer Erleichterung geschah nichts dergleichen.

»So, du bist das also«, sagte die Marktfrau schon ein wenig freundlicher. »Der Alte hat erzählt, dass er dir geschrieben hat. Ich glaube, wir haben uns schon mal gesehen, als du deinen Onkel besucht hast. Aber natürlich erinnerst du dich nicht. Ist ja auch schon Jahre her. Damals hast du gehinkt, nicht wahr? Ich weiß noch, dass dein Onkel sich Sorgen gemacht hat, du könntest wegen der Behinderung kein Handwerk lernen. Scheint sich aber gelegt zu haben. Das freut mich für dich, Junge!«

»Mein Meister sagte immer, die Kraft für unser Handwerk muss im Kopf und in den Händen sitzen«, sagte Lea ausweichend. Sie lächelte, obwohl ihr nicht danach zumute war. Sie hatte nicht damit gerechnet, jemandem zu begegnen, der sich an Schwarzmüllers Neffen erinnerte. Plötzlich wurde ihr bewusst, wie wenig sie über den richtigen Laurin und dessen Leben wusste. Ob das wenige, was ihr alter Freund ihr erzählt hatte, ausreichte?

Doch die dicke Marktfrau schien sich mit ihrer Antwort zu begnügen. Freundlich schwatzend begleitete sie Lea zu Schwarzmüllers Stand, winkte ihr zum Abschied kurz zu und kehrte dann zu ihren Dörrpflaumen zurück.

»Mir gefällt das überhaupt nicht, Fräulein!« Kulicke starrte Lea an wie eine Kuh mit zwei Köpfen. Er wusste zwar von Leas Vorhaben und war von seinem Meister gebeten worden mitzuspielen. Doch das änderte nichts daran, dass er sich unwohl fühlte bei dem Gedanken, mit einer Frau in Männerkleidern zusammenarbeiten zu müssen.

»Ist es dir lieber, dass Herr Schwarzmüller seinen Stand verliert?«, gab Lea zurück. »Nachdem seine Familie schon seit hundert Jahren auf dem Striezelmarkt vertreten ist?«

Die Miene des Schreinergesellen gab deutlich zu verstehen, dass er nicht begriff, wieso Männer wie Schwarzmüller und Peregrin sich wegen einer Bude auf dem Striezelmarkt so aufregen konnten. Er saß hier fast im Freien, fror sich den Hintern ab und wartete auf Kundschaft. Was war daran nur so beglückend?

»Einmal im Jahr drehen hier alle durch«, murmelte er vor sich hin. Er nahm einen Schluck aus seinem dampfenden Glühpunschbecher und wischte sich mit dem Handschuh über den Mund. »Jedenfalls möchte ich nicht in Ihrer Haut stecken, wenn die ganze Geschichte auffliegt, Fräulein!«

»Sie wird nur auffliegen, wenn du mich weiterhin Fräulein nennst«, sagte Lea. »Ab heute bin ich Laurin für dich.«

»Wie Sie meinen!«

»Wie *du* meinst!«

Kulicke errötete vor Verlegenheit. Lea bemerkte, wie er von ihr abrückte, bis er gegen die Bretterwand stieß. Vermutlich befürchtete er, sie mit dem Ellenbogen zu streifen. In der kleinen Hütte war es so eng, dass kaum mehr als zwei Hocker, ein winziger Arbeitstisch und Kisten für den Transport der Waren hineinpasste. Es würde also zweifellos zu Berührungen kommen, aber Lea verdrängte den Gedanken daran. Sie war schließlich nicht allein mit Kulicke. Vor ihr schlenderten die Dresdener gut gelaunt an den Ständen vorbei. Kinder bissen hungrig in Schmoräpfel, ließen sich gebrannte Mandeln schmecken und bewunderten die Bretterbuden mit Blechspielzeug, während ihre Mütter oder Kinderfrauen beisammenstanden und schwatzten. Von Zeit zu Zeit huschten bunte Lichter wie Glühwürmchen an ihnen vorbei, wenn die kleinen Laternenverkäufer ihre Runden drehten. Lea hielt Ausschau nach dem Mädchen, das die Kerzen der Weihnachtspyramide angezündet hatte, aber sie konnte sie nicht entdecken.

Nun war es Zeit, an die Arbeit zu gehen. Lea prüfte die Holzklötze, die sie vorbereitet hatte und breitete Schnitzeisen und Feilen, Pinsel und Farbtiegel vor sich aus. Kulicke beobachtete sie dabei aufmerksam.

»Ist Ihnen aufgefallen, dass ich bereits fünf Ihrer Figuren verkauft habe?«, fragte er nicht ohne Stolz. Lea klatschte vor Begeisterung in die Hände. Sie hatte völlig vergessen, ihn danach zu fragen. Ein einziger Blick auf die Auslage bestätigte seine Worte. »Eine heilige Familie, dazu einen Weisen aus dem Morgenland. Sie wissen schon, den Dunklen«, las Kulicke aus dem Rechnungsbuch vor. »Und einen Esel. In den hatte sich so ein Dreikäsehoch verliebt und so lange gequengelt, bis sein Vater ihm die Figur gekauft hat.« Kulicke schob das Buch zurück unter seinen Hocker. »Nicht schlecht für einen einzigen Tag, nicht wahr? Das gnädige Fräulein kann zufrieden sein.«

»Kulicke«, mahnte Lea müde. »Ich heiße Laurin. Kannst du das nicht behalten?«

Der Geselle zuckte die Achseln. »Ist vielleicht gar nicht schlecht, wenn die Vorbeikommenden Ihnen … ich meine dir bei der Arbeit zusehen können. So etwas gefällt den Leuten! Sie kaufen umso lieber, wenn sie einen Eindruck davon bekommen, wie viel Mühe es kostet, eine Figur für ihre Weihnachtskrippe zu schnitzen!«

»Ich kann ihnen gern meine Narben zeigen«, meinte Lea. Wie so oft, wenn sie mit einer neuen Figur anfing, klopfte ihr Herz vor Aufregung. Obwohl sie sich in Gedanken alles bis ins kleinste Detail vorstellen konnte und oft Skizzen anfertigte, sahen die Figuren am Ende doch ganz anders aus, als ursprünglich ausgedacht. Es war fast so, als entschieden sie selbst und nicht Lea über ihr Aussehen. Aber dagegen hatte Lea nichts einzuwenden. Im Gegenteil, sie mochte es, von ihren Figuren überrascht zu werden. Sie fing an, mit einem Bleistift die ersten vorsichtigen Striche auf einem Holzklotz anzubringen, um Kopf, Oberkörper und Unterleib zu markieren und die geeigneten Maße und Proportionen festzulegen. Als sie dann so weit war, die ersten Handgriffe mit dem Schnitzeisen auszuführen, schlug es bereits sechs Uhr. Wie dumm, sie würde sich wieder mal verspäten.

Kulicke, der mit einer Frau über den Preis einer bemalten Puppenwiege feilschte, runzelte die Stirn. »Du willst schon gehen? Aber in ein, zwei Stunden wird es hier erst so richtig voll werden. Dann rennen sie uns die Bude ein.«

»Zehn Mark, aber keinen Pfennig mehr«, verkündete die Frau mit der Wiege energisch.

Kulicke hob hilflos die Hand.

»Ich würde viel lieber hierbleiben, aber das ist leider unmöglich.« Mit einem Ausdruck des Bedauerns stopfte Lea Werkzeug und Modell in einen Beutel und verschnürte ihn sorgfältig. Wollte sie nicht in Verzug geraten, blieb ihr nichts anderes übrig, als wieder bis in die Nacht in ihrem Zimmer weiterzuschnitzen.

»Um Mitternacht verwandelt sich die Prinzessin wieder zurück in das arme Aschenputtel, nicht wahr?«, spottete Kulicke.

»Junger Mann«, schimpfte die alte Dame. »Nehmen Sie nun meine zehn Mark oder nicht?«

»Aber gewiss doch, Gnädigste!« Ehe Kulicke Luft holen konnte, schnappte sich Lea das Geld und warf es in Schwarzmüllers Holzkasse. »Vielleicht darf ich die gnädige Frau noch auf unsere Krippenfiguren aufmerksam machen? Ich bin sicher, Sie werden Gefallen daran finden!«

»Ach ja, die sind ja wirklich allerliebst«, sagte die Kundin, plötzlich besänftigt. Sie klang fast ehrfurchtsvoll, als sie eine der Figuren berührte. »Diese Gesichter ... so lebendig, als würden sie jedem unserer Worte lauschen. Wissen Sie was, mein Mann ist Hauptpastor an der Matthäuskirche. Die alte Krippe, die er zu den Feiertagen aufstellt, hat schon bessere Zeiten gesehen. Ich werde ihn bitten, einen Satz neuer Figuren bei Ihnen zu bestellen. Sind Sie morgen an Ihrem Stand, junger Mann? Gegen sieben Uhr?«

Lea hatte noch keine Ahnung, wie sie das bewerkstelligen sollte. Aber sie sagte zu.

10.

»Das war aber eine lange Anprobe«, bemerkte Aaron beim Abendessen. »Stimmt denn etwas mit deinen Maßen nicht?«

Er war offenkundig schlecht gelaunt. Lustlos stocherte er auf seinem Teller herum. »Ich mag es gar nicht, wenn du in der Dunkelheit allein durch die Stadt läufst. Kann sich diese Schneiderin nicht etwas beeilen, damit du bei Tageslicht nach Hause kommst?«

Lea würgte an dem Bissen Knödel in ihrem Mund. Sie hatte ein furchtbar schlechtes Gewissen, weil sie Aaron und den Rest der Familie hinters Licht führte. Als sie atemlos im Atelier der Schneiderin eingetroffen war, hatte die ihren Laden schon absperren wollen. Nur mit viel gutem Zureden war die Frau zu bewegen gewesen, Lea wenigstens noch den Stoff aussuchen zu lassen. Doch um Maß zu nehmen, war es zu spät gewesen, da die Frau ihr Lehrmädchen schon nach Hause geschickt und selbst für den Abend eine Verabredung hatte.

»Lass dich das nächste Mal doch von Ilse begleiten«, schlug Aaron vor. Er hatte seine Mahlzeit beendet und tupfte sich mit der Serviette das Oberlippenbärtchen ab.

Dora läutete derweil, damit das Dienstmädchen den Tisch abräumen konnte. Doch zuvor erklärte sie ihrem Mann, dass sie weder auf Ilse verzichten konnte noch gewillt sei, für Lea die Anstandsdame zu spielen. »Ich habe genug damit zu tun, das Haus mit Ilse auf den Besuch unseres Gastes aus Übersee vorzubereiten. Wir müssen das Silber putzen, die Teppiche ausklopfen und uns überlegen, wie wir mit den paar Mark, die du mir gibst, ein Festessen zaubern, mit dem wir uns nicht blamieren.«

»Ich sehe ein, dass dich diese Aufgabe überfordern würde, meine Liebe«, gab Aaron zu, nachdem die Familie sich in den Salon begeben hatte, wo ein munteres Feuer brannte. Er genehmigte sich einen Cognac und nahm im Lieblingssessel seines Vaters Platz. Damit gab er den anderen zu verstehen, dass er die Rolle des Familienoberhauptes beanspruchte und dieser Anspruch nicht verhandelbar war.

»Dann wird eben Oskar Lea zur Hand gehen!«

Oskar, der mit zerzaustem Haar auf dem Sofa döste, war schlagartig wach. »Ich? Aber wieso denn ich? Ich muss arbeiten. Du … du brauchst mich doch im Geschäft!«

»Oh ja, es wird schwer sein, ohne dich auf Kundschaft zu warten, die nicht kommt«, sagte Aaron mit beißendem Spott. »Aber ich werde es überleben.«

Lea hörte dem Geplänkel mit wachsender Verzweiflung zu. Warum konnte nicht ein einziges Mal in ihrem Leben etwas klappen, ohne dass ihr Steine in den Weg gelegt wurden? Wenn Oskar sie fortan begleitete, würde sie keine Gelegenheit mehr haben, sich in Schwarzmüllers Werkstatt in Laurin zu verwandeln, und dann konnte sie die Sache mit dem Verkaufsstand vergessen.

Doras Stimme riss sie aus ihren Überlegungen. »Betreibst du eigentlich immer noch Holzschnitzerei zum Zeitvertreib?«

Verwirrt begegnete sie dem forschenden Blick ihrer Schwägerin, die sich mit ihrem Häkelzeug neben den beleidigten Oskar gesetzt hatte.

»Ich frage nur, weil Ilse beim Saubermachen in deinem Zimmer Sägespäne auf dem Fußboden gefunden hat. Entweder haben wir einen Holzwurm im Haus oder …«

»Du solltest dich vorsehen, Lea«, unterbrach Aaron seine Frau, ein Gähnen unterdrückend. »Ich weiß, dass unser Vater dem alten Schwarzmüller damals erlaubt hat, dir das Figurenschnitzen beizubringen. Aber heute erscheint mir das ziemlich albern und keineswegs mehr der passende Zeitvertreib für ein jüdisches Mädchen, dessen Leben sich bald von Grund auf ändern wird.«

»Ich verstehe«, sagte Lea. »Es könnte unseren Gast aus Übersee abschrecken, wenn er davon erführe, dass ich mit einem Schnitzeisen umzugehen weiß.«

»Nun ja, Rick Shields ist immerhin ein amerikanischer Geschäftsmann aus New York und kein Cowboy aus den Karl-May-Romanen, die Oskar noch heute heimlich unter der Bettdecke liest!«

»Das tue ich nicht«, protestierte Oskar. Der junge Mann hasste es, von seinem Zwillingsbruder geneckt zu werden, fand aber wie immer keine passende Entgegnung. Er begnügte sich daher damit, Aaron einen bitterbösen Blick zuzuwerfen.

Ilse schlurfte in den Salon und servierte Kaffee. »Wünschen die Herrschaften noch etwas?«

»Nein«, sagten Aaron, Dora und Lea im Chor.

»Wenn der junge Mann einen so weiten Weg zurücklegt, um in seiner Heimat ein jüdisches Mädchen kennenzulernen, erwartet er jedenfalls keines, das mit scharfen Messern herumfuchtelt und Holzspäne über dem Fußboden verteilt«, erklärte Aaron, nachdem das Dienstmädchen sich zurückgezogen hatte.

Dora griff nach ihrer Tasse und nippte an dem heißen Kaffee. »Es macht mich ganz unruhig, dass wir nicht wissen, wann dieser Shields in Dresden eintrifft. Er könnte morgen vor der Tür stehen oder erst nächste Woche. Dabei soll es kälter werden. Im Erzgebirge sollen sogar Schneestürme wüten.«

»Vielleicht kommt er gar nicht«, brummte Oskar verdrießlich. »Dann haben wir viel Geld zum Fenster hinausgeworfen und können das Geschäft vor dem Jahreswechsel zumachen.«

Aaron wischte den Einwand des Bruders mit einer Geste beiseite und nahm die *Dresdner Nachrichten* vom Couchtisch. Während er darin blätterte, verdüsterte sich seine Miene.

»Was hast du, mein Lieber?«, wollte Dora wissen.

»Zwei Straßenhändler wurden gestern Abend angegriffen und schwer verletzt«, sagte Aaron bestürzt. »Vater und Sohn, beide fromme Juden aus Galizien. Ihr Altkleiderkarren liegt jetzt auf dem Grund der Elbe.«

Lea spürte einen bitteren Geschmack im Mund, der jedoch nicht vom Kaffee herrührte. Ihr fiel Willie ein und die seltsame Bemerkung, die der Pförtner des Königlichen Opernhauses über von der Wand gerissene Theaterplakate gemacht hatte. Sie hörte ihre eigene Stimme kaum, als sie ihren Bruder fragte, wo sich der Angriff zugetragen habe.

»Die Straßenhändler zogen mit ihrem Karren durch die Straßen rund um die Neustadt«, sagte Aaron. »Hofften wohl auf Kundschaft unter den Leuten, die vom Striezelmarkt kamen. Aber manchen Herrschaften scheint es nicht zu gefallen, wenn Juden ihrem Weihnachtsmarkt zu nahe kommen.« Er lachte bitter auf. »Von mir aus gern. Ich schätze zwar einen guten Stollen, aber ich werde den Teufel tun und auch nur einen Fuß auf den Markt setzen, solange der mit Tannenbäumen und Bretterbuden bestückt ist.« Er sah Dora und seine Geschwister streng an. »Dasselbe erwarte ich von euch! Haltet euch fern vom Striezelmarkt, das gilt vor allem für dich, Lea! Wir sind Juden und haben mit den Weihnachtsbräuchen der Christen nichts zu schaffen.«

Auf Wunsch des alten Jakob Liebermann hatten sich Leas Brüder bis zu Aarons Heirat ein geräumiges Zimmer im zweiten Stock des Hauses geteilt. Nun bewohnte es Oskar allein, doch er hatte sich nie die Mühe gemacht, Veränderungen an der Einrichtung vorzunehmen. An den Wänden hingen noch dieselben Bilder, die Aaron als Junge ausgesucht hatte, und die Regale und Schränke waren voll mit Büchern über Botanik, die er während der Schulzeit gelesen hatte. Selbst Aarons altes Bett stand noch am selben Fleck, als warte es nur darauf, dass er sich wieder hineinlegte. Hingegen wies in dem Zimmer nur wenig auf Oskars Anwesenheit hin. Ein Buch lag aufgeschlagen auf Oskars Nachttisch, eine Ausgabe von Gedichten Heinrich Heines, doch die Staubschicht auf dem Einband verriet, dass er schon lange nicht mehr darin gelesen hatte.

Lea fand das traurig. Zwar hatten sie und Oskar einander nie viel zu sagen gehabt, doch sie war der Meinung, dass kein Mensch dazu verdammt sein sollte, im Schatten eines anderen leben zu müssen. Oskar aber hatte den Moment versäumt, aus Aarons Schatten hervorzutreten und sich ein eigenes Leben aufzubauen. War es die Angst zu scheitern, die ihn davon abhielt? Ein Unbehagen, sich der Welt draußen, vor der schützenden Haustür, zu stellen? Der anhaltende Einfluss eines Vaters, der seinen Sohn am liebsten zu Hause behalten hatte? Diese und andere Fragen stellte sich Lea, als sie spät am Abend verstohlen ins Zimmer ihres Bruders lugte.

Oskar war noch wach. Er saß im Morgenmantel rauchend am offenen Fenster und starrte in die Nacht hinaus, während er die Kälte ungehindert ins Zimmer strömen ließ. Er würde sich den Tod holen, wenn er so weitermachte. Da er ihr Klopfen überhört zu haben schien, räusperte Lea sich vernehmlich, woraufhin Oskar hastig die Zigarette ausdrückte, als wäre er zehn Jahre alt und bei etwas Verbotenem ertappt worden.

»Du?«, fragte er irritiert, aber nicht unfreundlich. »Was machst du denn hier? Solltest du nicht längst schlafen?«

»Sollten wir wohl beide.« Lea verschränkte die Arme vor der Brust. »Reichlich frisch hier oben, meinst du nicht auch?«

»Ich mag frische Luft«, antwortete ihr Bruder lakonisch, schloss aber das Fenster und zog die Gardine vor. »Sie hilft mir beim Nachdenken.«

»Und worüber denkst du so nach? Darüber, was du mir neulich im Salon gesagt hast?«

Der junge Mann zuckte die Achseln.

»Ich meine über New York?«, bohrte Lea weiter. Sie setzte sich auf Aarons altes Bett, während Oskar am Fenster stehen blieb und ihrem Blick auswich.

»Spar dir deine Kommentare, Lea!«, sagte er so verärgert, wie sie ihn noch nie gesehen hatte. »Du hättest vielleicht bald die Möglichkeit, ein neues Leben in Amerika anzufangen, aber schon der Gedanke daran ist dir zuwider. Ich würde Dresden lieber heute als morgen verlassen, kann es aber nicht. Ich habe keinen Leonard Shields, der mich unterstützt. Und ohne einen Bürgen …« Er zerrte sich die Krawatte vom Hals und warf sie in einer leidenschaftlichen Geste zu Boden. »Glaubst du, ich wüsste nicht, dass ich ein Taugenichts bin? Ich würde in New York verhungern oder von irgendeiner Straßenbande im Hafenbecken versenkt werden.«

Lea sah den tiefen Schmerz in den Augen ihres Bruders und fragte sich, wie er diesen so lange vor Aaron, Dora und ihr hatte verbergen können. Sie musste an ihren Vater denken. Jakob Liebermann hatte bereits früh entschieden, dass nur Aaron in der Lage war, seine Geschäfte weiterzuführen. Er hatte in Oskar einen Abglanz seines Bruders gesehen, sich aber nie die Mühe gemacht, hinter die Fassade zu blicken. Dies bedeutete nicht, dass er seinen zweiten Sohn nicht geliebt hätte, aber Oskar war für ihn ein Rätsel geblieben. Wie sie selbst. Vielleicht ist es an der Zeit, die Liebermanns einander wieder näherzubringen, dachte Lea. Sie bückte sich nach Oskars Schlips und legte ihn auf dessen Schreibtisch. Dann sagte sie: »Wenn du nach

Amerika gehen willst, werde ich tun, was ich kann, um dich zu unterstützen.«

Oskar zeigte sich überrascht. Seine sonst so matten Augen begannen zu leuchten. »Du würdest deinen Zukünftigen überreden, mich nach New York mitzunehmen?«

»Nun ja …« Puh, was für eine vertrackte Situation. Sie wollte dem armen Oskar keine falschen Hoffnungen machen, denn sie war nach wie vor nicht gewillt, sich einer von Aaron arrangierten Ehe zu fügen. »Ich würde mir etwas einfallen lassen«, sagte sie schließlich, jedes ihrer Worte sorgfältig abwägend. »Aber keine Silbe davon zu Aaron.«

»Natürlich nicht!«

»Da wäre noch etwas anderes …« Lea holte tief Luft – nun kam es darauf an. »Aaron hat verlangt, dass du mich von nun an täglich in die Stadt begleitest und mir bei den Anproben und Einkäufen Gesellschaft leistest.«

Ihr Bruder nickte ernst. »Nach dem, was er uns aus der Zeitung vorgelesen hat, kann ich seine Sorge verstehen. Nicht auszudenken, wenn du von so einem Pöbel angegriffen würdest.«

»Was da passiert ist, war furchtbar«, pflichtete Lea ihm bei. »Aber kein Grund, fortan in Angst zu leben. Was meine Besuche in der Stadt angeht, möchte ich keinesfalls deine Zeit verschwenden. Ich werde unsere Schwester bitten, mich zu begleiten. Mit Willie an meiner Seite wird niemand es wagen, mich auch nur schief anzusehen.«

»Würde sie das denn für dich tun?« Oskar war skeptisch. »Immerhin kennst du sie kaum. Du weißt über sie nur das, was Vater und Aaron dir erzählt haben.«

Oder was sie mir verschwiegen haben, dachte Lea. Laut sagte sie: »Lass das nur meine Sorge sein.«

»Und was soll ich tun, während ihr in der Stadt seid? In den Laden kann ich schlecht gehen, da würde Aaron mir nur unangenehme Fragen stellen und mir vorwerfen, dass ich ihn nicht unterstütze.«

»Dir wird schon etwas Vernünftiges einfallen«, sagte Lea mit einem aufmunternden Lächeln. »Vielleicht wäre es ein guter Anfang, Aarons Bett und seine Bücher aus dem Zimmer zu räumen. Richte dich so ein, wie es dir gefällt, nicht ihm.«

»Ich weiß gar nicht so recht, was mir gefällt«, wandte Oskar kleinlaut ein.

Lea stand auf, ging zur Tür und drückte die Klinke hinunter. »Dann kann ich dir nur eines raten«, sagte sie, bevor sie auf den dunklen Korridor trat. »Finde es heraus!«

11.

Die Menge der Schaulustigen, die sich an Leas Stand tummelten, wuchs von Tag zu Tag. Gebannt verfolgten Groß und Klein, wie Lea aus einem gewöhnlichen Stück Holz Gesichter mit Augen, Mündern und Nasen zauberte, die so täuschend echt aussahen, als würden sie sich jeden Moment bewegen. Lea, die in ihrem Leben noch nie so viel Aufmerksamkeit bekommen hatte, freute sich über das große Interesse an ihrer Arbeit und gab bereitwillig Auskunft, sooft ein Kunde ihr eine Frage stellte. Auch an diesem Tag hatte sie schon vor der Mittagsstunde so viele Figuren verkauft, dass der Korb fast leer war. Sie musste dringend für Nachschub sorgen.

»Das Geschäft läuft ja gar nicht schlecht«, bemerkte die Frau vom Dörrpflaumenstand, die Lea inzwischen verraten hatte, dass sie Martha hieß und seit fast einem halben Jahrhundert mit ihren süßen Leckereien auf dem Striezelmarkt zu finden war. »Schwarzmüller und ich haben zur selben Zeit angefangen!« Die ältere Frau zupfte an ihrem Kopftuch, während sie in Erinnerungen schwelgte. »Damals lebte seine Frau noch, Gott hab sie selig.« Sie warf Lea, die mithilfe eines Hohlbohrers Augenbrauen schnitzte, einen forschenden Blick zu. »Und dein Onkel hat dir nicht gesagt, wie lange er fortbleiben wird?«

Lea schüttelte den Kopf. »Aber dafür bin ich ja jetzt hier«, sagte sie ausweichend. »Damit er den Stand nicht aufgeben muss.«

»Jaja, schon recht, Junge!« Mit diesen Worten drehte sich die

Marktfrau um und kehrte an ihren eigenen Stand zurück, vor dem bereits Kundschaft wartete.

Kulicke seufzte. Immer noch plagte ihn ein Schnupfen. Lea hatte ihm angeboten, sich ein paar Stunden freizunehmen oder wenigstens in der Schreinerei nach dem Rechten zu sehen, doch der junge Mann hatte abgewunken. Die Werkstatt war während Schwarzmüllers Abwesenheit geschlossen, vor Weihnachten gab es keine Aufträge mehr auszuführen, jedenfalls keine, die nicht bis nach Neujahr warten konnten.

»Ich habe kein gutes Gefühl dabei, dich allein am Stand zu lassen«, meinte er mit einem argwöhnischen Blick auf die alte Martha, die soeben einer Kundin eine Kostprobe ihres Pflaumenlikörs kredenzte. »Die Martha hat ein Herz aus Gold«, sagte er. »Manchmal bringt sie ihren Standnachbarn Süßigkeiten oder etwas Warmes zu trinken. Aber du solltest dich dennoch von ihr fernhalten, weil sie nämlich eine der größten Klatschbasen vom Striezelmarkt ist. Ist dir nicht aufgefallen, wie oft sie zu uns herüberschaut und dann irritiert den Kopf schüttelt?«

Lea hatte angenommen, die alte Frau wollte nur freundlich sein. Es war ihr nicht in den Sinn gekommen, dass sie von ihr beobachtet werden könnte. Ach was, dachte sie. Solange sie die Blicke der Menschen ignorierte und sich ganz und gar auf ihre Arbeit konzentrierte, würde ihr schon kein Fehler unterlaufen.

»Ich hoffe für uns alle, dass das gut geht«, murmelte Kulicke. Es schien ihn zu enttäuschen, dass Lea seine gut gemeinten Warnungen so leichtfertig in den Wind schlug. Er sah ihr noch eine Weile dabei zu, wie sie den Augenbrauen ihrer Hirtenfigur den letzten Schliff verlieh, dann breitete er ein Tuch aus, auf dem er ein halbes Dutzend Farbtöpfchen verteilte. Auf Leas Bitte hin hatte er eingewilligt, die Figuren zu bemalen. Dies tat er nicht besonders gern, und Lea hoffte, dass er sich dennoch Mühe gab. Holzfarben waren teuer, insbesondere das begehrte Blattgold, und die Gefahr, dass Leas Arbeit durch zu lässige Pinselstriche ruiniert wurde, war groß. Doch wenn Lea im Geschäft bleiben wollte, musste sie ihr Angebot erweitern.

In den nächsten Stunden arbeiteten Lea und Kulicke konzentriert und sprachen nur wenig. Allerdings mussten sie in regelmäßigen Abständen innehalten, weil Besucher an den Stand traten und Fragen stellten. Lea erhielt viel Lob für ihre Arbeit, was ihr Gesicht vor Freude erröten ließ. Kulicke zählte das eingenommene Geld und warf es mit einem zufriedenen Grinsen in die Kasse.

Es war bereits spät am Nachmittag, als sich ein Junge dem Stand näherte und forsch gegen die mit hölzernen Lebkuchen geschmückte Bretterwand klopfte. Lea hob den Kopf. Der Bursche kam ihr bekannt vor, doch es verging ein Moment, bevor ihr einfiel, dass er zu der Gruppe der Laternenverkäufer gehörte. Noch bevor sie etwas sagen konnte, sprach der Junge sie grinsend an.

»Du bist doch der Neffe vom alten Schwarzmüller, stimmt's?«

Kulicke beugte sich über die Auslage und drohte dem Jungen mit ausgestrecktem Zeigefinger. »Haub ab, bevor ich dir ein paar Backpfeifen verpasse«, knurrte er, wobei er seine Hand auf die Geldkasse legte. »Ich kenne dich und deine Kumpane. Ihr seid Radeks Bettelpack und klaut wie die Raben!«

Lea sah sich den mageren kleinen Kerl genauer an. Seinen Gesichtszügen nach mochte er zwölf Jahre alt sein, aber er war klein für sein Alter. Sein schmächtiger Körper steckte in einem geflickten Wollpullover, dessen viel zu lange Ärmel darauf hinwiesen, dass er für einen erwachsenen Mann und nicht für ein Kind gestrickt worden war. Der Junge hatte abstehende Ohren, die durch seine Schildmütze noch weiter vom Kopf weggeschoben wurden, aber seine Augen verrieten Schläue und ein Maß an Lebenserfahrung, die er weder in der Schule noch in einem behüteten Elternhaus, sondern allein auf der Straße erworben hatte.

»Ich klaue nicht«, sagte der Junge ruhig. Dabei würdigte er Kulicke keines Blickes. Stattdessen schenkte er Lea ein dünnes Lächeln. »Deine Figuren sind wunderschön, das muss man dir lassen. Weißt du, dass der ganze Striezelmarkt über dich redet?«

»Ach wirklich? Was erzählt man sich denn?«

»Na ja, die Leute fragen sich, wie du es schaffst, solche Gesichter zu schnitzen. Diese Augen. Man könnte fast glauben, sie folgten einem, wohin man sich auch wendet. Ist das ... Zauberei?«

Lea lachte amüsiert auf. »Ganz bestimmt nicht«, erklärte sie. Nur eine Frage der Perspektive. Diesen Trick wenden Maler und Bildhauer schon seit Jahrhunderten an. Vielleicht gelingt es mir, die Krippenfiguren so lebendig zu gestalten, weil ich mir, jedes Mal, bevor ich zum Schnitzeisen greife, überlege, was sie von mir erwarten.«

»Die Figuren?«

»Ja. Ich stelle mir vor, was die, die sie darstellen sollen, damals empfunden haben und was sie denken würden, wenn sie für einen Augenblick in unsere Welt hinübersehen könnten. Ob sie sich darüber freuen würden, in Lindenholz verewigt in einem Stall zu stehen?«

Was würden sie empfinden, wenn sie erführen, dass Menschen wie sie, Kinder Israels, vom Striezelmarkt vertrieben wurden, fügte sie in Gedanken hinzu. Dass Angreifer voller Hass jüdische Waren in die Elbe warfen?

Ihr Blick wanderte über die Jungfrau Maria, die sie zuletzt geschnitzt hatte. Für gewöhnlich bezeugte das Mienenspiel, das Lea ihren Marienfiguren verlieh, Freude über das neugeborene Kind. Doch diese Maria sah sorgenvoll in die Zukunft. Ihr rechter Arm war zaghaft angewinkelt, die Hand Hilfe suchend ausgestreckt nach Joseph, ihrem Mann. Oder irgendeiner anderen Person, die in einer sorgenvollen Zukunft an ihrer Seite stehen würde.

»Wie heißt du denn?«, fragte Lea den kleinen Laternenverkäufer freundlich.

»Benno. Und eh ich's vergesse: Ich bin eigentlich nicht hier, um zu plaudern, sondern, um dir eine Nachricht zu überbringen. Von Peregrin.« Er blickte Lea mit hochgezogenen Augenbrauen an. »Du weißt, wer das ist?«

Lea nickte knapp. Sie hatte gewusst, dass dieser Moment früher oder später kommen würde. Gewiss hatte der Marktmeister längst Wind davon bekommen, dass ein ihm unbekannter junger Mann Schwarzmüllers Stand weiterführte. Einer, über dessen Handwerkskunst überall auf dem Striezelmarkt geredet wurde.

»Peregrin will dich auf der Stelle sehen«, sagte Benno. »Ich soll dich zu ihm bringen!«

Lea machte ein verdutztes Gesicht. »Aber du siehst doch, was hier los ist. Ich kann doch nicht einfach …«

»Geh besser mit«, unterbrach sie Kulicke, der bei der Erwähnung des Marktmeisters ganz blass geworden war. »Einen Mann wie Peregrin solltest du dir nicht zum Feind machen. Er kann sehr unangenehm werden, wenn er seinen Willen nicht bekommt.«

Benno nickte. »Dein Geselle ist gar nicht so dumm, wie er ausschaut! Also, komm schon.«

Leas Herz klopfte, als sie sich ihre Werkzeugtasche über die Schulter warf. Den Schal bis unter die Nasenspitze gezogen, folgte sie dem Laternenverkäufer, der flink wie ein Wiesel in der Menge verschwand. Lea hatte Mühe, mit ihm Schritt zu halten. Sie spürte ein leichtes Schwindelgefühl, als sie an den festlich geschmückten Buden vorbeistolperte. Sie näherten sich der Weihnachtspyramide. Ihre Lichter brannten bereits, und sie drehte sich zu den Klängen von *Süßer die Glocken nie klingen* wie ein Jahrmarktskarussell. Dort erwartete sie der Mann mit dem Vollbart, der, als er Benno sah, einen ungeduldigen Blick auf seine Taschenuhr warf. »Darf ich fragen, warum Sie sich nicht sofort bei mir gemeldet haben?«, herrschte er Lea an. »Was ist das für eine Schlamperei?«

Lea war so überrumpelt, dass es ihr einen Moment lang die Sprache verschlug. Sie hatte im Stillen gehofft, der Marktleiter würde auf einem seiner Kontrollgänge an Schwarzmüllers Stand kommen, sich kurz mit ihr unterhalten und dann seiner Wege gehen. Doch so leicht schien er sie nicht davonkommen lassen zu wollen.

»Ich bitte um Verzeihung«, sagte sie, wobei sie sich höflich vor dem Marktleiter verbeugte.

»Wollen Sie nicht die Mütze abnehmen, wenn Sie mit mir sprechen?«

Es gab hundert Gründe, die dafürsprachen, dieser Aufforderung Folge zu leisten, nicht zuletzt gebot es die Höflichkeit. Ein Grund sprach eindeutig dagegen. Lea hatte ihr Haar geflochten und so gut es ging mit Haarnadeln fixiert, dennoch konnte sie die Mütze nicht abnehmen, ohne sich zu verraten. Sie beschloss, so zu tun, als habe sie Peregrins Aufforderung nicht gehört.

Dieser presste erbost die Lippen aufeinander. »Keinerlei Manieren«, maulte er. »Aber was will man von der Sippschaft des alten Schwarzmüller auch anderes erwarten! Sie sind also der Neffe aus dem Böhmischen!«

Lea zog die von Schwarzmüller unterschriebene Beglaubigung aus der Tasche und reichte sie dem Marktleiter.

»Mein Name ist Laurin, aber die Angaben zu meiner Person finden Sie in der Erklärung, mit der mein Onkel mich ermächtigt hat, den Stand während seiner Abwesenheit zu führen.«

Peregrin lachte kurz auf. »Ermächtigt, soso! Seit wann darf der alte Narr auf meinem Markt wen auch immer ohne mein Wissen und meine Erlaubnis ermächtigen?«

Lea senkte den Kopf. Das Gespräch verlief nicht gut. Überhaupt nicht gut. Was, wenn Peregrin es sich einfallen ließ, Schwarzmüllers Beglaubigung zu zerreißen oder an eine Kerzenflamme der Weihnachtspyramide zu halten? Dann stand sie mit leeren Händen da und würde noch in derselben Stunde ihre Sachen packen müssen. Sie wusste, dass Benno sich noch in der Nähe herumdrückte und neugierig die Ohren spitzte, doch der kleine Laternenverkäufer würde es gewiss nicht wagen, es sich wegen eines Holzschnitzers mit einem angesehenen Bürger wie August Peregrin zu verscherzen. Dass er und seine Kinderschar überhaupt über den Striezelmarkt ziehen und Papierlaternen verkaufen durften, hatten sie allein dem Wohlwollen des Marktleiters zu verdanken.

Einem Wohlwollen, das Peregrin Lea niemals entgegenbringen würde.

Eine halbe Ewigkeit ließ Peregrin sie im Schnee stehen und zittern, bevor er ihr schließlich die Beglaubigung zurückgab. »Nun ja, es widerspricht nicht dem Reglement«, sagte er. »Ein Angehöriger darf den Standbetreiber vertreten, wenn gute Gründe dafür vorliegen.« Er sah Lea tief in die Augen. »Und diese Gründe gibt es doch, nicht wahr?«

»Mein Onkel vertraut mir«, erwiderte Lea. »Er hat mir alles beigebracht, was ich heute über die Holzbildhauerei weiß. Jedes Mal, wenn ich ihn in seiner Werkstatt besucht habe, hat er mich unterrichtet. Er möchte, dass sein Vermächtnis in der Familie bleibt, es soll vom Onkel auf den Neffen übergehen.«

Peregrin verkniff sich eine Erwiderung. Einen Moment lang sagte er gar nichts. Dann räusperte er sich und reckte das kantige Kinn. »Da du schon einmal hier bist, gebe ich dir die Erlaubnis, Schwarzmüllers Stand zu führen. Solange du dich an das Reglement hältst, hast du gehört? In wenigen Wochen beginnt ein neues Jahrhundert. Wir haben die Pflicht, unsere schönen alten Dresdner Weihnachtsmarkttraditionen sicher in das Jahr 1900 hinüberzuführen, das sind wir unseren Ahnen schuldig.« Er wies mit dem Knauf seines Spazierstocks auf einige Arbeiter, die nur wenige Schritte entfernt Leitern aufstellten, um hoch über den Köpfen der Menschen lange Girlanden über die engen Gässchen zu spannen. Die Girlanden waren mit Tannengrün, Stechapfelzweigen und Misteln verziert, dazwischen blitzten kleine gläserne Birnchen.

»Elektrisches Licht? Hier?« Lea war beeindruckt. Sie hatte Peregrin bei seinem Gerede über alte Bräuche und Traditionen nicht für so fortschrittlich gehalten, auf dem Striezelmarkt eine neumodische Beleuchtung zuzulassen.

Peregrin verzog leicht angewidert das Gesicht. »Was die Franzosen können, das können wir Sachsen schon lange. Die Rothosen wollen in der Silvesternacht das neue Jahrhundert begrüßen, indem sie ihren hässlichen Eiffelturm mit elektrisch beleuchteten Glaskugeln schmücken. Ich werde den Striezelmarkt in ein Meer aus Licht tauchen.« Er zeigte hinauf zu den Girlanden. »Das ist nur der Anfang! Ihre Majestäten, König Albert und Königin Carola, werden begeistert sein. Vielleicht erfährt sogar unser Kaiser in Berlin davon. Wird Zeit, dass er sich endlich einmal bei uns blicken lässt. Der Österreicher Franz Joseph hat unseren Markt schließlich schon vor Jahren besucht.«

Lea hatte genug gehört. Ihrer Ansicht nach war nun alles geklärt. Sie würde Peregrin aus dem Weg gehen. Sollte er ruhig mit seinen Lichtern experimentieren, ihr war das egal.

Als sie den Mund öffnete, um sich zu verabschieden, griff Peregrin in seine Manteltasche und holte etwas heraus. Verblüfft erkannte Lea eine ihrer eigenen Krippenfiguren. Das Jesuskind, das Schwarzmüller vermisst und das sie dann durch eine andere Figur ersetzt hatte. Wie um alles in der Welt war der Marktleiter nur an das Jesuskind gekommen?

»Deinem Blick entnehme ich, dass dir die Figur bekannt vorkommt«, sagte Peregrin.

»Ja, aber …«

»Jemand fand sie im Schnee und gab sie bei mir ab!« Der Mann reichte Lea die Figur, wobei er so dicht an sie herantrat, dass ihr sein nach Kautabak und Wein riechender Atem in die Nase stieg. »Dutzende von Handwerkern aus Dresden und dem Erzgebirge verkaufen seit Jahren hier ihre Kunstwerke«, sagte er in einem gefährlich leisen Ton. »Jedermann gönnt dem anderen sein tägliches Brot, keiner neidet dem Nachbarn die Kundschaft am Stand. Du aber bist kaum zwei Tage hier, schon bilden sich Menschentrauben vor deiner Bude. Die Leute sind ganz wild auf deine Figuren, dafür erleiden die anderen Holzschnitzer empfindliche Einbußen. Das gefällt mir nicht!«

»Es tut mir leid. Ich habe nicht vor, jemandem die Kundschaft wegzunehmen.«

»Ob du es vorhast oder nicht, tut nichts zur Sache. Deine Schnitzereien haben etwas, das die Leute anzieht. Vielleicht lockst du deine Kunden aber auch an, indem du die Ware anderer Händler schlechtmachst!«

Empört runzelte Lea die Stirn. Es kränkte sie, dass man ihr so etwas zutraute.

»Ich kann dir nicht verbieten, Figuren zu schnitzen und am Stand zu verkaufen. Aber ich werde dich im Auge behalten, Junge, darauf kannst du Gift nehmen!« Er entfernte mit spitzen Fingern eine Tannennadel von Leas Jacke, dann klopfte er ihr auf die Schulter und flüsterte ihr mit einem süffisanten Lächeln zu: »Erlaubst du dir auch nur den geringsten Fehler, oder kommt mir eine Beschwerde über dich zu Ohren, dann werde ich zur Stelle sein!«

Lea bezweifelte nicht, dass Peregrins Drohung ernst zu nehmen war. Wie hatte sie nur annehmen können, er würde sie in Frieden arbeiten lassen? Den Neffen des Mannes, den er verabscheute? Vielleicht sollte sie ihre Siebensachen nehmen und verschwinden, solange es noch möglich war. Doch was wurde dann aus Schwarzmüllers Stand? Einen bangen Augenblick lang wünschte sie, der wahre Laurin würde um die Ecke kommen. Doch stattdessen sauste ein mit Glöckchen behangener Schlitten auf sie zu. Zwei kichernde Mädchen mit Pelzmützen ließen sich von einem jungen Mann, vermutlich einem Bediensteten, ziehen. Die Menschen, die das Emblem auf dem Schlitten erkannten, traten respektvoll zur Seite, einige Damen winkten, während ihre Männer den Hut lüfteten. Peregrin stellte sich dem Schlitten breitbeinig in den Weg, sodass der junge Mann anhalten musste.

»Platz für Ihre Hoheiten«, verlangte er keuchend. »Das sind die Großnichten Ihrer Majestät!«

»Aber natürlich«, erwiderte der Marktleiter. Er verbeugte sich vor den Kindern, die nicht mehr schnatterten, sondern den Mann mit dem gezwirbelten Bart mit großen Augen anstarrten. »Meine Empfehlung an die hochwohlgeborene Verwandtschaft!«

Peregrin wechselte noch ein paar Worte mit den Kindern. Er lächelte und scherzte und schob den Schlitten zuletzt sogar an, damit dieser seine Fahrt fortsetzen konnte.

Als der Schlitten verschwunden war, sagte Peregrin: »Siehst du, Junge, auf dem Striezelmarkt treffen sich Alt und Jung. Prinzessinnen und Laternenjungen. Jedermann ist willkommen, solange er nicht vergisst, wo sein Platz ist.«

»Gilt das auch für Schwarzmüller?«, entfuhr es Lea. Verflixt. Das hatte sie nicht sagen wollen. Erschrocken bemerkte sie, wie das Lächeln aus dem Gesicht des Mannes wich. Er warf Lea einen bitterbösen Blick zu. »Was hat dir dein Onkel erzählt? Lügen, he?«

»Nein, aber es liegt doch auf der Hand, dass …«

»Auf der Hand liegt nur, dass die Schwarzmüllers in Dresden schon immer für Ärger gesorgt haben. Dein Onkel ist seit unserer Jugend von Neid auf mich zerfressen!« Er schrie jetzt fast vor Verdruss und störte sich nicht an den neugierigen Blicken, die er damit auf sich zog. »Seit ich mein Amt innehabe, versucht er, mir Steine in den Weg zu legen.«

»Aber so kenne ich ihn gar nicht«, widersprach Lea. Peregrins Ausbruch gab ihr nur neue Rätsel auf.

»Dann kennst du den alten Mistkerl schlecht!« Peregrin atmete tief durch. Dann kehrte er Lea ohne jedes weitere Wort den Rücken zu und stapfte durch den Schnee davon. Lea starrte ihm kopfschüttelnd nach.

»Alles in Ordnung, Laurin?« Der kleine Laternenverkäufer hatte sich lautlos herangepirscht. Er schien ein Talent dafür zu haben, sich im passenden Augenblick unsichtbar zu machen und wiederaufzutauchen, wenn er es für angebracht hielt. Nun kniff er Lea aufmunternd in den Arm. »Ich glaube, es wäre besser gewesen, Peregrin nicht auf die Vergangenheit anzusprechen«, meinte er, als Lea nicht reagierte. »Ich meine damit seinen Streit mit Schwarzmüller. Das geht dich nichts an, auch wenn der Schreiner dein Onkel ist.«

»Ich habe keine Angst vor Peregrin«, sagte Lea, obwohl sie sich nicht sicher war, ob dies auch wirklich stimmte. »Hunde, die bellen, beißen bekanntlich nicht.«

Benno fletschte die Zähne, wobei zu sehen war, dass ihm ein Schneidezahn fehlte. »Genau hier liegt das Problem! Peregrin kann ebenso gut bellen wie zuschnappen! Er hat dich gewarnt. Lass dich nicht auf einen Krieg mit ihm ein!«

Auf dem Rückweg zu Schwarzmüllers Stand bemerkte Lea, dass der Laternenverkäufer häufig schmerzerfüllt das Gesicht verzog, wenn ihn jemand im Gedränge anrempelte oder er einen Stoß in den Rücken abbekam. Dann verkrampfte sich sein ganzer Körper, und er schien die Zähne zusammenzubeißen, um nicht aufzuschreien. Als er und Lea den Holzschnitzerstand erreichten, war sein blasses Knabengesicht feuerrot und in Schweiß gebadet. Er atmete heftig ein und aus.

»Es geht mir prima«, wehrte er Leas Fragen nach seinem Befinden ab. »Ich habe nur ein paar blaue Flecken. Aber die bekommt man schnell, wenn man mit unseren sperrigen Bauchläden im Schnee ausrutscht und hinfällt. Gestorben ist daran noch niemand, wollen wir wetten?« Er lachte. »Ich bin der Zäheste von uns allen. Die Kleineren schauen zu mir auf und verlassen sich auf mich.«

»Mag sein, aber ich würde mir das trotzdem gern einmal ansehen!«

Unter Gezeter folgte der Junge Lea in das Häuschen, gab seinen Widerstand aber auf, als diese ihn mit einem Butterkeks zum Schweigen brachte.

»Was schleppst du diesen Bengel hier herein?« Kulicke blickte von seiner Arbeit auf. Er war in Leas Abwesenheit fleißig gewesen und hatte sich weit weniger ungeschickt angestellt, als sie befürchtet hatte. Zwei Weise aus dem Morgenland und drei Engel waren sorgfältig bemalt und trockneten an der frischen Luft. Als er sah, wie Lea dem Jungen aus seinem groben Pullover half, legte er den Pinsel beiseite und runzelte misstrauisch die Stirn.

Lea stieß scharf die Luft aus. Ihre Ahnung, dass der Junge verletzt war, bestätigte sich, kaum dass sie einen ersten Blick auf dessen knochigen Rücken geworfen hatte. Im Schein der Laterne, die das winterliche Tageslicht nur unwesentlich verstärkte, sah sie ein Gespinst aus blutunterlaufenen Striemen. Einige davon hatten sich entzündet und sonderten Wundflüssigkeit ab. Darunter war die Haut aufgeplatzt und nur höchst notdürftig gereinigt worden.

»Großer Gott, wer war das?« Leas Stimme klang so fassungslos, dass Benno, der sich zunächst tapfer gezeigt und die Sache heruntergespielt hatte, nun mit den Tränen kämpfte. Kopfschüttelnd tastete er nach seinem Pullover.

»Sieht ganz nach Radeks Handschrift aus«, meinte Kulicke. »Der Bursche hatte offensichtlich etwas ausgefressen. Aber an ein paar Hieben verreckt so einer nicht. Hat doch selbst behauptet, er wäre zäh wie Leder, oder nicht? Also kein Grund, sich Sorgen zu machen.«

Lea machte sich nicht nur Sorgen, sie schäumte vor Wut. Einem frechen Bengel eine Ohrfeige zu geben, war eine Sache. Dieser Junge aber war von einem Erwachsenen ausgepeitscht worden, und wenn die entzündeten Striemen auf seinem Rücken nicht rasch behandelt wurden, würde es böse für ihn enden.

»Wer ist dieser Radek eigentlich?«, fragte sie. Ihre Krippenfiguren waren ebenso vergessen wie Peregrins Einschüchterungsversuche. »Und was gibt ihm das Recht, Kinder zu misshandeln?«

Kulicke kratzte sich am Kopf. Doch noch bevor er Lea eine Antwort geben konnte, räusperte sich der kleine Laternenverkäufer.

»Er gibt ein paar Waisenkindern in der Stadt Essen und ein Dach über dem Kopf«, sagte er leise. »Dafür bekommt er Geld von der Armenfürsorge. Radek hat uns beigebracht, Laternen zu basteln. Die verkaufen wir für ihn. Wenn die Jungen alt genug sind, vermittelt er ihnen eine Lehrstelle, und die Mädchen bringt er als Dienstmädchen in guten Häusern unter. Jedenfalls hat man mir das so gesagt, als ich das Waisenhaus verließ. Erlebt habe ich es noch nicht.«

»Aber warum hat er dich so heftig geschlagen?«, bohrte Lea weiter.

Benno warf Kulicke, der ihn mit verschränkten Armen beobachtete, einen trotzigen Blick zu. »Er hat behauptet, ich hätte gestohlen. Die Figur, die Peregrin dir vorhin am Goldenen Reiter zurückgegeben hat. Peregrin hat sie bei der Inspektion unserer Schlafkammer in meinem Kissen gefunden. Aber ich wollte sie nicht behalten. Ehrlich nicht. Das schwöre ich!«

Kulicke machte eine Geste, die besagte, dass er das alles ja gleich gewusst habe. Auf einen Kommentar aber verzichtete er.

Lea dachte nach. Auf dem Striezelmarkt konnte sie Bennos wunden Rücken nicht behandeln. Sie hatte weder Verbände noch Schmerzmittel. Eigentlich bräuchte der Junge einen Arzt, aber Ärzte waren teuer. Vermutlich war es das Beste, sie brachte ihn in Schwarzmüllers Werkstatt. Dort würde sie niemand stören. Auf dem Weg konnten sie bei einer Apotheke haltmachen und sich mit Wundheilsalbe und sauberem Verbandsstoff versorgen.

Doch Benno schüttelte heftig den Kopf. »Ich gehe nicht zur Werkstatt von dem Alten!«

»Warum nicht?«

»Weil ich nicht will!«

Kulicke lachte spöttisch. »Natürlich will er nicht! Welcher Dieb kehrt schon gerne an die Stätte seiner Missetat zurück!«

»Du kannst mich mal!« Benno ballte seine kleinen Fäuste. Doch er war nicht nur zornig, das sah Lea sofort. Da war noch etwas anderes. Benno hatte vor etwas oder jemandem Angst. Todesangst sogar. Vor diesem Radek?

»Also meinetwegen«, lenkte sie schließlich ein. Es hatte keinen Sinn, den Jungen unter Druck zu setzen. Sie musste sein Vertrauen gewinnen. »Ich verspreche dir, dass wir nicht zur Werkstatt gehen. Mir fällt da jemand ein, der uns vielleicht ebenso gut weiterhelfen kann.«

12.

Willie Fleck hatte fast den ganzen Tag im Königlichen Opernhaus zugebracht, aber Bruckmann war nicht zu den Proben erschienen. Das bereitete ihr Sorgen. Ob er sich immer noch nicht von seinen Verletzungen erholt hatte? Oder ging er ihr aus dem Weg? Willie hatte sich beiläufig bei Direktor von Schuch nach Bruckmanns Befinden erkundigt, der Dirigent hatte jedoch nur flüchtig die Achseln gezuckt. Sie hatte sich, so gut sie es vermochte, auf die *Iphigenie* vorbereitet und fleißig geübt. Nichtsdestotrotz ging ihr Bruckmann einfach nicht mehr aus dem Kopf. Immer wieder musste sie an ihn denken, an sein Lachen und daran, wie offen er mit ihr über seine Herkunft und über seine Wünsche und Hoffnungen geredet hatte. Die Erinnerung daran, wie ihre beiden Körper sich in der Droschke berührt hatten und wie er schließlich ausgestiegen war, um sie gegen die Radaubrüder in Schutz zu nehmen, ließ sie nicht mehr los.

Verflixt noch mal, lass es sein und konzentrier dich auf deine Musik, mahnte sie sich selbst. Der junge Mann war freundlich zu dir, ja, vielleicht hat er dich ein bisschen angeschmachtet, weil er in dir die bekannte Künstlerin sieht, aber mehr ist da nicht gewesen. Und nun hat er mehr über dich erfahren und hat entschieden, die Bekanntschaft nicht zu vertiefen.

»Ist mir auch recht«, brummte sie, als sie jetzt in ihrem Hotelzimmer vor dem Spiegel stand und ihre Figur einer kritischen Prüfung unterzog. Zu ihrem Bedauern hatte sie im Herbst einige Pfunde zugelegt. Dies ließ sich zwar kaschieren und schadete ihrer Stimme keineswegs, aber es ärgerte sie trotzdem. Zögerlich nahm sie ein Wäschestück aus dem Schrank, welches ihr eine Freundin zur Begutachtung zugeschickt hatte. Es handelte sich dabei um ein Frauenleibchen, das so geschnitten und geformt war, dass es ein Korsett überflüssig machen sollte. Brustträger oder auch Büstenhalter nannte ihre Freundin das aus zwei zusammengeknüpften Damentaschentüchern und einem Satz Männerhosenträgern gefertigte Ding. Sie schwor auf seine gesundheitsfördernde Wirkung, hatte es sogar beim Kaiserlichen Patentamt angemeldet. Willie war skeptisch, ob dieses kurze Leibchen sich jemals durchsetzen würde. Vermutlich würde es einen Skandal auslösen.

Das war das Stichwort. Willie beschloss, es zu tragen. Ein kleiner, feiner Skandal war vielleicht genau das, was sie jetzt brauchte.

Als es kurz darauf klopfte, hoffte Willie einen Moment lang, es könne Bruckmann sein. Doch vor der Tür stand ein pickeliger Hotelpage, der sie davon in Kenntnis setzte, dass ein Mann und ein Junge sie zu sprechen wünschten.

»Ein Junge?« Willie riss überrascht die Augen auf.

»Der Herr Direktor hat die beiden nicht eingelassen«, näselte der junge Page affektiert. »Sie sehen ... mit Verlaub ... nicht so aus, als würde die gnädige Frau mit ihnen verkehren. Soll ich die Burschen abwimmeln? Der Mann sagt, er heiße Laurin oder so ähnlich!«

»Herauf mit ihnen«, befahl Willie. Sie wartete an der offenen Tür, bis das Geräusch hastiger Schritte die Ankunft ihrer Besucher ankündigte. »Nun herein mit euch!« Willie war erfreut über die Zerstreuung. Sie musterte ihre Schwester mit einem zufriedenen Blick, begriff aber gleich, dass Lea ihre Tarnung vor dem fremden Jungen unbedingt aufrechterhalten wollte. Damit verbot sich eine zu herzliche Begrüßung.

»Also, Laurin, was gibt es? Und wen bringst du mit? Hast du die Figuren fertig, die ich bei dir in Auftrag gegeben habe?«

Ihre Schwester hustete und nahm sich viel Zeit, den Blick über das elegant möblierte Boudoir, die Teppiche und Gemälde schweifen zu lassen, als sähe sie derlei heute zum ersten Mal.

»Wird noch ein Weilchen dauern«, sagte Lea schließlich mit rauer, fast männlich klingender Stimme. Sie deutete auf den Jungen, der sich im Zimmer einer Dame unwohl zu fühlen schien. Er blieb an der Tür stehen, bereit, jederzeit die Flucht auf den Gang hinaus anzutreten.

»Der Kleine heißt Benno. Gehört zu den Waisenkindern, die auf dem Striezelmarkt Laternen verkaufen. Er könnte Hilfe gebrauchen, und da sind Sie mir eingefallen, Gnädigste.«

Willie unterdrückte ein Lächeln. An ihrer Schwester war eine gute Schauspielerin verloren gegangen. Wenn Lea so weitermachte, würde sie in ein paar Wochen wie ein waschechter Handwerksgeselle reden. »Aber wie soll ich helfen?«, fragte sie. »Ich brauche keine Papierlaternen. Natürlich könnte ich Herrn von Schuch fragen, ob drüben im Opernhaus jemand …« Anstatt den Satz zu beenden, schrie sie auf und schlug erschrocken die Hand vor den Mund, als Lea Bennos Rücken entblößte. »Ach du Schreck!«

»Wir wussten nicht, wohin«, flüsterte Lea. »Einen Arzt können wir uns nicht leisten. Aber ich habe ein paar Sachen vom Apotheker bekommen. Sie sind hier, in meiner Tasche.«

Willie nickte. Sogleich wies sie den Jungen an, sich auf das Kanapee zu legen. Während ihrer Ehe mit dem treulosen Herrn Fleck hatte sie mehrmals das zweifelhafte Vergnügen gehabt, ihn zu verarzten, wenn er nach Kneipenschlägereien grün und blau geprügelt nach Hause gekommen war. »Kamillentinktur, das ist gut. Die Wunden müssen erst einmal richtig gereinigt werden. Leider kleben viele Wollfasern von der Kleidung des Jungen daran.«

Benno wandte sich um. »Wer ist diese Frau, Laurin? Die sieht nicht aus wie eine verdammte Krankenschwester!«

»Du hältst den Mund, Kleiner!« Willies Augen funkelten. »Wenn hier eine fluchen darf, dann bin ich das. Schließlich versäume ich deinetwegen heute Abend ein köstliches Souper.«

»Warum helfen Sie mir dann? Sie sind doch eine Jüdin, oder? Herr Radek sagt immer, wir sollen uns von denen fernhalten.«

»Radek?« Irritiert wandte Willie sich an Lea. »Welcher Radek?«

»So heißt der Halunke, der den Jungen verdroschen hat.«

»Dann ist mir seine Meinung keinen verfluchten Groschen wert!« Mit einer Pinzette entfernte Willie nun die schmutzigen Stoff- und Wollfasern, die sich in die offenen Wundstellen geklebt und mit Haut, Sekret und Blut vermischt hatten. Benno, dem die Prozedur wehtat, biss die Zähne zusammen und atmete in ein Taschentuch, das Willie mit ein paar Spritzern Lavendelwasser bestäubt hatte. Anschließend wusch Lea den Rücken des Jungen mit der Tinktur aus Kamille und trug abschließend noch eine Salbe auf.

»Der Verband muss täglich gewechselt werden«, erklärte Willie ihrer Schwester, als diese die Mullbinden aus der Apotheke auspackte. »Die Wunden heilen besser, wenn Luft darankommt, aber diese Temperaturen erlauben es nicht, dass der Junge ohne warme Kleidung herumläuft. Er sollte überhaupt nicht herumlaufen, sondern zu Hause bleiben und sich erholen.«

»Zu Hause bleiben?« Lea seufzte. »Soll er etwa wieder zu diesem Schuft, der ihn windelweich prügelt?«

Benno stöhnte leise auf.

Willie dachte nach. Es war lange her, dass sie etwas getan hatte, um einem anderen Menschen zu helfen. Abgesehen von ihrer Unterstützung für Lea. Natürlich war auch ihr nicht wohl bei dem Gedanken, der Laternenjunge könnte noch einmal misshandelt werden. Für den Kleinen wäre es vielleicht besser, erst einmal hier im Hotel zu bleiben. Aber würde sie sich damit nicht eine Menge Ärger aufhalsen? Der Junge hatte schließlich einen Vormund, auch wenn der seiner Verantwortung schlecht nachkam. Sie konnte es sich nicht erlauben, Ärger mit den Behörden zu bekommen. Gedankenverloren trat Willie an eine Kommode und nahm ein gläsernes Röhrchen aus der Schublade. Darin befanden sich winzige Tabletten. Mit ihnen und einem Glas Wasser kehrte sie zu Lea und dem Kind zurück. »Hier, schluck eine davon!«

Benno rümpfte die Nase, dann wandte er sich mit einem finsteren Blick an Lea. »Will die mich etwa vergiften, damit sie doch noch rechtzeitig zu ihrer Suppe kommt?«

»Das heißt Souper, Junge!« Willie lachte. »Nein, nein, das ist eine ganz neue Medizin, ein wahres Wundermittel, das sogar der Kaiser einnimmt, wenn ihm nicht wohl ist. Ich kenne es aus Berlin. Die Apotheker dort nennen es Aspirin, und es besteht aus einer Säure, die nicht nur den Schmerz im Körper betäubt, sondern auch Entzündungen bekämpft.« Sie lächelte. »Schluck die Pille, und du wirst sehen, wie schnell es dir besser gehen wird.«

Es dauerte nicht lange, bis Benno auf dem Kanapee tief und fest eingeschlafen war. Die beiden Schwestern deckten ihn zu und setzten sich dann einander gegenüber. Eine Weile sprach keine von ihnen, dann sagte Lea: »Der Page hat uns gesehen, der Direktor vermutlich auch. Die fanden es gewiss kurios, was für Besucher du in deinen Räumen empfängst.«

Willie schmunzelte. »Sie halten mich für exzentrisch. Keine Ahnung, warum. Aber mein Geld nehmen sie gern, weil es ebenso gut ist wie das eines jeden anderen Hotelgastes.«

»Möglich, doch mit ihrer Nachsicht wird es rasch vorbei sein, wenn die Polizei ins Haus kommt und anfängt, dir unangenehme Fragen zu stellen. Nicht auszudenken, was geschieht, wenn dann auch noch die Presse Wind davon bekommt.«

»*Jüdische Opernsängerin raubt Dresdner Straßenkind!* Um diese Schlagzeile würde sich die antisemitische Postille sicher reißen.« Willie ging zum Fenster, weil draußen plötzlich ein lautes, knatterndes Geräusch ertönte. Vor dem Hotel hielt eine der neumodischen Motorkutschen, die ohne Pferde fuhr, dabei aber schnaufte wie ein Schwindsüchtiger. Unter den staunenden Blicken einiger Passanten würgte ein Mann im schwarzen Cape den Motor ab. Das Ungetüm verstummte, und die Menge spendete zaghaft Beifall. Sein Besitzer, ein langer junger Mann mit Schnurrbart, schien seinen Auftritt in vollen Zügen zu genießen. Er nahm die eng anliegende Lederkappe vom Kopf und verteilte Kusshände in Richtung zweier Mädchen, die mit offenen Mündern dastanden. Dann sprang er mit einem Satz aus dem gepolsterten Sitz und verschwand im Hotel.

»Trotzdem!« Willie drehte sich um. »Der Laternenjunge bleibt, bis er sich erholt hat. Wir sind es nicht, die sich schuldig fühlen sollten, sondern der Schuft, der Benno so zugerichtet hat.«

Lea flitzte durch die Straßen.

Es war später geworden, als sie gedacht hatte. Bevor sie nach Hause ging, musste sie unbedingt noch einmal auf dem Striezelmarkt vorbeischauen, um ihr Werkzeug und die angefangenen Schnitzfiguren zu holen. Sie konnte nur hoffen, dass niemand Peregrin über ihre lange Abwesenheit in Kenntnis gesetzt hatte. Als sie atemlos am Stand ankam, sprach Kulicke mit einem älteren Ehepaar, das ein wenig ungehalten wirkte. Lea brauchte einen Moment, bis sie in der Frau die Pfarrersgattin wiedererkannte, die ihr einen lukrativen Auftrag in Aussicht gestellt hatte. Die beiden hatte sie völlig vergessen.

»Ich bitte vielmals um Verzeihung«, sagte sie mit einem beschwichtigenden Lächeln. »Aber ein dringender Notfall hat mich aufgehalten. Ich musste einem verletzten Freund helfen.«

Die Mundwinkel des Geistlichen hoben sich sogleich. Er nickte seiner Frau zu, die ebenfalls besänftigt wirkte, und sagte: »Nun, das ist natürlich etwas anderes, nicht wahr, Liebste? Wir haben uns die Zeit damit vertrieben, Ihre erstaunlichen Kunstwerke in Augenschein zu nehmen. Meine teure Gattin hatte recht mit ihrer Einschätzung: Diese Stücke sind außergewöhnlich!«

Lea erinnerte sich an Peregrins Warnung und hob abwehrend die Hände. »Es gibt viele Stände auf dem Markt, an denen wunderschöne Handwerkskunst verkauft wird«, erklärte sie. »Ich bin erst kurze Zeit in Dresden und auch noch recht unerfahren.«

Der Pfarrer schmunzelte. »Und erfrischend aufrichtig, das lobe ich mir. Aber stellen Sie Ihr Licht nicht unter den Scheffel, junger Mann. Ihre Schnitzfiguren sind von vorzüglicher Qualität. Es ist nur …«

»Ja?«

Der Mann nahm eine der Krippenfiguren in die Hand und betrachtete sie durch seinen Kneifer von allen Seiten. »Joseph, nicht wahr? Der treue Joseph von Nazareth. Eine sorgfältige Arbeit, ohne Zweifel. Diese Augen … Er schaut mich an, als würde er mich einladen, ihn nach Bethlehem zu begleiten. Allerdings …« Er senkte seine Stimme zu einem Flüstern. »Ich mag mich irren, aber der Gute sieht mir doch reichlich semitisch aus.«

Die Pfarrersgattin kicherte nervös. »Ja, Liebster, ich habe es dir gesagt!«

Lea fragte sich, ob von ihr erwartet wurde, dass sie in das Gelächter mit einstimmte. Sie tat es nicht. Stattdessen nahm sie dem Geistlichen die Figur aus der Hand und stellte den Joseph wieder in den Kreis seiner kleinen hölzernen Familie zurück.

»Ich glaube, du hast den jungen Holzschnitzer beleidigt«, meinte die Pfarrersfrau mit einem vorwurfsvollen Blick zu ihrem Ehemann. »Du kannst ihm nicht unterstellen, Juden zu schnitzen. Also nein, allein die Vorstellung …«

Kulickes Stirnrunzeln warnte Lea, sich auf keine Diskussion einzulassen. Doch hier ging es um viel mehr als um ihre Arbeit. »Ich kenne die Heilige Schrift sicher nicht so gut wie der Herr Pfarrer, aber soweit ich mich erinnere, war Joseph ein Jude. Er wurde als Nachfahre König Davids in Judäa geboren. Seine Frau Maria war nicht weniger jüdisch als er, und da jedes Kind, das von einer Jüdin zur Welt gebracht wird, ebenfalls jüdisch ist, trifft dies auch auf Jesus zu.«

»Langsam, junger Freund, langsam!« Der Pfarrer hauchte auf die Gläser seines Kneifers, bevor er ihn sich wieder auf die Nase klemmte. »Kein Mensch zweifelt die Heilige Schrift an. Aber hier geht es um die Familie unseres Herrn und Erlösers. Es ist nicht angebracht, sie aussehen zu lassen wie … wie …«

»Ich verstehe schon«, sagte Lea. »Falls Sie Krippenfiguren in Auftrag geben, sollen diese nicht aussehen wie jüdische Kramwarenhändler, sondern ein wenig christlicher.«

Die Frau des Pfarrers machte eine Geste, als wolle sie sagen: Richtig, nun ist der Groschen gefallen.

»So ist unser Verständnis von abendländischer Kunst«, pflichtete ihr Mann ihr bei. »Wir können in unserer Kirche am Weihnachtsabend doch keine Krippenfiguren aufstellen, die den Menschen unchristlich erscheinen, weil sie an dahergelaufene Fremde erinnern.«

»Aber so geschickt, wie der junge Mann mit dem Schnitzmesser umgeht, wird es ihm gewiss leichtfallen, diesen Makel zu unserer Zufriedenheit zu korrigieren«, meinte die Pfarrersgattin.

Lea holte dreimal tief Luft.

»Bist du verrückt?«, zischte Kulicke sie an, nachdem das Ehepaar davonstolziert war. »Du hast dir soeben einen großen Auftrag durch die Lappen gehen lassen. Die Kirche hätte gutes Geld für deine Figuren gezahlt. Aber was machst du? Du lehnst ab und schickst sie fort! So macht man sich hier keine Freunde.«

»Auf solche Freunde verzichte ich gern!« Lea stemmte die Hände in die Hüften. »Hast du nicht gehört, was diese Leute über meine Figuren gesagt haben? Sie sehen zu jüdisch aus, um in ihrer Kirche stehen zu dürfen. Sie erinnern an dahergelaufene Fremde. Daher soll ich den Makel mit dem Messer korrigieren und aus meinem Joseph einen Sachsen machen.«

»Na und?«, hielt Kulicke dagegen. »Vergiss nicht, dass du für deine Kunden keine Jüdin bist. Du bist Schwarzmüllers Neffe aus dem Böhmerwald. Und woher willst du wissen, wie Joseph, Maria und Jesus wirklich ausgesehen haben? Kein Mensch weiß das!«

Darauf erwiderte Lea nichts. Wie hätte sie Kulicke auch erklären sollen, dass sie nicht in der Lage war, Gesichtszüge nach anderer Menschen Vorgaben zu schnitzen. Die Figuren selbst waren es, die ihren Ausdruck wählten, ihr Mienenspiel und ihre Gestalt. Sie selbst war nur das Werkzeug, die Ausführende.

Als Lea die Einnahmen des Tages zählte, stellte sie erfreut fest, dass ein hübsches Sümmchen zusammengekommen war. Wollte sie jedoch in Zukunft auch nur annähernd genug verdienen, um ihren Brüdern aus der Klemme zu helfen, durfte sie keinen Auftrag mehr ablehnen. Der Duft von gebrannten Mandeln und gerösteten Kastanien ließ sie sehnsüchtig schnuppern. Wie lange hatte sie nichts mehr gegessen? Seit dem Frühstück? Kein Wunder, dass ihr der Magen knurrte. Vielleicht durfte sie es sich ja erlauben, einen Lebkuchen oder eine Tüte Mandeln zu kaufen? Schließlich entschied sie sich für einen Schmorapfel, der dick mit

Zucker und Zimt bestreut war. Auf dem Nachhauseweg schlug sie ihre Zähne gierig in das heiße Fruchtfleisch. Es schmeckte himmlisch. Die letzten weihnachtlich geschmückten Buden lagen schon hinter ihr, als jemand wie aus dem Nichts neben ihr auftauchte und sie grob am Arm packte. Lea schrak zusammen, der Rest des Apfels landete im festgetrampelten Schnee, und bevor sie Luft holen konnte, wurde sie von einer Gestalt gegen eine Hauswand gedrückt. Es war ein Mann mit ergrauten Schläfen, der sie aus halb zusammengekniffenen Augen böse musterte.

»Wo ist er?«

Verzweifelt sah sie sich nach Hilfe oder einer Fluchtmöglichkeit um, aber niemand war in der Nähe. Ihr Angreifer hatte einen günstigen Augenblick erwischt.

»Antworte, wenn du nicht willst, dass ich dir die hübsche Visage poliere! Ich weiß, dass du den Striezelmarkt mit ihm verlassen hast. Meine Jungs haben es mir gesagt. Sie sind meine Augen und Ohren in der Stadt, verstehst du? Ihnen entgeht so schnell nichts.«

Radek, durchfuhr es Lea wie ein Stich mit einer glühenden Nadel. Sie wand sich in seinem Griff, sah aber rasch ein, dass sie keine Chance hatte, sich daraus zu befreien. »Sie ... sind Radek, nicht wahr?«

»So heiße ich in der Tat. Und dein Name ist gleich ›toter Mann‹, wenn du mir nicht sagst, was ich von dir wissen will! Also, noch mal: Wo steckt der Junge?«

Lea schüttelte den Kopf, war aber gleichzeitig erleichtert. Radeks ›Augen‹ schienen doch nicht in ganz Dresden verteilt zu sein. Zwar hatte man sie und Benno gemeinsam fortgehen sehen, doch verfolgt hatte sie offensichtlich niemand. Sonst befände sich Radek schon auf dem Weg zum *Bellevue*.

»Ich habe keine Ahnung, wo Benno abgeblieben ist«, log sie mit einem Schulterzucken. »Wir sind ein wenig durch die Stadt spaziert. Ich bat ihn, mir die Stelle zu zeigen, wo er kürzlich eine meiner Krippenfiguren gefunden hat.«

»Die ... Krippenfigur?«

Lea nickte. »Herr Peregrin war so freundlich, sie mir zurückzugeben. Ist es nicht so, dass ich als Angehöriger der Gemeinschaft vom Striezelmarkt unter seinem Schutz stehe?«

»Quatsch nicht!« Radeks Miene gab nicht preis, ob er Lea glaubte, aber wenigstens besann er sich und ließ ihren Arm los.

»Der kleine Ganove hat deine Figur gestohlen«, brummte er nach einer Weile. »Dafür musste er bestraft werden. Auch das ist Gesetz bei uns. Besser, du lernst das gleich!«

Tief in Leas Innerem rumorte heißer Widerstand. Am liebsten hätte sie ihm gesagt, was sie von ihm hielt, und mit der Polizei gedroht. Doch sie sah ein, dass sie nicht in der Position war, Radek anzuklagen. Radek war ein geachteter Bürger, der sich unter der Maske der Wohltätigkeit geschmeidig wie eine Katze bewegte. Er besaß Gönner, die ihn unterstützten, weil sie ihn für einen Ehrenmann hielten. Sie dagegen war eine Jüdin ohne Einfluss in Dresden, die sich in Männerkleidern auf den Striezelmarkt geschmuggelt hatte, um August Peregrins strenges Regelwerk zu umgehen. Eine Schwindlerin und Betrügerin. Wem also würde man glauben? Davon abgesehen zweifelte sie nicht daran, dass Radek ihr das Leben zur Hölle machen würde, falls er in ihr einen ernst zu nehmenden Widersacher sah.

»Vielleicht hat Benno ja noch ein paar Laternen verkauft und ist längst zu Hause«, sagte Lea schließlich. »Er hat jedenfalls nichts falsch gemacht. Und ich auch nicht!«

Zu Leas Überraschung schwenkte Radek um. Hatte er sie soeben noch mit wütender Miene taxiert, war er auf einmal die Liebenswürdigkeit in Person. Er klopfte ihr auf die Schulter, dann bückte er sich, um ihre Tasche aufzuheben, die bei dem Gerangel zu Boden gefallen war. Als er sie ihr reichte, sagte er mit einem Lächeln: »Vielleicht habe ich mich geirrt, das kann vorkommen. Allerdings steckt irgendetwas in deinen Gesichtszügen, das mir sehr merkwürdig vorkommt.«

Lea erbleichte. »Merkwürdig?«

»Tja, ich kann's nicht sagen, aber ich werde noch darauf kommen! Schätze, wir sehen uns bald wieder, kleiner Holzschnitzer!«

Eine Sekunde später bemerkte sie eine Schar Fußgänger, die vom Altmarkt her in ihre Richtung kamen: drei Herren mit Spazierstöcken und zwei jüngere Frauen, die an jeder Hand ein Kind führten. Wie es aussah, waren sie auf dem Weg zum Striezelmarkt. Lea wich aus, um die Leute vorbeizulassen. Als sie sich umsah, war Radek verschwunden.

Lea schulterte ihre Werkzeugtasche und nahm die Beine in die Hand. Sie schlitterte über den glatten Gehsteig und hielt nicht eher an, bis sie ihr Elternhaus erreicht hatte. Heftig keuchend und am ganzen Leib zitternd, stieg sie die Treppe hinauf und stürmte hinein. Sie wollte nur noch ihre Zimmertür ins Schloss fallen hören und sich die Decke über den Kopf ziehen. Doch noch bevor sie die Diele durchquert hatte, erhielt sie einen Schlag gegen den Hinterkopf, dass ihr Hören und Sehen vergingen. Hinter ihr erklang ein Kreischen. Wieder wurde sie geschlagen, so heftig, dass sie nach dem Treppengeländer greifen musste, um nicht zu stürzen. An der Wand tauchte der Schatten einer Person auf, die einen Besen über ihrem Kopf schwang. Es war Ilse.

Lea war so erschrocken, dass sie nicht mehr tun konnte, als ihren Arm schützend anzuwinkeln, um weiteren Besenhieben auszuweichen.

»Zu Hilfe!«, brüllte Ilse aufgebracht. »Ein Dieb! Ein Einbrecher! Warum hilft denn niemand?«

Lea hob den Arm, um weitere Hiebe abzuwehren. Was um

alles in der Welt war in die sonst eher träge Dienstmagd gefahren? Warum drosch sie schreiend mit dem Besen auf sie ein? Wie konnte sie …

Im selben Moment erkannte sie ihren Fehler. Sie war in all der Aufregung nach Radeks Angriff nicht in die Werkstatt zurückgekehrt, um sich wie gewöhnlich umzuziehen, sondern war einfach nach Hause gelaufen. Kein Wunder, dass das Dienstmädchen wie am Spieß brüllte. Sie hielt sie für einen Eindringling.

Jetzt wurde oben eine Tür geöffnet und eine verschlafene Stimme beschwerte sich über den Radau. Dora. Auch das noch.

Begleitet von Ilses Geschrei hastete Lea zurück zur Tür. Den Besen im Nacken sprang sie die Stufen hinunter, bis sie die holprigen Pflastersteine der Chaussee unter ihren Füßen spürte. Dann nahm sie die Beine in die Hand und rannte, als ginge es um ihr Leben.

13.

Der nächste Tag war ein Freitag. Die Stunden bis zur Dämmerung waren für die Liebermanns stets kostbar, denn nach Sonnenuntergang begann der *Schabbat*, an dem in jüdischen Häusern geruht und keinerlei Arbeit verrichtet wurde.

Während Aaron und Oskar im Antiquitätenladen waren, arbeiteten Lea und Dora gemeinsam in der Küche. Lea wurde von Stunde zu Stunde unruhiger, denn sie hatte eigentlich vorgehabt, noch auf einen Sprung beim Krippenfigurenstand vorbeizuschauen. An den Wochenenden war dort viel los. Was, wenn Kulicke ohne ihre Hilfe nicht zurechtkam? Oder wenn Peregrin ihre Abwesenheit bemängelte? Doch sosehr Lea sich auch den Kopf zerbrach, sie fand unter Doras wachsamen Blicken keine Gelegenheit, sich aus dem Haus zu schleichen. Das Essen musste vorbereitet werden. Lea fiel die Aufgabe zu, den Teig für die *Challot* zu kneten, die zu Zöpfen geflochtenen Weißbrote mit Mohn, die am Abend nicht auf dem Tisch fehlen durften.

Still ging sie ihrer Arbeit nach, während Dora mit dem Dienstmädchen plauderte. Sie sprachen über den vermeintlichen Eindringling, den Ilse so beherzt verjagt hatte. Ilse malte die Begebenheit aus und übertrieb dabei schamlos. Je öfter sie von ihrer Heldentat berichtete, desto größer, kräftiger und gemeiner wurde der mysteriöse Einbrecher.

»Wir hätten sofort einen Gendarmen rufen sollen«, beklagte sich das Mädchen bei Dora, die jedoch nur den Kopf schüttelte.

»Und was hätte uns das gebracht? Deine Beschreibung passt

allenfalls auf den ›Glöckner von Notre-Dame‹, und der wurde meines Wissens noch nie in Dresden gesichtet!«

Kurz vor dem Abendessen überraschte Dora ihre Familie mit der Mitteilung, dass sie einen Gast eingeladen habe. Als wenig später Willie eintraf, war Lea nicht die Einzige, die verblüfft die Augen aufriss. Aaron schnappte nach Luft, während Oskar sich verlegen am Kopf kratzte. Dora dagegen ging mit einem Lächeln und ausgebreiteten Armen auf ihre Schwägerin zu und küsste sie auf beide Wangen. Trotz ihres strengen Trauerkleids war sie auch heute wieder die Anmut in Person. Aber auch Willie zollte dem wöchentlichen Feiertag im Hause ihres Bruders Respekt. Ungeachtet ihrer Vorliebe für ausgefallene Kleidung war ihre Wahl auf ein mit luftiger Spitze besetztes Samtkleid gefallen, das elegant, aber auch ein wenig altmodisch wirkte. Schmuck trug sie keinen, sah man von der in Gold gefassten Kamee ab.

Wieso ist sie hier, schoss es Lea durch den Kopf. Sie sollte nicht hier sein. Nicht heute Abend.

»Ich fand es an der Zeit, die alten Unstimmigkeiten zu begraben und eurer Schwester die Hand zu reichen«, sagte Dora feierlich. »Nun kommt, lasst uns hinüber ins Esszimmer gehen! Dort ist es schön warm.«

Der festlich gedeckte Tisch sorgte für eine behagliche Atmosphäre. Vor Aarons Platz lagen die beiden Zopfbrote, die Lea gebacken hatte, verhüllt von einem mit hebräischen Buchstaben bestickten Samtdeckchen. Am Ende der Tafel, wo Dora saß, standen zwei prachtvoll verzierte silberne Leuchter.

»Vielleicht möchte eure Schwester die Kerzen anzünden und den Segen sprechen?«, schlug Dora vor, um ihren guten Willen zu zeigen.

Willie schüttelte den Kopf. »Lieber nicht. Ist zu lange her. Ich wüsste nicht mal, ob ich alles richtig ausspreche.«

»Dann wird Lea es tun!« Dora reichte Lea ein Streichholz

und gab darauf acht, dass Lea ihr Haar unter einem Tuch verbarg, bevor sie die uralten hebräischen Worte zitierte, die den Alltag aus dem festlich erleuchteten Speisezimmer verbannen und den Ruhetag zu Ehren Gottes einläuten sollten.

Als das Essen beendet war und die Familie in den Salon hinüberging, nahm Lea ihre Schwester zur Seite. Sie musste wissen, wie es um Benno stand. War es wirklich nötig gewesen, den Jungen allein im Hotel zurückzulassen?

»Du hast ihm hoffentlich nicht verraten, wohin du wolltest! Er darf keine Verbindung zwischen Laurin und diesem Haus herstellen!«

»Keine Bange, Kindchen«, wiegelte ihre Schwester ab. »Der Junge stopft sich gerade auf meine Kosten den Bauch mit Brathähnchen und Schokoladenkuchen voll. Aber ich gönne es ihm. Der geht heute Abend bestimmt nicht hinaus. Ich habe ihm außerdem eingeschärft, niemandem die Tür zu öffnen und vom Fenster wegzubleiben. Er wird nicht hinter dein Geheimnis kommen, und dieser Radek wird ihn auch nicht aufspüren.«

Lea war sich dessen nicht so sicher. Sie überlegte kurz, ob sie Willie von ihrer unangenehmen Begegnung mit dem Mann erzählen sollte, entschied sich aber dagegen. Ihre Schwester würde sich aufregen, dabei war Lea noch glimpflich davongekommen.

»Aaron, du hast deiner Schwester noch gar nicht dafür gedankt, dass sie sich so nett um Lea kümmert«, holte Doras Stimme Lea aus ihren Gedanken.

»Wofür sollte ich ihr denn danken?« Mürrisch öffnete Aaron die Zigarrenkiste, die auf dem Couchtisch stand, schlug den Deckel aber wieder zu, als ihm einfiel, dass Rauchen nach Beginn des Schabbats verpönt war. »Ich hatte Oskar damit beauftragt, Lea zur Hand zu gehen, nicht Wilhelmina.« Er seufzte. »Aber ich muss zugeben, dass es natürlich angebrachter ist, wenn Lea von einer Dame begleitet wird.«

»Ich fühle mich geehrt, dass du mich als eine Dame bezeichnest«, spottete Willie. »Wenn ich mich richtig erinnere, hattest du auch schon weniger schmeichelhafte Bezeichnungen für mich.« Aaron verzog das Gesicht.

»Ich freue mich, dass du da bist«, sagte Oskar mit einem scheuen Lächeln. Für ihn bedeutete schon dieses einfache Zugeständnis einen rebellischen Akt gegen seinen Bruder. »Es könnte schließlich das letzte Mal sein, dass die Liebermanns alle zusammensitzen.«

Verdutzt blickten die anderen ihn an, worauf Oskar sogleich errötete und nach Luft schnappte. »Ich ... meine ja nur, falls Lea uns verlässt und nach Amerika geht«, erklärte er stotternd. »Wer weiß schon, wann wir sie dann wiedersehen.«

»Habt ihr denn Neuigkeiten von diesem Mr. Shields aus New York?«, erkundigte sich Willie. »Sein Sohn sollte doch inzwischen in Dresden angekommen sein, oder nicht? Nun ja, womöglich hat der junge Mann seine Pläne geändert.«

»Rick Shields wurde mir als sehr zuverlässig beschrieben«, brummte Aaron verärgert. »Er wird die Vereinbarung einhalten, die unsere Väter miteinander getroffen haben.«

»Wenn du das sagst!«

Dora knabberte an einem der Zimtplätzchen, die sie eigens für diesen Abend gebacken hatte. Sie aß selten Süßigkeiten, und wenn doch, so hauptsächlich, um ihre Nerven zu beruhigen. »Ich finde es trotzdem merkwürdig, dass wir nichts mehr von dem jungen Mann gehört haben. Wenn er längst in der Stadt sein müsste, warum lässt er nichts von sich hören? Warum kommt er nicht?«

»Vielleicht ist ihm ja etwas zugestoßen«, meinte Oskar kleinlaut. »Ich meine, könnte es nicht sein, dass er nie angekommen ist und wir auf jemanden warten, der tot ist?«

»Tot?«, rief Dora schockiert. »Oskar, wie kannst du nur so etwas Schreckliches andeuten?«

Aber Oskar ließ sich nicht mehr bremsen. »Die Fähre von England könnte gesunken sein. Oder er ist einem Raubmörder zum Opfer gefallen. Die machen sich besonders gern über Ausländer her, die von keinem vermisst werden. Solche Dinge liest man doch ständig in der Zeitung.«

»Nicht in den Zeitungen, die ich bevorzuge!« Aaron massierte sich die Stirn. Nach einer Weile beugte er sich vor und wandte sich an Willie. »Das *Hotel Bellevue*, wo du abgestiegen bist, gehört doch zu den besten Häusern. Vielleicht liegt dort eine Anmeldung für Rick Shields vor.«

»Mit anderen Worten, du willst, dass ich mich ein wenig umhöre«, sagte Willie. Sie überlegte einen Moment, bevor sie sich Lea zuwandte. »Erinnerst du dich an den langen Kerl im schwarzen Cape? Ich meine den Knaben in dem neumodischen Motorwagen, der gestern im Hotel abgestiegen ist.«

»Er kam in einem Automobil?« Dora stieß die Luft aus. »Das könnte er doch gewesen sein, meinst du nicht, Aaron?«

Bevor ihr Bruder sich dazu äußern konnte, stand Willie auf und strich ihr Kleid glatt. »Nun, wenn es euch beruhigt, kann ich ja mal dem Hoteldirektor ein wenig auf den Zahn fühlen. Falls der Bursche mit dem Automobil euer Amerikaner ist, würde ich es mir allerdings gut überlegen, mit ihm Geschäfte zu machen. Ich halte nicht viel von Menschen, die sich so großspurig benehmen.« Sie hauchte Lea einen Kuss auf die Wange und nickte den anderen zu. Auf dem Weg zur Tür blieb sie noch einmal stehen und wandte sich mit nachdenklicher Miene um. »Seht ihr denn wirklich keine andere Möglichkeit, als Lea in eine Ehe mit einem Burschen zu drängen, den sie weder kennt noch liebt? Wie wäre es, wenn ihr ein wenig mehr mit der Zeit gehen würdet. Die jungen Leute brauchen keine *Schadchen* mehr. Die Heiratsvermittler, die zu Vaters Zeiten Ehen stifteten, haben ausgedient.«

Aaron sah seine Schwester missbilligend an. »Deine Einwürfe sind nicht zielführend, meine Liebe. Dora und ich wurden einander von einem *Schadchen* vorgestellt, und wir führen eine gute Ehe. Du dagegen bist damals davongelaufen, um gegen Vaters Willen einen Christen zu heiraten, in den du dich bei irgendeinem Tingeltangel verguckt hast. Was hat es dir gebracht außer einem Haufen Scherben? Erst hast du Vaters Herz gebrochen, dann ist deine Ehe zerbrochen. Und warum? Weil du und dieser Mann einfach nicht füreinander bestimmt wart. Daher verbitten wir uns deine Einmischung.«

Willies feines Lächeln ließ erkennen, dass sie noch lange nicht aufgab. »Habt ihr nicht einmal überlegt, euch Leas erstaunliche Talente im Laden zunutze zu machen?«

»Die Kontenbücher führt Aaron allein!«, sagte Dora trocken.

»Ich spreche nicht von den Büchern, sondern von Leas wunderbaren Holzschnitzarbeiten. Es wundert mich, dass noch niemand von euch daraufgekommen ist, ihre kleinen Kunstwerke im Laden auszustellen. Ihr könntet Gewinn machen, wenn ihr Leas Figuren ...«

Aaron unterbrach sie mit einer scharfen Handbewegung. »Du hast ja keine Ahnung, wovon du redest. Bei allem Respekt für Leas kleinen Zeitvertreib, die Firma ›Liebermanns Antiquitäten‹ ist kaum der richtige Ort für so etwas.« Er drehte sich zu Lea um, die stocksteif auf dem Sofa saß und starr auf das Ölporträt ihres Vaters starrte, um dem Blick ihrer Geschwister auszuweichen. »Lass dir von deiner Schwester keinen Floh ins Ohr setzen«, sagte er. »Das führt doch nur zu Enttäuschungen. Du magst über eine gewisse Fingerfertigkeit verfügen, aber glaubst du nicht, dass es uns längst aufgefallen wäre, wenn eine Künstlerin unter unserem Dach lebte? Deine Werke würden im Laden Staub fangen und uns nur weiterem Spott und Demütigungen aussetzen. Allerdings ...« Er hielt kurz inne, wobei er einen Blick mit seiner Frau wechselte. Als diese ihm aufmunternd zunickte, fuhr er fort. »Nun, auf die Idee, in unseren Ladenräumen neben dem Antiquariat und den Möbeln auch volkstümliche Kunst auszustellen, bin ich selbst gekommen. Der Zufall will es, dass es in der Stadt einen jungen Holzbildhauer gibt, der ganz erstaunliche Kunstobjekte herstellen soll.«

»Erstaunlich?« Willie runzelte die Stirn. »Wieso erstaunlich?«

»Nun, wie man hört, sollen die Leute ganz verrückt nach den Krippenfiguren sein, die der Mann schnitzt. Erst heute zeigte mir ein Kunde voller Begeisterung, was er auf dem Striezelmarkt erworben hat. Ein verspieltes Engelspaar, das sich an den Händen hält. Ich muss zugeben, eine sorgfältigere Arbeit habe ich nicht mal bei den Holzschnitzern aus dem Erzgebirge gesehen!« Er grinste. »Irgendwie erinnerte mich das Gesicht eines der Engel an dich, liebe Wilhelmina!«

»Lass mich raten«, sagte Willie, plötzlich erheitert. »Dieser Wunderknabe ist der Neffe vom alten Schreiner Schwarzmüller, der früher für unseren Vater gearbeitet hat.« Zur Verwunderung ihrer Geschwister ließ sie sich auf einen Stuhl fallen und fing an, schallend zu lachen.

»Das ist überhaupt nicht komisch«, zischte Lea.

Aaron pflichtete ihr bei. »Nein, das ist es in der Tat nicht. Reiß dich doch zusammen, Wilhelmina! Du stehst hier nicht auf einer Theaterbühne.«

»Ach nein?« Mit einem Tüchlein tupfte sich Willie die Tränen aus den Augenwinkeln. »Aber ich gehe wohl recht in der Annahme, dass du nun vorhast, mit dem kunstfertigen Schwarzmüller-Neffen Kontakt aufzunehmen?«

»Genau das ist meine Absicht!«, erklärte Aaron. »Sobald der *Schabbat* zu Ende ist, werde ich den jungen Holzbildhauer aufsuchen und ihn bitten, künftig die Firma Liebermann zu beliefern. Ich weiß, ich weiß, ich hatte mir fest vorgenommen, den

Striezelmarkt zu meiden, aber hier heiligt der Zweck die Mittel. Der junge Bursche wird froh und dankbar sein, wenn ein angesehener Dresdner Kaufmann ihm unter die Arme greift. Zumal ihm gewiss bekannt ist, dass sein Onkel viele Jahre lang für die Familie Liebermann tätig war.«

»Und wenn er niemanden braucht, der ihm unter die Arme greift?«, fragte Willie. »Vielleicht ist er ... ganz anders, als ihr ihn euch vorstellt.«

»Anders, wieso?« Aaron schüttelte verständnislos den Kopf. »Hat er drei Arme? Umso besser, mit sechs Händen kann er schneller arbeiten.«

»Ach was, wir müssen ihm nur klarmachen, dass unser Antikwarenhandel demnächst nach New York expandiert«, sagte Dora. »Welcher junge Handwerker wäre nicht begeistert von der Aussicht, dass seine Arbeit vielleicht bald in Amerika verkauft werden könnte?«

Lea gab einen erstickten Laut von sich, worauf Aaron ein wenig schuldbewusst die Hand hob. Vermutlich befürchtete er, Dora könnte sie mit ihrer Bemerkung gekränkt haben.

»Verzeih uns, meine Liebe!« Mit einem entwaffnenden Lächeln nahm er ihre Hand und führte sie galant an seine Lippen. »Dora wollte damit nicht sagen, dass du für uns weniger wertvoll bist als ein Vertrag mit dem Holzschnitzer. Aber in diesen verworrenen Zeiten sind zwei Eisen im Feuer nun mal besser als eines.« Er zwinkerte ihr zu. »Vielleicht kann ich den jungen Mann ja überreden, dir ein paar Kniffe zu verraten. Solange du noch nicht verlobt bist, habe ich nichts dagegen, wenn du ihm etwas über die Schulter blickst. Er könnte dir bestimmt viel beibringen.«

Lea erschien ihr Schädel plötzlich so schwer wie eine Wassermelone. Am liebsten hätte sie es ihrer Schwester gleichgetan und sich über die verrückte Situation vor Lachen ausgeschüttet. Ihr Bruder wollte also einen Vertrag mit Laurin abschließen. Aber den Laurin, den Aaron meinte, gab es nicht. Jedenfalls nicht in Dresden, nicht auf dem Striezelmarkt. Ihr Bruder würde nicht mit dem Schwarzmüller-Neffen verhandeln, sondern mit ihr. Großer Gott, was für ein Schlamassel. Im Geiste sah sie Aaron und Dora auf den Striezelmarkt marschieren, über den Bratwurstgeruch die Nasen rümpfen und dann schnurstracks auf Leas Krippenfigurenstand zusteuern. Und sie stellte sich das Gesicht ihres Bruders vor, wenn sein Blick auf den vermeintlichen Holzschnitzer fiel.

Plötzlich erschien ihr der Salon so heiß und drückend wie Ilses Waschküche.

Lea machte sich nichts vor. Aaron würde sich keinen Moment lang hinters Licht führen lassen. Er würde sie trotz ihrer Aufmachung erkennen, und was ihr dann blühte, mochte sie sich lieber nicht ausmalen. Peregrin würde sie mit Schimpf und Schande davonjagen. Schwarzmüller würde eine empfindliche Strafe bekommen und vermutlich nie wieder einen Fuß auf den Markt setzen dürfen. Mit viel Glück könnte sie ihrem Bruder aus dem Weg gehen. Doch wie lange mochte das gut gehen? Einen Tag lang, vielleicht auch zwei? Sie kannte Aaron, er war hartnäckig. Es war ihm zuzutrauen, den Marktleiter aufzusuchen, wenn er Laurin nicht an seinem Stand antraf.

»Eine schöne Bescherung«, jammerte Willie, als Lea sie ein wenig später hinausbegleitete. »Ein Stoff für eine Operette, wenn du mich fragst. Aber offen gestanden würde *ich* ungern darin die Hauptrolle spielen. Bist du dir sicher, dass du das willst? Vielleicht solltest du dieses Verwirrspiel beenden, solange das noch möglich ist.«

Lea schnaubte. »Und Schwarzmüllers Stand dann Peregrin überlassen? Er wäre so enttäuscht, wenn ich versage.«

»Ist es denn wirklich *sein* Herz, das so am Striezelmarkt

hängt, oder bist nicht vielmehr *du* es, die nicht loslassen kann, weil du etwas beweisen willst? In deiner Hartnäckigkeit ähnelst du Aaron viel mehr, als du denkst. Ich weiß ja, dass ein Verkaufsstand für deine Krippenfiguren schon immer dein großer Traum war. Aber manchmal müssen wir aus unseren Träumen aufwachen.«

»Du hast gut reden«, erwiderte Lea erbost. »Aus dir ist eine Opernsängerin geworden! Du hast dir weder von Vater noch später von deinem Ehemann verbieten lassen, deine Träume zu leben.«

»Ja, aber für diese Träume musste ich teuer bezahlen. Mit Einsamkeit und Heimweh, mit Jahren der Armut und mit all den Zweifeln, die mich auf Schritt und Tritt begleiteten. Bist du bereit zu bezahlen?«

Willies Droschke wartete bereits vor dem Haus, als sie die Tür öffnete und die kalte Winterluft in ihre Lungen saugte. Das Pferd im Gespann klopfte mit dem Huf auf das Straßenpflaster. Gegen Abend hatte es wieder angefangen zu schneien. Wie eine Schar erhabener Engel stürmten die Flocken zur Erde und schienen alles unter sich begraben zu wollen. Von fern waren fröhliche Stimmen, Schlittenglöckchen und leise Musik zu hören.

Lea spürte die Eiseskälte nicht, als sie ihrer Schwester die spiegelglatte Treppe zur Chaussee hinabhalf. Für gewöhnlich streute Ilse Sand, vermischt mit Sägespänen, über die Stufen, doch wegen der Vorbereitungen für den Schabbat schien sie das vergessen zu haben. Die Worte ihrer Schwester schienen aus der Dunkelheit widerzuhallen. War sie wirklich bereit, einen hohen Preis zu zahlen?

»Also schön, ich werde mal sehen, was ich für dich tun kann«, sagte Willie, als der Kutscher ihr die Wagentür öffnete. »Aber erwarte nicht zu viel!«

14.

An der Rezeption des *Bellevue-Hotels* fand Willie einen jungen Mann vor, der vor Müdigkeit kaum die Augen offen halten konnte.

»Ein Gast aus New York?« Ein Gähnen unterdrückend blätterte er im Empfangsbuch. »Aber gewiss doch, gnädige Frau. »Er ist über London und Hamburg angereist.« Schwungvoll klappte der Rezeptionist das Buch zu. Sein Gesicht nahm plötzlich einen schwärmerischen Ausdruck an. Er beugte sich halb über den Empfangstresen und flüsterte ihr zu: »Diese Motorkutsche ist eine Wucht. Stammt von der französischen Firma De Dion-Bouton. Die Sitze sind mit feinem rotem Kalbsleder bezogen. Wissen Sie, wie schnell das fährt? Der Gast hat mir versprochen, dass ich mich morgen einmal hinters Steuerrad setzen darf. Jedenfalls glaube ich, dass er das gesagt hat. Seine Sprache ist manchmal etwas schwer zu verstehen.«

»Wie schön für Sie«, sagte Willie. Sie zwang sich zu einem Lächeln, obwohl ihr gar nicht nach Lachen zumute war. Wie es aussah, war der blasierte Schnösel von gestern tatsächlich die gute Partie aus Amerika, die ihr törichter Bruder für die arme Lea vorgesehen hatte. Sie dachte nach. Irgendetwas musste sie doch tun können, um dieses Verhängnis abzuwenden. Aber was? Sie beschloss, diesem Rick Shields zunächst ein wenig auf den Zahn zu fühlen. Doch dafür brauchte sie die Hilfe des Rezeptionisten.

»Wenn Sie noch so freundlich wären und mir die Zimmernummer des Herrn verrieten? Er ist ein alter Freund der Familie, und ich würde ihn gern überraschen!«

Der Rezeptionist öffnete den Mund und starrte Willie so schockiert an, als habe diese soeben angekündigt, nackt über den Tresen zu spazieren. Er weigerte sich standhaft, Willie das Zimmer zu verraten. Erst als sie mit einem Seufzer eine Banknote über die Rezeption schob, deutete der junge Mann verstohlen auf eine hinter einem Samtvorhang verborgene Tür jenseits der Halle.

»Die führt in den Rauchersalon, gnädige Frau. Unser amerikanischer Gast hat ein paar Herren zu einer Pokerrunde eingeladen.«

Ein Spieler ist er also auch noch, dachte Willie. Sie selbst berührte das nicht. Sie erinnerte sich an glamouröse Nächte in den Casinos von Baden-Baden und San Remo. Aber sie war auch aus anderem Holz geschnitzt als Lea.

»Verzeihung, der Salon ist nicht für Damen«, protestierte der Rezeptionist, der inzwischen alles andere als schläfrig wirkte.

Willie ignorierte jedoch sein Zetern.

Der Rauchersalon war ein geschmackvoll möblierter Raum mit Holztäfelung, in dem an diesem Abend nicht allzu viel los war. Am Fenster erspähte Willie einen älteren Herrn mit Ziegenbärtchen, der Pfeife rauchend in die Abendnachrichten vertieft war. Am Nachbartisch prahlten zwei Offiziere in Ausgehuniform von zurückliegenden Abenteuern in Paris. Die blank polierten Messingknöpfe und Orden funkelten im Schein der Lampen, die den Raum in einen grünlichen Schimmer tauchten.

Den Mann mit dem Automobil fand Willie an einem Spieltisch, der ein wenig abseits von den anderen stand. Drei Männer leisteten ihm Gesellschaft, deren Garderobe nicht unterschiedlicher hätte sein können. Während der Amerikaner einen gut geschnittenen schwarzen Frack mit grauer Seidenweste und

Manschettenknöpfen trug, waren seine Begleiter wesentlich bescheidener gekleidet. Keiner von ihnen erweckte den Eindruck, als könne er sich den Aufenthalt in einem Luxushotel wie dem *Bellevue* leisten. Willie rückte mit einem geübten Griff ihren Hut gerade und setzte sich an einen freien Tisch. Ihr war bewusst, dass sie dort Aufsehen erregte, doch sie tat so, als bemerke sie gar nicht, dass sie die einzige Frau im Salon war. Die beiden Offiziere erhoben sich artig und neigten die Köpfe in ihre Richtung. Willie grüßte mit einem knappen Nicken zurück. Kurz darauf wurde sie von einem Kellner bemerkt, der ein Tablett mit Champagnergläsern balancierte. Eiligen Schrittes kam er auf sie zu.

»Ich muss Sie bitten, den Rauchersalon zu verlassen, gnädige Frau«, sagte er leise. »Es schickt sich nicht für eine Dame, ohne Begleitung einen Tisch einzunehmen.«

»Oh, ich dachte, ich würde meine Herrenbegleitung vielleicht unter den Anwesenden finden.«

Der Kellner errötete. Offensichtlich hatte er seine Vorschriften, was den Besuch von Damen in seinem Salon betraf. Doch keiner hatte ihm gesagt, wie er reagieren sollte, wenn ein weiblicher Gast sich keinen Deut darum scherte.

»Bringen Sie mir doch ein Glas Champagner, mein Guter. Und bitten Sie den Herrn im Frack kurz zu mir. Mir scheint, er ist ein alter Freund meiner Familie.«

Es vergingen keine zwei Minuten, bis nicht nur der Amerikaner, sondern auch seine Begleiter sich um Willies Tisch scharten.

»Man hat mir soeben mitgeteilt, Sie seien eine Opernsängerin, Madam. »Ich bin hocherfreut, Ihre Bekanntschaft zu machen!« Der Mann im Frack hauchte Willie einen Kuss auf die Hand, dann bestellte er Champagner. Seine glasigen Augen verrieten Willie, dass er an diesem Abend schon mehr getrunken hatte, als gut für ihn war. »Würden Sie uns die Ehre erweisen und ein Lied singen?«

Er leerte sein Champagnerglas, dann knallte er es so heftig auf den Tisch, dass es zerbrach.

»Ich glaube, du hattest für heute genug«, mahnte ein dunkelhaariger Mann aus dem Tross des Amerikaners. Er packte seinen Bekannten am Arm, doch dieser schüttelte ihn unwirsch ab.

»Finger weg! Ich habe dich heute bestimmt nicht in mein Hotel eingeladen, damit du meine Nanny spielst. Hier entscheide und tue ich, was mir gefällt. Und wenn ich will, dass die Lady singt, dann wird sie das auch tun.« Plötzlich klatschte er sich gegen die Stirn. »Natürlich, die Lady will Geld sehen. Dann werde ich sie natürlich bezahlen!«

Willie biss sich auf die Zunge. Was für ein entsetzlicher Mensch. Nur über ihre Leiche würde dieser Prolet ihre Schwester heiraten, gleichgültig wie viel Geld er besaß. Sie würde ihn umbringen, wenn er auch nur versuchte, sich Lea zu nähern. Sie blickte sich um. Die ältlichen Offiziere waren gegangen, der Zeitungsleser mit dem Ziegenbärtchen ebenfalls.

»Madam?« Der Betrunkene machte einen Schritt auf sie zu und grinste sie erwartungsvoll an. Willie hatte ähnliche Auftritte schon mehr als einmal erlebt. Sie wusste, dass gleich ein Angebot folgen würde, das jeder anderen Frau die Schamesröte ins Gesicht treiben würde. Und sie wurde nicht enttäuscht.

»Sparen Sie sich Ihre Einladung«, zischte sie kalt lächelnd. »Ich bin nicht interessiert an einem Rendezvous, und ich werde auch nicht für Sie singen.«

»Was wollen Sie dann? Warum kommen Sie hier herein und fragen nach mir?« Das Deutsch des Mannes war plötzlich erstaunlich korrekt. Jäh ernüchtert beäugte er Willie.

»Ich will, dass Sie Ihren Aufenthalt in Dresden in vollen Zügen genießen, mein Freund. Gehen Sie aus, betrinken Sie sich und spielen Sie Karten bis zum Morgengrauen. Meinen Segen haben Sie, solange Sie keinen Fuß in die Eliasstraße setzen!«

»Eliasstraße? Aber ... Wo soll das sein? Ich verstehe nicht, wovon redet diese Frau?«

Willie hob eine Scherbe des zerbrochenen Champagnerglases auf und betrachtete sich die scharfen Enden. »Oh, keine Sorge, das werden Sie. Sobald Sie wieder nüchtern sind. Aber Sie werden sich von meiner Schwester fernhalten, sonst sorge ich dafür, dass Ihre ... Bildungsreise durch Europa in einem Dresdner Gefängnis endet.«

»Ich kenne Ihre Schwester doch gar nicht«, rief der Amerikaner fassungslos.

»Und das soll auch so bleiben! Meine Empfehlung an den Herrn Vater in New York!« Willie stand auf und schritt würdevoll zur Tür. Natürlich hatte sie schamlos übertrieben. Es lag nicht in ihrer Macht, diesen Mann von irgendetwas abzuhalten. Doch sie kannte seinesgleichen: reiche Bürschchen, die vom Geld und Wohlwollen ihrer Familie abhängig waren. Im Ausland vergaßen sie rasch ihre guten Manieren, weil sie etwas erleben wollten – Alkohol, Abenteuer mit Frauen. Doch die meisten ließen sich einschüchtern, weil sie die hiesigen Gesetze und Gepflogenheiten nicht kannten.

Willie befand sich auf dem Weg zu ihrer Suite, als plötzlich der dunkelhaarige Begleiter des Amerikaners neben ihr bei den Aufzügen auftauchte. Ihm schien noch etwas auf dem Herzen zu liegen.

»Hören Sie, wenn Ihr Freund Sie geschickt hat ...«

Der junge Mann schüttelte den Kopf. »Er ist nicht mein Freund. Aber ich muss zugeben, dass ich mich von ihm einladen ließ, weil ich dieses wunderschöne Hotel von innen sehen wollte. Ich war nicht so klug wie Sie, seine Einladung abzulehnen.«

Willie sah sich den jungen Mann genauer an. Sein dunkles Haar und die fast pechschwarzen Augen ließen sie an einen Südländer denken, doch seine Haut war hell, fast blass. Die Art, wie er sprach und sich bewegte, hatte etwas Aristokratisches, das Willie spontan anzog. Allerdings deutete sein zerknitterter, leicht abgetragener Anzug darauf hin, dass er keineswegs im Geld schwamm.

»Nun ja, mit Ihnen wollte er nur rauchen und Karten spielen«, sagte Willie. »Mit mir hätte er noch in zehn Jahren vor seinen Saufkumpanen geprahlt.« Sie lächelte. »Ich schlage übrigens nicht jede Einladung aus. Aber dieser fürchterliche Shields …«

»Wilson«, sagte der junge Mann. »Das war Hannibal Wilson der Dritte. Sein Vater kandidiert demnächst wieder für das amerikanische Repräsentantenhaus.«

Wilson? Willie riss die Augen auf. Ach du liebe Güte, wie dumm von ihr. Sie war so sicher gewesen, sich mit dem Richtigen anzulegen. Und nun das. »Dann habe ich den Herrn mit jemandem verwechselt«, rief sie. »Wie peinlich. Sie müssen mich für völlig überspannt halten, Herr …«

»Danner. Fred Danner! Student auf Bildungsreise durch Europa. Und ich halte Sie keineswegs für überspannt. Dieser Wilson hat bekommen, was er verdiente. Vielleicht lernt er daraus und benimmt sich in Zukunft etwas höflicher. Allerdings befürchte ich, dass er sich, sobald er seinen Rausch ausgeschlafen hat, an nicht mehr viel von diesem Abend erinnern wird.«

»Das wäre mir offen gestanden auch lieber«, sagte Willie mit einem Seufzer. »Hören Sie, Herr Danner. Mir ist diese Geschichte wirklich unangenehm. Ich kann Sie daher nur bitten, mich und meinen unangemessenen Auftritt schleunigst wieder zu vergessen. Wie ich sagte, es war eine Verwechslung. Ich suchte nach einem anderen Herrn, der kürzlich aus Amerika angereist ist.«

Fred Danners Blick wanderte zu einer Gruppe von Polstersesseln. In der Halle war nicht mehr viel los um diese Zeit. »Vielleicht kann ich Ihnen behilflich sein. Mein Englisch ist ganz passabel. Außerdem hätte ich so eine Rechtfertigung vor dem Hotelpersonal, noch ein Weilchen im Bellevue zu bleiben. Es ist hier so schön warm und behaglich. Meine Unterkunft dagegen …« Er zuckte lächelnd die Achseln. »Aber ich möchte Sie nicht mit den Geldsorgen eines Studenten langweilen.«

»Sagen Sie, Herr Danner …« Sie hielt kurz inne und überlegte, ob sie fortfahren sollte. Dann gab sie sich einen Ruck. »Könnten Sie sich vorstellen, einen Auftrag für mich zu übernehmen?«

Als sie wenig später im Aufzug stand, war sie müde, aber mit sich und dem Tag zufrieden. Der junge Danner sah nicht so aus, als würde er sie übers Ohr hauen. Sie hielt ihn für geeignet. Ob Lea das ebenso sehen würde, blieb abzuwarten.

Sie drehte den Schlüssel im Schloss herum und schlich leise in ihr dunkles Zimmer. Die dicken Samtvorhänge waren zugezogen, kein Schimmer Licht fiel von den Gaslaternen herein in die Suite. Auch die Kerze auf dem Nachttisch des Jungen war erloschen. Schlief er? Sie lauschte in die Stille, suchte nach einem Atemgeräusch. Nichts. Rasch ging sie zu dem Kanapee, auf dem sie den verletzten Jungen zurückgelassen hatte, und schlug die Decke zurück.

»Benno?«

Doch der Junge war verschwunden.

15.

Dick vermummt kämpfte sich Benno durch die Straßen. Dass es schon wieder schneite, machte ihm nichts aus, im Gegenteil. Er war ganz froh, dass kaum noch jemand unterwegs war. Die Pferdebahnen fuhren bei diesem Wetter nicht, nur noch einige Droschken. Von Zeit zu Zeit hörte er einen Kutscher über das Wetter schimpfen. Weit und breit waren keine Gendarmen zu sehen. Sooft Benno auf seinem Weg zur Friedrichstadt eine Abzweigung erreichte, spähte er vorsichtig um die Ecke und ging erst weiter, wenn die Luft rein war. Als er die Umrisse des Marcolinipalais erkannte, gestattete er sich, etwas langsamer zu gehen. Von hier aus war es nicht mehr weit.

Er stapfte weiter. Vor der Matthäuskirche, in der seine Kameraden die Sonntagsgottesdienste besuchten, blieb er kurz stehen, um zu verschnaufen. Je näher er seinem Ziel kam, desto stärker hämmerte sein Herz gegen die Rippen. Er war sich nicht mehr so sicher, ob er das Richtige tat. War es wirklich eine gute Idee gewesen, sich davonzustehlen? Nicht einmal eine Nachricht hatte er hinterlassen. Aber mit dem Schreiben hatte er es ja auch nicht so. Als er an das luxuriöse Hotelzimmer dachte, an die wohlige Wärme dort und das gute Essen, das man ihm serviert hatte, hätte er vor Sehnsucht beinahe geweint. Benno redete sich Mut zu. Wenn sein Plan gelang, würde er noch vor Willie Fleck wieder im Hotel sein. Bestimmt würde sie große Augen machen, wenn sie außer ihm auch noch Dinah im Zimmer vorfand. Aber er würde ihr erklären, dass er seine beste Freundin nicht bei Radek zurücklassen durfte. Er würde sie bitten, ihnen beiden zu helfen und ihren Einfluss geltend zu machen, damit sie nicht mehr zu Radek zurückgeschickt wurden. Falls sie ablehnte, würden sie davonlaufen. Benno war in seinem Leben noch nie aus Dresden herausgekommen, er besaß weder Geld noch warme Sachen. Aber er würde sich schon irgendwie durchschlagen. Ins Erzgebirge, oder über die Grenze ins russische Polen. Von dort waren seine Eltern gekommen, jedenfalls hatte man ihm das im Waisenhaus erzählt. Aber das war nicht wichtig. Was zählte, war Dinah. Gewiss war sie schon ganz krank vor Sorge, weil sie nicht wusste, wo er abgeblieben war. Er musste sie überreden, mit ihm zu fliehen. Gemeinsam würden sie es schaffen. Aber es blieb ihm nicht viel Zeit.

Das Haus war stockdunkel, kein Licht war hinter den schmutzigen Fenstern zu sehen, die Benno wie kalte, boshafte Augen anstarrten. Radeks Zöglinge bewohnten das untere Stockwerk. Über ihnen wohnte der Hauswirt, ein ehemaliger Korporal, der im Krieg von 1870 ein Bein verloren hatte. Radek versorgte ihn mit billigem Schnaps, trotzdem keifte der Alte, wann immer sich eines der Kinder in dem düsteren Treppenhaus blicken ließ. Einmal hatte er Benno mit einem verrosteten Säbel bedroht. Die anderen Mietwohnungen standen leer und moderten vor sich hin.

Benno blickte an der Fassade empor. Ob Dinah und die anderen schliefen? Radek schickte sie an den Wochenenden früher als sonst zu Bett. Einer der älteren Jungen behauptete, er würde Schlafmittel in ihr Abendessen mischen, damit er in die Kneipe oder zu einer Frau gehen konnte.

»Gott, bitte lass ihn heute Abend fort sein«, sandte Benno ein Stoßgebet zum Himmel.

Die Haustür war nicht abgeschlossen. Leise betrat Benno den finsteren Flur und begab sich auf Zehenspitzen zur Wohnküche, dem einzigen Raum der Wohnung, den Radek heizen ließ. Am Tisch saß ein hagerer Junge, der im Schein einer Petroleumlampe Haferflocken aus einer Schale aß. Er war allein.

Benno presste die Lippen zusammen. Haferflocken bekamen nur die Aufpasser, zwei oder drei der älteren Jungen und Mädchen, denen Radek die Aufsicht übertrug, wenn er selbst außer Haus war. Die Aufpasser waren unbeliebt, denn vielen stieg die Macht, die sie allwöchentlich für ein, zwei Stunden genießen durften, zu Kopf. Dann kommandierten sie die Kleineren herum wie ein Spieß auf dem Kasernenhof. Außerdem nötigte Radek seine Aufpasser, Regelverstöße in ein schwarzes Buch einzutragen. Manchmal saugten sich die Älteren solche Verstöße regelrecht aus den Fingern, um von Radek gelobt und mit weiteren Aufgaben betraut zu werden.

Der Aufpasser am Tisch hieß Hans. Benno kannte ihn als einsilbigen Burschen, der kaum jemals den Mund aufmachte, nachts jedoch häufig aus Albträumen hochschreckte. Radek hielt ihn für einen Trottel. Aber er hatte ihn für heute zum Aufpasser ernannt, vielleicht, weil Wilhelm und Klara, die sich sonst um diese Aufgabe rissen, seit Tagen erkältet waren. Benno konnte das nur recht sein. Radek war nicht zu Hause, und mit Hans würde er schon fertigwerden.

Er räusperte sich, woraufhin dem Jungen am Tisch vor Schreck der Löffel aus der Hand fiel. Die Augen des Aufpassers weiteten sich, als er Benno aus dem Schatten treten sah.

»Benno?« Hans war im Stimmbruch. Seine Stimme überschlug sich geradezu vor Aufregung. »Himmel, Arsch und Zwirn, wo hast du gesteckt? Radek ist durchgedreht, weil du nicht nach Hause gekommen bist. Er sucht dich wie einen verlorenen Groschen. Junge, Junge, in deiner Haut möchte ich nicht stecken, wenn der Alte zurückkommt.« Mit dem Kinn wies er in Richtung des rostigen Nagels, der in der Wand gegenüber steckte.

Beim Anblick des Lederriemens begann Bennos Rücken wieder wie Feuer zu brennen. Aber noch einmal würde er sich nicht schlagen lassen. Er würde längst weg sein, bis Radek zurück war. Sollte der ruhig ganz Dresden nach ihm absuchen, bis er zu Eis erstarrte. In dem vornehmen Hotel am Theaterplatz würde er ihn niemals vermuten.

»Mensch, Benno, willst du mir nicht verraten, wo du warst?« Hans machte ein ratloses Gesicht. Sein Blick wanderte zu dem schwarzen Buch, das aufgeschlagen auf dem Tisch lag. Vermutlich überlegte er, ob er nun etwas darin eintragen musste.

»War Radek bei der Polizei?«, wollte Benno wissen.

»Polizei? Wegen dir? Quatsch mit Soße. Radek hält das schön unterm Teppich. Wenn nämlich diese Betschwestern von der Armenfürsorge Wind davon bekommen, dass einer von uns die Kurve gekratzt hat, werden sie antanzen und Fragen stellen. Und davor hat der Alte Schiss wie der Teufel vorm Weihwasser. Nee, nee, keine Bange. Die Polizei war nicht hier. Aber Peregrin.«

»Peregrin?«

Hans nickte. »Der hat sich mächtig aufgeregt, als er gehört hat, dass du stiften gegangen bist. Na ja, jetzt bist du ja wieder da. Eine Tracht Prügel ist immer noch besser, als draußen im Schnee zu verrecken.«

Benno griff in seine Jackentasche und holte das Bündel hervor, das er aus einem Taschentuch geschnürt hatte. Darin befanden sich das Glasröhrchen mit den Wunderpillen, die Schmerzen betäubten, und ein paar Leckerbissen, die von seinem Abendessen übrig geblieben waren: zwei Hühnerschenkel, ein Apfel sowie ein Stück Schokoladenkuchen. Hans glotzte den Imbiss an, als präsentierte Benno ihm die Juwelen der sächsischen Königin.

»Mensch, Knirps«, japste er. »Wo zum Teufel haste das mitgehen lassen?«

»Unwichtig, aber du kannst alles behalten, wenn du mich nicht verrätst, Hans!«

»Verrätst?«

»Ich kann nicht hierbleiben, verstehst du? Ich bin nur gekommen, um Dinah zu holen!«

Hans löste seinen Blick nur widerwillig von den verführerisch duftenden Brathähnchenteilen. Er schien schwer mit sich zu kämpfen. »Ich weiß nicht recht …«, murmelte er.

»Es gibt ein paar Menschen, die mir helfen, aber mehr darf ich nicht verraten. Lässt du mich jetzt Dinah holen? Sie soll sich rasch anziehen, aber nichts einpacken. Das dauert zu lange. Bevor Radek wieder da ist, sind wir auf und davon.«

Ohne eine Antwort abzuwarten, drehte Benno sich um. Er bemühte sich, möglichst wenig Lärm zu machen, als er über die Dielen hinüber zum Schlafraum der Mädchen schlich. Die anderen Kinder sollten nicht aufwachen. Doch noch bevor er seine Hand auf die Türklinke legen konnte, rief Hans ihn zurück.

»Du wirst Dinah nicht finden!« Mit einem düsteren Blick nahm er die Öllampe vom Tisch und befahl Benno, ihm auf den Flur hinaus zu folgen. »Radek hat sie geholt. Wir durften gar nicht mehr mit ihr reden!«

Benno durchfuhr ein eisiger Schreck. Wie dumm von ihm. Er hätte damit rechnen müssen, dass Radek Dinah in die Mangel nahm. Schließlich wusste er, dass Benno das Mädchen mochte. »Wo ist sie?«, presste er zwischen den Lippen hervor. »Bitte, Hans! Du weißt doch etwas!«

»Dinah hat Radek gesagt, dass sie nicht weiß, wo du bist und warum du weggelaufen bist. Aber er hat ihr nicht geglaubt. Deshalb hat er sie unten im Keller eingesperrt.« Er runzelte die Stirn. »Es ist dieser Holzschnitzerbengel, nicht wahr? Der Kerl mit den Krippenfiguren! Hat er dich beschwatzt, fortzulaufen?«

Bruno war viel zu erschrocken, um ihm eine Antwort zu geben. Alles, woran er denken konnte, war die arme Dinah, die seit Stunden mutterseelenallein im Keller hockte und fror. Seinetwegen. Er wusste, wie sehr Dinah die Kellerräume verabscheute. Dort war es kalt, dunkel und feucht, die Wände rochen schimmelig, und in den Verschlägen wimmelte es vor Ratten und anderem Ungeziefer.

»Wieso vergreift sich dieser Mistkerl an Dinah?«, zischte er wütend. »Ich habe sie seit gestern nicht mehr gesehen.«

Hans schien sich weiter zu winden. Immer wieder spähte er zu dem Essen hinüber, das Benno auf den Tisch gelegt hatte. Aber Benno begriff, dass es für den Jungen ein Wagnis wäre, ihm die Kellertür zu öffnen. Wenn er Dinah da rausholte, wie sollte Hans das Radek erklären?

»Na schön, überredet«, sagte der Junge schließlich mit einem unsicheren Lächeln. »Hol Dinah, bevor sie sich in dem Rattenloch den Tod holt. Wir werden uns später etwas einfallen lassen. Bis Radek merkt, dass sie verschwunden ist, habe ich mir wenigstens den Bauch mit Hühnchen und Kuchen vollgeschlagen.« Er flitzte in die Stube und holte den Kellerschlüssel. Dann sperrte er die Tür auf, die über die Treppe hinab in die eisige Dunkelheit führte.

Erleichtert stieg Benno die Stufen hinunter, wobei er höllisch aufpassen musste, um auf den ausgetretenen Stufen nicht auszurutschen. Mit der linken Hand klammerte er sich am Geländer fest, das allerdings schon ziemlich morsch war und unter einem allzu festen Griff wie Käse zu zerbröckeln drohte. Zu seiner Erleichterung leuchtete Hans, der direkt hinter ihm ging, den Weg mit seiner Lampe aus.

Hans führte Benno zu einem der Vorratsräume. Soweit Benno sich erinnern konnte, hingen darin Säcke mit Kartoffeln und Steckrüben an festen Stricken von der Decke herab, sodass die Ratten nicht an sie herankamen.

Hans kämpfte mit dem Schloss. Erst als er die Lampe auf dem festgestampften Lehmboden abstellte, gelang es ihm, die Tür zu öffnen. Aus dem Vorratsraum drang ein widerlicher Geruch, der Benno die Nase rümpfen ließ.

»Dinah?« Er glaubte, ein Rascheln zu hören. »Dinah, ich bin es! Mach schnell, wir müssen uns beeilen!«

Statt einer Antwort erhielt Benno einen heftigen Stoß in den Rücken, der ihn unsanft in den Kellerraum beförderte. Er japste nach Luft, als er gegen einen der Kartoffelsäcke prallte, der im Dunkeln wie der Körper eines Aufgeknüpften schaukelte.

Gehetzt sah er sich in dem schmutzigen Kellerraum um, obwohl ihm bereits klar war, dass es hier unten keine Dinah gab. Es gab nur ihn und Hans, der die Tür zuschlug, bevor Benno sich dagegenwerfen konnte.

Er war reingelegt worden.

»Tut mir wirklich leid, Kleiner«, drang die Stimme des Verräters durch die Tür, während sein Schlüssel erneut über das Schloss kratzte. »Aber du hast gegen die Regeln verstoßen. Radek würde uns alle büßen lassen, wenn du mit dem Mädchen verschwindest und er deswegen Ärger mit der Fürsorge bekommt. Aber keine Angst wegen Dinah. Die schläft. Radek hat ihr nichts getan!«

Benno schlug mit den Fäusten gegen die Tür und brüllte dabei, bis ihm die Stimme versagte. Doch es war vergebens. Hans war längst wieder hinaufgestiegen, um oben auf Radeks Rückkehr zu warten.

16.

Lea war bereits seit dem Morgengrauen wach, aber ihr graute davor, aufzustehen und sich der Kälte eines neuen Tages zu stellen. Gedankenverloren starrte sie an die Fensterscheibe, die der Frost mit zarten Eisblumen verziert hatte. Sie überlegte hin und her, was sie tun konnte, um ihrem Bruder das Geschäft mit den Krippenfiguren auszureden. Er hielt die ganze Sache für einen Geniestreich, und vielleicht wäre sie das auch gewesen, wenn nicht …

Als das Geräusch klappernden Geschirrs zu ihr nach oben drang, verließ sie ihr Schlafzimmer und schleppte sich in die Küche. Was sie jetzt brauchte, war eine heiße Tasse Tee. Ilse räumte Teller und Kaffeetassen aus dem Schrank, hatte den Frühstückstisch im Speisezimmer aber noch nicht gedeckt. Das bedeutete, dass Dora noch schlief.

»Ihre Herren Brüder sind ins Bethaus gegangen und werden erst in ein, zwei Stunden zurück sein«, verkündete das Dienstmädchen, während sie den Tee eingoss. Ungefragt stellte sie einen Teller mit Brot und Käse vor Lea auf den Tisch.

Lea seufzte. Ihr war schon aufgefallen, dass Ilse das Wort ›Synagoge‹ nie über die Lippen kam. Dafür war sie einfallsreich, wenn es galt, Umschreibungen wie ›Andachtsstätte‹ oder ›Bethaus‹ zu finden. Dass die Liebermanns Juden waren, blendete sie hartnäckig aus. Manchmal fragte Lea sich, ob Ilse gern für ihre Familie arbeitete oder nur bei ihnen blieb, weil gute Anstellungen für mittellose Mädchen vom Land nun einmal nicht auf der Straße lagen.

Inzwischen schien sie sich damit abgefunden zu haben, dass die Küche ihrer Herrschaft über zwei Spülsteine verfügte und dass die Liebermanns auf getrenntes Geschirr für Fleisch- und Milchspeisen Wert legten. Sie beklagte sich nicht über die zusätzliche Arbeit, die ihr die jüdischen Feiertage aufbürdeten, und ging achselzuckend darüber hinweg, dass Aaron am Samstagmorgen sein Geschäft zuließ und sich stattdessen Lederriemen um den Arm schlang, um in einer fremden Sprache zu beten.

Auf dem Küchentisch fand Lea eine zerfledderte Ausgabe von *Henriettes Kochbuch*, das ihrer Mutter gehört hatte. Offensichtlich interessierte sich Ilse für ein Rezept für saure Kartoffeln mit Gewürzgurken. Ein typisches Gericht für Hausfrauen, die sparen mussten. Gedankenverloren begann sie in dem Buch zu blättern und erinnerte sich dabei, wie oft ihr Vater ihr von den Kochkünsten ihrer Mutter vorgeschwärmt hatte. Bei ihr hatte alles geschmeckt.

Wenn du mich nun sehen könntest, Mama, wärest du stolz oder enttäuscht von mir?

Vor der Tür verhandelte Ilse mit dem Sohn des Fischhändlers, der eine Bestellung auslieferte. Sie ließ ihn nie in die Küche kommen, weil sie behauptete, dass sein strenger Geruch nur an der frischen Luft auszuhalten sei. Dafür stand plötzlich Willie vor ihr, wie aus dem Boden gestampft. Ihre Schwester war blass und nachlässig frisiert. Mit ihrem Regenschirm deutete sie auf die noch dampfende Kanne auf dem Tisch.

»So ein Tässchen Tee würde mir jetzt auch guttun. Ach, Kindchen, ich fürchte, ich bringe keine guten Nachrichten.« Umständlich begann sie Lea zu berichten, was sich am Abend zuvor in ihrem Hotel zugetragen hatte.

Wie elektrisiert sprang Lea von ihrem Stuhl auf. Ich hab's gewusst, schoss es ihr durch den Kopf. Ich habe gewusst, dass so etwas passieren würde. Warum hatte Willie auch nicht besser auf den Jungen aufgepasst? Sie hätte ihn niemals allein lassen dürfen!

»Ich begreife einfach nicht, warum er das Zimmer verlassen hat«, klagte Willie. Sie sah aus, als habe sie schreckliche Kopfschmerzen. »Ich habe ihm doch mit einer Engelsgeduld eingeschärft, auf mich zu warten. Meine Hilfe habe ich ihm angeboten! Und was macht der Bengel? Stopft sich die Taschen mit Kuchen voll und verduftet.« Sie seufzte, während sie ihren Hut zurechtrückte.

»Dieser Radek hat ihn aufgespürt und mitgenommen«, sagte Lea bitter. »Warum auch nicht? Es war ja niemand da, der ihn hätte beschützen können!«

»Unsinn! Der Mann konnte doch gar nicht wissen, dass der Junge bei mir im Bellevue war. Er wäre auch niemals ungesehen am Nachtportier und den Hotelpagen vorbeigekommen.« Willie nippte an ihrem Tee, bevor sie hinzufügte: »Ich habe mich natürlich gleich umgehört. Der junge Mann an der Rezeption gab vor, sich nicht zu erinnern, einen Jungen in der Halle gesehen zu haben. Aber der Knirps, der den Aufzug bedient, hat ihn gesehen. Er schwört, dass niemand bei ihm war. Benno ist nicht entführt worden, er hat das Hotel freiwillig verlassen.«

»Um zurück zu diesem Menschenschinder zu gehen?« Lea begann hin- und herzulaufen wie ein Löwe im Käfig. Sie mochte gar nicht daran denken, was der Junge gerade durchmachte. »Zu einem Kerl, der ihn schlägt, wenn er nicht genug von diesen dummen Papierlaternen verkauft?«

»Ich kann mir denken, was in dir vorgeht. Du fühlst dich für den Kleinen verantwortlich, weil du denkst, er habe sich dir anvertraut. Aber hat er das wirklich?« Willie zuckte mit den Achseln.

»Du weißt doch gar nichts über diesen Benno. Die Gemeinschaft dieser Laternenverkäufer ist das einzige Zuhause, das der

Junge je kennengelernt hat. Kinder brauchen Beständigkeit, sie trennen sich nur ungern von dem Gefühl von Heimat, mit dem Leute wie dieser Radek sie ruhigstellen.«

Lea mochte es nicht, wenn Willie so fürchterlich vernünftig daherredete. Sie brauchte die zu allem entschlossene Schwester, die ihr versprach, Schmiere zu stehen, damit sie sich in Radeks Haus nach Benno umsehen konnte. Doch als sie auch nur eine Andeutung fallen ließ, schüttelte Willie so heftig den Kopf, dass sich die roten Beeren und Zweiglein auf ihrem ausladenden Hut lösten und klackend zu Boden fielen. Energisch rang sie Lea das Versprechen ab, Radeks Haus fernzubleiben.

»Du darfst dich nicht in Gefahr bringen, damit hilfst du dem Jungen nicht«, rief sie. »Wenn dieser Radek sich Benno geschnappt hat, wird er ihm bestimmt nichts zuleide tun.«

»Ach, und was macht dich da so sicher?«

»Nun, nach allem, was du mir gesagt hast, nehme ich an, dass der Kerl zwar verkommen, aber kein Dummkopf ist. Er weiß, dass es jemanden in der Stadt gibt, der Benno heimlich unterstützt. Wäre er da so töricht, dem Jungen noch mal wehzutun?«

Lea strich sich nachdenklich eine Haarsträhne aus der Stirn. Durch die Scheibe der Küchentür sah sie, wie der Fischhändler Ilse einen Kuss auf die Lippen drückte. Na bravo, plötzlich schien sie der Fischgeruch nicht mehr zu stören. Aber vielleicht hatte Willie recht mit ihrer Vermutung. Allerdings zweifelte sie auch nicht daran, dass Radek versuchen würde, herauszufinden, wer es gewagt hatte, ihm ins Gehege zu kommen. Vielleicht würde er diesmal nicht zur Peitsche greifen, um den Namen aus Benno herauszuprügeln, doch Männer wie er fanden andere Möglichkeiten. Benno war ein tapferer kleiner Kerl. Er würde sich sträuben, Willies Namen zu nennen. Aber wie lange? Und was würde Radek unternehmen, wenn er erfuhr, dass der Krippenschnitzer Laurin Benno ins Hotel gebracht hatte?

Zu Leas Überraschung zeigte sich Willie völlig unbesorgt. In ihrer Welt trugen die Bösewichte Theaterkostüme und sangen. Dass ein Subjekt wie dieser Radek es auch nur wagen könnte, einer gefeierten Berühmtheit wie ihr nachzustellen, erschien ihr geradezu grotesk.

»Oh, schon neun Uhr?« Willie strich sich den Rock glatt, ergriff ihren Schirm und stand auf. »Ich muss gleich ins Theater. Stimmprobe. Vorher möchte ich dir nach all den Hiobsbotschaften auch noch eine gute Nachricht überbringen.« Sie lächelte verschwörerisch. »Freu dich, ich habe dein kleines Problem mit Aaron gelöst!«

Lea hob misstrauisch die Augenbrauen. Es war noch keine zwölf Stunden her, seit ihr Bruder die Familie mit seinen neuesten Plänen konfrontiert hatte, und schon wollte Willie eine Lösung eingefallen sein? Das klang zu schön, um wahr zu sein.

Und so war es auch. Nur dass es sich in Leas Ohren nicht einmal schön, sondern nur verrückt anhörte.

»Bist du noch recht bei Trost?« Lea war so durcheinander, dass sie sich hinsetzen musste. »Du heuerst den erstbesten Mann an, den du in einer Hotelbar triffst und bittest ihn, sich für mich auszugeben?«

»Er soll nur vorübergehend deine Rolle als Laurin übernehmen«, sagte Willie ein wenig beleidigt. Beim Theater nennen wir das eine Zweitbesetzung.«

»Ich weiß, was eine Zweitbesetzung ist! Aber das ändert nichts an der Tatsache, dass du einem Wildfremden mein Geheimnis auf die Nase gebunden hast.« Erschöpft vergrub Lea ihr Gesicht in beiden Händen. Das war kein guter Tag, nein, ganz und gar nicht. Zu allem Überfluss hätte sie sich längst zum Striezelmarkt aufmachen müssen, was aber nicht ging, weil Schabbat war und sie somit keine Ausrede hatte, in der Stadt Einkäufe zu erledigen. Kulicke hielt am Weihnachtsstand die Stellung, während sie angeblich unterwegs war, um bestellte Krippenfiguren auszuliefern. Lea konnte nur hoffen, dass Peregrin sich mit dieser Auskunft zufriedengeben würde.

»Nun schau doch nicht so finster drein!« Willie berührte behutsam ihren Arm. »Ich habe es gut gemeint, und dieser junge Mann ist der geborene Schauspieler, dafür habe ich einen Blick. Ich bezahle ihn dafür, dass er sich mit Aaron trifft, mehr nicht. Du musst ihm nur einschärfen, was genau er zu tun und zu sagen hat.«

Lea war immer noch skeptisch, als sie am folgenden Nachmittag das Haus verließ. Es war Sonntag, und auf dem Weg zu dem Kaffeehaus, in dem sie Willies Zufallsbekanntschaft treffen sollte, begegneten ihr zahlreiche Spaziergänger: Ehepaare auf dem Weg zum Weihnachtsmarkt, Kinder mit Schlitten oder Schneeschuhen an den Füßen und Dienstmädchen, die ihre freien Stunden mit Freundinnen oder in Gesellschaft von Verehrern genossen. Einige der Herren zogen artig den Hut vor Lea und sandten ihr bewundernde Blicke nach. Lea beantwortete ihren Gruß mit einem Lächeln und überlegte, ob es vielleicht der neue Hut war, der sie weniger mädchenhaft und etwas erwachsener wirken ließ. Er war erst tags zuvor vom Lehrmädchen der Hutmacherin geliefert worden und bestand aus karmesinrotem Filz mit blau-weißem Band, das bis zum Kragen reichte. Auf weiteren Putz hatte Lea verzichtet. Hüte sollten vor Wind und Regenwetter schützen. Einen halben Wald oder einen Obststand auf dem Kopf mit sich herumzutragen, davon hielt sie nichts. Als sie kurz darauf in die Pragerstraße einbog, brach die Sonne durch die graue Wolkendecke. Ihre Strahlen berührten das Pflaster zunächst ganz zaghaft, doch bald schon tanzten sie über den frisch gefallenen Schnee, als schwinge eine Fee ihren Zauberstab, um die graue Welt aus Stein zum Glitzern zu bringen. Kirchenglocken begannen zu läuten. Vermutlich fand in der Frauenkirche ein festliches Adventskonzert statt.

Das *Café Hülfert* gehörte zu den beliebtesten Adressen Dresdens und war in einem stattlichen Eckhaus untergebracht. Im unteren Stockwerk wurden Kaffee, heiße Schokolade und gewürzter Punsch ausgeschenkt. Ältere Herrschaften im Sonntagsstaat ließen sich Likör und Baumkuchen schmecken. Jüngere Gäste strömten die Treppe zum Obergeschoß hinauf, wo sich ein Billardsaal befand. Das Klacken der Kugeln war im ganzen Haus zu hören.

Lea reckte den Hals und ließ ihre Blicke suchend von Tisch zu Tisch wandern. Sie fühlte sich plötzlich unbehaglich in ihrem hochgeschlossenen schwarzen Kleid. Sie glaubte fast die Stimme ihres Vaters zu hören: »*Ein junges Mädchen in Trauer besucht kein Kaffeehaus.*«

Richtig, Vater, aber es verkauft auch nicht in Männerkleidung Schnitzfiguren. Lea wich einem Kellner aus, der ein Tablett mit Kaffeekännchen durch die plaudernde und lachende Menge balancierte. Verflixt, wo steckte ihre Schwester nur? Hatte sie nicht versprochen, um punkt vier Uhr im Café zu sein?

Lea wollte gerade zum Ausgang gehen, als ihr Blick auf einen einfach gekleideten jungen Mann fiel, der mit lässig übereinandergeschlagenen Beinen an einem Tisch saß und rauchte. Als der Mann sie bemerkte, drückte er seine Zigarette aus, stand auf und kam auf sie zu.

»Fräulein Liebermann, nicht wahr?«

»Ich …« Ehe Lea es verhindern konnte, erhielt sie einen Handkuss, der ihre Wangen vor Verlegenheit erröten ließ.

Der junge Mann strahlte sie an. »Freut mich, Sie kennenzulernen! Gewähren Sie mir die Ehre, Sie an den Tisch begleiten zu dürfen?«

Da Lea keine unnötigen Blicke auf sich ziehen wollte, folgte sie dem jungen Mann und ließ es auch zu, dass er ihr den Stuhl zurechtrückte. Und nun muss ich wohl etwas sagen, dachte sie. Aber was? Aus den Augenwinkeln spähte sie zur Tür, die sich in regelmäßigen Abständen öffnete und schloss. Gäste gingen und neue kamen. Wer nicht kam, war Willie. Lea stöhnte innerlich auf. Sie hatte noch nie mit einem ihr völlig Fremden allein in einem Kaffeehaus gesessen. Was, wenn jemand sie hier erkannte? Ein Kunde ihrer Brüder oder ein Bekannter der Familie, der Aaron und Dora brühwarm davon erzählen würde?

»Meine Schwester sollte längst hier sein«, sagte sie schließlich mit einem vorwurfsvollen Blick auf die Wanduhr, die über der reich bestückten Kuchentheke hing. »Es gehört sich nicht, dass ich ganz allein hier mit Ihnen sitze!«

Er lachte. »Ganz allein? Sie scherzen, Fräulein! Dieses Kaffeehaus ist so voll mit schnatternden Menschen, dass man sein eigenes Wort kaum versteht. Sie brauchen also keine Angst zu haben. Weder vor mir noch um Ihren guten Ruf!«

»Ich habe keine Angst«, widersprach Lea. »Es ist nur so, dass ... Ich weiß eigentlich nicht, was ich hier tue! Meine Schwester hat das alles eingefädelt, Herr ...«

Sofort stand der junge Mann auf und neigte den Kopf. Er war groß. Lea fiel erst jetzt auf, wie groß. Bestimmt überragte er sie um nicht weniger als eine Elle.

»Verzeihung, ich hätte mich natürlich zuerst vorstellen müssen, wie es sich gehört. Mein Name ist Danner. Fred Danner, und ich wäre glücklich, wenn ich Ihnen zu Diensten sein könnte.«

Zu Diensten sein. Nein, wie sich das anhörte. Der Kellner trat an den Tisch und fragte nach ihren Wünschen. Danner bestellte ein Glas Gewürzpunsch und dazu ein Stück Stollen. Lea zögerte. Wenn sie nun ebenfalls eine Bestellung aufgab, musste sie bleiben.

»Unser Baumkuchen ist zu empfehlen«, drängte der Kellner voller Ungeduld. »Oder wünscht das gnädige Fräulein …«

»Tee, bitte!« Leas Blick wanderte hektisch über die gläserne Kuchenvitrine. »Und vielleicht ein Stück Stollen dazu!«

»Wir scheinen etwas gemeinsam zu haben!« Fred lehnte sich mit einem Lächeln zurück. »Ich liebe diesen Kuchen. Wann immer ich zur Advents- und Weihnachtszeit in der Stadt bin, muss ich mir den Bauch damit vollschlagen. Als Kind habe ich meine Mutter manchmal geplagt, mir einen Stollen zu backen. Er war gut, aber offen gestanden reichte er nie an das Original heran.«

Lea war versucht zu bemerken, dass man ihm diese Vorliebe für Naschereien nicht ansehe, so schlaksig wie er war, doch sie ließ es bleiben, da ihr das zu persönlich vorkam. Es ging sie nichts an, was dieser Mann mochte oder was er nicht mochte. Willie hatte ihm einen Auftrag in Aussicht gestellt, ohne vorher ihr Einverständnis einzuholen, und das war schlimm genug. Sie hatte kein Interesse daran, etwas aus seinem Leben zu erfahren.

»Nun, vielleicht sollten wir jetzt das Geschäftliche besprechen«, sagte sie mit einem Räuspern. »Auf meine Schwester brauchen wir anscheinend nicht mehr zu warten.«

Fred Danner lächelte. »Eine recht ungewöhnliche Geschichte, die Madame Fleck mir erzählt hat. Aber ich habe eine Schwäche für Ungewöhnliches!«

»Ist dies der Grund dafür, dass Sie mir helfen möchten? Ich meine … Wenn meine Schwester *mich* um einen Gefallen dieser Art gebeten hätte, hätte ich gedacht, da will mich jemand auf den Arm nehmen.« Sie senkte die Stimme. »Oder es handele sich um etwas Ungesetzliches, was aber nicht der Fall ist. Das kann ich Ihnen versichern!«

Fred hob amüsiert die Augenbrauen. »Ihre Schwester sah nicht aus, als wolle sie sich einen Jux machen. Sie hat mir erklärt, dass Sie sich in einer gewissen Notlage befinden, aus der ein Bursche wie ich Ihnen ohne größeren Aufwand heraushelfen könne. Davon abgesehen versprach sie mir, eine komfortablere Unterkunft als die Pension, in der ich gerade wohne.« Er lachte. »Sehen Sie, ein mittelloser Student, der sich gerade so über Wasser hält, ist froh über jede Möglichkeit, sich ein paar Groschen dazuzuverdienen.«

Lea hatte es vermieden, Fred Danner in die Augen zu sehen, doch nun nahm sie ihn genauer in Augenschein. Die Frage war doch, ob Aaron ihm die Rolle des Schreinergesellen abnehmen würde oder nicht. Sich diesen Fred an einer Hobelbank vorzustellen war schwierig. Mochte er bislang auch keiner Arbeit aus dem Weg gegangen sein, so genügte doch ein einziger Blick auf seine Hände, um zu ahnen, dass der junge Mann wohl eher hinter den Ladentisch oder in ein Büro passte als in eine Werkstatt. Er wirkte insgesamt betrachtet viel zu gepflegt. Lea bezweifelte stark, dass er auch nur eine leise Ahnung davon hatte, wie man ein Schnitzeisen führte. Sie schüttelte entschieden den Kopf. »Ich bedaure sehr, dass wir Ihre Zeit vergeudet haben. Aber den Handwerker nimmt Ihnen nicht einmal mein Bruder ab.«

»Aber Sie täuschen in Ihrer Rolle die halbe Stadt!«

»Ich? Aber …« Lea verschluckte sich an einem Bissen Stollen. Hustend griff sie ihre Teetasse und trank, bis sich ihre Kehle beruhigt hatte. Sie selbst fühlte sich indes alles andere als ruhig. Wieso, verflixt noch mal, hatte er sie ertappt? Das war doch unmöglich! Es sei denn, Willie hatte … Natürlich hatte sie.

Fred Danner schob seinen Teller zur Seite und beugte sich vor. »Es war nicht schwer, eins und eins zusammenzuzählen. Aber Sie brauchen sich deswegen keine Sorgen zu machen. Ich werde mich nicht mehr lange in Dresden aufhalten und habe gewiss nichts davon, Sie in Schwierigkeiten zu bringen. Im Gegenteil, ich bewundere es, wenn eine Frau so leidenschaftlich für etwas kämpft. Da, wo ich herkomme …« Er verstummte, als hätte er schon zu viel gesagt. Einen Moment schien er nach den passenden Worten zu suchen. »Sie möchten nicht, dass Ihr Bruder erfährt, wer der Krippenschnitzer vom Striezelmarkt wirklich ist. Fein, nichts dagegen zu sagen. Ich möchte mir ein paar Mark verdienen, damit ich mir eine Fahrkarte kaufen kann, um Weihnachten zu Hause zu verbringen.«

»Und wo ist dieses Zuhause?«

Fred Danner schüttelte den Zeigefinger. »Keine Fragen! Das ist die einzige Bedingung, die ich stelle. Da Ihre Schwester Opernsängerin ist, wissen Sie bestimmt auch, welche Katastrophe Elsa heraufbeschwor, als sie Lohengrin mit neugierigen Fragen quälte. Ich tue, was Sie mir auftragen, werde bezahlt und verschwinde vor dem vierten Advent. Damit dürften Sie doch einverstanden sein, oder?«

Nervös spielte Lea mit dem Silberlöffel in der Hand. Ja, eigentlich sollte sie mit diesem Arrangement zufrieden sein. Doch warum regte sich dann das ungute Gefühl in ihr, einen Fehler zu begehen? Einen nicht wiedergutzumachenden Fehler. Lag es daran, dass der Fremde, den sie auf Abstand halten wollte, inzwischen mehr über sie und ihre Familie wusste als sie über ihn? Vermutlich. Lea ärgerte sich darüber, wie rasch Willie ihn ins Vertrauen gezogen hatte. Sie war davon überzeugt, dass er ihr etwas verheimlichte. Zum Beispiel, was ihn tatsächlich nach Dresden geführt hatte. War ihm nur das Geld ausgegangen, das er zur Weiterreise brauchte, oder hatte er etwas ganz anderes in der Stadt im Sinn? Sie hatte beteuert, dass das, was sie von ihm erwartete, gegen kein Gesetz verstieß, aber was, wenn er selbst auf der Flucht vor der Justiz war? Dann ließ sie sich auf einen Pakt mit einem gesuchten Verbrecher ein. Plötzlich schmeckte der Stollen in ihrem Mund bitter wie Kampfer. Doch nun war es zu spät, sich aus der Affäre zu ziehen, ohne Federn zu lassen.

Fred Danner holte Lea aus ihren Gedanken. »Sie vertrauen mir nicht, habe ich recht?«

»Spielt das eine Rolle?«

»Für mich schon!« Fred schob sich das letzte Stück Mandelstollen in den Mund und kaute genüsslich. »Ich würde mich wohler fühlen, wenn Sie in meiner Gegenwart nicht den Eindruck erweckten, als könnten Sie jeden Moment vor Unbehagen in Ohnmacht fallen!« Er lächelte schrägt. »Wie kann ich Sie davon überzeugen, dass ich ein ehrlicher Kerl bin?«

»Ich kann Ihnen versprechen, dass ich nicht vorhabe, in Ohnmacht zu fallen, Herr Danner«, sagte Lea spitz. »Davon abgesehen, brauchen Sie mich von gar nichts zu überzeugen. Wollen Sie jetzt hören, was ich von Ihnen erwarte, oder nicht?«

17.

Obwohl Fred Danner der Werkstatt gern einen Besuch abgestattet hätte, widerstrebte es Lea, ihn dort herumzuführen. Das Haus war in den vergangenen Tagen zu ihrem Refugium geworden, nur dort fühlte sie sich unbeobachtet. Daher verabschiedete sie sich schon im Kaffeehaus von dem jungen Mann und bat ihn, sie nach Einbruch der Dämmerung auf dem Striezelmarkt zu treffen. Besser, sie wies ihn sofort in alles ein, was nötig war, um in die Rolle eines Holzschnitzers zu schlüpfen. Als sie später den Krippenfigurenstand erreichte, wartete Fred schon, einen Lebkuchen knabbernd, auf sie. Meine Güte, wie schaffte der Mann es bloß, so schlank zu bleiben, bei den Mengen von Süßigkeiten, die er in sich hineinstopfte? Fred erkannte sie trotz ihrer Verkleidung sogleich, verlor über ihre Aufmachung aber kein Wort. Er tippte sich nur flüchtig gegen die Hutkrempe und folgte Lea, als die ihm mit einem verstohlenen Wink zu verstehen gab, ihr durch die kleine Seitentür zu folgen. Ganz hinten in der Hütte, wo Schwarzmüller seine zum Verkauf bestimmten Waren lagerte, fiel nur wenig Licht herein, sodass kaum mehr als Umrisse von dem Besucher zu erkennen waren.

»Kulicke, das ist Fred Danner«, stellte Lea den jungen Mann ihrem Gehilfen vor, der ihn mit offener Feindseligkeit musterte. »Ruhig Blut, er wird dir nicht auf die Nerven gehen, sondern ein paar kleine Aufträge für mich erledigen.«

Kulicke zog es vor, Freds ausgestreckte Hand zu übersehen. »Wir brauchen keine zusätzliche Hilfskraft. Du sagst mir einfach, was zu tun ist, und ich erledige es. Punkt. So hat's doch bisher auch geklappt.« Er schlug die Kasse zu, als sähe er schon Freds Finger darin verschwinden.

»Aber ich kann dir doch nicht auch noch Botengänge zumuten«, wandte Lea mit einem sanften Lächeln ein. Sie ahnte, dass sie ihrem Gehilfen ein wenig Honig um den Bart schmieren musste, um dessen Groll zu mindern. »Ohne dich wäre ich aufgeschmissen. Du weißt doch, dass ich nicht jeden Tag hier sein kann.«

Fred Danner räusperte sich. »Wie gesagt, ich habe nicht vor, dir in irgendwas reinzureden.« »Das wäre ja auch noch schöner!« Kulicke klang noch immer düpiert. Freunde würden er und Danner nicht werden. Lea war natürlich auch klar, warum. Sie rechnete es ihrem Gehilfen hoch an, dass er sich Sorgen um sie und ihre Tarnung machte.

»Kulicke, er weiß Bescheid«, flüsterte sie, wobei sie den jungen Mann sachte am Arm berührte. »Wir müssen uns nicht vor Danner verstellen.«

Kulicke stieß die Luft aus. Hatte ihn Leas vertraulicher Ton einen Herzschlag lang besänftigt, so sah er nun geradezu erschüttert aus. »Aber ... Wie um alles in der Welt kommst du dazu, diesen Herumtreiber einzuweihen? Hast du den Verstand verloren? Was, wenn er zu Peregrin läuft und uns anschwärzt? Dann fliegst nicht nur du im hohen Bogen vom Markt, ich kann dann auch einpacken! Verdammt!« Er schlug mit der Faust auf die Verkaufslade und warf dabei einige von Leas Figuren um.

Lea zog ihre Schirmmütze tiefer in die Stirn, weil sich eine Schar Besucher, zwei ältere Männer mit einem etwa dreizehnjährigen Mädchen, dem Stand näherten. Gemeinsam blieben sie vor Leas Schnitzereien stehen und bestaunten sie ausgiebig, bevor einer der Herren sich für einen pausbäckigen Engel entschied. Das Mädchen, das ein adrettes Matrosenkleid unter dem Mantel trug, jauchzte, als sie die Figur überreicht bekam.

»Keine Angst, mein Freund!« Fred schob sich den Rest seines Lebkuchens in den Mund. »Ich kann schweigen wie ein Grab!«

»Na bestens!« Kulicke winkte der abrückenden Kundschaft zu, dann wandte er sich wütend zu Fred um. »Denn wenn du uns verpfeifst, werde ich dafür sorgen, dass du dich schneller unter einem Sargdeckel wiederfindest, als du brauchst, um einen unserer Lebkuchen zu verputzen. Ich werde dich im Auge behalten.«

»Ach, Kulicke«, seufzte Lea. Es kostete sie noch einige Mühe, Kulicke zu besänftigen. Allerdings bestand ihr Gehilfe darauf, die Geldkasse künftig keinen Moment mehr aus den Augen zu lassen. Jedenfalls nicht, solange der Fremde sich in der Nähe herumdrückte. Doch Lea hatte jetzt wahrhaftig andere Sorgen als Kulickes Befindlichkeiten. Als sie jetzt auch noch erfuhr, dass nicht nur Peregrin, sondern auch Radek am Vortag nach ihr gefragt hatte, horchte sie erschrocken auf.

»Peregrin war ziemlich wütend, weil du nicht da warst«, sagte Kulicke mit sorgenvoller Miene. »Er hat sich zwar mit meiner Erklärung zufriedengegeben, aber er lässt dir ausrichten, dass du seine Warnung nicht auf die leichte Schulter nehmen sollst. Beim kleinsten Fehler … Du weißt schon.«

Lea brauchte keine Erinnerung. Sie hatte die Drohung des Marktleiters nicht vergessen. »Und Radek? Was wollte der schon wieder?«

Kulicke zuckte die Achseln. »Mir kam es so vor, als würde Radek sich jede Kleinigkeit am Stand genau einprägen. Die Krippenfiguren, an denen du zuletzt gearbeitet hast, dein Werkzeug. Einfach alles!«

Lea winkte ab. Sie hatte genug gehört. Über Radeks merkwürdiges Verhalten würde sie sich später Gedanken machen.

Nun galt es, sich ranzuhalten, um einigen der noch unfertigen Figuren den letzten Schliff zu verleihen. Zudem hatte Kulicke in ihrer Abwesenheit ein paar Bestellungen entgegengenommen. Eine Kundin hatte eine Raubkatze in Auftrag gegeben, als Geschenk für das Enkelkind. Das würde kompliziert werden, da Lea hier geeignete Vorlagen fehlten. Wenn sie in der Bibliothek kein brauchbares Anschauungsmaterial fand, musste sie wohl oder übel in den Zoologischen Garten gehen und die Mimik sowie die Bewegungsabläufe von Löwen und Tigern skizzieren. Bei den übrigen Aufträgen handelte es sich um Krippenfiguren. Sicheres Terrain für sie. Sie konnte die Vorarbeiten Kulicke übertragen und übernehmen, sobald es um die Gesichtszüge und Feinheiten des Haars und der Gewänder ging.

Während der folgenden beiden Stunden gelang es ihr, drei Marienfiguren und einen Joseph zu vollenden. Fred Danner, der ihr bei der Arbeit über die Schulter geschaut und Löcher in den Bauch gefragt hatte, pfiff bewundernd durch die Zähne.

»Direkt kämpferisch, der Junge«, meinte er anerkennend. »Muskelbepackt, das Gesicht voller Leidenschaft und Entschlossenheit. Neidisch könnte man werden!«

»So eine Hühnerbrust wie du bestimmt«, höhnte Kulicke, ohne auch nur von seiner Arbeit aufzublicken. Mit einer Säge bearbeitete er ein paar Holzstücke, aus denen er einen Krippenstall für Leas Figuren zimmern wollte. Neben seinem Arbeitsplatz türmten sich trockene Baumrinde und getrocknetes Heu zum Ausschmücken. Lea wollte gerade zu einer Entgegnung ansetzen, als sie Willie bemerkte. Ihre Schwester war wieder in ihren dicken Pelz gehüllt, der ihr das Aussehen eines plumpen Bären verlieh. Mit ausgestreckten Armen kämpfte sie sich über den festgestampften Schnee, dabei war der Boden zwischen den Buden und Ständen auf Peregrins Anweisung hin mit reichlich Sägemehl bestreut worden, damit kein Besucher ausrutschte.

»Ach, bin ich froh, dass ich endlich hier bin und mir nichts gebrochen habe«, jammerte Willie. »Eine Expedition in die Antarktis stelle ich mir kaum unangenehmer vor!«

Lea machte ein säuerliches Gesicht. Sie hat getrunken, ging es ihr durch den Kopf. Anstatt mir im Kaffeehaus beizustehen, hat sie sich mit einer Flasche Champagner vergnügt.

»Wollt ihr mich nicht zu euch bitten?« Willie hielt sich an der Verkaufslade fest. Ihr Hut, ein braunes Ungetüm mit bunten Pfauenfedern, war ihr tief in die Stirn gerutscht. »Wie ich sehe, ist mein lieber Freund Fred schon da.«

Kulicke ließ die Säge sinken und funkelte Lea an. »Deine Schwester kennt den Kerl also auch schon?«

»Kundschaft hat in der Bude nichts zu suchen«, sagte Lea. Sie funkelte ihre Schwester an. »Sag mir lieber, warum du nicht ins Café gekommen bist, obwohl du es mir versprochen hattest.«

Willie zog prompt den Kopf ein. Dass ihre jüngere Schwester in Männerkleidern sie so anfuhr, schien sie jäh zu ernüchtern. Hastig setzte sie zu einer Erklärung an, verhaspelte sich dabei und musste wieder von vorn beginnen. Schließlich aber erfuhr Lea, dass Willie auf dem Weg zur Prager Straße Aaron und Dora begegnet war, welche, wie der Zufall es so wollte, ebenfalls das Café Hülfert ansteuerten.

Lea wurde bleich.

»Es war gar nicht einfach, die beiden zu überreden, mit mir woanders hinzugehen«, meinte Willie. »Die gute Dora ist immer so ein misstrauisches Geschöpf. Der Kuckuck weiß, wie Aaron das aushält. Ich musste ihnen jedenfalls eine Droschke spendieren und sie ins Bellevue einladen. Nur so konnte ich sichergehen, dass sie dir bei deinem Gespräch mit Herrn Danner nicht in die Quere kommen.« Sie griff sich an den Kopf. »Zu viel Champagner«, murmelte sie mit belegter Zunge. »Nichts Böses ahnend frage ich, was Dora trinken will, und was macht sie? Bestellt Champagner. Dass dieser Sauertopf so viel verträgt, hätte ich nicht gedacht.«

Lea unterdrückte ein Grinsen. Gleichzeitig schämte sie sich, weil sie sich über Willie geärgert hatte, ohne die Gründe für ihr Nichterscheinen zu kennen. Dabei hatte sie ihr wieder einmal aus der Bredouille geholfen. »Danke«, sagte sie verlegen. »Offensichtlich warst du auch heute meine Rettung.«

Willie zog eine Grimasse. »Ach was, ich bin beileibe keine Heilige, Kindchen. Engelsflügel wie die, welche du deinen Figuren schnitzt, würden mir nicht stehen. Aber für eine nette, kleine Verschwörung habe ich etwas übrig. Daher habe ich die Zeit mit Aaron heute auch genutzt, um dem Guten sein albernes Vorhaben auszureden.«

»Heißt das, er will meine Figuren nun doch nicht ankaufen?«

Willie kicherte. »Lass mich doch ausreden! Aaron ist nach wie vor fest entschlossen, mit dem hochbegabten Laurin Geschäfte zu machen. Aber auf meinen Rat hin wird er sich mit ihm nicht hier auf dem Striezelmarkt, sondern im Laden treffen. Ich habe angeboten zu vermitteln, und nachdem Aaron sich erst ein wenig geziert hat, hat er schließlich zugestimmt.«

»Wann?«

»Morgen früh!«

Lea wandte sich zu Fred Danner um, der dem Gespräch der beiden Schwestern zugehört, aber kein Wort gesagt hatte. »Geht das?«

»Schade!« Fred nahm eines von Leas Schnitzeisen und fuhr bedächtig über die Schneide. »Ich fing gerade an, mich hier auf dem Weihnachtsmarkt wohlzufühlen.«

Radek beobachtete den Stand des Holzschnitzers aus einer Schar Männer heraus, die plaudernd um ein Holzfass herumstanden und Glühpunsch tranken. Er hatte den Kragen hochgeschlagen und gab vor, dem Gespräch zu lauschen, in dem es um Neuigkeiten aus dem Reichstag ging. Angeblich sollten die Samoainseln zwischen dem Deutschen Kaiserreich und Amerika aufgeteilt werden. Radek war das egal, er wusste nicht einmal, wo Samoa lag. Ihn interessierte viel mehr, was sich drüben am Stand vom alten Schwarzmüller tat. Dieser Laurin war zurück, und er hatte einen Mann mitgebracht, den Radek noch nie auf dem Striezelmarkt gesehen hatte. Der Bursche hielt sich im Dunkeln, vermutlich wollte er nicht gesehen werden. Und dann gab es da noch diese Frau, die recht vertraut mit dem Holzschnitzer zu sein schien. Eine gewöhnliche Kundin war das nicht. Wenn er sich nicht irrte, hatte er sie schon einmal gesehen. Aber er erinnerte sich nicht mehr, wo das gewesen war. Ihre Aufmachung ließ auf Wohlstand schließen. Verdammt, woher kenne ich die, grübelte er. Und dann, als er schon im Begriff stand, einen der Glühpunschtrinker nach ihr zu fragen, fiel es ihm wieder ein: Er hatte ihr Bild in der Zeitung gesehen. Sie war eine dieser hochnäsigen Singvögel, die an der Semperoper fürs Trällern bezahlt wurden. Radek hatte den Zeitungsartikel nur überflogen, daher erinnerte er sich nicht an den Namen der Frau, aber er vermutete, dass sie im piekfeinen Bellevue abgestiegen war.

Was hatte diese Sängerin mit einem Holzschnitzer zu tuscheln? Um Krippenfiguren ging es sicher nicht. Ob das Weib Laurin mit aufs Zimmer nahm, um sich zwischen ihren Proben mit ihm die Zeit zu vertreiben? Diese Reichen hatten ja die sonderbarsten Vorlieben, vor allem Künstler. Wenn an seinem Verdacht etwas dran war, würde sich das herausfinden lassen.

Radek nahm einen tiefen Schluck aus seinem Becher. Der Punsch hinterließ ein angenehmes Brennen in seiner Kehle. Er dachte an die Speisen, mit denen er Hans im Haus erwischt hatte, an das feine Taschentuch, in das sie gewickelt gewesen waren, und an das Glasröhrchen mit Pillen. Benno hatte sich natürlich geweigert, ihm zu beichten, bei wem er untergekrochen war und wer ihn behandelt hatte. Aber je länger Radek Laurins Stand beobachtete, desto überzeugter war er, dass dieser verdammte Holzschnitzer und die Sängerin dahintersteckten. Benno war bei der Frau im Bellevue gewesen, und dort würde er sich bestimmt noch immer vor ihm verstecken, wenn er nicht so blöd gewesen wäre, auf Hans hereinzufallen.

Eine Schar Papierlaternenverkäufer stapfte die Gasse entlang. Radek erkannte Hans an ihrer Spitze. Wenn man an den Teufel denkt … Der Bengel pfiff den frechen Gassenhauer, den dieser Tage jeder Leierkastenmann in Dresden zum Besten gab. Irgendwas von einer Maus, die hinter dem Ofen hockte. Radek zog sich den Hut tiefer in die Stirn. Er wollte unerkannt bleiben. Weiterbeobachten, was sich als Nächstes tat. An Laurins Stand war man auf die Kinder aufmerksam geworden. Der Hungerhaken von einem Krippenschnitzer kam aus seiner Bude gerannt und spurtete den Kindern hinterher, bis er die kleine Schar eingeholt hatte. Nun sprach er eines der Mädchen an. Dinah. Radek konnte sich schon denken, warum. Auch das Frauenzimmer im Pelzmantel stieß zu ihnen. Gemeinsam redeten sie auf das Mädchen ein. Aber Dinah wandte sich um und verschwand hinter der Bude des Burschen, der gläserne Christbaumkugeln feilbot.

»Dieses verfluchte Gesindel«, schimpfte Radek leise. Wütend nahm er einen weiteren Schluck aus dem Becher, aber der Punsch schmeckte plötzlich bitter auf seiner Zunge. Sie würden nicht aufhören, ihn wie kläffende Köter zu verfolgen, und das alles, weil dieser dumme Bengel sein Maul nicht hatte halten können. Er musste etwas unternehmen. Druck auf Peregrin ausüben, damit der ihm diesen Laurin vom Halse schaffte, bevor er sie noch bei der Königlichen Fürsorge verpfiff. So schwer konnte es nicht sein, den Burschen mitsamt seinen dämlichen Holzfiguren zum Teufel zu jagen.

Nach dem Abendbrot nahm Radek sich Dinah vor, die sogleich rote Flecke im Gesicht bekam, als er die Kinder in ihre Schlafkammern trieb, ihr aber befahl, an ihrem Platz sitzen zu bleiben. »Der Holzschnitzer hat nach Benno gefragt«, gab sie unumwunden zu. »Ich habe ihm gesagt, dass Benno krank ist und das Bett hüten muss.«

Radek streichelte ihr übers Haar. Dinah war hübsch. Mager, aber hübsch. »Und, hat er dir auch geglaubt?« Er lachte. »Natürlich hat er das, wie kann ich nur fragen? Ein Mann muss dir nur ein einziges Mal in die Augen blicken, um dir alles zu glauben. Und dieser Laurin ist ein Mann, auch wenn er wie ein Halbwüchsiger aussieht.«

Sie starrte ihn an. Errötete. Offensichtlich hatte sie keine Ahnung, wovon er sprach.

»Ich kann dir zeigen, wie du Männer so weit bringen kannst, dass sie dir aus der Hand fressen und jeden deiner Wünsche erfüllen, seien sie auch noch so kostspielig«, flüsterte er ihr ins Ohr. Mit einem Lächeln holte er einen zusammengefalteten Brief aus der Brusttasche. Er trug ihn schon eine Weile mit sich herum. Nun war er froh, ihn zurückgehalten zu haben. Er reichte ihn Dinah und wartete geduldig, bis sie ihn gelesen hatte.

»Margarethe soll eine Stelle als Zimmermädchen bekommen?« Dinah hob den Kopf. In ihrem Gesicht spiegelte sich Verwirrung. »Das ... wird sie aber freuen. Die Ärmste wartet schon so lange auf eine Stellung, weil sie doch nicht so gut zu Fuß ist.«

»Das Schreiben betrifft sie, weil sie die Älteste von euch ist, aber ich glaube nicht, dass sich ein Krüppel wie sie in diesem Hotel wohlfühlen würde. Das viele Treppensteigen ... Nein, nein. Du dagegen könntest dort eine Menge lernen. Das Hotel Bellevue ist eine piekfeine Adresse, eines der besten Häuser am Platz.«

Dinahs Hand klammerte sich um den Brief der Waisenhauskommission. »Ich will aber nicht dorthin gehen, Herr Radek«, erklärte sie kleinlaut. »Ich kann Benno nicht allein lassen!«

Radek hasste es, wenn die Gören bockig wurden. Mit Bennos Aufmüpfigkeit hatte die ganze Misere angefangen. Gewiss, die Bestrafung des Kleinen war ein wenig aus dem Ruder gelaufen, dennoch würde er nicht zulassen, dass nun auch Dinah seinen Händen entglitt. »Du weißt doch, wo Benno gerade steckt, nicht wahr?«, zischte er.

Sie nickte.

»Wenn du zustimmst, ins Bellevue zu gehen, erlasse ich Benno den Arrest. Dann darf er wieder zu den anderen. Wenn nicht, trägst allein du die Schuld, wenn er sich in seinem Rattenloch eine Lungenentzündung holt.«

In dem Moment, als Dinah den Brief auf den Tisch legte, wusste Radek, dass sie einlenken würde. Sie mochte den verdammten Bengel, der für sie sein Versteck aufgegeben hatte, viel zu sehr, um ihn im Stich zu lassen. Er zog die Weste über dem Bauch straff, schritt dann gemächlich auf die zitternde Dinah zu und packte sie bei den Schultern.

»Du stellst dich morgen früh im Bellevue vor, hast du gehört? Vermutlich wird die Hausdame dir nahelegen, ins Hotel zu ziehen, aber keine Bange. Wir werden uns trotzdem regelmäßig sehen. An Orten, die ich dir nennen werde. Du wirst im Bellevue jemanden für mich im Auge behalten und alles über die Person herausfinden, was sich zu wissen lohnt. Solange du tust, was ich sage, geschieht Benno nichts.« Er gab Dinah einen Klaps aufs Hinterteil und schob sie dann durch die Stubentür auf den Hausflur. »Und nun hol mir den Jungen herauf! Er muss morgen wieder auf dem Striezelmarkt erscheinen, bevor noch mehr Leute anfangen, mir lästige Fragen zu stellen.«

18.

Fred Danners Vorliebe für Antiquitäten reichte bis weit in seine Kindheit hinein. Er erinnerte sich noch genau, wie er als kleiner Junge den Sekretär seines Vaters durchstöbert hatte, um den vielen Fächern ihre Geheimnisse abzutrotzen: Briefe und Siegelwachs, Silbermünzen aus der Zeit der Kaiserin Maria Theresia und – eine Pistole. Nachdem Fred sie entdeckt hatte, hatte sein Vater die Waffe an anderen Orten versteckt: in der Standuhr, unter einem losen Dielenbrett, ja sogar im Mehlkasten in der Küche. Aber keines dieser Verstecke war vor Freds Spürsinn sicher gewesen. Immer wieder entdeckte er die Pistole, bis sein Vater sie eines Tages auf Drängen seiner Frau aus dem Haus schaffte. Fred war damals schon überzeugt davon gewesen, dass jedes Möbelstück seine eigene Geschichte zu erzählen hatte. Er hatte sich vorgestellt, was sie mit früheren Besitzern erlebt, was sie mitangesehen hatten, als stumme Zeugen von Liebe, Hass, Glück und Elend, die so manches Menschenleben überdauert hatten.

Als Fred durch die Ladentür trat und sich in dem eleganten Geschäftsraum der Liebermanns umsah, glaubte er fast, die Louis-XV-Schränke, die stilvollen Lehnstühle und die herrlichen Kristallleuchter flüstern zu hören. Er warf einen Blick auf eine der goldenen Kaminuhren und stellte erleichtert fest, dass er nicht zu spät war. Ein Mann mit grau melierten Schläfen streckte den Kopf durch eine Tür. Er trug einen feinen dunklen Anzug mit passender Weste, über die sich die Uhrkette spannte, und sein Stehkragen war blütenweiß. Aaron Liebermann, dachte Fred. Ja, genau so hatte er sich den Geschäftsführer des Antiquitätenladens vorgestellt. Einen kurzen Moment lang fühlte er sich von ihm von Kopf bis Fuß taxiert, doch Leas Bruder schien zu gefallen, was er sah.

»Sie sind also Laurin, der Neffe unseres guten alten Schwarzmüller«, sagte Liebermann. Wie liebenswürdig von Ihnen, mich aufzusuchen.« Der Händedruck des Mannes war kräftig, die Geste eines Geschäftsmannes, der genau wusste, was er wollte. »Ich hoffe, Ihr Onkel ist wohlauf? Wie man hört, hat er sich auf Reisen begeben.«

Fred nahm auf einem der Stühle Platz, die aussahen, als hätte schon die französische Königin Marie Antoinette darauf gesessen. »Familienangelegenheiten«, beantwortete er Liebermanns Frage kurz und bündig. *Sprechen Sie nicht zu lange über Schwarzmüller*, hörte er Leas Stimme im Kopf. Sie hatte ihm eingebläut, sich keinesfalls aufs Glatteis führen zu lassen. *Aaron will etwas von Ihnen, nicht umgekehrt. Daher ist es nur recht und billig, wenn Sie ihm Fragen stellen. Natürlich nicht über mich, verstanden? Mein Leben geht Sie gar nichts an.*

»Warum lächeln Sie?«

Ertappt hob Fred den Kopf, und Leas imaginäre Stimme verstummte. »Ich musste nur gerade an etwas denken, nicht weiter wichtig.« Er holte tief Luft. »Ich hörte, dass Sie vor Kurzem erst Ihren Vater verloren haben. Mein Beileid.« Er deutete auf ein ovales Ölporträt im Goldrahmen, das einen weißhaarigen Greis mit klugen Augen zeigte. »Ist er das?«

Aaron Liebermann nickte. »Eine Kopie, die ich für die Geschäftsräume habe anfertigen lassen. Das Original hängt in unserem Wohnzimmer. Ja, als Vater noch lebte, war vieles leichter. Wir vermissen ihn und seinen guten Rat. Er hat das Geschäft aufgebaut und, wenn ich das sagen darf, zum Erfolg geführt.

Aber er konnte auch ein ziemlicher Sturkopf sein. Wenn ihm etwas die Laune verdarb, kam man besser nicht in seine Nähe.«

»Ja, so sind Väter manchmal«, sagte Fred. »Das weiß keiner besser als ich.«

»Aber soviel ich weiß, haben Sie Ihren Vater doch niemals kennengelernt. Sind Sie nicht von Ihrer Mutter allein aufgezogen worden?«

Fred schluckte. Na fein. Nur nicht schwitzen. »Also ... ich habe damit nicht meinen leiblichen Vater gemeint, denn der ist ja ...« Er stockte. Tot? War der Vater dieses Laurin früh verstorben, oder hatte er die Familie einfach sitzen gelassen? Zu dumm, dass er Lea nicht danach gefragt hatte.

Zu Freds Erleichterung schien Liebermann sein Zögern als Betroffenheit auszulegen. »Ja, das war wirklich ein Unglück«, sagte er. »Tut mir leid, wenn ich Sie traurig gestimmt habe. Ich wollte keine alten Wunden aufreißen. Aber wie ich annehme, war Ihr Onkel Ihnen ein Trost.«

»Oh ja, das war er«, sagte Fred und rätselte, welches Unglück die Familie im Böhmischen wohl heimgesucht haben mochte. »Onkel Schwarzmüller ist eine Seele von einem Menschen. Aber ich habe auch meinem Meister viel zu verdanken. Er war während meiner Lehrzeit fast wie ein Vater für mich.« Er lehnte sich zurück, bis der Marie-Antoinette-Stuhl unter ihm knarrte. Nun war es aber genug mit den Lügengeschichten. Schließlich war er kein Baron Münchhausen.

»Wenn Sie erlauben, möchte ich Ihnen nun zeigen, was ich in meiner Werkstatt zuletzt angefertigt habe.« Fred öffnete seinen Handkoffer und nahm einige Schnitzfiguren heraus. Diese stellte er in einer Reihe vor Aaron Liebermann auf den Schreibtisch. Der nahm sich viel Zeit, um jedes Stück einer sorgfältigen Prüfung zu unterziehen. Schließlich sagte er: »Ausgezeichnete Arbeit, mein Lieber. Sie haben wirklich ein so gutes Auge für Details, wie man es sich in der Stadt erzählt.« Er deutete auf die Figur eines bärtigen Greises, der in ein Buch vertieft war. »Lachen Sie mich nicht aus, aber dieser alte Knabe erinnert mich auch an meinen Vater. Nein, wahrhaftig. Vergleichen Sie doch das Gesicht mit dem auf dem Ölporträt. Haargenau dieselben Wangen, derselbe entschlossene Zug um die Mundwinkel. Und die Augen …« Er schüttelte fasziniert den Kopf. »Gerechter Gott, die Ähnlichkeit ist direkt ein wenig unheimlich.«

»Ich schnitze, was mir in den Sinn kommt«, sagte Fred mit einem schiefen Lächeln. Später würde er Lea tüchtig die Meinung sagen. Was dachte die sich bloß dabei, ihm eine Figur einzupacken, die sie ihrem eigenen Vater nachempfunden hatte? Das Modell eines Schafes oder Engels hätte es auch getan. Was, wenn dieser Aaron Verdacht schöpfte?

»Haben Sie eigentlich meine Schwester kennengelernt? Ich meine nicht Willie Fleck, sondern Lea.« Liebermann stellte die Figur des Greises vorsichtig auf den Tisch zurück und nahm eine andere zur Hand.

»Ihre Schwester?« Fred horchte erschrocken auf. »Nun, ich glaube nicht, dass ich das Vergnügen hatte.«

»Ich frage nur, weil Lea sich schon seit Längerem ein wenig mit der Kunst des Holzschnitzens befasst. Ihr Onkel hat dem Mädchen den Umgang mit dem Schnitzmesser beigebracht. Ein ungewöhnlicher Zeitvertreib für eine junge Dame, nicht wahr, Laurin? Ich darf Sie doch Laurin nennen.« Er lächelte. »So lange, wie unsere Familien sich schon kennen!«

Einen Augenblick lang glaubte Fred, Liebermanns Blick auf seine Hände gerichtet zu sehen. Rasch schob er sie unter seine Mütze. »Machen Sie sich keine Sorgen, Ihre Schwester könnte sich mit dem scharfen Messer verletzen?«

»Verletzen?« Liebermann schüttelte belustigt den Kopf. »Nein, das könnte einer Frau auch in der Küche passieren.

Meine Frau und ich denken nur, dass sich handwerkliche Tätigkeiten für ein Mädchen nicht gehören. Musizieren, Handarbeiten, Sprachen lernen, meinetwegen. Aber Holzschnitzen? Lea versucht sich sogar an christlicher Volkskunst, was für ein jüdisches Mädchen – nun sagen wir mal – unpassend ist.«

»Ist sie denn gut?«

Liebermann zuckte mit den Achseln. »Ach, was soll ich sagen. Sie strengt sich an, aber ihrer Arbeit fehlt jede professionelle Reife. Kunstwerke, die so lebendig aussehen wie Ihre, könnte Lea nie erschaffen. Aber wozu auch? Sie wird in Kürze heiraten und das Land verlassen. Hat sie sich erst mal in ihrer neuen Heimat eingelebt, wird sie das Schnitzen bald vergessen. Äh ... Zigarre?«

Fred hob ablehnend die Hand. Er brauchte einen Moment, um seine Gedanken zu sortieren, die ihm wie ein Schwarm Mücken durch den Kopf sausten. Dass Lea fortgehen würde, hatte ihm niemand gesagt. Aber warum auch? Für sie war er nichts als ein dahergelaufener Habenichts, den ihre persönlichen Angelegenheiten nichts angingen. Sie vertraute ihm nicht einmal, was er, wie er überrascht feststellte, sehr bedauerte. Aber er begann auch zu verstehen, warum Lea mit einer solch großen Verbissenheit darum kämpfte, ihren Platz auf dem Striezelmarkt zu behalten. Offensichtlich schmeckten ihr weder die Heiratspläne ihres Bruders noch die Tatsache, dass dieser ihr überhaupt nichts zutraute. »Wohin will Ihre Schwester sich denn verheiraten?«, erkundigte er sich beiläufig. Nicht dass es eine Rolle spielte, aber er wollte es dennoch wissen. »Nach New York«, sagte Liebermann. »Unser Geschäft wird mit einem amerikanischen Partner zusammenarbeiten. Und das, mein Junge, kann sich auch für Sie und Ihre Kunstfertigkeit bezahlt machen. Wir haben nämlich vor, Ihre Figuren nach Übersee zu verschiffen.«

»Nach Amerika?« Fred sah zu, wie der Ältere sich eine Zigarre anzündete, einige Züge nahm und den aromatischen Rauch in Ringen in die Luft blies. »Aber ...«

»Keine Sorge, mein lieber Laurin«, erwiderte Liebermann paffend. »Sie müssen sich um nichts weiter kümmern, als weiterhin so herrliche Figuren anzufertigen. Für alles Weitere wird die Firma Liebermann sorgen. Natürlich könnte es sein, dass Sie bald weitaus größere Mengen als bisher produzieren müssen. Und schneller. Ein Holzschnitzer allein schafft das möglicherweise nicht. Aber wir könnten ein paar Hilfskräfte einstellen, welche die groben Arbeiten ausführen, damit Sie sich ganz in Ruhe auf die Gesichter und Feinheiten konzentrieren können.« Liebermann legte seine halb gerauchte Zigarre in den Aschenbecher, dann öffnete er eine Schublade und entnahm ihr ein paar Bogen Papier. Wie es aussah, hatte er an alles gedacht und sogar schon einen Vertrag vorbereitet.

Fred begann unter seiner klobigen Wolljacke zu schwitzen. Damit hatte er nicht gerechnet. Dieser Liebermann hatte vor, eine Fabrikation für sächsisches Kunsthandwerk aufzubauen, und rechnete damit, dass er, besser gesagt Laurin, ihm dabei half. Fred kannte sich mit den Gesetzen des Deutschen Kaiserreichs nicht aus, doch selbst ihm war klar, dass eine Unterschrift unter einen Vertrag ihn in Teufels Küche bringen konnte. Urkundenfälschung und Betrug waren Straftaten, auf die Gefängnis stand. Konnte er aber ablehnen? Mit welcher Begründung? Dass ihm dies alles zu schnell ging? Der echte Laurin würde sich eine solche Chance gewiss nicht durch die Lappen gehen lassen.

»Ich weiß nicht recht«, sagte er nervös. »Auf ein so großzügiges Angebot war ich nicht vorbereitet.« Das schrille Bimmeln der Ladenglocke rettete ihn für den Moment. »Die haben mir gerade noch gefehlt«, hörte er Liebermann murmeln.

Als Fred sich umwandte, sah er zu seiner Überraschung Lea, die in Begleitung ihrer Schwester und eines Mannes, der Aaron

Liebermann wie aus dem Gesicht geschnitten war, auf ihn zukam. »Ihr stört eine geschäftliche Unterredung!« Liebermann stellte sich seinen Geschwistern in den Weg und verschränkte demonstrativ die Arme vor der Brust.

»Keine Aufregung, wir wollten uns nur mal den Wunderknaben aus der Nähe anschauen, der in diesem Jahr die beliebtesten Krippenfiguren von Dresden auf den Markt bringt.« Willie neigte lächelnd den Kopf. »Außerdem habe ich dieses Zusammentreffen ermöglicht, da ist es doch nur recht und billig, wenn ich mich davon überzeuge, dass es auch stattfindet.«

»Es findet statt, wie du siehst«, sagte ihr Bruder. »Aber ich wäre selbstverständlich auch auf den Striezelmarkt gegangen, um Laurin dort zu treffen.«

»Oh, das bezweifle ich nicht«, kicherte Willie vergnügt.

»Nun, wenn ihr schon mal da seid, kann ich euch auch vorstellen. Laurin, das sind mein Zwillingsbruder Oskar und meine Schwester Lea. Willie haben Sie ja offensichtlich schon kennengelernt.«

Fred stand auf und machte einen Schritt auf Lea zu, die ihn, ohne mit der Wimper zu zucken, begrüßte. Verteilten Handwerksburschen Handküsse? Er hatte keine Ahnung, daher beließ er es bei einer steifen Verbeugung. Ihm fiel sofort auf, dass ihr Kleid dem von Sonntag im Kaffeehaus ähnelte. Schwarzer Samt, aber ohne Rüschen und aufgestickte Perlen, wie sie im gehobenen Bürgertum hochmodern waren. Ihr Haar trug sie heute nicht hochgesteckt, sondern ließ es offen über die Schultern fallen. Fred fand es wunderschön, er glaubte sogar einen Hauch von Lavendelduft in ihm wahrzunehmen.

»Ich freue mich, Fräulein Liebermann. Wie mir Ihr Bruder erzählt hat, schnitzen Sie selbst auch. Vielleicht kann ich Ihnen ja helfen, Ihre Technik zu vervollkommnen.«

»Sie wollen mir helfen?« Leas Augen blitzten auf, aber sie

verlor nicht die Fassung. Hocherhobenen Hauptes trat sie an den Schreibtisch ihres Bruders und sah sich die Holzfiguren an.
»Sind sie nicht einmalig«, rief Aaron Liebermann. »Nichts gegen dich, liebste Schwester, ich weiß, dass du dich nicht ungeschickt anstellst. Aber um solche Präzision zu erreichen, bedarf es Jahre der Übung. Außerdem Geschmack, eine ruhige Hand und viel Geduld.«

»Also alles, was mir deiner Meinung nach fehlt, nicht wahr?«

»Nun sei doch nicht gleich beleidigt, Schwester«, seufzte Aaron. »Laurin hat dich mit seinem Angebot nicht kränken wollen.«

»Natürlich habe ich Verständnis, wenn das gnädige Fräulein wegen der anstehenden Hochzeit zu beschäftigt ist, um von mir zu lernen.« Fred fuhr sich durch das dunkle Haar. »Wie ich soeben erfahren habe, darf man gratulieren.«

Lea warf ihm einen bitterbösen Blick zu. Dennoch durfte man nicht.

»Meine kleine Schwester und der Sohn eines Geschäftsfreundes aus Amerika wurden einander versprochen, als beide noch Kinder waren«, plapperte Willie ungefragt dazwischen. »Das haben wir aber erst nach dem Tod unseres Vaters erfahren. Wir kennen die Familie nicht mal persönlich. Ist das nicht komisch?«

»Ja, wahnsinnig komisch«, knurrte ihr Bruder.

»Es könnten Gangster sein, Postkutschenräuber. Demnach ist unser Bruder der Meinung, dass eine einmal getroffene Übereinkunft bindend ist.«

Aaron Liebermann schnappte nach Luft. Seiner Miene nach zu urteilen, hätte er Willie am liebsten am Kragen gepackt und wie ein unartiges Kind vor die Tür gesetzt.

»Hat er unterschrieben?«, wollte nun der Zwillingsbruder wissen, der bislang kein Wort gesagt hatte. Alle Augen richteten sich auf ihn.

Aaron zwang sich zu einem besänftigenden Lächeln. »Bevor ihr mich unterbrochen habt, wollte ich Laurin die Vorzüge einer Partnerschaft erklären, aber …«

»Vielleicht verschieben wir das«, unterbrach ihn Fred. Dann wandte er sich Lea zu, die verwirrt die Stirn in Falten zog. »Ihr Bruder hat mir ein schmackhaftes Angebot gemacht, aber Sie werden sicher verstehen, dass ich mich zuerst mit meinem Onkel beraten möchte, bevor ich meine Unterschrift unter einen Vertrag setze.« Die letzten Worte betonte er so auffällig, dass Lea sich schuldbewusst auf die Lippen biss.

»Meine Figuren lasse ich selbstverständlich hier«, sagte er, während er sich die Mütze über die Ohren stülpte und seinen Schal fest verknotete. »Lassen Sie mir eine Nachricht in die Werkstatt schicken, wenn Sie weitere brauchen.« Er war hier fertig. Diese Familie hatte offenkundig mehr als ein Problem, aber er war nicht derjenige, der ihre Probleme lösen konnte. Oder wollte. Er würde Liebermann schreiben und ihm mitteilen, dass er keinen Vertrag unterzeichnen würde und auch sonst nicht weiter in dieser Angelegenheit bedrängt zu werden wünschte. Das sollte den Mann davon abhalten, Lea auf dem Striezelmarkt eine unangenehme Überraschung zu bereiten. Aber mehr konnte er nicht für sie tun.

Eiligen Schrittes verließ er den Antiquitätenladen und verschwand im Getümmel der Straßen, bevor ihn jemand aufhalten konnte.

19.

Willie beobachtete ihre Schwester aufmerksam. Irgendetwas hatte Lea auf dem Herzen, aber sie schien nicht bereit, damit herauszurücken. Dabei hatte sie doch allen Grund, erleichtert zu sein. Aaron würde dem Striezelmarkt fernbleiben, und sie konnte weiterhin ungestört ihrer Arbeit dort nachgehen. Was also quälte das Mädchen noch?

»Verrätst du mir, warum du Trübsal bläst?«, fragte Willie, während sie fieberhaft ihren Schrank nach etwas Passendem zum Anziehen durchwühlte. Sie hatte für diesen Abend eine Einladung in die Leipziger Vorstadt erhalten, die sie nicht absagen wollte. »Es hat doch alles geklappt wie am Schnürchen. Aaron war von unserem feschen Laurin hingerissen.« Sie warf ein nachtblaues Déshabillé mit gewagt tiefem Ausschnitt auf das Bett. Es war zerknittert, sie würde es von einem Zimmermädchen aufbügeln lassen müssen. »Außerdem konntest du nicht wissen, dass unser Bruder sofort einen Vertrag aus dem Ärmel ziehen würde.«

Lea senkte den Kopf. »Aaron ist ein ehrlicher Kerl. Ich dagegen … Ich habe ihn belogen und betrogen. Ob du es glaubst oder nicht: Ich schäme mich dafür. Anfangs war es noch ein Spiel. Aaron und Dora wollten über meinen Kopf hinweg über meine Zukunft entscheiden. Also glaubte ich, ich hätte das Recht, mich auf meine Weise zur Wehr zu setzen. Aber jetzt …«

Willie setzte sich zu Lea auf das mit grünen Fransen verzierte Sofa. Es gefiel ihr gar nicht, ihre Schwester so bekümmert zu sehen. »Sei nicht zu hart zu dir selbst. Aaron und Dora spielen mit dir wie mit einer Schachfigur. Sobald dieser Shields aus Amerika auftaucht, werden sie ihm die alte Abmachung unter die Nase halten, ein Hochzeitsdatum festlegen und dir eine Kabine auf dem nächsten Überseedampfer reservieren. Ist es das, was du willst?«

»Das tun sie doch nur, um Vaters Vermächtnis zu retten!«

Willie verdrehte die Augen. Grundgütiger, jetzt kam das Kind tatsächlich mit Vaters Vermächtnis an. »Mag sein. Aber du schadest ihnen ja nicht. Hast du vergessen, was passiert ist, kaum dass Oskar deine Figuren ins Schaufenster gestellt hat? Sie waren im Nu verkauft. Alle sechs Figuren. Schneller wirst du sie auf dem Striezelmarkt auch nicht los. Auf diese Weise hilfst du Aarons Geschäft aus der Bredouille, ohne dass er dir dafür danken wird. Du überlässt die Anerkennung jemandem, den es eigentlich gar nicht gibt. Also hör auf, dir einzureden, du wärest ein schlechter Mensch. Das bist du nicht.«

Lea stieß einen tiefen Seufzer aus. »Fred Danner wird das anders sehen.«

»Und warum sollte dich das stören? Ich dachte, du kannst ihn nicht besonders leiden!«

»Wer sagt denn das?« Lea stand auf und ging zum Fenster. »Ich meine ... Natürlich habe ich nichts für ihn übrig. Ich muss froh sein, dass er mich heute nicht verraten hat, so wütend, wie er auf die Straße gestürmt ist. Für ihn musste es doch so aussehen, als würden wir irgendein krummes Ding drehen und bräuchten dafür seine Unterschrift. Und das *ist* meine Schuld!«

Willie tat der Kopf weh. Eine ihrer Tabletten würde ihr jetzt guttun. Doch zu ihrem Leidwesen fand sie das Glasröhrchen weder in der Nachttischschublade noch auf dem Toilettentisch. Das war unangenehm. Ein dröhnender Schädel machte aus jeder Abendgesellschaft eine Tortur.

Das Zimmermädchen, das sie herbeiklingelte, wusste nichts von den Pillen. Dafür hatte es eine Hilfskraft im Schlepptau, ein verhuschtes Kind mit großen Augen, dem das zur Verfügung gestellte graue Dienstbotenkleid um einige Nummern zu groß war. Willie hatte die Kleine noch nie auf der Etage gesehen, und doch kam ihr das Gesicht mit den hohen Wangenknochen bekannt vor. Aber durch die Korridore eilten Legionen von Zimmermädchen, Pagen und Laufburschen. Viele Gäste reisten mit eigenem Personal, mit Kammerdienern und Zofen, die im eigens für Dienstboten vorgesehenen Trakt untergebracht waren. Noch bevor sie dem Mädchen ein Trinkgeld zustecken konnte, hatte dieses sich auch schon aus dem Staub gemacht.

»Nanu!« Willie machte ein verdutztes Gesicht. Ein Zimmermädchen, das sich ein Trinkgeld entgehen ließ? Die Welt wurde immer verrückter.

»Es ist ihr erster Tag«, erklärte die ältere Bedienstete entschuldigend, bevor sie dem Mädchen nacheilte.

Lea, die gedankenverloren aus dem Fenster gesehen hatte, drehte sich irritiert um. »Alles in Ordnung?«

Willie winkte ab. Sie hatte jetzt keine Lust, über das Hotelpersonal zu reden. Das Pochen in ihren Schläfen wurde heftiger. Bevor sie sich umkleidete, musste sie jemanden finden, den sie zur nächsten Apotheke schicken konnte. »Wenn du mit Fred Danner reinen Tisch machen willst, empfehle ich dir, nicht zu lange zu zögern. Ich habe für ihn hier im Bellevue ein Zimmer reserviert, weil das zu unserer Übereinkunft gehörte. Sofern ich den jungen Mann richtig einschätze, wird er meine Gastfreundschaft allerdings nicht mehr lange in Anspruch nehmen.« Sie machte eine Pause, bevor sie hinzufügte: »Ich spiele übrigens selbst mit dem Gedanken, mir ein anderes Hotel zu suchen. Erst dieser schreckliche Wilson mit seinem donnernden Automobil und den schlechten Manieren, dann die Sache mit Danner …«

»Die du eingefädelt hast!« Lea holte tief Luft. »Ich weiß, dass ich nicht das Recht habe, dich darum zu bitten, aber ich würde es begrüßen, wenn du im Bellevue bleiben würdest. Wenigstens vorläufig.«

Willie massierte sich die Schläfen mit den Fingerspitzen. Es war nicht schwer zu erraten, was Lea mit ihrer Bitte bezweckte. Sie hoffte, dass es dem kleinen Papierlaternenverkäufer gelang, Radek zu entkommen und Schutz im Hotel zu suchen. Dass Benno vermutlich aus freien Stücken zu seinem Vormund zurückgekehrt war, blendete sie dabei völlig aus. Nichtsdestotrotz willigte Willie nach einigem Zögern ein, das Bellevue vorerst nicht zu verlassen.

Eine Droschke brachte Willie zur Villa Martha, einem hübschen Stadtpalais, das nicht weit vom Leipziger Bahnhof entfernt lag und einem Kammermusiker namens Alexander Richter gehörte. Willie hatte den alten Herrn nur flüchtig in der Oper kennengelernt und wunderte sich noch immer, eine Einladung erhalten zu haben. Zugesagt hatte sie eigentlich nur, um den Kopf frei zu bekommen und eine Weile nicht an ihre Familie denken zu müssen. Es war schon eigenartig, wie schnell sie bereit war, sich wieder auf die Liebermanns einzulassen. Und dies, nachdem sie sich vor ihrer Rückkehr nach Dresden geschworen hatte, auf Distanz zu ihnen zu gehen und sich keine Schuldgefühle aufzwingen zu lassen. Willie wollte ihr Leben genießen. Sie fand, dass ihr das zustand. Die verstoßene Tochter gab es nicht mehr. Sie hatte sich in eine Frau verwandelt, der es egal war, was der Rest der Familie von ihr und ihrem Lebensstil hielt. Doch seit Kurzem gab es auch Lea in ihrem Leben. Die kleine Schwester, in der sie sich in vielerlei Hinsicht selbst erkannte. Lea drohte ein ähnliches Schicksal wie das, welches ihr Vater einst auch ihr, Willie, zugedacht hatte: ein Leben, das sich im Takt eines Metronoms zu bewegen hatte, ohne jeden Freiraum und ohne jede Möglichkeit, aus Träumen Wirklichkeit werden zu lassen. Willie hätte nie gedacht, dass Lea in so kurzer Zeit einen festen Platz in ihrem Herzen erobern würde, aber tatsächlich hatte sie es geschafft.

Mit einem Glas in der Hand streifte Willie durch die geschmackvoll eingerichteten Räume der Villa, die sämtlich mit Tannengrün, Mistelzweigen und dicken roten Kerzen geschmückt waren, und hoffte, dass der Hausherr sie bald ins Speisezimmer rufen würde. Eine Dame, so hatte sie gelernt, gab niemals zu, dass sie Hunger hatte. Doch von verstaubten Regeln hielt sie nichts. Sollte man es weglächeln, wenn einem der Magen knurrte? Sie nahm sich vor, nach dem Souper eine Entschuldigung zu suchen und sich aus dem Staub zu machen. Ihr Kopf dröhnte noch immer, und die rabiate Weise, in der einer der Gäste den Flügel des Gastgebers bearbeitete, verschaffte ihr auch keine Linderung.

Willies Stimmung hob sich erst, als der Hausdiener einen verspäteten Gast ankündigte. Es war der junge Violinist Bruckmann, an den Willie seit dem Vorfall auf dem Theaterplatz so oft hatte denken müssen. Da ihre Bemühungen, auf diskrete Weise mit ihm Kontakt aufzunehmen, gescheitert waren, freute es Willie umso mehr, ihm hier in der Villa zu begegnen. Erleichtert nahm sie zur Kenntnis, dass sein Gesicht kaum noch Spuren der Schlägerei vom Theaterplatz aufwies. Im Gegenteil, sie fand, dass der Musiker in dem eleganten schwarzen Abendanzug blendend aussah. Beim Souper ergab sich keine Möglichkeit zu einem Gespräch. Ihr Gastgeber hatte dem jungen Mann seine Nichte als Tischdame aufgezwungen, eine vorlaute Person, deren schrilles Geschnatter Willies Kopf schier zum Bersten brachte. Erst als sich die Abendgesellschaft zu Kaffee, Likör und Konfekt in den Musiksalon begab, gelang es Bruckmann, seiner Tischdame für einen Moment zu entkommen. Willie fand ihn vor der üppig ausgestatteten Bücherwand des Hausherrn, welche er mit sichtlichem Interesse in Augenschein nahm. Die Regale erstreckten sich über die gesamte Stirnseite des Salons und reichten bis zur Decke hinauf, sodass die ganz zuoberst stehenden Bücher nur über eine Ziehtreppe zu erreichen waren.

»Ich hoffe, ich muss Ihnen heute nicht auf dieses klapperige Ungetüm folgen, um Ihnen einen guten Abend zu wünschen«, sagte Willie, als Bruckmann einen Fuß auf die unterste Sprosse der Leiter setzte.

Bruckmann wirkte verlegen, aber er reichte Willie die Hand. »Es ist schön, Sie wiederzusehen, Madame Fleck! Ich muss gestehen, dass ich nicht damit gerechnet hatte, Ihnen heute Abend zu begegnen.«

»Wären Sie der Einladung sonst ferngeblieben?« Willie zwinkerte verschmitzt, während der Musiker errötete.

»Aber keineswegs, Madame Fleck, es ist nur ...«

»Gute Freunde nennen mich Willie«, unterbrach sie ihn. »Ich hatte gehofft, dass wir Freunde sind. Besonders nach dem Abend neulich vor der Oper. Ich fühle mich immer noch scheußlich, weil Sie meinetwegen Prügel einstecken mussten.« Sie biss sich auf die Zunge. Nein, wie dumm. Es war ihm bestimmt nicht recht, dass sie dieses Thema anschnitt. Tatsächlich hob Bruckmann die Hand.

»Auf jeden Fall bin ich heilfroh, zu sehen, dass es Ihnen gut geht. Ich hatte mir Sorgen gemacht, weil Sie auch einige der Proben für unsere *Iphigenie* versäumt haben.«

Bevor Bruckmann eine Antwort fand, gesellte sich seine Tischdame zu ihnen und hakte sich mit einem ebenso abschätzenden wie herausfordernden Blick bei dem jungen Geiger unter. »Ach, hier steckst du, Ernst! Onkel und ich haben dich schon vermisst.« Mit einem Lächeln wandte sie sich Willie zu. »Sie müssen verzeihen, meine Liebe, aber unser guter Bruckmann ist seit einiger Zeit kaum wiederzuerkennen. Ständig zerstreut und mit den Gedanken weit weg. Ein Träumer eben. Aber keine Angst, ich kenne Mittel und Wege, um ihn aufzuwecken.«

»Tatsächlich?«, fragte Willie kühl. Sie konnte der besitzergreifenden Art der jungen Frau nichts abgewinnen und musste unwillkürlich an einen Hund denken, der sein Revier markiert.

»Mein Name ist übrigens Alice!« Die Frau reichte Willie eine Hand, die sie an kalten Marmor erinnerte. »Wer Sie sind, weiß ich, und auch, warum mein Onkel Sie heute eingeladen hat.«

»Alice, ich bitte dich!« Bruckmann erhob mahnend die Stimme. Unsicher blickte er sich um.

»Aber was hast du denn, mein Lieber? Ich wollte nur freundlich zu deiner Bekannten sein.« Alice lachte. »Ganz Dresden jubelt schließlich, weil die berühmte Willie Fleck ihrem Heimatort endlich die Ehre gibt. Und du stimmst in diesen Freudentaumel mit ein!« Schlagartig verschwand das Lächeln aus dem Gesicht der Frau. »Ich wünschte, du würdest dich mit gleicher Begeisterung um mich und unsere Pläne für die Zukunft kümmern.«

»Herr Bruckmann ist Künstler«, entgegnete Willie. »Die Musik erlässt Gesetze, die jedem, der ihr Reich betritt, eine Menge abverlangen. Vor allem aber Zeit!«

Die junge Frau fand diese Aussage offenbar seltsam genug, um Willie anzustarren, als hätte sie einen sprechenden Hasen vor sich. »Mit anderen Worten, ich habe keine Ahnung davon, was im Kopf eines Musikers vor sich geht? Sie scheinen vergessen zu haben, in wessen Haus Sie sich befinden, gnädige Frau. Ich bin in einer Familie von Musikern groß geworden. Mein Onkel ist ein berühmter Mann und … sehr einflussreich.«

»Meinen Glückwunsch«, bemerkte Willie trocken. Sie verspürte nicht die geringste Lust, die Unterhaltung fortzusetzen. Was bildete diese Person sich ein? Zu ihrem Verdruss waren weitere Gäste aufmerksam geworden und spitzten die Ohren. Ihr

Unbehagen wuchs, als sie Alice ein dünnes, in Leder gebundenes Traktat aus dem Bücherregal ziehen sah. Sie erkannte den Titel und presste empört die Lippen aufeinander. Was zum Teufel hatte dieses Biest vor?

»Ich war schon immer ein Bewunderer Richard Wagners«, verkündete Alice so laut, dass auch die Umstehenden es hören konnten. »Aber haben Sie auch gewusst, dass er zutiefst besorgt über den Einfluss war, den die Juden auf die Musik unseres Vaterlandes ausüben?«

»Hör bitte auf!«, beschwor Bruckmann die junge Frau. »Madame Fleck steht der Sinn bestimmt nicht nach einem Exkurs über Wagners krude Thesen.«

Alice hielt ihm die Broschüre unter die Nase. »Warum nicht? Hör erst mal zu, was Wagner schreibt!«

»Wenn Wagner den Mond anbellt oder ohne Hosen durch den Park spaziert, muss ich mich seinen Theorien noch lange nicht anschließen!« Er atmete tief durch, ehe er weitersprach: »Ich kenne Wagners Schrift über das Judentum und die Musik. Seine These, die Juden seien unfähig, sich künstlerisch auszudrücken, sind viel zu absurd, als dass man sie auch nur vernünftig diskutieren könnte. Er mag ein genialer Komponist gewesen sein, doch seine Ansichten in dieser Sache entbehren jeden gesunden Menschenverstands.«

Alice reckte angriffslustig das Kinn. »Absurd, nennst du das? Bist du denn blind? Wir erleben doch nicht nur in den Opernhäusern oder Konzerthallen, dass die Damen und Herren aus dem Hause Israel sich einzumischen versuchen. Ihre Großväter verkauften noch Kartoffeln oder Vieh auf dem Markt, und alle waren zufrieden. Aber nun wittern diese Leute Morgenluft, vor allem die Habenichtse, die aus dem Osten ins Land strömen. Sie stehen bereit, das Kaiserreich zu übernehmen.«

»Mag sein«, warf ein älterer Herr mit Kneifer ein, dessen

Name Willie entfallen war. »Aber es gibt doch auch andere Beispiele. Ich denke da an diesen Herrn Albert Ballin in Hamburg, der kürzlich als Reeder zum Direktor der Hamburg-Amerika-Linie berufen wurde. Der hat es sogar geschafft, unseren verehrten Kaiser Wilhelm mit seinen Ideen für sich einzunehmen.«

Alice ließ sich auf einen Stuhl sinken und fächelte sich Luft zu. Ihr Blick war ein wenig glasig geworden. »Ach, natürlich«, sagte sie mit einem bezaubernden Lächeln. »Ich persönlich habe ja auch gar nichts gegen Juden.« Sie warf Willie, die stocksteif an ihrem Platz stand, einen eisigen Blick zu. »Mein Onkel hätte diese Dame wohl kaum zu uns gebeten, wenn sie und ihresgleichen in der Villa Martha nicht willkommen wären.« Sie streckte ihre Hand nach Bruckmann aus. »Und mein Verlobter denkt darüber genauso.«

Verlobter? Willie glaubte, nein, sie hoffte einen bangen Moment lang, sich verhört zu haben. Ausgerechnet diese fürchterliche Alice wollte Bruckmann heiraten? Ihr Herz klopfte ungestüm, und sie spürte ein leichtes Schwindelgefühl. Gleichzeitig ärgerte sie sich, weil diese Nachricht sie überhaupt erschütterte. Was kümmerten sie diese Leute, die ihr so eindringlich vor Augen hielten, dass sie in diesem Land nur geduldet wurde, in Wahrheit aber nie dazugehören würde? Wenn Bruckmann vorhatte, sein Leben an der Seite dieser Alice zu verbringen, war das allein seine Entscheidung und ging sie nichts an.

Und warum tat der Gedanke daran ihr dennoch weh?

Wie durch einen Nebel nahm sie den verstörten Blick des Geigers wahr. Doch er galt Alice, nicht ihr. Willie begriff gar nichts mehr und hatte nur noch den Wunsch, sich schnellstmöglich zurückzuziehen.

»Wie kommst du dazu, mich vor aller Ohren als deinen Verlobten zu bezeichnen?«, empörte sich Bruckmann. Obwohl er die Stimme gesenkt hatte, war nicht zu überhören, wie aufgebracht der junge Mann war. Alice ließ sich davon jedoch nicht aus der Ruhe bringen.

»Warum noch länger warten, wenn es doch längst beschlossene Sache ist, dass wir heiraten?«, fragte sie mit einem unschuldigen Augenaufschlag. »Mein Onkel hat keine Einwände mehr gegen unsere Verbindung. Ganz im Gegenteil, er hat sogar versprochen, dich zu unterstützen, damit du im Orchester weiterkommst. Wer weiß, vielleicht bist du bald schon Kapellmeister. Wäre das nicht herrlich?«

»Du weißt, wie ich darüber denke!«

»Ach was! Ein wenig Ehrgeiz hat noch keinem geschadet!« In herrischem Ton rief Alice ihren Onkel herbei, der sich gerade noch mit dem älteren Herrn mit Kneifer unterhalten hatte, diesen aber nun stehen ließ, um sich zu seiner Nichte zu gesellen. Ehe Bruckmann protestieren konnte, flüsterte Alice ihrem Onkel etwas ins Ohr, woraufhin der alte Mann die Augenbrauen hob und ihm hocherfreut auf die Schulter klopfte.

»Das sind ja wunderbare Neuigkeiten, mein lieber Junge, auch wenn ich zugeben muss, dass sie für mich nicht überraschend kommen. Ihr habt euch schließlich lange genug Zeit gelassen. Umso glücklicher bin ich, dich nun offiziell in unserer Familie willkommen heißen zu dürfen.«

Der Kammermusiker bat die Anwesenden um ihre Aufmerksamkeit, indem er mit dem Löffel gegen seine Kaffeetasse stieß. Als alle Augen auf ihm ruhten, stellte er sich zwischen seine Nichte und Bruckmann und gab mit strahlender Miene deren Verlobung bekannt. Sogleich setzte Beifall ein. Männer und Frauen stürmten auf den verdutzten Bruckmann zu, Hände wurden geschüttelt, die besten Wünsche für die gemeinsame Zukunft ausgesprochen.

Willie gratulierte ebenfalls, obwohl ihr viel mehr danach war, Alice eine Ohrfeige zu verpassen. Dass die Nichte ihres Gastgebers sie keine fünf Minuten zuvor noch auf unverschämte Art und Weise beleidigt hatte, schien hier niemanden zu stören.

»Wenn Sie mich bitte entschuldigen würden«, verabschiedete sich Willie wenig später, eifrig darauf bedacht, ihr Lächeln nicht zu einer Grimasse gefrieren zu lassen. »Die Probe für den zweiten Akt der *Iphigenie* findet morgen schon recht früh statt. Vorher brauche ich noch ein wenig Ruhe.«

»Wie jammerschade, gnädige Frau!« Alice setzte ein Lächeln auf ihre vollen Lippen, welches ihre Augen nicht erreichte. »Und dabei hatten wir so gehofft, Sie würden uns die Ehre erweisen, noch für uns zu singen. Ach, tun Sie uns doch den Gefallen. Ein schöneres Geschenk zur Verlobung könnten Sie unserem guten Bruckmann nicht machen.«

Willie schluckte. Ein Blick in Alices feindselig aufblitzende Augen genügte, um zu wissen, dass dieses Mädchen sie keineswegs singen hören wollte. Vielmehr hatte sie vor, Willie zu demütigen. Doch ehe Willie protestieren konnte, wurde sie von Kammermusiker Richter zum Flügel begleitet. »Nun geben Sie sich einen Ruck und machen Sie uns die Freude«, bat er. »Wenn Sie erlauben, werde ich Sie begleiten.« Er sah sie erwartungsvoll an. »Was möchten Sie vortragen? Ich spiele alles für Sie, gnädige Frau.«

Willie zuckte mit den Achseln. Alles? Nun gut, wenn sie unbedingt wollten, dann sollten sie etwas bekommen, das ihnen in Erinnerung bleiben würde. Rasch beugte sie sich zu Richter vor, der bereits hinter dem Flügel Platz genommen hatte, und wisperte ihm etwas zu.

»Oh!« Die buschigen Augenbrauen des alten Mannes schnellten in die Höhe. »Ich weiß nicht, ob … Sind Sie sicher? Vielleicht wäre etwas Weihnachtliches passender.«

»Wollten Sie nicht alles für mich spielen, mein Lieber?« Der entschlossene Zug um Willies Mund ließ keinen Zweifel daran, dass sie entweder das vorgeschlagene Stück oder gar nichts vorzutragen gedachte, und tatsächlich blieb jeder weitere Widerspruch aus. Mit einem kühlen Lächeln wandte sich Willie ihrem Publikum zu und wartete, tief durchatmend, auf Richters Zeichen. Als dieses kam, begann sie zu singen. Schon nach wenigen Takten war zu hören, dass sie sich für die Rachearie aus Mozarts Zauberflöte entschieden hatte. Mühelos schlüpfte sie in die Rolle der ›Königin der Nacht‹, die von der Hölle Rache sang, die in ihrem Herzen tobte. Dabei klang Willies Stimme zunächst sonderbar emotionslos, ja, fast so kalt wie frischer Schnee. Doch als sie die hohen Töne erreichte, verwandelte sich die Kälte in ihrem Ausdruck mit einem Schlag in ein Feuerwerk der Leidenschaft, sodass alle im Raum wie hypnotisiert an ihren Lippen hingen.

Als die Arie zu Ende war, brannten Willies Wangen vor Genugtuung. Der stürmische Applaus ihrer Zuhörer berührte sie nicht, auch die Dankesworte des Kammermusikers drangen kaum zu ihr durch. Sollten die Leute sie für eine exzentrische Diva halten, das war ihr egal. Sie wollte nur endlich fort aus dem stickigen Musikzimmer.

Fort von Alice. Fort von Bruckmann.

Umso mehr überraschte es sie, dass nicht der Gastgeber, sondern der junge Geiger ihr in die Halle folgte. Die Hände hinter dem Rücken wartete er ungeduldig, bis ein Hausmädchen Willies Cape brachte und dann hinausging, um nach einer Droschke Ausschau zu halten. Als sie endlich allein waren, sagte er leise: »Ich kann gar nicht ausdrücken, wie leid mir das alles tut. Alice … Es war abscheulich, wie sie sich heute Abend aufgeführt hat.«

»Sie hätten mir doch sagen können, dass Sie sich verloben! Dann hätte ich …« Ja, was? Hätte sie Richters Einladung zum Abendessen dann ausgeschlagen? So etwas tat man doch nur, um Menschen aus dem Weg zu gehen, die man entweder nicht oder ein wenig zu sehr mochte. Bruckmann indes kannte sie kaum. Es war kaum möglich, dass sie mehr als bloße Sympathie für den Violinisten empfand. Oder? Seine Verlobte schien jedenfalls genau das anzunehmen.

Ohne Mantel oder Schal begleitete Bruckmann Willie hinaus in die sternenklare Winternacht. Er würde sich den Tod holen, doch als Willie ihn darauf ansprach, winkte er nur müde lächelnd ab.

»Nun, ich kann nicht behaupten, dass mir Ihre Verlobte besonders sympathisch ist, aber was Alices Familie angeht, hätten Sie kaum eine bessere Wahl treffen können«, sagte sie mit gespielter Fröhlichkeit. »Würde mich nicht wundern, wenn wir Sie tatsächlich bald die erste Geige spielen hören würden.« Willie meinte, was sie sagte, dennoch wünschte sie, ihre Worte würden nicht ganz so scharf klingen. Sie wusste aus eigener Erfahrung, dass es bei jungen Musikern nicht allein mit Talent getan war. An unzähligen Straßenecken standen begabte Menschen, die für ein paar lumpige Groschen *Figaros Hochzeit* spielten, um nicht zu verhungern. Dass sie selbst es auf die großen Bühnen der Welt geschafft hatte, ohne sich an einflussreiche Männer verkaufen zu müssen, war reines Glück gewesen. Anderen, das wusste sie nur zu gut, blieb dieses Glück ein Leben lang verwehrt. Es war also nicht an ihr, darüber zu urteilen.

»Sie sind der Meinung, dass ich aus Berechnung heirate?«, wollte Bruckmann wissen.

Willie dachte kurz nach, dann schüttelte sie den Kopf. Ihr war nicht entgangen, wie unglücklich der junge Mann bei der überraschenden Bekanntgabe seiner Verlobung gewirkt hatte. Wenn es hier eine Person gab, die kühl kalkulierte, so war es Richters Nichte. »Nein, das glaube ich nicht. Ich glaube aber, dass Sie auch ohne Protektion eine Karriere vor sich haben.«

»Ich liebe Alice nicht!« Bruckmann hob den Kopf, sandte einen Blick hinauf zu den Sternen. »Sie mich übrigens auch nicht. Dass sie trotzdem verbissen an ihren Heiratsplänen festhält, hat seine Gründe.«

Willie horchte interessiert auf. Bruckmanns Worten nach war also eine Vernunftehe geplant. Ihr war nicht ganz wohl dabei, sich nach den Motiven der beiden zu erkundigen, doch zuletzt siegte die Neugier über ihr Unbehagen.

»Alice wird Kammermusiker Richters Vermögen erben«, erklärte Bruckmann. Allerdings nur, wenn sie vor ihrem fünfundzwanzigsten Geburtstag einen Musiker heiratet. Allem Anschein nach steht das so im Testament des alten Herrn.«

Willie unterdrückte ein Lachen. Auf einmal wurde ihr einiges klar. Die junge Dame war zwar mit einer spitzen Zunge ausgestattet, aber nicht gerade mit Liebreiz gesegnet worden. Ihre bissige Art hatte gewiss schon so manchen Verehrer in die Flucht geschlagen. Kein Wunder, dass Alice allmählich ihre Felle davonschwimmen sah und sich wie eine Klette an den gutmütigen Bruckmann klammerte. Sie redete ihm ein, dass er sie brauche, um in Dresden als Violinist voranzukommen, in Wahrheit war sie es, die auf ihn angewiesen war. Ohne passenden Ehemann keine Aussicht auf das Erbe. So einfach war das. Willie fragte sich, welches Leben den jungen Musiker erwartete, sobald Alice bekommen hatte, was sie wollte. Womöglich würde sie sich Liebhaber nehmen und mit ihnen ihr ererbtes Geld verprassen. Aber auch das ging Willie nichts an. Oder doch? Sie schloss die Augen und sog die eisige Luft in ihre Lungen. Was, wenn sie aufhörte, sich einzureden, dass Bruckmann ihr gleichgültig war? Was würde geschehen?

Das Scharren von Pferdehufen holte sie aus ihrer Träumerei. Die Droschke wartete. Ihr Blick glitt zurück zu den hell erleuchteten Fenstern der Villa Martha. Niemand schien Bruckmann zu vermissen. Aber sie würde ihn vermissen. Schrecklich vermissen sogar. Mit einer entschlossenen Handbewegung öffnete sie den Schlag.

»Wollen Sie nicht endlich ins Warme zurück?«, sagte sie mit vor Aufregung bebender Stimme. Er kam auf sie zu und schloss sie in seine Arme. Als seine Lippen zärtlich auf ihre trafen, glaubte Willie, ihr Herz würde explodieren. Es war gewagt, sie zu küssen, und noch gewagter, den Kuss zu erwidern. Doch vielleicht weil es eine verbotene Frucht war, an der sie sich berauschte, fühlte sich Bruckmanns Berührung aufregender an als alles, was Willie seit vielen Jahren erlebt hatte.

»Wenn ich mich nicht irre, gibt es im Wagen Decken, unter die man schlüpfen kann«, bemerkte Bruckmann mit einem spitzbübischen Lächeln, das jeden Rest von Kummer und Angst aus seinem Gesicht fegte. »Wie in einer russischen Winternacht.«

»Bist du dir sicher?« Willie fuhr mit besorgter Miene über die kalte Wange des jungen Geigers. Obwohl sie annahm, dass er sich vor der Abendgesellschaft sorgfältig rasiert hatte, fühlte sie seine Bartstoppen durch den Handschuh. »Du setzt viel aufs Spiel. Ich bin älter als du. Drei, vier Jahre sind es bestimmt.«

Er lachte.

»Also schön, eher zehn Jahre. Außerdem bin ich launenhaft, habe eine verrückte Familie, die mir den letzten Nerv raubt, und …« Ihr fielen weitere Gründe ein, die dafür sprachen, die Finger von ihr zu lassen. Alice würde es gewiss nicht kampflos hinnehmen, dass er ihre Verlobung wieder auflöste. Wandte er sich von ihr ab, würde sie ihn, aber auch Willie mit gnadenlosem Hass verfolgen. Die unverschämte Jüdin, die es gewagt hatte, einen jüngeren Mann zu verführen.

»Du verstehst jetzt sicher, warum ich dir nach jenem Abend vor der Semperoper aus dem Weg gegangen bin«, sagte er. Seine

Augen funkelten, als hätten sie den Glanz der Sterne über ihnen in sich aufgenommen. »Mein Fernbleiben hatte nichts mit deiner Herkunft zu tun oder mit den gemeinen Worten dieser Kerle, die deine Plakate heruntergerissen haben. Ich …«

Willie legte einen Finger auf seine Lippen, damit er aufhörte zu reden. »Ich fürchte, das wird einen Skandal heraufbeschwören«, flüsterte sie, während sie sich in die Droschke helfen ließ. »Die Zeiten sind unsicher, besonders für Menschen wie mich.«

Bruckmann drückte sanft ihre Hand. »Du bist die Königin der Nacht, hast du das vergessen? Können wir nicht diese eine Nacht genießen, als würde sie uns allein gehören?«

Er gab dem Kutscher das Zeichen, loszufahren, und während Willie sich an ihn schmiegte, dachte sie daran, wie schön es wäre, wenn auf diese Nacht kein Morgengrauen folgen würde.

20.

Es war schon spät, als Lea sich zum zweiten Mal an diesem Tag zum Theaterplatz aufmachte. In den vergangenen Stunden hatte sie versucht, sich nur auf ihre Arbeit auf dem Weihnachtsmarkt zu konzentrieren und alle übrigen Sorgen zu vergessen. Doch das war leichter gesagt als getan. Immer wieder war ihr das Schnitzeisen entglitten, sodass das Figurenensemble der drei Weisen aus dem Morgenland, das sie im Auftrag eines reichen Tabakhändlers aus der Neustadt schnitzte, eher einer Gruppe von Zirkusclowns ähnelte. Sie würde die Gesichter der Männer, die zum Stall von Bethlehem gezogen waren, um den neugeborenen König der Juden zu ehren, noch einmal bearbeiten müssen. Ärgerlich war das. Was war nur mit ihr los? Ihre Hand war doch sonst so ruhig. Kulicke hatte sie merkwürdig von der Seite angeschaut und ihr schließlich das Messer aus der Hand genommen.

»Bringt nichts, wenn du dir die Fingerkuppen absäbelst. Geh nach Hause! Ich kümmere mich um alles.«

Lea musste lächeln, während sie die Stufen zum Haupteingang des Hotels emporstieg. Sie war heilfroh, dass Kulicke ihr den Rücken freihielt. Ohne seine Hilfe ließe sich das Versteckspiel keinen Tag länger ertragen. Am liebsten hätte Lea dem Tischlergesellen noch am Stand einen dicken Kuss auf die Wange gedrückt, doch davon hatte er sie gerade noch mit einem mürrischen Kopfschütteln abhalten können.

»Willst du uns ins Gerede bringen? Fehlt mir noch, dass Peregrin verbreitet, ich triebe Unzucht mit dem Schwarzmüller-Neffen! Die Alte von der Dörrpflaumenbude beäugt uns auch so schon so merkwürdig.«

Lea fand, dass er Gespenster sah. Gerade die alte Martha gehörte zu den wenigen Händlern, die zu ihr und Kulicke freundlich waren. Fast täglich kam sie zum Krippenschnitzerstand gestapft, um ein Schwätzchen mit ihnen zu halten oder ihnen einen Becher Glühpunsch auszugeben. Manchmal schickte sie auch ihre Tochter Luise. Die war weniger gesprächig, für gewöhnlich stand sie nur herum, machte ein paar Bemerkungen über das Wetter und trottete dann wieder davon. Danach hörte man stets, wie sich die beiden Frauen am Nachbarstand anfauchten. Lea hatte dem bislang wenig Beachtung geschenkt, doch Kulicke behauptete steif und fest, die Alte habe vor, ihre wortkarge Luise an den Mann zu bringen, und riet Lea zur Vorsicht.

»Bist schließlich ein hübsches Kerlchen und eine gute Partie, weil du einmal die Werkstatt des alten Schwarzmüller übernehmen wirst! Jedenfalls glaubt das der ganze Striezelmarkt.«

Lea hatte darüber herzlich gelacht. Ein törichter Gedanke, dass die blasse Luise ausgerechnet ein Auge auf den jungen Holzschnitzer Laurin geworfen haben sollte. Oder scherzte ihr Gehilfe am Ende gar nicht? Lea wischte Kulickes Bemerkung aus ihren Gedanken und stieg in den Aufzug, der sie zum Zimmer ihrer Schwester bringen sollte. Hoffentlich war Willie inzwischen von ihrer Einladung zurückgekehrt und spendierte ihr eine heiße Milch mit Honig. Sie brauchte etwas zum Aufwärmen, denn völlig verfroren wollte sie nicht vor Fred Danners Tür auftauchen.

Doch Willie war nicht da. Niemand antwortete auf Leas Klopfen. Dann also keine Milch.

Mit pochendem Herzen stieg Lea die Treppe hinauf. Würde Fred überrascht sein, wenn sie so plötzlich vor ihm stand? Würde er sie in sein Zimmer bitten? Eigentlich gehörte sich das nicht. Aaron und Dora würden vor Scham im Boden versinken, wenn sie wüssten, dass Lea an die Tür eines jungen Mannes klopfte. Für die beiden war sie schließlich so gut wie verlobt. Und was sollte sie Danner überhaupt sagen? Genügte es, ihr Bedauern auszudrücken, um ihn zum Bleiben zu überreden? Wollte sie wirklich, dass er blieb?

Vor der Zimmertür sank Leas Mut. Nein, sie konnte Danner nicht gegenübertreten. Wie die Dinge lagen, hielt er sie für eine durchtriebene Person. Eine Schwindlerin, die ihre eigenen Angehörigen hinterging und sich unter falschen Voraussetzungen einen Weihnachtsmarktstand ergaunert hatte. Wenn sie nun klopfte, würde er sie vermutlich auch noch für ein Luder halten.

»Der Herr aus Zimmer 321 ist ausgegangen!«

Erschrocken drehte sich Lea um. Vor ihr stand ein pickeliger Hotelpage in roter Livree, fast einen Kopf kleiner als sie. In seinem Gesicht stand ein anzügliches Grinsen. Wofür er sie hielt, mochte Lea sich gar nicht vorstellen.

»Soll ich der Dame vielleicht aufschließen?«

»Nicht nötig. Wenn hier ein Herr logiert, habe ich mich wohl in der Etage geirrt. Ich suche die Suite meiner Schwester, der Opernsängerin Wilhelmina Fleck!« Mit Genugtuung bemerkte sie, wie sich die Augen des Frechdachses weiteten. Manchmal war es gar nicht so übel, sich auf eine prominente Verwandte berufen zu können, selbst wenn diese so exzentrisch war wie Willie. »Wenn Sie mir nicht glauben, könnte der Herr Direktor vielleicht …«

»Aber durchaus nicht, gnädige Frau«, wehrte der Page entsetzt ab. »Darf ich Sie zum Zimmer von Madame begleiten?«

Lea lehnte mit einem Kopfschütteln ab, worauf der Page, eine Entschuldigung murmelnd, den Rückzug antrat.

Danner war also ausgegangen. Ausgerechnet heute, das war zu ärgerlich. Aber wenigstens schien er nicht ausgezogen zu sein, was bedeutete, dass ihr immer noch ein wenig Zeit blieb, ihn zum Bleiben zu überreden. Ob sie in der Halle auf ihn warten durfte? Dort war es gemütlich warm, und einen heißen Tee bekam sie dort auch. Sprach jemand sie an, so konnte sie glaubhaft versichern, auf die Rückkehr ihrer Schwester zu warten. So oft wie sie in den letzten Tagen das Bellevue aufgesucht hatte, würde dies gewiss keiner der Bediensteten infrage stellen.

Während Lea vor dem Aufzug stand, kam ihr ein Zimmermädchen mit einem ganzen Bündel geplätteter Bettwäsche entgegen. Die junge Frau trug schwer an ihrer Last, daher machte ihr Lea mit einem aufmunternden Lächeln Platz. Doch plötzlich stutzte sie. Dieses Gesicht – sie war sich sicher, dass sie es kannte. Nicht aus dem Hotel, sondern ... vom Striezelmarkt. Natürlich! Lea stieß verblüfft die Luft aus. Das Zimmermädchen war niemand anderes als das verschüchterte Geschöpf, das sie vor gar nicht langer Zeit nach dem kleinen Benno ausgefragt hatte. Sie war eine von Radeks Papierlaternenverkäuferinnen, jedenfalls war sie das noch gestern gewesen. Was um alles in der Welt tat sie hier?

Der Aufzug kam. Ein Page öffnete die Gittertür und neigte höflich den Kopf. »In die Halle, gnädiges Fräulein?« Als Lea nicht reagierte, wiederholte er: »Gnädiges Fräulein?«

»Ein Irrtum! Ich ... muss noch mal zurück in mein Zimmer! Warten Sie nicht auf mich!« Lea winkte dem verdutzten jungen Mann mit ihrem Schirm zu, dann machte sie kehrt und folgte dem Mädchen in einigem Abstand durch den Korridor. Schon nach wenigen Schritten öffnete es eine Tür, die allem Anschein nach in eine Wäschekammer führte. Lea sah, wie sie in dem Raum verschwand. Und nun? Sie seufzte. Im Grunde war es albern, dem Kind hinterherzuschleichen. Was ließ sich auf diese Weise schon herausfinden? Ansprechen durfte Lea das Mädchen auf keinen Fall. In Frauenkleidern war sie zwar nicht als Holzschnitzer vom Striezelmarkt zu erkennen, doch Lea durfte kein

Risiko eingehen. Wie aber sollte sie dann etwas über Benno in Erfahrung bringen? Es war zum Verrücktwerden.

Lea drückte sich hinter einen Farn, durch dessen ausladende Zweige sie die Wäschekammer im Blick behalten konnte, und wartete. Merkwürdig. Die Tür war nur angelehnt, aber aus dem Raum war nach einem kurzen Knarren kein Laut mehr zu hören. Es herrschte absolute Stille, nichts deutete darauf hin, dass sich jemand darin zu schaffen machte. Aber Lea hatte das Mädchen doch mit dem ganzen Bettzeug durch die Tür gehen sehen.

Lea begann bald zu frieren auf dem ungeheizten Gang, der nur sparsam mit Gaslampen ausgestattet war. Sie wartete weiter, doch das Mädchen kam nicht wieder zurück. Verdammt, war sie über ihrer Wäsche eingeschlafen, oder hatte sie Lea am Ende bemerkt und wartete im Dunkeln, bis sie gegangen war? Im Dunkeln? Erst jetzt fiel Lea auf, dass durch den Türspalt kein Schimmer hinaus auf den Korridor fiel. Hatte das Mädchen eine Lampe bei sich gehabt, als sie durch den Flur gelaufen war? Nein, daran hätte Lea sich erinnert.

Sie verließ ihren Beobachtungsposten und schlich auf Zehenspitzen zur Wäschekammer. Als sie die Tür öffnete, erlebte sie eine Überraschung. Der Raum war leer, von dem Mädchen fehlte jede Spur. Lea runzelte die Stirn. Aber das war doch nicht möglich! Die Wäschekammer war nichts als eine Abseite ohne Fenster, so schmal, dass sich kaum zwei Personen gleichzeitig darin bewegen konnten. Ungläubig atmete sie die stickige Luft ein, die schwach nach herben Kräutern und der Tinktur roch, mit der auch ihr Hausmädchen Ilse die Wäsche der Liebermanns vor Motten schützte. Das war doch verrückt. Das Mädchen hatte die Kammer nicht verlassen, denn das hätte Lea bemerkt. Also musste es hier irgendwo stecken. Sie suchte die hohen Regale ab, doch dort lagerten lediglich Stapel sorgfältig gefalteter Leintücher, Bettbezüge und Steppdecken für frostige

Winternächte wie diese. Keine Möglichkeit, sich zu verstecken, nicht einmal für ein Kind. Lea begann schon an ihrem Verstand zu zweifeln, als ihr Blick auf einen Winkel hinter einem Schrank mit Putzmitteln fiel, welchen das spärliche Licht der Gaslampe auf dem Korridor nicht mehr zu erreichen vermochte. Erst bei näherem Hinsehen bemerkte Lea neben dem Schrank die Umrisse einer Tür. Das Mädchen hatte sich also nicht in Luft aufgelöst, sondern war lediglich durch diese Tür verschwunden. Vermutlich führte sie über eine Stiege zu den Vorratsräumen hinunter oder verband die oberen Stockwerke mit dem Trakt, der dem Hotelpersonal vorbehalten war. Viele große Häuser verfügten über ähnliche Zugänge und Treppen, da Zimmermädchen in den Gästebereichen nicht gern gesehen waren. Man erwartete, dass sie weitgehend unsichtbar blieben.

Vorsichtig öffnete Lea die Tür und steckte ihren Kopf durch den Spalt. Das Erste, worauf ihr Blick fiel, war kahles Mauerwerk, von dem ein Geruch nach Moder und Schimmel ausging. An einer hohen Wand gegenüber flackerte eine einsame Funzel, deren Licht gerade noch ausreichte, um die ausgetretenen Stufen einer Treppe zu beleuchten. Lea ging zur Treppe, legte ihre Hand auf das Geländer und rüttelte sachte daran. Wie nicht anders erwartet, wackelte es und bot somit kaum Halt. Eine Einladung, sich Hals und Beine zu brechen. Und wofür? Lea entschied, dass es unnötig war, dem Mädchen über die Dienstbotenstiege nachzuschleichen. Bestimmt war die Kleine nur auf dem Weg zur Spülküche oder zu ihrer Stube. Wie spät war es inzwischen überhaupt? Sie sollte besser in die Halle zurückkehren und Willie abpassen, bevor diese auf ihr Zimmer ging. Wenn Willie erfuhr, dass eine von Radeks Zöglingen im Hotel war, würde sie schon Mittel und Wege finden, um herauszubekommen, was sie erfahren wollte.

Lea war gerade im Begriff, kehrtzumachen, als sie ein ersticktes Schluchzen hörte.

21.

Die kleine Papierlaternenverkäuferin war in Not.

Vielleicht wurde sie von einem Hoteldiener ausgezankt, weil sie zu langsam oder unordentlich gewesen war. Möglich, doch Lea glaubte es nicht. Sie nahm all ihren Mut zusammen und ging langsam die Treppe hinunter. Je mehr Stufen sie bezwang, desto lauter wurden die Stimmen. Nach einer Weile hörte sie sie so deutlich, als würde sie danebenstehen.

»Ist das alles, was du nutzloses Ding herausgefunden hast?«

Lea spürte einen Stich wie von einem glühenden Eisen. Radek. Das war seine Stimme. Er war tatsächlich hier. Damit war auch klar, von wem das Schluchzen kam.

»Antworte gefälligst, oder willst du, dass dein süßer kleiner Benno noch mal Bekanntschaft mit der Rute machen muss? Du hast es in der Hand!«

Leas Finger verkrampften sich, so fest umschlossen sie das morsche Holz des Geländers. Sie hatte es gewusst. Radek bedrohte diese Kinder. Er hatte das Mädchen im Bellevue eingeschleust, damit es für ihn spionierte. Trotz ihrer Angst wäre Lea am liebsten die letzten Treppenstufen hinuntergeeilt und hätte dem Widerling die Augen ausgekratzt. Doch sie konnte sich nicht vom Fleck rühren. Weder Radek noch das bedauernswerte Kind durften auch nur ahnen, dass Lea hier im Dunkeln stand und sie belauschte.

»Ich war in ihrem Zimmer, aber nur ganz kurz und in Begleitung der Frau, die mich hier einarbeitet«, stieg die Stimme des

Mädchens zu ihr empor. »Die Dame vermisst ihre Kopfwehpillen, aber das andere Zimmermädchen hat ihr gesagt, dass wir sie nicht gesehen haben, und dann durften wir auch schon wieder gehen.«

Radek lachte auf. Es klang so schaurig, dass Lea sich erschrocken auf die Lippe biss. Sie wagte nicht, sich auch nur noch einen Zoll vorwärtszubewegen, aus Furcht, das Knarren der Stufe würde sie verraten.

»Damit hast du mir wenigstens den Beweis geliefert, dass der kleine Satansbraten wirklich bei dieser Opernsängerin war. Weiß der Teufel, wie er an das Weibsstück gekommen ist.«

»Benno … schweigt dazu?«

»Dein Freund ist ein harter Brocken, das muss ich zugeben. Eigentlich könnte ich einen Kerl wie ihn gut für meine Unternehmungen gebrauchen. Er hat mehr Grips als Hans, obwohl er sich von dem hat reinlegen lassen. Aber so verstockt wie der Bengel ist, wird daraus wohl Essig.« Einen Moment lang herrschte Schweigen und Lea befürchtete schon, die beiden könnten sich zurückgezogen haben, doch dann ergriff Radek erneut das Wort. Er schien sich etwas überlegt zu haben. »Hier, nimm das Röhrchen«, raunte er. »Du wirst der Frau ihre Pillen zurückbringen. Sag ihr, du hättest sie gefunden. Das wird sie freuen.«

»Aber dann wird sie mich bestimmt wiedererkennen. Sie war dabei, als mich der Holzschnitzer vom Striezelmarkt nach Benno gefragt hat. Was soll ich denn sagen, wenn sie mich fragt, was ich jetzt im Hotel mache?«

Ein ungeduldiges Schnauben erklang. »Sag ihr, wie froh du bist, dass du endlich eine Stellung gefunden hast und nicht länger unter meinem Dach leben musst. Das wird dir doch nicht allzu schwer über die Lippen kommen, oder? Erschleich dir ihr Vertrauen, bis sie nur noch dich ruft, wenn sie ein Zimmermädchen braucht.«

»Mich? Aber …«

Er unterbrach sie unwirsch. »Diese Willie Fleck hat Blut geleckt, das spüre ich genau. Sie und dieser verdammte Kerl vom Striezelmarkt. Die versuchen, mir das Wasser abzugraben. Wenn ich mich nicht mehr um euch kümmern kann, wandern Benno und die anderen zurück ins Waisenhaus. Nicht ins Dresdner, das ist hoffnungslos überfüllt. Sie werden auf andere Städte verteilt. Willst du das?«

Keine Antwort.

»Na, siehst du? Bei mir werden immerhin alle satt und haben ein Dach über dem Kopf. Und die Fähigsten finden hervorragende Stellungen, so wie du. Du bist doch dankbar für deine neue Arbeit, Dinah? Oder sehnst du dich zu deinen Papierlaternen zurück?«

Diesmal gab das Mädchen ein klägliches Schniefen von sich, das Lea vor Mitleid tief ins Herz schnitt. Was Benno unter Radeks Vormundschaft zu erdulden hatte, wusste sie bereits, doch seinen Schicksalsgenossen schien es kaum besser zu ergehen. Wie konnte es möglich sein, dass die Königlich-Sächsische Fürsorge den Mann schalten und walten ließ, wie er wollte?

»Peregrin ist übrigens ganz meiner Meinung. Er misstraut dem Krippenschnitzer ebenfalls und möchte, dass er vom Striezelmarkt verschwindet. Wenn wir ihm dabei helfen, schlagen wir zwei Fliegen mit einer Klappe. Also bleib an dieser Frau Fleck dran. Überzeuge sie davon, dass es Benno gut geht, und dass er in Kürze eine Lehrstelle außerhalb Dresdens antreten wird. Das sollte sie fürs Erste von uns ablenken.«

»Und wenn sich die gnädige Frau davon persönlich überzeugen will?«

Lea konnte hören, wie zittrig Dinahs Stimme klang.

»Benno ist so merkwürdig in letzter Zeit. Nicht nur wegen … Nein, nein, das hat schon früher angefangen. Ich habe gehört, wie er nachts im Schlaf aufgeschrien hat. Es muss irgendwas mit der Schreinerwerkstatt vom Schwarzmüller zu tun haben, dem Onkel von dem Krippenschnitzer. Wenn man die Werkstatt nur erwähnt, zuckt Benno schon zusammen. Aber er hat nicht mal mir gesagt, warum.«

Radek schien diese Beobachtung nicht im Mindesten zu interessieren, denn alles, was Dinah zu hören bekam, war die Mahnung, sich nicht ihr hübsches Köpfchen zu zerbrechen.

»Vergiss nicht: Für jede brauchbare Neuigkeit bekommt dein Benno eine zusätzliche Ration Malzkaffee.«

Dinah schien nachzudenken, denn es entstand zunächst einmal eine neue Pause, doch dann flüsterte sie schließlich: »Da war eine Frau in Madame Flecks Suite.«

»Eine Frau?«

»Als wir wegen der Kopfwehtabletten hereingerufen wurden, stand sie am Fenster und sah auf den Theaterplatz hinunter. Ich weiß nicht, ob's wichtig ist, aber gerade eben habe ich sie wiedergesehen, ist erst ein paar Minuten her. Sie stand vor dem Aufzug, aber nicht auf der Etage, wo die Suite von der Madame Fleck ist.«

Lea presste fest die Lippen zusammen. Das Mädchen hatte sie also doch bemerkt. Sie konnte nur hoffen, dass die Kleine keine Verbindung zwischen ihr und Laurin herstellte, sonst war sie geliefert.

Sie musste jetzt verschwinden. Die Treppe weiter hinabzusteigen traute sie sich nicht. So würde sie Radek und Dinah nur in die Arme laufen. Also zurück. Und dies so lautlos wie nur möglich. Doch dieser Weg wurde Lea jäh genommen, als plötzlich weiter oben Stimmen ertönten. Eine Tür schlug zu, Lea spürte einen Luftzug. Im nächsten Augenblick kamen zwei Frauen auf sie zu. Gemeinsam wuchteten sie eine bis zum Rand mit Vasen, Waschschüsseln und Nachttöpfen gefüllte Weidenholztruhe über die Stiege. Lea drückte sich flach gegen die Wand, doch sie hätte ein Blatt Papier sein müssen, um an den Hotelbediensteten vorbeizukommen.

»He, Fräulein, haben Sie sich verlaufen?«, keuchte eine der beiden Frauen. Ihrer Miene nach war sie wenig erfreut, Lea dort auf der Treppe zu sehen.

»Na, da hört sich doch alles auf!«, fügte ihre Begleiterin erbost hinzu. Der dicken Frau drohte schon auf halbem Wege die Puste auszugehen. »Das ist die Dienstbotenstiege und für Hotelgäste verboten.« Mit einer energischen Handbewegung trieb sie Lea vor sich her. »Vorwärts, vorwärts, Fräulein! Oder wollen Sie sich den Kopf anstoßen?«

Lea zog es vor zu schweigen. Stattdessen lauschte sie angespannt in die Dunkelheit am Fuße der Treppe. Sie hoffte inständig, dass Radek sich inzwischen davongemacht hatte.

»Nu machen Sie schon, Fräulein!« Die Frau, die ihr dicht auf den Fersen war, schnaufte wie eine Lokomotive. »Das Ding ist schwer, ich kanns gleich nicht mehr halten!«

Da Lea wenig Lust verspürte, von der Kiste im Genick getroffen zu werden, beschleunigte sie ihren Schritt und atmete erleichtert auf, als sie das Ende der Treppe erreichte. Das Keuchen der Zimmermädchen und das Klirren ihres Porzellangeschirrs verrieten ihr, dass die Bediensteten nur wenige Schritte hinter ihr waren, dennoch blieb ihr ein kurzer Moment, um sich am Fuß der Stiege zu orientieren. Schräg gegenüber erspähte sie einen Raum, dessen Tür offen stand: dem Mobiliar nach eine Art Waschküche. Lea benötigte keinen zweiten Blick, um sicher zu sein, dass Radek und Dinah sich dort aufgehalten hatten. Um nicht vom Hauspersonal überrascht zu werden, hatte Radek die Tür offen gelassen, dabei aber nicht bedacht, dass seine und Dinahs Stimme durch den Treppenschacht bis weit nach oben getragen worden waren.

Lea drehte sich zu den beiden Frauen um, die noch immer mit ihrer Weidentruhe kämpften, und erkundigte sich nach dem Weg zur Hotelhalle.

»Na, Sie sind gut, Fräulein!« Die Dicke ließ den Truhenhenkel los und wischte sich mit dem Ärmel den Schweiß aus dem erhitzten Gesicht. Dann erstarrte sie unversehens. Ihr Blick glitt an Lea vorbei, ihre Augen zogen sich zu Schlitzen zusammen. »Da ist ja das faule Ding!«, zeterte sie. »He du, Neue, solltest du dich nicht bei mir und Trude melden?«

Lea fuhr erschrocken herum. Dinahs Umrisse lösten sich aus dem Dunkel des Korridors. Radek war bei ihr. Er trug einen karierten Anzug, dazu eine Melone und einen Gehstock mit Silberknauf.

Die Dicke schnappte empört nach Luft. »Kaum einen Tag hier und schon Herrenbesuch, du Luder? Wenn das die Hausdame erfährt …«

»Wird sie nicht!« Radeks Augen blitzten gefährlich auf, und in seiner Stimme lag ein Ton, der dem Zimmermädchen vor Überraschung die Sprache verschlug.

»Da ist ja die Frau!« Dinah zeigte mit dem Finger auf Lea. »Die aus dem Zimmer von der Fleck. Aber … wie kommt sie hierher?«

»Oh, die junge Dame wird gewiss so freundlich sein, unsere Neugier zu stillen!« Radek machte einen Schritt auf Lea zu, die mit einem Satz zurücksprang. Radek war gerissen. Hatte er sie erst einmal am Kragen, war es nur eine Frage der Zeit, bis er hinter ihr Geheimnis kommen würde.

Und genau das durfte nicht geschehen. Lea stürzte zu der Weidentruhe und zog schnell zwei Porzellanschüsseln heraus, die sie in Radeks Richtung warf.

Die beiden Zimmermädchen kreischten schrill auf.

Das nun einsetzende Getöse nutzte Lea zur Flucht. Über

Treppe und Wäschekammer war dies nicht möglich, und der Weg durch die Wachküche wurde von Radek versperrt. Also nach links, durch den Gang. Verfolgt von Gejammer und Flüchen eilte sie durch den Korridor. Irgendwo musste es doch ins Freie gehen. Das Geräusch rasch näher kommender Schritte verriet ihr, dass Radek die Verfolgung aufgenommen hatte.

Lea hastete weiter; ihr Herz hämmerte gegen ihre Rippen, und sie verfluchte den langen Rock, der ihr nur kleine Schritte erlaubte. In ihrer Not klopfte sie an jede Tür, an der sie vorüberstolperte. Sie hatte keine Ahnung, wo genau sie sich befand, hoffte aber, dass sich zumindest hinter einigen der Türen Schlafkammern befanden. Sie hatte Glück, denn tatsächlich streckten mehrere verschlafene Bedienstete die Köpfe hinaus auf den Flur, neugierig, was der Lärm zu bedeuten hatte. Einige Männer traten sogar im Nachthemd aus ihren Kammern.

Während Lea sich an ihnen vorbeischob, wagte sie einen Blick über die Schulter. Radek stürmte hinter ihr her. »Haltet das Frauenzimmer auf«, brüllte er die Angestellten heiser vor Zorn an. »Sie ist eine verdammte Hoteldiebin!«

Lea erstarrte, als sie die Worte wie einen Feuersturm durch den Korridor jagen hörte.

Was für eine dreiste Lüge!

Die bedauerlicherweise Wirkung zeigte, denn plötzlich schienen von ringsherum Hände nach ihr zu greifen. Hände, die an ihrem Rock und dem weiten Cape zerrten, und die sie mit ihrem Schirm nur mühsam abzuwehren vermochte. Lea schlug um sich, jemand heulte auf. In blinder Hast stolperte sie weiter, auf eine Tür am Ende des Korridors zu. Sie spürte kalte Luft. Wenn sie Glück hatte, war sie in der Nähe des Hofes, wo sich die Remisen für Kutschen und Kaleschen befanden. Lea betete, dass die Tür nach draußen nicht verschlossen war. Trotzig streckte sie ihre Hand nach der Klinke aus und hätte am liebsten laut aufgeschrien, als diese unter ihrem Griff nachgab. Im nächsten Moment stürzte sie auf den Hof. Dieser lag stockdunkel und völlig menschenleer vor ihr. Kein Kutscher oder Stallknecht, der noch einmal nach den Pferden sah. Kein Hotelpage, der sich in einer finsteren Ecke eine Zigarette oder ein Stelldichein gönnte.

Sie musste weiter, durfte jetzt nicht stehen bleiben. Aber wohin? Um das Haus herum, zum Haupteingang des Bellevues? Dort konnte sie den Concierge um Hilfe bitten. Aber was, wenn er ihr nicht glauben würde?

Also besser nicht zurück ins Hotel. Lea eilte durch den finsteren Hof, musste Hafersäcken, Speichen und gefrorenem Unrat ausweichen. Als sie hörte, wie die Tür zum Innenhof aufgestoßen wurde, gelang es ihr gerade noch, hinter ein paar Fässern Schutz zu suchen. Im nächsten Moment schlich Radek gebückt und leise fluchend über das gefrorene Pflaster. Irgendwo hatte der Schuft sich eine Petroleumlampe beschafft, mit der er nun sämtliche Winkel des Hofs ableuchtete.

Lea zitterte, ob vor Kälte oder vor Angst, wusste sie selbst nicht zu sagen. Welcher Teufel hatte sie nur geritten? Warum hatte sie nicht zu Hause bleiben können, und wo steckte Willie, wenn man sie brauchte? Hinter dem Haus kläffte ein Hund. Plötzlich glaubte Lea gar nicht weit von ihr entfernt Gelächter zu hören. Aber natürlich! Die Semperoper war nur wenige Schritte entfernt. Dort musste soeben eine Vorstellung zu Ende gegangen sein. *Fidelio*, wie Lea sich erinnerte. Das war ihre Chance. Gelang es ihr, in der Menge unterzutauchen, würde Radek vielleicht ihre Spur verlieren. Doch wie sollte sie ungesehen über den Hof kommen?

Erschrocken duckte sie sich, als der Schein von Radeks Lampe über ihren Kopf hinwegwanderte.

Radek ging an ihr vorbei, blieb aber immer wieder stehen, um zu lauschen und in die Dunkelheit zu starren. Lea machte sich nichts vor. Radek wusste, dass sie sich hier versteckte. Es war nur eine Frage der Zeit, bis er hinter die Fässer blicken und sie entdecken würde.

Wenn ich ihn doch nur irgendwie von mir ablenken könnte, dachte sie verzweifelt. Sie senkte den Blick, starrte den Schirm an, den sie nach wie vor so fest umklammert hielt, dass die Haut über ihren Fingerknöcheln gespannt war. Gegen den Schneeregen mochte der kleine Schirm ihr zwar notdürftig Schutz bieten, aber um einen kräftigen, hochgewachsenen Mann wie Radek abzuwehren, war er wohl kaum zu gebrauchen. Radek würde ihn ihr aus der Hand reißen, noch ehe sie zum Schlag ausholen konnte.

Es sei denn …

Lea wartete, bis sich der Schein der Lampe wieder ein Stück entfernt hatte. In Gedanken zählte sie die Schritte des Mannes, die sich auf eine der Kutschen zubewegten. Fünf … zehn … War er jetzt weit genug von ihr entfernt?

»Warum laufen Sie vor mir davon, Fräulein?«, hörte sie Radeks Stimme. »Ich will mich doch nur mit Ihnen unterhalten. Wir sind übrigens allein, es wird Ihnen niemand zu Hilfe kommen, dafür habe ich gesorgt!«

Als Radek sich bückte, um unter den ihm am nächsten stehenden Wagen zu sehen, holte Lea aus, zielte kurz und warf ihren Schirm dann, so weit sie nur konnte. Als der Schirm mit einem Krachen gegen die Tür des Kutscherschuppens schlug, duckte sie sich wieder hinter das Fass und betete, dass ihre Rechnung aufging.

Tatsächlich richtete Radek sich auf und stapfte eilig mit schwingender Laterne in die Richtung, aus der er das Geräusch vernommen hatte. Für Lea hieß es, jetzt oder nie. Sie kam aus ihrem Versteck und rannte wie von Furien gehetzt in die entgegengesetzte Richtung, geradewegs auf das Tor zum Theaterplatz zu.

»Halt! Stehen bleiben!«

Lea sah sich nicht um. Ihre Absätze fanden auf dem rutschigen Pflaster kaum sicheren Halt, und sie schlidderte mehr, als dass sie lief. Endlich sah sie die Lichter der Oper und die Menge, die aus dem Eingang auf den Platz strömte. Vor Erleichterung hätte sie am liebsten laut gejubelt. Noch ein kleines Stück, und sie war gerettet. Radek würde es nicht wagen, sie bis in das Opernhaus zu verfolgen.

Als sie einen gehetzten Blick zurück zum Bellevue wagte, bemerkte sie einen Lichtschein vor dem breiten Tor, durch das sie geflohen war. Dann erlosch das Licht plötzlich, und von Radek blieb nichts als gähnende Finsternis.

Er sieht, wohin ich gehe, dachte Lea bestürzt, während sie sich schwer atmend an den Männern und Frauen vorbeidrängte, die in Grüppchen vor dem Eingang standen und sich über die Oper unterhielten. Droschken fuhren vor, Bedienstete öffneten Wagentüren und halfen Damen mit langen Schleppen beim Einsteigen. Der Atem der Droschkenpferde dampfte durch die Nacht. Aus dem Innern des Opernhauses kam gedämpfte Musik.

Hastig sah Lea sich nach einem freien Wagen um, fand aber keinen. Ob sie sich einfach einem der Grüppchen anschließen sollte? Doch keine der Damen ging zu Fuß. Ein hagerer Mann, der seiner Livree nach zum Haus gehörte, wurde auf sie aufmerksam. »Haben Sie etwas verloren, Fräulein? Kann ich zu Diensten sein?« Der abschätzende Blick, mit dem der Angestellte Lea beäugte, strafte seine höflichen Worte Lügen.

»Mein ... Schirm«, stammelte Lea, während sie notdürftig ihren Rock abklopfte. »Ich habe ihn von meiner Schwägerin geliehen und im Zuschauerraum liegen lassen.« Sie lächelte schief. »Bin gleich wieder da!«

Bevor der Mann sie aufhalten konnte, eilte sie die Stufen zum Haupteingang hinauf und betrat den strahlend hell erleuchteten Arkadenbau. Die Oper war riesig: zwei Gebäude mit Seitenflügeln, Bühnen, Solisten- und Ballettgarderoben, Schmink- und Requisitenkammern, die durch zahlreiche Gänge miteinander verbunden waren. Es war nicht einfach, sich hier zurechtzufinden, aber mit ein wenig Glück konnte sie sich in Willies Garderobe verstecken und dortbleiben, bis Radek ihre Spur ganz sicher verloren hatte.

Der Zuschauerraum war schon fast leer, in den prunkvollen Logen gingen gerade die Lichter aus. Lea schritt mit konzentrierter Miene die Reihen ab, gab vor, etwas zu suchen. Einmal zuckte Lea zusammen, weil sie hinter einer der Säulen einen Schatten wahrzunehmen meinte. Doch da war niemand.

Zu Leas Erleichterung ging es in den sich anschließenden Garderoben noch lebhaft zu. Zofen eilten mit Kleidern und Stolas umher, lautes Gelächter und Gläserklirren hallten durch die Gänge. Allem Anschein nach stießen die Künstler auf die erfolgreiche Vorstellung an. Willies Garderobe war dunkel und verlassen. Lea war nicht wohl dabei, den Raum zu betreten. Plötzlich legte sich eine schwere Hand auf ihre Schulter. »Na, schon umgezogen, Liebste!«, säuselte eine Stimme. »Ich muss sagen, im Kleid gefällst du mir viel besser als in Männerhosen!«

Mit einem spitzen Aufschrei fuhr sie herum und starrte in ein fleischiges Gesicht, das unter einer Schicht von Rouge und Theaterschminke wie ein Buttermilchpudding aussah.

»Oho!« Das Grinsen des korpulenten Mannes reichte von einem Ohr zum anderen, seine Augen waren glasig. Er trug ein Theaterkostüm: Brokatrock und Rüschenhemd über einer glänzenden gelben Kniehose. Der Puder auf seiner Perücke, die ihm ein wenig schief auf dem Schädel saß, rieselte wie frischer Schnee über seine Stirn. »Sie sind ja gar nicht unser Fidelio!«

Lea legte eine Hand auf ihre Brust, um sich zu beruhigen. Ein Sänger. Ganz bestimmt nur ein Sänger, und sie hatte schon gedacht ... »Nein, ich bin nicht Fidelio«, sagte sie irritiert. Wer um alles in der Welt war Fidelio? Schlüpfte in der Oper, die heute Abend gespielt worden war, etwa auch eine Frau in Männerkleidung?

Der Sänger machte eine tiefe Verbeugung, wobei er gefährlich ins Schwanken geriet. Offensichtlich hatte er sich schon weit mehr als nur ein Glas Champagner genehmigt. »Sie müssen mit uns anstoßen, gnädiges Fräulein«, brabbelte er und wies auf einen der beleuchteten Garderobenräume. »Als Entschuldigung. Danach bekommen Sie Ihre Widmung ins Programmheft! Versprochen!«

»Leider muss die junge Dame uns verlassen! Ihr Wagen wartet!« Die Stimme gehörte dem Mann in Livree, dem Lea vor dem Haupteingang entwischt war. An seiner Miene war abzulesen, wofür er Lea hielt: eine tolldreiste Opernliebhaberin, die nicht davor zurückschreckte, bis zu den Garderoben der Künstler vorzudringen. Er packte Lea und zerrte sie hinter sich her.

»Lassen Sie mich los. Ich bin nicht das, wofür Sie mich halten!«

»Offen auszusprechen, wofür ich Sie halte, verbietet mir meine Erziehung, Fräulein! Einfach hier einzudringen und unsere Solisten zu belästigen! Dass Sie sich nicht schämen!«

»Aber ich bin die Schwester von Madame Fleck!«

»Und ich bin Kaiser Wilhelm!« Er trieb Lea weiter, durch den Ballettbereich und dann durch den Zuschauerraum. »Nun machen Sie schon. Oder ist es Ihnen lieber, wenn ich die Gendarmen rufe?«

Keine üble Idee, dachte Lea. Zumindest besser, als Radek in

die Hände zu fallen. Andererseits mochte sie sich nicht Aarons Gesicht vorstellen, wenn ein Wachtmeister sie zu Hause ablieferte. Vermutlich würden er und Dora sie bei Wasser und Brot in ihrem Schlafzimmer einsperren, bis der hochwohlgeborene Rick Shields auftauchte, um sie daraus zu befreien.

»Bitte, mein Herr«, flehte sie den Livrierten an. »Setzen Sie mich nicht auf die Straße. Auf dem Theaterplatz lungert ein Kerl herum, der mich beobachtet und verfolgt.«

»Vielleicht hat ja er Ihren Schirm gefunden!«

»Das mit dem Schirm war gelogen, ich gebe es zu, aber ...«

Er blieb stehen und brachte sie zum Schweigen, indem er die Hand hob. »Hören Sie, Fräulein. Ihre Geschichten interessieren mich nicht. Sie sehen mir gar nicht so aus, als könnten Sie sich keine anständige Bleibe leisten. Also tun Sie uns beide den Gefallen und gehen Sie nach Hause. Aber halten Sie sich von den Künstlern fern.« Er senkte die Stimme. »Ich sage das nur einmal, aber morgen werden Sie mir dankbar sein. Wenn der Maestro zu tief ins Glas geschaut hat ...« Mit einem heftigen Ausatmen geleitete er Lea nach draußen.

Der Theaterplatz hatte sich inzwischen geleert. Von einer Droschke war weit und breit nichts zu sehen. »Tja, tut mir leid«, sagte der Theaterbedienstete. Er klang aufrichtig, offensichtlich hatte sich sein Zorn gelegt. Mit dem Handrücken glättete er das Plakat, das die große Weihnachtsgala mit der berühmten Willie Fleck ankündigte. »Aber ich fürchte, ich kann Sie nicht durch die halbe Stadt begleiten.«

»Ich kann die junge Dame nach Hause bringen! Ich kenne sie.«

Lea stöhnte. Er war also noch da, so wie sie befürchtet hatte. Er hatte hier auf sie gewartet. Im Dunkeln. Um sie fortzuzerren. Doch dann erkannte sie ihren Irrtum. Der Mann, der sie besorgt ansah, war nicht Radek.

»Danner?«, krächzte Lea verwirrt. Sie konnte nicht glauben, ausgerechnet ihn hier zu sehen. »Was machen Sie hier?«

Lea wartete die Antwort nicht ab, denn nun gaben ihre Knie endgültig nach. Zu Tode erschöpft sank sie auf die Stufen nieder.

22.

Obwohl Lea einsah, dass sie dringend Ruhe und etwas Heißes zu trinken brauchte, sträubte sie sich gegen Fred Danners Vorschlag, ihn hinüber ins Bellevue zu begleiten. Nein, dorthin würden sie heute keine zehn Pferde mehr bringen.

»Was soll ich denn nur mit Ihnen anfangen?«, brummte Danner kopfschüttelnd. »Sie fallen mir wie eine reife Pflaume vor die Füße, wollen sich aber nicht helfen lassen.«

Lea funkelte ihn vorwurfsvoll an. Hatte sie etwa gesagt, dass sie sich nicht helfen lassen würde? Nein. Sie wollte nur nicht zurück in das fürchterliche Hotel. War das so schwer zu verstehen? Dem Blick nach, den Fred Danner mit dem Türwächter austauschte, schon.

»Wir sollten von hier verschwinden, bevor der gute Mann die Polizei ruft!« Danner reichte ihr die Hand und half ihr mit Schwung auf die Beine. »Zu dumm, dass keine Pferdedroschke mehr zu bekommen ist. Aber lassen Sie mich mal nachdenken.« Er sah sie prüfend an. »Und Sie wollen wirklich nicht …«

»Nein!«

»Dann bleibt uns nur noch eines übrig. Kommen Sie mit!«

Lea ließ es zu, dass der junge Mann sie über den Theaterplatz führte. Obwohl ihr noch immer der Schrecken in den Gliedern saß, versagten ihr die Beine nicht den Dienst. Außerdem half ihr die kalte Luft, die Furcht vor Radek aus ihrem Kopf zu vertreiben. Sie schaute sich vorsichtig nach allen Seiten um, aber von ihrem Verfolger war nichts mehr zu sehen. »Gott sei

Dank«, wisperte sie voller Erleichterung, auch wenn ihr klar war, dass ihr Problem mit seinem Verschwinden keinesfalls gelöst war. Radek würde nicht ruhen, bevor er sie zu fassen bekam. Darüber, was ihr dann blühte, wollte sie lieber nicht nachdenken. Lea steckte so tief in ihren Überlegungen, dass sie erst merkte, wohin Fred sie führte, als er sich mit einem schalkhaften Lächeln zu ihr umdrehte. Wie angewurzelt blieb sie stehen. »Das ist jetzt aber nicht Ihr Ernst, oder?«

»Warum nicht? Ich muss es nur irgendwie schaffen, den Motor anzuwerfen.«

Verblüfft beäugte Lea das Automobil des Amerikaners, das von seinem Besitzer mal wieder unweit des Hoteleingangs am Straßenrand abgestellt worden war. Wollte Danner sie auf den Arm nehmen? Er konnte doch wohl nicht annehmen, dass sie sich zu ihm in diesen Blechhaufen setzte und dann durch das abendliche Dresden knatterte? Das war verrückt.

»Oh nein, nicht mit mir«, zischte sie, als Danner sich mit einer Kurbel an der Frontseite des Automobils zu schaffen machte. Er schien es aufzuziehen wie eine Spieluhr.

Ein metallisches Schleifgeräusch erklang, das unmittelbar darauf in ein Stottern überging. Kein Zweifel, die Motorkutsche spie ihren Ärger über die plötzliche Störung in die Nacht hinaus.

»Fred«, versuchte es Lea noch einmal. »Hören Sie auf! Dieses Automobil gehört Ihnen doch gar nicht! Sie werden es noch beschädigen, und dann wird dieser Wilson die Polizei rufen.«

Fred Danner zuckte nur mit den Achseln, während er sich weiter mit dem Motor abmühte. »Haben Sie denn noch niemals etwas Verrücktes getan?«, wollte er wissen. »Ich meine, außer in Männerkleidern auf dem Striezelmarkt Holzfiguren zu verkaufen oder sich abends aus der Oper werfen zu lassen?«

Lea war nicht zu Scherzen aufgelegt, nicht nach alldem, was sie heute Abend erlebt hatte. Ihr war schwindelig, und das Getöse der Motorkutsche peinigte nicht nur ihr Gehör, sondern auch ihre Nerven.

»Nun machen Sie schon! Steigen Sie ein!« Fred Danner deutete auf den mit Leder bezogenen Sitz, dann zog er sich eine ausgebeulte Kappe über den Kopf und verfrachtete seinen schlaksigen Körper hinter das Steuerrad.

Lea presste wütend die Lippen aufeinander. In dieser neumodischen Höllenmaschine würde Fred Danner halb Dresden ans Fenster oder vor die Türe locken. Davon abgesehen würde ihr schlecht werden, noch viel schlechter, als ihr ohnehin schon war. Und sie würde erfrieren. Es war doch viel zu kalt für diesen offenen Wagen.

»Hinten liegen Decken«, klärte Fred Danner sie auf, als habe er ihre Gedanken erraten. »Legen Sie sich eine über die Schultern, dann ist der Fahrtwind auszuhalten.«

Nachdem sich Lea endlich neben ihn gesetzt hatte, trat er auf ein Pedal, das dem von Doras Nähmaschine ähnelte, woraufhin sich die Motorkutsche mit einem plötzlichen Ruck in Bewegung setzte. Lea klammerte sich ängstlich fest. Als Kind hatte sie es auf Jahrmärkten geliebt, von Schiffschaukeln durch die Luft getragen zu werden, doch von diesem Gefährt durchgeschüttelt zu werden behagte ihr nicht. Krampfhaft richtete sie den Blick auf einen Punkt in der Ferne.

»Keine Angst, Fräulein Liebermann!« Danner warf ihr ein aufmunterndes Lächeln zu, bevor er sich wieder auf die dunklen Straßen konzentrierte. »Ich kenne mich mit dem Wagen aus. Das Modell gehört zu den schnellsten und bequemsten, die momentan zu haben sind.«

»Na, dann habe ich ja Glück, dass ich mir wenigstens bequem das Genick brechen werde.« Lea wickelte sich so fest in die Decke ein, dass nur noch ihre Nasenspitze herausschaute. »Noch dazu in einem gestohlenen Wagen. Oder wollen Sie mir weismachen, dieser Amerikaner hätte Ihnen sein Automobil geschenkt?«

»Nun, geschenkt würde ich nicht sagen. Aber vielleicht hat er es ja beim Kartenspiel verloren.«

Lea verschlug es die Sprache. Beim ... Kartenspiel? Während sie, von Radek verfolgt, um ihr Leben gerannt war, hatte Danner mit diesem Wilson um dessen Auto gepokert? Es war einfach ungeheuerlich.

»Sie sehen erschüttert aus«, meinte Danner, doch es klang ungerührt. Gewissensbisse schienen ihn nicht zu plagen. »Weil Wilson schlechte Karten hatte?«

Lea schüttelte den Kopf, blieb ihm aber eine Erklärung schuldig.

»Würden Sie mir jetzt verraten, was vorhin geschehen ist?« Danner musste fast schreien, um das Geknatter zu übertönen. »Ich habe mir Sorgen gemacht, als ich Sie so aufgelöst vor der Oper antraf. Wie gut, dass ich noch ein wenig Luft schnappen wollte. Sie aber sahen aus, als würde mein Anblick Sie fast zu Tode erschrecken! Nicht eben schmeichelhaft für mich.« Er gab einen Seufzer von sich.

»Seien Sie nicht albern«, widersprach Lea. »Ich war froh, dass Sie plötzlich aufgetaucht sind.«

»Also, raus mit der Sprache: Wie heißt der Bursche, der heute hinter Ihnen her war? Hat er Ihnen etwas getan?«

Lea lag auf der Zunge, ihn an die Vereinbarung zu erinnern, einander keine Fragen zu stellen. Wenigstens war das seine Bedingung gewesen. Doch wie die Dinge lagen, durfte sie bei der Suche nach Verbündeten nicht wählerisch sein. Mehr noch, sie brauchte Hilfe. Stockend begann sie zu erzählen. Von Willie, deren Unabhängigkeit sie bewunderte, und den Papierlaternenverkäufern, die wie Leibeigene gehalten wurden. Von dem kleinen Benno, der brutal geschlagen worden war. Von Peregrin, der ihre Anwesenheit auf dem Striezelmarkt missbilligte, und von Radek, den sie heute Abend im Hotel belauscht hatte und dem sie nur um Haaresbreite entkommen war. Fred hörte aufmerksam zu, ohne Lea zu unterbrechen. Seine Miene verriet nicht, ob er die verrückte Geschichte glaubte, die aus ihr heraussprudelte. Aber es tat ihr gut, sich ihm anzuvertrauen. Sie hatte nicht damit gerechnet wie gut. Überhaupt fiel ihr erst jetzt auf, dass er sorgfältig rasiert war und einen perfekt geschnittenen Anzug unter dem Mantel trug. Hatte Willie den anfertigen lassen oder ... Sie bemühte sich, den Gedanken nicht weiterzuverfolgen, konnte aber ein nervöses Kichern kaum unterdrücken.

»Lassen Sie mich an Ihrem Vergnügen teilhaben?«

»Es ist nichts«, sagte Lea. »Ich habe mich nur eben gefragt, ob Wilson ohne Hemd und Hose auf sein Zimmer zurückkehren musste.«

Fred runzelte die Stirn. »Wilson?«

»Lassen wir das.« Lea blickte sich um. Widerwillig musste sie zugeben, dass die Fahrt in der seltsamen Motorkutsche viel spaßiger war, als sie zunächst angenommen hatte. Ja, sie genoss es regelrecht, die Straßen und Plätze ihrer Vaterstadt an sich vorbeirauschen zu sehen. Zwar wurde sie auf ihrem Sitz durchgerüttelt und fror zudem wie ein nasses Kätzchen, doch auch nicht mehr, als wenn sie in einer offenen Equipage fahren würde. Ob die Art, sich ohne Pferde im Gespann fortzubewegen, vielleicht doch eine Zukunft hatte? Vielleicht nicht gleich, aber in ein paar Jahren?

»Wie wollen Sie diesem Radek künftig aus dem Weg gehen?« Fred klang besorgt. »Dresden ist zwar keine Kleinstadt, aber irgendwann werden Sie sich über den Weg laufen.«

»Ich kann nicht mal zur Polizei gehen«, sagte Lea kleinlaut. »Was sollte ich der schon sagen? Dass ein Vormund seinen Zögling durchgeprügelt hat? Dass ich vor ihm davongelaufen bin, als er mit mir reden wollte? Auf der Gendarmerie würde man mich auslachen. Das überspannte jüdische Frauenzimmer, das einen ehrbaren Bürger und Wohltäter in Verruf bringen will. Meine Brüder würden toben, wenn sie davon erführen.« Sie atmete ein paarmal tief durch, dann fügte sie hinzu: »Vielleicht bleibt mir doch nichts weiter übrig, als gleich nach Neujahr abzureisen.«

»Zu Ihrem Verlobten nach Amerika, wie Ihr Bruder es wünscht?«

Lea nickte. »Aaron hat keine Vorstellung davon, wie sehr ich an Dresden hänge und wie sehr es mir im Herzen wehtäte, meine Heimat verlassen zu müssen. Die Vorstellung, nie wieder durch unseren wunderschönen Zwinger zu spazieren oder von den Brühlschen Terrassen auf die Elbe zu schauen, zerfrisst mich. Ich bin Sächsin durch und durch, was soll eine wie ich in Amerika?«

»Kopf hoch, noch hat sich der Geschäftspartner Ihrer Brüder nicht in Dresden eingefunden.«

»Ich wünschte, das würde auch so bleiben. Ist der Herr erst einmal in der Stadt, wird Aaron von mir erwarten, dass ich mich um nichts anderes als um ihn und die Hochzeitsvorbereitungen kümmere. Für den Striezelmarkt werde ich dann keine Zeit mehr haben.« Sie senkte betrübt den Kopf. »Aaron wird nie verstehen, was der Weihnachtsmarkt mir bedeutet. Aber wen wundert das? Er hält mich ja auch für eine Stümperin, die dringend Nachhilfe in der Holzbildhauerei braucht.«

»Wenn Sie ihm endlich reinen Wein einschenken und erklären würden, dass die Figuren in Wahrheit von Ihnen sind …«

»Wäre er bis auf die Knochen blamiert«, wandte Lea ein. »Man würde über ihn lachen, und das würde er mir nie verzeihen. Er würde mich umso schneller mit diesem Shields verheiraten.«

»Auch auf die Gefahr hin, dass ich mich wiederhole: Noch ist der Mann nicht angekommen. Die Schneestürme machen das Reisen schwer. Nutzen Sie die Zeit gut, die Ihnen bleibt.«

Lea seufzte. Ja, vielleicht hatte er recht. Aus Schwarzmalerei und trüben Gedanken ließen sich keine Figuren schnitzen. Sie würde die Weihnachtsstuben von Dresden mit ihren Kunstwerken schmücken, solange dies möglich war. Ihre Krippen würden auch im nächsten Jahr aufgestellt werden, und im Jahr darauf. Selbst dann noch, wenn sie längst in New York lebte. War es nicht das, worauf es im Leben ankam? Einen Teil von sich selbst an einem Ort zurückzulassen, den man von Herzen liebte?

Lea schloss die Augen und öffnete sie erst wieder, als ihr auffiel, dass sie die Pirnaer Vorstadt längst hätten erreichen sollen. Zu ihrer Überraschung wurde die Straße jedoch immer holpriger, die Gegend zunehmend ländlicher. Kein Zweifel, sie ließen die Stadt hinter sich.

»Was soll das, Fred?« Lea wurde mulmig. »Das ist die falsche Richtung. Wo zum Teufel bringen Sie mich hin?«

»Ich möchte dir etwas zeigen, Lea. Etwas Wunderschönes. Es wird dir gefallen, das verspreche ich dir.« Er räusperte sich geräuschvoll. »Du vertraust mir doch, oder?«

Lea brachte nicht mehr als ein schwaches Nicken zustande. Sie redete sich ein, dass Fred ihr, seit sie ihn kannte, keinen Anlass zu Misstrauen gegeben hatte. Tatsächlich schien er sich immer in ihrer Nähe aufzuhalten, wenn sie in Schwierigkeiten steckte.

Die Gegend wurde einsamer: ein ausgedehntes Waldgebiet mit hohen Bäumen, unterbrochen von schneebedeckten Wiesen, durch die gerade einmal bessere Trampelpfade führten. Falls das Automobil in dieser Einöde liegen oder im Schneematsch stecken blieb, stand ihnen ein sehr langer Fußmarsch zurück in die Stadt bevor. Allmählich ging Lea ein Licht auf, wohin Fred das Automobil lenkte. Sie befanden sich in der Dresdner Heide, nicht weit von der Straße nach Radeberg. Am Ende des Weges machte sie hinter einigen dürren Baumkronen die Umrisse eines Gebäudes aus: die Heidemühle, ein im Sommer beliebtes Ausflugsziel. Zu Jakob Liebermanns Lebzeiten hatte die Familie hier so manchen Sonntagnachmittag verbracht, um bei Kaffee oder einem Glas Fassbrause die Sonne zu genießen. Doch nun lag das Mühlengebäude dunkel und leblos vor ihnen, wie im Winterschlaf erstarrt. Dafür drangen von den Mühlteichen fröhliche Stimmen und Gelächter an Leas Ohr. Jemand spielte auf einer Flöte.

»Was ist denn dort los?«

Fred brachte das Automobil zum Stehen, und sie stiegen aus. Über einen abschüssigen Weg führte er Lea zum Ufer des Teichs hinab.

»Das wollte ich dir zeigen!« Fred blieb stehen. »Schön, nicht wahr?«

Lea konnte nicht widersprechen. Mit vor Staunen offenem Mund sah sie zu, wie sich Dutzende von Lichtern wie große Glühwürmchen anmutig über die zugefrorene Oberfläche des Gewässers bewegten. Es war ein geradezu märchenhafter Anblick, als beobachte sie heimlich den Tanz magischer Elfen. Erst bei genauerem Hinschauen ließen sich junge Pärchen ausmachen, die auf Schlittschuhen über den Teich glitten. Die Männer hielten Laternen in den Händen, da das Mondlicht oft hinter Wolken verschwand und die Eisfläche nur unzureichend beleuchtete.

Lea lächelte versonnen. Fred hatte nicht zu viel versprochen. Für einen kurzen Moment fühlte sich die Sorgenlast auf ihren Schultern leichter an, und ihr wurde warm ums Herz.

»Da kenne ich diesen Ort schon mein ganzes Leben lang«, flüsterte sie. »Und hatte doch keine Ahnung, wie wunderschön er in einer Winternacht sein kann.« Dankbar tastete sie nach Freds Hand. »Die Mühle wirkt im Winter unheimlich, aber der Teich …« Sie seufzte. »Ich wünschte, ich könnte auch auf dem Eis laufen wie die dort unten!«

»Vielleicht erlaubst du mir, es dir eines Tages beizubringen?«

Sie wandte sich zu ihm um, und ihre Blicke trafen sich. Beide wussten, dass es unmöglich war. Nicht nur das Eislaufen, sondern … alles. Es ging nicht, dass sie zusammen hier standen und die Eisläufer beobachteten. Sie würde in Kürze … Ja, was? Heiraten? Wieder in Männerkleider schlüpfen und schnitzen? Er war nur ein Fremder, ein Mann, den Willie bezahlt hatte, damit er … Ach, sie wusste es ja selbst nicht. Nur dass sie nicht auf dem Eis laufen würde, das wusste sie. Nicht an seiner Hand.

Seine Lippen schmeckten nach Hoffnung und Sehnsucht. Die zärtliche Geste, mit der er ihr Haar aus der Stirn strich, während er sie küsste, schien sie geradewegs in das märchenhafte Treiben auf dem Teich zu ziehen. Sie spürte, wie sie Teil der elfenartigen Lichter wurde, die sich anmutig im Kreis drehten. Das Gelächter der Eisläufer verwandelte sich in den Klang von Glocken, als würden Kreuz- und Frauenkirche um die Wette läuten. Sie erwiderte Freds Kuss, ohne zu wissen, ob sie es nur tat, weil sie sich einsam oder traurig fühlte. Doch sie entschied, dass dem nicht so war. Sie küsste ihn, weil sie es wollte. Fred hatte sie hierher entführt, an diesen magischen Ort. Und nun wurde er gemeinsam mit ihr ein Teil jener Magie, die sie mit zauberhafter Wärme erfüllte und ihr von ungeahnten Sehnsüchten und Wünschen erzählte.

Er lächelte sie an. »Glaubst du mir, dass ich mich schon im Kaffeehaus in dich verliebt habe? Als wir einander zum ersten Mal begegnet sind?«

»Nein, das tue ich nicht!«

Er lachte auf. »Stimmt. Es dauerte ein Weilchen, bis ich herausgefunden hatte, dass deine verrückten Ideen es mühelos mit meinen aufnehmen können. Du gibst vor, ein junger Mann zu sein, um auf dem Striezelmarkt bleiben zu dürfen, und ich …«

»Ich wusste es! Du verheimlichst mir auch etwas!« Lea spürte, dass sie den magischen Moment zwischen ihnen mit ihrer Frage wie eine Seifenblase zerplatzen ließ. Doch ihre Worte ließen sich nicht zurücknehmen. »Du bist kein Student, nicht wahr? Dafür ist dein Anzug viel zu teuer. Von Willie hast du den nicht, stimmt's? Und was ist mit dem Automobil? Hast du es wirklich diesem Mister Wilson beim Kartenspiel abgenommen? Sag mir die Wahrheit, ich muss es wissen. Es gibt genügend Geheimnisse, die momentan mein Leben bestimmen. Mehr davon kann ich nicht verkraften.«

»Lea, bitte!« Er griff nach ihrem Arm, aber sie schüttelte ihn ab und machte gleichzeitig einen Schritt zurück. Der Zauber war vorbei.

Auf dem zugefrorenen Teich schrie jemand auf. Ein Mädchen. Lea dachte zunächst, es sei auf der spiegelglatten Oberfläche gestürzt und habe sich verletzt, doch der Schrei klang eher erschrocken als schmerzerfüllt. Im Nu waren aufgeregte Stimmen zu hören. Die Eisläufer hielten verdutzt inne, dann eilten sie auf eine Stelle am Rande des Mühlteichs zu, wo sich bereits eine Schar von Männern und Frauen eingefunden hatte. Schon bald schwirrten keine Lichter mehr über die Fläche, vielmehr sammelten sie sich vor einem verkrüppelten Baum, dessen Äste auf den Teich hinausragten.

»Verdammt, was ist da unten los?« Fred setzte einen Fuß auf das Eis und reckte den Hals. Lea folgte ihm nach kurzem Zögern, stellte aber rasch fest, dass die schwachen Lichtverhältnisse sowie der alte Baum keine klare Sicht auf das Geschehen gestatteten. Alles, was Lea erkennen konnte, waren einige Männer, die auf Knien eine Stelle im Eis vom Schnee befreiten, um sie danach mit ihren Laternen abzuleuchten. Was sie dort entdeckten, schien Anlass zu weiterem Gemurmel zu geben. Das Mädchen, dessen Schrei Lea aufgeschreckt hatte, stöhnte auf.

»Irgendetwas steckt da im Eis fest«, murmelte Fred. Er runzelte die Stirn, als ein weiterer Schrei die Stille der Winternacht zerriss. Eine der Personen kämpfte sich auf die Beine, wich von dem angeleuchteten Flecken zurück und spie ihren Mageninhalt geräuschvoll auf das Eis. Zwei weitere junge Männer wurden auf Lea und Fred am Rand des Mühlteichs aufmerksam. Einer von beiden hob seine Laterne auf und eilte sogleich mit langen Schritten auf sie zu.

»Was ist denn geschehen?«, fragte Fred. Lea entging das Zittern nicht, das plötzlich in seiner Stimme lag. »Ein Unfall? Ist jemand verletzt?«

Der junge Mann schüttelte heftig den Kopf. »Unter dem Eis liegt ein Kerl, und der ist mausetot. Meine Schwester hat ihn entdeckt. Sie ist an der Stelle hingesegelt, und wie sie aufstehen will, starrt sie von unten diese grauenvolle Fratze an.«

Ein Toter im Mühlteich? Lea schlug die Hand vor den Mund. Vermutlich war der unglückselige Mensch im Eis eingebrochen und hatte es nicht mehr geschafft, sich aus eigener Kraft aus dem kalten Wasser zu retten. Leider kam es immer wieder zu solchen Unfällen.

»Das arme Mädchen«, sagte sie voller Mitgefühl. Ihr Blick fiel auf die schluchzende junge Frau, die soeben von zwei Burschen von der Eisfläche geführt wurde. So schnell würde sie gewiss nicht hierher zurückkommen.

»Wir können deine Schwester mit unserem Automobil in die Stadt befördern«, bot Fred an. »Mit dem Automobil?« Der junge Mann machte ein Gesicht, als spräche Fred von einem Feuer speienden Drachen. Ganz geheuer schien ihm die Sache nicht. Erst als er seine Schwester aufheulen hörte und Lea ihn beruhigend am Arm berührte, stimmte er zu. »Muss sich das nicht die Polizei anschauen?«, wollte er wissen, während Lea seiner Schwester auf den Sitz half. »Den Toten im Eis, meine ich.«

Lea wechselte einen Blick mit Fred, der kaum merklich die Stirn runzelte und mit düsterer Miene zur Seite sah. Was war bloß mit ihm los? Glaubte er, der grausige Fund ginge sie nichts an?

»Wir verständigen die Gendarmerie«, versprach Lea.

23.

Als Lea sich am nächsten Morgen für den Striezelmarkt fertig machte, kamen ihr die Erlebnisse der vergangenen Nacht wie ein Albtraum vor. Fred hatte sie nach Hause gebracht, und da sie zu Tode erschöpft gewesen war, hatte sie sein Versprechen, sich um alles zu kümmern, nur stumm zur Kenntnis genommen. Zum Glück waren ihre Geschwister nicht mehr wach gewesen, sodass es keine unangenehmen Fragen gegeben hatte.

Im Esszimmer traf sie lediglich auf Dora, die aufmerksam Aarons Zeitung studierte. Dora hob nur kurz den Blick, um Lea zu begrüßen, wandte sich dann aber sogleich wieder ihrer Lektüre zu.

»Merkwürdig«, murmelte sie. »Das Fremdenblatt vermerkt die Ankunft eines jeden Besuchers, der nach Dresden kommt. Mister Shields schwört, dass sein Sohn längst eingetroffen sein müsste, aber hier ist nicht die kleinste Notiz über seine Ankunft zu finden, geschweige denn, wo er abgestiegen sein könnte. Dafür jede Menge Klatsch über einen furchtbar vulgären Burschen namens Wilson.« Sie hielt Lea die Zeitung vor die Nase und deutete auf die Zeichnung eines dümmlich dreinblickenden Mannes mit pomadisiertem Haar und Schnurrbart.

Lea zuckte mit den Achseln. Ilse trat mit der Kaffeekanne an den Tisch und schenkte ihr ein. »Ich hab's Ihnen doch gesagt, gnädige Frau«, sagte sie. »Auf diesen Amerikaner brauchen Sie nicht mehr zu warten. Der liegt auf dem Meeresgrund.

Das waren bestimmt die Winterstürme, von denen allerorts geredet wird!«

»Hör nicht auf diesen Unsinn, Lea«, mahnte Dora. Ihre Laune war heute noch übler als sonst. »Es gibt keine Winterstürme, und der Gast, den wir erwarten, liegt nicht auf dem Grund des Meeres.« Sie fasste Ilse scharf ins Auge. »Wenn du meine Schwägerin weiter mit deinem Gefasel beunruhigst, komme ich möglicherweise zu dem Schluss, dass wir deine Dienste in diesem Haus nicht länger benötigen.«

»Wie gnädige Frau meinen!« Die spöttisch herabgezogenen Mundwinkel des Hausmädchens ließen unschwer erkennen, dass sie die Drohung ihrer Dienstherrin nicht ernst nahm. Nicht einmal Dora konnte es sich leisten, ein Hausmädchen auf die Straße zu setzen, das fast ohne Lohn arbeitete.

Lea griff nach der Zeitung, brachte es aber nicht über sich, sie aufzuschlagen. Etwas, das Ilse gesagt hatte, ging ihr nicht mehr aus dem Kopf. Ohne dass sie es wollte, wanderten ihre Gedanken zurück zum Teich der Heidemühle. Der Tote aus dem Eis. Die Eisläufer von vergangener Nacht hatten ihn für einen Fremden gehalten, einen Zugereisten. Was also, wenn Ilses Vermutung doch nicht so weit hergeholt war?

Unsinn. Lea strich sich nervös das Haar aus der Stirn. Allein schon der Verdacht, bei dem Toten könnte es sich um den sehnsüchtig erwarteten Geschäftsfreund aus New York handeln, war abwegig. Dresden war nun beileibe kein Dorf, sondern eine große Stadt, die insbesondere zur Weihnachtszeit Besucher von nah und fern anzog. Aber warum sollte sich ein Ortsunkundiger ausgerechnet zur Heidemühle verirren?

»Vielleicht sollte Aaron zur Polizei gehen!«

»Zur Polizei?« Erschrocken starrte Lea ihre Schwägerin an. Konnte die etwa ihre Gedanken lesen?

»Himmelherrgott, was sollen wir denn sonst tun?«, zischte

Dora. »Die Polizei hat gewiss ihre Möglichkeiten, einen Vermissten aufzuspüren.«

Lea überlegte, ob sie aufatmen sollte oder nicht. Merkwürdig war es schon, dass Shields nichts von sich hören ließ. »Besprich das besser mit Aaron«, sagte sie und stand auf. »Ich gehe zu Willie. Vielleicht weiß sie ja Rat!«

»Das würde mich wundern«, schickte Dora ihr hinterher.

Eine Stunde später saß Lea in ihrer Bude auf dem Striezelmarkt, die Mütze tief in die Stirn gezogen, und schnitzte eifrig am Höcker eines Kamels. Ihr gegenüber hatte sich ein alter Mann mit Rauschebart auf einem Heringsfass niedergelassen, der die Vorbeigehenden auf seiner Fiedel mit Weihnachtsliedern unterhielt. Mehr als drei Lieder schien sein Repertoire allerdings nicht zu umfassen. Diese gab er indes mit so anrührender Leidenschaft zum Besten, dass nicht nur die Passanten, sondern auch einige von Leas Standnachbarn Pfennige und Äpfel in den Zylinderhut des Alten warfen. Gegen Mittag tauchte August Peregrin auf und setzte dem Treiben ein Ende.

»Hat der Kerl etwa eine Genehmigung, hier auf seiner Fiedel zu kratzen?«, verteidigte sich der Marktmeister, als sich unter den Standbetreibern Unmut regte. Die meisten Händler, darunter auch Martha und ihre Tochter Luise, waren der Meinung, man hätte den alten Fiedler ruhig an seinem Plätzchen dulden sollen. Doch auf diesem Ohr war Peregrin taub.

»Schlimm genug, dass ich einen Marktstand dahergelaufenen Fremden überlassen muss, die anderen mit ihrem Plunder Konkurrenz machen«, knurrte er mit einem gehässigen Seitenblick auf Lea.

»Lass mir den Jungen in Frieden, alter Schwarzseher«, schimpfte Martha. Sie schien sich vor Peregrin nicht zu fürchten. »Siehst du denn nicht, dass hier viel größerer Andrang herrscht, seit Laurin seine wunderschönen Figuren anbietet. Von seinem Talent profitieren wir doch alle.«

Mit dem zustimmenden Gemurmel, das nun einsetzte, hatte Peregrin nicht gerechnet. Daher ließ er es dabei bewenden, Martha einen vernichtenden Blick zuzuwerfen, und machte sich dann davon. Lea bedankte sich bei Martha, indem sie mit dem Finger gegen den Schirm ihrer Mütze tippte. Die alte Frau kam mit erhobener Hand auf sie zu. Ihrer schmerzerfüllten Miene nach fiel ihr das Gehen heute noch schwerer als sonst. Vermutlich litt sie an der Gicht. Lea fand, dass sie nach Hause ins Bett oder zumindest in einen bequemen Lehnstuhl gehörte, nicht an einen kalten Dörrpflaumenstand. »Wir stehen hier füreinander ein, Junge«, sagte die alte Frau, während sie ein Husten unterdrückte. »Das hat Peregrin wohl vergessen, dabei wird er doch nicht müde, es uns Jahr für Jahr aufs Neue zu predigen.« Sie sah beeindruckt zu, wie Lea den Sattel sowie zwei Satteltaschen für ihr Kamel aus dem Holz schnitt. »Nicht schlecht«, befand sie. »Aber allmählich verstehe ich, warum Peregrin so ungehalten ist. Er hat sich schon immer für einen hervorragenden Holzschnitzer gehalten. Da muss es ihn schwer treffen, von einem Kerlchen übertrumpft zu werden, dem noch kein Bart wächst.«

Lea nickte abwesend. Obwohl sie Marthas Freundlichkeit zu schätzen wusste, wünschte sie, die alte Frau würde gehen und sie in Ruhe arbeiten lassen.

»Meine Luise haut heute Abend ein paar Eier mit Würstchen in die Pfanne«, sagte Martha plötzlich mit einem freundlichen Lächeln. »Die taube Nuss traut sich natürlich nicht, dich selbst einzuladen, aber ich weiß, dass sie sich sehr freuen würde, wenn du zu uns zum Essen kämst. Jeden Abend allein in der kalten Schwarzmüller-Werkstatt, da wird man ja trübsinnig. Du musst unter die Leute, Laurin.«

Lea begann zu schwitzen. Auch das noch, dachte sie. Als ob ich nicht schon genug Scherereien hätte. Neben ihr begann Kulicke zu feixen. Dem Gesellen schien die peinliche Lage, in der sie sich befand, ein diebisches Vergnügen zu bereiten.

»Ich fürchte, ich … kann nicht«, stotterte sie kläglich. »Ich habe so viel zu tun. Meine Aufträge! Ich werde die halbe Nacht durcharbeiten müssen, sonst werden die bestellten Krippenfiguren und Puppen nicht rechtzeitig fertig und …«

In Marthas für gewöhnlich so freundliche Miene schlich sich ein Ausdruck von Enttäuschung. Ihre Stimme klang schroff, als sie fragte: »Hast wohl schon eine andere, was?«

»Na klar«, krähte Kulicke amüsiert. »Unser Laurin ist ein wahrer Herzensbrecher!«

Lea funkelte den jungen Mann böse an.

»Martha, ich …«

»Brauchst mir nichts zu erklären, Junge«, sagte die Frau. Damit machte sie kehrt und ging zu ihrem Stand zurück. Lea blickte ihr schweren Herzens nach.

»Keine Sorge, die wird sich schon wieder einkriegen«, sagte Kulicke. »Ist ja auch nicht das erste Mal, dass sie versucht, ihre Luise auf dem Striezelmarkt unter die Haube zu bringen.«

Lea machte große Augen. »Im Ernst?«

»Na, hier draußen haben schon viele Herzen zueinandergefunden. Die Lichter, die Musik … Im Grunde lädt doch die ganze Atmosphäre dazu ein, sich zu verlieben, nicht wahr?« Er lachte bitter. »Nun hat's eben die arme alte Luise erwischt. Na, wenn die wüsste, in wen sie sich verguckt hat!«

Lea starrte ihren Gehilfen an. Was er da andeutete, war einfach furchtbar. Fieberhaft überlegte sie, ob sie seit ihrer Ankunft irgendetwas getan hatte, was die Standnachbarn als Ermutigung hätten auffassen können, aber ihr fiel beim besten Willen nichts ein. Sie war freundlich zu Luise gewesen und hatte Marthas aufmunternde Worte genossen. Mehr nicht. Wenn Martha da etwas anderes hineininterpretierte, war das nicht Leas Schuld. Dennoch fühlte sie sich miserabel, denn sie befürchtete, dass sie gerade eine Freundschaft zerstört hatte.

»Es war richtig, dass du Marthas Einladung nicht angenommen hast«, tröstete sie Kulicke. »Die Alte mag ein bisschen schrullig sein, aber dumm ist sie keineswegs. Ich weiß nicht, wie sie auf die Wahrheit über dich reagieren würde. Vielleicht würde sie stante pede zu Peregrin marschieren.«

»Meinst du, einer der Händler wäre bereit, mit mir den Standort zu tauschen?«, fragte Lea. Es erschien ihr unter diesen Bedingungen fast unerträglich, weiterhin gegenüber von Martha und Luise zu sitzen. Doch wie kaum anders erwartet, schüttelte Kulicke den Kopf. Der Standort der Hütte war zwar günstig, doch würde ein Umzug an einen abgelegeneren Platz nicht nur Aufsehen erregen, sondern auch eine Genehmigung des Marktleiters erforderlich machen.

»Kopf hoch!« Kulicke schlug ihr auf die Schulter. »Die Frauen werden dir schon keinen Ärger machen. Bei dem Burschen, der da kommt, bin ich mir jedoch nicht sicher!« Mit finsterer Miene deutete er auf Fred, der sich, beide Hände in den Taschen, dem Verkaufsstand näherte.

»Kann ich dich sprechen?«, fragte der junge Mann sie, als er schließlich vor der Bude stand.

Lea hob erstaunt den Blick. Sie hatte sich so danach gesehnt, Fred zu wiederzusehen und mit ihm noch einmal die Ereignisse der vergangenen Nacht durchzugehen. Andererseits hatte er nicht den besten Zeitpunkt für seinen Besuch gewählt. Sie musste gar nicht erst zu Marthas Dörrpflaumenstand hinüberschauen. Dass sie von dort beobachtet wurde, spürte sie auch so. Davon abgesehen, wirkte auch Kulicke alles andere als erfreut.

»Kann das nicht warten?«, presste sie zwischen den Zähnen hervor. »Ich muss arbeiten!«

Doch Fred ließ sich nicht abweisen. Schließlich gab sie mit einem Seufzer nach und verließ den Stand.

»Komm nicht zu spät zurück«, hörte sie Kulickes Stimme in ihrem Rücken. Er klang gereizt. Sie schlenderten gemeinsam über den Markt und gaben sich so unverdächtig wie nur möglich. Fred kaufte für jeden ein Tütchen mit gebrannten Mandeln, die Lea heißhungrig verschlang. Sie stellte sich vor, wie es wäre, an Freds Arm von Bude zu Bude zu gehen und sich an den feilgebotenen Nussknackern, Räuchermännchen und Lichterbogen zu erfreuen. Ihr Herz klopfte vor Verlangen, als sie sich an seinen Kuss erinnerte.

Hör damit auf, schalt sie sich. Ja, er hat dich am Mühlteich geküsst, und es war wunderschön. Bis ein Toter im Eis entdeckt wurde. Lea glaubte nicht an düstere Omen, dennoch wurde sie das Gefühl nicht los, dass es ein Fehler war, sich gefühlsmäßig auf einen Mann einzulassen, über den sie fast ebenso wenig wusste wie über den Mann aus dem Mühlteich.

»Du bist so nachdenklich«, holte Fred sie aus ihren Gedanken. »Wegen mir oder … der Sache von vergangener Nacht?«

»Das fragst du noch?« Lea blieb stehen und zerknüllte die leere Mandeltüte in der Faust. »Ich habe kaum ein Auge zugemacht. Wenigstens eine Nachricht hättest du mir heute früh zukommen lassen können!«

Fred senkte betroffen den Blick. Er wirkte zerknirscht. »Bitte glaube mir, dass dafür keine Zeit blieb. Die Polizei war nicht gerade erfreut, als ich den Leichenfund meldete. Bei dieser Kälte rücken die Gendarmen nicht gerne aus. Aber dann forderten sie mich auf, mit ihnen zum Mühlteich zu fahren. Sie haben die Leiche mit Spitzhacken geborgen. Von den Schlittschuhläufern war natürlich keiner mehr da. Die hatten längst das Weite gesucht.

Also hat sich die Polizei an mich gehalten. Immer wieder musste ich dem Kommissar erzählen, wie der Tote gefunden worden war.«

Lea war Fred dankbar, dass er ihr ausgeredet hatte, ihn zur Polizei zu begleiten. Dennoch schämte sie sich ein bisschen, weil sie Fred dies ganz allein zugemutet hatte.

»Es steht übrigens schon in der Abendausgabe!« Fred griff in seine Manteltasche und zog eine stark zerknitterte Zeitung heraus.

Es war nur eine knappe Meldung von vier, fünf Zeilen, was Lea aber nicht weiter wunderte. Allem Anschein nach tappte die Polizei noch im Dunkeln.

»Sie wissen noch nicht einmal, ob es ein Unglück war oder ob jemand nachgeholfen hat«, sagte Fred leise.

Erschrocken ließ Lea die Zeitung sinken und starrte ihn an. Sie war bislang davon ausgegangen, dass der arme Mann bei einem Spaziergang übers Eis eingebrochen und im Teich ertrunken war. Eine andere Möglichkeit war ihr gar nicht in den Sinn gekommen.

Sie atmete tief durch und faltete die Zeitung zusammen. Die Geschichte war gewiss tragisch, aber sie selbst ging der Tod des Unbekannten doch nichts an. Sie und Fred waren nur durch einen dummen Zufall damit in Berührung gekommen. Fred hatte seine Aussage gemacht, damit war die Angelegenheit für sie vorbei. Es sei denn ... In Leas Magen bildete sich ganz plötzlich ein Knoten. Es sei denn ...

»Was hast du?«, fragte Fred. Besorgt legte er eine Hand auf ihre Schulter.

»Hat die Polizei denn wirklich keinen einzigen Anhaltspunkt, wer der Tote sein könnte? Ob er aus Dresden stammt oder ein Zugereister ist?«

Fred ließ sich mit einer Antwort lange Zeit. Doch plötzlich

schüttelte er den Kopf. »Oh nein«, sagte er in energischem Ton. »Ich sehe dir an der Nasenspitze an, was du jetzt denkst. Aber glaub mir, du bist auf dem Holzweg. Der Tote vom Mühlteich ist nicht euer Amerikaner.«

»Wie kannst du dir da so sicher sein? Shields ist nie bei uns angekommen. Er wird vermisst, und gleichzeitig wird in der Dresdner Heide ein Toter gefunden.«

»Glaubst du das wirklich?«, gab Fred zurück. »Solche Zufälle finden sich nur in schlechten Romanen.«

»Das ganze Leben besteht aus einer Kette, die aus sogenannten Zufällen geschmiedet ist. Nur dass diese sich oft als etwas ganz anderes herausstellen. Weiß ich denn, ob du nicht …« Sie biss sich auf die Zunge, doch Freds aufblitzende Augen ließen erkennen, dass er schon verstanden hatte, worauf sie hinauswollte. Sofort machte er einen Schritt zurück, fort von ihr.

»He, Leute, keine Prügelei auf dem Striezelmarkt!« Eine Lebkuchenverkäuferin streckte ihren Kopf aus dem Fenster ihrer Hütte und drohte scherzhaft mit dem Finger. Aber weder Lea noch Fred würdigten sie auch nur eines Blickes.

»Du meinst, ich hätte dich absichtlich zum Mühlteich gebracht, damit du vor Ort bist, wenn man den Toten findet?«

Es war absurd. Lea wusste das selbst. Was war nur mit ihr los? »Tut mir leid. Allmählich fange ich wohl an, Gespenster zu sehen. Aber wen wundert das, nach alldem, was in den letzten Tagen geschehen ist. Mein Bruder glaubt nicht, dass ich Figuren schnitzen kann und will mich nach New York abschieben. Dieser Schläger Radek stellt mir nach, und die alte Martha ist beleidigt, weil ich mich nicht mit ihrer Tochter verloben will.«

»Was?«

Sie seufzte. »Ich weiß, dass ich mir diese Suppe selbst eingebrockt habe, aber ich habe Angst, dass ich mich immer tiefer in einem Netz aus Lügen verstricke. Und nun auch noch dieser Unbekannte aus dem Eis.« Lea sah Fred bittend an. »Ich weiß, dass ich kein Recht habe, dich um Hilfe zu fragen, aber ich brauche dich. Verzeihst du mir?«

Fred atmete tief ein. Nun war er es, in dessen Miene sich fast so etwas wie Schuldbewusstsein widerspiegelte. »Was ich draußen bei der Heidemühle gesagt habe, ist wahr«, sagte er. »Ich habe mich in dich verliebt.«

»Nicht so laut, sonst landen wir beide hinter Gittern!«

Fred lächelte schief. »Hör zu, es gibt da etwas, das ich dir sagen muss, weil ...« Weiter kam er nicht, denn wie aus dem Nichts tauchte plötzlich Peregrin in Begleitung eines bleichen, bärtigen Mannes neben ihm und Lea auf.

»Na, treibst du dich wieder rum?«, fuhr der Marktleiter Lea an. »Du hast wohl nichts zu tun an deinem Stand!«

»Was kümmert Sie das?« Fred schien so verärgert über die Störung, dass seine Stimme einen drohenden Unterton annahm. »Ich mag es nicht, wenn mich jemand plump von der Seite ankeift, während ich mich mit einem Freund unterhalte.«

Peregrin musterte Freds Kleidung mit abschätzenden Blicken und kam zum Schluss, dass er keinen Höhergestellten vor sich hatte, auf den es Rücksicht zu nehmen galt. »Verschwinden Sie, bevor ich Ihnen Beine mache!«, knurrte er.

»Nach Ihnen, wenn's beliebt!«

»Ist schon gut, Fred«, versuchte Lea den jungen Mann zu besänftigen. Einerseits freute sie sich, dass jemand Peregrin in die Schranken wies, andererseits würde das ihr Verhältnis zum Meister des Striezelmarkts nicht gerade verbessern. »Am Krippenstand wartet wirklich jede Menge Arbeit auf mich.«

»Nicht nur das!« Peregrin deutete auf seinen Begleiter. Lea hatte gar nicht mehr auf den Mann geachtet, daher bemerkte sie erst jetzt, dass er eine Fotokamera mitsamt Stativ über der Schulter mit sich herumschleppte.

»Eduard Braun«, stellte sich der Fotograf vor. »Ich mache Aufnahmen für die *Dresdner Neuesten Nachrichten* und würde, falls Sie nichts dagegen haben, mit größtem Vergnügen auch Ihren Stand fotografieren.«

Lea blinzelte irritiert. Darauf war sie nicht gefasst gewesen. »Meinen Stand?«

Der Fotograf nickte. »Wenn Sie mir die Freude machen würden, junger Mann? Wie man hört, gehören Sie mit Ihren Arbeiten in dieser letzten Saison vor der Jahrhundertwende zu den heimlichen Attraktionen unseres Striezelmarkts!«

Peregrin öffnete den Mund für eine Entgegnung, ließ ihn aber sogleich wieder zuschnappen. Bei all seiner Abneigung war ihm klar, was gute Presse für den Markt bedeuten konnte. »Natürlich hat Laurin nichts dagegen«, sagte er schließlich. »Es wird ihm eine Ehre sein, seinen Stand in der Zeitung zu sehen. Genauso wie uns allen hier.«

Lea schaute sich Hilfe suchend nach Fred um, doch von dem war nichts mehr zu sehen. Mit einem tiefen Seufzer führte sie den Fotografen zu ihrer Bude.

Bis Braun seine Kamera so positioniert hatte, dass er mit seinen Aufnahmen beginnen konnte, verging eine gefühlte Ewigkeit. Lea saß auf glühenden Kohlen, denn nach Sonnenuntergang begann das jüdische Lichterfest Chanukka, und spätestens zum Entzünden der ersten Kerze musste sie zu Hause sein. Aaron und Dora würden toben, wenn sie zu spät erschien. Doch alle Versuche, den Fotografen zur Eile zu bewegen, waren vergebens. Sie bekam zu hören, dass gute Aufnahmen nun mal ihre Zeit bräuchten.

»Schauen Sie nicht so finster drein, junger Mann«, mahnte Braun. »Sie machen ja ein Gesicht, dass die Milch sauer wird.«

Rund um den Fotografen und seine Apparatur hatte sich eine Traube von Schaulustigen gebildet, die staunend Beifall spendete, sooft Braun seinen Auslöser betätigte und ein Blitz durch die Luft zuckte. Martha und Luise verfolgten das Spektakel aus einiger Entfernung, doch weder Mutter noch Tochter stimmten in den Applaus mit ein.

»Ist es jetzt nicht langsam genug?«, fragte Lea erschöpft. »Ich kann mich nicht auf meine Arbeit konzentrieren, wenn ich auf Ihr Kommando ständig in die Linse starren muss!«

Braun schien an widerspenstige Kundschaft gewöhnt zu sein, denn er lächelte nur flüchtig. »Man möchte fast annehmen, Sie hätten etwas gegen kostenlose Werbung. Ihre Familie wird stolz auf Sie sein!« Er hob den Blick. »Können Sie nicht endlich mal diese Mütze abnehmen? Sie verdeckt fast die Hälfte Ihres Gesichts!«

Lea konnte nur hoffen, dass dies der Wahrheit entsprach und ihr Gesicht später auf den Zeitungsbildern nicht zu erkennen sein würde. Dennoch nahm sie sich vor, die verräterische Zeitungsausgabe verschwinden zu lassen, bevor Aaron oder Dora sie zu sehen bekamen.

»Die Mütze bleibt auf«, rief sie trotzig.

24.

Sosehr Lea sich auch beeilte, es gelang ihr nicht, vor Sonnenuntergang nach Hause zu kommen. Über der Küche hingen dicke Schwaden, es roch nach Zwiebeln, Kräutern und heißem Öl. Ilse und Dora waren damit beschäftigt, Kartoffelpfannkuchen zu braten.

»Wo in drei Teufels Namen bist du gewesen?«, herrschte Dora sie an. Schweißtropfen standen auf ihrem hübschen Gesicht. »Und behaupte bloß nicht, du seiest bei Willie gewesen. Die sitzt nämlich oben bei deinen Brüdern. Besuch hat sie auch noch mitgebracht. Ausgerechnet heute.«

»Besuch?« Der Bratdunst kratzte in Leas Kehle, aber sie verbot sich zu husten. Ein kleiner Hoffnungsschimmer begann sich in ihr zu regen, doch dieser wurde durch Doras Kopfschütteln sogleich unbarmherzig zerstört. Nein, der Mann, der im Wohnzimmer Aarons Cognac trank, war nicht Rick Shields aus New York, sondern ein junger Musiker, den Willie in der Oper oder auf der Straße aufgegabelt und kurzerhand zur Familienfeier der Liebermanns mitgebracht hatte. Eine freche Zumutung, wie Dora nicht müde wurde zu betonen. »Dieses schamlose Weib turtelt mit dem Kerl herum wie ein Backfisch, dabei ist sie immer noch mit Fleck verheiratet.«

»Auf dem Papier vielleicht. Außerdem hat Fleck eine Geliebte!« Lea hatte eigentlich keine Lust, Willie in Schutz zu nehmen, denn sie war wütend auf sie. Nicht weil diese nicht im Hotel gewesen war, während sie selbst um ein Haar Radek in die

Hände gefallen wäre, sondern weil sie es nicht mal für nötig befunden hatte, ihr eine Nachricht zu schicken. Lea nahm sich eine Schürze vom Haken. »Geh hinauf, ich werde Ilse helfen«, bot sie an, doch davon wollte Dora nichts hören.

»Je weniger Zeit ich mit Willie in einem Raum verbringen muss, desto besser!«

Als Lea umgezogen und frisiert den Salon betrat, bemerkte sie, dass die Aufmerksamkeit ihrer Familie nicht dem neunarmigen Messingleuchter galt, der alljährlich um die Weihnachtszeit auf den Kaminsims gestellt wurde, um das Fest der Lichter zu feiern, sondern der Zeitung auf dem Sofatisch. Lea konnte sich schon denken, warum.

»Du bist wohl nicht recht gescheit, den ganzen Tag zu verschwinden!« Aaron kam sogleich auf sie zugestürmt und sah dabei so zornig aus, dass Lea einen bangen Augenblick lang fürchtete, er würde sie schlagen. Stattdessen überschüttete er sie mit Vorwürfen: »Dora war schon krank vor Sorge«, brüllte er, was Lea ihm jedoch nicht ganz abnahm. Dora ärgerte sich, weil sie Ilse in der Küche helfen musste. Weiter nichts.

»Glaubst du, ich wüsste nicht, wo du dich herumtreibst? Du gehst trotz meines Verbots auf den Striezelmarkt, wo eine fromme Jüdin nichts verloren hat.« Aaron strich sich mit bebenden Fingern über sein Bärtchen.

»Mutter hat mich über den Weihnachtsmarkt geführt, als ich noch klein war«, gab Lea zurück. »Sie liebte die Lichter, Düfte und Klänge dort und hat gewiss nichts Falsches darin gesehen!«

»Aber die Zeiten haben sich seitdem geändert. Ich dachte, ich hätte mich diesbezüglich klar ausgedrückt.« Aaron holte tief Luft. »Eines kann ich dir mit Bestimmtheit sagen: Wenn wir heute Abend keinen Gast hätten, würde ich dich gleich auf dein Zimmer schicken!«

Im Hintergrund hörte Lea, wie Willie sich räusperte. Als sie sich zu ihr umwandte, erhob sich ein schlanker junger Mann, dessen gut aussehendes Gesicht einige Kratzer und blaue Flecke verunzierten. Mit ausgestreckter Hand kam er auf Lea zu.

»Lea, das ist Ernst Bruckmann«, stellte Willie ihr ihren Begleiter vor. »Er spielt im Orchester der Semperoper die zweite Geige.«

Lea neigte höflich den Kopf und wechselte ein paar Worte mit dem jungen Musiker. Dann quetschte sie sich neben ihre Schwester auf das Kanapee, während sich die Männer mit ihren Cognacgläsern plaudernd vor das munter prasselnde Kaminfeuer stellten.

»Ist er nicht himmlisch?«, seufzte Willie, die nur Augen für Bruckmann hatte. »Ich musste ihn einfach mitbringen, um ihn euch vorzustellen. Nicht dass es mir darauf ankäme, aber ich glaube, sogar Aaron mag ihn. Die beiden haben sich schon sehr angeregt unterhalten.« Sie deutete auf die Zeitung vor ihr auf dem Tisch. »Bestimmt hast du auch schon davon gehört, dass ein im Eis eingefrorener Mann gefunden wurde.«

»Ich habe nicht nur davon gehört, ich war dort!«

Willie stieß einen spitzen Schrei aus, dann schlug sie sich die Hand vor den Mund und starrte Lea ungläubig an. »Was soll das bedeuten, du warst dort? Etwa draußen am Mühlteich? Aber …«

»Warum ich dort war, tut jetzt nichts zur Sache.« Auch wenn Willie mit ihrem neuen Freund im Haus der Liebermanns aufkreuzte, war Lea nicht dazu aufgelegt, ihr von Fred zu erzählen, und schon gar nicht, dass er sie geküsst hatte. Das, so fand sie, ging Willie nichts an.

»Sei doch nicht gleich eingeschnappt, Kindchen«, sagte Willie, während sie einen Fussel von ihrem Kleid entfernte. Für den Besuch im Haus ihrer Geschwister hatte sie eine elegante Robe aus bordeauxrotem Samt gewählt. Die das tiefe Dekolleté zierenden Glassteinchen funkelten im Schein des Kaminfeuers ebenso hell wie die kostbare Rubinspange, mit der Willie ihr üppiges Haar zu bändigen versuchte. »Bevor du hereinkamst, sprach Aaron seine Befürchtung aus, dass es sich bei dem Toten um deinen säumigen Heiratskandidaten aus New York handeln könnte.« Willie hob forschend die Augenbrauen. »Aber deiner trüben Miene entnehme ich, dass dir derselbe Gedanke auch schon gekommen ist.« Sie nahm die Zeitung zur Hand und blätterte, bis sie den kurzen Bericht fand, den Lea schon auf dem Weihnachtsmarkt überflogen hatte.

»Hier steht, dass das Polizeipräsidium in Kürze weitere Informationen veröffentlichen will und die Bevölkerung Dresdens auffordert, bei der Identifizierung des namenlosen Toten zu helfen.« Sie ließ die Zeitung sinken und starrte ins Leere. »Was sollen wir tun?«

Lea rauchte der Kopf. Sie erinnerte sich an Freds Worte, der keinen Zusammenhang zwischen Shields Ausbleiben und dem Fund einer Leiche im Teich sehen wollte. Vermutlich lag er damit richtig. Aber was, wenn nicht?

Auf dem Weg ins Esszimmer durchquerte Dora mit einer Platte voller knuspriger Kartoffelpfannkuchen den Salon. Am ersten Chanukkaabend war es Tradition, in Öl gebackene Speisen zu verzehren. Sie sollten an ein Wunder im Tempel von Jerusalem erinnern, als der Inhalt eines einzigen Ölkrügleins den Tempelleuchter ganze acht Tage gespeist hatte. Ein Wunder könnte ich jetzt auch gut gebrauchen, dachte Lea. Einen Moment überlegte sie, dann schlug sie zögernd vor, zur Polizei zu gehen.

»Was sagst du da?« Dora stand wie eine Säule im Durchgang zum Speisezimmer und bedachte ihre Schwägerinnen mit einem verkniffenen Blick. »Warum sollten ausgerechnet wir wegen eines dummen Zeitungsartikels die Aufmerksamkeit der Polizei auf uns lenken?«

»Nun, vielleicht weil die Dresdner Bürger gebeten werden, Vermisste zu melden«, gab Willie ungerührt zurück. »Ich dachte, gerade du wärst so besorgt, weil von dem Goldjungen aus New York keine Nachricht mehr kommt. Sollte es nicht in deinem Interesse liegen auszuschließen, dass er auf einer Bahre im Leichenschauhaus liegt?«

Einen Herzschlag lang stand Dora da wie vom Donner gerührt. Dann warf sie sich in einen Sessel und brach in Tränen aus. Aaron ließ ein ärgerliches Schnaufen vernehmen, das vor allem der Taktlosigkeit seiner Schwester galt. Sogleich eilte er zu seiner schluchzenden Frau, aber seine Bemühungen, sie zu trösten, blieben erfolglos.

»Da hast du ja was Schönes angerichtet«, sagte Oskar. Er klang eher amüsiert als teilnahmsvoll. »Wollen wir nicht essen, bevor die Kartoffelpfannkuchen kalt werden?«

Da keiner ihm antwortete, trottete er allein hinüber ins Speisezimmer.

»Nicht mal die erste Kerze hast du angezündet«, jammerte Dora, während sie sich mit Aarons Taschentuch die Augen abtupfte. »Zu Jakob Liebermanns Zeiten hätte es das nicht gegeben! Er fehlt mir. Ich kann gar nicht sagen, wie sehr. Und dies, obwohl er nur mein Schwiegervater war. Seit er nicht mehr bei uns ist, quält mich das Gefühl, dass die Familie zerfällt. Deine Schwester Lea treibt sich in der Stadt herum, und Willie ... Nun ja, über deren Benehmen mag ich lieber kein Wort verlieren.« Sie machte eine Pause, um Luft zu holen. »Ich will nicht, dass jetzt auch noch unsere Pläne zunichtegemacht werden.«

Aaron klapperte nervös mit den Augenlidern. »Also ... keine Polizei?«

»Lass uns abwarten«, schlug Dora vor. »Vielleicht wird der Tote ja schon bald identifiziert, und es stellt sich heraus, dass er überhaupt nichts mit uns zu tun hat.«

Lea musste bis nach dem Abendessen warten, ehe sich ihr eine Gelegenheit bot, Willie über die Geschehnisse der vergangenen Nacht zu unterrichten. Als die Sängerin erfuhr, was Lea im Bellevue mitangehört hatte und dass sie Radek nur um Haaresbreite entkommen war, war sie bestürzt. »Was für ein Schlamassel«, hauchte sie. »Und ich war nicht da, um dir beizustehen! Als du meine Hilfe gebraucht hast, waren Bruckmann und ich …« Sie grinste schief. »Nun ja, du bist kein Kind mehr und verstehst, was ich meine, wenn ich vom siebten Himmel schwärme.«

Lea deutete ein Nicken an. Sie mochte den bescheidenen jungen Musiker, der sich weder von Dora noch von den übrigen Liebermanns hatte einschüchtern lassen. Dennoch war ihr klar, dass ihre Geschwister ihn nur als Gast duldeten, weil sie Willie längst nicht mehr als eine Liebermann betrachteten. Für Aaron war sie eine Fremde, die ihre Heimat verspielt hatte, die man aber im Haus empfangen musste, weil dies zum guten Ton gehörte. Was aber würde geschehen, wenn Lea ihrem Bruder mitteilte, dass sie sich ebenfalls verliebt hatte? Würde er Fred an seinem Tisch akzeptieren? Und sich damit von der Rettung des Geschäfts durch das amerikanische Kapital verabschieden? Aber der Amerikaner würde vermutlich ohnehin nicht mehr auftauchen. Was spielten Aarons Pläne dann noch für eine Rolle? Willie riss sie aus ihren Überlegungen, indem sie kräftig an ihrer Schulter rüttelte. Verwirrt sah Lea ihre Schwester an.

»Ich habe gefragt, was wir nun wegen Radek unternehmen sollen?«, wollte Willie wissen. »Es behagt mir gar nicht, dass der Kerl dieses Mädchen als Spionin ins Hotel eingeschleust hat. Ich sollte das dem Direktor melden. Aber dann setzt er die Kleine auf die Straße, und ihr bleibt nichts übrig, als zu ihrem Vormund zurückzukehren.«

Lea stimmte ihr zu. Sie wollte auch nicht, dass das Mädchen

seine Stellung verlor. Andererseits durften sie auch nicht zulassen, dass sie Radek mit Informationen versorgte.

»Radek hat der kleinen Dinah aufgetragen, dein Vertrauen zu gewinnen«, sagte Lea schließlich nach einigem Nachdenken. »Vielleicht solltest du ihr den Gefallen tun.«

»Ist das dein Ernst?« Überrascht schnappte Willie nach Luft. »Soll ich etwa so tun, als wüsste ich von nichts?«

»Dinah hat Angst, dass ihrem Freund Benno etwas Furchtbares zustoßen könnte, wenn sie sich gegen Radek wendet. Der Mann hat eine unglaubliche Macht über die Kinder. Daher wird es nicht leicht werden, das Mädchen auf unsere Seite zu ziehen. Aber versuchen müssen wir es. Kein Mensch verdient, in ständiger Angst vor Prügel und Schlimmerem zu leben. Schon gar kein Kind.« Lea trat zum Kamin, über dem inzwischen eine Kerzenflamme im Leuchter flackerte. Morgen Abend würden es bereits zwei sein, dann drei, bis am achten Tag alle Lichter brannten. So war es Brauch.

»Eins geht mir seit gestern nicht aus dem Kopf«, sagte sie leise, den Blick starr auf die Flamme gerichtet. »Etwas, das Dinah über Benno gesagt hat. Sie meint, er benehme sich sonderbar, sobald die Rede auf Schwarzmüllers Werkstatt komme. Dann gerate er regelrecht in Panik. Als ich ihn neulich verarzten wollte, war es dasselbe. Er weigerte sich mit Händen und Füßen, mit mir dorthin zu gehen.«

»Ja, aber warum denn nur? Kennt er den alten Schwarzmüller?«

Lea hob die Schultern. Ein Gefühl von Beklemmung überfiel sie, und trotz der Wärme, die vom Kaminfeuer ausging, spürte sie ein leichtes Frösteln. »Radek hat in der Werkstatt die Bauchläden für seine Laternenverkäufer in Auftrag gegeben. Kann sein, dass Benno schon einmal dort war. Aber das erklärt nicht, warum ihm so vor diesem Ort graut.«

»Vielleicht war Schwarzmüller ruppig zu ihm«, sagte Willie. Sie schaute ungeduldig auf die Uhr. Es war spät geworden. Die Stimmen, die aus dem Esszimmer herüberdrangen, kündigten den nahenden Aufbruch an. »Nun gut, wenn das wichtig ist, werde ich versuchen, unserem neuen Zimmermädchen ein wenig auf den Zahn zu fühlen.«

»Das solltest du tun«, beschwor sie Lea eindringlich. »So wie ich jetzt weiß, was ich zu tun habe.«

25.

Die Dresdner Polizeibehörde hatte ihren Sitz im Coselpalais, einem stattlichen Gebäude aus dem 18. Jahrhundert, das nahe der Frauenkirche lag und dessen Eingang von zwei Sergeanten bewacht wurde. Das Palais war einst für den gemeinsamen Sohn Kurfürst Augusts des Starken und seiner Geliebten, der unglücklichen Gräfin Cosel, erbaut worden, die, nachdem sie in Ungnade gefallen war, ihr Leben in Gefangenschaft beendet hatte.

Leas Herz klopfte, als sie sich gemessenen Schrittes dem schmiedeeisernen Tor näherte. Sie blieb stehen, gab vor, etwas in ihrer Handtasche zu suchen, nur um nicht weitergehen zu müssen. Doch ihr war klar, dass sie die Entscheidung damit nur aufschob. Hoch über ihrem Kopf flatterten ein paar Krähen durch den grau verhangenen Himmel. Ihr Gekrächze hallte unheilvoll von den hohen Fassaden der benachbarten Bürgerhäuser wider. Es sah nach Schneeregen aus. Droschken und Fuhrwerke schaukelten an Lea vorbei, und von fern waren weihnachtliche Posaunenklänge zu hören.

Ein paar Uniformierte verließen das Palais. Zielstrebig liefen sie durch das Tor und schlugen den Weg zur Salzgasse ein. Als einer der Männer Lea bemerkte, ließ er seine Kollegen vorgehen und kam zu ihr gelaufen.

»Kann ich Ihnen helfen, Fräulein?« Der Polizist war kaum älter als sie, gab sich aber alle Mühe, diesen Umstand durch einen buschigen Bart nach der Mode des Kaisers zu verbergen.

»Wollen Sie vielleicht mit jemandem auf dem Revier sprechen?«

Nur mit Mühe widerstand Lea dem Impuls, den Kopf zu schütteln und rasch weiterzugehen.

Wenige Minuten später saß sie in einem kühlen Raum und zupfte an ihren Handschuhen. Sie habe zu warten, hatte man ihr gesagt. Unruhig lauschte sie auf die Stimmen, die gedämpft durch die Tür zum Nebenraum drangen. Ihre Aufregung wuchs. Vielleicht machte sie einen Fehler. Einen schrecklichen Fehler. Aaron würde toben, wenn er erfuhr, dass sie mit der Polizei geredet hatte. Dennoch hatte ihr Gewissen sie hierhergeführt, und es wäre feige gewesen, nun zu kneifen.

»Also, mein wertes Fräulein.« Der Polizeibeamte, der nun das Zimmer betrat, hatte ein grobes, breites Gesicht, und sein gewaltiger Schädel war fast so kahl wie die Wände des Raumes. Mit einem Ächzen hievte er seinen Körper auf den Stuhl hinter dem Schreibtisch. »Schubert mein Name, Kommissar Schubert. Und mit wem habe ich das Vergnügen?« Ohne Lea auch nur einen Blick zu schenken, durchwühlte der Mann einen Stapel Akten, der sich vor ihm auftürmte. Dass er nicht das fand, wonach er suchte, machte ihn verdrießlich. »Verdammt, ich finde hier gar nichts mehr. Wie, sagten Sie, ist Ihr werter Name?« Endlich fand er ein unbeschriftetes Blatt Papier und einen Griffel.

Lea erhob sich wieder. »Vielleicht war es doch keine gute Idee hierherzukommen«, sagte sie.

»Lassen Sie das getrost mich beurteilen, Fräulein …«

Lea nannte ihm ihren Namen und sah zu, wie der Polizist ihn, ohne mit der Wimper zu zucken, notierte. Stockend berichtete sie dann, dass sie am Teich der Heidemühle gewesen war, als die Schlittschuhläufer den Toten im Eis entdeckt hatten. Kommissar Schubert hörte ihr zu. Von Zeit zu Zeit schrieb er etwas auf seinen Zettel, hob dann aber sogleich wieder den Kopf, um Lea anzustarren. »Sie behaupten also, dieser unglückselige Mensch im Eis könnte Ihr Verlobter aus Amerika sein«, schlussfolgerte er, nachdem Lea mit ihrem Bericht zu Ende gekommen war.

»Aber nein, ganz und gar nicht!« Abwehrend hob Lea die Hand. »Ich bin nicht verlobt, und wenn es nach mir ginge, dürfte dies auch gern so bleiben. Mein Bruder wünscht, dass ich mit Herrn Shields aus New York die Ehe eingehe.«

»Der, wenn ich richtig verstanden habe, aber nie bei Ihnen angekommen ist!«

Lieber Himmel, das war ja schlimmer als Zähne ziehen. Am liebsten hätte Lea aufgestöhnt. Die Richtung, die das Gespräch nahm, behagte ihr nicht. Warum hatte sie nur unbedingt ihren Kopf durchsetzen wollen, anstatt den Rat ihres Bruders und Freds anzunehmen und abzuwarten? Wenn wenigstens Willie hier gewesen wäre. Die hätte bestimmt mehr Gelassenheit an den Tag gelegt. Aber Willie war nicht bei ihr am Mühlteich gewesen und konnte demzufolge auch keine Angaben zur Sache machen. Lea holte tief Luft, bevor sie den Kommissar fragte, ob es denn Hinweise darauf gebe, ob der Tote ein Ausländer gewesen sein könnte.

Der Beamte zuckte mit den Schultern. »Die Untersuchungen sind im Gange, Fräulein. Leider verrät uns die Kleidung des Mannes nicht viel über seine Herkunft. In einer seiner Jackentaschen befand sich ein Stück Karton. Könnte ein Eisenbahnfahrschein sein. Wo dieser aber ausgestellt wurde, lässt sich, nachdem er im Wasser gelegen hat, nicht mehr rekonstruieren.«

»Darf ich ... ich meine, ist es erlaubt, den Toten einmal anzusehen?«

Der Kommissar runzelte die Stirn. »Wozu soll das gut sein? Sie haben doch selbst gesagt, dass Sie diesen Amerikaner noch nie persönlich getroffen haben. Oder wollen Sie Ihrer Aussage noch etwas hinzufügen?«

Lea verneinte, worauf der Kommissar das Gespräch erstaunlich abrupt beendete. Er begleitete sie zum Eingang, schärfte ihr ein, mit niemandem über den Fall zu reden, und kündigte an, sich zu melden, sobald erste Erkenntnisse aus dem Leichenschauhaus vorlagen. Ehe Lea sich versah, stand sie wieder vor dem Palais.

Und spürte bis in die Knochen, dass sie einen schweren Fehler begangen hatte.

Schon am folgenden Abend verkündete Ilse, dass zwei Polizisten die Liebermanns zu sprechen wünschten.

Aaron brütete über geschäftlicher Korrespondenz, als die Herren eintraten. Irritiert blickte er auf und sah ausgerechnet Lea an, die am liebsten in einem Loch im Boden verschwunden wäre. Sie hatte einen anstrengenden Tag hinter sich und fühlte sich erschöpft. Eine Menge Kundschaft hatte ihren Stand besucht, und sie hatte eine beträchtliche Anzahl an Figuren verkaufen können. Martha war kein einziges Mal zu ihr und Kulicke herübergekommen, und auch Peregrin hatte sich nicht blicken lassen. Dafür hatte Lea die Laternenverkäufer gesehen und auch den kleinen Benno unter ihnen entdeckt. Ihren Versuch, ihn an den Stand zu winken, hatte er indes ignoriert. Verwunderlich war das nicht. Schließlich hatte Lea mit angehört, dass der Junge unter Aufsicht stand. Seine Kameraden ließen ihn auf Radeks Befehl nicht aus den Augen. Sie hatte sich den Kopf zerbrochen, wie sie ihm helfen konnte. Doch momentan schien es fast unmöglich, an ihn heranzukommen, ohne ihre Tarnung zu gefährden.

Kommissar Schubert hatte einen jüngeren Kollegen mitgebracht, der, im Gegensatz zu ihm selbst, besonderen Wert auf Umgangsformen und ein gepflegtes Erscheinungsbild zu legen schien. Er hieß Ignaz Dupont, trug einen akkuraten Mittelscheitel und kleidete sich ausgesprochen elegant. Als der junge Kommissar sie und Dora mit einer galanten Verbeugung begrüßte, stieg ihr der Duft von Kölnisch Wasser in die Nase. Sein Kollege hielt sich dagegen nicht mit Höflichkeiten auf. Er stapfte auf den verdutzten Oskar zu und baute sich vor ihm auf.

»Aaron Liebermann?

Oskar schüttelte den Kopf. »Ich ... bin sein Bruder. Oskar ... äh ... Oskar Liebermann. Was kann ich für die Herren tun?«

»Sie können mir erklären, warum Sie es nicht für nötig befunden haben, den Geschäftsmann und amerikanischen Staatsbürger Rick D. Shields früher als vermisst zu melden! Ihnen muss doch klar sein, dass es Ihre verdammte Bürgerpflicht gewesen wäre, dies sofort zur Anzeige zu bringen.« Lea bemerkte, wie der Kommissar den Leuchter auf dem Kaminsims anstarrte, in dem die zweite Festtagskerze brannte. Seine Miene wurde noch verdrießlicher. »Oder halten Sie sich nicht für Bürger und Untertanen Seiner Majestät des Kaisers?«

Da Oskar eine Antwort darauf schuldig blieb, machte Aaron einen Schritt auf den Kommissar zu und hob beide Arme. »Meine Herren, hier muss ein Missverständnis vorliegen. Wir erwarten einen Gast aus New York, das ist richtig. Aber vermisst? Ich denke, das ist ein zu großes Wort. Denken Sie an das Wetter, die vielen Schneefälle. Ich habe gehört, dass die Eisenbahn ihren Betrieb quasi eingestellt hat. Jeden Tag kann ein neuer Schneesturm über die Stadt hereinbrechen. Ich bin sicher, dass unser Gast aus Amerika sich nur verspätet.«

Eine bedeutungsvolle Stille senkte sich über den Salon, welche nur durch das Knacken der Feuerholzscheite im Kamin durchbrochen wurde.

Lea stand auf, obwohl ihre Beine vor Aufregung zitterten. Es half alles nichts, sie musste Farbe bekennen. Aaron musste erfahren, was sie getan hatte, bevor er sich um Kopf und Kragen redete. »Ich war gestern im Coselpalais und habe Shields als vermisst gemeldet«, sagte sie, vermied es aber, ihren Bruder dabei anzusehen.

Dora stieß empört die Luft aus. »Du hast *was* getan?«

»Das Fräulein hat die richtige Entscheidung getroffen«, sagte Schuberts Begleiter. Der junge Kommissar hatte sich von Ilse Hut und Mantel abnehmen lassen, seinen Stock aber behalten. Lea fiel auf, dass der silberne Knauf die Form eines Totenschädels aufwies. Ein, wie sie fand, makabres, wenngleich auch nicht ganz unpassendes Markenzeichen für einen Mann, der sein Leben der Jagd auf Verbrecher widmete.

»Shields wurde doch auch meinetwegen nach Dresden geschickt«, erklärte sie. »Da kann ich doch nicht einfach so tun, als ob gar nichts wäre. Nicht jetzt, nachdem diese unbekannte Leiche im Eis aufgetaucht ist.«

»Eine späte Einsicht«, brummte Schubert. »Aber wenigstens ist die junge Dame einsichtig. Ich muss zugeben, dass ich noch gestern keinen Groschen auf den Verdacht gegeben hätte, unser kalter Unbekannter könnte dieser Bursche aus New York sein. Nun aber sieht die Sache anders aus.«

Aus Aarons Gesicht wich alle Farbe. »Sie haben herausgefunden, wer der Tote ist?«

Die Kommissare wechselten einen verschwörerischen Blick, dann sagte Dupont: »Nehmen wir einmal an, es gäbe Hinweise darauf, dass es tatsächlich der arme Mister Shields aus New York ist, der gerade im Leichenkeller des Coselpalais liegt. Müsste er sich dann nicht schon seit einiger Zeit in Dresden aufgehalten haben? Schließlich war er eine ganze Weile unter der Eisoberfläche. Wie lange, konnten unsere Herren Mediziner noch nicht abschließend klären, aber nach dem Zustand der Eisoberfläche zu schließen seit etwa einer Woche. Zu dieser Zeit hätte doch auch Mister Shields an Ihre Tür klopfen sollen, nicht wahr?«

»Was wollen Sie damit sagen?«, Doras Stimme klang schrill wie eine Sirene. »Doch nicht, dass wir unseren Gast hinaus zur Heidemühle geschleppt und dann in den Teich geworfen haben? Der Tote lag doch unter dem Eis. So stand es wenigstens in der Zeitung.«

Duponts Lächeln verriet, dass er nicht zum ersten Mal mit dem Temperamentsausbruch einer aufgeregten Dame konfrontiert wurde. »Er lag unter dem Eis, weil jemand sich die Mühe gemacht hat, ihn durch ein ausgeschnittenes Loch dorthin zu befördern«, sagte der junge Mann von oben herab. »Natürlich ist die Stelle schon bald danach wieder zugefroren, doch die Spuren eines Beils lassen sich nicht so einfach verbergen.«

Lea spürte, wie sich ihre Kehle zuzog. Die Spuren eines Beils? Grundgütiger, hatte sie richtig gehört? Wenn die Behauptung des Kommissars stimmte, dann war der Mann im Eis, ob es nun Shields war oder ein anderer, nicht durch einen Unglücksfall zu Tode gekommen. Er war ... Lea wollte den Gedanken nicht zu Ende führen, aber ihr blieb keine Wahl. Wie die Dinge lagen, untersuchten die Beamten einen Mord, und Lea hatte sie gutgläubig und naiv zum Haus ihrer Familie geführt. Am liebsten hätte sie sich an Ort und Stelle die Haare gerauft. Erst als sie den Blick wieder hob, bemerkte sie, dass Dupont sie ansah. Sein Lächeln wirkte in dem gut aussehenden Gesicht nicht ermutigend, sondern gefährlich.

»Ich ... habe Sie aufgesucht, weil meine Familie sich Sorgen um Rick Shields macht und ich es daher für meine Pflicht hielt, Sie darauf hinzuweisen. Aber ... glauben Sie denn wirklich, jemand hat den Mann umgebracht?«

Kommissar Dupont runzelte die Stirn. »Der Leichenbeschauer hat eine hässliche Stichwunde in seiner Brust gefunden. Eine der tödlichen Art, wenn Sie verstehen, was ich meine. Und ja, wir müssen davon ausgehen, dass unser Mann mit einem

Messer erstochen wurde.« Er sah sie lange und so durchdringend an, als wollte er sie mit seinen Blicken in Scheiben schneiden. Lernte man das auf der Akademie? Andere mit Blicken zu verunsichern? Dann musste Dupont jede Prüfung mit Auszeichnung bestanden haben.

»Ihr Hausmädchen hat uns verraten, dass Sie einem ungewöhnlichen Zeitvertreib nachgehen«, sagte der junge Kommissar schließlich. »Erzählen Sie uns davon?«

»Ich schnitze kleine Figuren aus Holz, nichts Besonderes«, gab Lea so gleichmütig wie möglich zurück. Innerlich kochte sie vor Wut, weil der Mann nicht nur ihre Familie verdächtigte, sondern auch so dreist war, die arme Ilse auszuhorchen. Doch vermutlich gehörte auch die Befragung der Dienstboten zur gewöhnlichen Vorgehensweise in solchen Fällen.

»Oh, seien Sie nicht zu bescheiden, Fräulein Liebermann. Holzschnitzereien scheinen sich in dieser Adventszeit noch größerer Beliebtheit in Dresden zu erfreuen als sonst.« Die Wolke aus Eau de Cologne und würzigem Tabak, die Lea entgegenschlug, raubte ihr fast den Atem. »Erst gestern kam meine Frau mit zwei neuen Krippenfiguren vom Striezelmarkt nach Hause. Ganz hübsch, die Kinder werden ihre Freude daran haben, wenn wir sie unter unseren Tannenbaum stellen. Schnitzen Sie denn auch Krippenfiguren?«

Lea nickte widerwillig.

»Obwohl Sie Jüdin sind?«

»Eine harmlose Spielerei«, warf Aaron ein. Er hatte die Fassung wiedererlangt, und obwohl Lea spürte, dass er nach wie vor wütend auf sie war, schien er nicht damit einverstanden, dass ein Mitglied seiner Familie einem Verhör unterzogen wurde. »Meine Schwester schnitzt, was ihr in den Sinn kommt, aber sie wird damit aufhören. Dafür werde ich sorgen!«

»Die Schnitzvorlagen Ihrer Schwester sind uns schnurzegal«,

knurrte Schubert unumwunden. »Für uns zählt nur, dass sie mit einem Messer umgehen kann.«

»Das kann ich auch!« Dora hatte sich bislang zurückgehalten, nun aber reckte sie angriffslustig das Kinn. »Oder glauben Sie, ich würde Petersilie und Knoblauch mit den bloßen Fingern hacken?«

Kommissar Schubert sah sie mit zusammengekniffenen Augen an, ließ ihre Bemerkung jedoch unkommentiert. Dupont dagegen ging zum offenen Angriff über. »Ruhig Blut, Herrschaften«, sagte er. »Weder mein Kollege noch ich beschuldigen Sie eines Verbrechens, aber Sie müssen verstehen, dass sich uns zu Beginn unserer Untersuchung viele Fragen aufdrängen. Ich frage mich zum Beispiel, ob Ihr Gast Sie nicht vielleicht doch aufgesucht hat und es zu einem heftigen Streit gekommen ist.«

Lea riss die Augen auf. Also das war es, was das Gehirn des Kommissars ausgebrütet hatte: einen Streit, der zuerst zu Handgreiflichkeiten und dann zum Tod eines der Kontrahenten geführt hatte. Lea verspürte einen Stich in der Brust. Aaron betrachtete die Geschäftsverbindung mit der Firma Shields als Rettungsanker. Was, wenn ihm dieser Anker jäh genommen worden wäre? Lea dachte angestrengt nach. Sie hatte sich in den letzten Tagen häufiger auf dem Striezelmarkt oder in Schwarzmüllers Werkstatt aufgehalten als zu Hause. Hätte sie es überhaupt mitbekommen, wenn Shields angekommen wäre? Wohl kaum. Sie hatte sich allein auf Aarons und Doras Wort verlassen und war heilfroh gewesen, dass der Amerikaner ausgeblieben war. Kein Shields, keine Hochzeit. Aaron konnte jähzornig werden, wenn man ihn reizte. Aber war ihm zuzutrauen, dass er einen Menschen erstach und ihn danach in einem Heideteich versenkte? Nein, allein die Annahme war absurd. Als sie den Kopf hob, bemerkte sie, dass zehn Augenpaare auf sie gerichtet waren. Was zum Teufel hatte das nun wieder zu bedeuten?

»Mir scheint, Sie waren kurz abwesend, Fräulein Liebermann!« Kommissar Dupont pirschte sich mit den geschmeidigen Bewegungen einer Raubkatze an sie heran. »Ich wollte wissen, ob Sie damit einverstanden waren, einen Mann zu heiraten, dem Sie nie zuvor begegnet sind. Einen Ausländer, wohlgemerkt. Hat der Gedanke Ihnen Angst eingejagt?«

Lea schluckte. Was sollte sie darauf antworten? Dass sie vor Freude überwältigt gewesen war und nur die Tage gezählt hatte, bis Shields sie auf einen Überseedampfer schleppte? Das würden ihr weder Dupont noch sein Kollege abnehmen.

»Ja, ich hatte Angst«, erklärte sie wahrheitsgemäß. »Ich meine ... die habe ich immer noch. Ich kenne diesen Shields doch gar nicht. Außerdem möchte ich Dresden nicht verlassen. Aber dafür würde ich niemals ...« Der Blick des Kommissars schnürte ihr die Kehle zu. Natürlich war sie für den Mann ebenso verdächtig wie Aaron. Ja, für ihn musste es so aussehen, als hätte sie ein Motiv, den ungeliebten Bräutigam aus dem Weg zu räumen.

»Ich habe Shields noch nie im Leben gesehen! Er war nicht hier.« Trotzig verschränkte sie die Arme vor der Brust. Hielten diese Männer sie für komplett verblödet? Welche Mörderin spazierte denn fröhlich auf das Polizeirevier und gab eine Vermisstenanzeige auf, nachdem sie zugegeben hatte, dass sie am Fundort einer Leiche gewesen war? Das war so verrückt, dass es sogar den Herren Schubert und Dupont auffallen musste.

Schubert lachte. »Wenn Sie wüssten, was ich mir von Verdächtigen schon alles habe anhören müssen. Die meisten halten sich für unglaublich schlau.«

»Verdächtigen Sie etwa meine Schwester?« Diesmal kam die Frage von Oskar, dem die Mühe, alle Zusammenhänge zu erfassen, deutlich ins Gesicht geschrieben stand. »Das ist Unsinn!«

»So?« Schubert nickte seinem Kollegen zu, woraufhin dieser

eine Kladde aus der Jackentasche zog. Nach einigem Blättern schlug er eine Seite mit handschriftlichen Notizen auf. Mit diesen wandte er sich erneut an Lea: »Sie haben zu Protokoll gegeben, dass Sie am Mühlteich waren, als der Tote im Eis entdeckt wurde. Und zwar von einer Gruppe von Schlittschuhläufern. Ist das korrekt?«

Dora stieß schockiert die Luft aus. »Sie müssen sich irren, meine Herren. Wie um alles in der Welt sollte meine Schwägerin dorthin kommen? Zu Fuß etwa?«

»Nein, mit dem Automobil«, sagte Lea. Darauf kam es nun auch nicht mehr an.

»Da haben wir es!« Aaron tippte sich gegen die Stirn. »Die Ärmste ist verrückt geworden! Sie braucht Ruhe. Sie sollten ihr erlauben, sich auf ihr Zimmer zurückzuziehen.«

»Nicht so schnell, Herr Liebermann!« Dupont schaute wieder in seine Aufzeichnungen. »Ihre Schwester gab an, ein Mann habe die diensthabenden Beamten im Coselpalais informiert, um sie dann zum Fundort der Leiche zu führen.« Er hob den Blick und warf Lea einen forschenden Blick zu. »Wollen Sie bei dieser Aussage bleiben?«

»Warum nicht?«

»Weil die Wachtmeister aufgrund einer anonymen Nachricht zum Mühlteich gefahren sind. Ein Mann namens Danner, wie Sie behaupten, ist nie bei uns gewesen. Einen Fred Danner gibt es überhaupt nicht!«

26.

Leas Schlafzimmerfenster ging auf einen Teil des alten Elias-Friedhofs hinaus, der zwar schon vor ihrer Geburt geschlossen worden war, aber immer noch einige prachtvolle Grabstätten reicher Dresdner Bürger und sogar einiger Adeliger auswies. Lea hatte es nie etwas ausgemacht, dass sie von ihrem Fenster aus zum Friedhof sehen konnte, denn er war ihr nie unheimlich vorgekommen. Im Gegenteil. Sie hatte als Kind dort gespielt und fleißig die Namen der Bestatteten auswendig gelernt. Dann hatte sie sich vorgestellt, wie die Menschen hundert Jahre zuvor wohl gelebt haben mochten. Sie hatte ein Spiel daraus gemacht, mit ihnen zu reden und sich Geschichten über sie auszudenken. Aaron war das nicht geheuer gewesen. Jahrelang hatte er sie damit aufgezogen. Ihm wäre es lieber gewesen, Lea hätte sich vor den alten Grabsteinen gefürchtet. Aber seine Versuche, ihr Angst einzujagen, waren gescheitert – Lea hatte nur noch mehr Liebe für den verwunschenen Ort empfunden. Bis zu dem Tag, an dem ihre Mutter gestorben war. Lea hatte ihren Vater angefleht, die Mutter auf dem Elias-Friedhof in die Erde zu legen. Ihre Freunde dort würden die Verstorbene mit offenen Armen willkommen heißen und sich gut um sie kümmern, während Lea selbst jeden Tag von ihrem Fenster aus nach ihr sehen könnte. Aber natürlich hatte der alte Jakob Liebermann nicht auf sie gehört. Er hatte nicht einmal erlaubt, dass Lea am Begräbnis auf dem jüdischen Friedhof teilnahm. Sie hatte mit dem Kindermädchen auf ihrem Zimmer bleiben müssen. Von diesem Tag an hatte Lea den Elias-Friedhof nicht mehr betreten.

Nun stand sie am Fenster und sah zu, wie Spatzen auf der Suche nach Würmern über die von Schnee bedeckte Erde des benachbarten Grundstücks hüpften und sich mit oder ohne Beute auf den verwitterten Steinen niederließen. Ein friedlicher Anblick, der Lea fast ihre Sorgen vergessen ließ. Erst ein leises Klopfen veranlasste sie, den Blick von den Gräberreihen zu lösen.

Willie streckte den Kopf durch die Tür. »Ich bin so schnell gekommen, wie ich konnte!« Leas Schwester trug noch immer ihren dicken Wintermantel und den ausladenden Hut mit künstlichen schwarzen Rosen. Da sie unten nicht abgelegt hatte, folgerte Lea, dass Willie sich an Ilse und Dora vorbeigeschlichen hatte. Sie konnte gut verstehen, dass Willie der Verwandtschaft nicht begegnen wollte. Nach allem, was Lea sich hatte anhören müssen, nachdem sich die Polizisten verabschiedet hatten, war auch ihr nicht danach, Aaron so schnell wieder unter die Augen zu treten.

Willie zog ein mit Spitze besetztes Taschentuch aus ihrem Ridikül und putzte sich die von der Kälte gerötete Nase. Dann schaute sie sich interessiert in Leas Schlafzimmer um. Der Anblick des bunten Teppichs auf dem Fußboden, des Frisiertischs mit seinem hohen Spiegel und den hübsch gerahmten Fotografien an den Wänden zauberte einen feinen Glanz in ihre Augen. »Hast du gewusst, dass dies mein altes Zimmer war?« Sie trat ans Fenster und hob die Gardine. »Hier habe ich Aaron und Oskar Geistergeschichten erzählt, bis sie schreiend davongelaufen sind und Vater hochkam, um mich auszuschimpfen, weil ich seine beiden Goldstücke erschreckt habe.« Sie schnaubte. »Offenbar hat keiner der beiden Helden nach meinem Weggang den Mumm gehabt, sich hier oben einzuquartieren. Lieber haben sie sich ein Zimmer geteilt.«

Mit schwerfälligen Bewegungen räumte Lea ihre Kleider und Strümpfe von einem Stuhl, damit Willie sich hinsetzen konnte. Obwohl es schon nach neun Uhr war, war sie noch unfrisiert und nur mit ihrem Nachthemd bekleidet. Doch warum auch nicht? Wie die Dinge lagen, durfte sie sich darauf einstellen, in diesem Zimmer zu versauern, es sei denn Aaron fand doch noch einen Narren, dem er seine überspannte Schwester aufschwatzen konnte. Ihren Weihnachtsmarktstand war sie jedenfalls los. Der würde schon bald einem anderen gehören, da Laurin, der angebliche Neffe des alten Schwarzmüller, unter ebenso mysteriösen Umständen wieder verschwinden würde, wie er aufgetaucht war. Sie würde dem armen Benno nicht mehr helfen können, aber auch Radek nicht mehr begegnen. Zumindest dies war kein Nachteil.

»Warum hat er das getan?«, murmelte sie und kämpfte mit den Tränen. »Ich verstehe es nicht. Je länger ich darüber nachgrüble, desto weniger Sinn ergibt es.«

Willie begriff sogleich, dass sie nicht von Aaron sprach. »Nun ja, was soll ich sagen? Ich fühle mich schuldig, denn schließlich habe ich dich mit dem Mann bekannt gemacht. Es wird dich sicher nicht wundern, wenn ich dir sage, dass er aus dem Bellevue ausgezogen ist. Seit gestern hat ihn dort niemand gesehen.« Sie atmete tief durch. »Aber Kopf hoch, Kindchen. Wenigstens wird die Polizei es nicht mehr wagen, deinen Geisteszustand anzuzweifeln. Es gibt genügend Zeugen, die Fred Danner beschreiben können, meine Wenigkeit eingeschlossen.«

»Der Polizei ist das egal«, sagte Lea. »Die glaubt jetzt, einer der Eisläufer habe eine Nachricht geschickt, um den Toten zu melden.« Sie machte eine Pause, dann fügte sie hinzu: »Ich war drauf und dran, mich in ihn zu verlieben. Diese Nacht am Mühlteich ... Ach, ich weiß auch nicht, was mit mir los ist. Ich wollte das nicht.« Sie setzte sich aufs Bett und schlang ihre Arme um die Knie. »Seit Vaters Tod ist mein Leben völlig aus den Fugen geraten.«

»Du und Fred, ihr habt doch nicht etwa …« Willie biss sich auf die Zunge, als sie Leas giftigen Blick auffing. »Ich verstehe. So lauschig war es bei der Heidemühle nun auch nicht.«

»Es gibt in der Tat romantischere Stellen als den Fundort einer Leiche.« Lea raufte sich das Haar. »Ich werde noch verrückt, Willie. Ich weiß nicht mehr, woran ich zuerst denken, welches Problem ich zuerst angehen soll.«

»Und deshalb bleibst du im Bett?«

»Warum nicht?«, gab sie trotzig zurück. »Hier oben behelligt mich wenigstens niemand. Weder Radek noch Peregrin. Und schon gar nicht Fred Danner.«

Seufzend öffnete Willie ihre Tasche und zog eine zusammengefaltete Ausgabe der *Dresdner Neuesten Nachrichten* heraus. »Vielleicht lenkt dich das ein wenig ab. Na, nun nimm schon und sieh dir an, was über dich in der Zeitung steht!«

»Über mich?« Richtig, der Artikel mit den Bildern des Fotografen Braun. Den hatte Lea schon fast vergessen. Hastig überflog sie die Zeilen, in denen der Redakteur sich wohlwollend über die Handwerkskunst der einheimischen und auswärtigen Standbetreiber ausließ. Dabei hob er den jungen Holzbildhauer Laurin ausdrücklich hervor. Dessen Arbeiten zeugten nicht nur von einer für das Alter des Künstlers ausgezeichneten Technik, sondern bewiesen auch ein gutes Auge für Details. Kein Wunder, damit schloss der Bericht, dass die so lebendig wirkenden Figuren des Schnitzers nicht nur in Dresden, sondern sogar über die Stadtgrenzen hinaus Aufsehen erregten. Die Aufnahme, für die Fotograf Braun sich entschieden hatte, zeigte Lea am Stand, wie sie sich mit dem Messer in der Rechten über einen Holzblock beugte.

»Na, was sagst du?« Willie zwinkerte vergnügt. »Ich bin jedenfalls mächtig stolz auf meine kleine Schwester, die talentierte Holzbildhauerin. Zwei Frauen aus einer Familie, die ein Leben für die Kunst gewählt haben.«

»Auf der Fotografie sehe ich aus wie ein Gauner, der jemanden mit dem Messer absticht«, sagte Lea, der Willies Lobhudelei peinlich war. »Aber wenigstens ist mein Gesicht nicht deutlich zu erkennen. Trotzdem sollte ich den Artikel später aus Aarons Zeitung entfernen.«

»Warum?«

»Vergiss nicht, dass er Laurin mit Freds Gesicht in Verbindung bringt, und mit Fred habe ich nun mal gar keine Ähnlichkeit.« Sie blätterte weiter. Die Morgenausgabe musste doch auch eine Meldung über den Toten aus dem Eis enthalten. Doch alles, was Lea fand, war eine schmale Notiz, die besagte, dass die Untersuchung fortgesetzt würde und die Polizei kurz davor sei, die Identität des Opfers zu enthüllen.

Lea fragte sich, ob die Polizei wirklich eine Entdeckung gemacht hatte oder ob die Ankündigung lediglich eine Finte war. Das würden ihr die Herren Schubert und Dupont allerdings kaum auf die Nase binden. Seit ihrer Befragung waren Tage vergangen, aber ein weiterer Besuch der Beamten war bislang ausgeblieben. Doch zu allem Überfluss hatte Ilse in der Nachbarschaft herumerzählt, dass es sich bei dem Toten aus dem Eis um einen Bekannten ihrer Herrschaft handeln könnte. Doras Toben war bis in Leas Zimmer zu hören gewesen. Lea verstand, warum. Mochte ihre Familie auch in der Straße nicht unbeliebt sein, sie war und blieb jüdisch. Die Liebermanns mit einem rätselhaften Todesfall in Verbindung zu bringen konnte weitreichende Folgen haben. Die Leute redeten so furchtbar viel in diesen Tagen, und Verdächtigungen waren rasch ausgesprochen.

Ohne anzuklopfen, rauschte in diesem Moment Dora ins Zimmer. Aus den Augen der jungen Frau schienen Funken zu sprühen, als sie Willie am Fenster sitzen sah. »Wie bist du denn hier hereingekommen?«

»Durch die Tür, meine Liebe. Wie es sich gehört. Allerdings war euer Mädchen mal wieder anderweitig beschäftigt, daher musste ich mich selbst einlassen.«

»Und wie ich sehe, hat du dich auf dem Weg hinauf auch noch an unserer Zeitung bedient! Mit schnellen Schritten durchquerte Dora das Zimmer und riss der überraschten Lea die Zeitung aus der Hand. »Die habe ich schon überall gesucht.«

Willie berührte mit den Fingerspitzen ihre Schläfen. »Nun hab dich nicht so, Dora. Wir waren doch nur neugierig, ob die Polizei etwas herausgefunden hat. Aber wenn du mich fragst, tappen die immer noch im Dunkeln.«

Dora bedachte ihre Schwägerin mit einem Achselzucken, dann wandte sie sich Lea zu. »Nun, wenigstens wissen wir jetzt, warum du dich so hartnäckig geweigert hast, eine Ehe mit dem jungen Shields überhaupt in Betracht zu ziehen«, sagte sie bissig. »Kaum ist deine Schwester in der Stadt, nimmst du dir einen Liebhaber. Die ganzen Anproben bei der Schneiderin und deine Besuche in der Stadt, von denen du mit leeren Händen zurückgekommen bist, sind mir gleich verdächtig vorgekommen.«

»Wäre es dir lieber gewesen, Lea hätte euer Geld zum Fenster hinausgeworfen?«, fragte Willie. »Außerdem war sie meistens mit mir zusammen, und ich bin eine vorzügliche Anstandsdame.«

»Du hast weder Anstand noch bist du eine Dame, Willie! Aber wenn deine Schwester sich so beharrlich über diesen Herrn Danner ausschweigt, kannst du mir vielleicht etwas über ihn sagen.«

»Hört auf«, rief Lea erschöpft. Es war nicht das erste Mal, dass Dora ihr mit Fragen zusetzte, doch bislang hatte sie ihrem

Drängen nicht nachgegeben. Das Thema ging weder ihre Brüder noch ihre Schwägerin etwas an.

»Vielleicht wäre es das Beste, wenn Lea eine Weile zu mir ins Hotel zöge«, schlug Willie vor. »Damit sie sich weiterhin ungeniert mit diesem Mann treffen kann?«

Dora lachte bitter auf. »Das würde Aaron niemals billigen.« Sie fasste Lea scharf ins Auge. »Überleg es dir gut. Wenn du das Haus deiner Eltern verlässt, bist du eine Heimatlose, genau wie deine Schwester. Dann bist du in keiner anständigen Familie unserer Gemeinde mehr willkommen. Und hier auch nicht!« Mit diesen Worten eilte sie aus dem Raum und warf die Tür hinter sich ins Schloss.

»Ich sag's nicht gern, aber ich fürchte, Dora hat recht«, meinte Willie. »Mein Angebot, dich bei mir wohnen zu lassen, war ernst gemeint, aber ob ich nach dieser Saison in Dresden bleiben kann, ist ziemlich ungewiss. Vermutlich werde ich weiterziehen müssen. Und was wird dann aus dir? Du willst die Stadt doch nicht verlassen, oder?« Sie räusperte sich. »Davon abgesehen, wird dieser Radek in nächster Zeit das Hotel im Auge behalten. Solange du dich auf dem Striezelmarkt als Mann ausgibst, solltest du ihm nicht noch einmal über den Weg laufen.«

Lea schüttelte den Kopf. Sie war des ganzen Versteckspiels so müde. Es wäre schön gewesen, sich über diese Dinge nicht mehr den Kopf zerbrechen zu müssen. Doch dann fiel ihr plötzlich der Zeitungsartikel ein. Obwohl ihr Name darin unerwähnt blieb, galten die Worte doch ihr und ihrer Gabe, aus Holz die schönsten Dinge zu erschaffen. An jedem Tag stellte sie aufs Neue unter Beweis, dass sie Talent besaß. Was auch geschehen mochte, sie wollte Figuren schnitzen. Sie hatte jedes Recht, das zu tun, woran ihr Herz hing. Und wenn sie dafür das Haus ihrer Kindheit verlassen musste, so konnte sie es nicht ändern. Rasch schnürte sie das Mieder, schlüpfte in ihren Rock und griff dann zur Bürste, um ihr wildes Haar zu bändigen. Sie hatte viel zu viel Zeit mit trüben Gedanken im Bett vergeudet. Diese Zeit galt es nun aufzuholen.

»So gefällst du mir schon wesentlich besser!« In Willies Stimme schwang Erleichterung mit. »Aber darf ich fragen, was du als Nächstes vorhast?«

Mit einem Lächeln auf den Lippen drehte sich Lea um. »Mein Auftragsbuch ist voll! Die Leute warten auf ihre Bestellungen zu Weihnachten, und solange ich noch zehn Finger habe, werde ich meine Kunden nicht enttäuschen!« Sie holte zweimal tief Luft, bevor sie hinzufügte: »Und ich werde herausfinden, wer der Tote aus dem Eis wirklich ist.«

27.

Als Lea wenig später mit einer Reisetasche in der Hand die Diele durchquerte, blieb sie von einer weiteren Begegnung mit ihrer Schwägerin zwar verschont, dafür stand Oskar an der Tür zum Arbeitszimmer.

»Wo willst du hin, Lea?« Oskar runzelte die Stirn. »Aaron wird es nicht gefallen, wenn du schon wieder ausgehst.«

Lea antwortete nicht. Stattdessen drückte sie ihrem Bruder einen Kuss auf die Wange. »Ich kann nicht bleiben«, sagte sie leise. »Wenn ich's tue, werde ich ersticken.«

»Aber du musst doch jetzt nicht mehr heiraten«, sagte er. Seine Miene verfinsterte sich. »Und ich komme nicht nach Amerika.«

Doch weder hielt er sie auf, noch rief er nach Dora, die sich, dem Geräusch klappernden Geschirrs nach zu schließen, in der Küche aufhielt.

Vor dem Haus blieb Lea stehen und blickte zurück. Ihre Augen schwammen in Tränen. Kehrte sie um, würde Oskar nur zufrieden nicken und kein Wort über die gepackte Reisetasche verlieren. Womöglich hatte er sie nicht einmal bemerkt. Ging sie aber weiter, gab es kein Zurück mehr. Das hatte Dora ihr klargemacht, und Lea glaubte jedes ihrer Worte.

Das Herz wurde ihr schwer wie Blei, als sie langsam stadteinwärts lief. Mehrmals musste sie stehen bleiben, weil die Tasche doch schwerer als angenommen war. Dabei hatte sie nicht mehr als das Nötigste eingepackt. Fürs Erste würde sie sich in der Werkstatt einquartieren. Zwar konnte sie sich etwas Behaglicheres vorstellen, aber unter den gegebenen Umständen durfte sie nicht wählerisch sein. Davon abgesehen konnte sie in Schwarzmüllers Anwesen ungestört arbeiten. Niemand würde sie dort vermuten, abgesehen von Kulicke. Aber der würde sie nicht verraten. In der Werkstatt angekommen, zündete Lea die Lampe auf der Werkbank an, setzte sich auf einen Schemel und starrte in die kleine Flamme.

Einsam war es hier. Einsam und kalt. Der Schein der Petroleumlampe warf einen Schatten an die Wand, der wie ein höhnisch grinsender Teufel aussah. Über ihr knackte es im Gebälk, und der Geruch von Sägespänen und Leim, der Lea für gewöhnlich nicht störte, nahm ihr fast den Atem.

Sie musste sich beschäftigen, dann würde es ihr bestimmt besser gehen. Das Schnitzen würde ihr helfen, die bedrückenden Gedanken loszuwerden. Sobald sie der Figur, an der sie gerade arbeitete, den letzten Schliff verliehen hatte, würde sie auf den Markt gehen und Kulicke in den Feierabend schicken. Gewissenhaft breitete sie ihr Werkzeug vor sich auf der Werkbank aus. Doch als sie ihr Lieblingsschnitzeisen berührte, stutzte sie unversehens.

Etwas, das Oskar gesagt hatte, ging ihr nicht aus dem Kopf. Sie brauche sich keine Sorgen mehr wegen der Heirat zu machen, hatte er gesagt. Aber wie kam er nur darauf? Auch seinen Wunsch, nach New York zu gehen, schien er begraben zu haben. Oskar war weder ein Pessimist noch ein Grübler. Er hielt sich nicht mit Mutmaßungen auf, die überließ er anderen. Dennoch schien ihr Bruder fest davon überzeugt zu sein, dass Leonard Shields' Sohn nicht mehr auftauchen würde.

Eine irrationale Furcht brachte Leas Hand so heftig zum Zittern, dass sie das Messer weglegen musste. Die Kommissare hatten mit Oskar kaum mehr als ein paar Worte gewechselt und sich stattdessen auf sie und Aaron konzentriert. Doch wenn man es genau betrachtete, so hätte auch Oskar einen Grund gehabt, mit Shields in Streit zu geraten. Vielleicht hatte Oskar Shields gebeten, ihn nach New York mitzunehmen, und war von diesem ausgelacht worden. War es denkbar, jemanden aus Enttäuschung zu töten?

Lea sprang so jäh von ihrem Schemel auf, dass der mit Gepolter zu Boden fiel. Doch das kümmerte sie nicht. Sie musste sich Klarheit verschaffen. Sofort. Und sie wusste auch schon wie.

Auf dem Striezelmarkt führte August Peregrin die Korbprüfung durch. In einer langen Schlange warteten auswärtige Krämer, die, wenn sie an der Reihe waren, ihre Waren auf einem großen Tisch auszubreiten hatten. Jeder von ihnen hatte einen langen und gefahrvollen Weg aus der verschneiten sächsischen Provinz nach Dresden auf sich genommen. Nun brauchten sie Peregrins Genehmigung, die ihnen den Verkauf ihrer Töpfer-, Leder- und Glaswaren gestattete. Einen eigenen Stand benötigten die Handelsleute dafür nicht, denn sie durften nur so viel von ihrer Ware anbieten, wie in einen einzigen geflochtenen Korb passte. Nach altem Brauch durfte dieser Korb so groß sein wie ein ausgewachsener Mann, vorausgesetzt, er konnte ohne die Hilfe einer weiteren Person vor den Marktleiter getragen werden.

Peregrin nahm sich für gewöhnlich viel Zeit, um die mitgeführte Ware zu begutachten. Dabei machte er es keinem der Wartenden leicht, an das begehrte Tagesprivileg zu kommen. Er legte Wert auf einen tadellosen Leumund und ließ die Leute zum Beweis dafür, dass sie ihre Körbe auch wirklich allein tragen konnten, vor dem Tisch auf und ab marschieren. Die Anstehenden kannten Peregrins strenges Vorgehen und nahmen jede

Mühe auf sich, um den Marktleiter zufriedenzustellen. Keiner wollte unverrichteter Dinge in sein Dorf zurückkehren.

Als Nächster war ein Branntweinhändler aus Görlitz an der Reihe. Peregrin kannte den Mann seit Jahren. Sein Marzipanlikör war ganz nach Peregrins Geschmack, und er hätte liebend gern die Kostprobe angenommen, die der Görlitzer ihm mit einem Augenzwinkern anbot. Doch er musste mit Bedauern ablehnen. Fehlte gerade noch, dass ihm jemand Bestechlichkeit nachsagte. Peregrin drückte dem Branntweinhändler seine Bescheinigung in die Hand und ließ ihn mit seinem Korb ziehen. Auch den übrigen Wartenden gegenüber zeigte er sich heute großzügig. Obwohl ein paar der Krämer ihre gefüllten Körbe nicht trugen, sondern in Bollerwagen transportierten, drückte er ein Auge zu und winkte sie am Tisch vorbei. Seine gute Laune verflog erst, als er inmitten des Getümmels Radek auftauchen sah. Der Mann winkte ihm mit einer Zeitung.

Peregrin verzog angewidert den Mund. Wann kapierte Radek endlich, dass er nicht mit ihm zusammen gesehen werden wollte?

»Haben Sie die Zeitung von heute schon gelesen?« Rücksichtslos drängte Radek sich an einer dicken Frau vorbei, die mit hochrotem Gesicht einen Korb mit Tonwaren auf Peregrins Tisch wuchtete. »Darin ist ein Artikel über Ihren Goldjungen aus dem Böhmischen!«

Peregrin schnappte sich das Blatt. Dann zog er seine Brille aus der Manteltasche und begann zu lesen. Die Wartenden wurden unruhig, leises Murren wanderte durch die Reihen der Krämer. Schließlich ließ Peregrin die Zeitung sinken.

»Konnten Sie das nicht verhindern?«, zischte Radek. »Nachdem nun auch noch die Presse wohlwollend über diesen Laurin berichtet, werden Sie es kaum noch schaffen, ihn mit seinem Plunder vom Striezelmarkt zu vertreiben.«

Peregrin spürte heißen Zorn in sich aufsteigen. Was Radek da sagte, entsprach der Wahrheit, aber was hätte er denn tun sollen? Den Fotografen davonjagen oder ihn bestechen, damit er die Krippenfiguren am Schwarzmüller-Stand kritisierte? Nein, damit hätte er nur den Striezelmarkt in Verruf gebracht. Der Markt hatte eine gute Presse bekommen. Das Lob aber gönnte er dem frechen Burschen nicht.

»Wartet, bis ich wiederkomme«, rief er dem guten Dutzend Händler zu, die noch immer auf ihre Bescheinigung warteten, und machte sich auf zum Schwarzmüller-Stand, gefolgt von Radek. Als er dort ankam, bediente Kulicke gerade Kundschaft. Peregrin hielt nach Laurins abgegriffener Mütze und dem roten Schal Ausschau. Aber von dem jungen Mann war nichts zu sehen.

»Er ist wieder mal nicht an seinem Stand«, sagte Radek triumphierend. »Wie lange wollen Sie eigentlich noch zulassen, dass der Bursche sich über das Reglement hinwegsetzt? Vielleicht wird er ja schon bald neuer Marktleiter!«

Peregrin spie in den Schnee. Radeks Sticheleien wurden ihm zunehmend lästig. Der Tag würde kommen, an dem er ihn loswerden musste, und er konnte nur hoffen, dass dieser nicht mehr in allzu ferner Zukunft lag. Zunächst galt es jedoch, sich um Laurin zu kümmern.

»Wo steckt dein Kumpan schon wieder?«, herrschte er Kulicke an, kaum dass dieser seinen letzten Kunden verabschiedet hatte. »Hatte ich Laurin nicht gewarnt, dass er den Stand vom alten Schwarzmüller aufs Spiel setzt, wenn er nicht persönlich auf ihn aufpasst?«

Kulicke warf das Geld in die Kasse. Dem Geräusch nach hatte er einen schönen Batzen eingenommen. Peregrin ballte wütend die Hände zu Fäusten.

»Laurin liefert Ware aus«, erklärte Kulicke. »Eine handbemalte Weihnachtspyramide mit acht Figuren, zehn Räuchermännchen …« Als er die Zeitung in Peregrins Hand sah, grinste er. »Ein netter Bericht über den Markt, nicht wahr? Ich nehme an, Sie sind gekommen, um Laurin zu gratulieren. Er wird bald zurück sein, dann kann ich ihm Ihre Glückwünsche übermitteln.«

Peregrin schluckte. Es war unerhört, wie der freche Geselle Hohn wie einen Kübel Jauche über ihm ausgoss. Das würde dieses Pack ihm büßen. Doch zunächst einmal musste er zur Seite treten, weil ein junger Geck mit Spazierstock sich dem Stand näherte. Ein aufdringlicher Geruch nach Kölnisch Wasser stieg Peregrin in die Nase. Als der Unbekannte sich als Kriminalkommissar aus dem Coselpalais vorstellte, spitzte der Markleiter die Ohren. Interessant. Hatte Laurin am Ende Schwierigkeiten mit der Polizei? Peregrin gab vor, sich den ausgestellten handgeschnitzten Christbaumschmuck anzusehen, doch da spürte er auch schon den durchdringenden Blick des Beamten auf sich.

»Falls Sie nichts kaufen wollen, möchte ich Sie bitten, zu gehen«, sprach der Mann ihn höflich an. »Ich habe mit dem Standbetreiber zu reden.«

Peregrin drückte den Rücken durch und setzte das Lächeln auf, das er sich für den Umgang mit Persönlichkeiten von Rang und Einfluss antrainiert hatte. »Ich bin August Peregrin und für den Striezelmarkt verantwortlich«, sagte er. »Sollte es ein Problem geben, so wäre es mir eine Ehre, dem Herrn Kriminalkommissar helfen zu dürfen. Sehen Sie, wir betrachten uns als eine verschworene Gemeinschaft von Kollegen, die in dieser weihnachtlichen Zeit unser Dresden im hellsten Licht erstrahlen lassen wollen.«

Der Kommissar beäugte ihn von oben herab. »Peregrin, ja, ich habe von Ihnen gehört. Auf Ihr Angebot komme ich vielleicht zurück. Aber einstweilen brauche ich Sie hier nicht. Gehen Sie!«

Peregrin spürte die Demütigung wie einen Hieb in den Magen. Nur zu gern wäre er dem eitlen Popanz an die Kehle gesprungen. Wie konnte der es wagen, so mit ihm zu reden? Auf seinem Markt! Mit brennenden Wangen trat Peregrin den Rückzug an. Die Umstehenden sollten nicht merken, wie erniedrigt er sich fühlte. Schwammen ihm denn tatsächlich alle Felle davon, wie Radek meinte? Das ist auch deine Schuld, Laurin, dachte er.

»Dort drüben geht's nicht mit rechten Dingen zu«, wisperte ihm eine leise Frauenstimme zu. Peregrin erkannte die alte Martha. Die Krämerin räumte einige ihrer Dörrpflaumenkreaturen in die Regale.

»Was meinst du damit?«

Martha machte eine abschätzige Geste. »Hab nichts gesagt. Ist nur so ein Gefühl, dass mit dem Jungen vom Krippenstand etwas nicht stimmt!«

»Der Kerl mit dem Spazierstock, der gerade mit Kulicke redet, ist von der Polizei«, raunte Peregrin ihr zu. »Irgendeine Idee, was der von Laurin will?«

Die Dörrpflaumenhändlerin reagierte nicht auf seine Frage, aber so leicht ließ Peregrin sich nicht abschütteln. Hartnäckig verlangte er von Martha eine Antwort.

»Ich will keine Gerüchte in die Welt setzen, aber …«

»Aber was?« Gereizt ließ Peregrin seine Blicke zwischen dem Nachbarstand und der alten Frau hin- und herjagen. »Nun spuck es schon aus, du alte Hexe, sonst schwöre ich dir, dass du in diesem Jahr zum letzten Mal auf dem Striezelmarkt gewesen bist.«

Einen Herzschlag lang zögerte die Händlerin, dann beugte sie sich vor und flüsterte Peregrin etwas ins Ohr.

28.

Lea war nicht wohl gewesen bei dem Gedanken, noch einmal zum Coselpalais zu gehen, aber sie hatte all ihren Mut zusammengenommen. Nun saß sie mit klopfendem Herzen auf einer kalten Besucherbank im Flur und starrte die kahle Wand an. Die Herren Kommissare Schubert und Dupont, so hatte ein Gendarm ihr mitgeteilt, seien in dringenden Angelegenheiten in der Stadt unterwegs. Sie durfte bleiben und warten, doch wie lange es dauerte, konnte ihr niemand sagen.

Lea blickte auf ihre Schnürstiefel. Auf dem Weg von der Werkstatt zur Frauenkirche war sie durch den Schnee gelaufen, daher waren die Stiefel nass und ihre Füße kalt. Von Zeit zu Zeit wurde eine Tür aufgestoßen, und ein Polizist jagte den langen Korridor hinunter. Langsam stand sie auf und überlegte, ob sie nicht besser morgen wiederkommen sollte. Die Frage war nur, ob sie dann noch den Mut dazu aufbringen würde. Sie spazierte den Gang auf und ab, wobei sie jedes Mal, wenn sie an die Treppe zu den Kellerräumen kam, stehen blieb. Dort unten musste sich der Leichenraum befinden, in dem der Tote aus dem Eis medizinisch untersucht wurde. Ob sie es wagen durfte, einfach hinunterzugehen?

Sie wollte gerade einen Fuß auf die Treppe setzen, als jemand sie fest am Ellenbogen fasste. Mit einem Stöhnen auf den Lippen fuhr sie herum. Vor ihr stand Kommissar Dupont. Er trug Mantel und Melone und sah sie aus seinen grauen, fast feminin anmutenden Augen kühl an.

»Haben Sie sich verlaufen, Fräulein Liebermann?«

Lea biss sich auf die Lippen. Das Gefühl, bei etwas Verbotenem ertappt worden zu sein, war ihr so peinlich, dass Sekunden vergingen, ehe sie sich wieder fing.

»Ich darf wohl annehmen, dass Sie zu mir wollten? Es tut mir leid, dass Sie warten mussten, aber ich hatte auf dem Striezelmarkt zu tun.«

»Auf dem ... Striezelmarkt?« Die geschwungenen Augenbrauen des Beamten schossen in die Höhe. Lea kam es so vor, als wäre er gespannt, wie sie auf seine Bemerkung reagierte. Daher gab sie sich so gleichmütig, wie sie nur konnte.

Dupont lächelte. »Seit unserer letzten Begegnung lassen mich die Schnitzeisen nicht mehr los. Ich wollte dazu die Meinung eines ausgewiesenen Experten auf diesem Gebiet hören.«

Lea ahnte, von welchem Experten der Kriminalbeamte sprach und war froh, dass sie heute nicht am Stand gewesen war. Sie war sich nicht sicher, ob sich Dupont von ihrer Maskerade hätte täuschen lassen. Dass er sich ausgerechnet über Schnitzeisen hatte informieren wollen, konnte nur eines bedeuten: Er hatte sie nach wie vor im Verdacht.

»Sie wollten doch nicht hinunter in unseren Leichenkeller?«

»Ich habe Ihren Kollegen, Herrn Kriminalkommissar Schubert schon einmal darum gebeten, mir den Toten anschauen zu dürfen. Er hat es mir verweigert, aber mir ist eingefallen, dass sich ganz leicht herausfinden lässt, ob es sich bei dem Mann um Mister Shields handelt oder nicht.«

»Ach, tatsächlich? Sie meinen, Sie könnten ihn identifizieren, obwohl er Ihnen angeblich doch unbekannt ist?«

Lea nickte.

»Sie sind eine erstaunliche junge Dame, Fräulein Liebermann«, sagte Kommissar Dupont mit einem tiefen Seufzer, der von den kahlen Wänden des Korridors widerhallte. »Vielleicht sollte ich erwähnen, dass Kollege Schubert sich auf dem Weg zu Ihnen nach Hause befindet. Er hat den Auftrag, Ihre Schnitzmesserausrüstung abzuholen, damit das Werkzeug hier einer Prüfung unterzogen werden kann. Ich hoffe, Sie haben nichts dagegen!«

Und ob Lea etwas dagegen hatte. Aber da ihr Protest ohnehin zwecklos wäre, beließ sie es bei einem gleichmütigen Schulterzucken. Dupont würde nicht eher aufhören, sie wie eine Verdächtige zu behandeln, bis es ihr gelang, ihn von seiner fixen Idee abzubringen.

Schwere Stiefelschritte und ein Schnaufen kündigten die Ankunft eines Mannes in großer Eile an. Es war Kommissar Schubert, der, als er Lea bei seinem Kollegen stehen sah, mit hochrotem Kopf auf sie zustapfte. Anklagend richtete er seinen Zeigefinger auf sie.

»Da hört sich doch alles auf!«, polterte er. »Verraten Sie mir mal, warum Sie sich aus dem Staub gemacht haben, Fräulein?«

Dupont starrte ihn verständnislos an.

»Ausgezogen ist sie! Und zwar mit ihrem ganzen Holzschnitzzeug. Angeblich zur Schwester ins Bellevue am Theaterplatz. Aber dort bin ich auch gewesen. Sie allerdings nicht!« Keuchend vor Anstrengung zog der Mann ein nicht gerade sauberes Taschentuch aus seiner Manteltasche und tupfte sich damit den Schweiß von der Stirn. Er musste bis zum Coselpalais gerannt sein, vermutlich mit der Absicht, die Fahndung nach einer flüchtigen Verbrecherin einzuleiten. Dass diese nun seelenruhig auf dem Flur stand und mit Dupont plauderte, schien ihn noch mehr zu verärgern als der hastige Spurt quer durch die Stadt.

»Nun, Fräulein Liebermann?« Dupont sah sie an, aber in seinen Augen blitzte neben Strenge auch Belustigung auf.

»Ich bin aus persönlichen Gründen bei meinem Bruder und

meiner Schwägerin ausgezogen«, sagte Lea. »Vorübergehend wohne ich bei einem Freund, dem Schreinermeister Schwarzmüller. Er ist verreist, daher darf ich seine Werkstatt benutzen, wann immer ich das möchte. Mir war nicht bewusst, dass ich das der Polizei melden muss.«

»Fräulein Liebermann ist hier, weil sie sich die Leiche anschauen will«, erklärte Dupont.

»So? Was stimmt nicht mit diesem Frauenzimmer? Habe ich Ihnen nicht erst neulich gesagt, dass ich nicht erlauben kann ...«

»Wir sollten ihr diese Bitte gewähren«, fiel Dupont seinem Kollegen ins Wort. Ohne sich um den laut aufstöhnenden Schubert zu kümmern, winkte er Lea, ihm die Treppe hinabzufolgen. »Ich hoffe, Sie haben an Ihr Riechsalz gedacht, Fräulein!«, sagte Dupont, als er sie kurz darauf durch ein Gewirr von Gängen führte. Elektrische Glühbirnen tauchten den Bereich, in dem sich die Untersuchungsräume befanden, in ein fast gespenstisches Licht. Es war kalt hier unten, noch viel kälter als oben. Lea fröstelte bei jedem Schritt mehr, den sie zurücklegten. Kommissar Dupont hielt vor einer Tür, doch bevor er anklopfte, sah er sich nach Lea um, als wollte er sich vergewissern, dass die es sich nicht anders überlegt hatte. »Nun, dann wollen wir einmal!«

Der Raum war quadratisch, besaß einen gefliesten Fußboden mit mehreren Abflussrinnen und Kacheln an den Wänden. Wie auf dem Korridor wurde auch der Leichenschauraum von einem trüben elektrischen Licht beleuchtet, das den Gesichtern der Anwesenden eine ungesunde gelbe Färbung verlieh. Lea schlug ein scharfer Geruch von Alkohol und Desinfektionsmitteln entgegen. Ein älterer Mann im weißen Arztkittel, den strengen Kneifer fest auf die Nase geklemmt, lehnte gegen eine Art Stehpult und kritzelte etwas in ein Buch. Als er Dupont sah, klappte er es zu und kam mit ausgestreckter Hand auf ihn zugelaufen. Dann sah er Lea.

»Nanu, wen bringen Sie mir denn hier? Die junge Dame …«

»Hat sich nicht verirrt, falls Sie das meinen«, sagte der Kommissar, während er dem Arzt die Hand schüttelte. Dessen Name war Dr. Vogelkorn, und er leitete die rechtsmedizinische Obduktion des nicht identifizierten Toten. Als er hörte, was den Beamten und Lea zu ihm führte, runzelte er missbilligend die Stirn. Dann rief er durch die angelehnte Tür zum Nebenraum einen Namen, woraufhin ein spindeldünner Rotschopf auftauchte. Der junge Mann trug Ärmelschoner und eine lederne Schürze um den Bauch. »Mein Assistent wird sich um alles Weitere kümmern«, sagte Vogelkorn. Er zog einen Stuhl heran und lud Lea ein, darauf Platz zu nehmen. »Es ist zwar äußerst unüblich, aber wenn es sein muss, können Sie hier warten. Der Tote wird gleich hereingeschoben.«

Als der Rotschopf nur wenige Augenblicke später mit einem rollenden Seziertisch zurückkam, spürte Lea ein Grummeln in der Magengrube, welches sie als ebenso unangenehm empfand wie die spöttischen Blicke der Männer. Lea zwang sich, einige Male tief durchzuatmen, obwohl der beißende Geruch, der über dem Raum lag, nicht eben dazu einlud. Tatsächlich vermochte die Luft das mulmige Gefühl in ihrem Bauch nicht zu betäuben. Am liebsten wäre sie aufgesprungen und aus dem Raum gestürzt. Du schaffst das, sprach sie sich selbst Mut zu. Dabei war ihr klar, dass sie sich nicht vor dem Anblick der Leiche fürchtete, sondern vor dem, was sie womöglich herausfinden würde.

Über den Leichnam war ein sauberes Leintuch ausgebreitet, das lediglich andeutete, dass sich darunter ein menschlicher Körper befand. Auf ein Zeichen seines Chefs schlug Dr. Vogelkorns Assistent das Laken zurück und zog es über der Brust des Toten so straff, dass außer Kopf und Hals nur ein kleiner Teil der Schulterpartie zu sehen war.

Vogelkorn stellte sich an das Kopfende des Seziertisches und wollte soeben zu einem Vortrag über seine bisherigen Erkenntnisse ansetzen, als eine Handbewegung Duponts ihn innehalten ließ. Der Kommissar fasste Lea am Arm und zog sie auf die Bahre zu. »Schauen Sie hin, Fräulein Liebermann«, forderte er sie auf. »Und dann sagen Sie mir, ob Sie diesem Mann schon einmal begegnet sind.«

Lea hatte am Totenbett Jakob Liebermanns gestanden, vielleicht auch an dem ihrer Mutter, aber daran erinnerte sie sich nicht. Ihr Vater hatte friedlich ausgesehen, mit sich und der Welt versöhnt, was man von dem Mann hier vor ihr auf der rollenden Bahre nicht behaupten konnte. Er war jung, das sah Lea auf den ersten Blick. Sie schätzte ihn auf etwa zwanzig bis fünfundzwanzig Jahre. Seine Haut war von einer bläulichen Blässe, welche von dem grellen Licht der Glühbirnen völlig unberührt zu bleiben schien. Die eng beieinanderstehenden Augen starrten in einem für die Ewigkeit eingefangenen Ausdruck des Entsetzens ins Leere. Der Mann hatte den Angriff auf sein Leben nicht kommen sehen.

»Die Temperaturen haben den Prozess der Zersetzung bislang aufgehalten«, dozierte der Arzt. »Daher sieht er so ... frisch aus.« Er nahm den Kneifer ab und putzte die Gläser mit dem Ärmel seines Kittels. »Das wird aber nicht lange so bleiben. Glücklicherweise habe ich die Obduktion inzwischen abschließen können. Todesursache war, wie ich schon andeutete, ein Stich ins Herz. Er muss recht schnell das Bewusstsein verloren haben. Jedenfalls war er bereits tot, als er in den Mühlteich geworfen wurde.«

»Fräulein Liebermann?« Dupont sah auf seine Taschenuhr, seine Stimme verriet Ungeduld. »Sie haben's gehört. Unserem Unbekannten bleibt nicht mehr viel Zeit. Mir übrigens auch nicht!«

Lea konzentrierte sich auf das Gesicht des Toten, als müsse

sie sich jeden einzelnen Zug als Muster einer Schnitzfigur ins Gedächtnis brennen. Soweit sie feststellen konnte, wies es keine Verletzungen auf. Die fliehende Stirn drängte das dünne, rotblonde Haar weit zurück. In wenigen Jahren hätte der Mann eine Glatze bekommen, was ihm wohl auch bewusst gewesen war. Zumindest ließ der breite Backenbart, der erst auf Höhe der Mundwinkel endete, vermuten, dass der junge Mann damit seinen spärlichen Haarwuchs auszugleichen gehofft hatte. Einen kurzen Moment lang war ihr fast, als käme ihr etwas an dem blassen Gesicht vertraut vor, doch der Augenblick verflog so rasch, wie er gekommen war. Nein, sie war sich sicher, dass sie dem Mann zu Lebzeiten nicht begegnet war. Nun galt es, Dupont davon zu überzeugen.

»Ich möchte Sie ungern bitten, das Laken in meinem Beisein vollständig zurückzuschlagen«, wandte sie sich zaghaft an Dr. Vogelkorn und erntete sofort einen vernichtenden Blick des Arztes. »Aber es ist unumgänglich, dass Sie etwas für mich überprüfen!«

Vogelkorn und Dupont wechselten irritiert einen Blick. Der Rotschopf kicherte im Hintergrund frech.

»Gutes Fräulein«, begann der Mediziner in strengem Ton, doch Lea machte einen Schritt auf ihn zu und wisperte ihm etwas ins Ohr. Vogelkorn schürzte erstaunt die Lippen, dann nickte er. »Ich denke nicht, dass wir unseren armen Unbekannten dafür entblößen müssen!« Er ging zu seinem Stehpult und nahm das schwere Buch darauf zur Hand. »Hier habe ich alles notiert, jede Kleinigkeit!«

»Darf ich vielleicht auch erfahren, worum es geht?«, brachte Dupont sich in Erinnerung.

»Rick Shields ist Jude«, sagte Lea nervös. Nun würde sie erfahren, ob sie richtiglag oder nicht. »Wenn es sich bei dem Toten um Shields handelt, müsste er …«

»Beschnitten sein«, beendete Vogelkorn ihren Satz. Er sah sie mit undurchschaubarem Ausdruck an. Dann schüttelte er den Kopf. »Ist er aber nicht! Den Mann hat niemals ein Skalpell an seinem ... Sie wissen schon ... berührt!«

Lea war so erleichtert, dies zu hören, dass sie trotz des unheimlichen Ortes am liebsten gejubelt hätte. Ein Stein, nein, ein ganzes Gebirge fiel ihr vom Herzen. Der Unbekannte aus dem Eis mochte ermordet worden sein, aber wenn er nicht mit dem vermissten Amerikaner identisch war, hatten die Kommissare keinen Grund mehr, sie oder ein Mitglied ihrer Familie zu verdächtigen.

»Langsam«, dämpfte Dupont ihren Enthusiasmus. Er riss Vogelkorn das Obduktionsbuch aus der Hand und überflog den vorläufigen Bericht. »Wie konnten Sie uns verschweigen, dass Ihr Verlobter aus New York Jude ist?«

Lea kniff die Augen zusammen. Der Mann schaffte es tatsächlich, ihr Hochgefühl zu zerstören. Wie ein Knabe, der aus Trotz die Bauklötze seines Spielkameraden umstößt. Es wäre Duponts Aufgabe gewesen, so viel wie möglich über Shields in Erfahrung zu bringen, nicht die ihre. Dass ihr der Einfall mit der Beschneidung selbst erst spät gekommen war, behielt sie für sich. »Ich hoffe, die Überprüfung meiner Schnitzwerkzeuge ist damit überflüssig«, sagte sie. Derweil bedeckte der Rotschopf den Oberkörper des Toten wieder mit dem Leichentuch und schob ihn mit quietschenden Rollen davon.

Dupont sah ihm nach. Dann sagte er: »Wir werden sehen! Natürlich werden wir überprüfen, ob das, was Sie behaupten, auch der Wahrheit entspricht. Bedauerlicherweise wird es einige Zeit in Anspruch nehmen, bis wir eine Antwort aus New York haben.«

Empört über so viel Misstrauen konnte Lea ein Augenrollen gerade noch unterdrücken. Was wollte Dupont jetzt schon wieder andeuten? Dass ausgerechnet Shields zu den wenigen Männern ihrer Glaubensgemeinschaft gehörte, die aus gesundheitlichen Gründen nicht am achten Tag nach der Geburt beschnitten werden durften, wie das Gesetz des Moses es befahl? Eine innere Stimme flüsterte ihr zu, dass der Kriminalbeamte sie noch zappeln lassen wollte, weil ihm jede andere Spur fehlte.

»Sie sollten sich nicht verrennen«, meinte sogar Vogelkorn. »Na ja, geht mich ja nichts an. Ich würde allerdings dringend dazu raten, eine möglichst detaillierte Beschreibung des Toten an alle Tageszeitungen zu senden. Am besten mit einer Zeichnung. Irgendwer muss den armen Tropf doch erkennen.«

Lea wurde hier nicht mehr gebraucht. Sie durfte gehen. Auf dem Weg nach draußen hielt Dupont sie jedoch noch einmal an.

»Ich mache mir Sorgen um Sie, Fräulein Liebermann!«

Sorgen? Lea sah den jungen Beamten erstaunt an. Das war ja nun etwas ganz Neues.

»Wir müssen damit rechnen, dass ein Mörder sein Unwesen treibt. Scheußliche Sache, so kurz vor den Feiertagen. Noch dazu mit all den Gästen, die zum Jahrhundertwechsel und auch wegen des Striezelmarkts in der Stadt sind. Dresden platzt trotz des befürchteten Schneetreibens aus allen Nähten. Einen Toten zeitnah zu identifizieren ist daher keine leichte Sache.«

»Darf ich Ihren Worten entnehmen, dass Sie die jüdische Krippenfigurenschnitzerin nicht mehr verdächtigen?«, fragte Lea. Die plötzliche Kehrtwende des Kommissars gab ihr Rätsel auf.

»Ich will damit nur sagen, dass Sie gut auf sich aufpassen sollten, Fräulein Liebermann. Sie scheinen ein eher ... unangepasstes Leben zu führen. Ich weiß, dass es Frauen gibt, die mit dem nahenden 20. Jahrhundert große Erwartungen verbinden. Einige träumen sogar davon, an den Universitäten zu studieren oder in der Politik mitzureden. Aber glauben Sie mir, das sind nichts als Hirngespinste.«

»Wenn ich Ihnen verspreche, dass ich weder vorhabe, mich nach dem Jahreswechsel in den Reichstag wählen zu lassen noch eine Laufbahn bei der Polizeibehörde anzustreben, lassen Sie mich dann gehen?«

»Sie sollten zu Ihren Brüdern nach Hause zurückkehren, Fräulein Liebermann«, sagte Dupont mit ernster Miene. »Dort sind Sie besser aufgehoben als in einer verlassenen Werkstatt.«

Lea versprach, darüber nachzudenken, obwohl sie nicht im Traum daran dachte. Sie verabschiedete sich flüchtig und eilte dann mit schnellen Schritten über den Platz. Als sie vor der Frauenkirche einen vorsichtigen Blick über die Schulter wagte, stand Dupont immer noch vor dem Palais und sah ihr nach.

29.

Als Willie das Opernhaus verließ, um ins Hotel zurückzukehren, dunkelte es bereits. Sie hatte viele Stunden lang mit dem Orchester geprobt, war aber heute nicht so recht zufrieden mit sich. Im 4. Akt, in dem Iphigenie ihren eigenen Bruder opfern soll, war sie zu ihrem Schrecken zweimal über den Text gestolpert. *Ich fleh dich an und beb, o Göttin voll von Grimm, erfülle meine Brust mit düstrer Grausamkeit.* Ja, so musste es heißen, so stand es im Libretto. Was hatte sie gesungen? Offensichtlich etwas anderes, denn Kapellmeister von Schuch hatte zweimal seufzend mit dem Taktstock auf das Dirigentenpult geklopft und sie dabei vorwurfsvoll angesehen. Wo um alles in der Welt war sie bloß mit ihren Gedanken? Bis zur feierlichen Premiere der *Iphigenie* waren es keine zwei Wochen mehr. Da konnte sie es sich nicht erlauben, unkonzentriert zu sein. Schließlich hatte sie einen Ruf als Künstlerin zu verlieren. Sollte die Galavorstellung durch ihr Verschulden scheitern, würden die Kritiker sich wie Raubvögel auf sie stürzen. Aber wie sollte man an Arien denken, wenn einen die Sorgen nachts um den Schlaf brachten? Und die Liebe?

Willies Laune hob sich, als der Portier ihr in der Hotelhalle einen Blumenstrauß überreichte. Ein Dutzend weiße und rote Rosen, mitten im Winter? Auf der beigefügten Karte war nur ein kleiner Violinschlüssel aufgemalt – die Rosen waren von Bruckmann. Willie hatte ihn im Theater nur flüchtig gesehen, da sein Platz bei den anderen Musikern im Orchestergraben war und der ihre auf der Bühne. Um ihr Engagement nicht zu gefährden, hatten sie beschlossen, ihre Liaison nicht an die große Glocke zu hängen und sich so diskret wie möglich zu verhalten. Willie gefiel das zwar nicht, aber unter den gegebenen Umständen war es vernünftig.

Oben in ihrer Suite stellte sie die Rosen in eine Vase, dann überlegte sie, wie sie sich für die Aufmerksamkeit erkenntlich zeigen konnte. Eine Taschenuhr mit Gravur? Ein Spazierstock mit Silberknauf? Nein, das wäre nicht das Richtige. Bruckmann war zwar arm, aber auch stolz und konnte es bestimmt nicht leiden, wenn sie ihm teure Geschenke machte. Ihren Verflossenen, Fleck, hatte so etwas nie gestört, vielleicht weil er geglaubt hatte, ein Anrecht auf ihr Geld zu haben. Bruckmann war anders, und dafür liebte sie ihn, wie sie nie zuvor einen Mann geliebt hatte. Wegen der Rosen würde der arme Kerl vermutlich bis Weihnachten nur von Tee und Butterbroten leben.

Gedankenverloren sah sich Willie in der Suite um, als ihr Blick auf das Glasröhrchen fiel. Es lag in der Silberschale, in der sie ihre Kämme und Bürsten aufbewahrte. Ihre Kopfwehtabletten waren wieder da.

»Na, sieh mal einer an«, flüsterte sie mit einem Lächeln. Lea hatte sie darauf vorbereitet, dass die Pillen wiederauftauchen würden. Ohne zu zögern, betätigte sie den Klingelstrang und wartete auf die Schritte des Zimmermädchens.

Es dauerte nicht lange, bis sich ein zaghaftes Klopfen vernehmen ließ. Wie Willie vermutet hatte, war es die junge Dinah, die auf ihr ›Herein‹ die Suite betrat. Das Mädchen war leichenblass und wagte vor Aufregung kaum, den Blick zu heben. Willie überkam eine Woge des Mitleids.

»Die gnädige Frau hat geläutet?«

»Das habe ich in der Tat. Komm bitte näher!« Willie nahm das Glasröhrchen aus der Schale und zeigte es dem verängstigten Zimmermädchen. »Die habe ich wie einen verlorenen Groschen gesucht«, sagte sie. »Wie kommt es, dass sie jetzt plötzlich wieder auf meinem Toilettentisch liegen? Hast du sie dorthin gelegt?«

Dinah presste die Lippen zusammen und nickte kurz.

»Dafür möchte ich mich bei dir bedanken. Weißt du, ich leide bedauerlicherweise häufig an Kopfschmerzen, und diese Tabletten sind das reinste Gottesgeschenk. Ich hoffe, dass sie bald in jeder Apotheke zu haben sein werden.«

»Jawohl, gnädige Frau. Wünschen Sie noch etwas?«

»Du könntest mir sagen, wo du das Glasröhrchen gefunden hast. Ich hatte befohlen, die Suite auf den Kopf zu stellen, aber die anderen Zimmermädchen hatten weniger Glück als du. Also, wie bist du an die Pillen gekommen?«

Dinah antwortete nicht.

»Radek hat sie dir gegeben, nicht wahr?«

»Nein!«

»Lüg nicht! Ich weiß es doch längst!« Es tat Willie leid, das junge Mädchen wie ein gehetztes Reh in die Ecke zu treiben, doch ihr blieb keine andere Wahl. Sie fasste Dinah am Handgelenk und zog sie mit sanfter Gewalt hinüber zum Kanapee. »Setz dich!«, befahl sie. »Brauchst du ein Taschentuch?«

Dinah schüttelte den Kopf.

»Vor mir brauchst du keine Angst zu haben, Kindchen.« Behutsam tätschelte Willie das Knie des Mädchens, das nun wie ein Häuflein Elend neben ihr saß. »Weißt du, dass vor gar nicht so langer Zeit dein Freund Benno auf diesem Kanapee lag?«

Dinah zwinkerte ihre Tränen fort und hob den Kopf. »Dann haben wirklich Sie ihn verarztet? Zusammen mit dem Jungen vom Striezelmarkt?«

»Und jetzt möchte ich euch beiden helfen, Radek zu entkommen!«

»Nein!«, rief Dinah entsetzt. »Das ist unmöglich. Andere haben das schon versucht und es bitter bereut. Benno war genauso dumm. Er hat geglaubt, er könnte einfach so mit mir fortgehen, aber was hat es ihm eingebracht?« Wieder weinte sie.

»Dieser Schuft darf nicht länger sein Unwesen mit euch treiben! Ich werde zur Polizei gehen und zur Königlich-Sächsischen Fürsorge, wenn's sein muss!«

»Tun Sie das nicht, ich beschwöre Sie! Es gibt Leute, die Radek beschützen, weil sie nämlich selbst auch dran wären, wenn sie es nicht täten. Eine Krähe hackt der anderen kein Auge aus. Wenn Sie etwas gegen Radek unternehmen, wird Benno es als Erster büßen. Und dann nimmt er sich mich vor. Glauben Sie denn, in diesem Hotel sind wir sicher vor ihm?«

»Dann willst du also lieber weiter für diesen Mann spionieren?« Willie war außer sich vor Wut.

Dinah zuckte mit den Achseln. »Wie sollte ich Radek mit Informationen versorgen? Sie werden mich jetzt doch sowieso der Hoteldirektion melden. Dann setzt man mich auf die Straße, und ich muss zu Radek zurück. Der macht mich einen Kopf kürzer, wenn er meinetwegen niemanden mehr hier im Hotel unterbringen kann. Und Benno auch. Falls das nicht vorher ein anderer für ihn erledigt.«

Willie stutzte. Was hatte das nun wieder zu bedeuten?

»Ich mache mir schreckliche Sorgen um Benno«, klärte Dinah sie widerstrebend auf. »Nicht nur wegen Radek. Der lässt ihn wohl für den Augenblick in Ruhe. Er darf sogar wieder auf dem Weihnachtsmarkt Papierlaternen verkaufen. Aber ...«

»Aber was? Raus mit der Sprache!«

»Weiß nicht. Irgendwas ist komisch. Benno hat ständig Albträume, und die kommen nicht nur wegen der Schläge von Radek. Ich glaube, dass er beim Herumtreiben was aufgeschnappt hat. Oder er hat was gesehen, das nicht für seine Augen bestimmt war. Ich habe Angst, dass Radek das auch merkt und …«

»Du meinst, Benno könnte Radek heimlich bei irgendeiner Schandtat beobachtet haben?«

Dinah verzog abschätzig den Mund. »Wir wissen alle über Radeks Schandtaten Bescheid, aber keiner macht das Maul auf. Nee, das muss was anderes sein. Aber er sagt dazu nichts. Vielleicht ist er nur deshalb noch am Leben.«

Willie dachte angestrengt nach. Wenn es stimmte, was das Mädchen vermutete, stellte der Umstand, dass Benno unter Radeks Aufsicht stand, sogar einen gewissen Schutz für den Jungen dar. Vorläufig wenigstens. Dinah hatte auch von bestimmten Machenschaften gesprochen, von üblen Geschäften, in die Radek verwickelt war. Um diese nicht zu gefährden, würde der Mann Benno und auch Dinah opfern, ohne mit der Wimper zu zucken. Dass er sich beide noch nicht vom Halse geschafft hatte, mochte daran liegen, dass er sich von Lea und ihr selbst beobachtet fühlte. »Du wirst deine Stellung im Hotel behalten«, entschied sie. »Schließlich wirst du von Radek unter Druck gesetzt, wofür du nichts kannst.«

»Er verlangt von mir, dass ich alles über den Krippenschnitzer herausfinde, und über die Frau, die neulich hier war. Die, die im Dienstbotentrakt vor ihm davongelaufen ist.«

Ja, das konnte Willie sich vorstellen. Aber auf diese Informationen würde der Schuft warten, bis die Hölle gefror. Sie musste sich wohl oder übel etwas einfallen lassen, um ihn hinzuhalten.

Nachdem Dinah gegangen war, badete Willie und zog sich zum Abendessen um. Obwohl der lange Tag im Opernhaus und das Gespräch mit dem Zimmermädchen sie ermüdet hatten, wollte sie den Abend nicht allein auf ihrem Zimmer verbringen. Sie musste unter Menschen, und das feine Restaurant des Hotels schien ihr genau das Richtige, um auf andere Gedanken zu kommen. Zu gern hätte sie in Bruckmanns Gesellschaft gespeist, doch der verbrachte den Abend mit einigen Orchestermusikern. Und Lea ... Willie biss sich auf die Unterlippe, als sie an ihre Schwester dachte. Ihr war nicht wohl bei der Vorstellung, dass Lea mutterseelenallein in Schwarzmüllers Werkstatt saß und an ihren Krippenfiguren schnitzte. Das Haus lag in einem Hinterhof, hohe Mauern trennten ihn von den Nachbargebäuden. Wer sollte ihr beistehen, wenn sie in der Nacht Hilfe brauchte? Mit einem Anflug von schlechtem Gewissen blickte sie auf die Handschuhe aus luftiger Spitze, die sie soeben angezogen hatte, und auf den funkelnden Rubin an ihrem Finger. Ob sie eine Droschke rufen und sich kurzerhand zur Werkstatt fahren lassen sollte? Ein Klopfen an der Tür befreite Willie aus ihrer Gewissensnot. Dinah? Hatte sie noch etwas auf dem Herzen?

»Sie?«, fragte sie verblüfft, als sie die Tür öffnete.

»Tja, mit mir haben Sie offenbar nicht gerechnet, aber ich muss mit Ihnen reden!« Ohne Willies Erlaubnis abzuwarten, schritt Alice Richter an ihr vorbei. Willie hatte sie seit der Abendgesellschaft in der Villa Martha nicht wiedergesehen, aber befürchtet, dass sich eine weitere Begegnung nicht würde umgehen lassen. Die junge Frau blickte sich ungeniert in der Suite um, dann marschierte sie zum Kanapee und ließ sich einfach nieder. »Wie ich sehe, ist er nicht hier«, sagte sie. Dann bemerkte sie den Strauß Rosen auf dem Nachtschränkchen und stieß scharf die Luft aus. »Exquisit für einen Habenichts, das muss ich zugeben.«

Willie verschränkte die Arme vor der Brust. Sie war hungrig und nicht dazu aufgelegt, sich auf einen Wortwechsel mit der impertinenten jungen Frau einzulassen. Die schien, ihrer Aufmachung nach, selbst auf dem Weg zu einem Konzert oder einem Souper zu sein. Sie trug einen bestickten Mantel, der ihr bis zu den Fußknöcheln reichte, und um den Hals einen Fuchskragen. Die toten Augen des Tiers blitzten im Lampenlicht auf, als beobachteten sie jede von Willies Bewegungen. »Da dies wohl kaum der passende Zeitpunkt für einen Höflichkeitsbesuch ist, wäre ich Ihnen dankbar, wenn Sie zur Sache kämen!« Willie beschloss stehen zu bleiben, denn sie hatte nicht vor, auch nur eine Minute länger mit Alice zu verbringen als unbedingt nötig.

»Wie Sie wollen, Madame Fleck. Auch ich bevorzuge klare Worte.« Alices Gesichtszüge verhärteten sich. »Lassen Sie Ihre Finger von Herrn Bruckmann!«

Willies Leben auf den Bühnen der Welt hatte sie gelehrt, in den Köpfen der Menschen zu lesen wie in einem Buch. Oft genügte ein Blick, um tief in ihr Innerstes vorzudringen. Alice indes wirkte emotionslos wie ein Fisch. Sie sprach über Bruckmann wie über ein Spielzeug, das sie unbedingt haben wollte. Auf einmal packte Willie die Wut. »Herr Bruckmann ist erwachsen und durchaus in der Lage, seine Wahl zu treffen«, sagte sie, wobei sie sich Mühe gab, das leichte Beben in ihrer Stimme zu unterdrücken. »Er hat mir erzählt, warum Sie ihn heiraten wollen. Mit Liebe hat das nichts zu tun!«

Alices Augen funkelten spöttisch. »Na und?«, rief sie. »Wir passen zusammen, das ist alles, worauf es ankommt. Er ist Musiker, und ich werde eine Menge Geld erben, um ihm eine Karriere zu ermöglichen. Wenn er nicht vollkommen verrückt geworden ist, wird er das einsehen und zu mir zurückkommen.«

»Aber ganz sicher sind Sie sich nicht, sonst wären Sie jetzt nicht hier, oder?«

»Touché!« Alice stand vom Kanapee auf und tänzelte regelrecht auf Willie zu. »Sie werden Bruckmann aufgeben«, sagte die junge Frau leise, als gäbe es daran keinen Zweifel.

Willie hatte genug. Es juckte sie in den Fingern, der unverschämten Person den Fuchskragen vom Hals zu reißen und ihr damit den Mund zu stopfen. Doch sie konnte sich beherrschen. Also streckte sie lediglich den Arm aus und deutete zur Tür. »Gewiss gibt es noch ein, zwei Hühnerställe, die Sie und Ihr pelziger Freund heute Abend heimsuchen müssen«, sagte sie. »Lassen Sie sich nicht aufhalten!«

Auf Alices Gesicht zeigte sich ein böses Lächeln. Unbeeindruckt fuhr sie fort: »Ich fürchte, Sie nehmen mich nicht ernst, Madame Fleck. Daher erkläre ich Ihnen, was passieren wird, falls Sie Herrn Bruckmann nicht den Laufpass geben.«

»Ich bin ganz Ohr, obwohl mich Ihre Drohungen einen feuchten Dreck scheren, Fräulein! Als Künstlerin bin ich es gewöhnt, verleumdet und kritisiert zu werden.«

»Ich beobachte Sie, seit Sie mit Bruckmann neulich von der Adventsgesellschaft verschwunden sind«, sagte Alice. »Sehen Sie, ich wollte ergründen, was er an Ihnen findet, daher hielt ich mich in den vergangenen Tagen oft unten in der Hotelhalle auf. Sie haben mich nicht bemerkt, ich Sie dafür umso mehr. Sie trafen sich einige Male mit einer brünetten jungen Dame, deren Garderobe sehr zu wünschen übrig lässt.«

Willie horchte auf. Wen Alice da beschrieb, lag auf der Hand. Lea. Auf einmal spürte sie, wie sich in ihrer Kehle ein Knoten bildete.

»Ich fand schnell heraus, dass Sie eine jüngere Halbschwester in Dresden haben«, sagte Alice mit einem Hauch von Triumph in der Stimme. »Und einer inneren Eingebung folgend, ging ich ihr nach. Ich folgte ihr kreuz und quer durch die Stadt bis zu einem verlotterten Hinterhof. Dort verschwand sie in einer Tischlerwerkstatt, und ich konnte mir nicht erklären, warum. Ich wartete, und was soll ich sagen: Meine Geduld wurde belohnt. Nach einiger Zeit kam ein junger Mann aus dem Haus gelaufen, den Werkzeuggürtel um die Hüften und eine Tasche über der Schulter. Zuerst nahm ich an, Ihre Schwester habe sich mit einem Liebhaber getroffen, aber als ich mir Zutritt zu der Werkstatt verschaffte und den Koffer mit Frauenkleidern fand, wurde mir einiges klar.«

»Hören Sie auf!«

Alice ließ sich nicht bremsen. »Aber warum denn?«, rief sie. »Wo es doch jetzt erst aufregend wird. Ihre Schwester ist nichts als eine Schwindlerin, die sich auf dem Striezelmarkt als begabter junger Kunsthandwerker feiern lässt. Ich frage mich nur, was mit ihr geschieht, wenn jemand das herausfindet?«

Willie wurde blass, gleichzeitig jagte ein stechender Schmerz durch ihre Schläfen. Reiß dich zusammen, befahl sie sich streng. Du willst doch nicht unter den Augen dieser falschen Schlange zusammenbrechen. Verzweifelt suchte sie nach einem Ausweg aus dem Dilemma. Sollte sie alles abstreiten? Darüber lachen? Nein, das würde zu nichts führen. Sie musste sich eingestehen, dass Alice sie in der Hand hatte. Gab sie nicht klein bei, würde die Frau Lea vernichten, und das würde Willie sich niemals verzeihen.

Hocherhobenen Hauptes ging Alice zu Willies Toilettentisch, wo sie vor dem Spiegel ihren Hut zurechtrückte. »Ihrem Schweigen entnehme ich, dass wir handelseinig geworden sind«, sagte sie kalt. »Bruckmann wird natürlich nichts davon erfahren. Sie erklären ihm in einem Brief, dass Sie ihn nicht wiedersehen wollen, um alles Weitere werde ich mich kümmern.«

Auf dem Weg zur Tür streifte sie wie zufällig die Vase mit dem Rosenstrauß, die vom Nachtschrank auf den Fußboden fiel und dort mit einem hässlichen Klirren in tausend Scherben zerbrach.

30.

Als Lea am nächsten Morgen zum Striezelmarkt ging, schmerzte ihr Kopf, als hätte man ihn mit heißem Blei ausgegossen. Sie hatte eine schlechte Nacht hinter sich, hatte kaum geschlafen, und jeder einzelne Knochen im Leib tat ihr weh. Da sie Hemmungen gehabt hatte, sich uneingeladen in Schwarzmüllers kleiner Wohnung über der Werkstatt einzunisten, war ihr nichts anderes übrig geblieben, als ihr Lager zwischen Werk- und Hobelbank aufzuschlagen. Sie hatte den Boden gefegt, Brennholz im Ofen nachgelegt, darüber hinaus jedoch aufgepasst, nicht zu viel Lärm zu machen. Bislang hatten sich die Nachbarn zwar nicht darum gekümmert, wer in der Schreinerei ein und aus ging, dennoch wollte Lea nicht riskieren, dass man nun auf sie aufmerksam wurde. Also hatte sie nur eine einzige Kerze angezündet und dann im flackernden Licht geschnitzt, bis ihr vor Müdigkeit fast die Augen zugefallen waren. Während sie auf ihrem Notlager auf den Schlaf gewartet hatte, war ihr in den Sinn gekommen, wie einsam Schwarzmüller hier doch sein musste. Solange sie zurückdenken konnte, lebte er schon in diesem Hof, in den kaum jemals ein Sonnenstrahl fiel, und niemand kümmerte sich um ihn. Keiner der Nachbarn erkundigte sich nach dem alten Mann. Nicht einmal Kulicke ließ sich blicken. Für Leas Zwecke war dies günstig, dennoch wurde ihr das Herz schwer. Und noch jemand ließ sie nicht ruhen. Fred. Die Polizeibeamten hatten behauptet, er habe sie zum Mühlteich geführt. Seitdem hatte ihn niemand gesehen.

Anfangs hatte sich Lea über Fred geärgert. Er hatte sie im Arm gehalten und geküsst, war dann aber mir nichts, dir nichts verschwunden und hatte sie vor den beiden Kriminalbeamten wie eine Verrückte oder eine Schwindlerin dastehen lassen. Doch je länger sie darüber nachdachte, desto merkwürdiger kam ihr sein Verschwinden vor. Was, wenn Fred sich unwissentlich in Gefahr gebracht hatte? Es widerstrebte Lea, den Gedanken zu Ende zu spinnen, doch ein ziehender Schmerz in den Eingeweiden sagte ihr, dass Fred nicht freiwillig verschwunden war. Willie hatte ihr mitgeteilt, Fred sei aus dem Bellevue ausgezogen. Ob sie es wagen konnte, zum Hotel zu gehen und nach einer Spur von ihm zu suchen?

Es war ein trüber Tag. Die meisten Buden, an denen sie auf ihrem Weg zum Krippenfigurenstand vorbeikam, waren noch fest verrammelt, doch eine Handvoll Krämer bereitete sich schon auf das Tagwerk vor. Der Glasbläser vom Stand gegenüber stand auf einer Leiter und schlug Nägel in die Dachlatten seiner Hütte. Als er Lea sah, nickte er ihr flüchtig zu.

Lea grüßte freundlich zurück. Sie mochte den kleinen, dicklichen Handwerker, der mit seiner Kartoffelnase und der roten Wollmütze auf dem Kopf wie der leibhaftige Nikolaus aussah.

»Ist euer Dach undicht?«, erkundigte Lea sich mehr aus Höflichkeit, da ihr schon aufgefallen war, dass der Glasbläser tagein, tagaus an seiner Bude herumhämmerte. Aber wer mochte es ihm verdenken? Bei der zerbrechlichen Ware, die er verkaufte, war es gewiss kein Fehler, dafür zu sorgen, dass einem nicht das Dach über dem Kopf zusammenbrach. Der Glasbläser hielt inne und blickte stirnrunzelnd auf Lea hinab. »Die alte Martha sagt, dass wir bald einen heftigen Sturm bekommen werden. Sie spürt das in ihren Knochen.« Ein heiseres Husten kam aus seiner Kehle. »Ihr Burschen solltet eure Lebkuchenschindeln festnageln, sonst fliegen sie euch noch um die Ohren!«

Lea bedankte sich. Obwohl sie nicht wusste, inwieweit Marthas Prophezeiungen zu trauen war, nahm sie sich vor, die Hütte später einer genauen Inspektion zu unterziehen.

Als sie sich dem eigenen Stand zuwenden wollte, brüllte der Glasbläser auf. Fluchend und jammernd schob er sich den Daumen der linken Hand in den Mund. »Verdammt noch mal, das passiert mir doch sonst nie. Hab sonst immer eine ruhige Hand.«

»Vielleicht kann ich die übrigen Latten festklopfen«, bot Lea an. Sie stapfte auf die Leiter zu, doch da sprang ihr Standnachbar auch schon die letzte Sprosse herunter und stellte sich ihr mit seinem Hammer in den Weg. Erschrocken machte Lea einen Schritt zurück. Was war denn so plötzlich in den sonst so liebenswürdigen Mann gefahren?

»Ist ja nett, dass du helfen willst, Laurin, aber mir wäre es lieber, wenn du jetzt zu deinem Kram gehst und mich in Ruhe lässt. Verstanden?«

»Aber ...«

»Ich will wegen euch Jungs nicht ins Gerede kommen!«

Gerede? Welches Gerede? Bislang hatte die Aufmerksamkeit, mit der die Öffentlichkeit Leas Krippenschnitzstand bedachte, keinen ihrer Standnachbarn gestört. Ganz im Gegenteil. Konnte es sein, dass den Leuten der Rummel nun zu viel wurde? Während der Glasbläser wieder auf die Leiter stieg, nahm Lea den Bolzen von der Tür zur Hütte und öffnete die Verkaufslade.

Kulicke tauchte heute später als sonst auf, was Lea allerdings nicht störte. Zum einen fand sie, dass ihr Gehilfe es sich verdient hatte, einmal tüchtig auszuschlafen, zum anderen genoss sie die Zeit, in der sie ganz allein ihren Gedanken nachhängen konnte. Um nicht pausenlos an Fred, ihren Ärger mit Radek und den anonymen Toten zu denken, schmiedete sie neue Pläne, um das Geschäft anzukurbeln. In der vergangenen Nacht war in ihr die Idee gereift, neben den beliebten Krippenfiguren mehr Kinderspielzeug anzufertigen. So verbrachte sie den Vormittag damit, erste Skizzen zu Papier zu bringen.

»Was soll das denn werden, wenn es fertig ist?« Kopfschüttelnd beäugte Kulicke ein paar ihrer Entwürfe. Er schien mit dem falschen Fuß aufgestanden zu sein. »Wenn dieser bucklige Rauschebart einen der Weisen aus dem Morgenland darstellen soll …«

»Großer Gott, wo hast du denn deine Augen? Das ist der Entwurf eines Wichtels.«

»Eines *was*?« Kulicke starrte sie begriffsstutzig an. »Was zum Teufel soll der Blödsinn?«

Gekränkt nahm Lea ihrem Gehilfen das Papier aus der Hand. Dass ein erwachsener Bursche wie Kulicke nur wenig Begeisterung für putzige Holzmännchen mit Kulleraugen und Zipfelmütze aufbrachte, überraschte sie nicht. Doch musste er deshalb gleich so garstig werden? Lea ließ sich auf ihren Schemel fallen und suchte nach einem passenden Stück Lindenholz für den ersten Probeschnitt.

»Möchte mal wissen, was heute in euch alle gefahren ist«, brummte sie leise. »Der Kerl von gegenüber ist beinahe mit dem Hammer auf mich losgegangen, als ich ihm helfen wollte. Und die alte Martha tut so, als hätte ich die Pocken. Ist das wegen dieses Schneesturms, von dem dauernd geredet wird?«

»Es wird getratscht«, meinte Kulicke und sah dabei so finster drein, dass Lea erschrocken das Schnitzmesser sinken ließ.

»Was sagen denn die Leute?«

Der junge Mann schnaubte verärgert. »Nichts, was für die Ohren einer jungen Dame bestimmt ist.«

»Sehe ich aus wie eine junge Dame?«

»Nein, aber genau da liegt das Problem.« Kulicke holte tief Luft. Seinen geröteten Wangen nach war es ihm peinlich, mit ihr darüber zu reden. Lea dämmerte langsam, worum es ging.

»Ich könnte der alten Schachtel den Hals umdrehen«, zischte er. »Wetten, dass sie den Leuten diesen Mist in die Ohren geblökt hat? Als ob ich mit einem anderen Kerl …«

»Du meinst Martha?« Verstohlen spähte Lea zu dem auf Holzblöcken ruhenden Verkaufstisch der alten Dörrpflaumenhändlerin hinüber, aber sie konnte weder Martha noch Luise entdecken. Allem Anschein nach hatten sich die beiden Frauen hinter den Vorhang zurückgezogen, der den rückwärtigen Teil ihres Standes vor der Kälte, aber auch vor neugierigen Blicken schützte.

»Wen denn sonst? Wer ist denn sonst noch beleidigt, weil du ihrem Wonneproppen von Tochter aus dem Weg gehst? Wenn hier jemand das Gerücht ausstreut, du würdest … äh … Männer lieben, dann die Dörrpflaumen-Martha. Bedauerlich nur, dass ich ihr nicht als kleines Dankeschön dafür die Zähne einschlagen kann.«

Lea bekam Angst. Sie war behütet aufgewachsen, und natürlich sprach man in ihrer Familie nur hinter vorgehaltener Hand über solche Dinge. Ihr war immer schon egal gewesen, wer sich zu wem hingezogen fühlte. Dessen ungeachtet zitterte sie bei der Vorstellung, Marktleiter Peregrin könnte Wind von diesen Gerüchten gekriegt haben. In dem Moment schlenderte eine Schar Tertianer laut palavernd an ihrem Stand vorbei. Ihre Mützen wiesen sie als Zöglinge der Dreikönigsschule aus, die sich in der Neustadt befand. Lea kannte die Schule. Auf Wunsch ihres Vaters hatte auch Aaron sie besucht, während sein Zwilling Oskar auf der gemeinen Volksschule hatte bleiben müssen.

Als die Jungen Lea neben Kulicke sitzen sahen, steckten sie die Köpfe zusammen und brachen dann in hämisches Gelächter aus. Einer der Tertianer, ein pickeliger Jüngling, bückte sich und schob mit dem Fäustling ein wenig Schnee zusammen.

»Wag es nicht, du kleiner Scheißer«, brüllte Kulicke den Bengel an, doch im nächsten Moment sausten auch schon Schneebälle durch die Luft. Sie verfehlten Lea, die sich rechtzeitig ducken konnte, trafen aber ihre Krippenfiguren, die polternd auf den Bretterboden des Standes fielen. »Alle neune«, krakeelte der Tertianer. »Viel Spaß noch mit deinem Hübschen!« Mit einer obszönen Geste gab er Fersengeld, und bevor Kulicke die Verfolgung des Missetäters aufnehmen konnte, war der auch schon mitsamt seinem grölenden Anhang im Gewühl der Marktbesucher verschwunden.

Kulicke spie Gift und Galle, als er zur Hütte zurückgestapft kam. Zur Wut gesellte sich die Scham. Natürlich hatten einige der Umstehenden gehört, was der freche Kerl gerufen hatte. Die Zeugen des Vorfalls machten einen weiten Bogen um den Stand.

»Wenn ich den Pickligen erwische, wird er sich wünschen, mir nie begegnet zu sein«, keuchte Kulicke. Er ließ sich auf die Knie nieder, um Lea beim Aufsammeln der Figuren zu helfen. Zum Glück war keine ernsthaft beschädigt worden.

Lea kehrte an ihre Arbeit zurück. Sie bemühte sich verbissen, nicht an das höhnische Geschrei der Halbwüchsigen zu denken, obwohl es ihr noch in den Ohren hallte.

»Du musst die Sache in Ordnung bringen«, sagte Kulicke, nachdem er eine Weile schweigend neben ihr gearbeitet hatte. In den letzten beiden Stunden hatten sich deutlich weniger Menschen ihre Schnitzereien angesehen als sonst. Zufall?

»Und wie, wenn ich fragen darf?« Lea gestattete sich ein klägliches Lächeln. »Es ist doch wahr, dass ich mir etwas aus Männern mache.«

»Keine Scherze, die Sache ist ernst! Peregrin hat jetzt einen Vorwand, um deinen Stand zu schließen. Und damit wäre auch Meister Schwarzmüller ruiniert. Ich nehme nicht an, dass du das riskieren willst.«

»Natürlich nicht, aber …«

Kulicke hob die Hand, um Lea klarzumachen, dass er jetzt, wo er einmal in Fahrt war, nicht unterbrochen zu werden wünschte. »Im Augenblick schützt uns der Zeitungsbericht noch vor übler Nachrede, aber das wird sich rasch ändern. Es gibt nur einen Weg, um die Gerüchte verstummen zu lassen. Einer von uns beiden muss der Dörrpflaumen-Luise den Hof machen.« Er bedachte Lea mit einem eindringlichen Blick. »Und ich weiß, dass ich nicht derjenige sein werde!«

Lea glaubte, sich verhört zu haben. Wovon um alles in der Welt redete Kulicke? Hatte er jetzt völlig den Verstand verloren? Er konnte doch nicht verlangen, dass sie ...

Er konnte. Mit Nachdruck erklärte der junge Mann, dass es an ihr war, die Gunst der beiden Frauen vom Stand gegenüber zurückzuerobern.

»Ich würde mir nicht zu viel Zeit lassen«, sagte Kulicke. Aufmunternd legte er eine Hand auf Leas Schulter, zog sie aber sogleich wieder zurück, als er sich der Intimität seiner Geste in der engen Hütte bewusst wurde. »Geh am besten gleich rüber und sprich mit Luise.«

»Und was soll ich ihr sagen?«

Kulicke rollte mit den Augen. »Lass dir etwas einfallen, sonst bist du doch auch so erfinderisch. Schenke ihr eine deiner Figuren und mach ihr ein paar Komplimente. Martha wird ja wohl nicht verlangen, dass du dich gleich mit ihrer Tochter verlobst. Es genügt, wenn man euch zusammen in der Öffentlichkeit sieht.«

»Ach, mehr nicht? Na, vielen Dank!« Lea zog ein Gesicht, als schickte Kulicke sie aufs Schafott. Warum hörte das Schicksal nicht auf, ihr böse Streiche zu spielen?

Martha bediente gerade eine redselige Kundin mit feuerrotem Haar, der die Auswahl zwischen all den verschrumpelten Zwetschgenmännchen sichtlich schwerfiel. Am Ende kaufte sie nur eine Flasche Pflaumenlikör, versprach aber, vor dem Fest noch mal zusammen mit ihrer Tochter vorbeizuschauen. Martha verabschiedete die Frau mit der gebührenden Höflichkeit. Als ihr Blick auf Lea fiel, verschwand das Lächeln aus dem runzligen Großmuttergesicht.

»Was willst du denn hier, Laurin?«

Lea errötete. Nein, war das peinlich. Es wäre ihr weiß Gott leichter gefallen, wenn sie Wut auf die alte Frau empfunden hätte, die durchaus berechtigt gewesen wäre, aber sie verspürte keinen Zorn. Martha war eine verzweifelte Mutter, und Lea konnte sich vorstellen, dass jede einzelne Falte, die sich in ihr Gesicht gegraben hatte, von einer Enttäuschung herrührte.

»Ist die Luise da?«, murmelte Lea, wobei sie von einem Bein aufs andere trat.

»Die holt mir was zu futtern!« Die schräg stehenden Augen der alten Frau blitzten auf. »Warum willst du das wissen?«

Lea öffnete den Mund, doch bevor sie eine Antwort geben konnte, kam ein Laufbursche an den Stand, der Martha ein eng bedrucktes Flugblatt in die Hand drückte.

»Was bringst du mir denn da, Kleiner?« Die alte Frau kniff angestrengt die Augen zusammen, doch die Schrift war zu klein für sie, um sie ohne ihre Lesebrille zu entziffern.

»Die soll ich auf dem Striezelmarkt verteilen«, antwortete der Junge. »Die Königlich-Sächsische Polizei bittet die Dresdner Bürgerschaft um Mithilfe bei der Identifizierung eines Toten.«

»Ach herrje, der aus der Zeitung, nicht wahr?« Martha schüttelte sich, als fröstele es sie. »Der Mann aus dem Eis! So sieht der Unglücksrabe also aus!«

Der Laufbursche überreichte auch Lea eines seiner Flugblätter, dann ging er weiter, zum Stand des Glasbläsers. Martha blickte ihm seufzend nach. »Ich hätte mir gewünscht, dass wir das alte Jahrhundert etwas friedevoller verabschieden können«, sagte sie. »Erst der Überfall auf die Juden neulich, deren Handwagen in die Elbe geworfen wurde, und nun das. Eine Schande ist das, nicht wahr? Wollen wir hoffen, dass die Polizei die Schuldigen bald findet.«

Lea betrachtete die Zeichnung auf dem Flugblatt aufmerksam und stellte fest, dass die wesentlichen physiognomischen Merkmale berücksichtigt worden waren. Unter der Skizze fand sie in winzigen Lettern gedruckt den Namen Dr. Vogelkorn. Sieh mal einer an, dachte sie erstaunt. Eine künstlerische Ader hätte sie dem Pathologen gar nicht zugetraut.

»Du wolltest mir sagen, was du mit meiner Luise zu besprechen hast!« Martha legte den Zettel auf ihren Verkaufstisch und beschwerte ihn mit einer bauchigen Flasche Pflaumenschnaps. Noch vor wenigen Tagen hätte sie Lea ein Gläschen angeboten, doch nun starrte sie sie nur abwägend an.

»Ach ja, deswegen bin ich ja gekommen!« Umständlich faltete Lea den Zettel und steckte ihn in die Jackentasche. »Ich wollte mich entschuldigen, weil ich neulich die Einladung zum Essen ausgeschlagen habe. Das war unhöflich von mir. Es ist nur so, dass die viele Arbeit am Stand mir wenig Freizeit lässt. Ich möchte Schwarzmüllers Geschäft schließlich nicht herunterwirtschaften.« Sie holte tief Luft, hoffte, nicht zu dick aufzutragen. »Aber ich habe eingesehen, dass das Leben nicht nur aus Schnitzen besteht. Daher wollte ich fragen, ob Luise mich vielleicht ...« Sie hielt inne. Ja, wohin würde ein junger Mann mit Marthas Tochter gehen? Ins Kaffeehaus Hülfert vielleicht? Nein, das war zu gefährlich, denn dorthin zog es auch Aaron und Dora gelegentlich. »Zum Konzert des Kreuzchors«, brachte sie schließlich hervor, weil ihr nichts Besseres einfiel. »Ja, ich würde mich freuen, wenn Luise mich dorthin begleiten würde.«

Die Kreuzkirche am Altmarkt hatte einen über die Stadtgrenzen bekannten Knabenchor. Da das Gotteshaus jedoch vor einigen Jahren durch eine Feuersbrunst schwer beschädigt worden war und sich noch im Wiederaufbau befand, sollte das Weihnachtskonzert des Chors in diesem Jahr in der Frauenkirche stattfinden. Ganz Dresden freute sich schon darauf.

»Luise liebt Chormusik«, jubelte Martha. Sie klatschte vor Vergnügen in die Hände, als gälte Leas Einladung ihr selbst und nicht ihrer Tochter. Doch dann wurde sie schlagartig ernst. Ein Anflug von Verlegenheit färbte ihre Wangen. »Junge, es gibt da etwas ... Ich weiß nicht recht, wie ich es sagen soll ...«

»Dann sag nichts«, bemerkte Lea mit einem versöhnlichen Lächeln.

»Ich habe zuweilen ein boshaftes Mundwerk«, wisperte Martha. Das Geständnis kam ihr nur schwer über die Lippen. »Besonders wenn es um meine Kleine geht. Die hat im Leben noch nicht viel Sonne abbekommen, wenn du verstehst, was ich meine. Den Sommer über ist sie beim Reinemachen bei vornehmen Leuten am Holbeinplatz und im Winter dann hier in der Kälte. Das einzige Mannsbild, das immer gut zu meiner Kleinen war, ist dein Onkel.«

»Mein Onkel?«

»Na, unser alter Schwarzmüller! Hat er sich immer noch nicht bei dir gemeldet? Was fällt dem alten Zausel nur ein?« Martha schaute auf das Flugblatt unter der Pflaumenschnapsflasche, dann seufzte sie erleichtert. »Wenigstens ist nicht er es, der da draußen ins Eis eingebrochen ist. Das erkenne ich sogar ohne meinen Kneifer auf der Nase!«

»So, jetzt kannst du dich auf was gefasst machen!«

Die raue Stimme, die Lea unvermittelt ins Ohr brüllte, ließ sie zusammenfahren. Peregrin war plötzlich hinter ihr aufgetaucht. Das unrasierte Gesicht des Marktleiters war dunkelrot angelaufen, und seine Augen funkelten unter den buschigen Brauen. Er klopfte Lea mit dem Stock so hart gegen die

Brust, dass sie an sich halten musste, um nicht vor Schmerz aufzuschreien.

Mit einem erstickten Laut schlug Martha die Hand vor den Mund.

»Pack dein Zeug zusammen und verschwinde, bevor ich dir Beine mache«, fuhr Peregrin die erschrockene Lea an. »Ich will dich nicht mehr auf meinem Weihnachtsmarkt sehen! Den Stand vom alten Schwarzmüller übernehme ich selbst!«

Lea überlegte, ob es klug war, dem wütenden Mann Widerworte zu geben, aber sie durfte sich nicht einfach vertreiben lassen. Dazu hatte Peregrin kein Recht, schließlich hatte sie nichts getan, was gegen das Reglement verstieß. Hilfe suchend blickte sie sich nach den Standnachbarn um, aber die Lebkuchen- und Pfeffernusshändler blieben in ihren Buden. Keiner schien auf eine Auseinandersetzung mit dem Marktleiter aus zu sein.

»Du bist ja immer noch da«, zischte Peregrin. »Soll ich einen Schutzmann herbeirufen? Willst du, dass ich dich und den Kulicke wegen Unzucht einbuchten lasse? Auf so was steht nämlich Gefängnis, das weiß doch jeder!«

Lea öffnete den Mund, doch bevor sie zu einer Verteidigung ansetzen konnte, wackelte Martha mit wippenden Hüften um ihren Verkaufstisch herum und baute sich vor dem Marktleiter auf. »Lass mir den Jungen zufrieden, Peregrin!«, herrschte sie ihn mit drohend erhobenem Zeigefinger an. »An dem gibt es nichts auszusetzen!«

»Entfernt das Böse aus eurer Mitte, so steht es schon in der Bibel, und ich will verflucht sein, wenn ich …«

»Ach, halt den Mund, sturer alter Bock«, keifte Martha. »Du hast ein böses Gerücht gehört, an dem nichts dran ist. Laurin ist ein anständiger Bursche, das kann ich bezeugen. Könnte dir so passen, dir aufgrund eines dummen Missverständnisses Carls

Stand unter den Nagel zu reißen.« »Eines Missverständnisses?« Peregrin wurde unsicher. »Aber du selbst hast doch …«

»Soeben hat Laurin meine Luise eingeladen«, sagte Martha und stemmte triumphierend die Hände in die fülligen Hüften. »Die beiden gehen miteinander aus. Willst du mehr wissen, oder lässt du uns jetzt in Frieden?«

»Du … das ist doch …« Der Marktleiter war so durcheinander, dass seine Augen aus ihren Höhlen zu treten schienen. Blamiert bis auf die Knochen trat er den Rückzug an, drehte sich aber noch einmal um, um der Dörrpflaumenhändlerin einen vernichtenden Blick zuzuwerfen. »Das wirst du bereuen«, formten seine Lippen dabei.

Nachdem Lea den Stand verlassen hatte, genehmigte sich Martha einen Schnaps und dann noch einen. Bis Luise mit einem dampfenden Napf Erbseneintopf an den Stand zurückkehrte, war die Flasche halb leer. Glückselig tauchte die alte Frau ihren Löffel in den dicken grünen Brei. Dabei erzählte sie ihrer Tochter stolz, aber mit schwerer Zunge, wie sie Laurin geholfen und Peregrin in die Flucht geschlagen hatte.

»Der Marktleiter wird furchtbar böse auf uns sein«, jammerte Luise.

»Wen kümmert's? Hauptsache, mein Gewissen ist wieder rein. Und wenn du's nicht vergeigst, dann werden der Schwarzmüllerneffe und du …«

»Ich will ihn gar nicht, er ist so sonderbar! Nie schaut er einem in die Augen!«

»Das tust du auch nicht«, schimpfte ihre Mutter. »Wärst du nicht immer so zimperlich, hättest du schon längst einen Antrag bekommen. Nein, lass mich nur machen, es wird alles …« Martha sprach nicht weiter, denn es brachte Unglück, den Tag vor dem Abend zu loben. Stattdessen griff sie noch einmal nach der

Flasche. Ein letztes Gläschen auf Luises Wohl würde sie heute Nacht gut schlafen lassen. Als sie sich einschenkte, fiel ihr das Flugblatt mit der Zeichnung des Toten aus dem Eis wieder in die Hände. »Armer Tropf«, wisperte sie nachdenklich, während der Schnaps ein wohliges Brennen in ihrer Kehle verbreitete. Und dann stutzte sie.

»Meinen Kneifer, schnell!«, rief sie ihrer Tochter zu. »Ich muss mir das genauer anschauen!« Ein sonderbares Gefühl regte sich in ihrer Brust. Hätte man sie gefragt, ob sie den Mann auf dem Flugblatt kannte, hätte sie es verneint. Und doch gab es an den tief liegenden Augen und der hohen Stirn etwas, das sie eigenartig berührte.

Nervös rieb sie sich über die Augen. Dann vertiefte sie sich in die Angaben zur Person des Toten und erstarrte ein weiteres Mal. War das möglich, oder brachte sie der Schnaps dazu, Gespenster zu sehen? Vielleicht irrte sie sich, wäre ja nicht das erste Mal gewesen! Und doch … Mit einem heftigen Schnaufer ließ sie das Blatt zu Boden segeln.

31.

»Und dann hat sich die alte Martha eingemischt und Peregrin tüchtig die Meinung gesagt! Wäre sie nicht gewesen, hätte der Marktleiter mich am Kragen gepackt und davongejagt. Kannst du dir das vorstellen? Er hielt mich und Kulicke für ein Liebespaar. Der arme Kulicke, dabei ist vor dem doch kein Rock sicher und …«

Lea hörte auf zu reden und sah ihre Schwester an, die abwesend aus dem Fenster starrte.

»Sag mal, hörst du mir überhaupt zu?«, beklagte sie sich kopfschüttelnd. »Ich rede mir den Mund fusselig, und du reagierst gar nicht!«

Die beiden Schwestern saßen in einem kleinen Altstadtcafé, in das Lea nie zuvor einen Fuß gesetzt hatte. Verglichen mit dem vornehmen *Hülfert* an der Prager Straße ging es hier bescheidener zu. Der Kaffeehausbesitzer schien Kohlen und Lampenöl sparen zu wollen, denn es war nicht nur kalt, sondern auch reichlich dunkel in der Gaststube. Das ausgebleichte Tischtuch wies Brandflecken von Zigaretten und Zigarren auf, und der Tee – angeblich chinesischer – schmeckte wie Spülwasser. Wenigstens war die Tasse heiß genug, um sich daran die Hände zu wärmen.

»Tut mir leid«, entschuldigte sich Willie mit einem gezwungenen Lächeln. Als sie ihren Schleier zurückschlug, bemerkte Lea, wie blass sie aussah. Dunkle Ringe lagen unter ihren sonst immer sorgfältig geschminkten Augen, und Lea wettete, dass

Willies Haar unter dem ausladenden Hut heute unfrisiert war. »Freut mich, dass du Schwarzmüllers Stand behalten darfst.«

Lea runzelte die Stirn. Irgendetwas war nicht in Ordnung, das hatte sie schon gespürt, als Willie darauf bestanden hatte, sich an diesem unerfreulichen Ort mit ihr zu treffen. Nachdenklich zupfte sie einen losen Faden aus ihrer Bluse. Sie trug keine Trauerkleidung mehr und hatte für den Nachmittagstee mit Willie einen dunkelgrünen Plisseerock ausgewählt, der zwar ein wenig aus der Mode gekommen, aber immer noch elegant war.

»Warst du bei Aaron?«, fragte Lea. »Haben er und Dora dir Vorwürfe gemacht, weil ich ausgezogen bin?«

Willie nahm einen Schluck Tee, dann schüttelte sie den Kopf. »Wo denkst du hin? Hast du vergessen, dass ich im Elternhaus nun endgültig zur *Persona non grata* erklärt worden bin? Dora würde mir nicht einmal mehr die Tür öffnen. Nein ... Es ist etwas anderes. Ich wollte es dir eigentlich gar nicht sagen, aber nun finde ich, dass du es doch erfahren solltest.« In knappen Worten berichtete sie Lea von Alices Besuch und verschwieg auch die Drohungen nicht, die die junge Frau ausgestoßen hatte.

Lea hörte mit offenem Mund zu. Am liebsten hätte sie laut aufgelacht. Ihre Arbeit auf dem Striezelmarkt glich wahrhaftig einer Berg-und-Tal-Fahrt. Wann immer sie hoffte, endlich Frieden gefunden zu haben, erhielt sie einen Dämpfer, der ihre Hoffnung zunichtemachte. »Wenn diese Frau zu Peregrin geht, bin ich verloren«, sagte sie mit leiser, fast tonloser Stimme.

»Das werde ich zu verhindern wissen!«

Lea war Willie dankbar für die großzügige Geste. Annehmen konnte sie diese jedoch auf keinen Fall. Sie durfte nicht zulassen, dass ihre Schwester sich ihretwegen erpressen ließ.

Willie rief den Kellner an den Tisch, um die Rechnung zu begleichen.

»War alles recht, die Damen?«, erkundigte sich der Mann gleichgültig.

»Der Tee war wässrig und von so schlechtem Geschmack wie Ihr Mobiliar«, knurrte Willie in einem Ton, mit dem man hätte Brot schneiden können. Sie drückte dem verdutzten Mann ein paar Münzen in die Hand. »Hier, ich habe etwas draufgelegt. Kaufen Sie frische Tischwäsche und lüften Sie künftig durch, bevor Sie in Ihrem Etablissement Damen wie uns bewirten!« Mit einem Seufzer wandte sie sich wieder Lea zu. »So, nun fühle ich mich ein wenig besser. Was die Sache mit dieser Schlange Alice betrifft, so habe ich eine Entscheidung getroffen. Ich werde Ernst Bruckmann nicht wiedersehen.«

»Aber …«

Willie hob, jedes weitere Wort abwehrend, beide Hände. Dabei gab sie sich fröhlich, doch Lea ahnte, dass die heitere Miene ihrer Schwester nur gespielt war.

»Du kannst deinen Geiger doch nicht dieser geldgierigen Person überlassen«, sagte sie. »Das würdest du dir niemals verzeihen.« Und mir auch nicht, fügte sie in Gedanken hinzu. Eines Tages würde Willie sie hassen, weil Lea zugelassen hatte, dass sie ihretwegen auf ihre Liebe verzichtete.

»Ich weiß, wann eine Schlacht verloren ist«, erklärte Willie und nippte ein letztes Mal an ihrem Tee. »Das muss noch lange nicht bedeuten, dass ein Gegenschlag unmöglich ist. Aber momentan sehe ich keine andere Möglichkeit. Daher habe ich Bruckmann geschrieben, dass wir uns nicht mehr sehen können.« Begütigend tätschelte sie Leas Hand. »Nun guck doch nicht so traurig. Spielt Alice ihr Druckmittel aus und redet mit Peregrin, verliert sie Bruckmann und ihr Erbe. Das wird sie keinesfalls riskieren. Mit anderen Worten: Du brauchst dir erst einmal keine Sorgen zu machen. Geh zurück auf den Weihnachtsmarkt und verkaufe so viele deiner kleinen Kunstwerke wie möglich. Hast du erst einmal genug Geld in der Tasche, wird dich kein Mann mehr herumkommandieren.« Behutsam ließ sie den dunklen Schleier vor ihr Gesicht gleiten und stand auf. »Glaub mir, ich spreche aus Erfahrung.«

Lea war geknickt, als sie eine Stunde später zum Striezelmarkt zurückkehrte. Willie meinte zwar, dass diese Alice zunächst nicht vorhatte, ihren Trumpf auszuspielen, dennoch war Lea nicht wohl bei dem Gedanken, von den Launen einer Frau abhängig zu sein, die ihre Schwester hasste. Dass Willie sich ihr zuliebe auf eine gemeine Erpressung einließ, bedrückte sie zusätzlich.

Ich muss durchhalten, sprach sie sich selbst Mut zu. Lagen erst einmal die Weihnachtsfeiertage hinter ihr, hatte sie es geschafft. Schwarzmüller würde seinen Stand behalten dürfen und sie so viel verkauft haben, dass sie Pläne für ein Leben auf eigenen Füßen schmieden konnte. Vielleicht nahm Schwarzmüller sie als Partnerin in seine Werkstatt auf oder sie eröffnete selbst einen Laden, in dem sie nicht nur zur Weihnachtszeit, sondern das ganze Jahr über ihre Holzschnitzarbeiten verkaufen konnte.

Am Stand empfing Kulicke sie mit gewohnt sauertöpfischer Miene. Er bepinselte einige der Figuren, die Lea am Vormittag fertiggestellt hatte, mit Lack.

»Wo bleibst du denn schon wieder so lange?«, rief er ihr entgegen. »Aaron Liebermann war am Stand, ist noch gar nicht lange her. Ihr habt euch nur ganz knapp verpasst.«

Gott sei Dank, dachte Lea, während sie sich erschöpft auf ihren Platz hinter der Verkaufslade quetschte. Was Aaron hier wollte, brauchte Kulicke ihr nicht zu erklären. Es lag auf der Hand, dass er Nachschub für den Laden brauchte. Und da der angebliche Laurin sich nicht mehr hatte blicken lassen, hatte Aaron in den sauren Apfel gebissen und dem Weihnachtsmarkt einen Besuch abgestattet. »Hat er etwas mitgenommen?«, wollte sie von Kulicke wissen. Der zeigte auf eine der Kisten, die zu ihren Füßen standen.

»Zehn Krippenfiguren, alle bemalt, dazu noch zwei Schwibbögen mit Wachslichtern für sein Schaufenster. Er behauptete, er habe eine Übereinkunft mit dir ... Ich meine natürlich mit Laurin.« Der junge Mann hob die Augenbrauen, unsicher, ob er alles richtig oder einen Fehler gemacht hatte. »Ach, verdammt. Eines schönen Tages werde ich mich doch noch verplappern!«

Lea gab Kulicke mit einem Nicken zu verstehen, dass er in ihrem Sinne gehandelt hatte. Auch wenn Aaron ihr handwerkliches Können immer belächelt hatte und vermutlich niemals glauben würde, dass die Krippenfiguren von seiner Schwester stammten, freute es sie, dass er sie im Laden so gut verkaufte. So kann ich doch einen Beitrag leisten, um Vaters Firma zu retten, dachte sie. Sie nahm ihr bestes Schnitzeisen aus dem Lederetui und setzte es an den Kopf des Wichtels, den sie in groben Zügen aus einem krummen Holzstück herausgeschnitten hatte. Kaum eine Stunde später grinste der drollige Zwerg sie aus großen Augen verschmitzt an. Martha und Luise, die kurz vor Einbruch der Dämmerung mit heißer Schokolade und Buttergebäck an den Stand kamen, kicherten beim Anblick des Wichtelmännchens vor Begeisterung.

»Ich kann dem Kerlchen rote Mützen und Schals aus Wollresten häkeln«, schlug Luise vor.

»Luise, man drängt sich nicht auf«, mahnte ihre Mutter.

»Aber mir macht's keine Mühe!«

»Dann sehen die Wichtelmänner ja aus wie der Dicke mit seinen Glaskugeln!« Martha deutete mit dem Kinn auf den Glasbläserstand. »Mal ehrlich, hast du unseren Nachbarn für diese Kreaturen Modell stehen lassen?«

Lea verkniff sich ein Grinsen. Bewusst hatte sie das nicht getan, musste aber zugeben, ihr Zwerg wies eine gewisse Ähnlichkeit mit dem Glasbläser auf.

Sie standen noch eine Weile beisammen und plauderten. Lea war erleichtert, dass die Frauen keinen Groll mehr gegen sie hegten, und lauschte den lustigen Geschichten über den Markt und seine Beschicker, die Martha zum Besten gab. Sie sprach auch von Schwarzmüller und erzählte, wie froh der Schreiner jedes Mal gewirkt hatte, wenn Laurin ihn besucht hatte.

»Schade nur, dass du dich in den letzten Jahren so rargemacht hast. Als Kind gegangen und als Mann zurückgekehrt.« Zwischen den Augen der alten Krämerin bildete sich eine tiefe Furche.

»Zu viel Plackerei«, erwiderte Lea ausweichend. Plötzlich fühlte sie sich von Martha angestarrt wie ein Stück Festtagsbraten auf einem Servierteller. Was hatte die alte Frau bloß? Sie räusperte sich. »Hauptsache ist doch, dass ich jetzt hier bin.«

Martha schwieg. Und so blieb es auch, bis sich die beiden Frauen verabschiedeten, weil eine Kundin an den Stand trat, um sich Leas Ware anzusehen.

»Das ist also der Schwarzmüller-Stand, von dem in der Zeitung berichtet wurde?«

Lea tippte mit den Fingern gegen den Schirm ihrer Schiebermütze, wie sie es sich von Kulicke abgeschaut hatte. Aus den Augenwinkeln nahm sie Martha wahr, die so tat, als sei sie beschäftigt, in Wahrheit aber unverwandt zu ihr herüberstarrte. Lea runzelte kaum merklich die Stirn. Hatte sie schon wieder etwas gesagt oder getan, was der Alten sauer aufgestoßen war? Mit einem Räuspern brachte sich die Kundin in Erinnerung. Sie war alt, bestimmt schon über sechzig, aber rüstig genug, um ohne Begleitung oder Gehstock über den verharschten Schnee zu schlurfen. Ihre aufmerksam umherblickenden Augen verrieten eine gewisse Rastlosigkeit, während der zu einem Lächeln gerundete Mund auf ein sanftmütiges Wesen schließen ließ. Lea arbeitete weiter, und die alte Dame besah sich aufmerksam die verschiedenen Figuren.

»Die Zeitungen neigen für gewöhnlich zur Übertreibung«, sagte sie nach einer Weile. »Aber wie ich sehe, trifft das auf Ihre Kunstwerke nicht zu, junger Mann.« Sie hob leicht den Kopf und schenkte Lea ein beinahe hoheitsvolles Lächeln.

»Darf ich der gnädigen Frau etwas einpacken?« Kulicke, der ein gutes Geschäft witterte, sprang dienstbeflissen von seinem Schemel auf. »Eine Figurengruppe vielleicht? Joseph, Maria und das Christuskind in der Krippe?«

Die Frau schmunzelte amüsiert. »Sie gefallen mir, junger Mann«, sagte sie. »Aber ich fürchte, so viele Krippenfiguren, wie wir benötigen, haben Sie an Ihrem Stand nicht vorrätig.«

Lea und Kulicke tauschten verwunderte Blicke. Ein Großauftrag? Und das bis Weihnachten? Die Frau nahm eine Karte aus ihrem Täschchen und reichte sie Lea. Der blieb der Mund offen stehen, als sie darauf das mit Krönchen versehene Wappen des sächsischen Hofes erkannte. »Sie … Sie sind …« Lea durchfuhr es heiß und kalt. War sie etwa beim Schnitzen eingeschlafen und träumte jetzt? Nein, die Winterluft, in die sich der Duft von gebrannten Mandeln und Schmoräpfeln mischte, bestätigte Lea, dass sie hellwach war. »Majestät …«, stammelte sie, während Kulicke einfach nur dastand und die alte Dame anglotzte wie ein Kalb mit zwei Köpfen. Es war zwar allgemein bekannt, dass die Königin von Sachsen eine Schwäche für Bewegung an der frischen Luft hatte, doch noch nie hatte man davon gehört, dass ihre Spaziergänge sie an einem nebligen Dezembernachmittag ohne jede Begleitung auf den Striezelmarkt geführt hätten. Zu schade, dass Peregrin uns jetzt nicht sieht, den würde glatt der Schlag treffen, dachte Lea mit leiser Genugtuung.

»Keine Angst, junger Mann«, sagte die Königin mit gesenkter

Stimme. »Und machen Sie um Himmels willen kein Aufsehen um meine Person. Ich bin inkognito unterwegs, weil ich mir Ihre Figuren aus der Nähe ansehen wollte. Meine Hofdame hat vorgeschlagen, Sie in die Residenz zu bestellen, aber ich wollte mir doch lieber selbst ein Bild von Ihrem hübschen Stand machen.«

»Mit Verlaub, der Stand gehört dem Schreinermeister Schwarzmüller, ich vertrete ihn nur«, wagte Lea einzuwerfen. Es kam ihr nicht recht vor, sich als Besitzerin aufzuspielen, und anlügen wollte sie die Königin von Sachsen schon gar nicht. Wohlwollend ließ die alte Dame den Blick über die weiteren Schnitzereien schweifen, die Kulicke eifrig vor ihr auf die Lade stellte. Schließlich nickte sie Lea freundlich zu. »Mir ist natürlich bewusst, dass es nicht mehr lange hin ist bis zum Weihnachtsfest, aber wären Sie in der Lage, dem sächsischen Hof bei einer Angelegenheit behilflich zu sein, die mir sehr am Herzen liegt?«

Leas Herz schien zu stolpern, so aufgeregt war sie. Erst gestern noch hatte Peregrin sie als Schande für den Striezelmarkt beschimpft, und heute bat ausgerechnet Königin Carola von Sachsen sie um einen Gefallen?

»Wie Sie vielleicht wissen, unterstütze ich seit Jahren wohltätige Einrichtungen in Dresden und ganz Sachsen, vor allem solche für Frauen und Kinder.« Die ältere Dame klang wehmütig. Lea schlug respektvoll den Blick nieder. Es war kein Geheimnis, dass die Königin lange unter ihrer Kinderlosigkeit gelitten, sich dann aber mit wohltätiger Arbeit getröstet hatte. Während des Krieges gegen Preußen war sie für die verwundeten Soldaten, die sie in großer Zahl betreute, ein wahrer Engel der Barmherzigkeit gewesen. Auch später hatte sie sich für Kranke und notleidende Untertanen eingesetzt. Sie hatte Stiftungen für Waisen und verarmte Frauen gegründet. Obwohl die Königin sich nur noch selten in der Öffentlichkeit zeigte, war sie beim Volk nach wie vor beliebt.

»Ich möchte die Bewohner meiner liebsten Einrichtungen zu den Feiertagen mit hübschen Gaben überraschen. Und was könnte schöner als eine handgeschnitzte Krippe sein? Oder Puppen für die Waisenkinder?« Die Königin deutete auf die Wichtelfigur in Leas Hand. »Ja, so etwas stelle ich mir für die Kleinsten vor. Diese Zwerge könnte man über die Bettchen hängen, als gute Geister aus dem Erzgebirge, die über den Schlaf der Kinder wachen.«

Die Begeisterung der Königin wirkte ansteckend, aber gleichzeitig wurde es Lea mulmig. Es ging hier schließlich um einen Auftrag für das Königshaus. Nahm Lea ihn an, durfte sie ihre Auftraggeber auf keinen Fall enttäuschen. Sie holte tief Luft. Von welcher Menge redete die Königin überhaupt? Lea hatte ja schon alle Hände voll zu tun, um ihr Tagwerk zu schaffen.

»Kommen Sie morgen zum Georgenbau, dann wird mein Privatsekretär Ihnen eine Liste mit den Empfängern meiner Geschenke aushändigen«, sagte die Königin leise. »Natürlich erhalten Sie einen Vorschuss. Ich werde mich am Nachmittag zur königlichen Villa nach Strehlen begeben, wo ich bis zu den Weihnachtsfeierlichkeiten zu bleiben gedenke.« Als sie bemerkte, dass Lea zögerte, hob sie die Augenbrauen. »Haben Sie noch etwas auf dem Herzen?«, fragte sie. »Sie werden mich doch nicht enttäuschen?«

Lea schüttelte den Kopf.

Kulickes anerkennender Pfiff durch die Zähne holte Lea aus ihren Gedanken. »War anständig von dir, dass du der Königin gegenüber Meister Schwarzmüller erwähnt hast!«

»Was meinst du?«

»Na, dass der Stand eigentlich ihm gehört und du nur hier bist, um ihn zu vertreten. Wenn er wieder zurück ist, wird die Schreinerwerkstatt besser laufen als je zuvor. Vielleicht kriegst du den Alten ja auch noch so weit, dass er in eine bessere Gegend umzieht. Wenn er erst mal Hoflieferant ist, kann er doch nicht mehr in diesem düsteren Hinterhof werkeln, oder?«

»Vielleicht sollten wir abwarten, was Schwarzmüller zu alldem sagt, bevor wir seinen Umzug planen«, wandte Lea ein. »Ich kenne keinen genügsameren Menschen als ihn, und vermutlich hängt er einfach an dem Haus, in dem er mit seiner Frau viele Jahre lang glücklich war.«

»Schon, aber die Werkstatt könnte viel besser dastehen, wenn der Meister sich nicht so störrisch gegen Neuerungen sträuben würde. Die sind nämlich nötig, wenn du mich fragst. In ein paar Wochen beginnt ein neues Jahrhundert, dann haben die Gasfunzeln ausgedient und das Zeitalter der Glühlampen beginnt.« Er kratzte sich am Kopf. »Ich frage mich, wie groß der Auftrag für die Königin wohl sein wird.«

»Das werde ich morgen im Georgenbau erfahren«, antwortete Lea kleinlaut. »Ich hoffe nur, dass Ihre Majestät abschätzen kann, wozu ein einzelner Holzschnitzer in so kurzer Zeit in der Lage ist und wozu nicht.«

»Ich halte den Moment für gekommen, den Stand zu schließen!« Mit einer energischen Geste fegte Kulicke Holzspäne von der Ausstellungslade.

»Was?«

»Du hast mich schon verstanden! Wir brauchen den dämlichen Weihnachtsmarktstand doch gar nicht mehr, jetzt, wo wir einen Auftrag vom königlichen Hof an Land gezogen haben. Der Königin wird es egal sein, ob wir hier oder in der Werkstatt arbeiten. Soll Peregrin sich die armselige Bretterbude doch unter den Nagel reißen, wenn er sie unbedingt haben will.«

»Und Schwarzmüller? Er hängt an diesem Stand. Jahrelang hat er ihn mit seiner Frau geführt, und ich habe versprochen, auf ihn aufzupassen, bis er zurück ist.«

»Nicht ganz uneigennützig, wenn ich mich recht entsinne«, hielt Kulicke dagegen. »Du wolltest, dass die Leute auf deine Schnitzereien aufmerksam werden, und das ist dir gelungen. Es lohnt sich nicht, noch länger das Risiko einzugehen, von Peregrin entlarvt zu werden. Oder von Radek. Jetzt bietet dir der große Auftrag vom Hof eine Gelegenheit, aus der Sache auszusteigen, ohne Federn lassen zu müssen. Du wirst eine Menge Geld für die Krippenfiguren bekommen, und Schwarzmüller wird den Verlust des Standes bald verschmerzt haben.«

Kulickes Worte klangen vernünftig. Ja, wenn sie sich jetzt zurückzog, war sie mit einem Schlag eine ganze Menge Sorgen los. Gab es keinen Laurin mehr auf dem Striezelmarkt, musste Willie sich auch nicht mehr erpressen lassen. Sie selbst musste die arme Luise nicht hinters Licht führen und weder Peregrin noch Radek weiter ertragen. Nach einer Weile würde die Zeit, die sie hier, inmitten dieser Welt aus Glühpunschduft, Kerzen und weihnachtlichen Klängen verbracht hatte, verblassen und zu einer verschwommenen Erinnerung werden.

War es das, was sie wollte?

»Überleg es dir!« Kulicke stopfte sein Werkzeug in einen Leinenbeutel und warf sich diesen schwungvoll über die Schulter. Lea sah dem breitschultrigen jungen Mann nach, der mit langen Schritten durch die Budengasse lief. Vor Marthas Stand hielt er kurz an, denn die alte Krämerin schien etwas von ihm zu wollen. Jedenfalls redete sie mit Händen und Füßen auf ihn ein. Kulicke wandte sich um und sah mit gerunzelter Stirn zum Krippenfigurenstand zurück. Dann schüttelte er den Kopf und ließ Martha stehen.

Ratlos strich Lea mit den Fingerspitzen über den Kopf des hölzernen Wichtelmanns, der sie höhnisch anzugrinsen schien.

32.

Da Kulicke schon weg war, blieb es Lea überlassen, aufzuräumen und die Bude abzuschließen. Sie tat dies ohne Eile, denn ihr graute vor einer weiteren Nacht in der Werkstatt. Sie konnte dort nicht länger bleiben, aber was war die Alternative? Wohin sollte sie gehen? Ein Zimmer in einem Hotel zu nehmen traute sie sich nicht. Das war Willies Welt, nicht die ihre. Nach Hause zu Aaron und Dora? Nachdem beide ihr unmissverständlich klargemacht hatten, was sie von ihrem angeblich skandalösen Lebenswandel hielten?

Umso überraschter war sie, als ihre Schwägerin nur wenig später an die Werkstatttür klopfte. Lea erschrak. Sie fand gerade noch Zeit, die verräterischen Männerkleider, derer sie sich kurz nach ihrer Heimkehr entledigt hatte, in einen Korb zu stopfen und flüchtig mit den Fingern durch ihr zerzaustes Haar zu fahren, als Dora auch schon eintrat.

»Aaron weiß nicht, dass ich hier bin«, sagte sie, während sie sich mit missbilligendem Blick umsah. »Er würde es auch nicht gutheißen. Du hast ihn sehr verletzt. Deinetwegen wurden wir von diesen fürchterlichen Kommissaren wie Verbrecher behandelt.«

Lea deutete auf einen von Schwarzmüllers besseren Stühlen, die Kunden vorbehalten waren, aber Dora ignorierte die Einladung, sich niederzulassen. Also blieb auch Lea stehen. Vermutlich brauchte ihre Schwägerin eh nicht lange für das, was sie ihr zu sagen hatte. »Das war gedankenlos von mir«, sagte Lea.

»Nun, wenigstens gibst du es zu!« Dora wischte mit ihrem Schirmende über die Sitzfläche des Stuhls, obwohl darauf kein Stäubchen zu sehen war. »Ich verstehe immer noch nicht, was in dich gefahren ist. Wir machen uns Sorgen um Mister Shields, und du spielst das Fräulein Naseweis.«

»Wenigstens habe ich geholfen, den Verdacht der Beamten zu zerstreuen. Ich konnte Herrn Dupont davon überzeugen, dass der Tote aller Wahrscheinlichkeit nach nicht jüdisch war.«

»Wie das?«

Auf Leas Erklärung hin blieb Dora erst einmal der Mund offen stehen. Sie brauchte einen Moment, bis sie sich gefangen hatte. »Ich muss sagen, das war recht geistreich von dir. Warum ist Aaron bloß nicht darauf gekommen?« Dora trat an die lange Werkbank, auf die Lea einige ihrer halb fertigen Figuren gestellt hatte, und kniff prüfend die Augen zusammen. »Sind das Laurins Arbeiten oder deine eigenen?«, wollte sie wissen.

»Eine Spielerei«, antwortete Lea ausweichend. »Für Kinder. Aber sie sind ja auch noch gar nicht fertig.«

Jäh drehte sich Dora zu ihr um, ihre Augen blitzten angriffslustig auf. »Ich weiß genau, warum du dich hierhergeflüchtet hast.«

»So? Da bin ich aber gespannt!«

»Dieser ach so talentierte Laurin, von dem Aaron in den höchsten Tönen geschwärmt hat, ist dein Geliebter!«

Nun war es Lea, die mit offenem Mund dastand. »Mein … Geliebter? Laurin?«

Dora nickte energisch. »Ihr habt euch im Antiquitätengeschäft kennengelernt, als Aaron ihn ins Amerikageschäft holen wollte.« Sie lachte bitter auf. »Dein Bruder hat ihn ja sogar gebeten, dir Unterricht in der Holzschnitzerei zu erteilen. Unterricht, dass ich nicht lache. Was immer du von ihm gelernt haben magst, mit dem Gebrauch eines Schnitzeisens hatte es nicht viel zu tun. Er war der Mann, der dich zum Mühlteich mitgenommen hat. Was ihr dort vorhattet, will ich mir gar nicht vorstellen.« Mit durchgedrücktem Rücken bewegte sie sich auf die hintere Werkstatttür zu, die zu Schwarzmüllers winziger Wohnung führte. »Wo steckt der Kerl? Warum lässt er sich nicht blicken? An seinem Stand auf dem Weihnachtsmarkt war er auch nicht, als Aaron mit ihm reden wollte.«

»Laurin ist nicht hier!« Lea spürte, wie Ärger in ihr aufstieg. Einen Moment lang wünschte sie sich einen Mann herbei, der sie vor Doras Augen auf die Werkbank warf und von Kopf bis Fuß mit Küssen bedeckte. Doch dann musste sie an Fred denken. Dora regte sich über einen Laurin auf, der nicht existierte, doch tatsächlich war es Fred Danner, den sie meinte. Aber auch Fred gab es nicht länger für sie. Er war aus ihrem Leben verschwunden, und sie hatte keine Ahnung, warum. »Eigentlich ist es mir egal, was du von mir denkst«, sagte sie schließlich. »Aber Laurin ist nicht mein Geliebter.«

»Ihr wohnt unter einem Dach zusammen! Dein Vater würde sich im Grabe umdrehen!«

»Er ist ausgezogen!«

Doras geschwungene Augenbrauen schossen empor. »Ausgezogen? Willst du damit sagen, er hat dich in dieser staubigen Werkstatt allein gelassen?« Plötzlich füllten sich die hübschen Augen der Frau mit Tränen, die sie mithilfe eines parfümierten Tüchleins routiniert entfernte. »Ich weiß nicht, ob ich dem Schuft dafür dankbar sein oder ihn verwünschen soll.« Schluchzend griff sie nach Leas Hand. »Mein Großvater hatte für jede Gelegenheit einen passenden Fluch auf Lager. Sein Lieblingsspruch war: ›Sollst alle Zähne verlieren bis auf einen, und der soll dir wehtun!‹«

»Ich kenne ein paar Leute, die das verdienen würden«, sagte Lea, ein Lächeln unterdrückend. Dora gab sich immer so kühl und gefasst. Doch offenbar gab es tief in ihr auch eine verletzliche Seite. Lea spürte, wie Doras Händedruck fester wurde.

»Komm nach Hause, Lea. Ich bitte dich! Du musst dich wieder mit Aaron vertragen. Er würde es natürlich nicht zugeben, aber du fehlst ihm.«

»Und wenn ich nach Amerika auswandere, fehle ich ihm nicht?«

»Du wirst ihm immer fehlen, wohin du auch gehst. Wir dachten, dass es dir an der Seite eines erfolgreichen Geschäftsmannes an nichts fehlen würde, aber …«

Lea wusste sogleich, warum Dora nicht weitersprach. Die ersehnte Partnerschaft mit der Firma in New York hing am seidenen Faden, da von dem jungen Shields nach wie vor jede Spur fehlte. Sogar Aaron schien daher eingesehen zu haben, dass es unnötig war, eine Hochzeit zu planen, wenn kein Bräutigam zur Stelle war. Doch sollte Lea wirklich nach Hause zurückkehren? Ratlos blickte sie sich in der Schreinerei um, die trotz all ihrer Bemühungen, den Staub zu entfernen und aufzuräumen, nicht gerade Behaglichkeit verströmte. Aber sie war hier frei. Ihr eigener Herr. Sie musste sich nicht heimlich davonstehlen, um auf den Striezelmarkt zu gelangen. Sie brauchte sich auch keine Vorwürfe oder giftigen Blicke gefallen lassen wie im Haus der Liebermanns. Auf der anderen Seite war ihr auch klar, dass sie nicht mehr lange hier in der Werkstatt hausen konnte. Mochten die Nachbarn sie bislang auch nicht behelligt haben, schon bald würden sie anfangen, sich über die junge Frau zu wundern, die so ungeniert die Nacht im Haus des alten Schwarzmüller verbrachte. Und sie würden den jungen Burschen sehen, der das Haus am Morgen verließ. Die richtige Entscheidung zu treffen, war schwer. Als sie Doras erwartungsvollen Blick sah, atmete sie ein paarmal tief durch. Dann sagte sie: »Also gut, ich komme wieder nach Hause.«

Erleichtert seufzte ihre Schwägerin auf. »Fein, dann wäre das ja geklärt. Soll ich dir beim Packen helfen? Viel hast du ja nicht mitgenommen, wie ich sehe. Am besten, wir vergessen einfach, dass du jemals fortgegangen bist.«

»Nicht so eilig«, bremste Lea Doras plötzlichen Eifer. »Wenn ich wieder bei euch wohnen soll, muss ich darauf bestehen, dass Aaron mich meine Arbeit machen lässt.«

»Deine ... Arbeit?« Dora lachte. »Ach, du meinst diese Holzschnitzerei? Dein Bruder ist der Meinung, dass diese für ein junges Fräulein unpassende Tätigkeit schuld daran ist, dass du den Kopf verloren hast und davongelaufen bist.«

»Diese unpassende Tätigkeit, wie du sie nennst, hat mir nicht nur gutes Geld, sondern auch einen Auftrag vom Königlich-Sächsischen Hof eingebracht«, rief Lea. Erschrocken biss sie sich auf die Zunge, doch es war zu spät. Nun war es heraus.

Dora starrte sie an, als habe sie den Verstand verloren. »Was soll das bedeuten? Wieso solltest du einen Auftrag vom Königshof bekommen haben?«

»Ich meine natürlich Laurin«, sagte Lea schnell und spürte dabei ein Brennen in der Kehle, welches ihre Stimme in ein heiseres Krächzen verwandelte. »Er hat von Ihrer Majestät, Königin Carola, den Auftrag erhalten, Spielzeug und Krippen für einige Waisenhäuser anzufertigen, die der Hof zu Weihnachten beschenken möchte.«

Doras Augen wurden größer. Ihrer Miene war nicht zu entnehmen, ob sie Lea wirklich glaubte, aber sie sah beeindruckt aus. »Ist das wahr? Ja, es muss wohl wahr sein. Deshalb konnte Aaron den jungen Mann auch nicht erreichen. Ich verstehe nur nicht, was dich das angeht.«

»Ich darf Laurin helfen«, sagte Lea, einem plötzlichen Einfall folgend. »Er findet, dass ich mich mit dem Schnitzeisen gar nicht so ungeschickt anstelle. Er braucht mich!«

Es war nicht zu übersehen, dass es in Doras Kopf arbeitete. Die Vorstellung, dass ein jüdisches Mädchen einem begabten Kunsthandwerker zuarbeitete, schien sie mit Skepsis, aber auch mit einem Hauch von Ehrfurcht zu erfüllen.

»Ob Laurin die Königin wissen lassen wird, wer ihm geholfen hat?«

Lea schüttelte den Kopf. Nein, das durfte nicht geschehen. Am Ende wollte die Königin das begabte Fräulein Liebermann noch persönlich kennenlernen. Eine Jüdin, die darauf bestand, mit ihrem Schnitzeisen Krippenfiguren zu schnitzen. Was sollte sie dann tun? Einen Hut mit Schleier tragen?

»Gewiss ist das besser so«, meinte Dora. »Momentan sind so viele Schreihälse unterwegs, die uns für alles Üble im Deutschen Reich verantwortlich machen. Wir können froh sein, wenn uns die Leute in Ruhe lassen. Zu viel Aufmerksamkeit schadet nur, ganz besonders uns Frauen.« Sie strich ihr elegantes Kleid über den Hüften glatt und räusperte sich. »Ich werde Aaron bitten, dir die Zusammenarbeit mit Laurin zu erlauben. Sehen wir uns morgen zum Abendessen?«

Lea überlegte einen Moment, dann gab sie sich geschlagen und nickte.

Als Martha die Tür aufsperrte, bemerkte sie sogleich, dass in der kleinen Wohnung kein Licht brannte. »Luise«, rief sie verärgert, obwohl sie ahnte, dass das Mädchen nicht zu Hause war. Sie würde wohl kaum ohne Lampe im Dunkeln herumsitzen. Der Herd war auch ungeheizt, und dies, obwohl Martha dem Mädchen doch eingeschärft hatte, die Suppe aufzuwärmen, damit sie am Abend etwas Warmes in den Bauch bekämen. »Liederliches Ding«, schimpfte die alte Frau vor sich hin. Keuchend gab sie der Tür einen Stoß, die krachend ins Schloss fiel, dann setzte sie ihren Korb mit den übrig gebliebenen Dörrobstmännchen und dem selbst angesetzten Likör ab und blickte sich in dem ärmlichen Mansardenzimmer um, als hoffte sie, Luise würde sich nur vor ihr verstecken, wie sie es als kleines Kind zuweilen gemacht hatte. Sonderbar. Es sah Luise gar nicht ähnlich, sich nach Einbruch der Dunkelheit noch draußen herumzutreiben. Das war gefährlich. Umso mehr, als dass in diesen Tagen etwas Sonderbares in der Luft lag. Martha nahm es wahr wie den Geruch von verdorbenem Fleisch. Schwerfällig schlurfte sie zu dem verschrammten Vertiko und zündete eine Lampe an. Dann ließ sie sich auf einen Küchenstuhl plumpsen und starrte erschöpft auf die Wäscheleine, die Luise von einem Ende des Raumes bis zum anderen gespannt hatte. Darüber lag der Geruch von Bleichmittel, billiger Seife und dem Harz einiger Tannenzweige, mit denen das Mädchen vor einigen Tagen ihre Behausung geschmückt hatte. Martha vergrub ihr Gesicht in den Händen. Sie musste dringend nachdenken. Dann griff sie in den Korb und entnahm ihm das Flugblatt mit dem Bild des toten Mannes. Verflixt, dachte sie. Hätte der nicht verschwunden bleiben können? Aber er war aufgetaucht, und nun hatte sie ein Problem, das nicht einfach verschwinden würde, nur weil sie ihre düstere Ahnung ignorierte.

In einer plötzlichen Aufwallung von Wut und Enttäuschung riss Martha ein Stück vom unteren Rand des Flugblatts ab und schrieb mit einem Griffel ein paar Worte auf den Papierfetzen. Der Mann musste ein Schwindler sein. Ein Betrüger. Er mochte andere getäuscht haben, doch sie würde sich nicht täuschen lassen.

Wo zum Teufel steckte Luise nur? Warum war sie noch nicht zurück? Auf einmal beschlich Martha das schreckliche Gefühl, dass sie ihre Tochter nicht wiedersehen würde. Furcht schnürte ihr die Kehle zu. Sollte sie zu den Gendarmen gehen? Jetzt gleich? Im Coselpalais gab es gewiss jemanden, dem sie das

Flugblatt zeigen konnte. Jemanden, der ihre Entdeckung hören wollte. Vielleicht würden die Polizisten sie aber auch heimschicken, sobald sie den Pflaumenschnaps in ihrem Atem rochen. Grimmig verzog Martha das Gesicht. Auf dem Küchentisch lag die Bibel, die ein längst verstorbener Verwandter Luise zur Konfirmation geschenkt hatte. Das Buch besaß einen Goldschnitt, und obwohl Martha das Mädchen selten darin lesen sah, wusste sie, dass Luise es wie einen Schatz hütete. Kurz entschlossen schlug sie die Bibel auf, schob ihre Notiz hinein und schloss sie wieder.

In der Nachbarwohnung polterte es, und eine Frauenstimme kreischte empört auf. Wie zur Antwort begann ein Hund zu kläffen. Jeden Abend dasselbe Theater. Das Haus war in die Jahre gekommen und verlottert, die Wände voller Wasserflecken und fast ebenso schimmelig wie hellhörig. Wie oft hatte Martha schon ihr Bündel schnüren und sich eine neue Bleibe suchen wollen. Aber ohne das nötige Kleingeld blieb dieser Wunsch nur ein Traum. Vor der Wohnungstür knarrten die Dielenbretter. Ganz leise, als versuche jemand, über den Fußboden zu schweben, um ja keinen Krach zu machen. Luise, dachte Martha erleichtert. Die Kleine schlich sich auf Samtpfötchen in die Mansarde, weil sie wegen ihrer Trödelei ein schlechtes Gewissen hatte.

Und wenn sie mit ihrem Verdacht falschlag? Verunsichert starrte Martha Luises Bibel an. So viele Jahre waren vergangen, da konnte sich eine alte Frau schon mal vertun. Womöglich sollte sie sich den Burschen vorknöpfen, bevor sie die Pferde scheu machte. Ja, der Einfall gefiel ihr. Gleich morgen früh würde sie das tun, auf dem Striezelmarkt, wo weder der Luise noch ihr etwas geschehen konnte.

Das Gekeife der Frau nebenan war verstummt, stattdessen begann eine ihrer Töchter »Stille Nacht« zu singen. Wieder knarrten die Holzbohlen vor der Wohnungstür. Warum kommt Luise nicht rein, überlegte Martha irritiert. Traut sie sich nicht, weil sie Schelte befürchtet? Marthas Knochen knackten beim Aufstehen wie Feuerholz im Ofen. Sie nahm das Flugblatt vom Tisch und schleppte sich zur Wohnungstür. »Verflixt, was ist heute bloß los mit dir, hast du nicht ...« Was Martha außerdem noch sagen wollte, erstarb ihr auf der Zunge. Stattdessen breitete sich Verwirrung auf ihrem Gesicht aus, als eine Person aus der Dunkelheit des Hausflurs trat, die sie nicht erwartet hatte. Nicht hier. Nicht heute.

»Du ...?« Weiter kam sie nicht, denn ein heftiger Stoß gegen die Schulter schleuderte sie in die Stube zurück. Sie stürzte zu Boden, ein heißer Schmerz in den Beinen trieb ihr die Tränen in die Augen. Ihr Versuch, die Nachbarn mit einem Schrei auf sich aufmerksam zu machen, wurde von einem dicken Fäustling erstickt, der ihr Mund und Nase verschloss und ihr keinen weiteren Atemzug mehr erlaubte.

Martha bekam noch mit, wie sie von ihrem Angreifer durch die Stube geschleift und auf ihr Bett geworfen wurde, als wöge sie nicht mehr als ein Sack Federn. Sie kämpfte verzweifelt darum, Luft in die Lungen zu pressen – zwecklos. Die Hand wich nicht von ihrem Gesicht. Ihr war, als würde die Mansarde sich drehen wie ein Karussell, alles wurde in den schneller werdenden Wirbel mit hineingezogen – ihr Bett, das verschrammte Vertiko an der Wand, der Küchentisch mit Luises Goldschnitt-Bibel – und versank schließlich gemeinsam mit ihr in einem Sumpf aus Dunkelheit.

33.

Unter den Krämern auf dem Striezelmarkt löste die Nachricht vom Tod der alten Martha große Bestürzung aus. Jahrzehntelang hatte die resolute Frau mit ihren Dörrpflaumenmännchen und dem schmackhaften Likör das Erscheinungsbild des Marktes geprägt, und obwohl manch einer der Schausteller ihre scharfe Zunge gefürchtet hatte, machte sich zwischen den Buden auf dem Platz allseits Betroffenheit breit.

»Und sie ist einfach so im Schlaf gestorben?« Lea konnte nicht fassen, was Kulicke ihr erzählte. Ungläubig spähte sie zu dem schmalen Verkaufstisch hinüber, über den der Wind abgestorbene Zweige und Blätter trieb. Es war merkwürdig, ihn so verwaist zu sehen, ohne Martha, die ihn mit Dörrobst vollpackte. Ohne Martha, die ihren Kunden ein Gläschen Schnaps einschenkte oder die zu den Nachbarbuden lief, um sich dort über den neuesten Klatsch auszulassen.

Als Kulicke Leas Blick folgte, nahm er respektvoll die Mütze ab. »Luise hat sie gefunden. Die Ärmste war noch bei Renner am Altmarkt, um etwas zu besorgen. Das erste Mal im Leben, dass sie ein Warenhaus betrat, hat sie gesagt. Dann kommt sie nach Hause und …« Er räusperte sich betreten, ehe er hinzufügte: »Sie wusste nicht, wen sie holen sollte, daher hat sie in ihrer Not den Peregrin gerufen.«

»Peregrin?«

»Ausgerechnet den alten Mistkerl. Aber man kann ihm nachsagen, was man will. Gekommen ist er, obwohl er die Martha gar nicht leiden konnte. Weil sie nämlich zur Gemeinschaft gehört hat, ein Teil des Striezelmarkts gewesen ist. Im Guten wie im Bösen. So ist das nun mal Brauch bei denen, die schon so lange dabei sind.« Kulicke senkte den Blick, und Lea fragte sich, ob er beschämt war, weil er sie am Vortag noch gedrängt hatte, das Handtuch zu werfen.

»Ich kann nicht glauben, dass Martha so plötzlich verstorben sein soll«, sagte sie schließlich. »Gestern war sie doch noch ganz munter.« Aber so ganz stimmte das nicht, wie Lea plötzlich einfiel. Sie musste daran denken, wie eigenartig Martha sie gemustert hatte.

»Martha war zwar zäh wie ein Gardekürassier, aber nicht mehr die Jüngste«, gab Kulicke zu bedenken. »Das Herumstehen im Freien tagein, tagaus hat ihrem Herzen sicher nicht gutgetan. Das meint die Luise übrigens auch.«

Der Gedanke an Luise machte Lea traurig. Wie nicht anders zu erwarten war, hatte die Tochter der alten Händlerin den Stand heute nicht geöffnet, und vermutlich würde er auch in den folgenden Tagen geschlossen bleiben. Das bedeutete aber auch, dass Luise Einnahmen entgingen, die sie jetzt dringend brauchte. Lea überlegte, aber sie sah keine Möglichkeit, sich neben ihrer eigenen Arbeit auch noch um den Dörrpflaumenstand zu kümmern, zumal sie bezweifelte, dass das gefürchtete Reglement so etwas überhaupt zuließ. Es war nicht einmal gesagt, dass Peregrin der jungen Frau selbst erlauben würde, weiterhin die Waren ihrer verstorbenen Mutter anzubieten.

»Peregrin will, dass Luise zunächst einmal zu Hause bleibt.« Kulicke hauchte sich in die vor Kälte starren Hände. »Wenigstens so lange, bis ihre Mutter beerdigt ist. Alles andere würde auch keinen guten Eindruck machen, meint er. Ich wette, dass er sie nach seiner Pfeife tanzen lassen wird. Andererseits wird sie in seiner Obhut nicht verhungern. Wie gesagt, die Leute vom

Striezelmarkt halten zusammen wie Pech und Schwefel. Wenn's brennt, sind sie füreinander da. Jedenfalls hat Meister Schwarzmüller das immer gesagt.«

Lea dachte mit Schaudern an ihre letzte Begegnung mit dem Marktleiter zurück. Peregrin und Martha waren nicht als Freunde auseinandergegangen. Mehr als das Allernotwendigste durfte Luise von ihm wohl kaum erwarten. Nein, Lea musste versuchen, der jungen Frau zu helfen. Das war sie Martha schuldig. Die Glockenschläge der nahen Frauenkirche holten sie unbarmherzig aus ihren Gedanken. Wenn sie nicht zu spät zu ihrer Verabredung mit dem königlichen Privatsekretär kommen wollte, musste sie sich beeilen.

»So willst du am Georgentor aufkreuzen?« Beim Anblick ihrer abgetragenen Jacke und der zerknitterten Krawatte schüttelte Kulicke skeptisch den Kopf. »In der Residenz wirst du übrigens deinen Hut abnehmen müssen, was machst du dann?«

Lea stieß scharf die Luft aus. Großer Gott, das hatte sie in all der Aufregung völlig vergessen. Natürlich war es undenkbar, dem Sekretär Ihrer Majestät der Königin mit einer abgetragenen Schiebermütze auf dem Kopf entgegenzutreten. Nahm sie aber den Hut ab, würde dieser sofort erkennen, dass sie eine Frau war.

Als Kulicke Leas entsetzte Miene sah, schlich sich ein freches Grinsen in sein Gesicht. »Ihre Majestät hat dich davor gewarnt, sie zu enttäuschen«, sagte er. »Erscheinst du nicht, wird es ein Donnerwetter geben. Damit wäre das Haus Schwarzmüller ruiniert. Also: Auftrag oder Haar, die Entscheidung liegt bei dir.

»Bitte?«

»Nun, ich bin sicher kein ausgewiesener Coiffeur, aber mit einer guten Schere …«

»Oh nein, du glaubst doch wohl nicht, dass ich dich an meine Haare lasse«, zischte Lea.

»Dann ist es aber Essig mit dem Auftrag. Die Königin bekommt keine Krippenfiguren zum Verschenken, und du siehst keinen müden Pfennig. Dafür wird der Striezelmarkt den Groll des Hofes zu spüren bekommen. Ich höre schon Peregrins Wutgeheul. Bist du dir sicher, dass du das riskieren willst?«

Mit Todesverachtung angelte Lea eine Schere aus ihrem Werkzeugbeutel und drückte sie nach einigem Zögern Kulicke in die Hand. Sie hätte heulen können, aber welche Wahl blieb ihr? Ließ sie sich die Haare nicht abschneiden, brauchte sie erst gar nicht aufzubrechen. Sie rückte ihren Schemel in den hinteren Teil der Hütte. Kulicke stapelte eilig ein paar Kisten und Säcke aufeinander, um einen Sichtschutz aufzubauen. Dann stellte er sich hinter sie und griff nach der ersten Haarsträhne.

»Au, nun zieh doch nicht so!«

»Wenn du nicht willst, dass ich zum Schnitzeisen greife, solltest du jetzt besser still sitzen!«

Als Kulicke fertig war, zog Lea ihre Mütze so tief in die Stirn, dass sie nur schräg nach unten sehen konnte. Da sie hier keinen Spiegel hatte, ließ sich nicht überprüfen, was Kulicke mit ihrem Haar angestellt hatte. Allerdings schwor der Gehilfe, dass er sich alle Mühe gegeben habe und das Ergebnis sich sehen lassen könne. Mit anderen Worten: Sie sah aus, wie sie sich fühlte: wie ein Huhn, das Federn gelassen hatte. Während sie noch darüber nachgrübelte, wie sie ihr verändertes Erscheinungsbild Dora und Aaron erklären sollte, kam ihr eine Frau entgegen, die sich wie eine Schlafwandlerin vorwärtsbewegte. Es war Luise, Marthas Tochter. Lea wunderte sich ein wenig, sie zu sehen, aber wer konnte es ihr verdenken, wenn sie der Wohnung entfliehen wollte, in der erst am Abend zuvor ihre Mutter gestorben war. Bestimmt war ihr in ihrer Trauer zu Hause die Decke auf den Kopf gefallen. Lea hob die Hand, ließ sie aber wieder sinken, als sie erkannte, dass Luise ausgerechnet von Peregrin und Radek begleitet wurde. Die beiden Männer trugen schwarze Anzüge und steife Hüte. Wild gestikulierend redeten sie auf Luise ein, deren Gesicht sich zunehmend gequält verzog. Lea presste wütend die Lippen aufeinander. Konnte Peregrin die Ärmste nicht in Ruhe lassen? Was wollte er von ihr, und warum hatte er ausgerechnet Radek mitgebracht? Martha hätte es bestimmt nicht gern gesehen, dass der sich ihrer Tochter näherte.

Als Luise Lea sah, lief sie auf sie zu, breitete die Arme aus und fiel ihr schluchzend um den Hals. Den Protest des Marktleiters, der ihr wütend hinterherrief, überhörte sie.

Lea war unbehaglich zumute, weil sie ahnte, dass sich soeben etliche Köpfe nach ihr und Luise umgedreht hatten, aber es wäre herzlos gewesen, sich der Umarmung des jungen Mädchens zu entziehen. »Ich habe es gerade erst erfahren«, sagte sie leise. »Und es tut mir sehr leid. Wenn ich irgendetwas für dich tun kann …«

Luise wischte sich mit dem Ärmel ihres dunklen Trauerkleids über das verheulte Gesicht. Erst jetzt bemerkte Lea, dass sie nicht nur funkelnagelneue Fäustlinge, sondern auch einen neuen Hut aus pfirsichfarbenem Filz trug. Nicht gerade passend für einen Trauerfall, dachte Lea. Aber Luise war so durcheinander, dass sie daran bestimmt keinen Gedanken verschwendet hatte.

»Sie lag auf dem Bett, als würde sie schlafen. Ich habe sie gerüttelt, immer wieder. Aber sie hat mir nicht geantwortet. Da habe ich gewusst, dass sie gegangen ist. Ich habe geschrien, bis die Nachbarin an die Wand geklopft und mich angeschnauzt hat, ich solle gefälligst das Maul halten. Sie würde einen Schupo rufen, wenn bei uns nicht bald Ruhe einkehrt. Dieses garstige Weib! Kein Wort des Trosts kam von der. Nur blöde gegafft hat sie, als man Mutter rausgetragen hat.«

Lea strich Luise mitfühlend über den Arm. Sie mochte sich gar nicht vorstellen, was in dem Mädchen vorging. Zwar hatte sie selbst erst vor Kurzem den Vater verloren, doch dessen Tod war nicht so überraschend gekommen.

Inzwischen hatten Peregrin und Radek Luise eingeholt. Der Marktleiter schüttelte den Kopf. »Mit dem solltest du nicht reden, Luise«, sagte er, mit dem Stock auf Lea deutend. »Seit er hier auf dem Striezelmarkt aufgetaucht ist, passieren schlimme Dinge.«

Lea ignorierte ihn. »Wenn du deinen Stand noch nicht wiedereröffnen willst, könnte ich einen Teil eurer Ware bei uns drüben verkaufen«, schlug sie Luise vor.

Radek lachte spöttisch auf. »Ja, das könnte dir so passen! Und das Geld wandert dann in deine Tasche und von dort ins nächste Wirtshaus, he?«

»Natürlich nicht«, widersprach Lea wütend. »Ich will nur helfen. Luise bekäme jeden Pfennig ausbezahlt, den ich für sie einnehme.«

»Halt dich da raus«, sagte Peregrin. »Es ist meine Pflicht und Schuldigkeit, für Marthas Tochter zu sorgen. Wir mögen nicht immer einer Meinung gewesen sein, besonders wenn es um deinen Onkel ging, aber ich habe die gute alte Seele respektiert. Daher wird alles, was von Marthas Ware noch übrig ist, an meinem Stand verkauft und an keinem anderen.«

Ob Luise von dem Erlös auch nur einen roten Heller sehen wird, überlegte Lea, die Peregrins plötzlicher Großzügigkeit misstraute. Und was geschah, nachdem die Vorräte an Marthas Ware erschöpft waren? Wovon sollte die junge Frau dann leben? Sie würde auf der Straße enden, wenn sie ihre Miete nicht mehr bezahlen konnte. Doch auch für dieses Problem schien Peregrin bereits eine Lösung gefunden zu haben.

»Herr Radek hat mich eingeladen, in sein Haus zu ziehen«, erklärte Luise. »Das ist doch sehr großmütig von ihm, nicht wahr?«

Lea hoffte, sich verhört zu haben, doch ein Blick in das feixende Gesicht des Mannes genügte, um zu erkennen, dass dem nicht so war. Unwillkürlich ballten sich ihre Hände in den Taschen zu Fäusten. Ausgerechnet zu Radek? Aber warum? Welches Interesse sollte er ausgerechnet an Luise haben? Aus reiner Mildtätigkeit bot er ihr bestimmt kein Dach über dem Kopf an.

»Herr Radek sucht ein zuverlässiges Hausmädchen, das ihm mit den Waisenkindern hilft, die bei ihm leben«, sagte Luise. Ihre Worte klangen wie eine Zeitungsannonce, doch auch eine leise Hoffnung schwang mit. Die Aussicht, für Waisenkinder zu kochen und zu waschen, schien Luise verlockender, als in Wind und Wetter billigen Süßkram auf dem Markt zu verkaufen.

»Nun schau dir mal Laurins finstere Miene an, Luise!« Besitzergreifend legte Radek den Arm um die Schultern des schmächtigen jungen Mädchens. »Er scheint eifersüchtig zu sein, weil du künftig bei mir arbeiten wirst. Aber bitte, niemand soll mir unterstellen, ich würde einem jungen Glück im Wege stehen.« Er schob Luise sachte auf Lea zu, die unwillkürlich einen Schritt zurück machte. »Nun, was ist? Du kannst die Kleine auch in Schwarzmüllers Werkstatt beschäftigen.«

»Radek …«, knurrte Peregrin warnend, während Luise vor Verlegenheit rot anlief.

Lea schlug den Blick nieder. Ihre Wangen brannten wie von einem Dutzend Ohrfeigen. Doch was sollte sie tun? Ein Heim konnte sie Luise nicht bieten. Weder in der Werkstatt, die ihr nicht gehörte, noch im Haus ihrer Familie, die finanziell ums Überleben kämpfte. Sie konnte nur hoffen, dass Peregrin Radek verbot, sich an Luise zu vergreifen, die ja immerhin zur viel beschworenen Gemeinschaft gehörte.

»Nun, Schweigen ist auch eine Antwort«, sagte Radek grinsend. Er tätschelte Luises Arm und trug ihr auf, ihre am Stand der Mutter verbliebenen Habseligkeiten einzusammeln. Enttäuscht machte sich die junge Frau davon. Lea starrte ihr wie vor den Kopf gestoßen nach.

»Was stehst du denn immer noch hier herum?« Es war Kulicke, der ihr derb gegen den Arm boxte. »Wartest du, dass man dir im Georgenbau einen roten Teppich ausrollt?«

»Im Georgenbau?« Peregrin, der schon hatte gehen wollen, drehte sich wieder um. »Was soll das bedeuten?« Er wechselte einen Blick mit Radek, der jedoch nur die Achseln zuckte. Dann riss er die Augen auf, als dämmere ihm etwas. »Es geht das Gerücht um, die Königin sei auf dem Striezelmarkt gewesen. Ihr Burschen scheint mehr darüber zu wissen. Sagt mir auf der Stelle, ob es wahr ist.«

Kulicke, der sich zu ihnen gesellt hatte, nickte, wobei seine Augen triumphierend funkelten. »Sie sollten künftig höflicher zu Laurin sein«, sagte er. »Er wird nämlich für die Königin arbeiten.«

Peregrin sah aus, als hätte ihn ein Pferd getreten. Mit ungläubigem Staunen starrte er Lea an, die sich ziemlich gut vorstellen konnte, was Kulickes Worte in dem Marktleiter auslösten.

»Was ... wünscht Ihre Majestät von dir? Sollst du etwas für sie anfertigen?«

»Sie verstehen sicher, dass ich darüber nicht reden darf«, sagte Lea. Innerlich verwünschte sie Kulicke. Was war nur in den gefahren? Sonst war er doch auch keine solche Schwatzbase. Aber wenn Peregrin sie vor lauter Ehrfurcht in Zukunft nicht mehr drangsalierte, hatte die Indiskretion wenigstens einen kleinen Wert.

Radek schien die Neuigkeit von dem königlichen Auftrag sogar noch mehr zu irritieren als den Marktleiter. Das selbstgefällige Grinsen wich aus seinem Gesicht, und je länger er dastand und ins Leere starrte, desto sonderbarer wurde der Ausdruck in seinen Augen. Sie spiegelten Angst wider. Lea konnte nicht verhehlen, dass sie darüber Genugtuung empfand. Bis zu diesem Moment war sie wehrlos und Radeks Ränkespielen fast bedingungslos ausgeliefert gewesen. Doch dies hatte sich nun geändert. Sie war kein Niemand mehr, sondern eine Person, die eine Verabredung in der Residenz der Königin hatte. Kein Wunder, dass Radek nervös wurde.

Ein grimmiges Lächeln umspielte Leas Mundwinkel. Sie dachte an Benno und an die blutigen Striemen auf dem Rücken des Kindes. Radek hatte genug Unheil angerichtet, es wurde Zeit, dass ihm jemand Einhalt gebot. Und wenn auch nicht sie es war, der dies gelingen würde, dann vielleicht jemand, vor dem Radek Grund hatte zu zittern.

Auf seinen Spazierstock gestützt, blickte Peregrin dem Holzschnitzer nach, der mit raschen Schritten davonstiefelte. Ein Auftrag von der Königin? Eine solche Ehre war bislang noch keinem der Händler und Handwerker zuteilgeworden, für die er verantwortlich war. Und nun kam so eine Rotznase daher, der nicht einmal ein Bart wuchs, und schaffte es, die Aufmerksamkeit des Hofes zu erringen. Was bei allen Teufeln war nur so besonders an diesem Bengel? Peregrin verstand die Welt nicht mehr. Wie viele Jahre kümmerte er sich nun schon um den Striezelmarkt? Hatte der alte König sich auch nur einmal dafür erkenntlich gezeigt, indem er Peregrins Reich mit einem Besuch beehrte? Musste erst Schwarzmüllers verflixter Neffe auftauchen, damit man Notiz von ihm nahm? Es war ungeheuerlich.

»Sie dürfen das nicht zulassen«, zischte Radek. »Der Kerl erniedrigt Sie von Tag zu Tag mehr!«

Wütend wirbelte Peregrin auf dem Ansatz herum und schwang seinen Stock, als wolle er ihn Radek über den Schädel ziehen. Was erlaubte sich dieser unverschämte Mensch? Niemand, und schon gar nicht dieser Holzschnitzer, hatte die Macht, ihn zu erniedrigen. Doch warum fühlte er sich dann plötzlich so müde? Nutzlos, wie ein Gaul, der seinen Karren nicht mehr ziehen konnte. »Und was soll ich Ihrer Meinung nach machen?«, fragte er, seinen Zorn mühsam unterdrückend. »Soll ich der Königin von Sachsen etwa ausreden, den Burschen zu beschäftigen, weil mir seine Nase nicht passt?« Peregrin lachte bitter, woraufhin sich eine vorbeiflanierende Dame überrascht nach ihm umdrehte.

Radek stellte sich so dicht vor den alten Marktleiter, dass dieser seinem Blick nicht ausweichen konnte. »Der Gedanke, dass dieser Laurin mit der alten Königin reden könnte, gefällt mir nicht. Sie wissen genau, warum. Wenn er sich über mich beschwert und die Fürsorge bei mir anklopft und meine Bücher sehen will, bin ich erledigt.« Er schürzte höhnisch die Lippen. »Aber ich gehe nicht allein unter, das verspreche ich Ihnen!«

Peregrin schnappte nach Luft. Er hatte in den vergangenen Wochen nicht nur einmal bereut, dass er sich aus purer Gier mit Radek eingelassen hatte. Dies würde sich nun rächen, das spürte er in jedem einzelnen Knochen. Ein lähmendes Gefühl streckte seine Klauen nach ihm aus und durchdrang seinen Körper wie Eiswasser. Wie hatte er nur so dumm sein können, die Augen vor den Geschäften dieses armseligen Gauners zu verschließen? Angefangen hatte alles ganz harmlos: mit Radeks Bitte, die Papierlaternenverkäufer auf den Markt zu lassen. Waisenkinder, so hatte er Peregrin beschwatzt, rührten die Herzen der mildtätigen Bürger. Doch er hätte wissen müssen, dass der Kerl es nicht dabei bewenden lassen würde. Und nun steckte er als Mitwisser bis zum Hemdkragen in Radeks schmutzigen Geschäften. Die Angst, man könnte auch ihn dafür zur Verantwortung ziehen, drehte ihm den Magen um. In Handeisen würden sie ihn vom Striezelmarkt schleppen. »Das darf nicht geschehen«, murmelte er erschöpft.

»Meine Rede!« Radek klopfte Peregrin auf die Schulter.

»Aber ... Wie wollen Sie verhindern, dass Laurin sich unseretwegen an die Königin wendet? Mit Drohungen? Das hat ihn bislang auch nicht davon abgehalten, uns auf die Nerven zu gehen.« Radek schwieg einen Moment lang. Dann drehte er sich zum Stand der verstorbenen Dörrpflaumenhändlerin um. Luise ließ sich nicht blicken. Sie hantierte immer noch geräuschvoll hinter dem Vorhang des Verschlags, in dem die Habseligkeiten ihrer Mutter lagerten. »Es geschehen so viele bedauerliche Unfälle dieser Tage«, raunte er dem Marktleiter zu. Wenn nun Laurin etwas zustieße, könnte der königliche Hof dies wohl kaum dem Striezelmarkt anlasten, oder?«

»Die Zeitung würde das breittreten«, wandte Peregrin erschrocken ein. »Erst die alte Martha, dann Laurin ... Ich will auf keinen Fall, dass der Striezelmarkt eine negative Presse bekommt. Denken Sie an die vielen Gäste aus aller Welt, die sich trotz des garstigen Wetters in Dresden aufhalten. Wenn das Gerücht aufkommt, es gehe hier nicht mit rechten Dingen zu ...«

»Lassen Sie mich mit Ihrem Weihnachtsmarkt in Ruhe«, unterbrach Radek den Marktleiter barsch. »Ich bin es leid, darauf Rücksicht zu nehmen, dass Sie hier ungestört Ihre Lebkuchen an dumme Rotznasen verkaufen wollen. Nun geht es um meinen Hals, und damit der nicht bald in einer Schlinge hängt, werde ich tun, was getan werden muss. Ob es Ihnen nun gefällt oder nicht!«

Peregrin duckte sich wie ein Schuljunge, der von seinem Lehrer ausgeschimpft wird. »Aber ist es nicht zu spät, um ihn jetzt noch aufzuhalten?«, fragte er mit brüchiger Stimme. »Er ist doch längst unterwegs zum Georgenbau!«

»Aber dort wird er die Königin nicht antreffen. Ich habe gehört, dass sie heute Morgen nach Strehlen aufgebrochen ist. Das verschafft uns ein wenig Zeit!«

Mit lauter Stimme rief Radek nach Luise, und als diese nicht schnell genug antwortete, lief er zu dem Verschlag hinüber, riss den Vorhang auf und zerrte die erschrockene Krämertochter grob am Arm heraus. »Lass den verfluchten Kram und komm mit!«, blaffte er sie an. »Wir haben hier genug Zeit verschwendet!«

34.

Als Lea den Georgenbau erreichte, musste sie sich an zahlreichen Handwerkern vorbeidrängen, die Ausbesserungsarbeiten an der hübschen Renaissancefassade durchführten und sie zunächst gar nicht durchlassen wollten. Die breite Fassade war von hohen Gerüsten umgeben, überall auf dem Hof standen Zementkübel, Fässer, prall gefüllte Säcke und Kisten voller Hämmer, Sägen, Meißel und anderem Werkzeug herum. Erst als Lea darauf hinwies, dass sie zum Privatsekretär der Königin bestellt worden war, ließ einer der Maurer sich dazu herab, einen Bediensteten aus dem Innern des Gebäudes herbeizurufen.

Der Mann, der schließlich am Nordportal erschien, sah in seiner Livree mit Goldknöpfen und weißen Kniebundhosen aus, als wäre er aus einem alten Ölgemälde gefallen. Lea nahm an, sie habe es mit dem Sekretär der Königin zu tun, also zog sie die Mütze und neigte den Kopf, doch der Mann beachtete sie kaum. Seine Aufmerksamkeit galt den Baumaßnahmen der Steinmetze, die er mit zusammengekniffenen Augen begutachtete, als sei er für jeden einzelnen ihrer Handgriffe verantwortlich. Erst nachdem er ein paar Worte mit dem Meister gewechselt hatte, wandte er sich Lea zu. »Was ist dir denn zugestoßen, Kleiner?« Hämisch ahmte er mit dem Mittel- und Zeigefinger die Bewegungen einer Schere nach. »Da hat wohl der Barbier zu tief ins Glas geschaut, bevor er dir das Haar geschnitten hat, was?«

Die Maurer, die in Leas Rücken an einem Relief klopften, hielten kurz inne, stießen einander mit den Ellenbogen an und grinsten. Lea beschloss, gute Miene zum bösen Spiel zu machen, doch in ihrem Innern brodelte es. Dem verflixten Kulicke würde sie bei nächster Gelegenheit die Leviten lesen.

»Seine Exzellenz ist leider unpässlich«, verkündete der Bedienstete von oben herab. Es klang fast, als machte er Lea dafür verantwortlich.

»Dann habe ich nicht die Ehre mit dem Privatsekretär Ihrer Majestät?« Dass dieser Witzbold in Livree sie hier, mitten im Handwerkergetöse stehen ließ, war eine große Enttäuschung. Sie hatte sich darauf gefreut, den berühmten Georgenbau zu betreten, den das Königspaar bewohnte, wenn es besonderen Verpflichtungen in der Stadt nachkam. Lea vernahm das Feixen der Maurer- und Steinmetzgesellen im Rücken, widerstand aber dem Drang, sich umzudrehen und sie mit einem vernichtenden Blick mundtot zu machen. Demonstrativ zog sie die Mütze bis über die Ohren. Sie hätte sich ohrfeigen mögen. Wenn dieser Kerl gar nicht der war, für den sie ihn gehalten hatte, hatte sie Kulicke ganz umsonst mit der Schere an ihr Haar gelassen. Trotzig verschränkte sie die Arme vor der Brust. Sie würde nicht gehen, bevor man ihr nicht ausgehändigt hatte, wofür sie gekommen war. »Auch wenn der Herr Geheimrat plötzlich erkrankt ist, hat er doch bestimmt etwas für mich hinterlassen, nicht wahr?«, fragte sie.

Der Diener verdrehte die Augen. Doch er musste von der Angelegenheit zumindest in Kenntnis gesetzt worden sein, denn plötzlich zog er einen Bogen Papier aus seiner Livree und überflog es flüchtig. »Ach ja, der Krippenschnitzer! Jetzt erinnere ich mich wieder. Du sollst dich mit der Ausführung beeilen, hörst du? Bis Weihnachten ist nicht mehr viel Zeit. Der Hof duldet keine Schlamperei!«

Lea warf einen Blick auf die Auftragsbescheinigung und musste erst einmal schlucken. Großer Gott, wie um alles in der

Welt sollte sie das schaffen? Die Königin verlangte nichts weniger, als dass sie ein Wunder vollbrachte. Um all die Puppen, Wichtelmännchen und Krippenfiguren fertigzustellen, würde sie ganze Nächte durcharbeiten müssen. Andererseits war dieser Auftrag vielleicht die Chance, auf die sie so lange gewartet hatte.

»Noch Fragen?«, wollte der Bedienstete wissen, da Lea zögernd stehen blieb. »Über dein Geld wirst du mit Seiner Exzellenz verhandeln müssen, sobald es ihm wieder besser geht.«

»Ja, aber ich hätte den Herrn Sekretär gern auch noch in einer anderen Angelegenheit gesprochen. Es geht um ein paar Waisenkinder, die in einem Haus hier in der Altstadt untergebracht sind und …«

Die Miene des Mannes veränderte sich so jäh, dass Lea verstummte. Was war denn nun schon wieder los? Hatte sie etwas Falsches gesagt? Verwirrt beobachtete sie, wie sich der Blick des Bediensteten an den grauweißen Winterhimmel heftete. Nein, nicht den Himmel, der Mann starrte auf einen Abschnitt der eingerüsteten Fassade, hoch über Leas Kopf. Dabei weiteten sich seine Augen vor Schreck.

Und dann ging alles blitzschnell.

Bevor Lea sich umdrehen konnte, hörte sie ihn fluchen. Dann traf sie etwas mit Wucht in den Rücken. Sie verlor den Halt und stieß mit dem Hausdiener zusammen. Gemeinsam gingen sie zu Boden. Etwas schlug ganz in ihrer Nähe auf das Pflaster, und im nächsten Moment war Lea von einer dichten Staubwolke umschlossen, die ihr in Augen, Nase und Mund drang.

»Runter von mir, verdammt noch mal«, krächzte der Bedienstete heiser. Er lag auf dem Rücken und strampelte mit Armen und Beinen. Seine rote Livree sah jetzt grau aus, und aus dem streng zurückgekämmten weißen Haar rieselte Zementstaub.

Lea zitterte. Irgendetwas hatte sie rücklings angesprungen. Doch alles, was sie erkennen konnte, waren zwei Hände in schwarzen Arbeitshandschuhen, die ihr entgegengestreckt wurden. Jemand packte sie am Arm und stellte sie mit einem kräftigen Ruck auf die Füße. »Das hätte ins Auge gehen können! Hätte ich das verfluchte Ding auch nur einen Moment später gesehen, wärst du jetzt Matsch, mein Junge!«

Der Mann, der Lea den Staub von den Schultern klopfte, gehörte zu den Maurern. Aufgeregt wies er auf einen Mörtelsack, der nur wenige Schritte von ihr entfernt auf dem Kopfsteinpflaster lag. Der Jutestoff war aufgeplatzt, der Inhalt des Sackes quoll heraus und verteilte sich über den nackten Stein.

»Ich ... ich ...« Lea suchte nach einer Erklärung, aber ihr fehlten die Worte. An der Seite des Maurers, der ihren Arm festhielt, wankte sie über den Hof, um sich das Malheur anzusehen. Sie schätzte, dass der Sack kaum weniger als einen Zentner wog, und er lag exakt an der Stelle, wo sie zuvor gestanden hatte. Der Stoß in den Rücken hatte ihr das Leben gerettet. Im Hof breitete sich Totenstille aus, die nur vom Krächzen einiger Krähen gestört wurde, die, wie so oft während der vergangenen Tage, über den hohen Dächern ihre Runden drehten. Ein paar Handwerksgesellen schauten zum Gerüst hinauf. Ihren Mienen nach begriffen auch sie nicht, wie der pralle Mörtelsack hatte herunterfallen können.

»Schlamperei«, zeterte der Hausdiener, der inzwischen aus seiner misslichen Lage befreit worden war. Hustend torkelte er auf den Baumeister zu, der beide Hände hob, als befürchte er, der Mann könnte mit Fäusten auf ihn einschlagen. »Kretin! Unfähiger Kretin!«

»Aber wir sichern Werkzeug und Baumaterial mit Seilen«, verteidigte sich der Baumeister. »Es ist unmöglich, dass ein voller Zementsack sich einfach vom Fleck bewegt, und noch unmöglicher, dass er herunterfällt. Wir haben im vergangenen Jahr mit den Fassadenarbeiten begonnen, und noch nie gab es einen Unfall auf meiner Baustelle.«

»Sehen Sie sich meine Livree an!«

Der Maurer, der Lea geholfen hatte, räusperte sich. »Wichtiger ist doch wohl, dass dem jungen Mann nichts passiert ist. Wir können froh und dankbar sein, dass …«

Laute Rufe unterbrachen ihn. Sie kamen von der Nordfassade. Auf dem Gerüst dort standen nun zwei der jüngeren Steinmetzgesellen. Einer warf ein längeres Stück Seil hinunter, das den livrierten Diener nur um Haaresbreite verfehlte.

»Jetzt habe ich aber genug«, brüllte der Mann erbost. Dennoch bückte er sich sogleich, um das Seilende aufzuheben. »Da hat doch jemand dran herumgeschnitten!« Der Baumeister fuhr mit den Fingern über die ausgefransten Ränder. Bestürzt schüttelte er den Kopf. »Aber ich schwöre Ihnen bei allem, was mir heilig ist, dass keiner von uns so etwas tun würde. Solche Scherze sind lebensgefährlich, jeder Lehrling weiß das.«

Lea zitterten noch immer die Knie. Nein, ein Scherz war dies ganz sicher nicht gewesen, so viel stand fest. Jemand hatte sie beobachtet und nur den geeigneten Moment abgewartet, um heimlich das Gerüst zu erklimmen und das Sicherungsseil durchzuschneiden. Hätte der Bedienstete nicht zufällig eine Bewegung auf dem Gerüst wahrgenommen, wäre die Sache anders ausgegangen. Die Erkenntnis, wie knapp sie einem furchtbaren Tod entronnen war, ließ Lea schwanken. Ihr wurde schwindelig, in den Ohren rauschte es. Sofort war der Baumeister bei ihr. Mit einer einladenden Geste bedeutete er ihr, sich auf einer der Werkzeugkisten niederzulassen, dann zog er eine flache Zinkflasche aus seinem Gürtel und setzte sie ihr behutsam an die Lippen.

»Trink ein bisschen Schnaps, Junge«, flüsterte er. »Der hilft nicht nur gegen die Kälte, sondern treibt dir auch den Schrecken aus den Gliedern.« Er bot auch dem Bediensteten einen Schluck aus der Flasche an, doch der lehnte mit pikierter Miene ab.

»Ein Skandal ist das«, jammerte er immer wieder, wobei offenblieb, ob damit der Unfall, seine ruinierte Livree oder der Branntweinkonsum vor den Toren seiner Herrschaft gemeint war. Energisch rüttelte er Leas Schulter. »Hör zu, junger Mann, du wirst mir doch gewiss beipflichten, dass eine offizielle Untersuchung kurz vor den Feiertagen für Ihre Majestäten ... äh ... peinlich wäre. Seine Exzellenz ist, wie schon gesagt, krank und muss das Bett hüten. Wir wollen ihn doch jetzt nicht mit einem dummen Missgeschick belasten, nicht wahr? Und du hast genug Arbeit vor dir. Wenn die Polizei anrückt, wird es nur langwierige Befragungen geben. Davon hat keiner was. Ich schlage daher vor, wir vergessen diese Angelegenheit und gehen alle wieder ans Werk.«

Lea war irritiert, fühlte sich aber nicht in der Verfassung, mit dem Mann zu streiten. Wozu auch? Er schien seine Entscheidung gefällt zu haben. Auch die Handwerker widersprachen nicht, sie machten sich wahrscheinlich Sorgen um ihre Arbeit, schließlich sollte bis zum Jahrhundertwechsel die Renaissancefassade in neuem Glanz erstrahlen. Das hatte der alte König Albert sich persönlich ausbedungen.

Lea spürte die Hand des Baumeisters auf ihrer Schulter, eine vorsichtige Geste, mit der er um ihr Einverständnis bat. Mit einem tiefen Seufzer nickte sie. Der Mann hatte ihr Leben gerettet, sollte sie ihn und seine Truppe dafür um Lohn und Brot bringen?

»Vielleicht war es ja nur ein Versehen«, sagte sie und rang sich sogar ein dünnes Lächeln ab. Doch sie glaubte keinen Moment an einen Zufall. Das durchtrennte Seil trug eindeutig Radeks Handschrift. Aber was nutzte ihr das? Da ihn niemand auf dem Gerüst gesehen hatte, würde man ihm auch dieses Mal nichts nachweisen können. Ein Schwarm von Laternenverkäufern würde aussagen, dass sie mit ihrem Vormund zusammen gewesen seien. Lea seufzte. »Ich sollte mich künftig von Baugerüsten fernhalten.«

Das verhaltene Gelächter der Männer ließ erkennen, wie erleichtert sie waren. Noch einmal wurde Lea gedrängt, einen kräftigen Schluck Schnaps zu nehmen. Diesmal nahm auch der Livrierte die Zinkflasche an und leerte sie bis auf den letzten Tropfen.

35.

Es dämmerte bereits, als Lea nach Hause kam. Sie rechnete mit einem frostigen Empfang und beschloss, sogleich die Treppe hinauf und in ihr Zimmer zu schleichen. Aber zu ihrer Überraschung kam ihr Aaron in der Diele mit ausgebreiteten Armen entgegen und drückte sie so heftig an die Brust, dass ihr fast die Luft wegblieb. Er verlor kein Wort über ihr kurzes Haar, obwohl ihm das gewiss enorme Selbstbeherrschung abnötigte. Stattdessen bugsierte er sie in den Salon, wo frisch aufgebrühter Kaffee und eine Platte mit belegten Weißbrotschnittchen auf sie warteten.

Dora küsste sie auf die Wange. »Da bist du ja endlich, meine Liebe. Ich hoffe, du hast Appetit mitgebracht!« Behände füllte sie einen Teller mit Häppchen. Ihr war anzusehen, wie erleichtert sie darüber war, dass Lea ihr Versprechen gehalten hatte und wieder nach Hause gekommen war.

»Dora hat uns die gute Nachricht überbracht«, sagte Aaron, während er Lea beim Essen zusah. Er hatte es sich in Jakob Liebermanns Ohrensessel bequem gemacht, von dem aus er alle seine Angehörigen im Blick hatte. »Ich muss sagen, das hast du gut gemacht, Schwester! Natürlich kann ich es nicht billigen, dass du dich in der Werkstatt des alten Schwarzmüller verkrochen hast. Das tut eine junge Dame nicht. Aber wenn du Laurin wirklich bei einem Auftrag vom Hof zur Hand gehen darfst, will ich ein Auge zudrücken. Ich schätze, wir müssen dem Knaben dankbar sein!«

Ernüchtert schob Lea den Teller zurück, der Appetit war ihr vergangen. Warum musste Aaron jeden Hauch von Behaglichkeit im Keim ersticken? Wie hatte sie nur annehmen können, er freue sich, weil sie zurückgekommen war? Lea holte tief Luft. Vielleicht war jetzt die Zeit gekommen, das Versteckspiel zu beenden und reinen Tisch zu machen. Der Anschlag hatte ihr die Augen geöffnet. Es lohnte sich nicht, das eigene Leben zu riskieren, nur damit ein nicht existierender Holzschnitzer Triumphe feiern konnte.

»Ich glaube, ich muss etwas klarstellen«, begann sie mit belegter Stimme, wurde aber von Ilse unterbrochen, die plötzlich eintrat und einen späten Besucher ankündigte.

»Ich hoffe doch, es ist nicht schon wieder eure Halbschwester!«, seufzte Dora. »Die möchte ich so bald nicht mehr hier sehen!«

Aber es war nicht Willie, sondern Polizeikommissar Dupont, der Ilse Hut und Mantel in die Hand drückte und dann schwungvoll die Tür hinter dem verdutzten Dienstmädchen schloss. Mit einem kühlen Lächeln verbeugte er sich vor Dora und Lea, die Brüder Liebermann begrüßte er mit einem flüchtigen Nicken. Mit ihm zog kalte Luft in den Salon, welche Lea frösteln ließ. Was um alles in der Welt hatte der Polizist nun schon wieder bei ihnen verloren? Einen Moment lang befürchtete sie, er sei wegen des sogenannten Unfalls am Georgentor gekommen, verwarf den Gedanken aber wieder. Sie war als Laurin verkleidet gewesen. Außerdem nahm sie nicht an, dass einer der Männer dort sein Versprechen gebrochen und die Polizei informiert hatte.

»Es tut mir leid, die Herrschaften schon wieder behelligen zu müssen«, entschuldigte sich Dupont. Wie gewöhnlich war sein Erscheinungsbild tadellos. Nicht die kleinste Knitterspur zog sich über seinen taubengrauen Anzug, sein Kragen leuchtete blütenweiß, und die schwarze Krawatte wurde oberhalb des Westenansatzes von einer goldenen Nadel mit Fuchskopf geschmückt.

»Wie können wir Ihnen heute behilflich sein, Herr Kommissar?« Aaron zupfte so lange nervös an seinem Binder herum, bis dieser völlig schief saß. »Ich dachte, Sie hätten inzwischen festgestellt, dass der bedauernswerte Mensch, den Sie draußen an der Heidemühle gefunden haben, nicht unser Bekannter aus Amerika sein kann.«

»In der Tat, Herr Liebermann! Aber irgendjemand muss er ja schließlich sein, nicht wahr?«

Dora füllte eine Tasse mit Schokolade, einer Köstlichkeit aus dem Kolonialwarenladen um die Ecke, die sündhaft teuer war und daher nur an Feiertagen aufgekocht wurde. »Hier, wärmen Sie sich«, sagte sie zu Dupont und reichte ihm das Getränk. »Und dann sagen Sie uns bitte, was es Neues gibt!«

»Nun, die Identifizierung unseres Toten erweist sich leider als schwieriger als vermutet. Da in seiner Tasche der Überrest eines Eisenbahnfahrscheins sichergestellt werden konnte, haben wir das Flugblatt mit seinem Konterfei an den Bahnhöfen der Stadt herumgezeigt und sowohl Kondukteure wie Schalterbeamte befragt.«

»Ohne Erfolg, nehme ich an«, warf diesmal Oskar ein, der sich wie immer im Hintergrund hielt.

Dupont nickte. »Keine große Überraschung, wenn man bedenkt, wie viele Besucher von nah und fern tagtäglich nach Dresden strömen, um den Weihnachtsmarkt zu besuchen. Aber genau wegen des Weihnachtsmarkts bin ich hier.«

Die Geschwister Liebermann sahen ihn ratlos an.

Dupont zückte seine Brieftasche und entnahm dieser einen Papierfetzen. Er war schmal und sah aus, als sei er mehrfach gefaltet und dann wieder geglättet worden.

Aaron runzelte die Stirn. »Was zum Teufel ist das?«

»Kennen Sie eine Markthändlerin namens Martha?« Dupont sprach wie gewohnt in ruhigem Ton, doch seine Augen blitzten auf. »Sie hat bis gestern Dörrpflaumenweiblein und Likör auf dem Striezelmarkt verkauft. Sie und ihre Erzeugnisse sollen beliebt gewesen sein.«

»Wieso sollten wir eine Frau vom Striezelmarkt kennen?«, gab Dora spitz zurück. »Mein Mann hasst Dörrpflaumen, er bekommt Durchfall davon!« Für den misstrauischen Blick, den Dora in Leas Richtung schickte, hätte diese ihre Schwägerin ohrfeigen mögen. War ihr denn nicht klar, dass Dupont jede ihrer Regungen genauestens beobachtete? Wie erwartet, wandte er sich nun Lea zu.

»Und Sie, mein Fräulein?«

Leas Herz pochte gegen das straff geschnürte Mieder, als wollte es ihr aus dem Leib hüpfen. Nein, was für ein Schlamassel. Sollte sie zugeben, Martha gekannt zu haben oder sich lieber in Schweigen hüllen? Doch wie sie Dupont einschätzte, würde der sich nicht so einfach abspeisen lassen. »Ich ging heute über den Striezelmarkt«, sagte sie schließlich. »Dabei hörte ich, wie sich einige der Budenbetreiber über einen Todesfall unterhielten. Eine alte Frau, die gestern gestorben ist. Wenn ich mich richtig erinnere, war ihr Name Martha. Ist das die Händlerin, die Sie meinen?« Dupont nickte. Er stellte die Tasse auf den Couchtisch, ohne einen Schluck daraus genommen zu haben. »In der Tat, Fräulein! Nur haben wir inzwischen herausgefunden, dass die alte Frau keines natürlichen Todes gestorben ist. Sie wurde erstickt.«

Lea biss sich entsetzt auf die Unterlippe. Erstickt? Nein, das war zu schrecklich, um wahr zu sein. Allerding war ihr Marthas plötzlicher Tod selbst merkwürdig vorgekommen.

»Wer hat das getan?«, wollte Aaron wissen.

Ja, wer? Eine gute Frage, auf die Lea auch liebend gern eine Antwort gewusst hätte. Radek? Er hatte keine Zeit verloren und sich die arme Luise geschnappt. Um ihr einen Gefallen zu tun, wie er behauptete. Tatsächlich zweifelte Lea keinen Moment daran, dass er sie bis zum Umfallen schuften lassen würde. Aber für eine billige Haushaltshilfe tötete man nicht gleich deren Mutter, oder? Und was war mit Peregrin? Lea hatte gehört, wie Martha und der Marktleiter sich gestritten hatten. Ihretwegen, oder genauer gesagt wegen Laurin. Peregrin hatte Martha unverhohlen gedroht, und sie hatte ihn zum Teufel gejagt. Der Marktleiter war für sein überschäumendes Temperament berüchtigt, aber dass er noch am selben Abend ins Zimmer einer alten Frau einbrach und diese erstickte, klang weit hergeholt.

Dupont hielt ihr das Stück Papier aus seiner Brieftasche unter die Nase.

»Das hatte die alte Martha in der Hand. Es war dunkel in der Wohnung. Ihr Mörder muss es übersehen haben. Ich möchte wetten, Sie erkennen es wieder, Fräulein Liebermann!«

Lea konnte es nicht bestreiten. Der Fetzen stammte von dem Flugblatt mit der Zeichnung und Beschreibung des Toten aus dem Eis. Lea erinnerte sich, wie ein Botenjunge es Martha am Stand überreicht hatte. Sie musste das Blatt noch kurz vor ihrem Tod studiert haben. Wie vom Donner gerührt starrte Lea auf den Papierfetzen in Duponts Hand. Trotz der Wärme im Salon begann sie zu frösteln. »Sie glauben, diese Martha könnte den Toten wiedererkannt haben?«, fragte sie. »Aber warum ist sie dann nicht gleich zur Polizei gegangen?«

Dupont schnippte mit den Fingern, als habe er nur auf diese Frage gewartet. »Ja, warum hat sie geschwiegen? Wenn sie wusste, wer unser Mann aus dem Eis war, kam sie vielleicht auch auf den, der für seinen Tod verantwortlich ist.«

»Wenn Sie mich fragen, klingt das alles sehr verworren,

und ich bin mir nicht sicher, ob ich mehr davon erfahren will«, sagte Dora. »Was geht uns das alles an?« Sie drehte sich zu Lea um. »Vor allem du solltest dir jetzt nicht den Kopf über diese schrecklichen Dinge zerbrechen. Das lenkt dich nur von deinem großen Auftrag ab!«

»Ein Auftrag?«, erkundigte sich Dupont mit erhobener Augenbraue.

Lea hob mahnend die Hand, denn sie fand nicht, dass ihre Arbeit Dupont etwas anging, doch nicht einmal ein Knebel hätte Dora zum Schweigen bringen können.

»Oh ja. Unsere Lea arbeitet für das sächsische Königshaus!«

»Was Sie nicht sagen!« Dupont schien in etwa so beeindruckt, als würde Lea bei der großen Wäsche helfen.

»Nun, eigentlich erfüllt der junge Laurin einen Auftrag für die Königin, und Lea geht ihm dabei zur Hand«, korrigierte Aaron seine Frau. »Dessen ungeachtet ist Leas Assistenz eine große Ehre für die Firma Liebermann.«

»Davon bin ich überzeugt, mein Herr!« Dupont steckte den Fetzen des Flugblattes wieder in seine Brieftasche, machte aber keine Anstalten, sich zu verabschieden. Nachdenklich starrte er ins Kaminfeuer, und Lea fragte sich, was der Mann denn noch von ihnen wollte. »Dieser Laurin und die alte Martha waren Standnachbarn«, sagte er nach einer Weile. »Marthas Tochter gab zu Protokoll, dass sie sich oft unterhalten haben, es aber auch zu Missverständnissen gekommen sein soll. Es wird nötig sein, dass ich mich mit dem kleinen Holzschnitzer unterhalte.«

»Lassen Sie sich nicht aufhalten!« Dora verzog das Gesicht, als plagten sie Zahnschmerzen. Ihr war anzusehen, dass ihre Geduld mit dem Kommissar allmählich zur Neige ging. »Sie finden ihn auf dem Striezelmarkt oder in der Werkstatt seines Onkels.«

Dupont schüttelte den Kopf, wobei ihm eine widerspenstige

Haarsträhne über die Stirn tanzte. Mit einer eleganten Geste strich er sie zurück. »Dort habe ich es schon versucht, aber leider ohne Erfolg. Am Stand ist nur sein Gehilfe. Die Werkstatt … Nun, die kommt mir sonderbar verlassen vor. Nichts dort deutet auf die Anwesenheit eines jungen Mannes hin.« Er lachte. »Nicht einmal einen Rasierpinsel habe ich gefunden, geschweige denn einen Koffer. Und die kleine Wohnung über der Tischlerei … Ich muss schon sagen, wenn dieser Laurin so ordentlich ist, dass er nicht mal Brotkrümel auf dem Fußboden hinterlässt, würde ich ihn nur zu gern meiner Reinemachfrau vorstellen. Die könnte noch allerhand von ihm lernen.«

»Soll das heißen, dass Laurin jetzt auch vermisst wird?«, wollte Oskar wissen. »Genau wie unser Geschäftspartner Shields aus New York?« Verdutzt blickte er von einem zum andern. »Ja, aber … wer soll denn dann all die Figuren für uns und die Königin schnitzen?«

»Oskar, bitte!«, blaffte Aaron seinen Bruder an. »Laurin wird nicht vermisst. Und es geht uns nichts an, wo er seine Nächte verbringt. Wir sprechen von einem jungen Burschen, der nach Feierabend kaum in der staubigen Werkstatt eines alten Mannes herumsitzen mag. Vielleicht hat er auf dem Striezelmarkt eine Bekanntschaft gemacht.« Aus Rücksicht auf seine Frau verzichtete er auf nähere Erläuterungen, doch natürlich verstanden alle Anwesenden, welche Art von Bekanntschaft er meinte. »Glauben Sie mir, Herr Kommissar, ich konnte mich in meinem Laden davon überzeugen, dass der junge Laurin ein Ehrenmann ist. Einen Schwindler hätte ich sofort durchschaut!«

Dupont neigte höflich den Kopf. »Ich bewundere Ihre Menschenkenntnis, Herr Liebermann. Aber falls Sie den jungen Mann sehen, richten Sie ihm bitte aus, dass er umgehend bei mir im Coselpalais vorstellig werden soll.«

Damit war das Gespräch beendet. Auf Doras Klingeln erschien Ilse mit Duponts Mantel sowie der Neuigkeit, dass es wieder zu schneien begonnen hatte.

»Wir haben frostige Nächte vor uns«, erklärte der Kommissar zum Abschied, was aus seinem Mund durchaus mehrdeutig klang. »Wären Sie so freundlich, mich zur Tür zu begleiten, Fräulein Liebermann?«

Leas Glieder waren schwer wie Blei, und sie musste zweimal Anlauf nehmen, bis sie es schaffte, sich aus dem weichen Sessel zu erheben. Erschöpft schlurfte sie dem Polizeibeamten hinterher und hatte bei jedem Schritt das Gefühl, durch einen Sumpf zu waten. Ihre Gedanken jagten durch ihren Kopf. Shields wurde vermisst, und der Mann im Eis war tot. Martha ebenfalls. Laurin verschwunden. Nein, nicht verschwunden, es gab ihn schlichtweg nicht. Weil sie Laurin war. Und nun wollte die Polizei mit ebendiesem Laurin über Marthas Tod sprechen. Ausgerechnet Dupont, dessen Blick jedermann bis auf die Unterwäsche zu entkleiden vermochte. Ihn würde sie niemals täuschen können. Sie blinzelte, als eisige Luft, mit feuchten Flocken vermischt, ihre Wangen streifte. Kommissar Dupont schlang sich seinen langen weißen Schal um den Hals. »Wann wollten Sie es mir sagen?«, raunte er ihr mit verschwörerischer Miene zu.

Verblüfft sah sie ihm in die Augen, die schon wieder fuchsartig aufblitzten. »Was denn sagen?«

Er lächelte vielsagend. »Na, dass Sie und Laurin ein und dieselbe Person sind!«

36.

Diesmal fuhr sie nicht mit einem Automobil über die holprigen Waldwege, und es war auch nicht Fred, der an ihrer Seite saß. Sie hockte auf dem Bock einer Kutsche, und neben ihr schwang Kommissar Dupont die Zügel. Er hatte ihr so lange zugesetzt, sie hinaus zur Heidemühle zu begleiten, bis sie schließlich eingewilligt hatte. Wohl war ihr dabei nicht. Sie zählte die dunklen Wolken am Himmel, die langsam an ihr vorbeizogen, und dachte dabei an die Nacht, in der Fred sie geküsst hatte. Kommissar Dupont sah nicht so aus, als würde er sie küssen wollen. Er sprach kaum ein Wort mit ihr, sondern trieb die Pferde zur Eile an.

Endlich hielt er die Kutsche an, und Lea war erleichtert, dass sie nicht weiter durchgeschüttelt wurde. Seit der Kommissar ihr eröffnet hatte, dass er über sie Bescheid wusste, fühlte sie sich in seiner Gegenwart noch befangener. Aber wenigstens hatte er ihr keine lange Gardinenpredigt gehalten. Alles, was er von ihr verlangt hatte, war, ihn zum Teich an der Mühle zu begleiten. Lea schaute sich unbehaglich um, verfolgte die Bäume, deren verkrüppelte Zweige sich im Wind bogen. Den ganzen Tag schon rieselten dicke Flocken herab. Als Kind hatte Lea es geliebt, sie mit der Zunge aufzufangen und im Mund schmelzen zu lassen. Aber sie war kein Kind mehr. Zudem wollte sie nicht, dass Dupont sich über sie lustig machte. Merkwürdig fand er sie ohnehin schon. Eine Frau, die ihrer Familie seit Wochen eine Komödie vorspielte. Die sich verkleidete, um auf dem Weihnachtsmarkt Holzfiguren zu verkaufen. Er hatte erstaunlich wenig Fragen gestellt, als wisse er ohnehin schon alles, was er wissen musste.

Anders als bei Leas erstem Besuch hier lag der Teich nun einsam vor ihr. Es gab keine Lichter, keine fröhlichen Menschen auf Schlittschuhen, kein Jauchzen und auch keine Flötenmusik. Nichts als das feine, fast unhörbare Geräusch des fallenden Schnees, das die Umgebung in sattes Weiß tauchte. Dupont lief mit raschen Schritten voran. Er sprach nicht mit ihr und drehte sich auch nicht nach ihr um. So blieb ihr nichts anderes übrig, als seinen Fußabdrücken im Schnee zu folgen, die hinab zum Teichufer führten.

Dort angekommen setzte der Kommissar prüfend einen Fuß auf die Eisdecke. Das Knirschen, das sein Gewicht im Eis auslöste, machte Lea Angst. Sie wollte Dupont warnen, aber da bewegte er sich auch schon über den zugefrorenen Teich. Eilig hielt er auf einen dunklen Flecken zu und verschwamm dabei mit jedem zurückgelegten Schritt zu einem Schemen. Warum ist er nur ohne Laterne losmarschiert, wunderte sich Lea.

Hinter ihr wieherte das Kutschenpferd im Gespann. Es klang schauerlich in Leas Ohren. Fast so schauerlich wie das Knirschen des Eises, das immer lauter zu werden schien. Dann erklang der Knall einer Peitsche, und die Kutsche, in der sie und Dupont gekommen waren, setzte sich in Bewegung. Lea blieb vor Schreck fast das Herz stehen, als sie sah, dass der Kutscher seinen Wagen nicht wendete, sondern das Pferd geradewegs auf den Teich zulenkte.

Verzweifelt hetzte sie der Kutsche hinterher. Wieder knallte der Kutscher mit der Peitsche. Wie ein Wahnsinniger trieb der Mann das Pferd an. Er folgte Dupont. Aber was hatte er vor? Wollte er ihn ausgerechnet hier mit der Kutsche überfahren? Lea rief nach dem Kommissar, bis ihr die Stimme versagte, erhielt aber keine Antwort. Wohin war Dupont verschwunden? Es half nichts, sie musste zu ihm. Ihn warnen. Sie hörte, wie das Eis unter ihren Füßen splitterte. Ihre Füße wurden nass, schwarzes Wasser leckte nach ihren Schuhen. Leichenwasser.

Das durfte doch nicht wahr sein. Warum brach ausgerechnet jetzt die Eisdecke? Hielt sie dem Gewicht der Kutsche nicht stand? Aber ... Lea sah sich um. Da war keine Kutsche. Sie war einfach nicht mehr da, verschwunden mitsamt Pferd und Kutscher. Lea ließ sich auf die Knie sinken und robbte vorsichtig auf die Stelle zu, an der sie Dupont zuletzt gesehen hatte. War er eingebrochen? Vermutlich. Um sich herum sah sie das Eis zerspringen, einzelne Schollen tanzten auf dem Wasser. Sie musste umkehren, wenn sie nicht versinken wollte. Rasch zurück zum Ufer. Sie kroch weiter, bemerkte aber, dass sie in der Dunkelheit die Orientierung verloren haben musste, denn das Ufer und die Umrisse der alten Mühle befanden sich plötzlich nicht mehr vor ihr, sondern in ihrem Rücken. Stattdessen stieß sie auf ein kreisrundes Loch. Hier hatte er gelegen. Der Tote. An dieser Stelle hatte man ihn verschwinden lassen, in der Hoffnung, dass viel Zeit vergehen würde, bis er entdeckt werden würde. Sehr viel Zeit.

Lea blickte wie erstarrt hinab ins Wasser, das zu ihrem Entsetzen erst kleine, dann immer größer werdende Luftblasen warf. Und dann sah sie, wie etwas an ihr vorübertrieb. Haare, die wie Schlingpflanzen ein bleiches Gesicht umspielten, und weit aufgerissene Augen, die sie ungläubig ansahen. Eine Hand schoss durch das Loch an die Oberfläche. Sie streckte sich ihr entgegen, flehte darum, aus dem nassen Grab befreit zu werden. Doch ehe Lea sie ergreifen konnte, brach das Eis, auf dem sie kauerte und sie stürzte hinab zu dem weißen Gesicht, das nicht Duponts, sondern Fred Danners Züge trug.

Lea schrie laut auf, als sie am Arm gepackt und kräftig geschüttelt wurde. Fred? Wollte er sie unter Wasser ziehen?

Benommen sah sie sich um und stellte verdutzt fest, dass sie nicht im Mühlteich schwamm, sondern im Trockenen saß, genauer gesagt auf einer Empore. In Gesellschaft mehrerer gut gekleideter Frauen, darunter Dora, die ihr den Arm drückte und ihr ins Ohr zischte, dass sie mit ihrem Gebrüll den Gottesdienst störe. Den Gottesdienst? Erst jetzt dämmerte es Lea, wo sie sich befand. Es war Samstag, und sie hatte Aaron und Dora in die Synagoge begleitet, weil Aaron gemeint hatte, dass ein wenig himmlischer Beistand ihnen jetzt guttun werde.

»Es tut mir so leid«, murmelte sie mit einem dünnen Lächeln. »Ich muss für einen Augenblick eingenickt sein.«

»Eingenickt?« Dora blieb vor Entrüstung der Mund offen stehen. »Ausgerechnet hier?«

Diese Frage bewegte die übrigen Frauen auch, denn sie steckten sofort die Köpfe zusammen und tuschelten. Reumütig spähte Lea durch das Gitter zu den Betenden hinunter, wo der Gottesdienst mit der Thoralesung seinem Höhepunkt zustrebte. Zu ihrer Erleichterung schien keiner der Männer ihren Schrei gehört zu haben. Aaron und Oskar saßen weit hinten im Saal. Den Gebetsschal über die Schultern geworfen, lauschten sie dem gesungenen Vortrag. Lea lehnte sich wieder zurück. Da sie kaum mehr als ein paar Brocken Hebräisch verstand, kehrten ihre Gedanken schnell wieder zu ihrem Albtraum zurück. Und zu Fred. Sie hatte ihn gesehen, so deutlich, wie sie nun Dora neben sich sah. Er war unter einer Eisscholle an ihr vorübergetrieben, tot oder wenigstens dem Ertrinken nahe. Benommen fuhr sie sich mit der Hand über die Augen, als könnte sie so das furchtbare Traumbild abstreifen. Es gelang ihr nicht.

»Fred«, flüsterte sie. »Du bist nicht abgereist, nicht wahr? Du bist noch hier.«

»Dieser Kommissar hat uns völlig durcheinandergebracht«, schimpfte Dora, als sie später auf dem verschneiten Synagogenvorplatz auf Aaron und Oskar warteten. Aus dem Gotteshaus strömten die Menschen ins Freie. Das Wetter war zu garstig, und so war keiner wie sonst zum Plaudern aufgelegt, die meisten bestiegen ohne Umschweife ihre Kutschen. Nur zwei ältere Herren, Freunde des verstorbenen Jakob Liebermann, lupften im Vorbeigehen grüßend die Zylinder. Ihre Gattinnen hoben vielsagend die Brauen, als warteten sie nur darauf, dass Lea wieder zu kreischen anfing. Die schenkte ihnen ein liebenswürdiges Lächeln.

»Du bist überfordert«, stellte Dora ungnädig fest. »Kein Wunder, bei all diesen Aufregungen. Und da behaupten die Leute, die Weihnachtszeit sei so friedvoll. Also ich kann nichts Friedvolles daran finden, wenn fortwährend die Polizei ins Haus schneit.« Sie seufzte. »Dazu der Haushalt, den ich mit nur einem einzigen Dienstmädchen führen muss, die Sorgen ums Geschäft und die Ungewissheit wegen des armen jungen Mister Shields. *Ich* hätte Grund zu schreien, nicht du. Und wenn Aaron mich länger in der Kälte stehen lässt, werde ich das auch tun. Hier wird man ja zum Eiszapfen!« Dora verzog den Mund zu einer Grimasse. Ihre Nase war gerötet, möglicherweise hatte sie sich einen Schnupfen eingefangen. Dessen ungeachtet sah sie an diesem Morgen so umwerfend aus, dass Lea sich in ihrem mausgrauen Cape und dem am Saum feucht gewordenen Rock wie ein Mauerblümchen vorkam.

Doch wen scherte ihr Aussehen? Es gab andere, wichtigere Dinge. Nachdem Kommissar Dupont ihr enthüllt hatte, dass er über sie Bescheid wusste, hatte sie die halbe Nacht wach gelegen. Wie, verflixt noch mal, war der Polizist ihr nur auf die Schliche gekommen? Und warum hatte er sie nicht gleich im Beisein ihrer Familie verraten? Lea konnte sich keinen Reim darauf machen, aber aus Dupont war nichts herauszubekommen gewesen. Er hatte sich von ihr erzählen lassen, warum sie in die Rolle eines männlichen Holzschnitzers geschlüpft war, und ihr am Ende geraten, auf der Hut zu sein und nicht zu weit zu gehen. Lea hatte nur eine einzige Bitte an Dupont gerichtet: sie den Auftrag für den königlichen Hof ausführen zu lassen.

»Die Königin von Sachsen zu beschwindeln ist eine sehr ernste Sache«, hatte Dupont mit strenger Miene erklärt. Doch Lea hatte ihm hoch und heilig versprochen, der Königin die Wahrheit zu beichten. Gleich nachdem sie ihren Auftrag erledigt und die weihnachtlichen Kunstwerke abgeliefert hatte. Schließlich sollten das Waisenhaus und die übrigen wohltätigen Einrichtungen nicht unter Leas Täuschung leiden. Die Bedürftigen, so hoffte Lea, würde es nicht stören, dass die Figuren für ihre Weihnachtskrippe aus der Hand einer Jüdin stammten. Mit diesem Argument hatte sie Dupont schließlich beschwichtigt. Er würde sie weiterarbeiten lassen, was aber wohl eher dem Umstand geschuldet war, dass der Holzschnitzer Laurin für ihn nicht mehr zum Kreis der Verdächtigen zählte.

Lea fröstelte, als sie an das Schicksal der alten Martha dachte. Hatte sie wirklich, wie Dupont annahm, sterben müssen, weil sie den Fremden auf dem Flugblatt wiedererkannt hatte? Wer um alles in der Welt war dieser Mann? Und warum hatte Martha, wenn sie schon nicht zur Polizei hatte gehen wollen, sich nicht wenigstens ihrer Tochter anvertraut?

Es war zum Verrücktwerden. Leas Gedanken drehten sich im Kreis wie ein Dreidel, einer jener Kreisel, mit denen Kinder am Lichterfest so gern spielten. Von einem großen Wunder war auf den bunten Kinderspielzeugen zu lesen, abgekürzt durch hebräische Lettern. Ja, ein Wunder konnte auch sie jetzt gebrauchen.

Eine Frauenstimme rief nach ihr. So laut, dass Dora sich gereizt umdrehte und die Hände in die Hüften stemmte.

»Auch das noch«, murrte sie verdrießlich. »Wie hat die uns denn hier aufgespürt?«

Willie stapfte mit ihrem Schirm winkend durch das Gittertor und kam geradewegs auf sie zu. Ihre Wangen leuchteten vor Kälte feuerrot, und ihre dunklen Augen blitzten unternehmungslustig. Lea zuckte zusammen, als ihre Schwester sie in eine parfümgeschwängerte Umarmung zog. Seit ihrer letzten Begegnung schien sie sich erholt zu haben, zumindest erwähnte sie weder Bruckmann noch dessen intrigante Verlobte mit einem Wort.

»Was ich hier tue?«, rief die Opernsängerin laut. »Ich genieße einen Spaziergang durch die klare Winterluft. Die pustet einem den Kopf gehörig frei von trüben Gedanken. Solltest du auch mal probieren, Kindchen! Ja, und jetzt schlendere ich erst über die Carolabrücke und dann ein Stück das Terrassenufer entlang, und wen sehe ich vor der Synagoge? Meine Lieblingsschwester.« Sie machte einen Schritt zurück, legte den Kopf in den Nacken und bedachte das Gotteshaus mit seinen schneebedeckten Dächern und Kuppeln mit einem fast melancholischen Blick. »Dich habe ich vermisst, altes Haus«, sagte sie. »Vater hat einmal gesagt, Sempers Synagogenbau sei der größte im ganzen Reich. Na, jedenfalls war er das, bevor die Berliner ihren Prachttempel in die Oranienburger Straße gestellt haben. »Wie oft habe ich mir auf der Empore den Hintern platt gesessen.«

»Wie ordinär«, bemerkte Dora griesgrämig.

Lea hätte zu gern allein mit ihrer Schwester gesprochen, hatte aber keine Ahnung, wie sie Dora loswerden sollte. »Hast du Nachrichten von …« Weiter kam Lea nicht, da Willie sofort abwinkte.

»Lass dir wegen meiner zweiten Geige keine grauen Haare wachsen, Kindchen. Die stehen dir nicht. Der Ärmste sagt zwar, dass er nicht begreife, warum ich ihm den Laufpass gegeben habe, aber er wird drüber hinwegkommen. Auch wenn er mich bestimmt nicht vergessen wird.«

»Das bezweifelt keiner«, unkte Dora, der allmählich der Geduldsfaden riss. Energisch zog sie ihr violettes Cape straff um die Schultern und eilte dann mit dem Hinweis davon, allein nach Hause zu gehen.

»Nimm es mir nicht übel, aber ich habe mich nicht nach deinem Freund erkundigt«, sagte Lea, kaum dass ihre Schwägerin verschwunden war. »Ich wollte wissen, ob du etwas von Fred Danner gehört hast. Hat er sich vielleicht bei dir gemeldet?«

»Danner?« Willie sah sie überrascht an. »Aber ... nein, wie kommst du denn jetzt auf den?«

Ja, wie? Was sollte Lea ihrer Schwester darauf antworten? Dass sie Fred in einem Albtraum mausetot gesehen hatte? Zum Glück retteten sie ihre Brüder aus der misslichen Lage, die soeben in Begleitung des Rabbiners das Gotteshaus verließen.

»Meine ältere Schwester kennen Sie noch nicht«, stellte Aaron Willie ungeduldig vor. Er wollte schnellstmöglich nach Hause und Dora besänftigen. Daher verabschiedete er sich von dem Rabbiner und zog mit Oskar im Schlepptau von dannen. Der Rabbi war so höflich, darüber hinwegzugehen und hauchte Willie galant einen Kuss auf die ausgestreckte Hand. »Ist mir ein Vergnügen, Madame! Ich bin kein großer Opernkenner, möchte Ihnen aber zu Ihren Erfolgen gratulieren. Ihr guter Vater, möge er in Frieden ruhen, wäre sicher stolz auf Sie gewesen.«

»Ihr Wort in Gottes Ohr, mein Lieber«, seufzte Willie mit einer bühnenreifen Geste.

Der Rabbi nickte Lea zu. »Von Ihnen hört man ebenso erstaunliche Dinge, Fräulein! Welche Ehre, bei einem Auftrag für Ihre Königliche Majestät mitzuwirken!« Er hüstelte verlegen. »Nun ja, vielleicht sollten wir in der Gemeinde nicht zu viel Werbung dafür machen. Die Tatsache, dass dieser Laurin ein ... äh ... Krippenschnitzer ist, könnte zu Gerede führen. Sicher würde es die Gemüter beruhigen, wenn Sie sich auf Holzspielzeug und Räuchermännchen beschränkten.« Gemeinsam gingen sie ein paar Schritte die Straße hinunter in Richtung Elbe. »Ihr Herr Bruder hat mich um einen Rat gebeten«, raunte Rabbi Winter Lea zu.

»Also, wenn es um meine Holzarbeiten geht ...«

»Nein, nein! Er hat ein Telegramm aus New York erhalten, in dem der alte Shields nachfragt, wann mit einer Verlobung seines Sohnes mit Ihnen zu rechnen sei. Offensichtlich ist der Mann fest davon überzeugt, dass sich sein Sprössling in Dresden aufhält.«

»Die Polizei hat festgestellt, dass es sich bei dem unbekannten Toten, der kürzlich entdeckt wurde, mit aller Wahrscheinlichkeit nicht um den jungen Shields handelt«, sagte Lea. Welche Rolle sie bei dieser Entdeckung gespielt hatte, behielt sie für sich. Der arme Rabbi musste sie schon für seltsam genug halten.

»Ich habe auf Bitten Ihres Bruders noch mal die Gemeinderegister nach Angaben zu dieser Familie Shields durchsucht«, sagte der Rabbi. »Dabei bin ich auf etwas Interessantes gestoßen. Wussten Sie, dass der alte Herr Shields immer noch ein Haus in Dresden besitzt? Es sollte wohl schon zum Verkauf angeboten werden, aber die Bevollmächtigten der Familie haben das immer wieder abgelehnt. Nicht einmal vermieten wollen sie die Wohnräume, dabei befinden sie sich in einer ganz passablen Lage.«

Lea schürzte erstaunt die Lippen. Ein Haus? Das war ihr neu. Warum mochte der Amerikaner es behalten haben? Aus Sentimentalität? Oder hatte er geplant, eines Tages, wenn er genug Geld in New York verdient hatte, nach Dresden zurückzukehren?

»Wenn Shields eine Immobilie in der Stadt besitzt, hat er vielleicht dort Quartier bezogen«, meinte Willie achselzuckend. »Es soll ja Leute geben, die ungern in Hotels absteigen.«

Rabbi Winter sah das anders. »Das Haus steht leer, seit die

Shields' es verlassen haben«, sagte er. »Dort ist seit Jahrzehnten niemand mehr gewesen, daher dürfte es nahezu unbewohnbar sein. Ein alter Mann sieht hin und wieder nach dem Rechten, dafür bekommt er ein paar Groschen.« Er seufzte. »Vermutlich hätte ich Ihnen das gar nicht erzählen sollen. Ich rate Ihnen: Vergessen Sie es und überlassen Sie die Angelegenheit Ihrem Herrn Bruder. Er wird schon wissen, was zu tun ist.«

37.

»Werden Aaron und Dora sich nicht fragen, wo du bleibst?«

Willie nutzte ihren Regenschirm als Stock, um auf dem rutschigen Trottoir nicht den Halt zu verlieren. Mit der freien Hand hielt sie ihren voluminösen Hut fest. Sie hatte Mühe, mit Lea Schritt zu halten, die es sich trotz ihrer hinderlichen Röcke angewöhnt hatte, wie ein junger Mann auszuschreiten. Zunächst überquerten die Schwestern den Altmarkt, an dem es vor Menschen nur so wimmelte, dann ging es vorbei an der eingerüsteten Kreuzkirche bis zur Waisenhausstraße. Schließlich lag die Prager Straße vor ihnen. Die Läden waren hier exquisit und boten alles, was das Herz begehrte – vorausgesetzt, die Kundschaft verfügte über das nötige Kleingeld. Staunend betrachteten Lea und Willie die Auslagen der mit Tannengrün und rotbackigen Äpfeln festlich geschmückten Ateliers, die für die Wintermode der Saison 1899 warben. Ladenglöckchen bimmelten, an einer Straßenecke sang ein Mädchenchor in hübschen roten Mänteln Weihnachtslieder, und ältere Damen liefen mit klirrenden Sammelbüchsen umher und baten die Passanten um eine milde Gabe für die Armen. Viele der Passanten öffneten ihre Geldbeutel und warfen ein paar Münzen in die Büchsen.

Das Haus, das der Rabbi Lea beschrieben hatte, befand sich zwischen einem Feinkostladen, an dessen Türpfosten ein wahres Monstrum von Truthahn hing, und einem Juwelier. Es war ebenso hoch wie die mit roten Klinkern verkleideten Gebäude ringsum, versprühte aber deutlich weniger Charme. Dicke schwarze Tücher verhüllten die Fenster und ließen erkennen, dass die Wohnung schon lange nicht mehr bewohnt wurde. Das Erdgeschoss zumindest schien vermietet zu sein. An eine Drogerie und Gewürzhandlung, wie die Aufschrift auf einem verstaubten Schaufenster verriet. Verglichen mit den Modeateliers und Kunstgalerien der Nachbarschaft wirkte der Laden wie ein vernachlässigtes Straßenkind unter Chorknaben. Willie blieb vor einem angeschimmelten Werbeplakat stehen, das gleich neben der Tür Kundschaft anlocken sollte.

»*Hat dein Corpus etwas Stauung, Bullrich fördert die Verdauung*«, las sie mit einem Grinsen. »Wäre das nicht ein passendes Weihnachtsgeschenk für Dora, was meinst du? Hübsch verpackt, mit einem roten Schleifchen drum.«

Lea schmunzelte. Wenn sie ehrlich war, war sie heilfroh, dass Willie zugestimmt hatte, sie in die Prager Straße zu begleiten, auch wenn ihre Schwester sich nicht allzu viel davon versprach, dem alten Haus der Familie Shields einen Besuch abzustatten. Allerdings hatte sie auch nicht versucht, es Lea auszureden. Und dies rechnete sie ihr hoch an.

Als das Ladenglöckchen bimmelte, hob der Drogist erwartungsvoll den Blick. Er war schon älter und steckte in einem Arbeitskittel, der gewiss einmal weiß gewesen war, nun aber das Grau des Staubs angenommen hatte, welcher fingerdick über seinen Dosen und Gefäßen lag. Als ihm dämmerte, dass die beiden Frauen in seinem Laden keine Kundinnen waren, verlor er rasch das Interesse an ihnen. Nein, mit den Wohnräumen über dem Geschäft habe er nichts zu tun, um die kümmere sich mehr schlecht als recht ein versoffener Kauz, der von Zeit zu Zeit hereinschneite, um einen Schluck Melissengeist zu schnorren.

»Seife sollte sich der Schluckspecht kaufen und sich damit die Ohren waschen«, brummte der Graukittel und beugte sich dann über den Ladentisch, als wolle er Lea und Willie ein Geheimnis anvertrauen. »Wir verkaufen die feinste Lavendelseife von ganz Dresden en gros und en détail! Das Stück zu zwei Groschen. Ein hübsches Geschenk für die gnädigen Fräulein zum Fest!«

»Und einen Schlüssel?«, bohrte Lea weiter. Mit viel Überzeugungskraft und nach dem Erwerb eines bröckeligen Seifenstücks schaffte sie es, dem Drogisten einen Zweitschlüssel für die oberen Stockwerke abzuschwatzen.

»Da oben gibt's aber nur Dreck. Ratten und Ungeziefer«, rief der Mann ihnen hinterher. »Für zwei Damen ist das wohl kaum der geeignete Aufenthaltsort.«

»Wir sind gleich wieder zurück!«, antwortete Lea.

Verfolgt vom Gemurmel des Drogisten sperrte sie die Haustür auf und erklomm mit Willie im Schlepptau die Treppe zur ersten Etage.

»Puh, was für ein widerlicher Geruch«, beschwerte sich Willie, die nach jeder genommenen Stufe argwöhnisch über die Schulter blickte. »So muffig und ... irgendwie tot. Ob Häuser sterben können? Wenn ja, dann atmet das hier schon lange nicht mehr.« Rasch zog sie das Seifenstück aus ihrer Tasche und sog gierig den schwachen Lavendelduft ein. »Ich verstehe nicht, was du dir hiervon versprichst«, sagte sie, während Lea in das erste Zimmer spähte. Dort drin war es mit all den verhängten Fenstern dunkel wie die Nacht. Nur vom Flur her fiel ein wenig Licht auf die verschrammten Holzdielen. Abgesehen von leeren Weinflaschen und haufenweise verdorrten Blättern auf dem Fußboden war der Raum leer. Wenigstens schienen sich hier, der Warnung des Drogisten zum Trotz, keine Mäuse auszutoben.

»Lass uns gehen! Du siehst doch, dass hier schon lange niemand mehr war!« Willie wurde richtig ungeduldig. Es schien ihr vor dem alten Haus zu grausen. »Du solltest dich lieber auf deine Arbeit konzentrieren. Die Geschenke für die Königin schnitzen sich schließlich nicht von selbst. Und wenn du eurer Bude auf dem Striezelmarkt zu lange fernbleibst, riskierst du wieder Ärger mit diesem Peregrin.«

Lea ging weiter und stieß die Tür zum Nebenraum auf, der vermutlich einst ein Speisezimmer beherbergt hatte. Er war ebenso kahl, öde und leer wie der erste. »Solange ich als Laurin für die Königin arbeite, kann Peregrin mich gar nicht davonjagen. Das würde ein schlechtes Licht auf den Striezelmarkt werfen.« Lea drehte sich zu ihrer Schwester um. »Leider sieht Radek das ein bisschen anders.« Flüsternd berichtete sie Willie, was sich auf der Baustelle vor dem Georgentor zugetragen hatte. Willie war entsetzt. Sie packte Lea am Arm und blickte ihr streng in die Augen. »Mit einem Zementsack? Wie kannst du da so ruhig bleiben? Der wollte dich umbringen!«

Lea schüttelte den Kopf. »Nicht mich, sondern Laurin. Ich denke, er möchte verhindern, dass Laurin mit der Königin plaudert. Über ihn und seine Art, die Waisenunterkunft zu leiten!«

»Hach, dich kann man aber wirklich keine Minute aus den Augen lassen«, jammerte Willie. »Hast du wenigstens diesen merkwürdigen Kommissar mit französischem Namen informiert?«

»Dupont? Nein, weil ich nämlich keinen Beweis dafür habe, dass Radek am Georgentor war. Außerdem musste ich versprechen, die Angelegenheit nicht breitzutreten.« Sie holte tief Luft, dann fügte sie hinzu: »Der Kommissar weiß übrigens auch, dass ich mich auf dem Striezelmarkt als Mann ausgebe. Er hat mir erlaubt, den Auftrag der Königin auszuführen, aber danach muss ich Farbe bekennen.« Sie grinste schief. »Am besten ich kaufe mir schon mal ein Ticket für den nächsten Überseedampfer.«

Willie sah plötzlich sehr nachdenklich aus. Lea konnte sich schon denken, warum und spürte einen schmerzhaften Stich in der Brust. Diese ganze Angelegenheit war ein Strick voller Knoten. Wenn es ihr doch nur gelänge, wenigstens einen davon zu lösen.

Langsam überquerte sie den Korridor und stand auf einmal in einer Küche. Anders als die leeren Wohnräume war sie fast vollständig eingerichtet. Vom Deckengebälk hingen Bratpfannen, Kessel und Siebe herab. Es gab einen großen Tisch und einen verrosteten Herd in der Ecke. Der morsche Dielenbelag knarrte indes auch hier unter jedem von Leas Schritten. Willie hatte recht. Sie war eine Närrin, in einem verlassenen Haus herumzuschleichen. Shields war nicht hier gewesen. Und Shields hatte mit Fred nur gemein, dass beide sich in Luft aufgelöst hatten. Mit Radeks Intrigen hatten sie nichts zu tun. Und doch konnte sich Lea des Gefühls nicht erwehren, dass alle diese Menschen – einschließlich Martha und des Toten aus dem Eis – mit ihr auf irgendeine merkwürdige Weise verbunden waren. Ebenso mit dem Striezelmarkt. Aber wie und warum? Leas Gedanken kreisten um diese Frage wie die Krähenvögel, die am Georgentor um die Dächer herumgeflattert waren. Eine Antwort fand sie nicht. Ebenso wenig wie sie an diesem verlassenen Ort irgendwelche Hinweise darauf fand, dass hier einmal eine Familie Shields zu Hause gewesen war. Es gab weder Bücher noch Dokumente oder sonst irgendetwas Persönliches. Nichts als verbeulte Töpfe und die unvermeidlichen Blätter, Zweige und Staubflocken auf dem Boden.

Willie war nach nebenan gegangen. Lea hörte sie husten – bestimmt reizte der Staub ihre Kehle. Doch dann herrschte auf einmal Stille. Eine Stille, die Lea unangenehm berührte.

»Willie?«

Plötzlich ergriff Lea eine unerklärliche Angst. Noch einmal rief sie nach ihrer Schwester, malte sich dabei Schreckensbilder davon aus, sie nicht mehr zu finden. Oder noch schlimmer: Willie ausgestreckt auf den Dielenbrettern. Erstickt wie die alte Martha oder durch einen Stich getötet wie der unbekannte Mann im Eis. In Panik rannte sie von Raum zu Raum und schluchzte vor Erleichterung, als sie Willie endlich in einem Zimmer am Ende des Flurs entdeckte. Dort stand sie reglos da und starrte ins Leere.

»Das muss einmal ein Kinderzimmer gewesen sein«, sagte sie schließlich leise.

Lea schaute ihr über die Schulter und entdeckte Überreste gelber und grüner Tapeten, die wie Bananenschalen von den Wänden herabhingen. Durch das einzige Fenster, das in einem kleinen Erker saß, fiel Tageslicht. Statt schwarzer Tücher hing eine Gardine davor, die einmal hübsch gewesen war. Ansonsten herrschte in dem Raum ein wahres Durcheinander. Regalwände waren aus ihren Verankerungen gerissen und umgestürzt worden, vergilbte Bücher, Papiere und Kleidungsstücke verteilten sich über den gesamten Fußboden. In einem Winkel unter der Dachschräge stand ein Bettgestell aus Messing mit zerwühlter Wäsche.

Vorsichtig berührte Lea das Laken, dann beugte sie sich vor und schnupperte. Das Leinen war zerknittert, roch aber schwach nach Lavendel. »Hier hat jemand geschlafen, und das kann noch nicht lange her sein!«

»Kein sehr ordentlicher Mensch, wenn du mich fragst!« Willie sah sich voller Unbehagen um. »Vielleicht der alte Kauz, von dem der Drogist uns erzählt hat? Der hier manchmal nach dem Rechten sieht. Aber … warte mal!« Sie schob Lea zur Seite und nahm das Bettzeug nun selbst in Augenschein. Dabei schüttelte sie den Kopf, als könne sie nicht fassen, was sie sah.

»Ich kenne diese Bettwäsche! Sie stammt aus dem Bellevue!«

»Aus deinem Hotel? Bist du sicher?«, fragte Lea verblüfft.

»Aber ja!« Mit einer energischen Handbewegung zog Willie das Laken von der Matratze und stieß einen triumphierenden

Schrei aus, als sie am unteren Ende des Leintuchs auf ein mit rotem Garn gesticktes Monogramm stieß. »Siehst du? Ein B und ein D! Steht für Bellevue Dresden. Die Wäsche wurde aus meinem Hotel entwendet, zweifellos von einer Person, die Kontakte zum Personal hat.«

Oder von einem Gast, der fluchtartig das Bellevue verlassen hat, um sich hier zu verkriechen, dachte Lea. Sie bückte sich und hob eines der herumliegenden Hemden vom Fußboden auf. Es war von bester Qualität und für einen hochgewachsenen, schlanken Mann mit langen Armen geschneidert worden. Die Knöpfe waren aus Silber und mit einem Wappen versehen, aber der oberste und auch der unterste Knopf fehlten. Lea überlegte. Hatte sie dieses Hemd schon einmal gesehen? Und wenn ja, wer hatte es getragen?

»Lass doch das dumme Hemd sein, hier drüben ist Blut!« Willies Stimme zitterte. Erschüttert wies sie auf die Dielen. Tatsächlich waren darauf deutliche Spuren eingetrockneten Blutes zu erkennen. Lea hob eine helle Schirmmütze auf, die ebenfalls Blutspritzer aufwies.

»Ich hab's gewusst«, hauchte Willie, die inzwischen totenblass geworden war. »Wir hätten nicht herkommen dürfen. Was, wenn sich hier oben ein Mörder versteckt? Vielleicht der Bursche, der den Kerl aus dem Eis auf dem Gewissen hat! Und die Alte vom Dörrpflaumenstand. Dann wären jetzt wir an der Reihe, weil wir seinen Unterschlupf gefunden haben!« Ihren Schirm wie eine Waffe schwingend, schlich Willie zur Tür und lauschte angestrengt, ob sich auf dem Korridor etwas regte. Lea wollte gerade den Mund öffnen, um ihre Schwester zu beruhigen, als sie tatsächlich ein Knarren hörte. Schritte. Nun wurde auch sie blass.

»Da kommt jemand die Treppe herauf«, flüsterte Willie heiser.

»Vielleicht der Drogist, der seinen Schlüssel wiederhaben will?«

»Unsinn! Warum sollte der seinen Laden allein lassen, um uns zu suchen?« Angst flackerte in Willies Augen auf. »Was sollen wir denn jetzt bloß machen?«

»Hier dürfen wir jedenfalls nicht bleiben, sonst sitzen wir in der Falle«, sagte Lea mit gesenkter Stimme. »Aber übers Treppenhaus schaffen wir es auch nicht mehr hinaus.«

»Vielleicht gibt's eine Dienstbotenstiege?«

Es gab eine – zumindest schien die Tapetentür, die sie am Ende des Flurs entdeckten, zu einer Treppe zu führen. Dummerweise war die Tür fest vernagelt. Hier kamen sie nicht raus. Dafür wurden die Geräusche im Treppenhaus lauter. Wer auch immer zu der verlassenen Wohnung hinaufstieg, würde jeden Moment bei ihnen sein. Auf Zehenspitzen schlichen die Schwestern zurück zum Eingangsbereich. Wollten sie dem Unbekannten nicht geradewegs in die Arme laufen, blieb ihnen nichts weiter übrig, als sich in einem der vorderen Räume zu verstecken und den Atem anzuhalten.

Lea gelang es im letzten Moment, Willie am Arm in die Küche zu ziehen, als die Wohnungstür aufgestoßen wurde und jemand über die Schwelle stolperte. Dem Gepolter folgten ein heiseres Husten und Brabbeln, begleitet vom unvermeidlichen Knarren der Dielenbretter. Darauf Stille. Die Person bewegte sich nicht vorwärts. Sie stand im finsteren Flur, von Lea und Willie nur durch eine Tür getrennt. Und lauschte.

Er überlegt, warum nicht abgeschlossen war, schoss es Lea durch den Kopf. Wie dumm von mir, das zu vergessen.

»He, jemand da?«

Lea rührte sich nicht. Beschwörend legte sie einen Finger über die Lippen, doch Willie dachte nicht daran, auch nur einen Mucks von sich zu geben. Vorsichtig riskierte Lea einen Blick durch den Türspalt, betend, dass die Tür sich dabei nicht bewegte und sie durch ein Quietschen verriet.

Von dem Mann auf dem Flur war im Zwielicht kaum mehr als eine Silhouette zu erkennen. Er schien nur mittelgroß zu sein, aber sein Körper wirkte massig und muskulös. Der kahle Kopf hatte die Form eines Eis und verschwand fast zwischen den Schulterblättern. Er hielt etwas in der Hand, vielleicht eine Flasche, vielleicht auch einen Knüppel oder etwas noch Schlimmeres. Lea musste an das Blut auf dem Fußboden des alten Kinderzimmers denken und unterdrückte nur mühsam einen Würgereiz.

Nun setzte sich der Mann in Bewegung. Kurz spähte er in den der Küche gegenüberliegenden Raum, dann schlurfte er schnaufend weiter, den Flur entlang. Als er das Kinderzimmer erreichte, hörte Lea ihn laut fluchen und schrak zusammen. Hatte er bemerkt, dass jemand erst vor kurzer Zeit dort gewesen war?

»Lass uns verschwinden!« Lea packte die überraschte Willie am Arm und schob sie hinaus auf den Flur. Keinen Augenblick zu früh, denn kaum hatten sie die Wohnungstür erreicht, sah Lea den Fremden mit einem Wäschebündel unter dem Arm aus dem Zimmer treten. Ihre Blicke kreuzten sich. Das bärtige Gesicht verzerrte sich jäh zu einer Grimasse.

»Was zum Teufel ...?« Anstatt seine Frage zu beenden, fing er an zu kreischen. Sein Gebrüll hallte schaurig von den Wänden wider.

Eilig verließen die Schwestern die Wohnung.

»Sperr ab«, rief Willie. »Lass ihn nicht raus!«

Mit zitternden Fingern gelang es Lea, den Schlüssel im Schloss herumzudrehen, bevor der Mann die Eingangstür erreichte. Sie hörten ihn daran rütteln und fluchen. Er würde sich bald befreien können, denn offensichtlich verfügte auch er über einen Schlüssel. Doch wenigstens verschaffte die zugesperrte Tür Lea und Willie einen kleinen Vorsprung. Sie rannten, ohne sich umzudrehen. Aus dem Haus hinaus und die Straße hinunter. Vorbei an den Weihnachtssängern und den Einkaufenden, an Droschken und Karren, bis sie den Turm der Kreuzkirche vor sich aufragen sahen und Willie sich über Seitenstechen beklagte. Als sie den Altmarkt erreichten, sanken die Schwestern erschöpft und völlig außer Atem auf eine der bunt bemalten Bänke vor dem Warenhaus Herzfeld. Ein Türsteher mit gezwirbeltem Schnurbart sah besorgt zu ihnen hinüber, sprach sie aber nicht an. Er hatte genug damit zu tun, den Kundinnen die Tür zu öffnen, seinen Hut zu ziehen und Bücklinge zu machen.

»Um ein Haar hätte uns dieses Scheusal am Schlafittchen gehabt«, keuchte Willie, die Hand auf die Brust gepresst, als müsste sie ihr Herz am Herausspringen hindern. Misstrauisch blickte sie sich um. »Nur gut, dass kein Zeitungsreporter mich wie ein aufgescheuchtes Huhn durch die Straßen laufen sah. Das wäre mir doch recht peinlich gewesen.« Als ihr auffiel, dass Lea etwas fest gegen die Brust drückte, runzelte sie die Stirn. »Was hast du denn da? Eine Mütze? Sag bloß, du hast dieses hässliche, schmutzige Ding aus der Wohnung der Shields' mitgenommen? Warum, um Himmels willen?«

Lea holte tief Luft, dann schaute sie auf die Schirmmütze mit dem getrockneten Blutfleck, die ihre Finger umklammerten. Sie kannte diese Mütze. Und sie wusste, wer sie getragen hatte.

»Sie … gehört Fred«, flüsterte sie, und plötzlich schwammen ihre Augen in Tränen. »Fred muss in der Wohnung gewesen sein.«

38.

Als Fred aus seiner Ohnmacht erwachte, war ein leises Plätschern das erste Geräusch, das er wahrnahm. Wasser. Nicht fern von ihm fielen Tropfen herab und zerplatzten dicht vor seinen nackten Füßen in einer Lache. Er blinzelte, aber rings um ihn herum war alles dunkel. Ein Meer aus tintenschwarzer Finsternis, in dem er mutterseelenallein auf einer übel riechenden Matratze trieb. Und kalt war es in diesem Meer, kalt und einsam. Als seine Zähne unkontrolliert zu klappern begannen, wünschte er sich die Bewusstlosigkeit zurück. Doch sie kam nicht. Er war wach und würde es so lange bleiben, bis der Unbekannte, der ihn an diesen Ort verschleppt hatte, ihm abermals etwas zu trinken gab. Danach schlief er für gewöhnlich rasch ein. Er konnte nur vermuten, dass das Wasser ein Schlafmittel enthielt.

Fred versuchte verzweifelt, sich zu erinnern, wie er hier auf dieser Matratze gelandet war, doch sein Brummschädel ließ eine derartige Anstrengung nicht zu. Auch wie lange er bereits an diesem Ort war, vermochte er nicht zu sagen. Er konnte überhaupt nichts sagen. Ihm war schwindelig, er fror, und seine Gliedmaßen fühlten sich an wie frisch durchgekneteter Teig. Er streckte sich, was ihm sogleich einen heftigen Schmerz in den Handgelenken bescherte. Verflucht, er hatte vergessen, dass er wie ein Paket verschnürt war. Seine Arme waren hinter dem Rücken mit Stricken zusammengebunden, die ihm bei jeder unbedachten Bewegung ins Fleisch schnitten. Seine Beine und Füße waren anfangs ebenfalls gefesselt gewesen, doch als er sie nun vorsichtig bewegte, spürte er keinen Widerstand mehr. Wie es aussah, hatte sein Peiniger ihm die Fußfesseln abgenommen. Zusammen mit seinen Schuhen. Was das sollte, begriff er nicht. Auch mit Schuhen und Socken an den Füßen wäre es ihm kaum möglich gewesen zu fliehen.

In Panik und Verzweiflung begann er sich zu winden wie ein Wurm, doch alles, was er damit erreichte, war, dass er von der müffelnden Matratze rutschte und auf einem schlammigen Boden landete. Herrgott, was sollte das alles? Wer hielt ihn hier gefangen wie ein Tier? Unter Aufbietung all seiner Kräfte schaffte es Fred auf die Matratze zurück. Dort überließ er sich der Woge aus Erschöpfung und Benommenheit, die über ihm zusammenschwappte. Als er die Augen schloss, kam langsam die Erinnerung zurück.

Der Striezelmarkt und Lea … Lea Liebermann. Als er leise ihren Namen aussprach, regte sich ein warmes Gefühl in seiner Brust. Einem Mädchen wie ihr war er noch nie begegnet. Starrsinnig. Ein wenig verrückt womöglich, aber auch warmherzig und voller Überraschungen. Genau das war es, was sie so anziehend machte. Ob sie an ihn dachte, ihn vermisste? Was mochte ihr durch den Kopf gegangen sein, als er plötzlich verschwunden war? Glaubte sie, er habe Dresden verlassen, weil er sie nicht wiedersehen wollte? Lieber Himmel, nur das nicht!

Plötzlich war alles wieder da, fast so, als hätte jemand in seinem Kopf eine Kerze angezündet. Er sah sich wieder mit dem vermummten Angreifer kämpfen, der ihn im Schlaf überrascht hatte. Er hätte ihn niedergerungen, ganz bestimmt sogar, wenn nicht dummerweise plötzlich ein zweiter Mann aufgetaucht wäre, und gegen die Übermacht hatte er nichts ausrichten können. Die beiden Mistkerle hatten ihn bewusstlos geschlagen und fortgeschafft. In diese Hölle aus Schmutz und Blut, das ihm die Augen verklebte.

Aber warum ihn? Er fand keine Antwort darauf, sosehr er sich auch den Kopf zerbrach, und doch musste es einen Grund geben. Kein Mensch wurde einfach aus einer Laune heraus entführt. Denk nach, befahl er sich. Er erinnerte sich noch, dass er auf dem Weihnachtsmarkt gewesen war und Lea getroffen hatte. Richtig, er hatte ihr etwas sagen wollen. Etwas ungeheuer Wichtiges. Reinen Tisch hatte er machen und ihr die Wahrheit über sich sagen wollen. Doch dann war sie von diesem Zeitungsfotografen in Beschlag genommen worden.

Fred atmete so ruhig er konnte ein und aus, denn er wollte nicht schon wieder das Bewusstsein verlieren. Nur wenn er wach blieb, würde er herausfinden, wo er sich befand. Vorsichtig bewegte er den Kopf, obwohl der Schmerz, der daraufhin folgte, ihm fast den Atem nahm. Aber wenigstens konnte er ausmachen, dass der Raum, in dem man ihn festhielt, hohe, kahle Wände hatte und so weiträumig war, dass jedes Geräusch einen Widerhall verursachte. Eine Kirche? Nein. Eher eine verlassene Lagerhalle. Davon gab es in Dresden gewiss unzählige.

Plötzlich näherten sich Schritte, und Fred hörte, wie eine Tür aufgestoßen wurde. Rasch schloss er die Augen und stellte sich schlafend. Die Schritte kamen langsam näher, das Licht einer Lampe streifte sein Gesicht.

»Kannst aufhören, so zu tun, als würdest du schlafen«, schnarrte eine Stimme über ihm. Ein beißender Geruch von Schnaps und muffigen Kleidern stach ihm in die Nase.

In Fred stiegen Wut und Angst auf, als ein Fuß ihn anstupste. Aber er rührte sich nicht.

»Verdammt kalt in dem alten Schuppen, nicht wahr, Junge? Ich habe dir ein paar Klamotten mitgebracht, obwohl er's mir eigentlich verboten hat. Quatschen soll ich auch nicht mit dir. Aber so behandelt man nicht mal einen Straßenköter, was?«

Er? Von wem sprach der Kerl nur? Von seinem Komplizen

oder einem Auftraggeber? Das Licht verschwand wieder. Der Mann musste die Lampe auf dem Boden abgestellt haben. Durch halb geöffnete Augenlider erkannte Fred ein runzliges Gesicht mit einem Zottelbart und dann ein Bündel mit Kleidungsstücken. Sie gehörten ihm. Folglich musste der merkwürdige Alte sie aus der Wohnung in der Prager Straße geholt haben.

»Nun mach schon, Kleiner. Ich habe nicht den ganzen Tag Zeit.« Der Unbekannte boxte ihm gegen den Arm, erst sachte, dann, als Fred sich immer noch nicht bewegte, kräftiger. »Na, willst du wohl?«

Etwas berührte Freds Lippen. Ein Flaschenhals. Der Mann war vor ihm in die Knie gegangen und versuchte nun, ihm eine Flüssigkeit einzuflößen. Energisch schüttelte Fred den Kopf, obwohl er damit gleich wieder neue Schmerzwellen provozierte.

»Nun hab dich nicht so, Jungchen«, knurrte der Mann, während er Fred grob an den Haaren packte. »Nur ein Schlückchen, danach wirst du wie ein Baby schlafen!«

»Wer bist du, zum Teufel?«, presste Fred zwischen den Zähnen hervor. Er kämpfte wie wild, sobald die Flaschenöffnung seinem Mund näher kam. Auf keinen Fall wollte er etwas von dem Zeug hinunterschlucken. »Was habe ich dir getan? Warum hältst du mich hier fest?«

Der Fremde schnaubte. »Bist wohl jemandem auf die Zehen getreten, Jungchen. Aber das geht mich einen Scheißdreck an. Ich tu, was man mir sagt, dann krieg ich meinen Schnaps und keinen Ärger. Und du kriegst auch nur frische Klamotten von mir, wenn du brav deine Medizin nimmst.«

Fred begriff. Der versoffene Zausel wurde von jemandem bezahlt, dass er ihn hier bewachte. Da ihm nicht erlaubt war, Freds Fesseln zu lösen, wollte er ihn mit einer Droge betäuben, um ihm danach wärmere Kleidung überzustreifen. Fred merkte, wie sein unterkühlter Körper vor Verlangen nach Wärme zu zittern begann. So sehr, dass er versucht war, die Flüssigkeit des Alten zu schlucken. Dennoch widerstand er der Verlockung trotzig. Er würde sich nicht schon wieder in Tiefschlaf versetzen lassen. Stattdessen gab er alles, um seinen Wächter zum Reden zu bringen. Er musste wissen, wo man ihn hingeschafft hatte. Doch damit biss er bei dem Alten auf Stein. »Ich werde dir einen Dreck verraten. Ich … brauch das Zeug in der Flasche selbst. Und er hat mir versprochen, dass ich mehr davon kriege.«

»Du kannst das auch von mir bekommen«, schlug Fred vor. Sein Herzschlag dröhnte ihm in den Ohren. »Binde mich los und ich gebe dir, was immer du haben willst.«

»Selten so gelacht! Weiß doch genau, dass du ein Habenichts bist, der in einer leer stehenden Wohnung haust. Hab's ja selbst gesehen, als wir dich hierherschafften. Nein, mein Kleiner, von dir ist nichts zu holen. Und dass ich dir was zum Anziehen besorgt habe, ist auch das Letzte, was ich für dich tue. Weil ich mich nämlich nicht mehr in der Prager Straße blicken lassen kann. Dort wird mir der Boden zu heiß, seit die beiden Schnepfen herumgeschnüffelt haben.«

Fred runzelte verwirrt die Stirn. Die beiden Schnepfen?

»Suchen dich wohl, Kleiner. Aber da haben sie Pech gehabt. An diesem Ort werden sie dich niemals finden. Hier liegt der Hund begraben, und nicht nur der. Fürchte, du wirst hier draußen verrecken, und dann geht's schnurstracks in den Fluss.« Er kicherte. »Die Elbe wartet schon auf dich!«

Fred horchte auf. Was der Mann da im Suff von sich gab, war vermutlich nichts als Fantasterei, dennoch erschien ihm die Vorstellung, dass jemand nach ihm suchen könnte, wie ein winziger Hoffnungsschimmer. Zwei Frauen? Lea? Es erschien kaum möglich, dennoch sandte Fred ein Stoßgebet zum Himmel, dass sie nach ihm suchte.

»Letzte Warnung! Wenn du jetzt nicht säufst, verschwinde

ich!« Der Alte meinte es ernst. Fred zerrte an den Fesseln um seine Handgelenke, aber die saßen zu straff. Nein, so würde er sich in tausend Jahren nicht befreien können. Aber vielleicht schaffte er es auf eine andere Weise. »Also gut, dann gib mir einen Schluck«, sagte er erschöpft. »Ich will nicht in dieser elenden Lagerhalle erfrieren. Gehörte wohl zu einer Fabrik, was? Was wurde hier eigentlich hergestellt? Nägel und Schrauben?«

»Quatsch, Schrauben. Möbel natürlich, weil … He, du Klugscheißer willst mich wohl ausfragen. Aber nicht mit mir!« Mit grimmigem Nuscheln setzte der alte Mann Fred erneut die Flasche an die Lippen. »Sauf! Aber lass mir noch was übrig, hörst du?«

Fred nickte. Er öffnete die Lippen, doch anstatt zu trinken, schlossen sich seine Zähne um den Flaschenhals. Er biss kräftig zu, bewegte dabei ruckartig den Kopf und schaffte es so, die Flasche seinem verdutzten Wächter aus der Hand zu reißen. Ehe dieser nach der Flasche greifen konnte, schleuderte Fred sie mit Wucht auf den Fußboden, wo sie zerbrach.

Der Alte kreischte vor Wut auf, als er sah, wie der Flascheninhalt vor seinen Augen versickerte. Mit knackenden Knochen sank er auf die Knie, benetzte seine Fingerspitzen mit den Resten der Flüssigkeit und schob sich das Gemisch aus Erde, Staub und Opiumwasser in den Mund. Dann drehte er sich zu Fred um. Sein Blick war mörderisch.

»Dafür würde ich dir am liebsten den Schädel einschlagen, du Dreckschwein«, schimpfte er und drohte mit der Faust. »Sieh dir die Sauerei an, die du gemacht hast. Aber die putz ich jetzt mit deinen Klamotten auf, das schwör ich dir!« Er schnappte sich das Bündel mit Freds Sachen, warf es auf die Lache und trampelte darauf herum, bis auch das letzte Kleidungsstück vollgesogen war. »So, das war's für dich. Jetzt kannst du dir meinetwegen den Arsch abfrieren. Und glaub bloß nicht, dass du so schnell wieder was zu saufen von mir bekommst.« Der Alte spie aus. Dann fesselte er Freds Füße. Schließlich nahm er die Lampe auf und schlurfte ohne jedes weitere Wort davon. Mit einem lauten Krachen fiel die Tür ins Schloss.

Fred war wieder allein. Er atmete erleichtert auf. Bis hierhin hatte alles geklappt wie am Schnürchen, jedenfalls war er sich sicher, dass der versoffene Alte keinen Verdacht geschöpft hatte. Doch der schwierigste Teil stand ihm noch bevor, und der würde ihm jeden Rest an Kraft abverlangen, der noch in ihm war. Er atmete ein paarmal tief durch, dann ließ er sich von der Matratze rollen. Kriechend bewegte er sich vorwärts, wobei er die Zähne zusammenbiss, um nicht bei jeder Bewegung laut zu stöhnen. Alles tat ihm weh, vom Kopf bis hinunter in die Zehen. Aber wenn er hier lebend hinauswollte, durfte er nicht schlappmachen. Er hatte sich die Stelle genau gemerkt, an der die Flasche zu Bruch gegangen war, und hätte vor Glück fast geweint, als sein Kopf etwas Weiches, Feuchtes berührte. Ein Hemd. Darunter eine Anzahl scharfer Glasscherben. Wie Fred gehofft hatte, war der Alte viel zu aufgebracht gewesen, um sie fortzufegen.

Der Schweiß lief Fred übers Gesicht, aber er gönnte sich keine Verschnaufpause. Er spannte die Muskeln an, drehte sich mit Schwung auf den Rücken und schob sich dann mit leicht angewinkelten Beinen Stück um Stück vorwärts. Als seine Handgelenke in der richtigen Position lagen, bewegten sich seine Finger tastend über den kalten Steinboden. Es war nicht einfach, eine der Scherben zu fassen zu kriegen. Er fand keinen rechten Halt, wieder und wieder entglitt ihm das nasse Glas wie ein Stück Seife in der Waschschüssel. Bitte, Gott, flehte er in Gedanken. Ihm war klar, dass er nicht ewig Zeit hatte. Wie lange war der Alte schon weg? Minuten? Stunden? Wenn er ihn hier auf dem Boden über den Scherben erwischte, würde er ihn wie einen Hund totschlagen. Fred streckte ein weiteres Mal die Hand aus. Als er sie bewegte, knirschte es unter ihm, und gleichzeitig spürte er einen feinen, stechenden Schmerz dort, wo sich kleine und größere Splitter in seine Haut bohrten.

Er war schon nahe daran aufzugeben, als er die Scherbe plötzlich fest zwischen seinen Fingern hielt. Sein Herz hämmerte vor Aufregung. Obwohl er das Glasstück nicht sehen konnte, wusste er, dass es die richtige Größe hatte. Mit ihm konnte er es schaffen, vorausgesetzt, es gelang ihm, es nicht zu verlieren. Bleib ganz ruhig, mahnte er sich. Nicht atmen. Nicht denken.

Dann begann er vorsichtig, immer noch auf dem Rücken liegend, die Kante der Scherbe über seine Handfessel zu ziehen.

39.

Lea starrte versonnen auf die Entwürfe für neue Krippenfiguren und Holzspielzeug, die sie mit einfachen Bleistiftstrichen in eine Kladde gemalt hatte. Wenn sie sich nicht endlich an die Arbeit machte, würde sie den Auftrag für die Königin kaum rechtzeitig erledigen. Aber wie sollte sie arbeiten, wo ihr doch so viele Dinge durch den Kopf gingen?

Schließlich gab sie sich einen Ruck und nahm ihr Schnitzeisen sowie ein rechteckiges Stück Holz zur Hand, aber sosehr sie sich auch abmühte, sich auf ihre Arbeit zu konzentrieren, ihre Gedanken schweiften immer wieder ab. Zurück zum Georgenbau, wo sie beinahe von einem Zementsack erschlagen worden wäre, und danach weiter in die Prager Straße und zu der Mütze. Freds Mütze. Sie hatte sie in einer Schublade zwischen ihrer Unterwäsche versteckt, fragte sich inzwischen jedoch, ob sie sich nicht Hirngespinsten hingab. Als sie die Mütze in der verlassenen Wohnung entdeckt hatte, war sie felsenfest davon überzeugt gewesen, dass sie Fred gehörte. Nun, nach einer weiteren schlaflosen Nacht, war sie sich nicht mehr so sicher.

Wütend vollführte sie ein paar energische Bewegungen mit dem Messer und schnitt sich dabei fast in den Daumen. »Ach Fred, wo steckst du nur?«, flüsterte sie. »Wenn du tatsächlich in der Prager Straße warst, was hattest du dort zu suchen? Hast du Shields etwas angetan?«

Sie wandte sich wieder dem Holzstück zu, aus dem sie eine Marionette zu schnitzen gedachte. Doch der Kopf ähnelte eher einer Rübe. Pfusch, nichts als Pfusch. Verärgert warf sie das Holz in den Kasten unter ihrem Tisch und griff nach einem neuen Scheit. Als sie es prüfend in der Hand wog, kam ihr eine Idee. Liebten Kinder es nicht, aus Einzelteilen Bilder zusammenzufügen? Warum sollte dies nicht auch für Krippen- und Märchenszenen gelten? Rasch wählte sie eine dünne Holztafel aus und zeichnete darauf Figuren aus der Weihnachtsgeschichte, dann aus allen Märchen und Erzählungen, an die sie sich erinnerte. Hinzu kamen passende Hintergrundskizzen von Orten mit Palmen, Ställen, Kamelen und Schafen. Sie malte verwunschene Hexenhäuschen und verfallene Ritterburgen. Wenig später waren die ersten Figuren ausgesägt, geglättet und lackiert. Nun mussten sie nur noch bemalt werden, und das erste weihnachtliche Puzzlespiel war fertig.

Zufrieden schaute sich Lea das Ergebnis ihrer Mühen an. Ja, diese handlichen Krippenbilder konnten sich sehen lassen. Mit geröteten Wangen bemalte sie ihre Puzzleteile, bis es dunkelte und sie den Docht der Petroleumlampe höherdrehen musste, um noch etwas zu sehen.

Dann kehrten die düsteren Gedanken zurück. Lea streifte sich den fleckigen Malkittel ab und begann, unruhig in ihrem Zimmer auf und ab zu gehen. Was sollte sie nur tun? Dupont einweihen? Ihm von ihrem Verdacht berichten, dass Fred in der Prager Straße in einen Kampf verwickelt gewesen sein musste und nun in Gefahr war? Aber was, wenn es für Freds Mütze, für die Flecke auf dem Dielenboden und den merkwürdigen Mann in der verlassenen Wohnung eine Erklärung gab, die ihr nicht gefiel? Wenn Fred Danner …

Sie blieb abrupt stehen und vergrub ihr Gesicht in beiden Händen. Nein, sie mochte sich nicht vorstellen, dass ausgerechnet Fred hinter den schrecklichen Todesfällen steckte. Das war einfach nicht möglich. Niemals hätte sie für einen kaltblütigen Mörder das empfinden können, was sie für Fred empfand.

Lea atmete ein paarmal tief durch. Ja, nun war es heraus. Sie empfand etwas für diesen Mann, den sie kaum kannte, und es machte sie rasend, nicht zu wissen, was mit ihm geschehen war. Sie kniete sich vor ihre Kommode und wühlte so lange, bis sie die abgetragene Schirmmütze fand. Ein Plan nahm allmählich Form an. Kein ungefährlicher, wie sie sich selbst eingestand, und vermutlich würde Willie sie für verrückt erklären, wenn sie ihr davon erzählte. Aber da nicht einmal ihre geliebte Schnitzarbeit ihr mehr Trost spenden konnte, war es an der Zeit, zu handeln. Sie wollte gerade ein paar Zeilen für Willie schreiben, als es an der Tür klopfte. Es war Ilse, die ihr ausrichten ließ, dass ihre Schwägerin sie zu sehen wünschte. Ausgerechnet jetzt, dachte Lea. Sie hatte keine Zeit für Doras Geschwätz, fand aber auch keine Ausrede, um nicht nach unten zu gehen. In der Diele traf sie auf den Arzt der Familie, der sich gerade von Ilse in den Mantel helfen ließ. Nanu, war jemand krank?

»Ich schweige wie ein Grab«, sagte der weißhaarige Herr mit einem Augenzwinkern. Er kam ins Haus der Liebermanns, seit Lea denken konnte, und war einem Schwätzchen niemals abgeneigt. Heute schien er es indes eilig zu haben. »Zu viele Erkältungen«, meinte er lakonisch. »Liegt wohl an der Hundekälte draußen.« Damit schickte er Lea in den Salon, wo Dora bereits nach ihr rief.

Dora rekelte sich in einem Schlafrock aus safrangelber Seide auf dem Kanapee neben dem Kamin. Sie hatte die Beine hochgelegt, und ihr üppiges blauschwarzes Haar fiel ihr offen über die Schultern. Um diese Zeit hatte Lea sie noch nie so angetroffen. Neben ihr lag ein aufgeschlagenes Buch. Ein Bild, von dem jeder Maler entzückt wäre, schoss es Lea durch den Kopf, und sie stellte sich unwillkürlich Doras Gesicht vor, wenn sie, Lea, so daliegen würde.

»Ach, da bist du ja!« Dora winkte Lea näher. »Dein Haar sieht schrecklich aus. Eine Schande, dass du es dir hast abschneiden lassen. Hat das dieser Laurin von dir verlangt?«

»Es wird wieder wachsen!«

»Das wird lange dauern«, widersprach Dora gereizt. »Aaron hat nichts dazu gesagt. Womöglich ist es ihm nicht mal aufgefallen, so zerstreut wie er ist.« Bevor Lea etwas darauf erwidern konnte, wies Dora auf eine Hutschachtel, die auf der Kommode neben dem Biedermeiersofa stand, und forderte Lea auf, sie zu öffnen. »Das ist für dich! Eine kleine Aufmerksamkeit, da wir uns zu Weihnachten ja nie etwas schenken.«

Lea hob den Deckel und traute ihren Augen nicht. Zunächst kam ihr der Gedanke, Dora habe ihr einen Wischmopp geschenkt, um sie auf charmante Weise daran zu erinnern, wie sehr sie während der vergangenen Wochen ihre Haushaltspflichten vernachlässigt hatte. Bei näherer Betrachtung stellte sich jedoch heraus, dass das haarige Ding in der Schachtel kein Putzgerät, sondern eine Perücke war. »Aber … das kann ich unmöglich annehmen«, stammelte Lea und unterdrückte den Drang, die Nase zu rümpfen. Die Perücke roch streng nach einem Öl gegen Motten.

»Warum nicht? Sie stammt noch von meiner Großmutter, möge sie in Frieden ruhen. Zu ihrer Zeit zeigten verheiratete Frauen nur ihrem Ehemann das eigene Haar. Meine Großmutter hat ihren *Scheitel* immer sehr gepflegt, daher ist er auch noch in einem so guten Zustand. Nun komm schon, probiere die Perücke auf! Das dunkle Haar wird dir bestimmt hervorragend stehen.«

Lea bezweifelte das. Doch um Dora einen Gefallen zu tun, stellte sie sich vor den Spiegel und zog das falsche Haarteil über den Kopf. Gar nicht so übel, fand sie, als sie sich von allen Seiten betrachtete. Besser als Kulickes Kahlschnitt war das Ding allemal. Allein der herbe Geruch war gewöhnungsbedürftig. Er erinnerte sie unangenehm an den Drogerieladen in der Prager Straße. Mit einem dünnen Lächeln zeigte sie sich Dora, die sie prüfend musterte, mit dem Ergebnis aber sichtlich zufrieden war.

»Ich habe draußen den Arzt gesehen«, sagte Lea schließlich. »Dir fehlt doch nichts, oder?«

»Setz dich!« Dora zeigte auf den Sessel, der dem Kanapee gegenüberstand. Dann brach sie zu Leas Erstaunen in Tränen aus.

»Großer Gott, Dora, ist es so schlimm …«

»Ich erwarte ein Kind!« Dicke Tränen kullerten Dora über die Wangen, und ihre schmalen Schultern bebten bei jedem Wort. »Der Doktor ist sich ganz sicher!«

Ein Kind? Lea war so verblüfft über diese unerwartete Neuigkeit, dass es ihr glatt die Sprache verschlug. Eigentlich wäre nun ein Glückwunsch fällig gewesen, doch so wie Dora heulte, kam es ihr unangebracht vor zu gratulieren.

»Aber habt ihr euch nicht schon lange ein Kind gewünscht?«, fragte sie schließlich vorsichtig. »Ich meine, ihr seid schon einige Jahre verheiratet und …« Lea kam ins Schwitzen. Dora hatte nie vertrauliche Angelegenheiten mit ihr besprochen, warum ausgerechnet heute? Sie sah auf die Uhr. Himmelherrgott, sie musste gehen. »Äh, vielleicht solltest du dich jetzt ein wenig ausruhen. Ich lasse dich besser allein!«

»Bleib!«, kreischte Dora in Panik. »Ich will jetzt nicht allein sein. Ich habe Angst vor dem, was auf mich zukommt!« Verschämt schlug sie den Blick nieder. Sich ausgerechnet in Leas Gegenwart diese Schwäche einzugestehen, schien ihre Seelenqual zu verstärken. »Ich bin nicht mehr so jung wie damals bei unserer Hochzeit. Was, wenn ich mich nach der Geburt nicht mehr erhole?«

Lea seufzte. Mit der Perücke von Doras seliger Großmutter auf dem Kopf quetschte sie sich neben ihre Schwägerin auf das Kanapee. Sie spürte, dass ihre Nähe Dora ein wenig beruhigte, zumindest hörte die auf zu schluchzen, als Lea ihr aufmunternd die Hand drückte. Natürlich war ihr klar, dass dieser Moment vorübergehen würde, und vermutlich würde Dora sie dann hassen, weil sie Zeuge ihrer Tränen geworden war. Aber daran wollte sie jetzt nicht denken. »Ich kenne keine Frau, die stärker ist als du«, sagte sie schließlich leise. »Freust du dich denn gar nicht? Kein bisschen?«

Dora schniefte. »Doch, irgendwie schon. Es ist wie ein Wunder, weil ... Weißt du, ich bin in den vergangenen Jahren bei zwei Ärzten gewesen. Beide sind Spezialisten, und sagten mir, ich könne überhaupt keine Kinder bekommen. Aaron habe ich nie davon erzählt. Ich habe mich nicht getraut. Und vor eurem Vater habe ich mich geschämt. Der alte Jakob Liebermann war fast noch besessener davon, den Familiennamen weiterzugeben, als Aaron. Und dass Oskar jemals heiraten würde, hielt er für ausgeschlossen.« Sie seufzte. »Aber wie es aussieht, wird im neuen Jahrhundert ein Liebermann auf die Welt kommen. Ich frage mich nur, ob das ein Segen oder ein Fluch für uns ist.«

Lea zuckte die Achseln. Sie ahnte vage, was ihre Schwägerin damit meinte.

»Wir wissen doch gar nicht, was die neue Zeit unserer Familie bringen wird«, sagte Dora. »Ja, vor zwei Jahren war alles noch so einfach. Der Laden lief gut. Dein Bruder hat viele Antiquitäten verkauft und sogar das Sortiment erweitert. Aber jetzt ... Was, wenn wir wirklich Pleite machen? Wenn die Partnerschaft mit den Amerikanern nicht zustande kommt und wir Geschäft und Haus verlieren? Die Schande könnte ich nicht ertragen. Ich will mein Kind nicht in Armut aufziehen. Dazu kommt die wachsende Feindseligkeit uns Juden gegenüber. Man liest doch ständig in der Zeitung darüber. Ungestraft streuen einige dieser schrecklichen neuen Parteien im Reichstag ihre Lügen. Warum also ausgerechnet jetzt ein Kind? Ich verstehe es nicht. Will Gott mir damit etwas sagen?«

Lea knetete ihre Hände. Es gab Dinge, auf die es nun mal keine einfachen Antworten gab. Dennoch begriff sie Doras Schwangerschaft als Zeichen der Hoffnung. Die Geschichte der Familie Liebermann würde nicht mit Aaron und Oskar enden, sondern weitergehen. Doras Kind würde in einem neuen Jahrhundert aufwachsen, einem Jahrhundert der Automobile, der Fernsprecher und elektrischen Straßenbahnen. Niemand konnte sagen, unter welchen Bedingungen der neue kleine Liebermann groß werden würde, aber war es nicht die Hauptsache, dass er leben würde? Und sie, Lea, würde tun, was in ihrer Macht stand, um ihm als Tante zur Seite zu stehen. »Du darfst nicht zu schwarzsehen«, sagte sie. »Die Zeit vor dem Jahreswechsel ist doch für ihre Wunder bekannt. Warum sollte nicht auch für uns ein kleines Weihnachtswunder abfallen?«

Dora zuckte die Achseln. »Deinen Kinderglauben hätte ich gern. Du schnitzt dir ein fröhliches Gesicht aus einem Stück Holz und meinst dann, die Welt wäre in Ordnung.«

»Nein, die Welt kommt dadurch nicht in Ordnung, aber ich fühle mich besser. Ist das nichts? Und nun werden wir dafür sorgen, dass du ein wenig zur Ruhe kommst. Ich werde Ilse bitten, dir eine Tasse Tee heraufzubringen.«

»Aber du gehst doch nicht mehr aus, oder?« Doras Stimme klang plötzlich regelrecht ängstlich. »Du kannst mich jetzt nicht allein lassen.«

Lea rang einen Moment lang mit sich, dann stand sie auf und ging zur Tür. Dora tat ihr leid, aber was sie zu tun hatte, duldete keinen weiteren Aufschub mehr. Vielleicht hing das Leben eines Menschen davon ab. Dora würde das verstehen, wenngleich auch nicht heute.

»Ich bin bald zurück, ich verspreche es dir«, sagte sie mit einem aufmunternden Lächeln, bevor sie aus dem Salon huschte.

40.

Luise versuchte gar nicht erst, darüber nachzudenken, ob sie sich in Radeks Haus wohlfühlte oder nicht. Sie fand, dass es ein eigenartiges Haus war, in dem sie gelandet war. So wie dessen Bewohner ein eigenartiges Leben führten. Doch wenn man einmal davon absah, dass Radek für alle höchst strenge Regeln aufgestellt hatte, fand Luise es gar nicht so unangenehm, unter seinem Dach zu arbeiten. Zum einen lenkte es sie vom Grübeln über den Tod ihrer Mutter ab, zum anderen hatte sie zum ersten Mal im Leben eine Aufgabe, der sie sich mit ganzer Kraft widmen konnte. Radek schien es egal zu sein, wie sie den Haushalt führte, Hauptsache, sie belästigte ihn nicht mit ihren Fragen. Und genau dieses Gefühl, endlich einmal freie Hand zu haben, war es, das Luise voll auskostete. An sparsames Wirtschaften gewöhnt, kochte sie für die Kinder nahrhafte Eintöpfe, brachte den Mädchen das Brotbacken bei und lag manchmal bis spät am Abend auf den Knien, um Böden zu schrubben oder Staub zu wischen. Sie hatte sogar bei alten Freunden ihrer Mutter auf dem Striezelmarkt Tannengrün und Stechapfelzweige besorgt, um der Stube ein wenig mehr Gemütlichkeit zu verleihen.

Die Kinder schienen sich an ihr nicht zu stören, blieben aber eher unter sich. Sobald Luise den Aufenthaltsraum betrat, lächelten sie sie scheu an, sprachen jedoch kaum mehr als das Nötigste mit ihr. Dass sie vor Radek Angst hatten, war nicht zu übersehen, doch Luise schmerzte es, dass die Jungen und Mädchen auch ihr distanziert begegneten. Sie war nur wenige Jahre älter als die Kinder und hätte nach den schweren Tagen, die hinter ihr lagen, ein wenig Ansprache, Anerkennung oder auch nur menschliche Nähe gut gebrauchen können.

An Martha dachte sie nur selten. Ebenso verdrängte sie das, was ihr die Polizisten gesagt hatten: dass ihre Mutter keines natürlichen Todes gestorben war. Sie musste nach vorn schauen, einen eigenen Platz im Leben finden. Wenn Radek zufrieden mit ihr war, würde er sie behalten. Mit der Zeit würde sie die perfekte Hauswirtschafterin werden und für die Waisenkinder die hingebungsvollste Betreuerin, die sie sich wünschen konnten. Sie musste nur Geduld haben. Und sie musste die Kinder davon überzeugen, dass sie mit ihren Sorgen zu ihr kommen konnten. Ganz egal, was Radek dazu sagte.

Der Weihnachtsabend fiel ihr ein. Viele Tage waren es nicht mehr bis zum Fest, und Radek hatte auf ihre schüchterne Frage nach einer Feier mit den Kindern nur unwillig mit den Achseln gezuckt. Luise hegte den Verdacht, dass er am Heiligen Abend ausgehen und seine Schützlinge wie an jedem anderen Abend ins Bett schicken wollte. Doch das würde Luise nicht zulassen. Weihnachten war die beste Gelegenheit, um den kleinen Laternenverkäufern zu beweisen, dass Luise für sie da war.

»Was schreiben Sie da?«, wollte einer der Jungen wissen, als er Luise nach dem Abendbrot mit Bleistift und einem Stück Papier am Küchentisch fand. Freundlich lächelnd blickte sie auf. Ihr Gedächtnis für Namen war katastrophal, ein Umstand, mit dem ihre Mutter sie schon als Kind geneckt hatte, doch sie erinnerte sich, dass der Junge von den anderen Benno gerufen wurde. Ähnlich wie sie, schien auch er in der Hausgemeinschaft ein Außenseiter zu sein. Zweimal hatte sie sich schon schützend vor ihn stellen müssen, weil ein paar andere Kinder, allen voran ein blasser, langer Bursche mit blonden Haaren, ihm ans Leder gewollt hatten. Wie Luise festgestellt hatte, litt Benno unter Albträumen. Kein Wunder, so gemein, wie die Bengel hier zu dem Kleinen waren.

»Ich mache nur Pläne für unseren Weihnachtsabend«, erklärte sie dem Jungen, der erwartungsvoll neben ihr stehen geblieben war. »Ein richtiges Fest muss gut vorbereitet werden. Wir brauchen einen Tannenbaum für die Stube und Kerzen. Ein paar Lebkuchen und andere Naschereien wären auch nicht verkehrt, was meinst du?«

Benno schaute sie an, als spräche sie Chinesisch.

»Oder hat Herr Radek schon andere Wünsche für den Weihnachtsabend geäußert?«

Der Junge schüttelte den Kopf. »Im letzten Jahr gab es einen Apfel für jeden, aber von einer Feier wollte Radek nichts wissen.«

»Es heißt Herr Radek, Junge! Sei froh und dankbar, dass er dir ein Dach über dem Kopf bietet. Im Waisenhaus ist es nicht angenehmer.« Luise hielt inne. Woher wusste sie das? Sie hatte noch nie ein Waisenhaus betreten. Auf einmal wurde ihr bewusst, dass sie selbst eine Waise war, und dieser Umstand erschreckte sie. Wäre sie nur ein paar Jahre jünger gewesen, wäre auch sie in die Obhut eines städtischen Heimes gekommen. Vielleicht sogar in dieses Haus, aber nicht als Haushaltshilfe, sondern als eines der verhuschten Kinder, die sich kaum trauten, den Blick zu heben. »Jedenfalls möchte ich, dass ihr dieses Jahr alle ein schönes Weihnachtsfest bekommt«, sagte sie nach einigem Nachdenken. »Ich habe die Habseligkeiten meiner Mutter verkauft. Viel Geld habe ich dafür zwar nicht bekommen, aber es wird schon reichen, um am Heiligen Abend etwas Ordentliches auf den Tisch zu bringen.« Sie nahm den Stift wieder zur Hand und schrieb weiter. »Was wünschst du dir denn zum Fest?«, wollte sie beiläufig von dem Jungen wissen. »Bestimmt, dass deine schlimmen Albträume endlich aufhören.« Das Gesicht des Jungen versteinerte von einem Moment auf den nächsten, und Luise hätte sich am liebsten geohrfeigt. Sie hatte nur freundlich sein wollen, aber alles, was sie erreicht hatte, war, dass der kleine Bursche sie misstrauisch anfunkelte. »Ich wollte dich nicht auf trübsinnige Gedanken bringen«, beteuerte sie. »Weißt du, ich habe nach dem Tod meiner Mutter auch schlecht geschlafen. Weil ich keine Ahnung hatte, wie es mit mir weitergehen sollte. Auf dem Striezelmarkt wollte ich nicht bleiben, dort erinnert mich alles an meine Mutter.« Das war nicht ganz die Wahrheit. Luise betrauerte zwar den Tod ihrer Mutter, fühlte sich inmitten des vorweihnachtlichen Trubels auf dem Altmarkt aber inzwischen weitaus unbeschwerter als zu Marthas Lebzeiten. Das lag nicht nur daran, dass sie sich nicht mehr die Beine in den Leib stehen und Dörrpflaumen verkaufen musste, auch die mitleidigen Blicke der Budennachbarn glitten an ihr ab. Sie genoss es, sich das hübsche Kunsthandwerk anzusehen wie jeder andere Besucher auch. Sie war nicht länger nur Marthas Tochter, sie war Luise, die ihren eigenen Weg ging. Keiner der alten Bekannten wagte es mehr, sie zu verkuppeln, und am Ende ihres Spaziergangs über den Markt kehrte sie in ein neues Leben zurück, zu dem sie aus eigenem Entschluss Ja gesagt hatte.

»Haben Sie etwas von Laurin gehört?«, holte Bennos Stimme sie aus ihren Gedanken. Laurin. Den hatte sie fast vergessen. Ob seine Einladung, ihn zum Konzert des Kreuzchors zu begleiten, noch galt? Luise bezweifelte es, da sie in Trauer war und Laurin einen Auftrag für die Königin zu erfüllen hatte. Kulicke wurde nicht müde, dies überall auf dem Markt herumzuerzählen.

»Wie wäre es, wenn wir Laurin zu unserem Weihnachtsfest einladen würden«, schlug Luise vor. »Sein Onkel ist nicht in der Stadt, bestimmt weiß der Ärmste gar nicht, wohin.«

Benno schaute erschrocken drein. »Unmöglich, Fräulein! Radek hasst Laurin, das weiß jeder. Weihnachten hin oder her.

Wenn er ihn in seinem Haus erwischt, bricht er ihm jeden Knochen im Leib.«

»Ach was! Herr Radek wird die Feiertage bestimmt nicht zu Hause verbringen. Lass mich nur machen.« Luise strich sich die Schürze glatt, die sie über ihr schlichtes braunes Kleid gebunden hatte. »Würde es dir Spaß machen, den andern zum Fest die Weihnachtsgeschichte vorzulesen?«

Der Junge zögerte, doch als Luise ihm lächelnd versprach, den Text mit ihm zu üben, stimmte er schließlich zu.

Vor dem Schlafengehen durchwühlte Luise sämtliche Habseligkeiten, die sie aus der Wohnung ihrer Mutter mitgebracht hatte, doch ihre Bibel konnte sie nicht finden. Dabei erinnerte sie sich noch genau, dass sie den Kindern daraus vorgelesen hatte. Womöglich hatte sie das Buch irgendwo in der Wohnstube liegen gelassen.

Es war eine sternenklare, aber windige Nacht. Aus den Schlafräumen kam kein Laut mehr, als sie im Nachthemd über den kalten Korridor schlich. Radek war ausgegangen. Seit sie im Haus die Aufsicht führte, verbrachte er kaum noch einen Abend daheim. Die Kinder langweilten ihn, und ihre Anwesenheit schien ihn zu irritieren. Luise vermutete, dass er durch Kneipen zog oder sich dem Glücksspiel hingab, denn für gewöhnlich kehrte er erst weit nach Mitternacht zurück, angetrunken und übellaunig. Luise hatte sich angewöhnt, dann ihr Kissen über den Kopf zu ziehen und das Poltern und Grölen so gut es ging auszublenden. Sie hatte hier ein Zuhause und endlich eine Aufgabe gefunden, und wenn es sie auch wütend machte, dass Radek den Schlaf der Kinder störte, wagte sie es nicht, die Hand zu beißen, die sie fütterte. Zu ihrer Erleichterung hatte er nie versucht, sich Zutritt zu ihrer Kammer zu verschaffen – was ein Leichtes gewesen wäre, da sie keinen Schlüssel für die Tür besaß.

In der Wohnstube roch es noch nach ihrer Gemüsesuppe. Die Kinder hatten sich nach ihrer Rückkehr vom Striezelmarkt darüber hergemacht wie eine Kompanie ausgehungerter Dragoner und nichts davon übrig gelassen. Aber ihre Bibel fand Luise weder auf dem sauber mit Sand gescheuerten Tisch noch auf dem Geschirrregal. In der Küche konnte sie nicht sein, das wäre Luise beim Kochen und Abspülen aufgefallen. Blieb nur noch Radeks Arbeitszimmer, zu dem seinen Schützlingen der Zutritt streng verboten war. Doch galt das auch für sie? Luise gehörte weder zu den Waisenkindern noch hatte Radek ihr untersagt, sich im Haus frei zu bewegen. Wozu auch? Sie war die Hauswirtschafterin, da war es nur recht und billig, wenn sie in jedem Zimmer nach dem Rechten sah. Vielleicht hatte Radek die Bibel gefunden und versehentlich zu seinen eigenen Büchern gestellt.

Radeks Arbeitszimmer schien einmal ein Vorratsraum gewesen zu sein, davon zeugten die hohen Regale für Einmachgläser, in denen jetzt Bücher und Aktenordner standen, sowie eine inzwischen zugemauerte Verbindungstür zur Küche. Radek hatte keine Kosten gescheut, den kleinen Raum behaglich einzurichten. Luise bestaunte den wunderschönen antiken Schreibtisch aus Ahornholz, der vergoldete Zierornamente aufwies, und den mit Schnitzereien versehenen Besucherstuhl. Die hohen Wände waren mit olivgrünen Seidentapeten bespannt, und in einer Ecke thronte eine hölzerne Weltkugel auf einem dreibeinigen Gestell. Alles wirkte aufgeräumt und sauber, tatsächlich fand Luise nicht ein Staubflöckchen auf den Möbeln und Büchern.

Sie stellte ihre Lampe ab und blickte sich suchend im Raum um. Ein wenig peinlich fand sie es schon, im Nachthemd und mit offenem Haar hier herumzuschleichen. Hastig ließ sie den Blick über das Regal neben der Tür schweifen. Doch auch hier stand die Bibel nicht. Mit einem Seufzer rückte sie die Lampe näher an das zweite Regal heran und begann, auch dieses zu durchsuchen. Dieses Mal hatte sie fast auf Anhieb Glück.

»Hab ich's doch gewusst«, flüsterte sie erleichtert. Als sie die Bibel jedoch aus dem Regal ziehen wollte, bemerkte sie, dass das Buch so fest zwischen zwei Nachschlagewerken klemmte, dass ihr nichts anderes übrig blieb, als heftig am Einband zu rütteln. Zu ihrem Entsetzen brach das Regalbrett aus seiner Verankerung, und einige der schweren Bücher fielen mit so lautem Gepolter zu Boden, dass Luise schreckerstarrt zurücksprang und sich die Hand vor den Mund schlug.

Großer Gott, was hatte sie nur angerichtet? Radek würde toben, wenn er die Bescherung sah. Einen schrecklichen Augenblick lang erwog sie, einfach davonzulaufen und sich feige im Bett zu verkriechen. Doch dann würde Radek eines der Kinder verdächtigen, vielleicht sogar den armen Benno. Nein, das durfte sie keinesfalls zulassen. Sie war nun verantwortlich für die Kinder, ob die das wollten oder nicht. Also war es auch an ihr, eine Lösung zu finden. Und dies rasch, ehe Radek sturzbetrunken nach Hause kam und das Malheur entdeckte.

Hastig begann Luise damit, die noch im Regal liegenden Bücher herauszunehmen und auf dem Schreibtisch zu stapeln. Dann besah sie den Schaden im Schein der Lampe genauer und atmete auf. Sie musste daran denken, wie oft ihre Mutter ihre Ungeschicklichkeit verspottet hatte, und tatsächlich hatte sie nur wenig Erfahrung mit Reparaturen. Doch sie traute es sich zu, das Regal so zu richten, dass Radek keinen Verdacht schöpfen würde. Sie öffnete die Schreibtischschublade in der Hoffnung, ein paar Nägel darin zu finden.

»Was tun Sie da?«

Luise erschrak so sehr, dass sie nur mit Mühe einen Aufschrei unterdrücken konnte. Doch als sie ertappt den Blick hob, stellte sie fest, dass es nur Benno war, der sie beobachtete. Das Getöse musste den Jungen aus seinem Bett gelockt haben.

»Du solltest längst schlafen«, stammelte sie und spürte, wie ihr Gesicht heiß vor Scham wurde. »Sie etwa nicht?« Benno sah sich um. Als er das beschädigte Regal sah, pfiff er durch die Zähne. »Das wird dem Alten aber gar nicht gefallen.«

»Ich wollte mir nur meine Bibel holen. Herr Radek muss sie versehentlich zu seinen Büchern gestellt haben.« Flehentlich sah Luise den Jungen an. Sie wollte ihn eigentlich nicht in die Sache hineinziehen, aber wenn er schon einmal da war, konnte er ihr auch helfen. »Ich brauche ein paar Nägel oder Eisenklammern, um das Regal zu reparieren. Würdest du aufpassen, dass mich niemand stört?«

Benno zögerte nur kurz, dann nickte er mit einem Grinsen. »Geht in Ordnung!«

Luise setzte ihre Suche fort und sandte ein Dankgebet gen Himmel, als sie in einem Winkel der Schublade tatsächlich auf eine kleine Pappschachtel mit Nägeln stieß. Ein Hammer war nicht zu finden, doch vielleicht genügte schon einer der schweren Wälzer, um die Nägel in das weiche Holz des ehemaligen Vorratsregals zu drücken und so das herausgebrochene Brett zu sichern. Als Luise das Regal anhob, bemerkte sie zu ihrer Überraschung, dass an der Regalunterseite ein Buch befestigt worden war. Es glich einem jener schwarzen Rechnungsbücher, in die Radek Einnahmen wie Spenden und wohltätige Zuwendungen einzutragen pflegte.

»Was ist das?«, wollte Benno wissen. Neugierig blickte er Luise über die Schulter. »Ich dachte, Sie führen das Hauswirtschaftsbuch?«

Ja, das hatte Luise auch gedacht. Wie stolz war sie gewesen, als Radek ihr das Wirtschaftsbuch anvertraut hatte. Bevor sie protestieren konnte, nahm Benno ihr die Kladde aus der Hand und schlug sie auf.

»Das darfst du nicht, Junge!« Luise spürte, wie sich vor Aufregung eine Gänsehaut über Arme und Beine legte. »Herr Radek wird seine Gründe dafür haben, das Buch nicht offen herumliegen zu lassen. Er jagt mich davon, wenn er merkt, dass ich in seinen Sachen herumwühle.«

»Sie haben doch schon in der Schreibtischschublade gewühlt.«

»Das war etwas anderes!« Noch während sie sprach, erhaschte Luise einen Blick auf die erste Seite des Buches und runzelte die Stirn. Aus den Einträgen wurde sie nicht recht schlau. Radek hatte offensichtlich ein Verzeichnis von Mädchen angelegt, die in seinem Haus Aufnahme gefunden hatten. Die Namen sagten Luise jedoch nichts. Hinter jedem Namen fand sie Zahlen, vermutlich Geburtsdaten, und zuletzt Ortsnamen und weitere Daten. Verwirrend. »Kannst du mit diesen Namen etwas anfangen?«, fragte sie Benno, der ganz still geworden war. »Wohnten diese Mädchen hier im Haus?«

Eine halbe Ewigkeit schien zu vergehen, bevor der Junge schließlich nickte. »Die waren alle hier. Bertha, Marie, Frieda … Radek hat ihnen Anstellungen vermittelt, als sie vierzehn wurden. Bei feinen Herrschaften oder als Zimmermädchen im Hotel, so wie Dinah. Aber was sollen diese Zahlen bedeuten?«

Luise schluckte. Den Eintragungen zufolge hatte Radek für jedes Mädchen, das er fortschickte, ein stolzes Sümmchen kassiert. Viel zu viel für die Vermittlung von Hauspersonal. Die Gelder schienen allesamt aus Hamburg und Berlin angewiesen worden zu sein. Wer um alles in der Welt zahlte Radek so viel Geld dafür, dass er ihm ein Hausmädchen empfahl? Junge Mädchen, die ihr Glück in der Stadt suchten und froh über ein Dach über dem Kopf waren, gab es wie Sand am Meer. Wohlhabende

Familien konnten durchaus wählerisch sein und stellten in der Regel nur Hauspersonal mit den besten Empfehlungen ein. Gewiss zahlten sie für ungelernte Kräfte keine horrenden Summen an Leute wie Radek. Nachdenklich blätterte Luise die Seiten um und stieß auf immer neue Namen.

»Da steht Dinah!« Aufgeregt deutete Benno auf einen Eintrag, der erst kürzlich vorgenommen worden war. »Radek hat sie im Bellevue untergebracht.«

»Für sie hat er keinen müden Pfennig erhalten, nicht einmal eine Vermittlungsgebühr! Aber sie hatte Glück, sie durfte hier in Dresden bleiben, während alle anderen die Stadt verlassen mussten. Merkwürdig, dass es Herrn Radek seit 1891 nun zum ersten Mal gelungen ist, für ein Mädchen Arbeit in Dresden zu finden.« Sie stieß die Luft aus. Sie konnte sich daraus keinen Reim machen, und wenn sie ehrlich war, wollte sie das auch gar nicht. Als sie die letzte Seite aufschlug, legte sich ein bitterer Geschmack auf ihre Zunge, gleichzeitig begann ihr Herz wie wild zu klopfen. Das konnte nicht sein, bestimmt fantasierte sie. Aber nein, sie war hellwach. Der Name, den sie am unteren Zeilenrand entzifferte, war ihr eigener.

»Für achtzig Reichsmark nach Hamburg«, murmelte Benno. »Am zweiten Januar schon. Hat Radek Ihnen denn gesagt, dass er Sie …«

»Nein, hör auf!« Ein Irrtum, kein Grund, sich Sorgen zu machen. Radek brauchte sie hier bei den Kindern. Sie war die Hauswirtschafterin, und sie hatte ihre Sache gut gemacht. Den Kindern schmeckte ihr Essen, und sie brachte den Mädchen das Nähen bei. Radek konnte doch nicht auf sie verzichten. Niemals. Nicht auf sie. »Das ist ein Versehen«, sagte sie, während sie das Buch wieder unter dem Regalbrett befestigte. Sie nahm sich vor zu vergessen, dass sie die Kladde jemals in Händen gehalten hatte. Dann würde auch nichts geschehen.

Mit zitternden Händen und unterstützt von Benno machte sie sich daran, das Regal zu richten und die herausgefallenen Bücher wieder einzuräumen. Radek würde nicht merken, dass sie in seinem Zimmer gewesen war, und er würde sie nicht fortschicken. Weder für achtzig Reichsmark noch für sonst etwas. Als ihr Blick auf ihre Bibel fiel, stutzte sie.

»Fräulein?«

»Ich fürchte, ich muss sie vorläufig wieder zu den anderen Büchern stellen«, sagte sie mit einem Seufzer. »Aber keine Bange! Ich kenne den Text der Weihnachtsgeschichte aus dem Evangelium des Lukas fast auswendig. Den werde ich dir beibringen, und wir werden das schönste Fest feiern, das du dir vorstellen kannst!«

»Meinst du nicht, dass ich dabei auch noch ein Wörtchen mitzureden habe, meine Liebe?« In der Tür stand Radek. Wütend fixierte er erst Benno, dann wandte er sich Luise zu. »Ich wusste, dass du über kurz oder lang spionieren würdest«, lallte er mit schwerer Zunge. Offenbar war er angetrunken. »Hat Laurin dir das aufgetragen?«

Luise verschlug es die Sprache. Plötzlich wurde ihr bewusst, dass sie nur mit einem dünnen Nachthemd bekleidet vor diesem Mann stand. Sie zog ihr wollenes Schultertuch straffer, konnte aber nicht verhindern, dass Radeks Blick über ihre Brüste wanderte. »Sie hat gar nichts getan«, erhob Benno Einspruch, der sich rascher gefasst hatte als Luise. Wir wollten nur …«

»Schnauze, du Früchtchen«, schnitt Radek ihm das Wort ab und untermalte seine Warnung, indem er die Faust erhob. »Verschwinde jetzt und lass mich mit dem Fräulein allein.« Er grinste maliziös. »Ich glaube, wir beide haben etwas miteinander zu besprechen.«

41.

Auf dem Rücken liegend, bearbeitete Fred seine Handfessel mit der Glasscherbe, bis ihm vor Anstrengung der Schweiß in die Augen lief. Dabei musste er höllisch aufpassen, denn erwischte er versehentlich sein Handgelenk anstelle des Strickes, würde er unweigerlich verbluten. So wagte er es weder Luft zu holen noch sich auf die Seite zu drehen, obwohl seine linke Körperhälfte schon ganz taub war. Die Gefahr, dass ihm die Scherbe aus der Hand fiel, war ebenfalls groß. Von Zeit zu Zeit spannte er die Fessel in der Hoffnung, sie endlich zerreißen zu können, und fluchte, als diese sich kaum zu lockern schien. Doch er biss die Zähne zusammen und zog die scharfe Oberkante mit gleichmäßigen Bewegungen über das Hanfseil, das seine Handgelenke umschloss. Als er die Fessel erneut spannte, spürte er, dass sie nachgab. Weiter, befahl er sich. Jetzt nicht aufgeben. Du hast es gleich geschafft.

Kurz darauf ließ sich der Strick zerreißen. Er war frei.

Zu Tode erschöpft streifte Fred die Fesseln ab und bewegte vorsichtig seine geschwollenen Gelenke. Dann öffnete er auch den Knoten seiner Fußfesseln und kämpfte sich auf die Beine. Aufrecht zu stehen kam ihm nach Tagen in gekrümmter Haltung wie eine Erlösung vor. Eine schmerzhafte Erlösung, denn erst als er sich streckte, merkte er, dass er aus vielen kleinen Schnitten und Kratzern blutete. Doch Fred war nie besonders wehleidig gewesen. Als Kind hatte er sich Straßenschlachten geliefert und dabei schlimmere Blessuren davongetragen. Diese Wunden würde er auch überleben. Vorausgesetzt, er fand den Weg in die Stadt, bevor sein Entführer zurückkehrte.

Unbeholfen machte Fred ein paar Schritte auf die Tür zu, hinter der vor Stunden der Alte verschwunden war. Dabei wackelten seine Knie so sehr, dass er sich mehr vorwärtsschleppte, als dass er ging. Wenigstens war er nun in der Lage, sein Gefängnis genauer zu erkunden. Den Worten des Alten hatte er entnommen, dass er sich im Lager einer Möbelmanufaktur befand. Der verwahrloste Zustand des Raumes sowie der Gestank nach Tierexkrementen, Fäulnis und Schimmel legten die Vermutung nahe, dass hier schon seit Jahren nichts mehr produziert wurde. Das Dach war an mehreren Stellen undicht, und im Mauerwerk klafften tiefe Risse, die sich bis zur Decke hinaufzogen. Das gesamte Gebäude war dem Verfall preisgegeben. Doch für die Zwecke seiner Entführer schien es gerade recht gewesen zu sein, denn offensichtlich verirrte sich niemand mehr hierher. Was hatte der Alte ihm angedroht? Dass er seine sterblichen Überreste jederzeit im Fluss verschwinden lassen konnte? Demnach schien sich das Fabrikgebäude nicht weit vom Elbufer zu befinden. Fred atmete tief durch. Sobald er einen Weg ins Freie gefunden hatte, brauchte er also nur dem Fluss zu folgen, um wieder in die Stadt zu gelangen.

Zunächst rüttelte Fred an der Tür. Abgeschlossen, vielleicht sogar von außen verriegelt. Fred klopfte mit dem Ellenbogen gegen das Holz. Nichts zu machen. Dieser Weg blieb ihm versperrt. Die Fenster waren allesamt vergittert und von außen mit Holzbrettern vernagelt. Niedergeschlagen ließ Fred den Blick die Wände emporwandern, bis er das Deckengebälk erreichte. Nur wenige Schritte von ihm entfernt fiel das Mondlicht durch ein Loch im Dach. Es war nicht sonderlich breit, nur ein Kind hätte sich dort hindurchzwängen können. Für einen Mann, der zudem geschwächt und verletzt war, schien es unmöglich. Außerdem hätte er ein Seil gebraucht, um sich bis zum Dach hochzuziehen, was in seiner Lage allerdings ebenfalls kaum machbar war. Es sei denn …

Im hinteren Teil des Raumes lagerte eine beträchtliche Anzahl von Holzkisten. Wenn er die zu einer Art Treppe stapelte, konnte er sich vielleicht bis zu einem der Dachbalken emporarbeiten.

Und dann rutschst du ab und brichst dir das Genick, flüsterte ihm eine warnende Stimme zu. Wer sagt dir, dass das Gebälk nicht längst morsch geworden ist oder das Dach nicht über deinem Kopf zusammenbricht, während du versuchst, die Öffnung zu vergrößern? Aber hatte er eine andere Wahl? Wenn er nicht wenigstens versuchte zu fliehen, war er ohne Zweifel erledigt. Seine Entführer wollten ihn loswerden, so viel stand fest. Es war eine elende Plackerei, die schweren Kisten quer durch das Lager zu schieben. Einige enthielten kaputte Möbelteile: Tischbeine und gedrechselte Rückenlehnen für Lehnstühle, die vermutlich Mängel aufwiesen und daher nicht weiterverarbeitet werden konnten. Fred leerte Kiste um Kiste, warf den Inhalt auf einen Haufen. Dann begann er, sie unterhalb der Dachöffnung zu stapeln. Die Konstruktion machte zwar keinen besonders stabilen Eindruck, doch wenn Fred sich vorsah, konnte er es bis zu den Dachbalken schaffen. Gelang es ihm dann auch noch, ein paar der Schindeln abzuheben und sich durch die Lücke zu zwängen, war er zumindest diesem verflixten Lagerraum entkommen.

Fred holte tief Luft, bevor er sich an der untersten Kiste emporzog. Der Druck auf seine Handgelenke sandte heftige Schmerzwellen durch seinen Körper. Innerhalb kürzester Zeit war er in Schweiß gebadet. Dennoch arbeitete er sich Stück für Stück weiter in die Höhe. Das Mondlicht begleitete ihn auf seinem Weg hinauf, und zu seiner Erleichterung spürte er bald, wie der Abendwind durch das Loch im Dach blies und seine Wangen kühlte. Nur noch wenige Handbreit fehlten, dann würde er auf den Strebebalken stoßen und hätte es geschafft. Er würde hier rauskommen, und wenn es das Letzte war, was er tat.

Die Erschütterung tief unter ihm kam so überraschend, dass Fred vor Schreck das Atmen vergaß. Was zum Teufel ... Er schwankte. Verzweifelt suchten seine Hände nach einem Halt, als der Stapel Kisten unter ihm zu beben begann. Ein hässliches Kichern drang zu ihm empor. Der Alte. Er war zurück.

»Das könnte dir so passen, Freundchen!«

Fred verlagerte sein Gewicht nach vorn und streckte mit dem Mut der Verzweiflung beide Hände aus. Schon spürte er unter seinen Fingerspitzen den Dachbalken. Wieder erhaschte er einen Blick auf den Mond über ihm, der Wind trieb ihm Schneeflocken entgegen. Er war der Freiheit so nahe und wusste doch, dass es vorbei war. Seine Hände griffen ins Leere, er verlor den Halt und stürzte mit einem Aufschrei zu Boden. Kaum war er auf dem harten Stein aufgeschlagen, da warf sich sein Bewacher auch schon auf ihn und traktierte ihn mit Schlägen und Tritten.

»Hast wohl geglaubt, ich käme nicht zurück und du könntest ausbüxen«, kreischte der Alte. »Dich werde ich lehren, mir davonzulaufen!« Seiner nuschelnden Stimme nach war er betrunken, was ihn aber nicht weniger gefährlich machte. Im Gegenteil. Während er voller Wut Hiebe austeilte, versuchte Fred, seinen Kopf vor den heftigsten Schlägen und Tritten zu schützen, doch erschöpft wie er war, hatte er dem Angriff wenig entgegenzusetzen. Schließlich riss sich der Mann ein schmutziges Tuch vom Hals, drehte es zwischen beiden Händen und beugte sich mit glasigen Augen über sein benommenes Opfer.

»Es ist so weit, Junge«, sagte der Mann, ohne mit der Wimper zu zucken. Sein nach Wein und Zwiebeln stinkender Atem schlug Fred wie ein Peitschenhieb ins Gesicht. »Nun mach es dir nicht unnötig schwer und lass mich die Sache hier und jetzt zu Ende bringen. Ich wollte, ich bräuchte das nicht zu tun, aber wenigstens hast du noch einmal die Sternennacht gesehen und den Wind im Gesicht gespürt. Schließ die Augen und lehn dich zurück, dann ist es schnell vorbei.«

In Freds Ohren rauschte es so heftig, als strömte die Elbe durch seinen Kopf. Seine Gedanken versickerten zu einem zähen Brei aus Hoffnungslosigkeit und Wut, weil er nicht einmal erfahren sollte, warum man ihm das antat. Aber seine Finger schienen heil geblieben zu sein, zumindest rührten sie sich, als er sie tastend und suchend über die Steinplatten bewegte. Da lag etwas im Schatten der zerborstenen Kiste. Er musste den Alten dazu bringen, weiterzureden, dies war seine einzige Chance, sein Leben zu verlängern. Solange der Alte am Plaudern war, würde er ihn nicht töten. »Sag mir doch wenigstens, wem ich das alles zu verdanken habe«, stöhnte Fred. »Ich kenne doch kaum jemanden hier. Wer will, dass ich verschwinde? Hat es mit dem Tod des Burschen aus dem Eis zu tun? Mit seinem Mörder?«

Der Alte wirkte mit einem Mal irritiert, starrte zuerst ihn, dann das straff gezogene Halstuch in seinen Händen an. Sein Zögern verriet Fred, dass er tatsächlich über seine Bitte nachdachte. Schließlich zuckte der Mann die Achseln und rümpfte die Nase.

»Na ja, sei's drum. Ausplaudern wirst du es ja sowieso nicht mehr können, weil du schon bald die Engel im Himmel singen hören wirst. Es ist nur so …« Er räusperte sich und spie verächtlich zu Boden. »Ich mache die Drecksarbeit, habe aber keine Ahnung, was der Kerl gegen dich hat. Sonst würde ich damit rausrücken, auf Ehre und Gewissen. Bin nämlich nicht so blöd, Fragen zu stellen. Da kriegt unsereins doch nur was auf die Schnauze. Aber vielleicht rollt der Kreuzer ja bei dir, wenn du erfährst, wer mir den Auftrag gegeben hat. Dann kannst du den Kerl wenigstens verfluchen, während ich dir ...«

Seine letzten Worte gingen in einem schrillen Pfeifton unter, der von der anderen Seite des Gemäuers kam und von den kargen Wänden widerhallte. Freds Bewacher zuckte mit einem Aufschrei zusammen. Im selben Moment sah Fred eine schemenhafte Gestalt durch die Tür huschen. Ein weiterer Laut erklang, diesmal sogar näher. Einen derben Fluch auf den Lippen, wirbelte der Alte herum und suchte mit gehetztem Blick die Richtung, aus der das Geräusch gekommen war. Diesen Moment der Unachtsamkeit nutzte Fred, um sein Leben zu retten. Mit einer flinken Bewegung fasste er nach dem Gegenstand, den er im Dunkeln ertastet hatte, und begriff, dass es sich dabei um das hölzerne Bein eines Beistelltischs handelte. Nicht sehr lang, aber am Ende zerbrochen und spitz wie ein Pfahl. Sein Gewicht genügte, um dem Alten damit einen heftigen Schlag gegen das Schienbein zu verpassen. Dieser krümmte sich und heulte vor Wut und Schmerz auf wie ein geprügelter Hund, während die schattenhafte Gestalt in der Tür aus ihrer Deckung sprang. Erst gestikulierte diese mit den Armen, dann begann sie, den Alten mit Steinen zu bewerfen.

»Verdammt, ich zerquetsche euch beide wie Läuse«, kreischte der Alte außer sich. »Erst dich, dann den Kerl an der Tür!« Mit schmerzverzerrtem Gesicht hinkte er auf Fred zu und warf sich auf ihn. Im nächsten Moment erstarrte er. Seine Augen traten aus den Höhlen und Blut quoll ihm aus dem Mundwinkel. Als er mit einem Gurgeln zurücktaumelte, schlossen sich seine Hände um ein Stück Holz, das ihm aus der Brust ragte. Das Tischbein. Mit einem irren Lachen schabte und kratzte er mit den Nägeln an dem Holz, in dem hoffnungslosen Versuch, es sich aus dem Leib zu ziehen. Dann brach er zusammen.

»Fred?«

Ein junger Mann in einem abgetragenen Anzug, die Mütze tief in die Stirn gezogen, kam auf ihn zu. Nein, das war kein Junge, und die Stimme kannte er. Wie oft hatte er sich in den Stunden seiner Gefangenschaft nach ihr gesehnt.

»Träume ich?« Mit einem Stöhnen zog er sich an einer der Kisten in die Höhe. Es war kein Traum. Lea hatte ihn gefunden und ihm das Leben gerettet.

»Ist er tot?«

Schaudernd warf Lea einen Blick auf den Mann am Boden, dessen Augen starr ins Leere gingen. Jeder Glanz war aus ihnen gewichen. Dennoch traute sie dem Frieden nicht ganz. Erst als sie die Blutlache bemerkte, die sich unter dem leblosen Körper ausbreitete, ließ sie sich von Fred in eine Umarmung ziehen.

»Er wollte mir gerade sagen, wer ihn beauftragt hat, mich zu entführen«, sagte Fred mit einem Seufzer.

»Oh!« Lea hob die Augenbrauen. »Hätte ich besser etwas später hereinschauen sollen?«

Fred grinste schwach. »Nein, wie die Dinge liegen, kamst du genau zum richtigen Zeitpunkt.« Er sah sie liebevoll an. »Ich kann immer noch nicht fassen, dass du hier vor mir stehst. Du hast mir das Leben gerettet. Der Kerl war zwar nicht mehr der Jüngste, aber stark wie ein Bulle. Ich dagegen …« Er bewegte vorsichtig seine Schulter und verzog das Gesicht.

Lea sah sofort, dass er nicht nur verletzt, sondern zu Tode erschöpft war und sich nur mühsam auf den Beinen hielt. Es würde nicht leicht werden, ihn in diesem Zustand in die Stadt zurückzuschaffen. Aber sie hatte ihn aufgespürt, und er lebte. Das allein zählte. Alles Weitere würde sich finden.

»Wo sind wir?« Fred sah sich um. »Ich vermute, dass dieses Gebäude nahe am Elbufer liegt, aber ich habe keine Ahnung, wo genau. Ich war bewusstlos, als man mich hier einsperrte.«

»Wir sind in Loschwitz«, erklärte ihm Lea. »Das ist ein Weinbauort am rechten Elbufer. Von der Stadt aus muss dich dieser Kerl über das ›Blaue Wunder‹ gebracht haben. Vermutlich in einem Pferdekarren, versteckt unter Stroh. Solche verkehren häufig zwischen der Altstadt und den Weingütern am Hang und erregen keinen Verdacht.«

»Was meinst du mit ›Blauem Wunder‹?«

»So nennen wir Einheimischen die Stahlbrücke, die Loschwitz mit Blasewitz und damit dem Dresdner Stadtbezirk verbindet. Die Brücke wurde erst vor wenigen Jahren eingeweiht.« Lea sah sich in dem düsteren Raum um. Der Anblick des auf so grausige Weise zu Tode gekommenen Mannes zerrte an ihren Nerven. »Lass uns von hier verschwinden!« Sie ergriff Freds Hand und erschrak, als sie bemerkte, wie heiß diese war. Vermutlich hatte er Fieber und würde sich, wenn er nicht rasch ins Warme kam, eine Lungenentzündung einfangen. »Du brauchst einen Arzt«, entschied sie. »Außerdem müssen wir Dupont benachrichtigen.«

»Dupont?«

In kurzen Worten klärte Lea den jungen Mann über den Polizeikommissar auf, der den Mord an dem Unbekannten aus dem Eis untersuchte. Dann führte sie ihn hinaus ins Freie, wo Fred erst einmal ein paar tiefe Atemzüge nahm. Er hielt sich aufrecht, war aber so schwach, dass er nach wenigen Schritten stehen bleiben musste, weil seine Füße drohten, ihm den Dienst zu verweigern. »Wie?«, wollte Fred wissen.

»Was, wie?«

»Na, wie hast du mich hier gefunden?«

Lea lächelte. Sie konnte sich gar nicht genug darüber freuen, dass sich ihr Einfall, der Spur des Alten zu folgen, tatsächlich ausgezahlt hatte. Als sie ihn mit einem Kleiderbündel unter dem Arm gesehen hatte, war bei ihr der Groschen gefallen: Entweder hatte der Mann vor, das Zeug irgendwo zu verhökern, oder es war für Fred bestimmt. Sie musste also nur in Erfahrung bringen, wo der Bursche zu finden war. Und dabei war ihr der Drogist in der Prager Straße ein weiteres Mal behilflich, nachdem sie ihm noch ein paar Stücke Lavendelseife abgekauft hatte. Und tatsächlich war der Kerl im *Roten Zapfhahn* zu finden gewesen, in Blasewitz auf der linken Elbseite, östlich der Innenstadt.

»Sag jetzt bitte nicht, dass du diese üble Spelunke betreten hast, Lea!«, unterbrach Fred Leas Bericht.

Lea rollte mit den Augen und fragte sich, ob sie geschmeichelt oder wütend sein sollte. Sollte sie Fred daran erinnern, wo er jetzt ohne ihr Eingreifen wäre? »Es wird dich beruhigen zu hören, dass ein Besuch dieses Etablissements nicht nötig war. Ich lungerte ein wenig vor dem Gasthaus herum und wartete, bis der Mann wieder herauskam, dann bin ich ihm gefolgt. Jaja, ich gebe zu, dass das riskant war. Er hätte vom *Roten Zapfhahn* auch die nächste Kneipe ansteuern können, aber ich war mir sicher, dass er mich über kurz oder lang zu deinem Versteck führen würde. Ich rechnete damit, dass er mit einem Pferdekarren über die Loschwitzer Brücke fahren würde, und bereitete mich schon darauf vor, heimlich aufzusteigen. Aber zu meiner Überraschung nahm er eine Elektrische. Die Bahnen fahren vom Schillerplatz ab und brauchen nur ein paar Minuten über die Elbbrücke.«

»Und er hat dich nicht bemerkt, als du in den Waggon eingestiegen bist?«

Lea hob die Schultern. »Und wenn schon? Wie hätte er mich erkennen sollen, angetrunken wie er war? Ein schäbig gekleideter Junge, der zum Körnerplatz in Loschwitz fährt, erregt doch keinen Verdacht. Schau mal, siehst du das?« Lea wies Fred auf ein Bauwerk flussabwärts hin, das mit seinen Türmen und Giebeln wie ein vornehmer Herrensitz aussah. »Das ist das Wasserwerk Saloppe. Viele Dresdner sind dort beschäftigt. Es hätte sein können, dass ich zur Nachtschicht unterwegs bin. Stattdessen verfolgte ich den Mann. Das war nicht schwer, denn er schien sich sicher zu fühlen und drehte sich kein einziges Mal um. Er hat mich geradewegs zur alten Manufaktur geführt. Als er sich in den Lagerraum schlich, wusste ich sofort, dass ich mich nicht geirrt hatte.«

Fred legte ihr einen Finger über die Lippen, dann beugte er sich plötzlich vor, und bevor sie etwas sagen konnte, küsste er sie so zärtlich, dass ihr Herz stürmisch zu klopfen begann. Sie war überglücklich. Fred lebte. Ihm war nichts geschehen, und sie hatte ihn wieder. Erst als ihre Lippen sich von seinen lösten, fiel ein Schatten über sein Gesicht. Ja, er lebte, und das war gut. Er befand sich wieder in Freiheit. Sie hatte ihm erklärt, wie sie ihn gefunden hatte, und dafür war er ihr dankbar. Doch ein Kuss beantwortete nicht alle Fragen. Und sie hatte eine Menge Fragen.

»So!« Sie verschränkte die Arme und sah ihn erwartungsvoll an. »Ich war ehrlich zu dir. Solltest du mir im Gegenzug nicht endlich auch ein paar Fragen beantworten?«

Fred atmete tief durch, dann nickte er. »Natürlich hast du ein Anrecht auf eine Erklärung. Die wollte ich dir auch schon vor Tagen geben, aber dummerweise …« Er grinste. »Du weißt ja selbst, dass mir etwas dazwischenkam.« Er nahm ihre Hand. »Es wäre allerdings besser, wenn wir jetzt von hier verschwinden würden. Falls der Kumpan meines Entführers sich vergewissern will, dass ich auch wirklich tot bin.«

Daran hatte Lea gar nicht mehr gedacht. Wer auch immer Fred in der Prager Straße niedergeschlagen und von dem Alten hatte entführen lassen, war auf freiem Fuß. Voll düsterer Empfindungen drehte Lea sich zu dem vergammelten Gebäude mit seinen Nebengebäuden um. Der Weg, dem sie quer über den Hof bis zum Lager gefolgt war, war schneebedeckt, und im Schnee waren Fußspuren zu entdecken. Ihre eigenen und die des Handlangers. Aber da waren noch mehr Spuren. Die Spuren fester Stiefel, die für sie auf eine energische und durchaus kräftige Person hindeuteten. Demnach war der Alte nicht der Einzige gewesen, der nach Fred geschaut hatte. Sein Auftraggeber war auch hier gewesen. Leas Mund wurde trocken vor Anspannung. Großer Gott, wenn sie nur herausfinden könnte, wer dieser Unbekannte war und was er von Fred wollte. Solange der Mann im Dunkeln sein Unwesen trieb, war Fred seines Lebens nicht sicher. Nicht nach all der Mühe, die der Unbekannte sich gegeben hatte, ihn mundtot zu machen.

Fred berührte sie behutsam an der Schulter. »Falls deine Elektrische um diese Zeit nicht mehr über die Elbe fährt, sollten wir versuchen, im Ort eine Droschke oder wenigstens einen Karren aufzutreiben.« Er atmete schwer aus. »Oder einen Arzt.«

Lea nickte. Als sie einen letzten Blick auf die Manufaktur warf, bemerkte sie, wie der Wind die kahlen Zweige einer Esche bewegte, die nahe am Eingang aus einem alten Brunnenschacht wuchs. Ein Schriftzug über der Tür, mit weißer Farbe an die hellroten Klinker gemalt, fiel ihr ins Auge. Sie hatte ihn vorher nicht gesehen und konnte kaum fassen, was dort oben stand: Möbelmanufaktur C. Schwarzmüller.

42.

Luise hatte keine Angst, nicht einmal, als Radek sich drohend vor ihr aufbaute. Sie erinnerte sich, dass ihre Mutter stets verächtlich von ihm gesprochen und ihn nicht wirklich für voll genommen hatte. Was ihr allerdings Sorgen bereitete, war das Gefühl, ihm völlig ausgeliefert zu sein. Damit erging es ihr kaum anders als den Kindern, obwohl sie sich einredete, in einer wesentlich besseren Position als diese zu sein. Sie war erwachsen, wenngleich auch noch nicht volljährig, und leistete wertvolle Arbeit. Aber diesen Umstand schien Radek völlig vergessen zu haben. Sein kantiges Gesicht war gerötet, und seine Augen fixierten sie böse.

»Ich bin enttäuscht von dir, Luise«, sagte er leise, jedes einzelne Wort betonend. »Da nehme ich dich in mein Haus auf, vertraue dir meine Schützlinge und alle Schlüssel an, und was machst du? Du schnüffelst in meinen Sachen herum! Das hast du doch, nicht wahr?«

Luise biss sich auf die Unterlippe, bis sie Blut schmeckte. Durfte sie leugnen, was doch so offensichtlich war? Oder sollte sie beteuern, dass es gar nicht ihre Absicht gewesen war, ihre Nase in Radeks Angelegenheiten zu stecken, und ihn um Verzeihung bitten? Sie ahnte, dass er sie für einfältig hielt. Wie konnte er da annehmen, dass sie sich vorsätzlich in sein Zimmer geschlichen hatte, um in seinen Büchern zu stöbern?

Doch dann dachte sie an die Kladde mit all den Namen, ihren eigenen eingeschlossen, und senkte wie ein kleines Schulmädchen trotzig den Blick. Sie war es nicht, die ihm eine Erklärung schuldete, im Gegenteil.

Da sie beharrliche schwieg, wandte Radek sich dem Bücherregal zu. Seinem prüfenden Blick entging nicht, dass es erst vor Kurzem repariert worden war.

»Wenn du es nicht warst, bleibt mir nichts anderes übrig, als Benno zu bestrafen. Was meinst du, wie viele Peitschenhiebe wären als Sühne angemessen?«

Luise war erschüttert. »Aber der Junge hat damit nichts zu tun«, beteuerte sie. Sie durfte nicht zulassen, dass Benno wegen ihr bestraft wurde. »Ich wollte meine Bibel aus dem Regal nehmen, und dabei ist es aus seiner Verankerung gebrochen. Benno hat das gehört und wollte mir helfen, es wieder in Ordnung zu bringen. Das ist alles. Bitte bestrafen Sie ihn nicht!« Und schicken Sie mich nicht fort, war sie versucht, hinzuzufügen. Doch sie schwieg. Radek durfte nicht erfahren, dass sie sein geheimes Rechnungsbuch kannte.

Doch wenn sie den Eintrag in dem Buch richtig deutete, würde sie nach dem Jahreswechsel ohnehin fortgehen müssen. Er würde sie fortschicken. Nach Hamburg? Als Stubenmädchen zu einer wohlhabenden Familie? Oder als … Nein. Niemals. Sie verbot sich, den Gedanken zu Ende zu spinnen. Stattdessen suchte sie nach einem Ausweg. An wen konnte sie sich wenden, wen um Hilfe bitten? August Peregrin? Natürlich, der Marktleiter hatte ihre Mutter gut gekannt und sie in Radeks Obhut gegeben. Er hatte ihr versprochen, sich weiter um sie zu kümmern. Luise beschloss, am nächsten Morgen auf den Striezelmarkt zu gehen. Die Weihnachtstage standen bevor. Sicher würde August Peregrin Radek ins Gewissen reden. Außerdem durfte er ihr seinen Schutz nicht verweigern; so verlangte es das Reglement der Krämergemeinschaft, zu der sie als Marthas Tochter immer noch gehörte.

Radek stand jetzt so nahe vor ihr, dass sie den Kopf in den Nacken legen musste, um ihm in die Augen sehen zu können. Mit emporgezogenen Brauen deutete er auf die Bibel, die Luise immer noch an sich drückte wie ein Kind, das Schutz brauchte.

»Wenn du auf die Bibel schwörst, dass du nicht in Laurins Auftrag mein Zimmer durchsucht hast, lasse ich dich zu Bett gehen!«

»Das schwöre ich. Ich habe nichts mehr mit Laurin zu schaffen. Meine Mutter wollte uns zusammenbringen, mein Wunsch war das nicht.«

»Braves Mädchen«, sagte Radek. Mit einem spöttischen Grinsen hauchte er ihr einen Kuss auf die Stirn. »Weißt du, bei ihm hättest du es auch nicht so gut gehabt wie bei mir. Ich habe nämlich Großes mit dir vor, Luise. Eine so hübsche Frau mit deinen Fähigkeiten sollte ihre Zeit nicht damit verbringen, halbwüchsigen Rotznasen Eintopf zu kochen oder die Böden in den Schlafsälen zu schrubben.« Als er sie ein weiteres Mal küssen wollte, wich sie zurück.

»Es gefällt mir so, wie es ist. Ich werde doch gebraucht! Sie und die Kinder …«

Radek nickte bedächtig. Als habe er seine Meinung ganz plötzlich geändert, tätschelte er ihr die Schulter. »Aber natürlich, meine Liebe. Ich bin nur um dein Wohl besorgt. Nach allem, was du in letzter Zeit erlitten hast, dachte ich, dass dir eine Luftveränderung guttun würde. Aber wenn du bei uns bleiben willst, habe ich natürlich nichts dagegen einzuwenden.«

Luise atmete auf. Alles nur ein Irrtum. Ein Missverständnis, das hatte sie doch gleich gewusst.

»Und nun gib mir die Bibel!« Radek streckte die Hand aus. Das freundliche Lächeln war aus seinem Gesicht verschwunden, und seine Stimme tönte schneidend.

»Aber … warum?«

»Du bekommst sie zurück, wenn ich mir sicher sein kann, dass ich mich auf dich verlassen kann und du keinen Unfug anstellst.«

Er schnappte nach dem Buch, versuchte, es ihr aus der Hand zu reißen, doch Luise wehrte sich. Bei dem Gerangel entfiel der Bibel ein kleiner, gefalteter Zettel. Luise erkannte die Handschrift ihrer Mutter und hob ihn auf.

»Was ist das? Gib es mir!«

Luise weigerte sich. Den Zettel hatte ihre Mutter vermutlich kurz vor ihrem Tod geschrieben, und wenn sie ihn in die Bibel gesteckt hatte, so hatte sie auch gewollt, dass nur Luise ihn dort finden würde. Er war für sie bestimmt, nicht für Radek. Sie kehrte dem Mann den Rücken zu und entfaltete das Papier.

»Ich wiederhole mich nur ungern«, fuhr Radek sie wütend an. »Sag mir sofort, was auf dem Zettel steht, sonst prügle ich es aus dir heraus!«

Luise konzentrierte sich ganz auf die Botschaft ihrer Mutter. Zunächst wurde sie nicht schlau daraus, doch dann begriff sie, dass sie einen Teil jenes Steckbriefs in Händen hielt, mit dem das Königlich-Sächsische Polizeipräsidium die Bevölkerung um Mithilfe bei der Identifizierung des unbekannten Toten aus dem zugefrorenen See bat. Einige der beschriebenen physischen Merkmale der Leiche waren von Martha fett mit Tinte unterstrichen worden.

»Die linke Extremität zeigte sich bei Untersuchung kürzer als die rechte, infolgedessen der Verblichene zu Lebzeiten gehinkt haben muss«, entzifferte Luise. Dann stutzte sie. Ein heiserer Aufschrei entwich ihrer Kehle. »Aber … das kann doch nicht sein. Mutter muss sich getäuscht haben.«

»Nun gib schon her!« Radek nutzte Luises Verwirrung, um ihr den Zettel aus der Hand zu reißen. »Wusste ich es doch«, sagte er zufrieden, nachdem er ihn gelesen hatte. »Sieht so aus, als sei deine Mutter einem heimtückischen Betrüger auf die Spur gekommen. Würde mich nicht wundern, wenn sie deshalb dran glauben musste.«

»Weil sie sich daran erinnert hat, dass Meister Schwarzmüllers Neffe als Kind gehinkt hat, rotes Haar und blaue Augen hatte?« Luise griff sich an den Kopf. Sie war durcheinander, kaum noch fähig, einen klaren Gedanken zu fassen. Dem Steckbrief nach war auch der Tote rothaarig gewesen, Laurin hingegen hatte dunkle Haare und hinkte kein bisschen. Ihre Mutter war offenbar überzeugt gewesen, dass Laurin nicht der war, für den er sich ausgab.

»Sie hat um ihr Leben gefürchtet, sonst hätte sie ihre Schlussfolgerungen wohl kaum in der alten Bibel versteckt.« Luise fing an zu schluchzen. »Vermutlich hat sie einfach keine Zeit mehr gefunden, zur Polizei zu gehen. Aber sie wollte, dass ich es weiß und mich vorsehe.«

»Ich kann verstehen, was in dir vorgeht, meine Liebe!« Radek drückte sie an sich, flüsterte ihr ins Ohr, und plötzlich war seine Stimme ganz sanft. »Dieser Schuft hat nicht nur Martha, sondern uns alle getäuscht. Er hat den wahren Schwarzmüllerneffen im See versenkt und dann auf dem Striezelmarkt seinen Platz eingenommen. In ein paar Wochen hätte sich dieser Betrüger aus dem Staub gemacht.«

Schniefend wischte Luise sich die Tränen aus dem Gesicht. »Aber wieso hätte er den Mann denn umbringen sollen? Nur um auf dem Striezelmarkt ein paar Schnitzarbeiten verkaufen zu können. Und Laurin … ich meine der junge Mann ist doch ein begabter Holzbildhauer. Der hat es nicht nötig, die Identität eines anderen anzunehmen.« Sie dachte angestrengt nach. »Es sei denn, er wäre ein Verbrecher auf der Flucht. Das muss die Polizei erfahren!« Sie straffte die Schultern und wollte sich an Radek vorbei zur Tür bewegen, als dieser sie am Arm packte.

»Du wirst nicht zur Polizei gehen«, befahl er ihr streng. Das Funkeln in seinen Augen ließ keine Widerrede zu. »Und deine Entdeckung bleibt vorläufig unter uns. Du darfst dir nichts anmerken lassen, weder den Kindern gegenüber noch den Leuten auf dem Striezelmarkt.«

»Aber …«

»Keine Sorge, Luise. Der Kerl wird nicht ungeschoren davonkommen. Und wenn du tust, was ich dir sage, wirst du in meinem Haus noch lange in Lohn und Brot stehen. Das ist es doch, was du dir ersehnst, nicht wahr? Ein Heim und einen Lebenszweck.«

Ja, genau das war es, was sie wollte. Luise zögerte nur für einen Wimpernschlag, dann nickte sie.

»Dich kann man wirklich keinen Moment aus den Augen lassen, Kindchen! Man sollte dich übers Knie legen, weil du dich dieser Gefahr ausgesetzt hast. Und das auch noch alleine, ohne mich. Dieser Kerl hätte dich umbringen können!«

Händeringend lief Willie durch den Raum. Sie war erst eine Stunde zuvor aus der Semperoper zurückgekehrt und hatte sich der Bequemlichkeit halber in einen kirschroten Kimono geworfen, den ihr, wie sie nicht ohne Stolz berichtete, ein japanischer Prinz nach einem Engagement in Tokio verehrt hatte. Ihr Gesicht war von einer dicken Schicht weißer Schminke bedeckt, die Lippen leuchteten so rot wie ihr Gewand, und auf dem Kopf schaukelte eine Perücke aus pechschwarzem Haar, in dem seidene Lotosblüten steckten.

»Ist der Arzt noch bei ihm?« Willie blieb stehen und deutete auf die Verbindungstür. Als Lea kleinlaut den Kopf schüttelte, sank sie mit einem tiefen Seufzer auf ihre Chaiselongue und fächelte sich Luft zu. »Diese Aufregungen nehmen allmählich überhand!«

»Der Doktor hat Freds Wunden gereinigt und verbunden und ihn dann ins Bett gesteckt«, sagte Lea. »Er ist unterkühlt und halb verdurstet, aber der Arzt meint, er habe eine Pferdenatur. Ein paar Tage Ruhe, und Fred sollte wieder auf die Beine kommen.«

»Na, Gott sei Dank endlich einmal eine gute Nachricht«, sagte Willie. »Er kann natürlich im Bellevue bleiben, bis er sich erholt hat. Auf meine Kosten, versteht sich. Das bin ich ihm wohl schuldig. Außerdem bin ich auf seine Erklärung gespannt.« Sie hob die Augenbrauen. »Hat er dir gesagt …«

Lea winkte ab. Während der Fahrt von Loschwitz in die Stadt hatten sie und Fred kaum ein Wort miteinander gewechselt, was aber hauptsächlich darauf zurückzuführen gewesen war, dass sie über ihre Entdeckung nachgegrübelt hatte, während Fred in der Droschke eingeschlafen war. Lea hatte die Entdeckung, dass die verlassene Möbelmanufaktur Schwarzmüller gehörte, immer noch nicht verdaut. Es konnte doch kein Zufall sein, dass Fred ausgerechnet dorthin entführt worden war.

»Merkwürdig ist das schon!« Willie schenkte sich und Lea Tee in hauchdünne Tässchen ein. Er duftete betörend nach Jasmin, und Lea fragte sich unwillkürlich, ob ihre Schwester mit ihrem Aufzug nur wieder einer ihrer üblichen Marotten nachging oder sich auf eine neue Oper vorbereitete. Als Willie ihre fragenden Blicke auffing, erklärte sie sich. »Mein guter Freund Puccini hat mir geschrieben, dass er mit dem Gedanken spielt, die tragische Liebesgeschichte einer Japanerin auf die Opernbühne zu bringen. Die zugrunde liegende Erzählung wurde wohl erst im vergangenen Jahr veröffentlicht. Den Titel habe ich vergessen, irgendwas mit Schmetterlingen.«

»Schmetterlingen?«

»Unwichtig, ich wollte nur mal ausprobieren, ob man mir die Geisha abnehmen würde, falls Puccini mich bittet, die Rolle dieses Schmetterlings zu übernehmen. Bis es so weit ist, sollte ich mich weniger mit Dresdner Eierschecken vollstopfen. Aber zurück zu Schwarzmüller. Hat er dir nie erzählt, dass er einmal eine Manufaktur besessen hat?«

»Kein Wort. Auch Papa und die Brüder haben darüber nie geredet. Das Gebäude ist zu einer Ruine verfallen. Lange kann Schwarzmüller dort nicht gearbeitet haben.«

Willie nippte an ihrem Tee, dann runzelte sie nachdenklich die Stirn. »Dabei ist das rechte Elbufer gar keine üble Gegend. Der Grund ist einiges wert, besonders die Hänge bei Schloss Albrechtsberg und die Weingüter. Das ist guter Boden. Umso begehrter, seit die Elektrische über die Brücke fährt. Ich selbst habe schon mit dem Gedanken gespielt, mir in Loschwitz ein Haus zu kaufen. Es will mir nicht in den Kopf, warum ein braver Mann wie Schwarzmüller es vorzieht, in einer muffigen Werkstatt zu hausen, sein Anwesen an der Elbe aber verfallen lässt.«

»Mich interessiert etwas anderes.« Lea holte Luft. Plötzlich hatte sie Angst, den Gedanken auszusprechen. Düstere Gedanken waren wie Raben. Sie kehrten immer wieder dorthin zurück, wo sie Nahrung fanden.

Ihre Schwester drückte ihr mitfühlend die Hand. »Verstehe schon. Du überlegst, ob dein alter Freund hinter all diesen schrecklichen Vorkommnissen stecken könnte. Nun ja, wenn ich ehrlich bin, drängt sich mir dieser Verdacht auch auf. Herr Schwarzmüller reist Hals über Kopf ab und überlässt dir seinen Stand auf dem Striezelmarkt. Kurz darauf taucht der Tote im See auf, und Fred Danner wird in ein Haus verschleppt, das dem Schreiner gehört.«

»Ob es Schwarzmüller immer noch gehört, wissen wir nicht«, erhob Lea Einspruch. Aber sie wusste, wie wenig überzeugend ihr Einwand klang.

»Auf jeden Fall solltest du diesem merkwürdigen Polizisten reinen Wein einschenken.« Willie sah auf die Wanduhr über ihrem Frisiertisch, auf dem ein Durcheinander aus Schildpattkämmen, Parfümflakons und Cremedöschen herrschte. »Wo steckt dieser Mensch überhaupt? Ich habe ihn vor Stunden anrufen lassen.«

Als Kommissar Dupont wenig später eintraf, trug er Frack mit Zylinder und eine rosa Nelke im Knopfloch. Vermutlich hatte Willies Nachricht ihn von einem gesellschaftlichen Ereignis, einem Theater- oder Konzertbesuch weggeholt. Ob er darüber verstimmt oder erfreut war, gab sein gleichmütiger Gesichtsausdruck nicht preis.

»Haben Sie die Leiche in Loschwitz gefunden?«, entfuhr es Lea, kaum dass der Kriminalbeamte Hut und Mantel abgelegt hatte. Sie selbst war inzwischen in eines der Kleider ihrer Schwester geschlüpft.

»Natürlich, Fräulein!«, erwiderte Dupont, nachdem er sich eine Pfeife gestopft hatte. »Oder dachten Sie, der Mann wäre davongelaufen? Mit einem Holzpflock im Herzen?«

»Nun machen Sie aber einen Punkt!« Willie funkelte den Polizisten erbost an. »Ich habe es Ihnen doch telefonisch ausrichten lassen, oder nicht? Meine Schwester hat diesen Mann dabei überrascht, wie er Fred Danner, den er dort draußen in Loschwitz festhielt, ermorden wollte. Wäre sie nicht gewesen, wäre der Ärmste jetzt mausetot.«

»Madame, Ihr Gesicht! Ich fürchte fast, es schmilzt. Liegt das vielleicht an der Hitze hier?«

Mit einem spitzen Schrei verschwand Willie im Badezimmer.

Dupont holte tief Luft, bevor er sich mit unbeweglicher Miene Lea zuwandte. »Wir konnten die Identität des Toten schon feststellen.«

»Das ist zumindest mal eine Abwechslung!«

Dupont überhörte die Spitze. »Er hieß Jaspers. Heinrich Jaspers. Schon mal von ihm gehört?«

»Wie sollte ich, schließlich wurden wir einander nicht vorgestellt!«

»Natürlich nicht! Sie haben den Burschen allerdings durch die halbe Stadt und dann über die Elbe verfolgt. Sie hätten mich informieren sollen, anstatt sich auf die Lauer zu legen. Jaspers war ein Tunichtgut und gefährlich. Ursprünglich Soldat oder Matrose in der Kaiserlichen Marine, dann Hausmeister und zuletzt dem Alkohol und noch gefährlicheren Suchtmitteln verfallen. Einer dieser bedauernswerten Teufel, die für den nächsten Rausch ihre eigene Mutter verkaufen würden. Einem solchen Individuum hinterherzuspionieren hätte ins Auge gehen können.«

Damit sagte Dupont Lea nichts Neues. Aber die Polizei zu verständigen, hätte auch bedeutet, wertvolle Zeit zu vergeuden. Dass Fred jetzt im Nebenraum lag und schlief, war dem Umstand zu verdanken, dass sie nicht gezögert, sondern sofort gehandelt hatte.

Dupont erwartete keine Entschuldigungen. Er rückte seine Krawatte zurecht und stand auf. »Nun, Sie werden mir noch erklären müssen, wie Sie auf Jaspers gekommen sind, aber jetzt muss ich mich zunächst einmal mit dem jungen Mann unterhalten.« Fragend deutete er auf die Verbindungstür, und Lea nickte.

Fred war wach. Vermutlich hatten ihn die Stimmen geweckt, denn er saß aufrecht im Bett, ein Glas Wasser in der Hand. Er war noch immer bleich, seine Augen saßen tief in ihren Höhlen, und über Kinn und Wangen breiteten sich dunkle Bartstoppeln aus. Als er bemerkte, dass Lea in Begleitung eines hochgewachsenen Mannes im rabenschwarzen Frack den Raum betrat, verschwand das angedeutete Lächeln aus seinem Gesicht.

»Keine Angst, ich bin kein Leichenbestatter, Herr Danner!«,

sagte Dupont mit feinem Spott in der Stimme. »Ich bin Polizeikommissar und habe einige Fragen. Falls Ihnen kein Schlafmittel verabreicht wurde, sind Sie verpflichtet, mir Rede und Antwort zu stehen.«

»Ein paar Fragen hätte ich auch«, ließ sich Willie im Hintergrund vernehmen. »Und ich habe ihm nur ein paar Pillen gegen Schädelbrummen gegeben. Aspirin heißen sie!«

Dupont brachte Leas Schwester mit einer Handbewegung zum Schweigen. Sein Blick war auf Fred gerichtet, der aufgeregt wirkte.

»Bevor wir zu Ihrer Entführung kommen, sollten wir Ihre Personalien klären, nicht wahr? Sie haben sich im Fremdenregister der Stadt Dresden als Fred Danner, Student, genauer, Candidatus juris, eintragen lassen?«

War Fred ohnehin schon blass gewesen, so schien nun der letzte Rest Blut aus seinem Gesicht zu weichen. »Ich hätte gern zuerst mit Lea allein gesprochen«, flüsterte er.

»Und ich hätte gern auch noch den letzten Satz von Brahms' Violinkonzert gehört.« Dupont verschränkte die Arme vor der Brust. »Wir bekommen nicht immer, was wir wollen. Daher frage ich Sie in Anwesenheit der beiden Damen: Ist Fred Danner Ihr richtiger Name?«

Lea schnappte nach Luft, als Fred langsam den Kopf schüttelte.

»Das habe ich mir gedacht«, sagte Dupont ungerührt. »Fräulein Liebermann, darf ich Ihnen Ihren abhandengekommenen Verlobten Mr. Shields aus New York vorstellen? Unter diesen Umständen ist es durchaus verzeihlich, dass Sie ihn aus der Hand seines Entführers befreien wollten.« Als er Leas Blick auffing, winkte er mit einer Handbewegung ab. »Nun ja, da Sie über seine wahre Identität nicht im Bilde waren, vielleicht auch nicht.«

Lea fühlte sich plötzlich wie auf einer schwankenden Eisscholle, von der sie jeden Moment abzugleiten drohte. Duponts Worte klangen so absurd in ihren Ohren, dass sie am liebsten laut gelacht hätte. Fred Danner und Rick Shields sollten ein und dieselbe Person sein? Eine groteske Vorstellung. Oder am Ende doch nicht? Zumindest erklärte das, warum er sich in der Prager Straße einquartiert hatte.

»Ich … wollte es dir sagen«, hörte sie Freds Stimme wie durch einen Nebel wabern. »Schon unten am See bei der alten Mühle. Aber dann wurde der Tote entdeckt, und alles geriet in helle Aufregung. Und dann später auf dem Striezelmarkt …«

»Hieltest du es nicht mehr für so wichtig«, beendete Lea den Satz. Sie spürte, wie ihr heiß wurde und vor Enttäuschung die Tränen in die Augen stiegen, aber sie blinzelte sie rasch fort. Er verdiente nicht, sie weinen zu sehen. Das würde sie später tun, wenn sie allein war. In Gesellschaft einer Flasche Wein. Ja, sie hatte Lust zu trinken. Wein oder vielleicht sogar etwas Stärkeres wie Cognac. Hauptsache, es war stark genug, sie zu betäuben. »Es war ja auch so viel leichter, sich hinter meinem Rücken über mich lustig zu machen«, sagte sie. »Das dumme Geschöpf, das sich gegen die Ehe mit einem wohlhabenden Amerikaner sträubte, weil sie ihr geliebtes Dresden und seinen Weihnachtsmarkt nicht verlassen wollte. Ja, das ist überaus komisch.«

Fred schüttelte den Kopf. »So ist das nicht! Ich bin froh, dass du mir deine Gefühle offenbart hast. Es gibt nichts Schlimmeres, als sein ganzes Leben an der Seite eines Menschen verbringen zu müssen, für den man nichts oder nicht genug empfindet.«

Willie lachte hämisch auf. »Ach, und mit Ihren Lügen wollten Sie meiner Schwester dieses Schicksal ersparen. Das nenne ich mal eine noble Einstellung. Was folgt denn als Nächstes?«

Kommissar Dupont räusperte sich. »Nun, als Nächstes wird

er Ihnen erklären, dass er zwar ein Sohn des Kaufmanns Leonard Shields aus New York ist, aber keineswegs derselbe Sohn, den sein Vater als Bräutigam für Fräulein Liebermann ausersehen hat. Berichtigen Sie mich, wenn ich falschliege, mein Herr!«

»Nein, das ist richtig!« Fred zuckte reumütig mit den Schultern. »Es war nicht meine Absicht, dir das alles häppchenweise beizubringen, aber es stimmt. Rick ist mein älterer Bruder. Eigentlich Frederick, während man mir den Namen Alfred gegeben hat. In den Staaten ist es üblich, seine Vornamen abzukürzen.«

Fassungslos starrte Lea den Mann im Bett an und wusste nicht, ob sie lachen oder weinen sollte. »Und was ist mit deinem Bruder? Müssen wir noch nach ihm fahnden lassen, oder hatte er nie die Absicht, nach Dresden zu reisen?«

»Mein Bruder führt schon seit einigen Jahren die Familiengeschäfte in London«, sagte Fred. »Dort ist er glücklich. Mit Dresden verbindet ihn nichts mehr und in New York fühlte er sich nie heimisch. Als mein Vater ihm telegrafierte, er solle unverzüglich nach Deutschland reisen, um seine zukünftige Braut kennenzulernen, ergriff ihn die Panik.«

»Das ist ja charmant«, bemerkte Willie mit beißendem Spott. »Ich gebe ja gerne zu, dass meine Familie ein wenig speziell ist. Aber wenigstens täuscht bei den Liebermanns niemand vor, etwas zu sein, was er nicht ist.« Energisch zerrte sie am Gürtel ihres japanischen Kimonos, während Lea, die einen vielsagenden Blick von Dupont auffing, vor Scham rot anlief.

»Wollten Sie dazu etwas bemerken, Fräulein Liebermann?«

»Das … das hat hier nichts zu suchen«, stammelte sie. »Ich wäre Ihnen dankbar, wenn Sie Freds Geständnis nicht dauernd unterbrechen würden. Sehen Sie nicht, wie erschöpft er ist?«

Fred warf ihr einen dankbaren Blick zu.

»Was genau versetzte Ihren Bruder so in Panik?« Dupont

stopfte sich wieder seine Pfeife. »Vielleicht der Umstand, dass er nicht mehr so ungebunden ist, wie Ihr Vater annimmt?«

»Woher zum Teufel wissen Sie das?«

Dupont lächelte. »Ich wusste es nicht, aber offenbar habe ich ins Schwarze getroffen. Ihr Bruder ist verheiratet, nicht wahr? Aber davon weiß Ihr Vater nichts. Nur Sie hat er ins Vertrauen gezogen. Daraus folgere ich, dass seine Gattin vermutlich einem anderen Glauben angehört, bettelarm ist und gesellschaftlich weit unter ihm steht.«

»Da brat mir doch einer einen Storch«, keuchte Willie. Beeindruckt starrte sie Dupont an.

Fred nickte. »Mildred ist aus Liverpool, eine gute, fleißige Frau, aber das Kind einer armen Arbeiterfamilie. Trotzdem lieben sie sich. Mildred möchte in England bleiben und sich ein eigenes Geschäft aufbauen, falls mein Vater Frederick enterben sollte. Nun zu mir. Ich bin wirklich ein Student. Allerdings studiere ich weder in Halle an der Saale noch sonst wo in Deutschland, sondern an der New Yorker Columbia Universität. Ich war gerade in London zu Besuch, als das Telegramm unseres Vaters eintraf. Daraufhin bat mein Bruder mich, nach Dresden zu reisen und vor Ort die alte Eheübereinkunft unserer Väter für null und nichtig erklären zu lassen, auf welche Weise auch immer. Als ich im Hotel Frau Fleck kennenlernte, wähnte ich mich auf der richtigen Spur. Aber dann traf ich Lea und …« Er lächelte Lea scheu an. »Mir war klar, dass ich so nicht weitermachen durfte, nicht mal meinem Bruder zuliebe.«

Dupont ließ eine Weile den Rauch seiner Meerschaumpfeife gen Zimmerdecke steigen, bevor er Fred scharf ins Auge fasste. »Mr. Shields, Sie haben uns an der Nase herumgeführt, aber ich bin ebenso wenig für Ihre Maskerade zuständig wie für die von Fräulein Liebermann. Tatsächlich bin ich erleichtert, dass Sie nicht auf unserem Seziertisch gelandet sind. Viel hätte ja wohl nicht gefehlt. Also, heraus mit der Sprache: Wer steckt hinter der Entführung? Und was wissen Sie über den Burschen aus dem See?«

Fred blickte erst Lea, dann Dupont an. Auf seinem Gesicht breitete sich ein Ausdruck von Verwirrung aus. »Darüber weiß ich nichts, ich schwöre es. Natürlich war mir klar, dass ich Schwierigkeiten bekommen könnte, wenn ich den Leichenfund anzeigen würde. Daher machte ich nur eine anonyme Meldung.«

»Und Sie zogen aus dem Bellevue aus, um Ihre Spuren zu verwischen«, ergänzte Dupont mit einem strengen Blick.

»Mein Bruder hat mir von dem Haus in der Prager Straße erzählt. Es war das Erbe meiner Mutter. Sie hat es nie verkauft. Für mich war es der perfekte Unterschlupf.«

»Aber nicht perfekt genug,«, sagte Lea. Allein der Gedanke an die düsteren Räume über der Drogerie ließ sie erschaudern. »Jemand muss dir gefolgt sein und dich im Haus gemeinsam mit diesem Jaspers überfallen und verschleppt haben. Hast du wirklich keine Idee, wer es gewesen sein könnte?«

Fred ließ sich mit einer Antwort Zeit, dann schüttelte er den Kopf. »Es tut mir leid. Ihr könnt euch nicht vorstellen, wie oft ich mir darüber den Kopf zerbrochen habe. Schließlich will ich wissen, wer mir nach dem Leben trachtet. Derjenige ... Ich meine, er könnte es jederzeit wieder versuchen, oder?«

»Nur wenn Sie die Anweisungen der Polizeibehörde in den Wind schlagen«, sagte Dupont. »Im Moment betrachte ich Sie eher als Zeugen denn als Verdächtigen, was Sie Ihrem desolaten Zustand verdanken. Dennoch werden Sie das Bellevue einstweilen nicht verlassen. Erholen Sie sich, vielleicht kehrt dann auch Ihre Erinnerung zurück.«

»Was ist mit mir?«, wollte Lea wissen. »Falls ich nicht unter Hausarrest stehe, würde ich gern das Hotel verlassen und zu meiner Familie gehen.«

»Richtig! Sie haben ja auch noch ein anderes Leben, nicht wahr?«

Lea ersparte sich eine Antwort. Gleichzeitig fragte sie sich, was Dupont mit seiner ironischen Anspielung bezweckte. Riet er ihr etwa, Nachsicht mit Fred zu üben, weil es ungerecht war, einen Mann mit vorgetäuschter Identität in die Wüste zu schicken, während sie ihre eigene Familie, die Stadt, ja sogar die Königin von Sachsen beschwindelte?

Aber hier ging es doch um mehr als ihr Gewissen. Es ging um die Frage, wie viel Heimlichkeiten eine Beziehung ertrug. Sie glaubte Freds Liebesbeteuerung, und wenn sie ehrlich zu sich selbst war, erwiderte sie seine Gefühle. Aber stand diese Liebe nicht auf allzu tönernen Füßen?

Lea stöhnte leise auf. Sie wünschte sich, noch einmal ganz von vorn zu beginnen. Doch das Rad der Zeit konnte sie nicht zurückdrehen.

43.

Lea hatte die Nacht im Hotel verbracht und verabschiedete sich erst nach dem Frühstück, das Willie ihr sogar ans Bett hatte bringen lassen. Sehnsuchtsvoll blickte sie zum Nebenzimmer, aus dem nicht der kleinste Laut zu hören war, widerstand aber der Versuchung, die Tür zu öffnen. Gewiss war es besser, Fred vorerst aus dem Weg zu gehen. Willie versprach, gut für ihn zu sorgen. Im Laufe des Vormittags würde der Arzt noch einmal nach ihm sehen, und sobald er wieder bei Kräften war, wollte Willie dafür sorgen, dass er sein altes Zimmer wiederbekam. Dankbar umarmte Lea ihre Schwester. Sie hatte ihr viel zu verdanken, doch was sie als Nächstes erledigen musste, konnte Willie ihr nicht abnehmen. Und das war auch gut so.

»Und du bist dir sicher, dass du das tun willst?«, fragte Willie besorgt. »Mein Angebot steht: Du kannst gerne bei mir bleiben. Gemeinsam finden wir eine Lösung.«

Lea schüttelte den Kopf. Nie zuvor war sie von etwas so überzeugt gewesen.

Als sie wenig später ihr Elternhaus betrat, standen Aaron, Dora und Oskar in der Diele um einen Tisch herum und musterten einen Apparat, den sie im Haus noch nie gesehen hatte. Dabei diskutierten die drei so heftig, dass sie Lea erst bemerkten, als die sich an ihnen vorbei zur Treppe schleichen wollte.

»Ach, da bist du ja endlich!« Dora verzog missbilligend das Gesicht. »Nun schau dir bloß an, wofür dein Bruder unser Geld ausgibt. Sie deutete auf den Kasten auf ihrem Tisch. »Oskar hat einen Fernsprecher gekauft, ein …«

»Telefon«, verkündete Oskar stolz. »Ich dachte, es sei an der Zeit, einen solchen Apparat anzuschaffen. Jetzt, wo ein Baby unterwegs ist. Der Doktor hat nämlich auch einen, das weiß ich genau, und wenn Dora Hilfe braucht, müssen wir ihn nur anrufen, und er kommt zu uns.« Der junge Mann strahlte über das ganze Gesicht.

»Aber dafür bezahlen wir doch schon Ilse«, wandte Dora händeringend ein.

»Und wenn die auch krank ist oder Ausgang hat?« Oskar suchte Schützenhilfe bei seinem Zwillingsbruder, der aber entschlossen schien, sich herauszuhalten. Stattdessen untersuchte er den schwarzen Holzkasten mit dem geschwungenen Hörer und all den Drähten und Kabeln mit interessiertem Blick. Lea streckte die Hand aus und berührte ihn sanft am Arm.

»Meinen Glückwunsch«, flüsterte sie ihm zu. »Nicht zum Telefon, sondern zum Nachwuchs. Ich freue mich für euch, und ich bin überzeugt, dass Dora eine wundervolle Mutter sein wird.«

»Und ich würde mich freuen, wenn du künftig bei ihr bleiben würdest, anstatt dich nächtelang mit Willie herumzutreiben und ihre fürchterliche Garderobe aufzutragen. Die kommenden Monate werden anstrengend werden, in vielerlei Hinsicht. Da möchte ich mir nicht auch noch Sorgen um deinen guten Ruf machen müssen.«

Lea unterdrückte einen Hustenreiz. Sobald sie gesagt hatte, was sie zu sagen hatte, würde die Sorge um ihren Ruf Aarons geringstes Problem sein. Sie bat ihre Familie in den Salon und schloss die Tür hinter ihnen. Im Salon war es kalt, denn Ilse hatte noch in der Küche zu tun und keine Zeit gefunden, ein Feuer im Kamin zu machen. »Was soll das schon wieder bedeuten?«, murrte Aaron.

»Wir müssen hinunter in den Laden«, pflichtete Oskar seinem Bruder bei. »Und solltest du nicht Laurin Schwarzmüller in der Werkstatt zur Hand gehen?«

»Darum geht es ja!« Lea wartete, bis Dora und die beiden Männer Platz genommen hatten. Sie selbst zog es vor stehen zu bleiben. So fühlte sie sich wohler. »Ich darf euch mitteilen, dass sich Mr. Shields im Bellevue aufhält. Er fühlt sich ein wenig mitgenommen, wird aber bald wieder bei Kräften sein.«

Dora und Aaron wechselten einen erstaunten Blick, dann atmeten beide erleichtert auf.

»Das ist ja eine hervorragende Nachricht«, rief Oskar und klatschte erfreut in die Hände, als applaudierte er bei einer Theateraufführung.

»Aber wo hat der Mann nur die ganze Zeit gesteckt?«, wollte Dora wissen. »Ist ihm klar, wie viele Sorgen wir uns um ihn gemacht haben? Aber Schwamm drüber. Er ist angekommen, und wir brennen darauf, ihn endlich kennenzulernen.«

Lea senkte den Blick. Nun gab es kein Zurück mehr. »Genau genommen habt ihr das schon, zumindest du, Aaron. Und Oskar auch. Unten, im Antiquitätenladen.«

»Wovon redest du?« Aaron sprang aus seinem Sessel auf, als hätte ihn ein elektrischer Schlag getroffen. »Mir hat sich unser zukünftiger Geschäftspartner sicher nicht vorgestellt.«

»Oh, er hat sich vorgestellt, aber nicht unter seinem richtigen Namen. Ihr beide habt ihn als Laurin kennengelernt.«

Dora stieß einen Schrei aus. »Eure Schwester ist verrückt geworden. Kein Wunder, so wie sie ausschaut. Das abgeschnittene Haar, das unmögliche Kleid … Ich hab's doch gleich gewusst, dass mit ihr etwas nicht stimmt. Oskar, ruf den Arzt an.«

»Der Apparat ist aber noch nicht angeschlossen!«

»Ich wusste doch, dass uns das Ding im Stich lassen wird, wenn wir es brauchen!«

»Kannst du uns das bitte erklären«, brüllte Aaron Lea an. »Warum zum Teufel sollte Shields sich als Schwarzmüllers Neffe Laurin ausgeben? Das ist doch unsinnig!«

»Er hat es getan, weil ich ihn darum gebeten habe«, erklärte Lea ruhig. Sie holte tief Luft und betete, dass ihre Stimme nicht vor Aufregung zu zittern anfing. »Ihr wolltet Laurin unbedingt kennenlernen und mit ihm ein Geschäft abschließen. Du, Aaron, wärst dafür sogar gegen deine Prinzipien auf den Striezelmarkt gegangen. Also musste ich dir einen Laurin bringen, damit du eben nicht auf den Weihnachtsmarkt kommst.«

»Und warum durfte Aaron nicht den richtigen Laurin kennenlernen?« Dora stemmte beide Hände in die Hüften. »Weil er entgegen all deiner Unschuldsbeteuerungen vielleicht doch dein Liebhaber ist?«

»Nein«, sagte Lea entschieden. »Weil ich selbst Laurin bin. Jedenfalls der einzige Laurin, der momentan in Dresden Krippenfiguren schnitzt.«

Nun war es heraus. Lea wappnete sich innerlich, doch zunächst breitete sich nur Stille im Salon aus. Fassungslos starrten ihre Verwandten sie an. Vermutlich nahmen sie an, Lea habe nun endgültig den Verstand verloren. Es war Oskar, der als Erster die Sprache wiederfand. »Willst du damit sagen, du hast dich als Mann verkleidet und niemand hat etwas gemerkt?«

»Lächerlich«, wandte Aaron ein, wobei er Lea von Kopf bis Fuß musterte, als sähe er seine Schwester heute zum ersten Mal. Beim Anblick ihrer kurzen Haare stutzte er. »Nein, ich kann und will das nie und nimmer glauben. So eine Schande hast du uns nicht angetan!«

Zu Aarons Überraschung war Dora schneller bereit, die Wahrheit zu akzeptieren. »Nun ja, wenigstens ergeben all die Heimlichkeiten der vergangenen Wochen nun einen Sinn. Die Anproben bei der Schneiderin, deine häufigen Besuche bei deiner Schwester …« Sie nickte ihrem Mann mit vielsagender Miene zu. »Ich wette, Willie war in das kleine Geheimnis eingeweiht und hat sich köstlich darüber amüsiert.«

»Mir ist nicht zum Lachen zumute«, murrte Aaron. Die Arme auf dem Rücken verschränkt begann er im Zimmer auf und ab zu gehen. »Willie traue ich ja allerhand zu, aber dass Lea sich zu einem solchen Mummenschanz hat hinreißen lassen, will mir nicht in den Kopf. Was zum Teufel hast du nur damit bezweckt?«

Lea dachte über ihre Antwort sorgfältig nach. Was sollte sie Aaron entgegnen? Dass auch ein Mensch wie sie Träume hatte? Dass einer dieser Träume es gewesen war, ihre Arbeiten aus Holz auf dem Striezelmarkt zu verkaufen? Dass sie ihrem alten Freund einen Gefallen tun und auf seinen Stand aufpassen wollte, damit man ihm den nicht wegnahm? Noch bevor sie die richtigen Worte fand, fing Oskar zu lachen an. Er legte den Kopf in den Nacken und prustete los, bis ihm die Tränen in die Augen traten.

»Warum wundert es mich nicht, dass ausgerechnet du das komisch findest?« Aaron bedachte seinen Bruder mit einem finsteren Blick.

»Oh, ich finde die Angelegenheit in der Tat amüsant«, kicherte Oskar. »Und du solltest auch darüber lachen, lieber Bruder. Wir haben Lea nicht für voll genommen und gedacht, sie habe einen ungewöhnlichen Zeitvertreib. Ein Steckenpferd, über das man besser nicht redet, weil es sie womöglich in einem ungünstigen Licht dastehen lassen und Heiratskandidaten abschrecken könnte. Dass sie so begabt ist, dass die Zeitungen über sie berichten, wäre uns nie in den Sinn gekommen. Dabei verkaufst du ihre hübschen Figuren längst im Laden! Vielleicht sollten wir uns bei Lea entschuldigen, anstatt ihr Vorwürfe zu machen. Wären wir nicht so blind gewesen, hätte sie auch nicht zu solchen Mitteln greifen müssen.«

»Aber wir waren immer nur um Leas Wohl besorgt«, wandte Aaron beleidigt ein.

»Hättest du Lea auch nur ein Wort geglaubt, wenn sie dir gesagt hätte, dass die hübschen Krippenfiguren in Wahrheit von ihr und niemand sonst stammen?«

»Nun, ich …«

»Nein«, unterbrach Oskar den aufkeimenden Protest seines Bruders. »Weil du es ihr nicht zugetraut hast. Dafür warst du bereit, einem Fremden eine Geschäftsbeteiligung anzubieten.« Er wandte sich wieder Lea zu, die dem Wortwechsel ihrer Brüder schweigend zugehört hatte. »Tut mir leid, dass wir dich nicht ernst genommen haben, Lea. Ehrlich.«

Dora stöhnte auf. »Also schön, vielleicht wurden wir ja zu Recht angeschmiert, obwohl ich die Art, wie Lea vorgegangen ist, nicht billigen kann. Die Frage, die sich mir stellt, ist, wie sie aus diesem Schlamassel herauskommen soll. Sie kann doch nicht bis in alle Ewigkeit in Hosen herumlaufen und in einer Werkstatt arbeiten, oder? Und was wird aus der Übereinkunft mit den Amerikanern? Na, wenigstens scheint dieses Problem gelöst, weil …« Unvermittelt strahlte sie. »Wenn Lea Shields heiratet und das Land verlässt, gibt es auch keinen Laurin mehr. Wir lassen ihn einfach verschwinden, sobald der Auftrag der Königin erledigt ist. In ein paar Tagen ist Weihnachten, und dann wird der Striezelmarkt seine Pforten wieder schließen. Wir müssen nur ein wenig länger den Schein wahren.«

»Ich fürchte nur, da gibt es eine Schwierigkeit.« Als Lea ihre Verwandten darüber aufklärte, dass die vor langer Zeit zwischen den Shields und den Liebermanns getroffene Vereinbarung nicht Fred, sondern seinen schon verheirateten Bruder betraf, stöhnte Dora erneut auf. »Dann haben die Shields den Vertrag gebrochen«, verkündete sie. »Am besten, du teilst das gleich dem Rabbi mit, Aaron. Das wird die feine Sippschaft einiges kosten. Und Lea muss dann eben den zweiten Bruder, diesen Fred, heiraten.«

»Ich denke nicht daran, mit Fred nach New York zu gehen«, protestierte Lea. »Schließlich hat er mich hinters Licht geführt.« Kaum hatte Lea ihre Position klargemacht, als im Salon auch schon eine hitzige Diskussion entbrannte. Plötzlich redeten alle durcheinander, und erst als Ilse mit einem Teetablett eintrat, ließen sie von Lea ab.

»Na, was gibt's?«, knurrte Dora das Hausmädchen an, das unschlüssig stehen blieb. »Ist etwas geschehen?«

Ilse nickte. Neuigkeiten konnte sie nie lange für sich behalten. »Ich dachte, es interessiert die gnädige Frau vielleicht, dass es beim alten Schwarzmüller brennt. Hab's vom Fischhändler. Die Brandmeister sind schon zur Stelle, aber es heißt, da wäre nicht mehr viel zu retten.«

Mit einem Entsetzensschrei stürmte Lea zur Tür. Die Werkstatt. Ihre Schnitzereien. Aber wie um alles in der Welt konnte dort ein Feuer ausbrechen? Sie achtete doch stets darauf, dass der Ofen aus und alle Lampen gelöscht waren, wenn sie das Haus verließ. Ohne ein weiteres Wort hastete sie an dem verdutzten Hausmädchen vorbei und dann die Treppe hinunter. Sie musste es mit eigenen Augen sehen. Vielleicht ließ sich noch etwas retten.

»Nun steh doch nicht so herum, Aaron«, hörte sie Doras Stimme durch das Haus schallen. Sie klang ängstlich. »Lauf ihr nach! Sie darf nicht allein dorthin!«

»Wohl wahnsinnig geworden, Fräulein! Niemals lasse ich Sie jetzt noch ins Haus! Das wäre ja der reinste Selbstmord. Sehen Sie nicht, was hier los ist? Der Anbau brennt bereits lichterloh!« Der Brandmeister war ein dicker Mann Anfang fünfzig, der aber ausdauernder war, als sein Leibesumfang es vermuten ließ. Er kommandierte seine Männer in befehlsgewohntem Ton und passte auf wie ein Luchs, dass niemand dem Feuer zu nahe kam. Lea hatte er schon zweimal des Hofes verwiesen und regte sich auf, weil das störrische Fräulein nicht daran dachte, seinen Worten Folge zu leisten.

»Ich bitte dich, Lea! Wir dürfen die Herren nicht bei ihrer Arbeit behindern!« Aaron legte seiner vor Kälte zitternden Schwester einen Arm um die Schultern und führte sie fort von der Einfahrt, durch die gerade mit Glockengebimmel weitere Pferdelöschwagen einfuhren. Männer in Uniform luden Hakenleitern und Löscheimer ab, andere eilten zwischen Pumpe und Handdruckspritze hin und her. Lea beobachtete verstört, wie zwei besonders wagemutige Männer über Leitern auf die Dächer der benachbarten Gebäude kletterten, um den Brand in der Schreinerei von dort aus zu begrenzen. Inzwischen hatten die meisten Anwohner ihre Häuser verlassen und standen nun dicht gedrängt im Hof beisammen. Einige hatten Bündel geschnürt, andere schleppten Stühle, Tische, ja, sogar ein altes Kanapee hinaus in den Schnee. Aus ihren Gesichtern sprach pure Angst, die sich aus den Erfahrungen der Älteren speiste. Griff ein Feuer nämlich auch auf die Nachbargebäude über, so war es nur eine Frage der Zeit, bis das gesamte Viertel in Flammen stand. Als der Brandmeister die Herumstehenden aufforderte, seine Männer beim Schleppen der Wasser- und Sandeimer zu unterstützen, gab es daher nur wenige, die sich davor drückten.

»Ich werde helfen!«

»Wieso du?«

Lea schüttelte Aarons Arm ab, und ehe dieser sie zurückhalten konnte, war sie auch schon auf dem Weg zur Pumpe. Als sie mit einem vollen Eimer auf die Spritze zulief, sah sie, wie immer dichtere Rauchschwaden aus dem Gebäude quollen, während sich der grelle Schein züngelnder Flammen in den Fensterscheiben spiegelte. Sie war am Boden zerstört, als sie an ihren alten Freund Schwarzmüller dachte. Es lag auf der Hand, dass seine Werkstatt allen Bemühungen zum Trotz verloren war. Nach seiner Rückkehr würde der Tischler vor den Trümmern seiner Existenz stehen.

»Wo ist denn der junge Bursche, der hier wohnt?«, brüllte jemand. Es war eine Frau, und als Lea sich erschöpft umdrehte, erkannte sie eine von Schwarzmüllers Nachbarinnen. Sie war die Witwe eines Bierkutschers und bewohnte das Parterre des mehrstöckigen Mietshauses, das der Werkstatt gegenüberlag.

Der Brandmeister hatte die Frage ebenfalls aufgeschnappt und stapfte auf die Frau zu. »Wen meinen Sie? Ist das Haus nicht leer? Mir hat man erzählt, der Besitzer sei nicht in der Stadt.«

»Schon, aber es gibt da so einen Jungen, der seit ein paar Wochen in der Werkstatt ein und aus geht. Wohl irgendein Neffe.« Die Witwe reckte den Hals, dann fasste sie sich mit der Hand an die Kehle. »Aber den sehe ich hier nirgendwo. Er wird doch wohl nicht noch drinnen sein?«

Der Brandmeister fuhr herum, als aus der Werkstatt ein Krachen ertönte. Offensichtlich war ein Teil des Stützgebälks zusammengebrochen. »Verdammt noch mal«, fluchte der dicke Mann vor sich hin. Selbst ihm, der gewiss nicht selten mit schwierigen Einsätzen konfrontiert wurde, schien die Vorstellung, noch einmal in das brennende Haus zu müssen, Angst einzujagen. Hastig wischte er sich den Schweiß vom Gesicht. »Wenn da tatsächlich noch jemand drin ist ...«

Auch das noch, dachte Lea entsetzt. Sie durfte nicht zulassen, dass der Mann sein Leben aufs Spiel setzte, um im Feuer und Rauch nach jemandem zu suchen, den es gar nicht gab. Sie ließ ihren Sandeimer fallen, eilte dem Brandmeister hinterher und hielt ihn am Arm fest.

Der Mann stöhnte auf. »Das glaube ich jetzt aber nicht. Sie schon wieder, Fräulein? Habe ich Ihnen nicht gesagt, dass Sie verschwinden sollen? Das ist kein Teekränzchen. Möglicherweise hält sich noch eine Person in der Werkstatt oder in den Räumen darüber auf.«

»Nein!« Lea musste fast schreien, um sich inmitten des herrschenden Getöses Gehör zu verschaffen. »Ich habe alles mitangehört, aber die Frau irrt sich. Im Haus ist ganz bestimmt niemand mehr. Das kann ich bezeugen!«

»Gehen Sie mir aus dem Weg, oder ich lass Sie einsperren, das schwöre ich! Jetzt zählt jeder Moment!«

»Ich arbeite mit dem Schreinermeister Schwarzmüller zusammen«, rief Lea verzweifelt. »Er hat mir die Schlüssel anvertraut, also bin ich hier verantwortlich.«

Der Brandmeister musterte sie abschätzend, dann lachte er brummig. »Ein feines Fräulein wie Sie will für einen Tischler arbeiten? Ich würde gern über Ihre Scherze lachen, leider fehlt mir dafür die Zeit.« Er winkte einen seiner Männer herbei, einen schlaksigen jungen Burschen, und trug ihm auf, Lea vom Hof zu schaffen. Notfalls mit Gewalt. Sogleich wurde sie am Arm gepackt und an dem Pferdewagen mit der Druckspritze vorbei zur Hofeinfahrt gezerrt. Lea wehrte sich gegen die grobe Behandlung und schluchzte erleichtert auf, als ihr am Straßenrand plötzlich Kulicke zuwinkte. Schwarzmüllers Geselle war bleich wie ein Leintuch und kam aus der Menge der Schaulustigen auf sie zugerannt.

»Was Fräulein Liebermann sagt, kann ich bezeugen!« Gerade noch rechtzeitig hatte er den Brandmeister aufgehalten. »Der Neffe meines Meisters ist bei mir auf dem Striezelmarkt, am Verkaufsstand seines Onkels. Es ist niemand im Haus.«

Der Brandmeister strich sich durch seinen buschigen Schnurrbart. Ihm schien ein Stein vom Herzen zu fallen. Er ließ Lea und Kulicke stehen und wandte sich wieder den Löscharbeiten zu. »Das ist ja eine schöne Bescherung«, knurrte Schwarzmüllers Geselle kopfschüttelnd. »Alles hin. Na ja, ich kann nicht behaupten, dass ich die alte Höhle besonders gemocht hätte. Fällt ja selbst im Sommer kaum ein Sonnenstrahl hinein. Warum der Meister so daran gehangen hat, ist mir unbegreiflich. Er könnte sich doch eine Werkstatt in einem besseren Stadtteil leisten. Aber um das Werkzeug und die Hobelbank ist es jammerschade. Manches davon stammte noch von Meister Schwarzmüllers Vater.« Er musterte Lea. »Ich nehme an, dass auch deine Sachen in der Werkstatt verbrannt sind? Die Schnitzeisen und Spachtel. Und die Holzfiguren für die Königin, an denen du zuletzt gearbeitet hast?«

Lea stöhnte auf, denn Kulickes Worte schmerzten wie Salz in einer offenen Wunde. Bis auf einige Stücke, die sie zum Stand auf dem Striezelmarkt oder nach Hause mitgenommen hatte, war ihre gesamte Arbeit ein Raub der Flammen geworden. Einschließlich der Kleidungsstücke, die Willie ihr gegeben hatte. Sie würde ihre Schwester wohl oder übel um neue bitten müssen. Vielleicht konnte auch Oskar ihr mit einem Hemd und einer alten Hose aushelfen. Aber wollte sie das überhaupt noch? Im Augenblick spürte sie nichts außer einem tauben Gefühl in ihren Gliedern und bleierner Müdigkeit.

»Wie konnte hier denn ein Feuer ausbrechen?« Kulickes Frage holte sie aus ihren Gedanken. Dabei hatte er diese nicht einmal an sie gerichtet, denn der Geselle unterhielt sich leise mit Aaron. »Wahrscheinlich Brandstiftung!« Kulicke spie das Wort aus wie einen Bissen vergiftetes Fleisch. »Ich bin mir ganz sicher, dass das Feuer absichtlich gelegt wurde.«

Aaron machte ein verdutztes Gesicht, dann räusperte er sich. »Lassen wir das die Behörden untersuchen. Ich gehe jede Wette ein, dass dieser Kommissar Dupont bald wieder an unsere

Tür klopfen wird. Nein, was für ein Schlamassel. Ich wünschte nur …« Seinen Wunsch behielt er für sich, aber er tätschelte Leas Arm. Eine Geste, die so ungewohnt war, dass sie Lea prompt aus ihrer Schockstarre befreite. »Wir sollten nach Hause gehen, was meinst du? Hier können wir nicht mehr viel ausrichten.«

44.

Am dritten Advent wurde auf dem Striezelmarkt das traditionelle Schwibbogenfest gefeiert. Lea wollte es nicht besuchen, doch irgendwie schaffte es Kulicke, sie doch noch zu überreden. Immerhin galt das Fest ganz offiziell dem Kunsthandwerk, und alle, die auf dem Markt Schnitzarbeiten, gläserne Kugeln oder handgearbeitetes Spielzeug verkauften, sollten an diesem Sonntag geehrt werden. So erstrahlten bald nach Sonnenuntergang die Buden der Kunsthandwerker in einem wahren Lichtermeer. Überall brannten Kerzen und Fackeln. Auf einer Bühne neben der großen Weihnachtspyramide spielten Bläser weihnachtliche Melodien, und fein herausgeputzte Kinder eilten eifrig mit heißem Punsch und Zuckerwaffeln von Bude zu Bude, um den Händlern eine Freude zu machen.

Lea bedankte sich für das ihr dargereichte dampfende Getränk mit einem freundlichen Lächeln und nahm sogleich einen kräftigen Schluck. Der gewürzte Wein prickelte nicht nur köstlich auf der Zunge, seine Wärme betäubte für einen Moment auch ihren Kummer über den Verlust der Werkstatt. Die Untersuchungen zur Brandursache hatten bislang wenig ergeben. Die Behörden gingen von Leichtsinn oder einer Unachtsamkeit aus und gaben sich keine Mühe, Leas Verdacht auf Brandstiftung nachzugehen. Wenn kein Wunder geschah, würde Schwarzmüller auf dem Schaden sitzen bleiben. Er konnte noch von Glück reden, dass die Männer von der Brandwache ein Übergreifen der Flammen auf die Nachbarhäuser hatten verhindern können. Lea wollte sich gar nicht vorstellen, was geschehen wäre, wenn sich das Feuer auf das ganze Viertel ausgebreitet hätte, denn obwohl sie keine Schuld an dem Brand trug, fühlte sie sich in gewisser Weise dafür verantwortlich. Aber wer steckte hinter dem feigen Anschlag auf Schwarzmüllers Existenz? Derselbe, der am Georgenbau einen Zementsack auf sie herabgestoßen hatte? Vermutlich. Aber wie sollte sie das jemals beweisen? Lea schloss die Hände noch fester um den Becher und ließ dabei den Blick über die festlich geschmückten Stände und Hütten gleiten. Irgendwo inmitten des weihnachtlichen Gedränges gab es jemanden, dem der Sinn nicht nach dem Fest der Liebe stand. Ja, er war hier, das spürte sie mit jeder Faser ihres Körpers. Sicher behielt er ihren Stand im Auge und sann darüber nach, wie er an sie herankommen konnte. Bei dem Gedanken, geradezu auf dem Präsentierteller zu sitzen, wurde ihr ganz anders. Ein Stück vom Stand entfernt sah sie August Peregrin, der ein paar Kinder um sich geschart hatte. Er verteilte in Goldpapier eingewickelte Walnüsse und schien gut gelaunt. Aber er blickte kein einziges Mal zu ihr her. Lea kniff die Augen zusammen. Der Marktleiter hatte nie einen Hehl daraus gemacht, dass er sie, also Laurin, nicht auf dem Striezelmarkt haben wollte. Außerdem hegte er einen alten Groll gegen Schwarzmüller, den er ebenso wenig verbarg. Und doch konnte sie sich nicht vorstellen, dass er so weit gehen würde, das Haus seines alten Widersachers anzuzünden. Nein, wenn man es genau nahm, verhielt Peregrin sich erstaunlich zurückhaltend, seit ihm bewusst war, dass ein Angehöriger seiner Marktgemeinschaft im Auftrag der Königin von Sachsen arbeitete. Gewiss war es nicht in seinem Sinn, dem Ansehen des Striezelmarkts durch eine unüberlegte Gewalttat Schaden zuzufügen. Radek hingegen kannte solche Skrupel nicht. Aber wie sollte sie ihm Brandstiftung nachweisen, wenn selbst die Polizei keinerlei Anhaltspunkte dafür hatte?

Und dann war da noch Schwarzmüller selbst. Mit seiner überstürzten Abreise hatten die merkwürdigen Vorkommnisse erst begonnen. Die verfallene Manufaktur in Loschwitz gehörte ihm, das hatte Willie bei einem Besuch im städtischen Katasteramt herausgefunden. War er ohne ihr Wissen zurückgekehrt und verbarg sich irgendwo? Aber warum? Es ergab doch keinen Sinn, Fred zu entführen und die eigene Werkstatt in Brand zu stecken. So etwas tat nur ein Wahnsinniger. Oder jemand, der ein finsteres Geheimnis zu bewahren suchte. Lea weigerte sich, auch nur einen weiteren Gedanken an diese Theorie zu vergeuden. Schwarzmüller war ihr Lehrmeister und Freund, ein Mensch, der jedem Konflikt aus dem Weg ging. So hatte sie ihn zumindest kennengelernt. In den letzten Jahren war sein Hang zur Melancholie stärker geworden. Er fühlte sich einsam, nach dem Tod seiner Frau, und die Arbeit ging ihm auch nicht mehr so leicht von der Hand. Dennoch war die Vorstellung, ein alter Mann wie er könnte durch die Stadt schleichen und Menschen ermorden, völlig absurd.

Schwer seufzend griff Lea nach der zuckersüßen Waffel, die die Kinder ihr mit dem Glühwein gebracht hatten. Zum Teufel mit den düsteren Grübeleien. Heute war Schwibbogenfest. Kulicke arbeitete an ihrer Seite. Er war wortkarg wie immer, doch seine Anwesenheit gab ihr ein Gefühl von Sicherheit. Solange sie die Bude nicht verließ, konnte ihr nichts geschehen. Wer sollte es wagen, ihr unter den Augen Hunderter von Besuchern etwas anzutun? Abgesehen davon war Kulicke nicht der Einzige, der sich um sie sorgte. Die Nachricht vom Brand der Schwarzmüller-Werkstatt hatte sich in Windeseile auf dem Striezelmarkt herumgesprochen und schnell eine wahre Lawine der Anteilnahme und des Mitgefühls losgetreten. Händlerinnen, mit denen sie bislang bestenfalls ein paar Worte gewechselt hatte, brachten ihr heiße Suppe, Decken und Kaffee an den Stand. Die

Standnachbarn boten ihr Hilfe an: Werkzeuge oder Holz aus dem Erzgebirge, was immer sie brauchte. Und sogar der brummige Glasbläser von gegenüber hatte ihr in einem unerwarteten Akt der Großzügigkeit eine Unterkunft angeboten. Zu Leas Erstaunen war sogar Peregrin bei ihr erschienen. Lea vermutete, dass er als Marktleiter nicht hinter den anderen Händlern hatte zurückstehen wollen. Widerstrebend bot er ihr Geld zur Unterstützung an, was Lea aber dankend ablehnte. Nach allem, was sie mit diesem Mann erlebt hatte, wollte sie ihm nichts schuldig sein. Wenigstens besaß sie noch ihr Lieblingsschnitzeisen, das musste vorerst genügen.

Bis in den Abend hinein schnitzte, feilte und malte sie an den Figuren, die für die Königin bestimmt waren. Ob bis zum Weihnachtsabend alles fertig sein würde, blieb ungewiss, doch Lea nahm sich vor, ihr Bestes zu geben. Ein wenig lenkte die Arbeit sie auch von der Grübelei über Fred ab. Einer Aussprache würde sie nicht ewig aus dem Weg gehen können, doch diese wollte sie nicht jetzt führen. Und morgen auch nicht. Vielleicht nach Weihnachten. Oder im neuen Jahr? Oder … Sie seufzte.

Das Fest ging mit einem feierlichen Choral auf der Bühne seinem Höhepunkt entgegen, als Lea plötzlich Kulicke fluchen hörte. »Na, der hat mir gerade noch gefehlt«, brummte er.

Sie hob überrascht den Kopf und sah sofort, von wem Kulicke sprach.

Mit einem breiten Grinsen auf dem Gesicht tippte sich Radek gegen die Hutkrempe. Wie aus dem Nichts war er am Stand aufgetaucht und begann nun zu Leas Ärger, ihre ausgestellten Holzfiguren in Augenschein zu nehmen. Jede einzelne hob er mit spitzen Fingern an, wobei er verächtlich die Nase rümpfte.

»Ist das alles, was ihr eurer Kundschaft anzubieten habt? Was ist mit der anderen Ware geschehen? Etwa verbrannt?«

»Wenn du Kundschaft bist, fresse ich einen Besen!« Mit einer blitzschnellen Bewegung zog Kulicke sein Schnitzmesser über einen Holzkanten. »Sieh zu, dass du Land gewinnst, du bist hier nicht willkommen!«

»Wie unhöflich von dir! Dabei bin ich nur vorbeigekommen, um unserem armen Laurin mein Mitgefühl auszusprechen. Wie man hört, steht der alte Schwarzmüller nun vor dem Ruin. Wird gewiss nicht leicht werden, alles wieder aufzubauen und zu ersetzen. Tja, man sollte sich gut überlegen, wem man sein Geschäft anvertraut.«

Empört sprang Kulicke auf, aber Lea hielt ihn am Arm zurück. Fehlte gerade noch, dass ihr Gehilfe sich dazu hinreißen ließ, am Adventssonntag eine Rauferei anzuzetteln. Begriff er denn nicht, dass der Mann sie provozieren wollte? Den Gefallen durften sie ihm nicht tun.

»Ja, hör nur auf deinen neuen Meister, kleiner Kulicke!«, höhnte Radek. »Es gibt Männer, die befehlen, und andere, die gehorchen. Hättest du in der Armee gedient, wüsstest du das.«

»Laurin hat mir nichts zu befehlen!«

»Noch nicht, aber sobald er seinen Onkel beerbt hat ...«

Lea hatte genug von Radeks Sticheleien und ging dazwischen, bevor der Mann weiterreden konnte. Sie bat Kulicke, sich im hinteren Teil der Bude nach frischen Pinseln zum Bemalen der Figuren umzusehen. Dies war natürlich ein Vorwand, denn Lea hatte Angst, der junge Mann könnte doch noch handgreiflich werden. Murrend stand Kulicke auf.

Nachdem Lea sich davon überzeugt hatte, dass er sie nicht mehr hören konnte, wandte sie sich mit blitzenden Augen zu Radek. »Mein Gehilfe hat recht. Sie sind nur hier, um Unfrieden zu stiften. Dabei wissen wir beide, dass der Brand in Schwarzmüllers Werkstatt nicht zufällig ausgebrochen ist. Sie haben ihn gelegt.«

»Oho, das ist eine schwerwiegende Anschuldigung!« Radek

maß Lea mit einem eisigen Blick. »Kannst du das auch beweisen? Peregrin wird nicht begeistert sein, wenn er erfährt, dass du mit Behauptungen um dich wirfst, die du dir einfach ausdenkst.«

Lea presste die Lippen aufeinander, um nicht vor Wut aufzustöhnen. Sie dachte sich gewiss nichts aus, und das wusste Radek genau. Bedauerlicherweise konnte sie ihm nichts nachweisen. Es war zum Verzweifeln. Vor gar nicht langer Zeit hatte Leas Hinweis auf ein Gespräch mit der Königin genügt, um Radek aus der Fassung zu bringen. Heute dagegen benahm er sich wie ein Spieler, der einen Trumpf im Ärmel hat und es nicht erwarten kann, ihn auszuspielen.

Als hätte Radek in ihren Gedanken gelesen, beugte er sich vor und flüsterte ihr zu: »Ich rate dir, deine verrückten Hirngespinste für dich zu behalten. Du wirst dir weder über mich das Maul zerreißen noch mir in die Quere kommen, verstanden? Sonst könnte es sein, dass die Leute, die dich heute noch wertschätzen, etwas über dich erfahren, was du lieber geheim halten würdest.« Er lachte, als Lea zusammenzuckte. »Wusste ich's doch. Du hast doch nicht wirklich geglaubt, damit durchzukommen?«

»Ich … weiß nicht, wovon Sie reden!«

»Oh, ich glaube, das weißt du nur zu genau, mein Freund. Es war übrigens Luise, die dein Geheimnis entdeckt hat. Die Ärmste ist verständlicherweise völlig durcheinander und hat eine Mordswut auf dich. Ich konnte sie gerade noch davon abhalten, alles herauszuschreien.«

»Und warum sollten Sie das für mich getan haben?« Lea ahnte den Grund.

»Na ja, dich am Galgen zappeln zu sehen, hätte seinen Reiz, aber davon werden meine Taschen nicht voll. Daher werde ich dir ein Angebot machen, das du nicht ablehnen kannst.«

Am Galgen zappeln? Mit offenem Mund starrte Lea den

Mann an. Dabei war seine Drohung lächerlich. Das alte Reglement des Striezelmarkts mochte empfindliche Strafen vorsehen, aber weder Peregrin noch Radek hatten das Recht, sich an ihr zu vergreifen. Doch was, wenn sie es trotzdem taten? Sie in irgendeinen Keller verschleppten und ihr dort eine Schlinge um den Hals legten?

»Ist der Kerl immer noch hier?« Kulicke war mit einem Becher voller Pinsel zurückgekehrt, den er Lea in die Hand drückte. Dann verschränkte er die Arme vor der Brust. Ein weiteres Mal würde er sich nicht fortschicken lassen. »Also, wenn du nichts kaufen willst …«

»Ich wollte deinem Freund einen Platz zum Schlafen anbieten, falls er nicht weiß, wo er jetzt hinsoll«, behauptete Radek scheinheilig. »So abgebrannt, wie er jetzt ist …« Einen Moment lang kicherte er über sein boshaftes Wortspiel. Dann wurde er schlagartig ernst und nickte Lea mit einem finsteren Blick zu. »Du hörst von mir!«

Nachdem Radek in der Menge verschwunden war, runzelte Kulicke die Stirn. »Das war alles gelogen, nicht wahr?« Unvermittelt packte er Lea am Arm, sodass sie einen Aufschrei gerade noch unterdrücken konnte. »Ich kann dich nur beschützen, wenn du mir sagst, was der Kerl im Schilde führt.«

Lea senkte den Kopf. Seit sie auf dem Striezelmarkt war, hatte sie sich und viele ihrer Freunde in Gefahr gebracht. Aber damit musste nun Schluss sein.

»Radek fühlt sich stark, solange heimatlose Kinder sich vor ihm fürchten«, sagte sie leise. »Es wird Zeit, dass ihm das Handwerk gelegt wird.«

Peregrin wartete am Ausgang des Marktes auf Radek, und als er ihn endlich in der Menge der heimwärts schlendernden Menschen entdeckte, stellte er sich ihm in den Weg. Dass er schon wieder mit Radek gesehen wurde, war unerfreulich, ließ sich aber nicht vermeiden. Zu seiner Erleichterung schien kaum jemand auf ihn zu achten. Es hatte wieder angefangen zu schneien. Dicke Flocken landeten auf Peregrins Schuhen. Ihm war kalt, und es zog ihn nach Hause, aber das Gespräch mit Radek war leider unumgänglich.

Als Peregrin ihn aufforderte, ihm unauffällig zu folgen, verdüsterte sich Radeks Miene. »Ich habe jetzt keine Zeit!«

»Die werden Sie sich nehmen müssen!« Ohne die Grüße der Passanten zu erwidern, die ihm entgegenkamen, schritt Peregrin aus, und erst als sie sich ein ganzes Stück vom Striezelmarkt entfernt hatten, wandte er sich zu Radek um. »Der Polizist mit dem französischen Namen hat mich heute aufgesucht!«

»Der hagere Lackaffe? Jede Wette, dass er noch immer keine Ahnung hat, wer der arme Kerl aus dem See war und was er in Dresden wollte. Dabei könnte man doch so leicht darauf kommen, wenn man die richtigen Fragen stellt.«

Peregrin schnaubte verdrossen. Radeks Angeberei war ihm unerträglich. »Fragen hat mir dieser Dupont in der Tat gestellt«, sagte er. »Nämlich zum Brand in Carl Schwarzmüllers Werkstatt.« Wütend schlug er mit seinem Spazierstock auf das schneebedeckte Pflaster. »Welcher Teufel hat Sie nur geritten, dort Feuer zu legen? Habe ich Ihnen nicht befohlen, den jungen Laurin in Ruhe zu lassen, solange er für die Königin arbeitet? Der letzte Striezelmarkt des Jahrhunderts wird in wenigen Tagen seine Pforten schließen. Wie oft muss ich Ihnen noch erklären, dass ich nicht riskieren will, jetzt noch wegen Ihrer Dummheit in die Schlagzeilen zu kommen.«

Radeks gelassene Miene verriet, dass Peregrins Worte an ihm abperlten. »Wieso hat der Kommissar ausgerechnet Sie befragt?«

»Was weiß denn ich?«, knurrte Peregrin erbost. »Irgendjemand muss ihm zugetragen haben, dass Schwarzmüller und ich nicht gerade die besten Freunde sind. Den Laurin soll ich beschimpft und bedroht haben, heißt es. Hätte ich nicht nachweisen können, dass ich zu der Zeit, als das Feuer ausbrach, auf dem Markt war, hätte der Polizist mich vielleicht sogar ins Coselpalais mitgenommen. Und das alles Ihretwegen, Sie Idiot! Erklären Sie mir, warum Sie das getan haben, und verschonen Sie mich mit Ausflüchten.«

Radek schwieg. Offenbar galt seine Aufmerksamkeit einer gelben Papierlaterne, die sich im Geäst eines Baumes verfangen hatte und nun ganz langsam unter einer Schneedecke verschwand. Der Machart nach stammte sie aus dem Bauchladen eines seiner Waisenkinder. Er würde ihnen noch beibringen, besser auf seine Ware achtzugeben.

»Ich werde aus Dresden verschwinden«, sagte Radek schließlich mit gesenkter Stimme. »Schon bald. Noch vor dem Jahreswechsel bin ich weg. Aber ich gehe nicht mit leeren Taschen.«

Peregrin runzelte verwirrt die Stirn. Radeks Ton bescherte ihm plötzlich eine Gänsehaut. Er blickte sich um und schluckte, als er feststellte, dass die Straße wie ausgestorben hinter ihm lag. Schnee und Kälte hatten die Menschen in ihre Stuben getrieben, niemand war da, der seinen Hilferuf hören würde. Erregt schnappte er nach Luft, verschluckte sich und hustete. »Sollten Sie … eine weitere Gaunerei planen, dann ohne mich, verstanden? Ich habe Ihnen lange genug den Rücken freigehalten.«

»Mag sein, aber jetzt brauche ich Sie nicht mehr, Sie armer alter Narr«, sagte Radek ruhig. Er machte einen Schritt auf Peregrin zu, der zurückwich und dabei fast auf dem rutschigen Pflaster ausgeglitten wäre. Im letzten Moment fing er sich. Als er schützend seinen Spazierstock hob, um Radek auf Abstand zu halten, verzog dieser nur den Mund.

»Hören Sie ... auf«, stammelte Peregrin. Er fühlte sich hilflos. Erniedrigt.

»Ich nehme an, damit ist unsere Geschäftsbeziehung unwiderruflich gelöst, nicht wahr?« Radek tippte sich gegen die Hutkrempe. »Leben Sie wohl, Peregrin! Und vergessen Sie nicht: Ich habe Dokumente, in denen auch Ihr Name vermerkt ist.«

Der Marktleiter schluckte an dem spöttischen Abschiedsgruß so schwer wie an einem Stein. Als er Radek nachsah, der mit schnellen Schritten davonstapfte, musste er sich wohl oder übel eingestehen, dass er sein Gesicht vor ihm verloren hatte. Und nichts, was er nun noch sagte oder tat, würde daran etwas ändern.

Radek eilte mit wehenden Rockschößen zurück zum Striezelmarkt und fluchte, als er feststellen musste, dass nahezu alle Lichter erloschen und die meisten Buden geschlossen waren. Das Karussell mit seinen geschnitzten Pferden und Kutschen hatte den Betrieb eingestellt. Außer einer Handvoll Händler, die ihre Waren fortschafften, war niemand mehr auf dem Platz. Verdammt, fluchte Radek in Gedanken. Er eilte weiter zum Krippenschnitzerstand, doch wie befürchtet, brannte auch hier kein Licht mehr. Er war zu spät gekommen, und dies alles, weil dieser Wichtigtuer von Peregrin ihn so lange aufgehalten hatte. Dabei hatte er sich vorgenommen, den falschen Laurin zu beobachten. Da dieser nun nicht mehr in der Werkstatt des alten Schwarzmüller hausen konnte, musste er sich eine andere Unterkunft besorgt haben. Radek tippte auf das Bellevue, obwohl er nach wie vor nicht wusste, was den angeblichen Handwerksgesellen mit den piekfeinen Leuten dort verband. Wenn er den echten Laurin auf dem Gewissen hatte, wie die alte Martha gemutmaßt hatte, so handelte er womöglich im Auftrag dieser Leute. Vermögender Leute, die Radek anzapfen würde wie ein Bierfass. Er hatte geplant, dem angeblichen Laurin zu folgen, aber daraus wurde nun nichts.

Radek bückte sich nach etwas Schnee, formte daraus einen Ball und schleuderte ihn gegen den Stand der Krippenschnitzer. Nun gut, dachte er. Dann muss es eben anders gehen.

45.

Am nächsten Morgen drückte Kulicke Lea einen Zettel in die Hand, den er an die Budenwand angenagelt gefunden hatte.

»Hast du vergessen, eine Rechnung zu begleichen?«, wollte er wissen. »Für gewöhnlich zahlen wir doch für Holz und Farben auf der Stelle. Oder geht es um die Gebühr für unseren Stand?«

Während Lea las, verdüsterte sich ihre Miene. Auf den ersten Blick wurde ihr klar, dass es hier weder um Geld für Holz und Farben noch um die fällige Standgebühr ging.

Werter Herr!

Vergessen Sie nicht, dass Sie mir noch etwas schuldig sind. Die Angelegenheit lässt

sich zu meiner Zufriedenheit klären, wenn Sie mir zahlen, was ich verlange. Treffen Sie

mich heute Abend, nachdem der Markt geschlossen wurde, vor Ihrem Stand.

Sollten Sie mich warten lassen, kann das für Sie unangenehme Folgen haben.

Eine Unterschrift fand Lea nicht, aber die war auch nicht nötig. Ein derart plumper Versuch, sie auszunehmen, konnte nur von Radek stammen. Hastig ließ sie den Zettel in ihrer Westentasche verschwinden. Dann entschuldigte sie sich bei Kulicke unter dem Vorwand, etwas vergessen zu haben, und ging nach Hause. Sie brauchte Zeit, um sich zu überlegen, wie sie auf Radeks Forderung reagieren sollte, und auf dem Markt, unter

Kulickes misstrauischen Blicken, war sie dazu einfach nicht in der Lage.

Als sie in der Eliasstraße eintraf, wartete zu ihrer Überraschung schon Willie auf sie. Sie hatte Fred mitgebracht. Der saß ein wenig steif und sichtlich nervös im Ohrensessel ihres Vaters, sprang aber unverzüglich auf, als Lea den Salon betrat. Sie musterte ihn verstohlen. Er schien sich ein wenig erholt zu haben. Zumindest hatten seine dunklen Augen den fiebrigen Glanz verloren. Er trug einen dunkelgrauen Anzug mit Seidenweste und roter Krawatte, duftete nach Rasierwasser und hatte das Haar mit Pomade zurückgekämmt. Lea seufzte. Sie wollte ihn nicht sehen und war doch froh, dass er gekommen war.

»Lea, ich …«, begann er, doch sie fiel ihm brüsk ins Wort.

»Ich kann mich jetzt nicht mit dir auseinandersetzen! Es ist zu kompliziert.«

Bevor der junge Mann etwas darauf erwidern konnte, erhob sich Willie und ging Lea entgegen. Die Pfauenfeder auf ihrem ausladenden Hut wippte bei jedem Schritt. »Meine Liebe, ich kann ja verstehen, dass du dich hintergangen fühlst. Ich selbst wäre vermutlich wie eine Walküre auf Mr. Shields herniedergefahren. Habe sogar mal eine gesungen, das war kurz nach … Ach egal! Zöpfe, Brustpanzer und stählerner Helm stehen mir nicht gut zu Gesicht. Aber dir noch weniger.«

»Und was willst du mir damit sagen?«

»Dass das Leben zu kurz ist, um verbittert zu sein«, bemerkte Willie ungerührt. »Vergiss nicht, dass jemand vorhatte, Fred aus dem Weg zu räumen, und es noch einmal versuchen könnte. Wäre es da nicht fürchterlich, wenn ihr beide euch nicht ausgesprochen hättet, bevor …«

Lea wusste genau, worauf ihre Schwester anspielte, und wünschte sich einmal mehr, sie würde derlei Dinge mit etwas mehr Taktgefühl auf den Punkt bringen. Da Willie in der Sache selbst jedoch richtiglag, wandte sich Lea mit sorgenvoller Miene an Fred. »Kommissar Dupont hat dir doch verboten, das Bellevue zu verlassen. Begreifst du nicht, wie leichtsinnig es ist, unter diesen Umständen durch die Stadt zu spazieren?« Noch dazu in Begleitung einer Frau, die auffälliger war als jeder Pfau, dessen Feder ihren Hut zierte.

»Tut mir leid, aber ich kann nicht im Hotel Däumchen drehen, während ich befürchten muss, dass du böse auf mich bist.«

»Anfangs war ich verletzt«, gab Lea leise zu. »Du wusstest von mir, dass meine Familie wegen Shields' Ausbleiben in heller Aufregung war, und hast doch nichts gesagt.«

»Was ich inzwischen bereue.«

»Andererseits, so ablehnend wie ich mich über die Pläne unserer Familien geäußert habe, war es auch nicht gerade leicht für dich, mir die Wahrheit zu sagen. Schließlich habe ich keinen Zweifel daran gelassen, dass ich von den Shields nichts wissen will und es mir lieber wäre, wenn du ... ich meine, dein Bruder, gar nicht erst in Dresden erscheinen würde. Damit sind wir wohl quitt.« Zögernd streckte sie die Hand aus und lächelte zaghaft, als Fred sie nahm und kräftig schüttelte.

Willie, die sich diskret zum Fenster begeben hatte, stieß einen Seufzer der Erleichterung aus. »Nun, dann wäre das geklärt«, verkündigte sie mit einem energischen Nicken. »War ja nicht mehr mitanzusehen, wie ihr beide umeinander herumgeschlichen seid.«

»Wegen der geschäftlichen Übereinkunft braucht dein Bruder sich übrigens keine Sorgen zu machen«, sagte Fred. »Mein Vater braucht einen zuverlässigen Partner in Europa, und da er das alte Eheversprechen nicht einhalten kann, wird er jeden Vertrag mit der Firma Liebermann unterzeichnen, um bloß nicht mehr daran erinnert zu werden.«

»Es wäre mir nicht recht, wenn er sich unter Druck gesetzt fühlte«, wandte Lea ein. »Schließlich kehrst du mit leeren Händen nach New York zurück. Das heißt …«

»Ja?«

Fred sah sie so hoffnungsvoll an, dass sie sich am liebsten selbst geohrfeigt hätte, weil sie ihn enttäuschen musste. »Es ist so, mein Bruder Oskar träumt schon lange davon, nach Amerika zu gehen. In Dresden steht er unter Aarons Fuchtel und wird niemals aus dessen Schatten treten. In New York hätte Oskar die Chance, ein neues Leben ohne Aarons und Doras Bevormundung zu beginnen. Ich dachte, dass dein Vater ihm vielleicht bei der Suche nach einer Arbeit unter die Arme greifen könnte.«

Fred nickte. »Jaja, das lässt sich regeln. Aber was ist mit dir? Ich weiß, wie sehr du an Dresden hängst, und habe längst begriffen, warum. In New York kann ich dir kein Elbpanorama bieten, keine prunkvollen Anlagen wie die Brühlsche Terrasse oder den Zwinger. Aber … ich liebe dich und würde alles tun, damit du dich auch jenseits des Atlantiks wohlfühlst.«

Jenseits des Atlantiks? Bei Fred? Mit anderen Worten, er wollte sie wirklich. Lea glaubte mit einem Mal zu schweben. Ja, sie musste den Blick senken, um sich zu vergewissern, dass ihre Füße noch festen Boden berührten. Währenddessen flatterten Freds Worte wie Schmetterlinge durch ihren Kopf. Sie lösten sich von ihrer Bedeutung, aus Sätzen wurden Wörter, aus Wörtern Silben, die keinen rechten Sinn zu ergeben schienen. Lea schlug die Hände vors Gesicht und versuchte sich zu erinnern, ob er ihr eine Frage gestellt hatte. Eine Frage, die sich mit Ja oder Nein beantworten ließ? Da sie nicht sicher war, was er von ihr hören wollte, griff sie in ihre Tasche und zog die Botschaft heraus, die ihr Kulicke am Morgen gegeben hatte.

»Von Radek«, sagte sie, während sich Fred irritiert in die wenigen Zeilen vertiefte. »Er verlangt Schweigegeld, ansonsten droht er, mir das Leben in Dresden zur Hölle zu machen. Das steht so nicht da, aber ich weiß es. Damit wäre auch Schwarzmüller ruiniert. Ihm bleibt gar nichts mehr. Keine Werkstatt, kein Stand auf dem Striezelmarkt. Dafür die Schande, an den Pranger gestellt zu werden, weil er eine Jüdin ohne gültige Marktlizenz Waren verkaufen ließ. Kann gut sein, dass man uns wegen Betrugs vor Gericht bringt.« Sie lachte bitter auf. »Dem Rabbi und der Gemeinde wird das gar nicht gefallen. Verstehst du jetzt, dass ich nicht einfach weglaufen darf? Ich würde es gern tun. Gott weiß, wie gern. Aber ich kann nicht.«

»Aber was willst du stattdessen tun? Welche Möglichkeit bleibt dir? Diesen Schuft zu bezahlen, dass er bis nach Weihnachten den Mund hält? Meinst du, damit wäre die Sache ausgestanden? Dieser Mann wird dir nachspüren wie ein Bluthund. Bekommt er einmal, was er will, wird er mit seiner Erpressung weitermachen.«

Willie stand noch immer am Fenster und starrte auf die Straße hinunter. Dort hatten sich Kinder und Dienstboten aus benachbarten Häusern eingefunden, um die Eingänge vom Schnee zu befreien, der unaufhörlich herabfiel. Das kratzende Geräusch ihrer Schaufeln auf dem Pflaster war bis hinauf zum Salon der Liebermanns zu hören. »Ich muss Fred beipflichten«, sagte Willie in ernstem Ton. »Lass nicht zu, dass dieser Mann Macht über dich gewinnt. Ich habe den Fehler begangen, mich erpressen zu lassen.« Als sie Lea den Mund öffnen sah, hob sie abwehrend die Hand. »Ich weiß, dass du mich gebeten hast, es nicht zu tun, aber ich sah damals keinen anderen Weg, dich zu schützen. Ich hatte auch keine Ahnung, an wen ich mich hätte wenden können. Nun ist es zu spät. Bruckmann muss denken, ich hätte in ihm nur einen Zeitvertreib gesehen, und damit muss ich leben. Doch für dich gilt das nicht. Dieser Radek ist gefährlich. Er schikaniert die Kinder, die ihm die Behörde anvertraut hat. Er misshandelt Benno und nutzt ihn aus. Die kleine Dinah konnte ich seinem Einfluss vorläufig entziehen, was nicht bedeutet, dass er nicht versuchen wird, sie wieder auf seine Seite zu ziehen. Was auch immer ihm über dich zu Ohren gekommen sein mag, ich glaube nicht, dass er weiß, wer sich hinter der Maske des Holzschnitzers Laurin wirklich verbirgt. Wüsste er, dass du es bist, wäre er längst hier aufgetaucht, anstatt Zettel mit kryptischen Botschaften auf dem Striezelmarkt zu hinterlassen.«

Lea wechselte einen Blick mit Fred, der sich Willies Ausführungen mit nachdenklicher Miene angehört hatte. Dass Radek sich bislang nur in vagen Andeutungen ergangen hatte, schien Willies These zu bestätigen. Doch es war gefährlich, darauf zu bauen.

»Es schneit immer heftiger!« Willie ließ die Gardine sinken und wandte sich um. »Wenn ihr mich fragt, werden wir in wenigen Stunden einen gehörigen Schneesturm erleben. Wir sollten schleunigst aufbrechen, sonst finden wir keine Droschke mehr, die uns zum Opernplatz bringt.«

Lea ging herum und zündete alle Lampen an, die sie fand. Obwohl es erst früh am Nachmittag war, wurde es allmählich so finster im Salon, als wäre die Nacht schon hereingebrochen.

»Versprich mir, dass du zu Hause bleibst!« Willie küsste Lea zum Abschied auf beide Wangen. »Es wäre ein großer Fehler, bei einem Schneesturm zum Striezelmarkt zu gehen. Benachrichtige lieber Kommissar Dupont. Erzähl ihm von dem Erpressungsversuch!«

Lea versprach es. Insgeheim bezweifelte sie jedoch, dass der Kommissar ihr in dieser Angelegenheit auch nur zuhören würde. Duponts Ermittlung galt einem Mörder und einem Entführer, und selbst wenn einige Verdachtsmomente auf das Umfeld des Striezelmarkts hindeuteten, gab es keine konkreten Anhaltspunkte, Radek in die Ermittlung einzubeziehen. Er hatte Martha gekannt, aber das hatten die meisten auf dem Weihnachtsmarkt. Und mit Fred, der in Dresden fremd und erst seit Kurzem in der Stadt war, verband ihn auch nichts.

Nachdem Willie und Fred gegangen waren, begab sich Lea in die Diele und starrte den Fernsprecher an, den ihre Brüder inzwischen neben der Garderobe an die Wand gehängt hatten. Nach einigem Zögern nahm sie das Rohr ab und versuchte eine Verbindung mit dem Coselpalais herzustellen. Doch der Schnee schien dies nicht zuzulassen. Sooft Lea auch in den kleinen Hörer rief, die Leitung blieb tot.

Auf dem Striezelmarkt hatten auch die letzten Besucher eingesehen, dass das Schneetreiben zu heftig war, als dass man unbeschwert von Stand zu Stand hätte bummeln können. Die Köpfe zwischen den Schultern und die Mützen und Hüte tief in die Stirn gezogen strebten sie dem Ausgang entgegen.

Peregrin stapfte vor Wut schnaubend an den Buden entlang, deren Dächer unter der Last des sich auftürmenden Schnees ächzten. Wohin er auch blickte, sah er Händler, die eilig ihre Waren von den Verkaufstischen räumten, während ihnen der Wind Schneeflocken in die Augen trieb. Kohlenfeuer, über denen Würstchen gebraten hatten, wurden gelöscht, Schlitten und Karren beladen. Dies alles geschah ohne viel Getöse, kaum jemand erhob die Stimme, was den gespenstischen Charakter des Szenarios umso mehr untermalte.

Peregrin lief aufgeregt von Stand zu Stand und versuchte deren Betreiber teils schmeichelnd, teils drohend zum Bleiben zu bewegen. Der Sturm, so seine feste Überzeugung, würde sich so schnell wieder legen, wie er aufgekommen war, und alle, die nun gingen, würden große Einbußen erleiden, wenn die Besucher in ein, zwei Stunden auf den Markt zurückkehrten und die Buden verschlossen vorfanden. Doch seine Bemühungen stießen auf taube Ohren. Keiner kümmerte sich um ihn, alle dachten nur an Flucht. »Dann verschwindet doch, ihr Feiglinge«, brüllte er den abziehenden Männern und Frauen hinterher. »Ihr werdet euch noch wundern, wenn ihr zurückkommt und eure Plätze von mir an jemand anders vergeben wurden!«

Am Stand des alten Schwarzmüller traf der Marktleiter wieder einmal nur Kulicke an, der seelenruhig in seiner Bude saß und an einer Schnitzfigur arbeitete. Er hatte die kostbaren Holzkunstwerke von der Verkaufslade weggeräumt, machte aber nicht den Eindruck, als habe er vor, vor dem Schneesturm davonzulaufen. Peregrin blickte sich nach Laurin um, konnte ihn aber nirgends entdecken. »Hätte nicht gedacht, dass ausgerechnet du die Stellung hältst!« Peregrin musste gegen den Sturm anschreien, um sich verständlich zu machen. Mit der rechten Hand umklammerte er seinen Stock, mit der linken hielt er seinen Hut fest.

Kulicke zuckte mit den Achseln. »Falls es Ihnen entfallen sein sollte: Ich habe keine Werkstatt mehr, in der ich arbeiten könnte.«

»Und wo treibt sich dein Freund Laurin herum?«

»Hat irgendwo auswärts zu tun.«

Verärgert über die unverbindliche Antwort runzelte Peregrin die Stirn. Doch ehe er eine Entgegnung fand, nahm er wahr, dass das Heulen des Sturms zunahm. Das Holz der verlassenen Buden rund um den Krippenschnitzerstand ächzte, und laut klappernd schlugen Läden, die nur flüchtig geschlossen worden waren, gegen die Bretterwände. Peregrin war ein stämmiger Mann, den so leicht kein Windstoß umwarf, doch nun schob ihn die grobe Naturgewalt vorwärts, als wäre er ein

Fliegengewicht. Er stieß mit dem Bauch gegen die leere Verkaufslade des Standes und ließ seinen Stock fallen. Mit beiden Händen klammerte er sich an der Lade fest. Sein Hut wurde ihm vom Kopf gerissen und flog davon, ehe er auch nur Anstalten machen konnte, ihn festzuhalten. Peregrin sah ein, dass es keinen Zweck hatte. Auch wenn es ihm nicht gefiel, dieser Tag war verloren. Heute würde kein Besucher mehr auch nur einen Fuß auf den Striezelmarkt setzen. Und tatsächlich wäre es an ihm als Marktleiter gewesen, dies frühzeitig vorauszusehen und die nötigen Schritte für die Sicherheit seiner Leute und deren Waren einzuleiten. Stattdessen hatte er herumgebrüllt und sich zum Gespött gemacht.

Erst hatte Laurin ihn gedemütigt und dann Radek. Der sogar noch schlimmer als der dumme Junge. Aber er würde es den beiden heimzahlen.

»Du gehst jetzt sofort nach Hause«, befahl er Kulicke mit dem letzten Rest Autorität, zu dem er sich aufraffen konnte. »Ich bin hier verantwortlich, hörst du? Ich allein!«

Damit wandte er sich um und stolperte durch das heulende Treiben aus Schnee, Regen und Eis, das ihn vor sich hertrieb und an seinen Rockschößen zerrte.

Im Restaurant des Hotel Bellevue bat Willie um einen Tisch für zwei Personen. Sie hatte Fred eingeladen, ihr beim Abendessen Gesellschaft zu leisten, doch er verspätete sich. Einer der Ober reichte ihr die Menükarte, und sie schlug sie pflichtschuldig auf, obwohl sie keinen rechten Appetit verspürte. Stattdessen wandte sie ihre Aufmerksamkeit dem Fenster zu und seufzte beunruhigt. Durch den heftigen Schneeregen, der gegen die Scheibe klatschte, war das Opernhaus nur schemenhaft zu erkennen. In dem großen Gebäude brannten nur wenige Lichter, denn aufgrund der schlechten Wetterlage waren nicht nur die

Proben am Nachmittag, sondern auch alle Abendvorstellungen abgesagt worden.

Willie dachte an Lea und konnte nur hoffen, dass ihre Schwester ihren Rat befolgte und heute Nacht zu Hause blieb. Ein Räuspern holte sie aus ihren Gedanken. Es kam vom Ober, der wissen wollte, ob sie bestellen oder lieber auf ihr Zimmer zurückzukehren wünsche. Seiner hochnäsigen Miene nach, gefiel es ihm nicht, eine Frau ohne männliche Begleitung bedienen zu müssen.

»Vor allem wünsche ich nicht, mit unnötigen Fragen belästigt zu werden!« Ohne mit der Wimper zu zucken, bestellte sie ein Menü aus geeisten Austern, Perlhuhn und dazu reichlich Champagner. Sie war dabei, auch noch ein Dessert auszuwählen, als eine Gruppe von Männern den Speiseraum betrat. Sie schienen geradewegs aus dem Sturm zu kommen, denn ihre Gesichter waren vor Kälte gerötet, und alle rieben sich fröstelnd die Hände. Ein Kellner führte die Herren zu einem der letzten frei gebliebenen Tische, gleich hinter dem Piano. Es waren Musiker vom Orchester des Opernhauses, wie Willie sogleich erkannte. Auch Bruckmann war unter ihnen. Auch das noch.

»Die Nachspeise, gnädige Frau?«, näselte der Ober ihr ins Ohr. »Unser Chefkoch empfiehlt heute eine ausgezeichnete …«

»Die nehme ich«, unterbrach Willie den Mann und wedelte ihn mit der Hand fort. Sie hatte jetzt keinen Nerv, sich mit Süßspeisen zu befassen. Seit Tagen ging sie Bruckmann nun schon aus dem Weg, was gar nicht einfach war. Bei den Konzertproben im Theater war er durch den Orchestergraben von ihr getrennt, doch allein zu wissen, wie nah er ihr war, genügte, um ihr das Herz schwer zu machen.

Und nun saß sie ihm gegenüber, und an ein Davonlaufen war nicht mehr zu denken. Natürlich konnte sie aufstehen und das Weite suchen, dem Ober bestellen, sie habe es sich anders überlegt und wünsche nun doch, in ihrer Suite zu speisen. Während sie noch darüber nachdachte, bemerkte sie, dass Bruckmann sie anstarrte. Er hatte sie entdeckt. Auf seinem jungenhaften Gesicht breitete sich ein Ausdruck von Wehmut aus. Dann erhob er sich, wisperte seinen Kollegen etwas zu und tat genau das, was Willie befürchtet hatte: Er steuerte auf ihren Tisch zu.

»Du hier?« Was für eine dumme Frage. »Ich … ich dachte, sämtliche Proben wären abgesagt worden.«

»Nicht alle Proben.« Bruckmann deutete auf den freien Stuhl an ihrem Tisch. »Darf ich?«

Nein, bitte geh, wollte sie ihm zurufen. Stattdessen nickte sie.

»Ich habe dir geschrieben und dir Blumen geschickt«, sagte er leise.

»Ach ja, die Briefe und Blumen!« Willie stieß ihr dramatischstes Bühnenseufzen aus. »Du ahnst nicht, wie einfallsreich manche meiner Verehrer schon waren. In Stockholm sandte mir mal ein Herr ein Herz aus gefrorenem Champagner in die Garderobe. In der Mitte steckte ein goldener Ring.«

»Ein Herz aus Eis? Wie amüsant. Der Bursche muss dich gut gekannt haben.«

»Das möchte ich bezweifeln«, sagte Willie trocken. »Er war auf ein flüchtiges Amüsement aus, mehr nicht. Hätte er mich gekannt, hätte er gewusst, dass ich meinem Gatten, Herrn Fleck aus Prag, niemals untreu geworden wäre. Nicht für alle Champagnerherzen und Goldringe der Welt.«

»Willst du etwa zurück zu ihm? Zu deinem Mann, meine ich?«

Willie schüttelte langsam den Kopf.

»Aber warum …«

»Ich wollte dich nicht wiedersehen, weil …« Willie stockte. Ihr Herz begann wie wild gegen das steife Fischbein ihres Korsetts zu trommeln. Der Augenblick der Wahrheit war gekommen. Sie fühlte sich überrumpelt, ahnte aber auch, dass sie diesen Moment nicht verstreichen lassen durfte, ohne sich zu erklären. Vielleicht hatte das Schicksal, Jahwe oder eine andere höhere Macht ihn für sie ausersehen, als einen letzten Freifahrschein ins Glück.

»Es gibt etwas, das ich dir sagen muss. Ich habe dich nicht grundlos abgewiesen, sondern …«

Erneut wurde sie gestört, kaum dass sie zu ihrer Erklärung angesetzt hatte. Diesmal hielt der aufdringliche Kellner ihr ein Silbertablett unter die Nase, auf dem ein zusammengefaltetes Papier mit dem Briefkopf des Hotels lag.

»Was soll das? Kann das nicht warten?«

»Eine Nachricht, gnädige Frau!« Der Ober hüstelte gelangweilt. »Von dem Herrn, für den Sie ein Zimmer in unserem Haus haben herrichten lassen. Ihr Gast lässt Ihnen ausrichten, dass er noch einmal ausgeht und Sie nicht auf ihn warten sollen. Bei dem scheußlichen Wetter ist das recht unvernünftig, wenn ich mir die Bemerkung erlauben darf.«

Bruckmann stand so abrupt auf, dass er beinahe den Stuhl umgeworfen hätte. Er sah verärgert aus.

»Warte doch«, bat Willie ihn verzweifelt. Sie wusste nicht mehr, wo ihr der Kopf stand. Hastig nahm sie das Billett vom Silbertablett des Kellners, der es nicht eilig hatte, sich zu entfernen. In der Notiz stand nichts anderes als das, was der Ober ihr in eigenen Worten bereits mitgeteilt hatte. Fred hatte das Hotel verlassen. Aber warum, was hatte er vor? War er wahnsinnig geworden, sich in das fürchterliche Schneetreiben zu wagen? Hatte er vergessen, dass dort draußen jemand auf ihn lauerte? Fieberhaft dachte sie nach, was nun zu tun war. Sie konnte Lea verständigen, aber das war nicht klug. Dupont? Wenn der erfuhr, dass Fred das Hotel verlassen hatte, würde er ihn, ohne mit der Wimper zu zucken, vom Zeugen zum Verdächtigen befördern. Vielleicht auch einsperren, was möglicherweise sogar die beste Lösung war. Das Coselpalais verfügte über Zellen, aus denen der dumme Junge bestimmt nicht würde ausbüxen können. Männer wie Fred musste man vor sich selbst beschützen.

»Wünschen gnädige Frau noch etwas?«

»Ja, verschwinden Sie«, brummte Willie. »Und sagen Sie in der Küche Bescheid, dass ich nicht mehr zu speisen gedenke.« Sie wandte sich wieder Bruckmann zu, der sie mit feuerrotem Gesicht anstarrte. »Ich fürchte, du hast das völlig falsch verstanden!« Willie sah, wie die Musiker am Tisch hinter seinem Rücken grinsten und wie die Waschweiber tuschelten.

»Falsch verstanden?« Bruckmann beugte sich angriffslustig über den Tisch. »Was gibt es da falsch zu verstehen? Deine Erklärung, aus uns könne nichts werden, weil wir verschiedener Herkunft seien und ich darüber hinaus zu jung, war nur ein Vorwand, mir den Laufpass zu geben, nicht wahr?«

Willie gab es mit einem Nicken zu. Sie nahm die neugierigen Blicke der Anwesenden wahr, doch diese berührten sie längst nicht so sehr wie Bruckmanns Miene, aus der pure Enttäuschung sprach. »Das ist ein dummes Missverständnis«, versuchte sie es noch einmal. »Der Mann, dem ich hier ein Zimmer bezahle … Er darf nicht draußen sein, weil … Ach, verdammt! Dann glaub mir eben nicht!«

Willie hatte genug geschluckt. So viel zum Fahrschein ins Glück. Das aufgeregte Getuschel um sie herum ignorierend rauschte sie aus dem Raum, ohne sich noch einmal nach Bruckmann umzudrehen.

»Schließ ab, sobald ich draußen bin!«

Radek zwängte sich in seine Stiefel, während Luise danebenstand und ihm mit einer Öllampe leuchtete. Dann reichte sie ihm den wärmsten Schal, den sie gefunden hatte, und half ihm zuletzt in den Mantel. Es war ihr schleierhaft, was den

Mann zu dieser Stunde noch aus dem Haus trieb. Der Weg zur Straße war bereits völlig zugeschneit. Weit würde er bestimmt nicht kommen. Sie schauderte bei der Vorstellung, jetzt durch die Dunkelheit irren zu müssen. Ihr genügte schon das Getöse, das der Wind im Kaminschacht veranstaltete. Dazu klapperten sämtliche Läden vor den Fenstern. Um die Mittagsstunde waren die Kinder nach und nach mit ihren Laternen heimgekommen. Auf dem Striezelmarkt war nichts mehr los, und es waren kaum noch Leute unterwegs gewesen, denen man eine hätte aufschwatzen können. Selbst Radek hatte das einsehen müssen. Als Luise den Kindern erlaubt hatte, hinter dem Haus einen Schneemann zu bauen, hatte er sich in sein Büro zurückgezogen und die Tür hinter sich abgeschlossen.

Nun öffnete Radek die Haustür und steckte prüfend den Kopf hinaus ins Freie. Ein heftiger Windstoß riss die Tür auf und schlug sie gegen die Wand. Putzbrocken fielen zu Boden. Mit dem Wind wurde Schnee in den Flur getragen.

»Sobald ich draußen bin, drückst du die Tür zu, verstanden?«

Luise nickte nervös. Sie dachte an die Geschichten von der wilden Jagd der alten Heidengötter, die ihre Mutter ihr erzählt hatte, als Luise noch klein war. Eigentlich war es noch zu früh für die Raunächte, die begannen für gewöhnlich erst kurz nach dem Weihnachtsabend. Aber ein Blick auf das Tosen und Brausen draußen genügte, um zu erkennen, dass diese Nacht anders war. Irgendetwas würde geschehen, das spürte Luise in allen Knochen. Etwas Böses.

Und sie würde mit den Kindern allein im Haus sein.

Die Furcht veranlasste Luise, etwas Unerhörtes zu wagen. Sie sprang vor und hielt Radek am Arm fest. »Gehen Sie nicht hinaus«, kreischte sie. »Machen Sie die Tür wieder zu!«

Radek stieß sie so grob von sich, dass sie um ein Haar über einen Schemel gestolpert wäre. »Was ist denn mit dir los? Bist du verrückt geworden?« Wütend drohte er ihr mit der Faust. »Ich habe euch alle so satt! Die verdammten Bälger, den hochnäsigen Peregrin und dich auch! Du kannst die Zeit meiner Abwesenheit nutzen, indem du schon mal deine Sachen packst.«

Luises Augen weiteten sich. Sie begann vor Angst zu zittern.

Radek nahm eine Mütze vom Wandhaken, setzte sie auf und band sie mit seinem Schal fest. »Du hast wohl geglaubt, ich hätte nicht bemerkt, dass du mein kleines Buch unter dem Regal gefunden hast«, murmelte er dabei. »Und da du klüger bist, als deine Freunde vom Striezelmarkt geahnt haben, hast du auch durchschaut, was es mit den Eintragungen darin auf sich hat. Weißt du, für die Vermittlung von Fabrikarbeiterinnen und Hausmädchen habe ich nie auch nur einen roten Heller gesehen. Dafür kenne ich Geschäftsleute in Hamburg und anderen Großstädten, die etwas springen lassen, wenn ich ihnen Mädchen für ganz bestimmte Etablissements schicke.«

Luise stöhnte auf und hielt sich die Ohren zu. Sie wollte das nicht hören.

»Da ich aus Dresden verschwinden werde, habe ich auch deinen Abreisetermin vorverlegt, meine Süße. Muss nur noch etwas erledigen, dann geht's los.«

»Und ... die Kinder?«, fragte Luise weinend. Ihr war, als durchlebe sie einen Albtraum. »Ich habe versprochen, für sie da zu sein. Hier ist mein Platz! Peregrin hat Sie angewiesen, mir diese Arbeit zu geben.«

Radek lachte. »August Peregrin steckt bis zum Hals in meinen Geschäften mit drin. Von dem hast du nichts mehr zu erwarten. Also tu, was ich dir gesagt habe! Verrammle die Tür und mach niemandem auf, der heute Nacht hier reinwill.«

Als Radek gegangen war, sank Luise zu Boden und starrte zur Decke empor, durch die sich ein hässlicher Wasserfleck fraß. Sie wollte nicht fort, sie wollte bleiben. Für immer.

Als eines der Kinder Stunden später von einem wiederkehrenden Geräusch geweckt wurde, fand es die Haustür sperrangelweit offen vor. Quietschend wurde sie vom Wind hin und her bewegt.

Doch von Luise fehlte jede Spur.

46.

Obwohl Lea erschöpft war, fand sie in dieser Nacht kaum Schlaf. Stundenlang wälzte sie sich im Bett hin und her, lauschte dem gespenstischen Heulen des Sturmwindes und sann darüber nach, ob es wirklich klug gewesen war, auf Willies Rat zu hören. Sie hatte Radeks Warnung ignoriert und war im Haus geblieben, anstatt am vereinbarten Treffpunkt zu erscheinen. Hatte Radek trotz des Schneesturms auf dem Striezelmarkt auf sie gewartet? Wenn ja, überlegte er zu dieser Stunde vermutlich schon, wie er seine Drohung wahr machen und Lea mitsamt ihrer Familie ins Unglück stürzen konnte. Sie war nur froh, dass Willie und auch Fred im Hotel in Sicherheit waren.

Um sich zu beruhigen, setzte Lea sich an den Tisch, nahm wie unzählige Male zuvor schon ihr Schnitzeisen zur Hand und machte sich im Schein einer flackernden Kerze an die Arbeit. Ihre Märchenpuzzlespiele waren fast vollendet, auch einige der Krippenfiguren waren schon fertig, doch um den Auftrag für die Königin sah es düster aus. Konnte sie es überhaupt noch schaffen, oder war es nicht an der Zeit, sich ihre Niederlage und ihr Versagen einzugestehen?

Nach einer Weile wurde ihr Blick trübe, die auf das Holz gezeichneten Muster verschwammen vor ihren Augen. Gähnend sank sie in sich zusammen und legte den Kopf auf den Tisch. Nur ganz kurz, sagte sie sich. Einen kleinen Moment ausruhen, dann konnte es weitergehen.

Als Lea wieder zu sich kam, graute der Morgen. Trotz des

wollenen Schultertuchs fror sie jämmerlich. Plötzlich hörte sie ein Geräusch. Jemand klopfte energisch an die Tür. Aaron trat in ihr Zimmer. Er war noch unrasiert und trug nur Hemd und Hose. Um seinen Arm waren *Tefillin* geschlungen, Riemen mit Gebetskapseln, die Aaron in der Früh anlegte, um ungestört Zwiesprache mit seinem Schöpfer zu halten. Dabei musste ihn jemand unterbrochen haben. Er sah beunruhigt, ja fast ängstlich aus.

»Was ist los?«, wollte Lea wissen.

»Die Polizei ist schon wieder da! Dupont und noch ein weiterer Kommissar vom Coselpalais. Irgendetwas ist geschehen.« Er streckte die Hand nach Lea aus, zog sie aber sofort wieder zurück, als fürchtete er, sich an ihr zu verbrennen. »Zieh dich an, sie warten unten auf dich.«

Nur wenige Minuten vergingen, bis Lea vor dem groß gewachsenen Polizeibeamten stand. Den anderen Beamten kannte sie von ihrem ersten Besuch auf dem Präsidium, erinnerte sich aber nur vage an seinen Namen. Schubert, oder so ähnlich. Der Mann sah sie so argwöhnisch an, als hätte er sie eben mit der Hand in einer Ladenkasse ertappt.

»Ich ... habe gestern versucht, Sie zu erreichen«, sagte Lea verwirrt. Dabei deutete sie auf den Fernsprechapparat an der Wand. »Aber durch den Schneesturm ...«

»Der Sturm hat sich inzwischen gelegt«, schnitt Dupont ihr kühl das Wort ab. Anders als ihre Brüder und Dora, die halb angekleidet in der kalten Diele zitterten, wirkten die beiden Kommissare, als seien sie schon seit Stunden auf den Beinen. Lea sah aus dem Fenster und stellte fest, dass es aufgehört hatte zu schneien. Auf der Straße war das Jauchzen der Nachbarskinder zu hören, die wieder vor die Tür durften und nun in der weißen Winterpracht tobten. Prompt traf ein Schneeball die Fensterscheibe. Schadenfrohes Gelächter folgte.

»Schubert, wären Sie so freundlich?«

Der massige Polizeibeamte riss stürmisch die Haustür auf und brüllte die Kinder an, die sofort das Weite suchten.

»Nun, Fräulein Liebermann, waren Sie nach Einbruch der Dunkelheit noch einmal auf dem Striezelmarkt?« Dupont klang wie immer sachlich, dennoch beschlich Lea eine düstere Ahnung.

»Mit Verlaub, aber Ihre Frage erscheint mir höchst sonderbar«, sagte Aaron. »Meinen Sie etwa, ein junges Mädchen würde bei einem solchen Schneesturm das Haus verlassen? Als mein Bruder und ich den Laden abschlossen, weil niemand mehr unterwegs war, war Lea mit meiner Frau im Salon. Nach dem Abendbrot ist sie auf ihr Zimmer gegangen.«

Dora, der die Befragung sichtlich lästig war, legte schützend eine Hand vor ihren Bauch. Sie sah aus, als müsste sie sich jeden Moment übergeben. »Das stimmt. Aber wollen Sie uns nicht sagen, warum Sie hier in aller Frühe auftauchen? Sie machen mir Angst!«

»Auf dem Striezelmarkt kam es gestern während des Schneesturms zu einem Zwischenfall. Eine Person ist tot, eine weitere verletzt. Aufgefunden wurden beide wenige Schritte vom Stand der Krippenschnitzer entfernt.«

Die Neuigkeit verschlug Lea die Sprache. Ein Toter, überlegte sie verwirrt. In der Nähe ihres Standes? Aber wer denn nur … und warum? Sie bemühte sich, lange und tief durchzuatmen, um ihren rasenden Puls zu beruhigen. Kaum war ihr das gelungen, da ertönte in ihrem Rücken ein schrilles Bimmeln. Der Fernsprecher. Offensichtlich funktionierte die Leitung wieder. Während Dora würgend in der Küche verschwand, nahm Oskar stolz den Hörer von der Gabel und brüllte seinen Namen in das Rohr. Ein abgehacktes Geschnatter antwortete ihm, worauf er den Hörer an Lea weiterreichte.

»Für dich, Schwester!«

In der Leitung war Willie oder zumindest eine Person, die entfernt nach Willie klang und Lea mitteilte, dass Fred während des Sturms das Hotel verlassen hatte und nicht zurückgekehrt sei.

Lea legte wortlos auf. Fred war fort. Schon wieder. Und auf dem Striezelmarkt hatte es einen Toten gegeben. Angst schnürte Lea die Kehle zu, und ihre Knie wurden butterweich.

»Ich möchte Ihnen ein letztes Mal entgegenkommen, Fräulein Liebermann.« Duponts Stimme klang tief und verzerrt in Leas Ohren, fast so, als redete auch er durch den Fernsprecher zu ihr. »Es ist unbedingt notwendig, dass Sie noch einmal in die Gesellenkleidung schlüpfen und mich in die Stadt begleiten. Also ziehen Sie sich bitte um. Wir warten vor dem Haus!«

Der Striezelmarkt kam Lea völlig verändert vor, als beträte sie eine fremde Welt. Dort, wo noch tags zuvor zahllose Lichter in den Tannenbäumen geglitzert hatten, wo der Klang weihnachtlicher Melodien und der Duft von gebrannten Mandeln die Luft erfüllt hatten, empfingen Lea heute Trostlosigkeit und Kälte. Der Sturm hatte eine tiefe Schneise der Verwüstung geschlagen. An einigen Stellen lagen umgestürzte Bäume, etliche Bretterwände waren zerstört worden, und Standdächer waren unter dem Gewicht des Schnees eingebrochen. Was nicht festgenagelt oder mit starken Seilen gesichert worden war, hatte der Sturmwind fortgerissen. Die große Weihnachtspyramide hatte nicht weniger als vier ihrer hölzernen Flügel verloren, und auch die Bühne für die Weihnachtsmusikanten lag in Trümmern. Scherben zerbrochener Glaskugeln, Wachskerzen und geschnitzte Spazierstöcke säumten Leas Weg. Dafür, dass es überhaupt ein Durchkommen gab, sorgte eine Kompagnie von Polizeisergeanten, die gemeinsam mit einigen Marktleuten den Schnee zur Seite fegten. Als die Männer auf Lea und Dupont aufmerksam wurden, hielten sie in ihrer Arbeit inne und warfen ihnen neugierige Blicke zu. Obwohl keiner auch nur ein Wort sagte, nahm Lea eine gespannte, ja fast feindselige Stimmung wahr.

Lea zog ihren Schal bis unter die Nase und die Mütze tiefer in die Stirn. Es war ihr unerträglich, von allen Seiten angestarrt zu werden. Am liebsten hätte sie auf der Stelle kehrtgemacht, aber der Kommissar kannte keine Gnade und trieb sie immer weiter voran.

Schwarzmüllers Bude hatte es noch schlimmer getroffen als die der Nachbarn. Bei ihrem Anblick wäre Lea fast in Tränen ausgebrochen. Von dem kleinen Holzhäuschen mit seinen liebevoll geschmückten Seitenwänden und der aufklappbaren Verkaufslade war kaum mehr als ein Durcheinander aus zerborstenen Brettern übrig geblieben. So, als habe jemand in einem Akt sinnloser Raserei Stand und Inventar mit einem Beil zu Kleinholz verarbeitet. Lea hob ein Stück Holz auf, in dem sie nur mit Mühe eine ihrer eigenen Schnitzfiguren wiedererkannte. Die Zerstörung konnte doch unmöglich nur der Schneesturm angerichtet haben.

Sie hatte kaum Zeit, sich von ihrem Schrecken zu erholen, als Kommissar Dupont seine Hand auf ihre Schulter legte und mit einer Kopfbewegung auf eine Mulde im Schnee wies, um die sich mehrere Polizisten gruppiert hatten. Inmitten der Mulde lag der Körper eines Mannes auf dem Bauch. Sein Kopf steckte so tief im Schnee, dass nur ein graues Haarbüschel zu sehen war.

Lea hielt die Luft an. Ihr Mund wurde trocken und ihr Hals rau. Doch sie brauchte Gewissheit, und obwohl ihr klar war, dass Gott jetzt nichts mehr an dem ändern konnte, was sie gleich zu Gesicht bekommen würde, betete sie, dass nicht wahr war, was sie befürchtete. Schwankend näherte sie sich der Schneemulde, vorbei an den Uniformierten, die ihr auf ein Nicken Duponts hin Platz machten, die übrigen Schaulustigen aber grob zurückdrängten.

Dann wartete sie, bis ein Polizist den Leichnam auf die Seite drehte. Sie starrte in ein Paar erloschener Augen und stieß die Luft aus. Diese Augen. Ja, die kannte sie, wie sie auch das bläuliche Gesicht mit den vollen Lippen und den Bartstoppeln kannte.

Sie wandte den Blick ab, ihre zitternden Hände vergrub sie tief in den Hosentaschen. Er war es nicht. Ganz sicher, sie irrte sich nicht. Der Mann im Schnee war nicht Fred.

»Stranguliert!« Dupont hustete in die Armbeuge. »Wie es aussieht, mit seinem eigenen Schal. Sie kennen ihn, nicht wahr? Er soll sich ja oft genug hier in der Nähe herumgetrieben haben.«

»Sein Name war Radek«, bestätigte Lea vorsichtig. In ihr tobte ein Meer aus widerstreitenden Gefühlen, von denen Erleichterung sicher das stärkste war. Aber das durfte sie Dupont nicht allzu offen zeigen.

»Einige Leute hier behaupten, der Mann habe sich von Ihnen bespitzelt und belästigt gefühlt.«

Lea warf noch einen Blick auf Radek, dessen Leiche soeben von Duponts Uniformierten auf eine Bahre gelegt und mit einem Leintuch zugedeckt wurde. Noch im Tod schaffte er es also, sie zu verleumden.

Sie wollte gerade zu Duponts Bemerkung Stellung nehmen, als der Schrei einer Frau ganz in der Nähe sie zusammenzucken ließ. Wie aus dem Nichts gezaubert, stand Luise an der Bahre mit Radeks Leiche. Bevor einer der Beamten sie verjagen konnte, zog die junge Frau das Leintuch von dem leblosen Körper. Einen Atemzug lang blickte sie schweigend auf ihn hinab. Dann schrie sie noch einmal.

Lea warf Dupont einen fragenden Blick zu, den dieser mit einem Schulterzucken quittierte. Ihr war bekannt, dass Luise in Radeks Haus eine Bleibe gefunden hatte, dass sein Tod der jungen Frau so zusetzte, verwunderte sie dennoch. Erst als Luises

Wehklagen endlich abebbte, bemerkte Lea unter der verrutschten Wollmütze einen Verband. Luise war verletzt. Ihr rechtes Auge war angeschwollen, und ihr linker Arm steckte in einer Schlinge.

»Großer Gott, ist das Radek gewesen?« Leas Frage war an Dupont gerichtet, doch Luise hörte sie und humpelte wutentbrannt und mit erhobener Faust auf Lea zu. Diese wich instinktiv einen Schritt zurück. Nicht einmal nach Marthas Tod hatte sie das friedfertige Mädchen so außer sich erlebt.

»Das warst du, du Teufel«, spie Luise ihr anklagend entgegen. Speichel flog aus ihrem Mund. »Du hast mich während des Schneesturms niedergeschlagen, als ich nach Herrn Radek suchte. Und dann ... ja, dann hast du ihn umgebracht. Wie zuvor meine Mutter. Und davor den anderen Burschen.« Sie brach in ein schrilles Gelächter aus, das Lea vor Entsetzen lähmte. Dann winkte Luise mit ihrem unverletzten Arm die in einiger Entfernung stehen gebliebenen Händler herbei, die zögernd näher kamen.

»Ihr habt doch alle geglaubt, dieser Kerl hier wäre Laurin, der Neffe vom alten Schwarzmüller. Ich hab's auch geglaubt, aber jetzt nicht mehr. Meine Mutter hat die Wahrheit erkannt, als sie den Flugzettel mit der Beschreibung des Toten aus dem Eis las. Das war nämlich der echte Laurin, ein Rotschopf mit einem lahmen Bein. Und weil meine Mutter das herausgefunden hat, musste der Hochstapler sie umbringen. Heute Nacht hat er auch noch Radek umgebracht.«

Ein aufgeregtes Raunen zog durch die Umstehenden. Als Lea den anderen in die Gesichter sah, schlug ihr unverhohlene Feindschaft entgegen. Fäuste wurden geschüttelt und ein paar besonders Aufgebrachte versuchten, sich an den Polizeisergeanten vorbeizudrängen und Lea am Arm zu packen. Rufe ertönten, man solle kurzen Prozess mit dem Mörder machen und ihn gleich an Ort und Stelle aufhängen. Zu Leas Entsetzen hielt der Sohn des Glasbläsers von gegenüber plötzlich ein Stück Strick in der Hand, dessen Ende zu einer Schlinge geknüpft war.

»Zurück mit euch!« Dupont verlor seine gewohnte Gelassenheit. Er zog eine Pistole aus dem Mantel und hielt die schimpfenden Männer und Frauen damit in Schach. »Ich warne euch im Namen der Königlich-Sächsischen Polizei. Einen solchen Aufruhr werde ich nicht dulden!«

Lea zitterte vor Angst, gleichzeitig fiel es ihr wie Schuppen von den Augen. Luises Anklage legte nahe, dass sie und Radek nur die halbe Wahrheit herausgefunden und daraus völlig falsche Schlüsse gezogen hatten. Radek hatte sie mitnichten erpresst, weil sie eine Frau war, die sich in Männerkleidern ein Marktprivileg erschlichen hatte. Nein, er hatte angenommen, es mit einem Hochstapler unbekannter Herkunft zu tun zu haben, der den echten Laurin ermordet und sich für ihn ausgegeben hatte. Nun ergab auch seine Andeutung, er würde sie hängen sehen, falls sie sich seinen Forderungen widersetzte, einen Sinn. Lea begriff, warum Dupont so darauf gedrungen hatte, dass sie ihre Maskerade weiter aufrechterhielt. Ihm lag daran, die Wahrheit herauszufinden, aber er wollte sie auch schützen, indem er ihr die Möglichkeit gab, sich später wieder in das gutbürgerliche Fräulein Liebermann zurückzuverwandeln, das über jeden Verdacht erhaben war.

Die durch Luises Worte aufgeheizte Stimmung machte ihm einen Strich durch die Rechnung. Wut und Angst waren eine hochexplosive Mischung, was Dupont am eigenen Leib zu spüren bekam, als sich mehr und mehr Männer nach Steinen und zerborstenen Holzlatten bückten, um sich den vermeintlichen Mörder zu holen. Die Polizisten zogen ihre Knüppel und prügelten kurzerhand auf die Menge ein. Ein Knall ertönte. Dupont feuerte in die Luft, worauf die vorwitzigsten Angreifer unter Flüchen zurückwichen. Allerdings preschten einige schon bald wieder vor. Unter ihnen war auch Peregrin. Der Marktleiter fuchtelte erregt mit den Armen, aber es gelang ihm ebenso wenig wie den Uniformierten, der wütenden Schar Einhalt zu gebieten.

Dupont wurde abgedrängt. Lea war allein und schutzlos. Radeks höhnische Worte fielen ihr wieder ein, doch sie hätte nicht geglaubt, dass seine düstere Prophezeiung sich so rasch erfüllen würde. Von hinten legte sich plötzlich eine Hand auf ihre Schulter. In panischem Entsetzen schrie sie auf, doch dann erkannte sie Freds Stimme. Wo kam er auf einmal her? War er schon die ganze Zeit vor Ort gewesen und hatte sie beobachtet? Hastig ergriff er ihre Hand und zog sie ein Stück mit sich durch den tiefen Schnee. Lea kam es vor, als wate sie durch einen Sumpf, es fiel ihr schwer, auch nur einen Fuß vor den anderen zu setzen.

»Was auch immer geschieht, bleib nicht stehen«, rief Fred ihr zu. »Am Goldenen Reiter wartet eine Droschke auf uns!« Weitere Schüsse aus Duponts Pistole und Geschrei mischten sich in seine Worte. Lea rannte los, wie sie noch nie gerannt war. Am verwüsteten Stand eines alten Ehepaars, das Tabakspfeifen und Geräuchertes aus dem Harz verkaufte, schnitt ihr ein vierschrötiger Mann den Weg ab. Lea kannte ihn nicht, mit dem Striezelmarkt hatte er nichts zu tun. Sie duckte sich, als er ausholte, um ihr seine Faust ins Gesicht zu schmettern, und der Schlag ging ins Leere. Ein unverschämtes Glück, das ihr gewiss kein zweites Mal zuteilwerden würde. Die weit aufgerissenen Augen ihres Angreifers verengten sich zu Schlitzen, aus denen Überraschung, vor allem aber Hass funkelten. Hass, der sich gegen einen vermeintlichen Mörder auf der Flucht richtete.

»Ich bin nicht Laurin«, schrie Lea und begriff gleichzeitig, wie dumm sich ihre verzweifelte Beteuerung in den Ohren des Mannes anhören musste. Aus ebendiesem Grund hielt er sie ja auf. Er griff in seine Jackentasche und holte ein schmales Messer heraus.

»Sie hat nichts mit Radeks Tod zu tun«, keuchte Fred, der nun endlich neben Lea auftauchte und sie mit einem Stoß aus der Zielrichtung des Messers beförderte.

»Sie?« Der Mann runzelte die Stirn, und Lea war, als würde er sie einen Moment lang mustern. Dann sprang er mit ausgestrecktem Arm auf Fred zu. Die Klinge in seiner Hand blitzte auf, als er versuchte, sie in Freds Brust zu bohren. Doch der konnte den tödlichen Stich mit einer raschen Bewegung seines rechten Unterarms abwehren. Fred vollführte eine halbe Drehung, verlagerte das Gewicht und schmetterte seinem Angreifer die Linke ins Gesicht. Der Mann brüllte auf und taumelte zurück, gab sich aber nicht geschlagen. Der nächste Hieb mit dem Messer sollte Freds Kehle aufschlitzen, doch auch dieser Versuch schlug fehl. Stattdessen schlug Fred hart gegen die Messerhand. Mit einem wütenden Laut ließ Freds Gegner die Waffe fallen, schlug aber nun mit Fäusten auf Fred ein. Fred musste zwei Schläge gegen die Schulter einstecken und krümmte sich stöhnend, als ein weiterer Schlag seinen Magen traf. Noch nicht von seinen Verletzungen und den Folgen der Gefangenschaft erholt, würde der junge Mann diesen ungleichen Kampf nicht mehr lange durchhalten.

Lea hatte sich die Stelle gemerkt, an der das Messer lag. Sie ließ sich auf die Knie nieder und grub mit beiden Händen im Schnee, bis ihre Finger die Klinge berührten. Drohend richtete sie das Messer auf Freds Angreifer. Das schien ihn kurz abzulenken. Diesen Augenblick nutzte Fred, um dem Vierschrötigen in die Kniebeuge zu treten. Ächzend fiel der Mann rücklings in den Schnee. Fred warf sich auf ihn und verpasste ihm einen zielsicher gesetzten Faustschlag ins Gesicht. Er wollte zu weiteren Schlägen ausholen, doch Lea zog ihn von dem Bewusstlosen herunter.

»Lass ihn, sonst bringst du ihn noch um, und damit ist keinem von uns geholfen!« Lea drückte sich gegen die Bretterwand einer Hütte und warf einen furchtsamen Blick zurück. Am Ende der Gasse sah sie ein paar Männer näher kommen. Sie durchsuchten jede einzelne Bude und würden sie bald entdecken.

»Ja, du hast recht!« Schwer atmend reichte er ihr die Hand und drückte sie fest. »Wir müssen gehen, aber wohin? Zu deinen Geschwistern?«

Lea dachte nach. Dupont kannte ihre ganze Geschichte, und obwohl er ihr heute Morgen misstraut hatte, glaubte sie nicht, dass er wegen Mordes nach ihr fahnden würde. Sie konnte also nach Hause gehen, aber was war mit Fred? Der Kommissar hatte ihn gesehen und wusste, dass Fred seinen Hausarrest missachtet hatte.

Am Standbild des Goldenen Reiters ließ Lea sich von Fred in die Droschke helfen, was einen alten Mann mit Kneifer und Spitzbart, der mit einem Hund an der Leine über das schneebedeckte Pflaster wackelte, zu einem empörten Kopfschütteln veranlasste. Während der Fahrt sprach sie kaum ein Wort. Der Schreck saß ihr noch in allen Gliedern, aber noch mehr bedrückte es sie, dass Fred ihr schon wieder etwas verheimlichte. Als sie den Neumarkt hinter sich gelassen hatten, maß sie Fred mit einem bedeutungsschweren Blick. Sie duldete keine Ausflüchte mehr.

»Ich bin froh, dass du am Leben bist, und ich danke dir, dass du meines gerettet hast. Aber nun muss ich dich um noch etwas bitten! Sag mir, was du gestern während des Schneesturms getan hast!«

47.

Mit gemischten Gefühlen öffnete Willie das schmiedeeiserne Tor. Es war eine Ewigkeit her, seit sie dem alten jüdischen Friedhof der Stadt zuletzt einen Besuch abgestattet und am Grab ihrer Mutter ein stilles Gebet gesprochen hatte. Jedenfalls war es vor dem Zerwürfnis mit ihrem Vater gewesen, und sie erinnerte sich kaum noch daran.

Ein merkwürdiger Ort, um sich zu verabreden, dachte sie, doch dann raffte sie den Saum ihres schwarzen Samtrockes und folgte dem Weg in südlicher Richtung, vorbei an großen und kleinen Steinen, an verwitterten Grabstätten und solchen, die stolz und wie für die Ewigkeit errichtet aus dem Schnee ragten. Willie überlegte kurz, ob sie hier richtig war, aber eigentlich gab es an Leas Botschaft wenig zu deuten. Diese hatte Willie angewiesen den alten Liebermanns Ehre zu erweisen, und damit waren wohl kaum Aaron und Dora gemeint.

In ihren wärmsten Mantel gehüllt und bepackt mit einer Tasche voller Kleidungsstücke stapfte Willie weiter. Ihr Schirm, den sie energisch in den rutschigen Boden stieß, gab ihr Halt. Als sie schließlich in einiger Entfernung unter einem Baum die Konturen zweier Männer bemerkte, atmete sie erleichtert auf. Der kleinere von beiden musste ihre verkleidete Schwester sein. Bei dem anderen handelte es sich unverkennbar um Fred Danner. Nein, Shields, korrigierte sie sich. Sie hatte sich noch nicht recht an den Gedanken gewöhnt, dass der Bursche in Wahrheit ein Sohn des alten Shields aus New York war.

»Wie ich sehe, ist der verlorene Sohn wiederaufgetaucht«, sagte Willie spöttisch. Sie bedachte Fred, der, beide Hände in den Hosentaschen, betreten den Blick senkte, mit einem Stirnrunzeln. »Wie konnten Sie mir nur so einen Schrecken einjagen? Als ob ich nicht schon Sorgen genug hätte!« Ohne eine Antwort abzuwarten, wandte sie sich Lea zu, deren Blick auf einen bogenförmigen Grabstein gerichtet war. Unter dessen hebräischer Inschrift war in goldenen Lettern der Name Liebermann zu lesen. Gleich neben dem Stein befand sich ein frisches Grab, das offenkundig erst vor Kurzem zugeschaufelt worden war. »Hier ruht Papa, nicht wahr?« Willie spürte einen Kloß im Hals. »Wie hat er das nur geschafft? Ich dachte, auf diesem alten Friedhof dürften keine Beerdigungen mehr vorgenommen werden. Dafür gibt es doch jetzt einen neuen in der Johannstadt.«

»Er hat das Grab vor Jahren für sich reserviert«, flüsterte Lea. »Um bei ... unseren Müttern zu sein. Ich glaube, er hat sie beide sehr geliebt. Und die Familie, die sie ihm geschenkt haben.«

»Nun ja, bis auf das schwarze Schaf dieser Familie!« Mit einem tiefen Seufzer machte Willie einen Schritt auf die verschneite Fläche zu, deren Umrisse kaum noch zu erkennen waren. Jakob Liebermann hatte zwischen den Gräbern seiner beiden Ehefrauen genug Platz für seine eigene Ruhestätte gelassen. In etwa einem Jahr würde hier ein Stein stehen, und Willie fragte sich, ob ihr Vater, der in der ganzen Familie für seine Vorliebe für Ordnung bekannt gewesen war, auch die passende Inschrift hinterlassen hatte. Wenn ja, dann würde Aaron das wissen.

»Darf ich fragen, warum wir uns ausgerechnet hier treffen müssen?« Sie zuckte zusammen, als ein schwarz gefiederter Vogel direkt über ihr einen Klagelaut ausstieß. Fast gleichzeitig rutschte Schnee von den schwer beladenen Zweigen des Baumes, unter dem sie standen. Willie schüttelte sich schaudernd, als ein eisiger Hauch ihren Nacken streifte. »Bei dieser Kälte bin ich ungern unterwegs! Ich meine, wir hätten uns auch zu einem schönen heißen Tee im Hotel treffen können. Außerdem habe ich gleich eine Kostümprobe, und am Nachmittag ...«

»Radek ist tot«, fiel Lea ihr ins Wort. »Ermordet, um genau zu sein. Und ...« Sie verzichtete darauf, den Satz zu beenden, und Willie bemerkte, dass sie mit den Tränen kämpfte. Sanft streichelte sie über die kalte Wange ihrer jüngeren Schwester. »Aber Kindchen, das wirst du dir doch nicht so zu Herzen nehmen. Dieser Mann war ein Taugenichts. Ein Ganove im Tarnkleid der Ehrbarkeit. Er hat Wind gesät und Sturm geerntet.«

»Leider halten die Leute Laurin für den Täter«, mischte sich nun Fred ein, in dessen Stimme Verlegenheit mitschwang.

»Laurin? Ihr meint doch nicht ...«

Lea nickte. Nachdem sie ein paarmal tief Luft geholt hatte, erzählte sie Willie, was sich auf dem Striezelmarkt zugetragen hatte und dass nur Freds Eingreifen sie vor dem Gewaltausbruch der Menge gerettet hatte.

Willie hörte mit wachsendem Unbehagen zu. Nun begriff sie auch, warum der junge Mann so mitgenommen aussah. Allein auf die Frage, warum er überhaupt auf dem Striezelmarkt gewesen war, hatte sie noch keine Antwort erhalten.

»Ich befand mich schon auf dem Weg ins Hotelrestaurant, um mit Ihnen zu Abend zu essen, als mir ein Hotelpage eine Nachricht in die Hand drückte.« Fred griff in seine Hosentasche und holte einen zerknitterten Zettel heraus, den er an Willie weiterreichte. »Bitte, lesen Sie selbst, Lea kennt das Schreiben bereits!«

Verzeih mir, ich weiß, dass du mein Vorhaben nicht gutheißen wirst, aber ich darf nicht zulassen, dass dieser Mann weiterhin mein Leben und das Leben anderer vergiftet. Aus diesem Grund habe ich mich entschlossen, ihn heute um neun Uhr vor meinem

Stand zu treffen, um die Angelegenheit aus der Welt zu schaffen. Bitte folge mir nicht, und sprich mit niemandem über meine Nachricht. Für mich beginnt bald ein neues Leben, in dem das, was war, vergeben sein und die Erinnerung daran keinen Platz mehr haben wird.
Lea Liebermann

Verwirrt löste Willie ihren Blick von den Zeilen. »Ich gehe davon aus, dass diese Botschaft nicht von dir stammt, Lea?«

»Natürlich nicht! Das ist weder meine Handschrift noch pflege ich mich so auszudrücken. Was soll das überhaupt bedeuten, ›für mich beginnt bald ein neues Leben‹? Ich kann mir darauf keinen Reim machen, aber eines weiß ich sicher: Fred wurde ganz bewusst aus dem Hotel gelockt.« Sie bedachte den jungen Mann mit einem vorwurfsvollen Blick, der ihn erröten ließ.

»Du meinst, von derselben Person, die ihn auch hat entführen lassen?«

»Daran hege ich längst keinen Zweifel mehr«, sagte Lea. »Dieser Mann beobachtet jeden unserer Schritte. Er wusste, wo Fred zu finden war, kam im Hotel aber nicht an ihn heran.«

Willie stöhnte auf. »Davon abgesehen scheint er ihn gut genug zu kennen, um zu wissen, dass Fred nach einer solchen Nachricht einen Teufel tun und mit mir zu Abend speisen würde. Aber um Himmels willen, Fred, hätten Sie nicht bei Lea anrufen können?«

Fred schüttelte den Kopf. »Sie vergessen, dass die Leitungen wegen des Schneesturms gestört waren. Und bevor Sie weiterfragen: Der Hotelpage kann sich nicht daran erinnern, wer ihm die Nachricht für mich zugesteckt hat.« Er lehnte sich gegen den Baumstamm und sah hinauf in den Himmel. Der hatte den schmutzig grauen Farbton der vergangenen Tage wie eine Haut abgeworfen und präsentierte sich stattdessen in zaghaftem, aber sattem Blau. Sogar ein paar Sonnenstrahlen suchten ihren Weg durch die Wolkendecke und brachten den Schnee auf den Grabsteinen, Büschen und Bäumen zum Glitzern.«

»Sie hätten zumindest mich informieren müssen«, befand Willie. Freds Erklärung hatte sie zwar nicht restlos besänftigt, andererseits konnte sie aber verstehen, warum er sie im Unklaren gelassen hatte. Unter starkem Druck ließen sich die meisten Menschen zu kopflosem Verhalten hinreißen, davon konnte sie selbst ein Lied singen. Vermutlich wäre sie in Panik geraten und wäre wie Fred blindlings in die stürmische Nacht hinausgestolpert.

»Ich habe mich durch den Schnee gekämpft und war halb erfroren, als ich den Striezelmarkt erreichte. Wie nicht anders zu erwarten, fand ich den Ort dunkel und verlassen vor. Aber der Sturm wurde immer heftiger. Bald rüttelte er nicht nur an den Buden, sondern riss auch ganze Teile davon ab, mir flogen Bretter und Kisten und Kartons um die Ohren. Und dann sah ich plötzlich deinen Stand, Lea. Er war völlig demoliert, und jemand lag regungslos inmitten der Trümmer im Schnee. Im ersten schrecklichen Moment dachte ich, du wärst das, und bekam panische Angst. Erst als ich kräftig an der Schulter des Daliegenden rüttelte, bemerkte ich, dass nicht du es warst, sondern ein älterer Mann. Radek. Er war tot, das war nicht zu übersehen. Aber …« Fred brauchte einen Moment, um sich zu sammeln. »Außer mir und dem toten Radek war noch jemand da. Wegen des Schneegestöbers sah ich nur Umrisse, und selbst die nur verschwommen. Aber ich kann beschwören, dass da zwischen den Buden jemand stand und auf mich lauerte. Und dann war da dieser Schrei. Wie von einer Katze, aber lauter. Ich sah mich um und bemerkte, wie dieser Schemen in die Richtung huschte, aus der das Geräusch gekommen war. Ich erwog kurz, der Gestalt zu folgen, aber inzwischen war das Brausen und Tosen so heftig geworden, dass ich Angst hatte, von einem umherfliegenden Brett erschlagen zu werden. Ich kämpfte mich durch die Gassen bis hinunter zu eurem Haus, wo ich zu meiner Erleichterung Licht in deinem Zimmer sah. Du warst zu Hause.«

»Du hast Radek nicht getötet«, sagte Lea. Sie bedeckte ihr Gesicht mit beiden Händen. »Gott sei dafür gedankt! Und auch dafür, dass du seinem Mörder nicht in die Hände gefallen bist.«

Willie warf einen Blick über die Schulter, zurück zum Tor, das sie nicht geschlossen, sondern nur angelehnt hatte. Auf dem Gitter hatten sich ein paar Krähen niedergelassen, die das Grüppchen aufmerksam beäugten. »Ich frage mich nur, warum Freds Verfolger Radek umgebracht hat«, sagte sie nachdenklich. »Hat er ihn mit Fred verwechselt? Ja, das könnte sein. Und danach wartete er in irgendeiner Weihnachtsbude ab, ob Fred noch auftauchen würde.«

Lea ging in die Hocke, um mit ihrem Handschuh den Schnee vom Grabstein ihrer Mutter zu wischen. Darunter kamen neben einem Kranz aus kunstvoll herausgearbeiteten Akanthusranken eine kurze hebräische Inschrift sowie eine Krone zum Vorschein. Lea erinnerte sich, dass mit diesem Symbol die Verstorbene als Königin ihres Hauses geehrt werden sollte. »Was immer dieser Mann im Sinn hatte, er wurde dabei gestört«, erklärte sie. »Von Luise, die Radek gefolgt war. Sie muss ihm geradewegs in die Arme gelaufen sein, worauf er sie brutal niedergeschlagen hat. Das Mädchen hat großes Glück, dass sie überhaupt noch am Leben ist.«

»Bedauerlicherweise ist sie der festen Überzeugung, dass Laurin ... also Lea hinter den Morden steckt«, erwiderte Fred nachdenklich.

»Mir tut sie leid.« Lea fuhr mit dem Finger die Konturen des steinernen Kronensymbols nach. »Die Ärmste ist verängstigt. Was soll sie jetzt anfangen, arm wie sie ist? Wo soll sie hin, ein paar Tage vor Weihnachten? Radek war ein Schuft, aber in seinem Haus hatte sie es wenigstens trocken und warm. Vielleicht gelang es ihr sogar hin und wieder, die Kinder ein wenig vor ihm in Schutz zu nehmen.«

Was uns nicht gelungen ist, überlegte Willie niedergeschlagen. Sie dachte an den schmächtigen kleinen Benno und die übrigen Papierlaternenkinder und fragte sich, was nun, nach Radeks Tod, aus ihnen werden würde. Hastig kramte sie ein Tüchlein aus ihrer Handtasche und tupfte sich damit Nase und Augen ab. Dabei kam ihr ein Gedanke. »Es sieht fast so aus, als würde dieser Unbekannte alle aus dem Weg räumen, die Lea schaden wollen oder ihr aus dem einen oder anderen Grund zu nahetreten.«

»Was?«, rief Fred.

Als Lea schockiert nach Luft schnappte, hob Willie die Hand. »Bitte nicht falsch verstehen, es war ja nur so ein Gedanke. Aber kommt es euch nicht auch sonderbar vor? Lea schlüpft mit dem Segen ihres Freundes Schwarzmüller in die Rolle seines Neffen, um auf dem Striezelmarkt ihre Arbeiten zu verkaufen, während der richtige Laurin, der doch eigentlich auch in Dresden erwartet wird, unter einer Eisdecke verschwindet. Die alte Frau …«

»Martha!«

»Richtig, Martha die Dörrpflaumenhändlerin«, spann Willie ihre Theorie weiter. »Sie kannte den echten Neffen und hätte Lea ohne Weiteres entlarven können, daher muss sie ebenfalls aus dem Weg geräumt werden. Über Radek brauche ich nicht viel zu erzählen. Der hat Lea schikaniert und bedroht, seit sie in unserer Theaterkluft auf dem Weihnachtsmarkt aufgetaucht ist.«

»Aber warum zum Teufel soll der Kerl dann hinter mir her sein?«, wandte Fred stirnrunzelnd ein. »Ich will Lea nicht schaden, ganz im Gegenteil.«

Willie, die nun so richtig in Fahrt war, ließ diesen Widerspruch nicht gelten. »Könnte es nicht sein, dass unserem Unbekannten gerade eure Vertrautheit ein Dorn im Auge ist? Es könnte im Übrigen auch eine Frau dahinterstecken.«

Über Leas Wange kullerte eine einzelne Träne, die sie rasch mit dem Handschuh wegwischte. Sie konnte von der Kälte des Morgens herrühren, doch Willie vermutete eher, dass ihre Worte die Schwester aufgewühlt hatten. Daher legte sie in einer mitfühlenden Geste den Arm um sie und beeilte sich, ihr zu versichern, dass sie an den Geschehnissen nicht die geringste Schuld trage. Lea schien anderer Ansicht. Energisch entzog sie sich Willies Umarmung und stolperte einen Schritt zurück. »Du willst mir einreden, ich hätte damit nichts zu tun, aber das stimmt nicht«, rief sie. »Es kann nur eine Wahrheit geben, und wenn deine Vermutung der Wahrheit entspricht, trage ich die Verantwortung für alles. Wäre ich nicht auf die verrückte Idee mit einem eigenen Weihnachtsmarktstand gekommen, würden Schwarzmüllers Neffe und Martha noch leben.« Sie fing an zu weinen. »Wie soll ich Meister Schwarzmüller jemals wieder unter die Augen treten?« Sie griff sich an den Kopf und hielt ihn fest, als befürchtete sie, er könnte jeden Moment von den Schultern rollen.

»Du darfst dir keine Vorwürfe machen«, rief Fred energisch. »Jedem Menschen ist ein freier Wille gegeben, aber ob er damit Gutes oder Böses tut, ist seine Entscheidung. Du hast weder jemanden ermordet noch einen anderen dazu angestiftet.«

»Aber …«

Fred packte sie am Arm und sah sie an. »Falls dieser Unbekannte, ob Mann oder Frau, dein Inkognito als Holzschnitzer wahren will, macht er das auf eigene Rechnung und nicht, weil du ihn um diesen Gefallen gebeten hast. Vergiss das nicht, Lea.« Plötzlich legte sich ein verschmitztes Lächeln über sein Gesicht. »Du magst einen Hang zum Flunkern haben, aber das fand ich von Anfang an so anziehend an dir.«

Willie räusperte sich. »Ich unterbreche euch ja nur ungern, aber wir sollten den Friedhof allmählich verlassen. Lea braucht ein heißes Bad und Sachen zum Wechseln, sonst holt sie sich den Tod.« Sie schwenkte energisch die Tasche, die sie aus dem Hotel mitgebracht hatte. Da es zwischen den verwitterten Grabsteinen keinen Ort gab, an dem Lea ihre Männerkleidung gegen Mieder und Rock hätte tauschen können, packte Willie sie in ein weites Cape aus dunkelblauer Wolle. »An einen Hut habe ich nicht gedacht, aber du kannst meinen haben!« Ehe Lea einen Einwand vorbringen konnte, trug sie auch schon Willies breitkrempige Kopfbedeckung. Zufrieden schob Willie die Hutnadel durch den dicken Filz. »So, das hätten wir. Schließlich dürfen wir dich nicht der Gefahr aussetzen, dass die Leute dich als Laurin erkennen.« Sie seufzte. »Dir ist klar, dass du dich auf dem Striezelmarkt, wenn überhaupt, dann nur noch als Lea blicken lassen kannst. Am besten verschleiert.«

Lea ließ sich mit einer Antwort Zeit, aber schließlich nickte sie.

Nach einem letzten Blick auf das Grab ihres Vaters machten sich die Schwestern Arm in Arm auf den Weg zum Friedhofstor. Fred war vorausgelaufen, um zu überprüfen, ob die Luft rein war, und um nach einer Droschke Ausschau zu halten. Als sie den hohen, schlanken Turm der nahen Martin-Luther-Kirche vor sich aufragen sah, blieb Lea unvermittelt stehen. Auf ihrem blassen Gesicht zeigte sich ein sonderbarer Ausdruck, was Willie veranlasste, misstrauisch die Augenbrauen anzuheben. »August Peregrin hat mich als Laurin doch auch vom ersten Moment an vom Markt verjagen wollen, nicht wahr?«, flüsterte sie aufgeregt. »Aber er ist noch am Leben.«

»Richtig«, sagte Willie leise. Mit sanftem Zwang zog sie Lea weiter, auf das Tor zu. »Zerbrich dir nicht den Kopf, ich werde mich schon um alles kümmern.« Als Willie Leas Herzschlag spürte, durchströmte sie ein Gefühl, das sie von Kopf bis Fuß einhüllte wie ein warmer Mantel. Ein Gefühl, das sie am liebsten in eine Flasche gefüllt hätte, um sich, wann immer die Einsamkeit sie übermannte, daran zu berauschen. Vielleicht war es das, was auch Mütter fühlten, die ihre Kinder in Gefahr wähnten. Willie war nie Mutter gewesen, und ob sie es dereinst noch werden würde, stand in den Sternen. Aber die Zuneigung zu ihrer Schwester erschien ihr der Liebe zu einem Kind sehr ähnlich. Ja, sie war eine Schwester. Eine Schwester, die sich viel zu lange nicht um Lea gekümmert hatte. Gerade darum durfte sie nichts unversucht lassen, um sie vor Kummer und Schaden zu bewahren. »Niemand wird dich verletzen«, wisperte sie, während die schwarzen Krähen vom Torgitter aufstoben und sich krächzend in die Lüfte erhoben. »Das lasse ich nicht zu.«

48.

In Radeks Haus herrschte an diesem Nachmittag eine sonderbare Stimmung. Luise saß in einem hochgeschlossenen schwarzen Trauerkleid aufrecht am Küchentisch und zerkleinerte mithilfe einiger Mädchen Karotten, Sellerie und Kohl. Das Gemüse hatte sie von einer alten Bekannten ihrer Mutter billig erstanden, es reichte gerade, um am Abend eine Suppe davon zu kochen. Während sie mit dem Schälmesser hantierte, verspürte sie ein leichtes Gefühl von Übelkeit, das sie auf den Schlag auf den Kopf zurückführte. Verstohlen legte sie ihre Hand in den Nacken und befühlte die Beule. Ihren Verband hatte sie abgenommen, weil sie der Meinung war, er jage den Kindern Angst ein. Einen Arzt wollte sie auch nicht. Eigentlich wollte sie überhaupt niemanden sehen. Außerdem verbot sie den Jungen und Mädchen mit der ganzen Autorität, die sie aufbringen konnte, das Haus zu verlassen.

Als Luise vom Striezelmarkt zurückgekehrt war, hatte sie Benno aus dem Bett geholt und ihm mitgeteilt, was geschehen war. Er war zwar nicht der Älteste unter den Waisenkindern, aber ohne Zweifel derjenige, dem sie am meisten vertraute. Gemeinsam hatten sie die Kinder im großen Aufenthaltsraum versammelt, wo Luise allen die Blechtassen mit gesüßtem Getreidekaffee gefüllt hatte. Schlechte Nachrichten, so hatte ihre Mutter immer gesagt, ließen sich am besten mit etwas Warmem im Bauch verdauen.

Wobei Luise bezweifelte, dass die Nachricht von Radeks Tod

den Kindern wirklich naheging. Sie hatten Luise mit großen Augen angestarrt, aber nicht eines von ihnen hatte auch nur ein Wort gesagt. Schweigend hatten sie an ihrem Kaffee genippt. Radek war fort. Mehr gab es dazu nicht zu sagen.

Luise und ihre Helferinnen waren soeben mit dem Gemüseputzen fertig geworden, als ein dumpfes Geräusch durch den Hausflur dröhnte. Jemand klopfte an die Tür.

Luise sprang so jäh auf, dass ihr ein Schwindelgefühl fast den Atem raubte. Gleichzeitig wurde der pochende Schmerz im Genick stärker.

»Soll ich öffnen, Fräulein?«, fragte eines der Mädchen artig. Unsicher sah es zu Luise empor, die steif wie ein Stock dastand und durch die offene Küchentür in den dunklen Flur starrte.

»Geht in euren Schlafraum«, befahl sie. »Spielt etwas!«

Die Mädchen tauschten einen Blick, aus dem tiefe Verwirrung sprach. Noch nie waren sie in diesem Haus dazu aufgefordert worden, am helllichten Tag zu spielen. Aber sie zogen sich ohne Widerrede zurück.

»Und holt mir Benno«, rief Luise den Kindern nach.

Mit schlurfenden Bewegungen ging sie zur Haustür, an der sie ein Gebilde aus schwarzem Krepp angebracht hatte. Die Nachbarn sollten sehen, dass im Haus Trauer herrschte. Und die Behörden. Bestimmt hatte die Fürsorge bereits ihre Handlanger ausgeschickt, um hier nach dem Rechten zu sehen. Luise hatte gewusst, dass sie kommen würden, und gleichzeitig gehofft, ihr würde mehr Zeit mit den Kindern bleiben.

Mit zitternden Händen strich Luise ihre Schürze glatt, dann öffnete sie. Vor der Tür stand eine elegante, tief verschleierte Frau, die Luise nur vage bekannt vorkam. Wenn sie sich nicht täuschte, hatte sie sie ein-, zweimal auf dem Striezelmarkt gesehen. Am Stand des falschen Laurin.

»Was wollen Sie?«, fragte sie stockend.

»Wenn Sie mich eintreten lassen, sage ich es Ihnen!«

»Kommen Sie vom städtischen Waisenhaus?«

Als die Frau den Kopf schüttelte, machte Luise einen Schritt zur Seite. Die fremde Dame trat ein, und Schneeflöckchen wirbelten in den Hausflur, was Luise sofort an die unangenehme Auseinandersetzung erinnerte, die sie mit Radek gehabt hatte. Bevor …

Am Ende des Flurs tauchte Benno auf. Der Junge trug ein Hemd, das mehrfach geflickt war, seine Füße waren nackt. Als er die Fremde sah, presste er die Lippen aufeinander, doch seine abweisende Haltung verwandelte sich in Begeisterung, als die Frau ihren Schleier zurückschlug und ihn anlächelte. Ohne auf Luise zu achten, warf sich der Junge ihrem ungebetenen Gast in die Arme. »Willie! Sind Sie gekommen, um mich abzuholen?«

»Nicht so stürmisch, mein Kleiner! Lass dich lieber anschauen.« Die Frau, die Benno Willie nannte, musterte den Jungen für ein paar Sekunden, dann bedeutete sie ihm und Luise mit einem Wink ihres Schirms, ihr in die Wohnstube zu folgen.

»Na, wenigstens ist es hier einigermaßen warm«, sagte sie, nachdem sie sich in dem ärmlichen, nur mit dem nötigsten Inventar ausgestatteten Raum umgesehen hatte. Ohne Eile entledigte sie sich ihrer teuren Lederhandschuhe.

»Benno, wer ist die Frau?« Fast trotzig verschränkte Luise die Arme vor der Brust.

»Ich bin Madame Fleck, meine Liebe, die Opernsängerin. Benno und ich sind alte Freunde, nicht wahr? Als ich hörte, dass Radek verstorben ist, habe ich mich sofort aufgemacht, um mich zu vergewissern, dass es den Kindern gut geht.«

»Sie kommen nicht von der Behörde, um mich davonzujagen oder die Kinder mitzunehmen?« Luise traute der Fremden keineswegs, die so unvermittelt ins Haus geschneit war, dennoch ließ sie sich dazu herab, sich in einiger Entfernung zu ihr an den blank gescheuerten Tisch zu setzen.

»Die Dame hat mich in ihrem feinen Hotelzimmer versteckt, nachdem Radek mich geschlagen hat«, erklärte Benno. Plötzlich umwölkte sich seine Stirn. »Ich bin damals weggelaufen, weil ich Angst um Dinah hatte. Ich wollte sie nur holen und dann mit ihr zum Hotel zurückgehen. Aber dann …«

»Ich weiß, Benno. Radek hat das verhindert. Stattdessen hat er Dinah ins Bellevue geschickt, um mich auszuspionieren.« Sie lächelte wieder. »Doch mit dieser Idee ist er nicht weit gekommen. Dinah geht es übrigens ausgezeichnet. Ihre Arbeit als Zimmermädchen gefällt ihr.«

»Schön für sie«, sagte Luise ein wenig patzig. »Andere hatten nicht so viel Glück.«

»Wie meinen Sie das?«

Luise stand auf und schob demonstrativ den Stuhl zurück. Sie hatte genug von der Fragerei. Auch wenn diese Person Bennos Wohltäterin war – Luise hatte sie nicht eingeladen und würde nicht zulassen, dass sie hier herumschnüffelte. »Wenn die gnädige Frau uns jetzt entschuldigen würde, wir haben zu tun. Bestimmt wird die Waisenhauskommission bald hier aufkreuzen. Dann sollen diese Räume und ihre Bewohner einen reinlichen Eindruck auf die Damen und Herren machen.«

Als hätte sie Willie damit ein Stichwort gegeben, öffnete diese ihre Handtasche und holte ein Bündel Geldscheine heraus, das sie vor der verblüfften Luise auf den Tisch legte.

»Aber … Für wen ist das?«

»Kaufen Sie den Kindern zu Weihnachten etwas Anständiges zum Anziehen«, erklärte Willie. »Warme Jacken, Mützen und feste Schuhe. Außerdem einen Festtagsbraten und Geschenke für jedes Kind.«

Luise starrte auf das Geldbündel und wusste nicht, was sie

sagen sollte. Wachte oder träumte sie? Das leise Knarren der Tür zum Nebenzimmer ließ keinen Zweifel daran, dass sich dort etwa ein halbes Dutzend Kinder dieselbe Frage stellte.

»Ich kann das ... doch nicht annehmen«, stammelte die junge Frau schließlich, nachdem sie zunächst einfach nur dagestanden hatte und sich im Geiste ausgemalt hatte, was sie von dem Geld auf dem Tisch alles anschaffen könnte. Es war genug, um außer Kleidern und Geschenken auch noch Stoff für hübsche Vorhänge zu kaufen, einen Teppich und Wolle. Die Mädchen hatten bei Radek kaum mehr gelernt, als Papierlaternen zu kleben, aber nun konnte Luise ihnen auch Häkeln und Stricken beibringen. Überwältigt von der Vorstellung, was sie aus der trostlosen Behausung machen könnte, traten ihr Tränen in die Augen. Auf einmal sah alles nicht mehr so düster und hoffnungslos aus.

»An meine Spende sind keine Bedingungen geknüpft«, sagte Willie. Sie wartete, bis Luise sich so weit gefangen hatte, dass sie ihr ihre ungeteilte Aufmerksamkeit schenkte. Dann zog sie sich die Handschuhe wieder an und stand auf. »Aber Sie sollen wissen, dass die Person, die Sie unter dem Namen Laurin kennengelernt haben, keineswegs das ist, was Sie von ihm halten.«

Aus Luises Kehle wich ein ersticktes Keuchen. Warum sprach die Frau von Laurin? Was hatte eine vornehme Dame wie sie mit dem Hochstapler zu schaffen?

Willie nickte entschlossen, dann sagte sie etwas, das in Luises Ohren sehr merkwürdig klang. »Ihren Laurin wird die Polizei nicht finden, weil es ihn nicht mehr gibt. Aber Sie sollen wissen, dass Sie sich in ihm getäuscht haben. Er war ein Holzschnitzer, der dafür lebte, etwas Schönes zu erschaffen und nicht dafür, Leben zu zerstören. Er hat niemals einen Mord begangen.«

»Ist er etwa tot?«

»Das braucht Sie nicht zu interessieren, Kindchen! Sie sollen nur wissen, dass er kein Mörder ist.«

»Das stimmt! Laurin war das nicht, das weiß ich!«

Überrascht drehten sich die beiden Frauen zu Benno um, der sogleich schuldbewusst auf seine ungewaschenen Füße starrte und sich vermutlich verwünschte, weil er ungefragt geredet hatte.

Willie ging auf den Jungen zu, legte ihm die Hände auf beide Schultern und blickte ihn erstaunt an. »Würdest du mir auch verraten, woher du das weißt?«

Der Junge wand sich wie ein Aal auf dem Trockenen. Auf seiner Stirn sammelten sich vor Aufregung Schweißtropfen.

»Du brauchst dich nicht zu fürchten, Junge! Niemand wird dir etwas tun. Aber wenn du etwas weißt, solltest du es mir sagen, hörst du?«

»Ich ... ich habe gesehen, wie sie gestritten haben und plötzlich war da ein Messer und ... ganz viel Blut. In Schwarzmüllers Werkstatt, aber die ist ja abgebrannt, und Radek ist auch tot und ...« Hilflos sackte das Kind in sich zusammen, unfähig zu beurteilen, ob es das Richtige tat oder sich in eine Katastrophe hineinritt. »Aber Laurin war das nicht ... Ich meine, der mit dem Messer. Ich habe ihn nicht richtig erkannt, aber ...« Er schüttelte den Kopf. »Nein, ich erinnere mich einfach nicht mehr. Ich bin weggelaufen und dann ... Ich wollte das vergessen!«

Luise stieß die Luft aus. Sie wurde nicht recht schlau aus Bennos Gestammel, begann aber zu begreifen, dass die Albträume, die den Jungen nachts so häufig aus dem Schlaf hochschrecken ließen, wenig mit Radeks brutalen Erziehungsmethoden zu tun hatten. Tatsächlich hatte er etwas mitangesehen, das er zu verdrängen versucht hatte, um nicht länger von der Erinnerung daran gequält zu werden. Sie dachte an den Ausdruck von Erleichterung auf seinem Gesicht, als er vom Brand in der Schreinerwerkstatt erfahren hatte.

»Wir sind hier ganz allein«, sagte sie schließlich nachdenklich. »Eine Handvoll Kinder und ich. Was, wenn sich herumspricht, dass Benno ... Dann ... dann wird er doch kommen, um uns zu holen!« In einem Anflug plötzlicher Panik fiel sie vor dem Jungen auf die Knie und schüttelte ihn so heftig, dass er erschrocken einen Schritt zurückwich. »Zu niemandem ein Wort darüber, hörst du?«, keuchte sie. »Du warst niemals in dieser Werkstatt.«

»Aber ...«

»Das gilt auch für Sie, Frau ...« Verdutzt drehte sie sich um, aber ihre Besucherin war fort. Im nächsten Moment hörte sie die Haustür zuschlagen.

49.

»Wie konnte ich mich nur von dir zu diesem Spaziergang überreden lassen?«

Dora beklagte sich, seit sie mit Lea das Haus verlassen hatte. Durch ihren Mantel pfiff der Wind, der Muff aus Kaninchenfellen wärmte ihre Hände nur notdürftig, und ihre Schuhe waren von dem Schneematsch schon ganz feucht. Am liebsten wäre sie auf der Stelle umgekehrt.

Lea wartete, bis Dora sie eingeholt hatte. »Hat der Doktor dir keine Bewegung an der frischen Luft verordnet?«

»Er hat nichts davon gesagt, dass ich durch die Antarktis marschieren soll«, wandte Dora heftig schnaufend ein. »Außerdem wird es bald dunkel. Ich mag um diese Zeit nicht mehr in der Stadt unterwegs sein, das weißt du genau.«

In Lea regte sich das schlechte Gewissen, weil sie darauf gedrungen hatte, Dora mitzunehmen. Aber sie hatte Fred versprechen müssen, das Haus nicht mehr allein zu verlassen. Die Gefahr, trotz ihres Kleides und des Hutes mit Schleier als Laurin erkannt und attackiert zu werden, mochte gering sein, aber die Person, die Radek und die anderen auf dem Gewissen hatte, war nach wie vor auf freiem Fuß. Dic Fahndung laufe, hatte Dupont erklärt, was mit anderen Worten bedeutete, dass er immer noch im Dunkeln tappte. Doch was sollte ihr im Zwinger schon Schlimmes zustoßen? Heute war der vierte Advent, und in der wunderschönen Barockanlage tummelten sich noch genügend Spaziergänger, die ihr im Notfall zu Hilfe eilen konnten. Davon abgesehen, hatte Kulicke das Treffen im Zwingerhof vorgeschlagen. Es gab Neuigkeiten, die er ihr mitteilen wollte, und sie brannte darauf, diese zu erfahren.

Die beiden Frauen überquerten die Wallgrabenbrücke, die über den zugefrorenen Graben des Zwingers führte, und betraten das weitflächige Areal des Hofgeländes durch das prachtvolle Kronentor. Die vier vergoldeten polnischen Adler, die auf dem zwiebelförmigen Dach thronten, blickten streng auf die Ankömmlinge hernieder. Sie trugen Schneemützen auf den schmalen Köpfen, die Lea an die Tüten für Zuckerwatte auf dem Striezelmarkt erinnerten. Doch sie zwang sich, den Gedanken abzuschütteln. Sie mochte jetzt nicht an ihren geliebten Weihnachtsmarkt denken. »Komm weiter«, rief sie Dora zu, der es nur mühsam gelang, mit Lea Schritt zu halten. Sie folgten der Langgalerie bis zum Mathematisch-Physikalischen Salon und wandten sich dann dem nahen Wallpavillon zu. Dieser gehörte zu Leas Lieblingsgebäuden im Zwinger. Schon als kleines Mädchen hatte sie sich an den beeindruckenden Figurengruppen, die die schlossähnliche Fassade schmückten, nicht sattsehen können. Wie oft hatte sie sich vorgestellt, sie wäre eine Prinzessin, die in diesem verwunschenen Gebäude gefangen gehalten wurde und nur durch einen Zauber befreit werden konnte. Als sie die Umrisse des *Hercules Saxonicus* vor sich auftauchen sah, der die Erdkugel allein auf seinen Schultern trug, legte sich ihre Anspannung ein wenig. Der Anblick der Skulptur, mit der sich der Kurfürst August der Starke ein schmeichelhaftes Denkmal hatte setzen lassen, wirkte beruhigend auf ihre Nerven. Dasselbe galt auch für das Abbild des Paris aus der griechischen Sage, um dessen Gunst einst drei schöne Göttinnen warben. Diese Figuren hatten Jahrhunderte überdauert. Sie waren ihre Freunde und würden auf sie aufpassen.

»Ist das zu fassen? Von dort oben winkt dir ein Mann zu!«

Dora machte Lea im Flüsterton auf die Galerie des Pavillons aufmerksam, wo sich eine Gestalt über die Brüstung lehnte. »Puh, wie vulgär! Sag nicht, dass du so jemanden kennst!«

Lea hob die Hand zum Schutz vor der untergehenden Sonne, deren Strahlen sich in den Rundbogenfenstern des Pavillons widerspiegelten. Als sie in dem Mann Kulicke erkannte, atmete sie erleichtert auf. Er war gekommen. Eilig raffte sie ihre Röcke und hastete, begleitet von Doras empörten Rufen, die Treppen zum Wandelgang hinauf. Dieser verband die Zwingergebäude rund um die Anlage miteinander wie der Wehrgang einer Burg.

»Wie ich sehe, hast du eine Anstandsdame mitgebracht.« Kulicke hob kurz die Augenbrauen, als er Dora hinter Lea auftauchen sah. Überrascht schien er indes nicht zu sein. Während er sich eine Zigarette anzündete, übernahm es Lea, ihn mit ihrer Schwägerin bekannt zu machen.

»Schwarzmüller hat geschrieben«, sagte Kulicke paffend. »Seine Angelegenheiten halten ihn länger von Dresden fern, als er zunächst annahm. So bald wird er nicht zurückkehren. Leider hat er vergessen, eine Adresse zu hinterlassen, unter der er zu erreichen ist. Ich kann ihm nicht mal mitteilen, was mit seiner Werkstatt geschehen ist. Und mit seinem Neffen.« Mit grimmiger Miene ließ er den Rauch aus seinem Mund entweichen. »Nun ja, vielleicht gelingt es der Polizei, ihn ausfindig zu machen.«

Leas Mut sank. Sie hatte von Kommissar Dupont zwar erfahren, dass seine Bemühungen, sich telegrafisch mit den Kaiserlich-Königlichen Behörden im zur Habsburgermonarchie gehörenden Böhmen über den Fall auszutauschen, bislang ergebnislos geblieben waren. Insgeheim aber hatte sie gehofft, dass Schwarzmüller aufgespürt werden würde. »Und wie sieht es auf dem Striezelmarkt aus?«, erkundigte sie sich, obwohl sie gar nicht sagen konnte, ob sie eine Antwort auf ihre Frage überhaupt hören wollte. Dass ihr Stand in Trümmern und ihre Arbeiten entweder zerstört oder gestohlen worden waren, wusste sie ja.

Energisch drückte der Schreinergeselle den Rest seiner Zigarette auf der steinernen Balustrade aus. »Die Leute wundern sich, dass die Polizei nur halbherzig nach dir … ich meine nach Laurin sucht. In den Zeitungen steht darüber auch nichts, dabei wären Luises Anschuldigungen doch ein gefundenes Fressen für die Presse. Allerdings hat sie erst gestern erklärt, dass sie sich vielleicht doch geirrt und den Falschen verdächtigt hat. Jedenfalls schämen sich die meisten schon, dass sie auf Laurin … also auf dich losgegangen sind. Trotzdem lässt du dich besser auch weiterhin nicht auf dem Markt blicken, hörst du? Nicht einmal in Frauenkleidern.« Er streckte die Hand aus, um Leas Hand zu berühren, überlegte es sich dann aber anders. Schließlich sagte er: »Der Tag kommt, an dem wir wieder Seite an Seite Holz schnitzen, das verspreche ich dir.«

»In einem anderen Jahrhundert ganz sicher«, scherzte Lea mit einem schiefen Lächeln. »Ich werde meinen Striezelmarkt nämlich niemals aufgeben. Ich gehöre dorthin wie Lebkuchen und gebrannte Mandeln, egal was Peregrin und seine Leute denken mögen.«

Wie gewöhnlich erwiderte Kulicke ihr Lächeln nicht. Er sah sie mehrere Augenblicke lang durchdringend an, dann wühlte er in seiner Tasche nach einer weiteren Zigarette. Warum war er nur so nervös, fragte sich Lea. Lag es an ihr, an ihrer Gegenwart, dass er sich so befangen fühlte?

In ihrem Rücken räusperte sich Dora vernehmlich, was bedeutete, dass sie nach Hause wollte.

»Ich habe übrigens noch was für dich«, sagte Kulicke. Wie durch einen Zauber hoben sich nun doch seine Mundwinkel, was seiner Miene sogleich den üblichen verschlossenen Ausdruck nahm. Er bückte sich nach einem Beutel, den er Lea in die

Hand drückte. Als sie die Schnüre löste und einen Blick in den Beutel warf, konnte sie ihren Augen kaum trauen.

»Meine Figuren? Aber wie … Ich dachte …«

»Ich weiß, du dachtest, dass alle Schnitzereien, die in der Bude waren, im Sturm verloren gegangen sind. Aber bevor ich mich davonmachte, konnte ich noch die Materialkisten leeren. Deine Figuren habe ich in den Beutel geworfen und in Sicherheit gebracht.«

Ungläubig nahm Lea ein Stück nach dem anderen heraus, Krippenfiguren und Puppen, Flöten und hölzernes Spielzeug. Ein paar der Schnitzereien warteten noch auf ihre Vollendung, andere waren perfekt und zur Auslieferung bereit. Lea konnte ihr Glück nicht fassen. Am liebsten wäre sie Kulicke um den Hals gefallen.

»Sind das die Figuren, die für unsere Königin bestimmt sind?«, wollte Dora wissen. Staunend nahm sie ein hölzernes Kamel in die Hand, das den langen Hals beugte, als wolle es Wasser aus einer Zisterne saufen. »Dann musst du dich bei dem jungen Mann bedanken, Lea!«

Kulicke errötete. »Nicht der Rede wert!«

»Nicht der Rede wert? Aber ich bitte Sie, Sie retten uns damit vor dem Ruin«, plapperte Dora weiter. »Wenn nun auch noch dieser Fred unserer Lea einen Antrag macht und sie ihn annimmt, können wir dem neuen Jahrhundert einigermaßen beruhigt entgegenblicken.« Sie zuckte mit den Schultern. »Nun ja, vorausgesetzt, die Polizei findet endlich diesen furchtbaren Menschen, der ganz Dresden in Angst und Schrecken versetzt. Leider hegen mein Mann und ich diesbezüglich unsere Zweifel. Wir haben diesen Kommissar Dupont kennengelernt, und wenn Sie mich fragen, findet der nicht einmal die Nelke in seinem Knopfloch. Aber zum Glück soll es ja einen Zeugen geben, der zumindest einen der Morde mitangesehen hat.«

»Einen Zeugen, wirklich?« Kulickes überraschter Blick flog zwischen Dora und Lea hin und her. »Für den Mord an Radek?«

»Es ist Benno«, raunte Lea ihrem ehemaligen Gehilfen zu, nachdem sie den Pavillon verlassen hatten. Es waren nur noch wenige Spaziergänger im Zwingerhof unterwegs, über den sich allmählich die Dämmerung legte. Dora ging ein Stück voraus.

»Radeks Papierlaternenverkäufer? Wer hätte das gedacht?«

Lea nickte. »Er hat sich an meine Schwester gewandt, weil er Angst hat. Jetzt, nach Radeks Tod, ist er in dessen Haus so gut wie schutzlos. Er bettelte Willie an, ihn zu verstecken.«

»Verstecken?« Kulicke blieb stehen. »Sollte der Junge nicht zur Polizei gebracht werden, damit er erzählen kann, was er gesehen hat?«

»Das wird er, sobald er sich ein wenig erholt hat«, erklärte Lea. »Kommissar Dupont ist zurzeit nicht in der Stadt, er hat in Chemnitz zu tun. Wenn er zurück ist, werden Fred Danner und ich den Jungen zu ihm bringen. Bis dahin verstecken wir ihn an einem sicheren Ort, nämlich dort, wo Fred eine Zeit lang festgehalten wurde.«

Kulicke holte Luft. »In der Möbelmanufaktur? Aber das ist doch kein sicheres Versteck!«

»Dupont hat mir versichert, dass Freds Entführer sich dort nie wieder blicken lassen wird. Wo einmal der Blitz einschlägt ...«

Kulickes Stöhnen verschluckte den Rest der Bemerkung. Er schwieg, bis sie die Brücke über den Zwingergraben erreicht hatten, an deren anderem Ende Dora bereits fröstelnd auf sie wartete. »Sag mir, wie ich dir helfen kann«, bat er Lea.

»Indem du zu niemandem ein Wort sagst«, erwiderte Lea leise. »Wir werden den Jungen heute Abend um elf Uhr abholen und in eine Kutsche verfrachten.«

»Ich kann für dich nur hoffen, dass du dir das gut überlegt

hast!« Kulicke nickte flüchtig, dann machte er kehrt und verschwand durch das Kronentor, um einen anderen Ausgang zu nehmen.

Lea blieb einen Moment lang stehen und sah ihm hinterher. Dann wanderte ihr Blick zu den polnischen Adlern, die aus ihren starren Goldaugen vorwurfsvoll auf sie herabstarrten.

50.

Die Wohnstube lag an diesem Abend im Dunkeln, nur eine einzige Kerze brannte auf dem Esstisch. Luise saß in Radeks zerschlissenem Lehnstuhl und besserte Hemden aus, doch das dürftige Licht und ihre vor Müdigkeit brennenden Augen machten es ihr nicht leicht, sich auf die Arbeit zu konzentrieren. Von Zeit zu Zeit lauschte sie, ob sich in den Schlafkammern der Kinder etwas regte, doch zu ihrer Erleichterung gaben die Jungen und Mädchen Ruhe. Luise hatte ihre Schützlinge schon frühzeitig zu Bett geschickt und dann etwas getan, das ihr eigentlich zutiefst widerstrebte. Sie hatte sie eingeschlossen. Benno war der Einzige, der ihr in der Wohnstube Gesellschaft leisten durfte. Der Junge saß ihr gegenüber, blickte in die züngelnde Flamme und sang leise ein Weihnachtslied. Seine Stimme klang dabei jedoch so bibbernd und aufgeregt, dass Luise sich wünschte, er möge damit aufhören und sie ganz der Stille überlassen. Ihr Blick fiel auf den Rucksack mit Habseligkeiten, den sie bereits am Nachmittag für ihn gepackt hatte. Man hatte sie angewiesen, ihm auch ein paar Butterbrote, Äpfel und Buttergebäck mit auf den Weg zu geben, und Luise hatte sich an alle Anweisungen gehalten, obwohl sich ihr der Sinn des Ganzen nicht recht erschloss. Sie begriff nur, dass Benno in Gefahr schwebte und schleunigst in Sicherheit gebracht werden musste. Aber durfte sie diesen Leuten vertrauen? Die Ungewissheit, ob sie das Richtige tat, peinigte sie schon den ganzen Tag, und mit jeder Stunde, die verstrich, wuchs ihre Anspannung.

Als die Turmuhr der nahen Kreuzkirche zum zehnten Mal schlug, legte sie ihr Nähzeug weg und stand auf, um für sich und Benno einen Tee aufzubrühen. Noch war Zeit für etwas Warmes. Doch auf dem Weg in die Küche ließ ein harsches Klopfen sie zusammenzucken. Benno, der bei der letzten Strophe von »Leise rieselt der Schnee« angekommen war, verstummte jäh. Dann blickte er sie mit großen Augen fragend an. Sie waren da. Aber warum jetzt schon? Warum so früh? Hatten sich ihre Pläne geändert?

Noch bevor Luise sich gefangen hatte, sprang Benno auf, band sich seinen ausgefransten Schal um den Hals und schnappte sich das Bündel. Er war bereit zu gehen. Vielleicht für immer.

»Warte!«, hielt Luise den Jungen mit schriller Stimme auf. »Du bleibst, wo du bist. Lass mich zuerst einmal nachsehen.«

Luise nahm die Kerze vom Tisch und spurtete damit durch den kalten Flur zur Haustür. Dort überzeugte sie sich zuerst davon, dass die Sicherheitskette vorlag, dann öffnete sie vorsichtig einen Spalt und spähte durch diesen hinaus in die Schwärze der Nacht.

»Ach, du bist es?« Irritiert und erleichtert zugleich runzelte sie die Stirn. »Was machst du hier um diese Zeit?«

»Ist der Junge reisefertig? Ich hoffe, du hast seine Sachen gepackt, wie man es dir aufgetragen hat!« Ein ungeduldiges Schnauben drang an Luises Ohr. »Nun mach schon, Luise, lass mich rein, bevor noch die Nachbarschaft auf uns aufmerksam wird. Ich wurde geschickt, um dich und den Jungen abzuholen und an einen sicheren Ort zu bringen.«

Luise dachte nach. Sie konnte sich gar nicht daran erinnern, dass man sie darum gebeten hatte, Benno zu begleiten. Aber eigentlich gefiel ihr der Gedanke, den Jungen nicht allein zu lassen. Nach kurzem Zögern nahm sie die Kette von der Tür und öffnete.

Er klopfte sich den Matsch von den Stiefeln. »Jetzt hol ihn schon«, befahl er dann. »Und mach schnell! Wir dürfen keine Zeit verlieren. An der Straßenecke wartet ein Wagen.«

Luise nickte. Sie nahm ihr Wolltuch vom Wandhaken neben der Tür und warf es sich über die Schultern. Als sie nach der Mütze greifen wollte, verharrte sie, weil ihr plötzlich einfiel, dass sie die übrigen Kinder ganz vergessen hatte. Sie konnte sie doch nicht einfach unbeaufsichtigt sich selbst überlassen und verschwinden. Jemand musste sich um sie kümmern. Doch als sie ihm dies zu erklären versuchte, verzog er mürrisch den Mund.

»Wir werden schon dafür sorgen, dass jemand nach ihnen sieht«, brummte er. Dann schickte er sie in den Wohnraum.

Benno war zum Aufbruch bereit. Er hatte den Rucksack auf dem Rücken und die Mütze zum Schutz vor der Kälte in die Stirn geschoben. Luise hatte keine Zeit mehr, eine Tasche zu packen, aber bestimmt würde die vornehme Opernsängerin ihr mit dem Nötigsten aushelfen können. Die Hauptsache war, dass sie Benno begleiten durfte und ihn nicht allein lassen musste. Als sie sich zur Tür umwandte, sah sie, dass der Mann ihr gefolgt war. Prüfend ließ er den Blick durch den bescheiden eingerichteten Raum wandern. »Wo sind Radeks Bälger?«

»Eingeschlossen«, antwortete Luise. »Sagte ich das nicht?« Etwas an dem lauernden Ton, in dem er diese Frage gestellt hatte, behagte ihr nicht. Als sie ihre Hand auf die Schulter des Jungen legte, spürte sie, dass er zitterte. Etwas stimmte hier nicht.

»Ich schätze, dann brauchen wir jetzt doch nicht aufzubrechen.«

»Aber … das sichere Versteck …«

Er schüttelte langsam den Kopf, und über sein Gesicht legte sich ein fast trauriger Ausdruck. »Es gibt für euch kein sicheres Versteck. Das hat es nie gegeben. Ich darf nicht zulassen, dass der Junge bei der Polizei plaudert. Und du …« Er seufzte, und in seiner rechten Hand blitzte plötzlich ein Messer auf. »Gegen dich hatte ich nie etwas, Mädchen, aber du musst verstehen, dass ich dich nicht laufen lassen kann. Es ist vorbei!«

Wie gelähmt starrte Luise den Mann an, der so viele Jahre auf dem Striezelmarkt Standnachbar von ihr und ihrer Mutter gewesen war. Sie wollte Bennos Hand nehmen und davonlaufen, aber ihre Beine gehorchten ihr nicht. Sie rührte sich nicht einmal, als der Mann langsam auf sie zukam.

Im nächsten Moment nahm Luise einen Luftzug wahr und bemerkte zu ihrer Überraschung zwei Schatten, die sich fast geräuschlos über den Dielenboden auf sie zubewegten. Ihr Angreifer wirbelte mit einem Keuchen auf dem Absatz herum, die Hand mit dem Messer richtete er nun gegen die zwei Gestalten an der Tür, einen Mann und eine junge Frau.

Mit einer schwungvollen Geste schlug Lea die Kapuze ihres langen Mantels zurück, dann machte sie einen Schritt auf den verdutzten Mann zu, ohne sich von dessen drohend auf sie gerichtetem Messer beeindruckt zu zeigen. »Ich habe es bis zuletzt nicht glauben wollen, aber leider hat mich mein Bauchgefühl nicht getrogen.« Sie deutete auf die im Kerzenlicht blitzende Klinge. »Weg mit dem Messer, Kulicke!«

Leas ehemaliger Gehilfe rührte sich nicht von der Stelle, sein Gesicht war wie zu einer Maske erstarrt. Erst als er die Pistole in Freds Hand bemerkte, schnaubte er vor Wut. »Was zum Teufel soll das? Warum bedroht mich dieser Kerl mit einer Waffe?« Er legte sein Messer auf den Tisch und hob dann beide Hände. »Habe ich immer bei mir, man kann schließlich nicht vorsichtig genug sein. Als ihr beide euch an uns herangepirscht habt, glaubte ich, ich müsste mich und die beiden da verteidigen.« Er lachte. »Ich wollte niemanden erschrecken, sondern dir einen Gefallen tun, indem ich den Jungen abhole und zu seinem Versteck bringe. Für eine Frau ist das doch viel zu gefährlich. Sogar für eine, die wie du auf alle Konventionen pfeift, Lea.«

»Eine Stunde vor der Zeit, die ich dir genannt habe?«, erwiderte Lea tonlos. Sie kämpfte gegen einen Kloß im Hals.

»Warum nicht? Ich hatte nichts anderes vor!«

Lea sah den jungen Mann an wie einen Fremden, dem man zufällig auf der Straße oder am Bahnhof begegnet. Sie dachte an all die Wochen, die sie mit ihm am Stand verbracht hatte, ohne auch nur den leisesten Verdacht zu hegen. Aber wie auch? Er hatte ihr beigestanden, hatte ihr auf dem Striezelmarkt mehr als einmal den Rücken gestärkt und sie vor Peregrin in Schutz genommen. Und nun stand er hier vor ihr und erging sich in albernen Ausflüchten. Dabei lag alles so klar und deutlich vor ihr. Kulicke hatte sie alle an der Nase herumgeführt, und nicht in tausend Jahren wäre es Lea in den Sinn gekommen, ihm zu misstrauen, wenn er am Nachmittag im Zwingerhof nicht etwas gesagt hätte, das ihr noch immer wie eine dröhnende Glocke in den Ohren hallte.

»Als ich dir mitteilte, dass wir Benno an dem Ort verstecken wollen, an dem Fred festgehalten wurde, wusstest du sofort, was ich meinte, obwohl ich dir nie erzählt habe, wo dieses Versteck war. Ich habe die verlassene Möbelmanufaktur mit keinem Wort erwähnt. Außer mir, der Polizei und meiner Schwester kannte den Ort nur noch derjenige, der Fred dorthin geschleppt hatte.«

Kulicke verzog das Gesicht. »Das ist doch Unsinn!«

»Meine Schwester vertrat erst neulich die Meinung, dass derjenige, der für die Todesfälle in der Stadt verantwortlich ist, jeden ausschalten würde, der mir in irgendeiner Weise gefährlich werden oder mich vom Striezelmarkt vertreiben könnte«, sagte Lea. »Ich habe lange nicht verstanden, wem so sehr daran gelegen war, dass ich in seiner Nähe bleibe.«

»Mir bestimmt nicht. Ich habe dir hundertmal nahegelegt,

deine Siebensachen zu packen und zu verschwinden«, protestierte Kulicke.

»Mag sein, aber natürlich war dir klar, dass ich mich davon nicht von meinem Ziel abbringen lassen würde.«

»Dann war es Kulicke, den ich in Schwarzmüllers Werkstatt gesehen habe?«, ließ sich Bennos Stimme vernehmen. »Er hat auf den anderen Mann eingestochen?« Der Junge musste seine ganze Kraft aufwenden, um Luise zu stützen, die einer Ohnmacht nahe schien.

Lea nickte. »Kulicke hat den echten Neffen Schwarzmüllers abgefangen, gleich nachdem dieser in Dresden angekommen war. In der Werkstatt gerieten die beiden in Streit. Ich vermute, es ging darum, dass Schwarzmüller sich zur Ruhe setzen und den Betrieb seinem Neffen Laurin übergeben wollte. Aber du kamst in diesen Plänen nicht vor, nicht wahr, Kulicke? Nach all den Jahren, die du Schwarzmüllers rechte Hand warst, sollte ein anderer die Werkstatt übernehmen. Hat Laurin gedroht, dich auf die Straße zu setzen?«

»Du hast keine Ahnung, wovon du redest«, brüllte Kulicke. Auf seiner Stirn schwoll eine Ader an, die verriet, dass Lea einen wunden Punkt getroffen hatte. »Es ging mir doch nicht nur um die heruntergewirtschaftete Werkstatt oder eine Weihnachtsbude auf dem Striezelmarkt. Die hätte Laurin gern behalten können.«

Fred machte nun ebenfalls einen Schritt auf Kulicke zu, dabei hob er die Augenbrauen. »Die Werkstatt vielleicht, aber wie steht es mit der aufgegebenen Möbelmanufaktur an der Elbe?«

Lea sah an Kulickes veränderter Miene sogleich, dass Fred mit seiner Vermutung ins Schwarze getroffen hatte. Natürlich, nun fiel es auch ihr wie Schuppen von den Augen. Nicht um die kleine Hinterhofwerkstatt, sondern um das verlassene Anwesen in Loschwitz war es Kulicke gegangen. Hatte Willie nicht erst kürzlich erwähnt, dass die Grundstücke dort ein Vermögen wert waren? »Schwarzmüller wollte nach dem Tod seiner Frau nichts mehr von den Geschäften in Loschwitz wissen. Ihm fehlte die Kraft, noch einmal von vorn anzufangen, daher hat er sich zurückgezogen. Er hat mir das Holzschnitzen beigebracht und in seiner alten Werkstatt nur noch Kleinaufträge angenommen. Aber das genügte dir nicht. Du hattest Pläne, die Manufaktur wiederaufzubauen.«

»Eine moderne Möbelfabrikation mit allen Schikanen wollte ich daraus machen«, rief Kulicke. »Aber mit dem Alten war über so was ja nicht zu reden, er hörte mir nicht einmal zu. Darum habe ich mich an Laurin gewandt, dem ja alles gehören sollte, wenn sein Onkel sich zur Ruhe gesetzt hat. Es gelang mir schließlich, ihm meine Ideen schmackhaft zu machen.« Er lachte höhnisch. »Ja, der Gedanke, Fabrikdirektor zu werden gefiel dem Faulenzer. Er versprach mir sogar, mir in der Geschäftsleitung freie Hand zu lassen.«

»Aber als Laurin in Dresden ankam, war er nicht mehr so überzeugt von deinen Plänen«, sagte Lea. »Was ist passiert? Wollte er aussteigen?«

Wutschnaubend schlug Kulicke mit der Faust auf den Tisch. »Dieser Dummkopf faselte etwas von Spielschulden, und dass er nicht warten könne, bis eine Fabrik in ein paar Jahren eventuell Gewinn abwerfen würde. Er hatte die Manufakturgebäude in Loschwitz allein besichtigt und war zu der Überzeugung gelangt, dass sie ihm ein hübsches Sümmchen einbringen würden, wenn er sie rasch zu Geld machte. Als ich ihm Wortbruch vorhielt, lachte er mich aus und meinte, ich könne schon mal meine Sachen zusammenpacken. Weil er mich nämlich nicht mehr brauche und hochkant hinauswerfen würde, sobald er hier das Sagen hätte. Da habe ich rotgesehen, ich griff zu meinem Schnitzmesser und …« Kulicke holte tief Luft, ehe er fortfuhr. »Ich habe mich nur zur Wehr gesetzt. Dieser Nichtsnutz wollte alles zerstören. Er hätte auch deinen Traum zerstört, oder meinst du, er hätte dir erlaubt, noch einen Fuß in die Werkstatt zu setzen?«

Fred räusperte sich. »Ich nehme an, Sie haben die Leiche dann fortgeschafft und im See bei der Heidemühle versenkt, weil Sie sich ausgerechnet hatten, dass man sie dort vielleicht erst im Frühling finden würde. Pech nur, dass Ihnen die Schlittschuhläufer in die Quere kamen.«

Kulicke sah Fred mit einem Ausdruck tiefsten Abscheus an. »Sie ... Sie ... Ich wusste vom ersten Moment an, dass Sie eine Gefahr für mich darstellen würden. Sie haben Lea nicht verdient.«

»Also haben Sie mich aus Eifersucht entführt und in der alten Manufaktur eingesperrt«, sagte Fred. Sein Ton klang fast amüsiert. »Ich frage mich nur, warum Sie mich nicht gleich getötet haben.«

»Aber meine Mutter?«, wimmerte Luise. »Warum sie?« Von ihren Gefühlen überwältigt, sank sie auf einen Stuhl und bedeckte das Gesicht mit beiden Händen. »Weil Sie entdeckt hat, dass das Fräulein und Laurin ... Also, dass Sie beide in Wahrheit ...« Sie verstummte.

Leas Herz brannte vor Mitgefühl. »Deine Mutter sah ihren Verdacht bestätigt, dass der Tote aus dem Eis der echte Laurin war und ich folglich in dessen Rolle geschlüpft sein musste. Aber anstatt mich mit ihrem Wissen zu konfrontieren, beschloss sie abzuwarten. Lea drehte sich zu dem Schreinergesellen um, der sie düster ansah. »Martha erinnerte sich daran, dass du Laurin von früher gekannt hast. Gewiss fragte sie sich, warum du dich von mir hast täuschen lassen. Sie hätte keine Ruhe gegeben, das wusstest du. Also hast du sie zum Schweigen gebracht, bevor sie sich der Polizei oder Peregrin anvertrauen konnte.«

»Aber meine Mutter hat ihre Entdeckung aufgeschrieben«,

schluchzte Luise. Mit dem Ärmel wischte sie sich über das verheulte Gesicht. »Ich habe das Stück Papier in meiner Bibel gefunden, und Radek hat es auch gesehen.«

»Deswegen kam Radek an den Krippenfigurenstand und hat Andeutungen gemacht, er wisse über mich Bescheid«, sagte Lea. »Ich nahm natürlich an, er habe von meiner Schummelei erfahren und drohe mir nun herumzuerzählen, dass ich eine Frau bin. Aber inzwischen denke ich, dass er davon keine Ahnung hatte. Er hielt mich, den falschen Laurin, für einen Mörder. Und für sein Schweigen sollte ich bezahlen.«

»Radek war ein Bastard«, zischte Kulicke. »Ich habe gehört, was er am Stand zu dir gesagt hat. Also lockte ich ihn zum Striezelmarkt. Er war gierig genug, um sich sein Schweigegeld trotz des Schneetreibens dort abzuholen.«

»Und warum hast du Fred mit einer Nachricht aus dem Hotel gelockt, die angeblich von mir stammte?«, wollte Lea wissen, obwohl sie die Antwort bereits ahnte.

»Warum wohl?«, gab Kulicke entnervt zurück. »Es sollte so aussehen, als hätte ein Kampf zwischen den beiden stattgefunden, den keiner von ihnen überlebte. Dummerweise ging dieser Plan nicht auf, weil ich während des Kampfes mit Radek meine Axt im Schnee verlor. Mir blieb nichts anderes übrig, als ihn mit seinem Schal zu erdrosseln. Damit wäre meine Geschichte nicht aufgegangen. Allerdings hoffte ich, man würde diesen Mann des Mordes an Radek verdächtigen. Stattdessen brachte dieser Idiot von Kriminalkommissar am nächsten Morgen dich zum Ort des Geschehens und nahm es in Kauf, dass die Meute dort über dich herfällt. Dafür hätte er eigentlich auch einen Besuch von mir verdient. Aber leider reicht die Zeit weder dafür noch für eine kleine Plauderei mit Peregrin.« Entschlossen streckte er nun die Hand nach Lea aus. »Alles, was ich getan habe, habe ich auch für dich getan!«

»Für … mich?« Lea brauchte einen Moment, um zu begreifen, was Kulicke meinte. Dann wich sie vor ihm zurück.

»Es ist wahr!«, beteuerte er. »Ich habe dir nicht deutlich gezeigt, wie viel du mir bedeutest, weil ich befürchtete, dass du dann nicht mehr an meiner Seite würdest arbeiten wollen. Aber meine Träume und deine … Begreifst du denn nicht, dass wir uns im Grunde immer dasselbe gewünscht haben? Du verstehst die Sprache des Holzes besser als jeder Meister. Es redet mit dir, weil es dich auserwählt hat. Mit dir an meiner Seite hätte ich die größte Möbelfabrik Sachsens, nein, das größte Unternehmen im gesamten Deutschen Reich aufbauen können. Das wird nun nicht mehr möglich sein, aber wir können immer noch woanders ein neues Leben beginnen! Vielleicht in den Kolonien!«

Lea schlug sich die Hand vor den Mund, weil sie befürchtete, laut aufzulachen und Kulicke damit zu reizen. Er hatte sein Messer zwar auf den Tisch gelegt, musste jedoch nur eine Hand danach ausstrecken. »Gott möge mir vergeben, dass ich wegen meines Traums, als Holzschnitzer Erfolg zu haben, über andere Menschen Kummer gebracht habe«, sagte sie schließlich mit einem zaghaften Blick auf die am Tisch zusammengesunkene Luise. »Aber Gott ist auch mein Zeuge dafür, dass ich nie im Sinn hatte, jemandem ein Leid zuzufügen, im Gegenteil. Du dagegen hast drei Menschen umgebracht. Und jetzt? Du hättest dir auch noch Luise und Benno kaltblütig vom Halse geschafft.« Sie holte tief Luft, eine einzelne Träne rann ihre Wange hinab. »Fred und ich lagen seit einer halben Stunde draußen auf der Lauer. Ich hoffte, ich hätte mich geirrt, aber ich wusste, dass du aufkreuzen würdest. Dabei hättest du dir diesen Weg sparen können.«

Kulicke runzelte die Stirn und sah sie fragend an.

»Benno war zwar im Nebenraum der Werkstatt, als du Laurin erstochen hast, aber er hat dich nicht erkannt und ist vor

Angst sofort getürmt. Und als du Radek getötet hast, war er zu Hause. Du hast Luise niedergeschlagen, die herausfinden wollte, was Radek bei diesem Wetter vorhatte. Erkannt hat aber auch sie dich nicht.«

»Dann habt ihr also gar nichts gegen mich in der Hand?«

Lea reckte in einem Anflug des Triumphs das Kinn, ihre Augen zogen sich zu zwei schmalen Schlitzen zusammen. »Wir *hatten* nichts. Aber das war vor deinem Geständnis, und jetzt ...« Sie wollte noch etwas sagen, doch plötzlich sprang Luise auf und stieß dabei ihren Stuhl um, der klackend auf den Holzboden schlug. Kulicke wirbelte herum, bevor er jedoch Luises Arm zu fassen bekam, schnappte sie sich das Messer und stürzte sich mit einem markerschütternden Schrei auf Kulicke. Der war zwar geistesgegenwärtig genug, sie zurückzustoßen, doch als er sich mit einem Satz auf die andere Seite des Eichentischs retten wollte, verletzte Luises Messer ihn am Oberschenkel. Blut quoll durch den Stoff des Hosenbeins, und er schrie vor Schmerz. Als er Luise auf ihn zukommen sah, fegte er mit einer blitzschnellen Handbewegung die Kerze vom Tisch. Augenblicklich legte sich Dunkelheit über den Raum. Hinter der verschlossenen Tür zum Nebenzimmer ließen sich verängstigte Rufe und ein dumpfes Klopfen vernehmen.

Lea stockte der Atem. Sie konnte kaum die Hand vor den Augen erkennen, und als eine Hand ihren Arm packte und sie gegen die Wand drückte, hämmerte ihr Herz vor Aufregung wild gegen die Rippen. Am liebsten hätte sie laut nach Fred gerufen, aber eine innere Stimme sagte ihr, dass es klüger war, sich absolut still zu verhalten. Sie hatte keine Ahnung, wo sich Kulicke befand, und Luise tobte immer noch kreischend und das Messer schwingend durch die Stube, bereit, auf alles und jeden einzustechen, der sich ihr in den Weg stellte. Ein leises Atemgeräusch zu ihrer Linken ordnete sie Fred zu. Sie streckte die Hand aus, zog sie aber gleich wieder zurück. Was, wenn sie sich irrte? Sie begann, sich mit den Fingern ihren Weg an der Wand entlang zu ertasten. Irgendwo musste es doch hinaus auf den Flur gehen. Wo steckte Fred? Und was war mit Benno? Hatte der Junge sich irgendwo versteckt, oder war er vor Angst wie gelähmt? Wenn Lea sich recht erinnerte, hatte er an der Stirnseite des Tisches in der Nähe des Durchgangs zur Küche gestanden.

Plötzlich drang ein knisterndes Geräusch an ihr Ohr, dem ein kurzes Aufflackern folgte. Ein Streichholz. Jemand hielt es am ausgestreckten Arm in die Höhe; das dünne Flämmchen tanzte wie ein Glühwürmchen durch die Rabenschwärze. Der Moment der Erleuchtung erlosch, bevor Lea Benno oder den Weg zum Flur hatte erkennen können. Dafür hörte sie nun einen erstickten Laut und einen Fluch. Irgendetwas schlug mit lautem Gepolter vor ihr auf die Dielenbretter, und dann schossen zwei Schatten an ihr vorbei. Lea unterdrückte einen Aufschrei und hielt den Atem an. In ihrem Rücken spürte sie etwas Hartes. Dieses verflixte Zimmer schien nur noch aus Wänden zu bestehen.

Das Klopfen und Hämmern an den Türen der Schlafkammern wurde lauter. Und dann wurde ein weiteres Streichholz entzündet. In dessen Schein erkannte Lea zu ihrem Entsetzen Kulicke, der sich keuchend und mit schmerzverzerrtem Gesicht auf die Füße kämpfte. In der einen Hand hielt er ein Streichholz, in der anderen Freds Pistole. Er musste sie ihm während des Gerangels in der Dunkelheit entrissen haben. Ehe Lea eine Möglichkeit zur Flucht fand, packte er sie am Arm, und im nächsten Moment spürte sie den Lauf von Freds Waffe an ihrer Schläfe.

»Still, sei ganz ruhig!« Kulickes Worte tropften wie Eiswasser in ihr Ohr und bescherten ihr eine Gänsehaut. Er schob sich hinter Lea und legte ihr überflüssigerweise auch noch die Hand auf den Mund. Der schwere Geruch von Blut drang ihr in die Nase und ließ sie würgen. Sie überlegte, wie schwer wohl Kulickes Verletzung war, denn er schien eine Menge Blut zu verlieren. Bei jeder Bewegung stöhnte er leise auf, doch der Schmerz im Bein schien seine Wut nur noch anzufachen. Er warf Fred, dessen Umrisse Lea nur wenige Schritte entfernt erkannte, seine Schachtel Zündhölzer zu und befahl ihm, Licht zu machen.

Leas erster Blick fiel auf Luise, die sich am anderen Ende des Zimmers gegen eine Tür lehnte. Das Messer hielt sie fest umklammert, doch die Tobsucht war aus ihrem Gesicht gewichen. Sie wirkte schläfrig, ja fast wie in Trance.

»Die Verrückte soll das Messer fallen lassen«, verlangte Kulicke kalt. »Ich sage es nur einmal.« Er sah sich suchend um, dann runzelte er die Stirn. »Wo zum Teufel steckt der Junge? Sagt ihm, dass er rauskommen soll, wenn er nicht will, dass ich das Mädchen niederschieße.«

»Nein!« Lea drückte den Rücken durch und machte sich steif wie ein Brett. »Du ... wirst den Jungen in Ruhe lassen.«

»Tut mir leid, Lea! Aber du bist nicht mehr in der Position, mir Befehle zu erteilen. Auf dem Striezelmarkt habe ich mir das gern gefallen lassen. Ja, es hat mich sogar amüsiert. Aber ab heute wirst du nur noch das tun, was ich von dir fordere, verstanden?«

Während Kulicke noch redete, ging Fred ganz langsam zu dem Wandregal, auf dem ein gutes Dutzend der fertigen Papierlaternen aufgereiht stand, und zündete eine nach der anderen an, bis der ganze Raum in einen milden, gelblichen Schimmer getaucht war. Als er damit fertig war, drehte er sich um und hob die Schultern. »Der Junge ist weg«, sagte er.

Kulicke knirschte mit den Zähnen. »Aber das ist unmöglich. Er muss sich in die Küche dort geschlichen haben oder in den Raum daneben. Hol ihn auf der Stelle zurück!«

Fred verschränkte die Arme vor der Brust und schüttelte den Kopf. »Nein!«

»Nein? Gut, du hast es nicht anders gewollt.« Endlich nahm Kulicke seine Hand von Leas Mund, doch sie hatte sich zu früh gefreut, denn noch bevor sie durchatmen konnte, spürte sie, wie sich sein Arm einer Zange gleich um ihren Hals legte. Die Waffe richtete er nun nicht mehr gegen sie, sondern gegen Fred, der keine Anstalten machte, in Deckung zu gehen. Unbarmherzig schubste Kulicke Lea vorwärts, geradewegs auf den jungen Mann vor dem Wandregal zu.

»Es ist so weit, Lea«, flüsterte Kulicke ihr zu. Sie spürte seinen heißen Atem an ihrem Hals. »Ich erschieße ihn und die Verrückte, dann suchen wir den Jungen. Weit kann er ja nicht sein.«

Ein erstickter, winselnder Laut drang aus Leas Kehle. Er würde es tun. Er würde Fred töten. Was konnte sie nur tun, um ihm zu helfen? Nichts, denn sie konnte sich in seinem Griff kaum rühren. Wie hatten sie so töricht sein können, allein hierherzukommen? Ohne Hilfe durch die Polizei. Natürlich hätte Kulicke in Gegenwart des Kommissars alles abgestritten und sich nie zu einem Geständnis hinreißen lassen. Aber war dieser kurze Triumph ein Menschenleben wert?

»Keine Angst, Lea, es wird alles gut!«, hörte sie Fred. Er lächelte. Seine Stimme klang ein wenig atemlos, aber nicht wie die eines Mannes, der mit einem Bein im Grab steht. Hatte er bereits mit seinem Leben abgeschlossen und sich in das Unvermeidliche gefügt?

Sie bewegte die Lippen, der Druck auf ihre Kehle ließ ihre Augen wie Murmeln hervorquellen. Trotzdem gelang es ihr, die Worte zu formen, die sie ihn als einen letzten Gruß hören lassen wollte. »Ich ... liebe dich«, krächzte sie. »Wenn du mich noch haben willst ...«

Erneut lächelte er sie an. Nicht traurig oder wehmütig, sondern mit einem Ausdruck höchster Zuversicht in den Augen, als habe er vor, sie sogleich beim Wort zu nehmen.

Kulicke spannte den Hahn, zielte und drückte ab.

Ein lauter Knall ertönte, der Lea vor Entsetzen aufstöhnen ließ. Fred fiel nicht zu Boden. Er war nicht getroffen. War es möglich, dass Kulicke sein Ziel aus dieser Entfernung verfehlt hatte?

»Verdammt«, brüllte der ihr ins Ohr. Hastig legte er ein weiteres Mal auf sein Opfer an und feuerte, doch trotz des unbeschreiblichen Getöses, das der Schuss verursachte, verließ keine Kugel den Lauf. Fred sprang auf Kulicke zu, der sich anschickte, Lea im Schwitzkasten auf den Flur hinauszuzerren. Als er die unbrauchbare Waffe auf Fred schleudern wollte, musste er den Griff um Leas Hals ein wenig lockern. Diesen Moment nutzte sie, um ihren Daumen in die Wunde an seinem Oberschenkel zu drücken. Kulicke heulte vor Schmerz auf wie ein verletzter Wolf. Voller Zorn stieß er Lea zu Boden, doch bevor er sie mit einem Tritt traktieren konnte, riss Fred ihn an der Schulter herum und schmetterte ihm seine Faust ins Gesicht. Lea hörte ein hässliches Geräusch von berstenden Knochen und Knorpel, als Kulickes Nase brach. Der Mann spie keuchend Blut, dann holte er aus, um Fred mit der Waffe den Schädel zu zertrümmern. Doch der wich aus. Kulicke schien einzusehen, dass er an Boden verlor. Er versuchte noch ein paarmal, Schläge gegen Freds Kopf zu landen, dann glitt ihm die Waffe aus der Hand, die von Fred mit dem Fuß über den Dielenboden geschleudert wurde.

»Es ist noch nicht vorbei«, lallte Kulicke, dann machte er kehrt und floh humpelnd und von Fred verfolgt durch den Flur. Als er die Tür ins Freie aufriss, verharrte er wie vom Blitz getroffen. Ein paar Uniformierte drängten ihn drohend zurück. Ihnen folgte ein hochgewachsener, elegant gekleideter Mann, der sich beim Eintreten ducken musste, um sich nicht am Türbalken den Kopf zu stoßen. Hinter ihm stand Benno. Bleich, atemlos, aber unverletzt. Als er den blutenden Kulicke sah, zeigte er mit dem Finger auf ihn.

»Sie erinnern sich gewiss an mich, Herr Kulicke!« Der elegante Mann zog höflich den Hut, während seine uniformierten Begleiter dem fluchenden Schreinergesellen Handfesseln anlegten. »Dupont mein Name. Ich vermute, wir beide haben etwas zu besprechen!«

Epilog

Mit Herzklopfen rutschte Lea auf ihrem Stuhl hin und her. Die Sitzfläche war mit rotem Plüsch bezogen und so weich, dass sie fast darin versank. Während die Menschen unten im Saal ihre Plätze einnahmen, überprüfte sie mithilfe eines Taschenspiegels noch einmal ihr Erscheinungsbild. Oh Gott, woher kamen auf einmal all die Flecken auf ihrer Nase? Hatte sie es mit dem Rouge auf den Wangen auch nicht übertrieben? Aufgeregt durchsuchte sie ihr Täschchen nach dem Billett, auf dem in schnörkeliger Schrift die Nummer der Loge im ersten Rang vermerkt war. Sie konnte nur hoffen, dass sie sich nicht geirrt und in die falsche Loge gesetzt hatte. Als sie durch den Vorhang lugte, bemerkte sie, wie livrierte Platzanweiser umhereilten. Sie teilten Vorhänge aus purpurnem Samt, servierten gekühlten Champagner und Platten mit kandierten Früchten. Keiner von ihnen kam zu ihr herein, um sie hinauszubefördern.

Die Loge mit den Plüschstühlen war also tatsächlich für die Liebermanns reserviert worden. Genau genommen von Willie, die es sich einiges hatte kosten lassen, Lea und ihre Geschwister mit den teuersten Plätzen zu überraschen. Lea wusste die Geste zu schätzen, fragte sich aber doch, ob sie sich weiter unten, im vollen Bühnensaal, nicht wohler gefühlt hätte als hier oben in der Loge. Sie saß hier wie auf dem Präsentierteller, und die neugierigen Blicke, mit denen die Champagner trinkenden Herrschaften ihre Loge ausspähten, weckten in ihr eine Unruhe, auf die sie an diesem Abend gern verzichtet hätte. Alle schienen sich zu kennen. Lea kannte niemanden, ahnte jedoch, dass sich die eleganten Damen der Dresdner Gesellschaft in ihren prachtvollen Roben und mit ihren blitzenden Ohrringen den Kopf darüber zerbrachen, was es mit dem nervösen Mädchen in der teuersten Loge auf sich hatte. Nervös strich Lea sich eine Strähne aus der Stirn und war froh, dass ihr wenigstens die Perücke von Doras Großmutter erspart geblieben war. Stattdessen hatte Willie sie zum Theaterfriseur geschleppt, der sich nach einigem Gezeter hatte überreden lassen, sich ihrer anzunehmen. Fast bis in den Heiligen Abend hinein hatte der Ärmste gearbeitet, um Leas kurzes Haar in eine vorzeigbare Form zu bringen. Mit dem schmalen Silberreif auf dem leicht gewellten Schopf konnte Lea sich zumindest sehen lassen, ohne dass sie ein Naserümpfen befürchten musste.

Fred und Aaron betraten die Loge mit Champagnergläsern. Beide Männer waren in feinen schwarzen Zwirn gekleidet, Fred trug sogar einen roten Kummerbund. In England, so versicherte er Lea, zögen Herren solche Gürtelschärpen neuerdings den Westen vor. Mit einem galanten Lächeln reichte er Lea nun ein Glas, doch sie lehnte ab. Lea hatte nicht vor, in dieser Loge mit ihren sechs goldverzierten Stühlen und dem seidig glänzenden Vorhang auch nur einen Schluck Champagner zu trinken. Am Ende bekam sie Schluckauf oder verschüttete vor Aufregung noch die Hälfte und ruinierte ihr bestes Kleid.

Fred ließ sich neben ihr nieder und griff zu einem Opernglas, während ihre Brüder und Dora, die gerade in die Loge kam, hinter ihnen ihre Plätze einnahmen. Anders als Lea schienen sie die ungewohnte Atmosphäre zu genießen, insbesondere Dora blühte regelrecht auf. Unablässig kommentierte sie die Garderobe der Damen, taxierte mit Kennerblick den Wert ihres Schmuckes und beklagte sich darüber, dass sie von ihrem Platz aus nur einen kleinen Teil der Königsloge sehen konnte. Diese war noch leer, was jedoch nicht ungewöhnlich war, da das Königspaar für gewöhnlich erst kurz vor Beginn der Ouvertüre in den Saal kam.

Lea überlief es heiß, als sie an die resolute Königin dachte. Ob sie mit dem Ergebnis ihrer Arbeit zufrieden war? Gerade noch rechtzeitig, am Tag vor Heiligabend, hatte sie die letzten fünf Krippenfiguren sowie das Spielzeug fertiggestellt und von einem Boten zum Georgenbau bringen lassen. Lea hatte ihm nach einigem Zögern einen Brief mitgegeben, in dem sie die alte Dame für die Täuschung um Verzeihung bat und gleichzeitig über alle Hintergründe ihrer Entscheidung in Kenntnis setzte. Seit dieser Beichte hatte sie nichts aus dem Königshaus gehört. Kein Brief. Kein Geld. Aber auch keine Polizeigendarmen, die sie im Morgengrauen aus dem Haus gezerrt hatten, um sie wegen Irreführung Ihrer Königlichen Majestät zu belangen. Seit der Festnahme Kulickes hatte sie von Kommissar Dupont nichts gehört, und auch wenn Lea ihm im Grunde genommen dankbar dafür war, dass er Fred hatte beschatten lassen und so Kulickes Flucht vereiteln konnte, hoffte sie, dass dies auch so bleiben würde.

Erneut dachte Lea an die Königin und an deren wohltätige Einrichtungen. Die Kinder in den Waisen- und Armenhäusern der Stadt durften sich zu Weihnachten über hübsche Gaben freuen; vielleicht stimmten ihre glänzenden Augen die Königin ja milde genug, um auch ihr, Lea, gegenüber nachsichtig zu sein und ihr zu verzeihen. Nannten die Christen ihr Fest nicht das Fest der Liebe? Im besten Fall hörte sie auch von der alten Monarchin nie wieder ein Wort.

Ein wenig beruhigt lauschte sie den Klängen, die aus dem Orchestergraben zu ihrer Loge emporstiegen. Die Musiker stimmten sich auf den Beginn des ersten Aktes ein. Wenn es doch nur endlich dunkel werden würde, dachte sie dabei.

»Bist du noch sauer auf mich?«, hörte sie Fred flüstern. »Wegen der Waffe, meine ich!«

Überrascht sah sie ihn an. »Nein, bin ich nicht. Allerdings hättest du mir sagen können, dass du dir von Willie ein Theaterrequisit geborgt hast.« Sie musste lachen. »So ein verrückter Kerl. Stellt sich einem Mörder mit einer Attrappe entgegen. Macht man das so in New York?«

»Wäre die Waffe echt gewesen …«

»Ja, ich weiß. Dann würden wir vielleicht nicht hier sitzen. Vergessen wir das. Heute Abend möchte ich nicht an das denken, was in den letzten Wochen geschehen ist, einverstanden?« Lea legte mahnend einen Finger über die Lippen, da sie befürchtete, dass Dora, die in einer verschwenderisch mit Perlen bestickten, rubinroten Robe hinter ihr saß, gespannt die Ohren spitzte. Weder sie noch Leas Brüder waren vollständig über die Rolle im Bilde, die Lea und Fred bei Kulickes Entlarvung gespielt hatten, und das war Lea auch ganz recht.

Die Lichter gingen aus, das Getuschel in den Logen sowie unten im Saal verebbte allmählich. Als der Dirigent vortrat, um die Ouvertüre einzuleiten, öffnete sich die Tür zur Königsloge.

»Ihre Majestäten!« Dora stieß ihren Mann an. »Ob sie auch zu uns herüberschauen? Vielleicht erkundigen sie sich ja später, wer ihnen heute gegenübersaß.«

»Kommt drauf an, wen sie unterhaltsamer finden: dich oder die Aufführung!«, drang Oskars Stimme aus der Dunkelheit.

Dora schnappte nach Luft, dann wandte sie ihre Aufmerksamkeit der Bühne zu, wo Willie in einem luftigen Gewand vor einem mit Blumengirlanden geschmückten Altar kniete. Sie hielt den Kopf gesenkt, und das üppige, dunkle Haar rauschte ihr wie das Gefieder eines Raben über die Schultern. Als ihre Sopranstimme anhob, gab es keinen, der nicht voller Faszination an ihren Lippen hing. Lea lehnte sich zurück und ließ sich von der

Musik hinwegtragen. Obwohl die Handlung von Akt zu Akt an Dramatik zunahm, verspürte sie eine wohltuende Ruhe. Sie streifte Freds hochgewachsene Gestalt mit einem Seitenblick und war einfach nur froh, dass er bei ihr war. Fred wohnte nach wie vor im Bellevue, besuchte sie aber jeden Tag mit Blumen, Konfekt und stets derselben Frage. Er plante, in die Vereinigten Staaten zurückzukehren. Wollte Fred seinen Vater dazu bringen, die Geschäftsbeziehungen mit den Liebermanns auf eine sichere Grundlage zu stellen, war die Reise über den Atlantik unvermeidbar. Jeden Tag bat er sie, ihn zu begleiten. Ihr Einwand, dass es für eine unverheiratete Frau ein Ding der Unmöglichkeit war, eine so weite Reise ohne Begleitung anzutreten, war mittlerweile hinfällig, da Fred auch ihren Bruder Oskar eingeladen hatte, ihm bei der Überfahrt Gesellschaft zu leisten. Oskar packte bereits seine Siebensachen. Doch was war mit ihr? Hatte sie sich nicht eingestanden, dass sie Fred liebte? Bei dem Gedanken, ihn abreisen zu lassen, spürte sie einen Stich ins Herz. Sie würde ihn schrecklich vermissen. Aber wenn sie mit ihm ging, konnte es sein, dass er sie bat, in New York zu bleiben. Was dann? In Dresden waren ihre Wurzeln. Und was ihre Arbeit betraf, so war sie immer der festen Überzeugung gewesen, nur hier die nötige Inspiration zu finden, um Kunstwerke aus Holz zu erschaffen. Und wenn sie nur für ein Weilchen fortging, um neue Eindrücke in sich aufzunehmen? Es musste ja nicht für lange Zeit sein.

Was hätte sich ihre Mutter für sie gewünscht?

Plötzlich musste Lea an den Striezelmarkt denken. Wie üblich hatte der Markt am Weihnachtstag geschlossen. Nachdem die letzten Händler ihre Waren zusammengesucht und die Buden verrammelt hatten, hatte Lea sich ein Herz genommen und war zu Peregrin gegangen. Der Marktleiter hatte sie wie ein sprechendes Äffchen angestiert, aber kaum ein Wort gesagt. Der erwartete Wutausbruch war ausgeblieben, stattdessen hatte sich auf dem Gesicht des Mannes ein Ausdruck von Furcht gezeigt. Er hatte Lea rasch fortgeschickt. Anderntags hatte sie von Luise erfahren, dass Peregrin von allen Ämtern zurückgetreten sei und die Aufsicht über den Striezelmarkt nach dem Jahrhundertwechsel in andere Hände geben wollte. Lea ahnte, dass Peregrins Entscheidung nichts mit ihrer Beichte oder der angeblich schwachen Gesundheit des Mannes zu tun hatte, sondern mit Radek und dessen undurchsichtigen Geschäften. Luise schien mehr zu wissen, doch weigerte sie sich, ihr Geheimnis zu lüften. Peregrin würde ihr und dem Schreiner Schwarzmüller keinen Ärger mehr machen, allein das zählte doch.

Schwarzmüller. Ein wehmütiges Gefühl durchfuhr Lea, als sie an ihren alten Freund dachte. Entgegen ihrer schlimmsten Befürchtungen war er am Weihnachtsmorgen wohlbehalten nach Dresden zurückgekehrt. Er hatte sich während der letzten Wochen im Ausland aufgehalten, um, wie er Lea anvertraut hatte, seine schwer an der Schwindsucht erkrankte Jugendliebe zu pflegen. Was sich während seiner Abwesenheit in Dresden zugetragen hatte, hatte er von Kommissar Dupont erfahren. Er war schwer erschüttert.

»Der Ärmste macht sich große Vorwürfe«, erklärte Lea ihrer Schwester nach der Vorstellung, die mit überwältigendem Beifall und stehenden Ovationen bejubelt worden war. Willie war so aufgedreht, dass sie tatsächlich vorhatte, beim großen Empfang ihr Opernkostüm anzubehalten – ein Entschluss, von dem Lea sie nur mit viel Überredungskunst abzubringen vermochte. Es war zwar nicht sehr wahrscheinlich, dass sich Angehörige der königlichen Familie unter die Gäste mischten, aber ausschließen ließ sich das auch nicht. Und was Willies Beliebtheit anging, so hatte ihr das Publikum heute trotz ihres Rufs als Exzentrikerin applaudiert. Ob dies auch im nächsten Jahr so sein würde, galt abzuwarten.

»Ein harter Schlag!«, kam Willies Stimme hinter dem Paravent hervor, wo sie sich umkleidete. »Aber wie hätte der Ärmste auch ahnen können, dass sein Geselle größenwahnsinnig wird? Hat Kulicke tatsächlich angenommen, der Meister würde ihm nach dem Verschwinden seines Neffen den Betrieb und sogar seinen Besitz in Loschwitz übereignen?«

»Kulicke meinte wohl, leichtes Spiel zu haben. Er hätte Schwarzmüller vor Augen gehalten, dass sein einziger Verwandter und Nachfolger ihn schnöde im Stich gelassen habe, und ihm dann gegen das Versprechen einer Leibrente nach und nach seinen ganzen Besitz abgenommen.«

»Unvorstellbar! Dieses Ungetüm von einem ...« Willie schimpfte vor sich hin, bis Lea aufging, dass sie mit den Gedanken nicht mehr bei dem überführten Kulicke war, sondern mit den Haken ihres Mieders kämpfte.

Lea stellte ihr Glas ab und trat an den Paravent. »Kann ich dir vielleicht helfen?«

»Hab's gleich, Kindchen, nur noch ein winziges Häkchen! Erzähl mir lieber rasch, woher diese Feindschaft zwischen Peregrin und Schwarzmüller herrührt. Bitte sag nicht, du hättest ihn nicht danach gefragt.«

Lea hatte es nicht vergessen, obwohl es ihr ein bisschen peinlich gewesen war, den alten Mann zu all seinem Kummer auch noch auf Peregrin anzusprechen. Mehr als ein paar Andeutungen hatte sie ihm auch nicht entlocken können. Demnach waren die Männer schon in ihrer Jugend Rivalen gewesen und hatten sich zuletzt wegen einer Frau völlig entzweit. Ob es sich dabei um Schwarzmüllers längst verstorbene Gattin oder um die geheimnisvolle Erkrankte im Ausland handelte, würde wohl für immer ein Geheimnis bleiben. Schwarzmüller wollte nicht länger in Dresden bleiben. Seine Werkstatt war ruiniert, aber ihm blieben einige Ersparnisse, und wenn er den Grundbesitz an der

Elbe verkaufte, würde er über genügend Mittel verfügen, um seinen Lebensabend zu verbringen, wo immer er das wollte.

Als die beiden Schwestern später gemeinsam in das vom Licht der Kronleuchter durchflutete Foyer traten, wurde Willie ein stürmischer Empfang bereitet. Tosender Beifall hallte von den hohen Wänden wider. Weihnachtspunsch und Champagner flossen, und es gab ein köstliches Büfett, das vom Bellevue über den Theaterplatz gebracht worden war. Sogleich war Willie von einem Schwarm von Bewunderern umgeben, die ihr Komplimente machten und gebannt an ihren Lippen hingen. Ihre Familie hielt sich ein wenig abseits: Aaron und Oskar mit vom Champagner geröteten Wangen, Dora abwechselnd strahlend und schmollend. Zwar erntete sie so manch einen bewundernden Blick, doch sprach sie keiner an.

»Welch ein Triumph für deine Schwester!« Fred stellte sich neben Lea und beobachtete die lachende und plaudernde Menge. »Wenn einer ihn verdient hat, dann sie. Leider bin ich noch nicht dazu gekommen, ihr zu gratulieren.« Er hob lächelnd eine Augenbraue. »Dafür, schätze ich, ergreift soeben ein anderer die Gelegenheit.«

Als Lea Freds Blick folgte, erkannte sie Ernst Bruckmann. Der junge Violinist löste sich aus einer Gruppe von Musikern und Gästen und näherte sich nun Willie mit einem Ausdruck fester Entschlossenheit. Eine helle Frauenstimme rief seinen Namen, doch er ignorierte sie. Stattdessen drängte er sich an den Damen und Herren vorbei, die Willie immer noch umlagerten.

»Bitte um Verzeihung, aber ich brauche nur einen Moment«, sagte er höflich.

Willies irritiertem Gesichtsausdruck nach hatte sie keine Ahnung, was der Violinist vorhatte. »Jetzt ist wohl kaum der geeignete Moment für …«, begann sie, verstummte aber, als Bruckmann etwas Funkelndes aus der Tasche seines dunklen Fracks zog und vor Willie das Knie beugte.

»Großer Gott, steh doch auf«, zischte Willie. Sie warf Lea, die mit Fred herangekommen war, mit einem Blick einen stummen Hilferuf zu, erhielt jedoch nur ein Schmunzeln zur Antwort. Im nächsten Moment drängte sich eine junge Frau durch die Menge. Ihre Augen blitzten erbost auf. Doch noch ehe sie den Mund öffnen konnte, ging ein Raunen durch die Reihen der Umstehenden. Lea drehte sich verdutzt herum und glaubte, ihr Herz würde vor Schreck stehen bleiben. Sie hätte sich am liebsten unsichtbar gemacht, doch es war zu spät. Um sie herum versanken Frauen in einem gekonnten Knicks. Männer traten respektvoll zurück und neigten das Haupt. Das Gemurmel verstummte, als die Königin von Sachsen, begleitet von ihren Hofdamen, zielsicher auf Willie zusteuerte. Das Klacken, das ihr Gehstock auf dem Steinfußboden hinterließ, war das einzige Geräusch, das noch im Foyer zu hören war. In gemessenem Abstand folgten der Königin Generalmusikdirektor von Schuch und der Dirigent. Beiden war die Aufregung darüber, dass der Empfang für die Künstler durch die Anwesenheit der sächsischen Monarchin geehrt wurde, von den Gesichtern abzulesen.

»Wir bitten höflichst, die Störung zu verzeihen!« Die Stimme der alten Frau war so fest, dass sie bis hinauf ins Treppenhaus schallte. »Herr Generalmusikdirektor von Schuch hat unserem Wunsch entsprochen, unsere Glückwünsche zum weihnachtlichen Premierenabend persönlich auszusprechen.« Mit einer resoluten Handbewegung entließ sie Willie aus ihrem bühnenreifen Hofknicks und fügte dann hinzu: »Aber wie mir scheint, gibt es auch noch einen weiteren Anlass zu gratulieren. Ein Heiratsantrag?«

»Mit Ihrer Majestät … Erlaubnis«, stotterte Bruckmann und musste erst einmal tief Luft holen, bevor er weitersprechen konnte. »Ich möchte Madame Fleck bitten, meine Frau zu werden.«

Königin Carola spähte prüfend durch ihr Lorgnon. »Erfrischend«, murmelte sie dabei. »Sehr erfrischend!« Dann fiel ihr Blick auf Lea, und die königliche Stirn umwölkte sich auf der Stelle. »Und wen haben wir da?«

»Meine Schwester, Majestät«, antwortete Willie wahrheitsgemäß. »Fräulein Lea Liebermann.«

»Soso, Fräulein Liebermann. Wenn ich mich recht entsinne, ist mir der Namen erst kürzlich zu Ohren gekommen. Vielleicht in einem Brief, vielleicht in einem Weihnachtsmärchen, das mir jemand erzählt hat.« Königin Carola musterte Lea, die am liebsten im Boden versunken wäre. »Das Kleid steht Ihnen sehr gut, meine Liebe«, sagte sie nach einem Moment eisigen Schweigens. »Können Sie sich vorstellen, dass es auch Frauen geben soll, die es vorziehen, in Männerhosen zu schlüpfen, obwohl es unschicklich ist?«

»Wenn gute Gründe dafür vorliegen ...«, sagte Lea leise.

Die Mundwinkel der Königin zuckten. »Für mich müssten das schon sehr gute Gründe sein, meine Liebe. Aber das geht mich nichts an. Es gibt genügend andere Missstände in Dresden und ganz Sachsen, die ich bekämpfen will, solange unser Herrgott mir noch die Kraft dazu lässt. Dazu gehören vor allem die Zustände in unseren Armeneinrichtungen und Waisenhäusern. In diesem Zusammenhang interessiert es Sie vielleicht, dass ich dieses Jahr zu Weihnachten die Freude hatte, bedürftigen Kindern unserer Stadt ein paar besonders hübsche Geschenke überbringen zu lassen. Holzschnitzarbeiten von höchster künstlerischer Qualität.«

Lea horchte erleichtert auf. War das ein Friedensangebot?

»Einige der hübschesten Schnitzereien gingen an ein Kinderhaus, dessen Vorsteher erst kurz vor dem Fest unter tragischen

Umständen zu Tode gekommen ist. Der Fall wird noch eingehend geprüft werden müssen, aber einstweilen habe ich verfügt, dass das Haus erst einmal von der jungen Haushälterin weitergeführt werden wird, die dort wohnt. Die Kinder wurden wohl in der Vergangenheit recht vernachlässigt. Wir haben einiges wiedergutzumachen. Aber nun überlasse ich Sie wieder Ihrer Premierenfeier.« Die Königin nickte zuerst Willie, dann Ernst Bruckmann noch einmal kurz zu, dann schritt sie, gefolgt von ihren Hofdamen, eilig dem Ausgang entgegen.

»Und ich fürchtete schon, sie würde mich nach Deutsch-Ostafrika oder in irgendeine andere Kolonie verbannen, damit ich ihr nur ja nie wieder unter die Augen trete.« Lea ließ sich ein Glas Punsch geben, und während sie mit ihren Geschwistern auf Willies Verlobung anstieß, fiel der letzte Rest Anspannung von ihr ab. Mochte die Königin Leas Handlungsweise auch missbilligen, sie würde ihr keinen Strick daraus drehen.

In ihrem Rücken hörte sie Dora mit Aaron tuscheln, begleitet von Willies fröhlichem Lachen. Nur Fred blickte ein wenig bekümmert drein. Entschlossen hakte Lea sich bei ihm unter und bat ihn, ein paar Schritte mit ihr zu gehen, fort vom Lärm der Feiernden.

»Du wirkst bedrückt«, sagte sie leise. »Ich hoffe, nicht meinetwegen?«

»Ich wollte dich etwas fragen, aber heute ist Willies großer Abend. Ich werde es daher morgen tun.«

»Wenn es um Amerika geht …«

Fred schüttelte den Kopf. »Tut es nicht!«

»Nein?« Sie legte den Kopf in den Nacken und blickte zu den prächtigen Deckenmalereien des Foyers hinauf, bis ihr schwindelig wurde. »Eigentlich schade, weil …«

»Weil?«

»Nun, weil mir gerade eingefallen ist, dass ich keine Ahnung habe, was ich zu Hause anfangen soll, wenn nach dir auch noch Willie die Stadt verlässt. Sie und ihr Herr Bruckmann werden bestimmt wochenlang auf Hochzeitsreise sein. Weihnachten ist fast vorbei, und mir bleibt nur, zu Hause Doras Launen zu ertragen. Da dachte ich, dass mir ein wenig Abwechslung und frische Seeluft vielleicht guttun würden.« Sie machte einen Schritt auf ihn zu und bemerkte erst jetzt, wie gut er duftete. Sein Rasierwasser erinnerte sie ein wenig an frisches Holz. Kein schlechtes Omen.

»Wenn du mich also noch einmal fragen wirst, ob ich mit dir nach New York reise …«

»Als Frau Shields?«

Lea zögerte einen Augenblick lang, dann neigte sie mit einem sanften Lächeln den Kopf. Er hatte recht, dies war Willies großer Abend und nicht ihrer.

Aber sie freute sich auf den kommenden Tag.

Ein neuer Anfang und große Träume in der weißen Stadt am Meer

Michaela Grünig
PALAIS HEILIGENDAMM
- EIN NEUER ANFANG
Roman

576 Seiten
ISBN 978-3-7857-2707-2

Heiligendamm, 1912: Die Berliner Hoteliersfamilie Kuhlmann hat große Pläne, man will dem berühmten Grand Hotel Konkurrenz machen. Doch die High Society steigt lieber weiter bei dem etablierten Rivalen ab. In dieser schweren Zeit zeigt ausgerechnet die junge Tochter Elisabeth kaufmännisches Geschick, während sich der sensible Sohn Paul für Musik begeistert. Als sich die Lage gefährlich zuspitzt, sieht Vater Kuhlmann sich gezwungen, den Emporkömmling Julius Falkenhayn um Hilfe zu bitten. Der hegt recht unkonventionelle Ansichten, was der ehrgeizigen Elisabeth zunächst alles andere als recht ist …